Mi Bárbara

LAURA ANDREU NOGUERA

Mi Bárbara

CONTRALUZ

Diseño de colección: Estudio Sandra Dios

Madrid, 2024
Valentín Beato, 21
28037 Madrid
www.contraluzeditorial.com

ISBN: 978-84-18945-98-4
Depósito legal: M. 2488-2024
Printed in Spain

A todas las personas que lucharon contra la guerra.
A las pioneras: a Dolors Aleu, Eudoxia Píriz y todas aquellas que abrieron camino. Y también a las invisibles.
A los espíritus errantes que no tienen más hogar que el camino. Ojalá algún día encuentren por fin la paz.
A maestras y maestros, del tipo que sean.
A mi familia, a toda ella, por ser parte fundamental de los cimientos de esta historia, y a Granada, tierra adoptiva en la que estos se hunden.

A mi abuelo Jesús

El brau, en l'arena de Sepharad,
envestia l'estesa pell
i en fa, enlairant-la, bandera.
Contra el vent, aquesta pell
de toro, del brau cobert de sang,
és ja parrac espesseït per l'or
del sol, per sempre lliurat al martiri
del temps, oració nostra
i blasfèmia nostra.
Alhora víctima, botxí,
odi, amor, lament i rialla,
sota la closa eternitat del cel.

«La pell de brau (I)», Salvador Espriu

Son palabras que todos repetimos sintiendo
como nuestras, y vuelan. Son más que lo mentado.
Son lo más necesario: lo que no tiene nombre.
Son gritos en el cielo, y en la tierra, son actos.

«La poesía es un arma cargada de futuro», Gabriel Celaya

La libertad es aterradora por hacernos dueños de nuestros actos,
por permitirnos dudar y equivocarnos;
y por eso, aunque todos la tenemos, también
todos tendemos a olvidarlo.

Mi hermana Julia

Recuerdos

Parte primera
Luz

1

¿Cuándo la vi por primera vez?

No me acuerdo. Pero sé que fue a través de una ventanilla limpísima, impoluta. La ventanilla del asiento trasero de un flamante coche nuevo. Un Renault de vértices dorados con cabina. Una novedad. Un capricho.

Qué elegante era aquel coche. Los coches de entonces eran más elegantes que los de ahora, ya lo creo. Recuerdo que no había ni una sola huella marcada en el cristal. Nada, ni una mota de polvo. Y que yo llevaba un vestido azul y Flavia uno verde. Y un sombrerito de paja que le envidiaba secretamente.

Y no recuerdo qué día fue. Pero era mayo, mayo de 1917. Lo era, porque a principios de mayo comienzan a caer las glicinas. Mis glicinas. Sí, era mayo. Y hacía calor. Hacía sol. Mucho, porque me cegó al bajar del coche.

Sí, lo recuerdo perfectamente. Qué sol tan radiante, qué luz había.

La memoria es extraña. Envuelve los recuerdos, los recubre de una pátina, una especie de neblina brillante... no sabría explicarlo. Solo sé que cuando evoco aquel día recuerdo mucha luz. Muchísima, un sol entero sobre mi cabeza iluminando con toda su fuerza todo aquello. Y sin embargo, no debía de haber tanta luz. No lo sé. La memoria aplica su propio foco y, cuando una recurre a ella, hace lo que quiere. Alumbra unas cosas u otras a conveniencia, y ajusta la intensidad también a conveniencia. Ilumina los recuerdos más felices, los llena de claridad y colores vivos, y enturbia y oscurece los más aciagos. Los moldea, los distorsiona y los convierte en algo que quizá nunca sucedió.

En ocasiones juega a la contra. A veces la realidad descubre el sufrimiento a plena luz, descarnada y despiadada, y se burla del dolor con colores estridentes e insultantes. Y también oculta los momentos hermosos en el centro de una bruma oscura y asfixiante que los hace disolverse como si nunca hubieran existido, perdidos en la inmensidad. Porque la oscuridad es inmensa y la luz no. Ha de abrirse paso en esa infinitud, a tientas y dando tumbos, para encontrar esos recuerdos heridos y rescatarlos. Ponerlos de nuevo a su amparo y quedar fijada a ellos para que no vuelvan al territorio de la sombra.

Y esa luz... la luz se adhiere a la vida y queda atrapada en los lugares más recónditos, más insólitos. En el rectángulo de suelo a los pies de una puerta entreabierta o en el espacio que rodea un candil encendido en la oscuridad, por ejemplo. Incluso en el agua, esa agua blanca sobre piedras grises en que queda grabado el cielo descubierto por los chopos que le dan sombra. Me viene a la memoria aquel cuadro de Sybill, el de las piedras del río. Cuánta luz había conseguido pintar en aquel lienzo.

Aquel día hacía sol, estoy segura. El primer día que la vi solo hacía sol.

La gran casa amarilla se recortaba contra el cielo como una mole imponente. Sólida y hermosa. Irreal a través del pequeño rectángulo de cristal de la ventanilla, y definitivamente distinta.

—¡Qué bonita es, papá! —exclamó Flavia, extasiada.

—Flavia, no incomodes a tu prima. La estás aplastando. Don Pablo casi consiguió sonar severo. Yo lo llamaba don Pablo, porque todavía no era mi tío. No hasta que me acostumbrase.

Flavia, sentada entre su padre y yo, se apretujaba junto a mí y ambas nos manteníamos pegadas al cristal para poder contemplarla bien mientras el coche se acercaba lentamente a la mansión. En el asiento del copiloto, los dos bracos que Esteban llevaba a sus pies hacían lo propio.

Una casa es como un cuerpo humano, creo yo. Como un ser en sí mismo, un organismo palpitante que respira, que piensa. Y aquella estaba llena de música, de pasos que recorrían las habitaciones entrando y saliendo como el aire en los pulmones, y del jaleo de la cocina y el silencio del tío fumando sentado a su escritorio. Dios, cómo detestaba aquel olor. Recuerdo que siempre andaba abriendo todas las ventanas, aun en pleno invierno, para ventilar las habitaciones. Y ahora añoro el humo de aquellos cigarros puros y el silencio tranquilo de los libros. Aunque en la casa también hubo de ese otro silencio. Ese vibrante e inquietante que asfixia poco a poco.

—¡Qué emoción, prima! —Flavia palmeaba excitada.

Yo diría que Consuelo y los demás eran las entrañas de aquella casa. El tío era el órgano rector, el cerebro, y Flavia... Flavia, los pulmones. Sí, los pulmones. Y la tía y su música, el corazón. En su sentido más orgánico. Aquella música era el latido de la casa, el sonido de un corazón bombeando con brío la sangre. La sangre, Dios mío. Tanta sangre...

Federico escribió una vez: «Corales tibios dibujan arroyos en rubio mapa». Y eso es lo que fue. Ríos rojos, ríos de sangre derramada sobre la piel violentada, sobre los campos amarillos y también sobre aquella casa, como tantas otras. Pero aquello fue mucho después, al ponerse el sol de un atardecer que había comenzado no sé cuándo. Mucho antes, en cualquier caso, de que ninguno de nosotros pusiera un pie en la tierra.

Cuando el coche finalmente se detuvo frente a una de las dos enormes verjas de hierro forjado que daban entrada al jardín delantero, Flavia abrió la portezuela y saltó fuera, incapaz de contener la emoción. La niña corrió a situarse en el umbral de la cancela y se quedó allí plantada admirando la casona con los ojos verdeamarillos protegidos del sol por las manos. Ese sol espléndido que, como tantas otras cosas, yo jamás hasta entonces había conocido y que, durante los años siguientes y a pesar de la insistencia de Pepita en que usara sombreritos y me pusiera a la sombra, me tostaría la cara y me la llenaría de pecas.

La casa a la que llegábamos era una casa de ricos, pero yo no era rica. Era rica postiza. De hecho, acababa de empezar a serlo, y solo a medias. Lo era por mi familia y eso marcaba la diferencia. Los que no eran ricos sí pensaban que lo era, pero los que tenían dinero tenían muy claro que yo no era una verdadera rica. ¿Con qué debía quedarme, pues? Joanet, mi amigo del norte, decía que los ricos llevaban las uñas siempre limpias, pero yo no tenía claro que aquello fuera exclusivo de la gente con dinero porque la hermana Madeleine no tenía un franco y siempre las llevaba impecables. No estaba claro, entonces.

La casa, igual que yo, tampoco encajaba con precisión en ningún lugar. No era oscura como las del Pirineo, ni tampoco blanca como los cortijos desperdigados por el sur que habíamos divisado desde el tren hasta llegar a Granada. Era una intrusa entre sus vecinas en aquella calle de bien, amplia y despejada, a las afueras de la ciudad, muy cerca del Genil. Una mansión excéntrica y ecléctica, en el número 5 de la calle Romerías, decorada al gusto de don Pablo y su esposa, que se abría al jardín delantero bajo un porche de fundición pintado de verde oscuro casi negro.

El Indiano la había comprado hecha una ruina unos años atrás tras decidirse finalmente a reasentarse en España. La había reformado y ampliado, la había modernizado y había mandado despejar y embellecer el jardín, que hasta entonces había crecido casi salvaje hasta convertirse en el refugio de los gatos callejeros. Yo trataba de imaginar esa casa que ya no existía, esa ruina abandonada y silenciosa que durante el viaje mi tío nos describió a Flavia y a mí para entretenernos.

Como guinda del pastel, y como muchos otros retornados, mi tío también había ordenado plantar a ambos lados del porche, flanqueándolo como dos guardianes, sendas palmeras altísimas e imponentes que nos daban la bienvenida con las palmas mecidas por la brisa. Aquellos gigantes recordaban a quien pasase frente a la casa la epopeya americana que su dueño había vivido. Esa era la morada de un indiano.

Don Pablo esperó a que el chófer abriese su portezuela y con parsimonia y elegancia salió del automóvil mientras su secretario se apeaba con los dos perros, que corrieron a pegarse a los tobillos de Flavia. Los bracos la seguirían adonde quiera que fuese. Yo bajé en último lugar y me quedé de pie junto al coche, cohibida por todo aquello. Nerviosa y repentinamente preocupada por mi aspecto, me alisé el vaporoso vestido nuevo y me estiré las calcetas de puntillas finísimas, también nuevas. Don Pablo se acercó a mí y me dedicó una sonrisa tranquilizadora.

—*Tout va bien?* —preguntó en su torpe francés—. ¿Estás lista para conocer tu nueva casa?

Yo asentí en silencio y estiré los labios en un intento de sonrisa. Entonces me cogió de la mano y fuimos a alcanzar a Flavia, que nos hacía señas con insistencia para que nos acercásemos. En ese momento, el coche de caballos que seguía al nuestro se detuvo junto a la acera y de él salieron Pepita y los amigos de mi tío, que nos siguieron hacia el porche, donde un pequeño grupo nos esperaba.

Aquello era un espectáculo fragante y luminoso: los imponentes copones que coronaban los pilares a ambos lados de cada puerta y de los que colgaban nubes de pequeñas florecillas rosas de aspecto cerúleo; los setos bajos y olorosos que delimitaban el camino de tierra batida que conducía a la entrada principal; los enormes magnolios en cada esquina del jardín; los acantos, los geranios y los rosales cubiertos de flores multicolores. El aire olía a verde y a primavera recién estrenada. Y Flavia, acuclillada sobre sus rodillas plagadas de costras y cicatrices, se empeñaba en atrapar con las manos los pececillos de colores de un minúsculo estanque. Los bracos merodeaban nerviosos a su alrededor y Pepita parecía a punto de tirarse de los pelos al ver cómo mi prima empapaba las mangas de su vestido.

Vi también, en uno de los flancos de la casa, el izquierdo, otras edificaciones a medio levantar. La portería, supuse.

—¡Indiano! —exclamó una voz de trueno que me sobresaltó y me hizo centrar mi atención en la gente de la entrada.

El dueño de la voz, un hombre con gafas, alto y algo grueso, de cabello entrecano, se aproximó a nosotros sonriendo y con los brazos extendidos. Don Pablo se adelantó y se abrazaron efusivamente entre risas. Sus compatriotas le llamaban Indiano por su aventura americana, tan parecida a la de tantos otros emigrantes.

—¡Ya pensábamos que no llegaríais! ¡Bienvenidos a vuestra casa!

Don Pablo se giró hacia nosotros.

—Ramón, ya conoces a mi hija Flavia.

Ella había abandonado la pesca y rápidamente se secó las manos en el vestido antes de ofrecerle una de ellas al hombre.

—Buenas tardes, don Ramón.

Este soltó una carcajada y le estrechó la mano. Entonces Pablo me señaló a mí, que esperaba con aprensión mi turno, y me animó a acercarme.

—Y esta niña tan seria es mi sobrina Bárbara. —Ramón me miró confundido—. Es la hija de Diego. —El tono de don Pablo había cambiado ostensiblemente.

Busqué su rostro, confusa por el cambio. Su sonrisa había desaparecido y en su lugar había una expresión grave. Miraba a su interlocutor directamente a los ojos y con cautela, esperando su reacción, transmitiéndole un mensaje que no supe interpretar. Sin embargo, don Ramón pareció captarlo al instante.

—Tienes mucho que contarme. —Yo miré a uno y a otro cada vez más confusa.

Tratando todavía de superar su estupefacción, Ramón se ajustó las gafas doradas sobre el puente de la nariz y se arrodilló frente a mí. Me observó con atención buscando algo en mi rostro, curioso. Tenía los ojos verdes, despejados.

—Estos ojos negros no los conozco, pero sí que tiene la cara de Diego. Me parece que lo estoy viendo. —Sonreí tímidamente ante lo que tomé como un halago. Él me devolvió la sonrisa y añadió—: Pero esa expresión tan seria que traes es más tuya que de él. —Yo sentí que enrojecía y Pablo reprimió la risa, mirándome con cariño—. Y, desde luego, ¡el color de la melena es el de los Navarro!

Ese dato era nuevo. Miré mis largas trenzas de color castaño muy oscuro. Yo siempre había atribuido ese color a mi madre y a su origen, al igual que los ojos, y al conocer a don Pablo, cuyos cabellos ya estaban salpicados de canas, no se me ocurrió establecer ninguna relación.

—Lanz, acercaos, hombre. —Don Pablo hacía señas a la pareja que nos acompañaba—. Ramón, te presento a Hermenegildo y a su prometida Sofía. —Ambos estrecharon con una sonrisa la mano que don Ramón les ofrecía—. Nos conocimos en Madrid el año pasado. Se quedarán en la casa unos días hasta que encuentren acomodo. Hermenegildo pinta, ha ganado la plaza de profesor de pintura en la Normal.

—¿Los cuadros de ahí dentro son suyos? —Ramón señaló la casa con la cabeza.

—Sí, algunos —intervino Pablo—. Estoy seguro de que a los de la plaza del Campillo les va a resultar una compañía muy grata; preséntaselo al grupo.

Deseé saber qué pasaba en esa plaza y por qué un pintor iba a agradar a quien quiera que hubiese en ella.

—Seguro. Lo cierto es que yo no frecuento mucho el Alameda, pero algunos de mis alumnos y exalumnos son tertulianos allí.

—Ramón es catedrático de Cirugía en la universidad —aclaró Pablo.

—Puedo hacerle de cicerone si quiere, señor Lanz.

—Me encantaría. —Lanz estaba visiblemente emocionado con la idea.

—Pablo no tiene ni idea de arte, pero me fío del criterio de su mujer. —Los tres rieron—. Y los cuadros de ahí dentro son magníficos. Ya verá usted como le gusta la tertulia. —¡Una tertulia! ¿Qué era una tertulia? No sabía qué era aquello, pero, por la forma en que don Ramón la describía, parecía una reunión de artistas—. La mayoría rondan su edad, y entre ellos encontrará a músicos, poetas, pintores, periodistas, escritores y todo tipo de artistas. Si le gusta a usted ese ambiente, le aseguro que ese es su rincón. —Se rio con una broma que solo entendió él.

La gente que todavía aguardaba de pie tras Ramón cambiaba el peso de un pie a otro alternativamente, esperando con estoicismo. De entre ellos, una mujer menuda y de rostro dulce, con ojillos finos y rientes, se adelantó hasta situarse junto a Ramón. Su vestido, como el traje de este, denotaba un estatus mayor al del resto.

—A Pilar no hace falta que te la presente.

La aludida se acercó a Pablo y le dio dos besos sin dejar de sonreír.

—¿Cómo estás, Pablo? ¿Se os ha hecho muy largo el viaje?

—Muy bien, Pilar, gracias. No, no más de lo que esperaba.

—Y la argentina, ¿dónde te la has dejado? —Su acento me sorprendió. Parecía que lanzaba las palabras al viento, dejándolas volar antes de acabarlas. Doña Pilar me agradó al instante. Pablo aceptó de buen grado la broma.

—Julia vendrá más adelante. Se tuvo que quedar en Buenos Aires para ultimar algunos detalles de la compraventa de los terrenos con su hermano. La tendrás aquí pronto para poneros al día. —Doña Pilar rio, complacida—. Pero me ha prohibido expresamente que nos llevéis a la Alhambra hasta que ella llegue.

Flavia, que escuchaba en silencio junto a mí, me susurró al oído:

—Eso es un castillo que vamos a ver cuando llegue mi madre. Me dijo que allí antes vivían sultanes y princesas, pero mi padre dice que ya no quedan.

—Esperaremos, entonces. A tu mujer le va a encantar. Por ahora, déjame que te presente a esta gente —propuso doña Pilar.

Uno a uno, el catedrático y su esposa fueron presentándolos y ellos se adelantaron para estrechar su mano al patrón y a los demás recién llegados: Consuelo, la cocinera, una mujer cincuentona de sonrisa afable, oronda y de tez muy oscura, de cuya cofia escapaban pequeñas hebras de cabello negro como el carbón; Carmen y Amparo, las criadas, la primera por debajo de la veintena y la segunda una década mayor, que nos sonrieron con timidez haciendo una pequeña reverencia...

Yo centré mi atención en un niño y una niña que esperaban al final de la cola. El primero tendría unos ocho o nueve años, cabello castaño ensortijado y la cara llena de pecas. Permanecía de pie delante de un muchacho de unos veinte, de rasgos similares, que supuse que sería su hermano mayor, pues era demasiado joven para ser su padre. Don Ramón se lo presentó a mi tío como Damián, uno de los obreros de la fábrica y encargado de la cuadra durante el cierre. El pequeño resultó ser en efecto su hermano Gonzalo, que también ayudaría en la casa.

—Cuando empiece la zafra, Damián se irá para Bobadilla y el chiquillo se encargará de la cuadra mientras dure la campaña —aclaró Ramón.

El niño nos observaba a Flavia y a mí con la misma curiosidad que yo a él y a la otra niña, que también nos miraba con timidez. Ella, que no pasaría de los cinco o seis años, tenía los cabellos rubios —casi tanto como los tirabuzones inquietos de Flavia— recogidos en sendas trenzas similares a las mías. El hombre que apoyaba las manos en sus hombros, presumiblemente su padre, alto como una montaña y fornido, y con cabellos también claros, parecía consternado o incluso enfadado. No obstante, cuando Pablo y el resto se acercaron a él su expresión se tornó amable y servicial, sin rastro de los pensamientos que antes parecían atribularlo.

—Y a Vicente, el guardés, ya lo conoces.

—Por supuesto —Pablo estrechó su mano sonriendo justo antes de acuclillarse frente a la niña, que bajó la vista avergonzada—. Y esta niña tan pequeña supongo que será su hija.

—Sí, señor. Su nombre es Rosita.

—Vicente, ¿dónde está el muchacho? —Ramón miraba alternativamente a su alrededor y al hombre con ojos interrogantes.

Vicente frunció el ceño y su expresión se turbó de nuevo.

—Eso me gustaría saber a mí, don Ramón. Cuando aparezca, le corto las orejas. ¡Mira que desaparecer precisamente cuando llegan el patrón y su familia! Discúlpeme, don Pablo.

Don Pablo trató de apaciguar su enfado.

—No hay nada que disculpar, Vicente. No sea usted tan severo con su hijo. Seguro que hay algún motivo. Los jóvenes actúan de manera coherente, solo que conforme a una lógica distinta a la de sus mayores. —Y rio.

Vicente aceptó las palabras de su patrón, pero la consternación no se borró de su rostro. Enmudeció de nuevo y bajó la vista avergonzado. Sentí una punzada de compasión. Al levantar la vista, su mirada y la mía se cruzaron. Respondió a mis pensamientos con una sonrisa amable que suavizó por un instante su gesto torcido. La situación se alargaba ya demasiado tiempo y Pablo y Ramón pidieron a los empleados que volviesen a sus tareas. Faltaba ya poco para la hora de la cena.

Mientras la multitud se dispersaba, Pablo volvió a acuclillarse frente a Rosita y le dijo casi en un susurro:

—Rosita, ¿por qué no le enseñáis Gonzalo y tú la casa a mis hijas? Es la primera vez que vienen y no han visto nada de nada. Ni siquiera los caballos.

Rosita abrió mucho los ojos. Don Pablo conocía el color del alma de la niña.

El tío siempre fue dos pasos por delante de los demás. En todo momento sabía cuanto ocurría a su alrededor y su memoria era un interminable fichero donde almacenaba hasta los datos y las anécdotas más inocuos de las personas. La información es poder, diría mil veces. Y era cierto. Esos conocimientos, que desenterraba de forma calculada en el momento preciso, le habían valido amistades estratégicas y habían hecho de él un hombre de negocios profundamente astuto y hábil, que comprendía, más allá de números y valores monetarios, la importancia de leer y comprender el alma humana para abrirse paso en el mercado.

Pablo había averiguado —solo él sabía cuándo y de qué forma— que a la hija pequeña del guardés, una niña que acababa de conocer delante de mis propias narices, le encantaba pasar horas en la cuadra cuidando y hablándole a «sus caballitos». Una minucia, una tontería sin importancia, un dato que cualquier otra persona desecharía tan solo unos segundos después de escucharlo de los labios de un informante accidental. Y, sin embargo, él recolectaba y retenía esos detalles nimios con una claridad y una precisión que jamás he podido comprender.

Y si tan hábil era a la hora de recabar y recordar información, tanto más lo era ocultando lo que sabía. En muchas ocasiones dudé de hasta qué punto desconocía las cosas sobre las que él mismo se declaraba ignorante, y si lo que sucedía a su alrededor realmente ocurrían de forma espontánea o si, por el contrario, él andaba detrás. Don Pablo callaba, se refugiaba tras el humo de sus cigarros puros y dejaba a quienes lo rodeaban que especularan y decidieran cuán inteligente era el Indiano.

Rosita, muda, asintió con vehemencia.

—Gracias, Rosita.

Él fue a reunirse con Ramón y los demás, y Rosita se acercó a mí y cogió mi mano entre las suyas, minúsculas. Por primera vez, abrió la boca y dijo:

—Venga, señorita.

Yo me dejé guiar y ambas echamos a correr hacia la entrada principal de la casona. Flavia y Gonzalo ya habían desaparecido por ella con los dos bracos. Al llegar allí, los escalones del pequeño zaguán nos arrojaron al interior y casi nos dimos de bruces con una hermosa escalinata de mármol blanco que arrancaba unos metros más adelante para bifurcarse en dos gemelas que ascendían a ambos lados hasta desembocar en el piso superior, en un espacio amplio y luminoso debido al color claro de las paredes y al enorme lucernario. De su centro colgaba una pesada lámpara de araña cubierta de una miríada de pequeños cristales que le daban el aspecto de una joya. Flavia y Gonzalo se habían detenido en el descansillo para admirarla, y Rosita y yo nos paramos junto ellos. Levanté la cabeza y estiré el cuello hasta casi caer de espaldas para poder verla bien.

Dejando atrás la timidez inicial, los cuatro continuamos la marcha y fuimos pasando de una habitación a otra a la carrera, en un torbellino de risas y de excitación, jugando a pillarnos unos a otros y lanzando exclamaciones de asombro cada vez que un nuevo tesoro o rincón nos sorprendía a Flavia y a mí. Recorrimos primero las habitaciones del primer piso, modernas y elegantes, decoradas sin excesos que hicieran los ambientes agobiantes. La luz reinaba en todas partes, esa luz que lo inundaba todo y que se reflejaba en las paredes de tonos claros. Don Pablo había decidido trasladar el sol del sur que reinaba en el exterior al interior de la casa, y en aquella marea blanca el color lo ponían los azulejos multicolores e irisados de los zócalos que llegaban hasta más arriba de mi cabeza. La luz y los azulejos eran el tributo andaluz que Pablo había hecho a aquella casa forastera.

En las cortinas, telas livianas se hinchaban y ondulaban con la brisa de la tarde como velas de barcos que intentaran colarse por las ventanas abiertas de par en par. Los muebles, de aspecto ligero y grácil, estaban hechos en maderas claras que contrastaban con el tono oscuro de los marcos de esas ventanas que Pablo había mantenido y restaurado, ya que casaban bien con el tono de la fachada de la casa.

Gonzalo y Rosita nos arrastraron a las escaleras del servicio que conducían a la buhardilla, donde se encontraban las habitaciones de los criados. De pronto, toda esa luz que reinaba solo unos metros más abajo desapareció y nos adentramos en unas estancias mucho más austeras, sin altos techos ni lámparas doradas, sumidas en una penumbra que la luz que entraba por los pequeños ventanucos que daban al jardín y a la linterna solo contrarrestaban a medias. Los modernos cuartos de baño del piso de abajo eran aquí una pequeña bacinilla bajo cada cama y un escueto palanganero junto a esta. Flavia, la más alta de los cuatro, casi podía tocar las vigas del techo al saltar estirando los dedos. Me asomé a uno de los ventanucos del lucernario y volví a ver la luz, allá en la planta de abajo.

Sin detenernos mucho en esos habitáculos oscuros y deprimentes, bajamos de nuevo hasta la planta baja, donde recorrimos en un suspiro la salita, el salón y el largo comedor, que se abría al jardín por un ventanal que casi siempre estaría cerrado y que tenía, en la pared del fondo, un pequeño montaplatos que conectaba con la cocina, en el semisótano. Flavia metió a los bracos en él y cerró la portezuela.

—¡Vaya perros señoritingos, que van a bajar en ascensor! —exclamó desternillándose.

Ajenos a las criadas que entraban y salían de las habitaciones cargadas con sábanas o toallas y armadas con su plumero, entramos abruptamente en la biblioteca, donde don Pablo y los demás adultos conversaban. Todos levantaron la cabeza sobresaltados pero volvieron pronto a su charla al ver que éramos nosotros, que, ajenos a la actividad de los mayores, continuamos la carrera riendo por lo bajini a través de una puerta al fondo de la estancia.

Yo, sin embargo, abandoné la expedición y recorrí despacio la habitación. No tenía nada que ver con el resto de la casa. Las paredes estaban completamente cubiertas del suelo al techo con estanterías ocupadas por centenares, miles de libros de todos los tamaños. Los lomos, en su mayoría oscuros, se tragaban gran parte de la luz que se colaba por los tres amplios ventanales de la pared enfrentada a la puerta por la que habíamos entrado. La habitación era una gruta con paredes de madera y papel. Los únicos espacios libres de estanterías, además de los huecos dejados a las dos puertas y a los ventanales, eran los que correspondían al frontal de la chimenea, que permanecía desnudo, y los dos que separaban las ventanas entre sí. En cada uno de estos últimos había colgado un cuadro. Me pregunté si serían los del señor Lanz.

Mi estupefacción debía de ser evidente, porque don Pablo, que se había desgajado de la conversación, me observaba intrigado desde el parapeto de un imponente escritorio de caoba mientras yo recorría el largo de las estanterías con la boca entreabierta y los ojos desorbitados, rozando el lomo de los libros con la punta de los dedos. Jamás había visto tantos juntos.

—Podrás coger los que quieras —me aseguró en un susurro que los demás no llegaron a percibir.

—Gracias, don Pablo —dije con la voz cascada.

—No me llames más así, por favor. Soy tu tío, ¿de acuerdo?

—De acuerdo, tío.

—Eso está mejor —repuso complacido—. Y ahora, corre a jugar con los demás.

Yo me dirigí obedientemente hacia la puertecita que los otros habían cruzado hacía unos minutos, y al atravesarla me topé de nuevo con la escalera del servicio, esta vez en su tramo inferior. Decidí bajar.

La angosta escalera aterrizaba directamente en una cocina amplia y abarrotada de secos, embutidos, cacharrería de cobre y latón y grandes fuentes de cerámica pintadas con intrincados patrones en verde, azul y blanco que pendían de las paredes por encima de los altos zócalos. El aroma del potaje en los fogones inundaba el ambiente. Los platos a medio preparar para la cena ocupaban casi cualquier superficie disponible y las provisiones sacadas de la despensa, aneja a la cocina, se desparramaban por doquier. Consuelo iba de aquí para allá repartiendo órdenes y quejas a quien pasase. Semejantes gritos, unidos al estruendo de las tapaderas entrechocándose con sus correspondientes sartenes y cazuelas y al cacareo de una gallina escuálida que desde su jaula en una esquina lloraba la que sería su más que probable muerte en los siguientes días, conformaban una algarabía ensordecedora.

Yo me escabullí rápidamente por una pequeña puerta que daba al exterior. Al salir me topé de frente con una higuera situada a pocos metros, en el lateral derecho. Rodeé la casa en dirección a la parte trasera y al llegar allí me detuve en seco: un techo infinito de glicinas cubría por completo el jardín de uno a otro extremo. En esos momentos Vicente, subido a un pequeño taburete, aprovechaba las últimas luces del día para ordenar y podar ramas rebeldes que se habían desprendido del soporte de la planta y ahora caían flácidas hacia el suelo como lianas, mecidas por la brisa que también mecía los centenares de racimos de flores de color lila muy claro, semejantes a racimos de uvas ligeras y volátiles que se desprendían con facilidad. Debajo de la pérgola llovían flores.

Durante unos minutos deambulé bajo esa manta que lo cubría todo mientras Vicente iba de aquí para allá trabajando. Percibí que cojeaba ligeramente. En los resquicios de cielo que la glicina dejaba, cipreses, limoneros, naranjos y algarrobos se congregaban en torno a una pequeña fuente con surtidor que ocupaba el centro del patio de arena batida, y al fondo, pegado a la casa y cobijado bajo un granado centenario, se escondía un pequeño y solitario banco de hierro forjado pintado de blanco, al igual que el resto de los muebles del exterior.

Flavia y los demás continuaban sin aparecer. Al fondo del jardín y adosados al muro trasero había, a ambos lados de un amplio portón, dos pequeñas construcciones. El cobertizo de la izquierda jugaba el papel de garaje, ya que el chófer había aparcado el coche en él, y el de la derecha solo podía ser la cuadra.

En el interior, los niños y los bracos se congregaban en torno a un escuálido y quejumbroso tordo que parecía haber trabajado durante cien años sin parar. Al pasar la mano sobre su costado se percibían perfectamente las costillas bajo la piel curtida por el tiempo y el trabajo. Pasito —el nombre se lo había puesto Rosita por su paso lento y vacilante— era el caballo más viejo de todos. Junto a él había un hermoso alazán de crines rubias llamado Bailón, otro tordo más joven e inquieto, Hermosillo, y uno completamente negro de nombre Pinto.

Pero Rosita solo tenía ojos para aquel triste elemento baqueteado por el cansancio. Como supe después, pasaba horas cuidando a su caballito enfermo y viejo, que ya había sido jubilado de las tareas del campo y que Pablo había comprado junto con el resto de caballos de la finca por compasión hacia el caballo y sobre todo hacia la niña. Iba todos los días a cepillarlo y a darle de comer, y mientras tanto le cantaba y le hablaba de sus cosas. Al parecer la amistad era mutua, porque el caballo levantaba la cabeza y resoplaba cuando aquel ser minúsculo de cabeza rubia aparecía por la puerta.

Salí de nuevo al exterior y me acerqué al portón abierto de par en par. Desde allí se extendía, hasta donde alcanzaba la vista, el campo. Hacia el oeste, la exuberante Vega, verdísima entonces por las lluvias de primavera y fragmentada en fincas y terrenos de extensiones muy dispares. En algún lugar de esa inmensidad empezaban y terminaban las tierras compradas por Pablo. Y, rodeado de aquel verdor infinito, se alzaba un edificio de contornos difusos que aún trataba de imaginar, y que era el que nos había llevado a todos a aquel lugar: la azucarera.

No oí los pasos que se acercaban y, cuando la mano de mi tío se posó suavemente sobre uno de mis hombros, di un respingo. Sin mediar palabra, ambos nos quedamos contemplando el paisaje hasta que el sol se fue por completo y el fuego del atardecer dio paso al final del primer día de mi nueva vida.

2

Saint-Clément-sur-la-Roche era un lugar muy oscuro. Era frío y lúgubre, brumoso, siempre húmedo y asfixiante, o al menos así ha quedado retratado en mis recuerdos.

El pequeño y destartalado monasterio se encontraba en algún punto indefinido del Pirineo francés cercano a la frontera que, a día de hoy, no sabría situar en un mapa. Aun elevado sobre un mínimo peñasco, permanecía oculto a la vista de los viajeros entre la espesura de los bosques. Era un lugar aislado. El estruendo de la Gran Guerra que entonces sacudía Europa apenas sí llegaba como un leve murmullo.

En aquel lugar oscuro y apartado, la única mota de luz era la hermana Madeleine. Ella me contó que, entrando abril de 1909, había llegado a aquel rincón una pareja de fugitivos que, desesperados, aporrearon la puerta en mitad de la noche en busca de asilo. La mujer, agotada por el viaje, estaba preñada y a pocos días de parir.

Algunas de las monjas recelaron del aspecto de los viajeros, pero la madre superiora les recordó que la madre de Cristo también había pedido asilo al llegar a Belén y les ordenó abrir la puerta. Antes de dos días, la mujer se puso de parto y dio a luz a una niña sana y fuerte, con la cabeza coronada por una mata de pelusilla oscura como la de su madre y con sus mismos ojos oscuros de fiera del desierto.

—Le pondremos Bárbara, como la abuela —dijo el padre exultante de felicidad.

Pero algo no iba bien. La mujer se desangraba. La sangre corría y corría y no había forma de detenerla. Pasaban las horas y la mujer se iba quedando lívida y el hombre, desesperado, veía impotente cómo su amada moría poco a poco sin que pudiera hacer nada para evitarlo, hasta que finalmente sus ojos quedaron fijos en el techo de la habitación. De pronto, toda aquella felicidad se trasformó en el llanto y los gritos desquiciados del viudo, que no podía aceptar la desgracia que acababa de ocurrir.

Los días pasaron y el ánimo del hombre no mejoraba. Dejó de comer y de beber y olvidó la existencia de su hija recién nacida. Sus ojos se enturbiaron y se perdieron para siempre más allá de las paredes. Enloqueció. Se fue extinguiendo despacio por el hambre, la sed, o por no dormir. Dio tres millones de pasos en una celda en la que a duras penas se podían extender los brazos y no volvió a ver la luz del sol.

Mi padre murió de pena. Al menos eso me dijo la hermana Madeleine. Murió de pena tan solo unas semanas después de nacer yo porque no pudo soportar la muerte de mi madre. La hermana me contó varias veces esa historia, pero ella prefería narrarme los capítulos precedentes a ese epílogo tan funesto. Una y otra vez me relataba cómo el cabo Diego Navarro se había enamorado de la rifeña Fátima cuando estaba destinado en Marruecos, y cómo se fugaron juntos en cuanto supieron que ella estaba embarazada. La hermana convertía la historia de mis padres en un cuento fabuloso y a ellos en personajes de leyenda, y cada vez añadía un detalle nuevo, una nueva anécdota, hasta no saber dónde acababa la historia real y empezaban sus invenciones.

La monja expandía la realidad y la llenaba de colores brillantes que hacían desaparecer las paredes degradadas por la humedad y los techos carcomidos y llenos de telarañas del convento, y mientras me trenzaba el cabello y me enrollaba las trenzas formando una bonita guirnalda en torno a mi cabeza. Yo la quería como supongo que se quiere a una madre, y engullía con avidez las historias que me contaba. La hermana me enseñó a hablar la lengua de su madre, que era también la del cabo Diego, para que comprendiera las canciones aragonesas que ella le cantaba de niña y que entonces la monja me cantaba a mí. Me enseñó a rezarle a Jesús y a la Virgen, me explicó lo que era la Santa Trinidad y me habló de la justicia y la injusticia, de la paz y la violencia, de la bondad, del amor y de cómo muchas veces las personas malinterpretan los mensajes de Dios. Me habló incluso de la existencia en algunos lugares de personas confundidas que no creían en Dios, como mi madre. Yo no terminaba de comprender algunas cosas, pero ella respondía pacientemente a las preguntas más extravagantes que se agolpaban en mi mente. Y eran muchas.

—Joanet dice que Dios no existe, que son todo paparruchas de los curas para atontar al pueblo.

Joanet era el vaquerillo que de vez en cuando pasaba con las vacas por la puerta del monasterio camino de los pastos. Mi amigo.

—Ese Joanet es un revoltoso. No es mal chico, pero su padre le llenó la cabeza de tonterías. Tú tienes que portarte bien y no hacerle caso.

—¿Pero existe Dios o no existe?

—¡Claro que existe! —exclamó exasperada—. Y te está escuchando ahora mismo. Se va a preocupar si ve que dudas de él.

—¿Y entonces por qué mi madre no creía en Dios?

—Porque no lo conocía bien. Solo conocía un dios falso. Ella era de una tierra a la que todavía no había llegado la verdad de Dios. Si lo hubiera conocido, te aseguro que te diría lo mismo que yo.

Juntas pintábamos en las paredes de mi celda pajarillos y mariposas, y así combatíamos el color ceniciento de la habitación. Un día vino con un libro y lo colocó sobre mis rodillas.

—¡A leer!

Ella fue quien me enseñó a entrelazar unas letras con otras hasta formar palabras y a ordenar estas para formar frases, y me animó a que explorara con los libros nuevos mundos que rebasaban los muros del convento. Siempre sonreía, y siempre trataba de ocultarme la tos que la estaba agujereando por dentro. Los primeros años de mi infancia fueron muy felices a su lado.

Pero a la hermana Madeleine se la llevó la tisis cuando yo todavía no había cumplido los siete años, y toda aquella luz, todos esos colores, las canciones y los cuentos, las mariposas, los pajarillos y las historias del cabo Diego y Fátima, todo ello desapareció de un plumazo. Ya nadie volvió a enrollarme las trenzas, que habían sido sustituidas por una única trenza deshilachada y mustia que caía flácida y sin gracia por mi espalda.

Pasaba los días sola leyendo en algún rincón, cuidando los animales del convento o entregada a las tareas que me mandaban las monjas. Algunas de las hermanas se compadecían de mi soledad y trataban de animarme, y yo lo agradecía, pero no había nada que hacer. No sentía ningún afecto por ellas, que nunca hasta entonces se habían interesado por mí. No sonreía, ni tampoco hablaba muy a menudo, porque no me apetecía. Las ganas de hablar se habían marchado con la hermana Madeleine. La vida se había vuelto de repente monótona, insípida y oscura.

★ ★ ★

Un año y medio antes de que la tos de la hermana Madeleine la llevase a la agonía final, don Ramón visitaba de nuevo al tío Pablo en Buenos Aires, esta vez sin su mujer. Era el segundo viaje que había hecho a la ciudad porteña en quince años. Y la misma mañana de su llegada, sentado a la mesa del desayuno y haciendo círculos con la cucharilla en la taza de café que acababa de vaciar, soltó sin más al Indiano lo que había ido a decirle:

—Tienes que venir, Pablo. Pero para quedarte.

A Pablo no le pilló de nuevas. No dijo ni sí ni no.

—Estuve hace menos de un año —repuso simplemente.

—Pero tienes que estar allí. Ahora más que nunca. —Ramón se sirvió zumo de naranja y dio un trago al vaso—. Lo del archiduque ha revuelto mucho las cosas. Es cuestión de días o semanas que estalle una guerra en Europa. Y Dato no se quiere meter en ese fregado. ¿Ves por dónde voy?

Lo veía, claro que lo veía. España no entraría en la guerra. Pero si la guerra no llegaba a España, España sí sabría meter el hocico en el negocio del hambre.

—Con esta guerra Europa necesitará carbón, armamento, ropa... y mucha comida. Muchísima. —Ramón puso en palabras los pensamientos de Pablo—. Tienes que estar allí para aprovechar el tirón, Indiano. Dios sabe hasta dónde podrán subir las exportaciones.

Pablo negó con la cabeza.

—Está el convenio.

—Eso puede ser papel mojado en cuestión de semanas si esto avanza. Los libres podéis hacer presión para que se derogue. La Sociedad General no tiene fuerza para imponerse, y también le vendrán bien las exportaciones, creo yo.

—No lo veo yo tan claro.

—En cualquier caso, tienes que estar allí. Sea lo que sea, lo que venga puede ser muy gordo. Va a ser una temporada delicada. Si estás aquí no tendrás la misma libertad de movimiento.

—Eso es cierto, sí. Pero no sé.

—Pero ¿qué te ata aquí? Lo tuyo aquí lo puede administrar tu cuñado, o puedes vender. Pero en Granada tienes que estar tú. No me digas que no lo has pensado.

Claro que lo había pensado. Cientos de veces.

El torbellino de acontecimientos de los últimos años había hecho cada vez más frecuentes los viajes de Pablo de un continente a otro. Cada vez eran menos efectivas las comunicaciones con su apoderado a medida que evolucionaba la coyuntura, y la presencia de Pablo en la azucarera era por ello necesaria casi de continuo. Desde poco después de nacer su hija, Pablo había pasado largas temporadas en España, sin llegar a asentarse nunca por completo porque su familia estaba al otro lado del Atlántico.

Se había planteado muchas veces el traslado definitivo. Al fin y al cabo, era el azúcar de Granada lo que consumía la mayor parte de su tiempo. Del de Argentina podía hacerse cargo su cuñado, en efecto. Y podía vender, sí, o podían buscar a otro gerente que lo ayudase. O podían venderle la parte de las tierras de Julia a su hermano y conservar sus acciones. Eso podían hacer, sí. Pero Pablo llevaba ya veinticinco años en Argentina, y le costaba decidirse.

Se había ido de España sin padrino y siendo muy joven. Contó mil veces el frío que pasó en el barco de ida, y que hizo el viaje con un hatillo con dos mudas y poco más. Y qué frío. Y que las dos primeras semanas allí las había pasado putas. Decía que en esos días apenas había comido tres veces. Y justo después, el primer día de la tercera semana, conoció a Gerardo de Villalba.

Don Gerardo lo recogió de la calle y lo puso en su empresa de lo que la abuela Bárbara llamaba *pató,* porque para todo servía. El tío Pablo empezó de *pató.* Y tras dos años de carreras de aquí para allá, el porteño, que le había cogido cariño, lo cogió de cochero. Y así se pasó un año más.

El tío Pablo siempre contaba que aquellas carreras y los viajes con su patrón le sirvieron para conocer muchas cosas y a mucha gente. Y para hablar con don Gerardo, que de aquellas conversaciones sacó la conclusión de que tenía de cochero a alguien que valía para mucho más que aquello. Entonces cambió de cochero y al tío lo metió en la cabina con él, vestido con un traje y zapatos nuevos. Y empezó a enseñarle hojas y más hojas, y cuadernos enteros llenos de cuentas y números. El tío había pasado de cochero a aprendiz, y de aprendiz a secretario personal de don Gerardo.

Don Gerardo tenía acciones azucareras y plantaciones de caña en Buenos Aires y Tucumán. Las de Buenos Aires para exportación, las de Tucumán para venta interior. Su hijo mayor dirigía las de Tucumán y él mismo llevaba las de Buenos Aires, las mayores. Pero estaba ya viejo y quería apartarse del negocio. Así que cuando Pablo empezó a saber hacer su trabajo mejor que él mismo, lo puso de gerente en Tucumán y se trajo a su hijo a Buenos Aires. Y no se opuso cuando Pablo le pidió permiso para casarse con Julia, su hija pequeña.

Según el tío Pablo, Julia era en su juventud como sería Flavia en esos años. El mismo movimiento, la misma velocidad, el mismo torbellino, el mismo viento al andar. La tía andaba con viento. Quizás era algo más tranquila que Flavia, y se reía el tío al retractarse. Y tenía la misma resolución. Lo primero que le dijo cuando lo conoció fue, arrugando la nariz y sonriendo burlona:

—*Andás* en la porquería, pendejo.

Y se alejó riéndose. Se cayeron bien. A Julia le gustaba ese joven de ojos de zorro tan listo y vehemente que su padre había traído hecho un pordiosero y que había escalado puestos de forma meteórica por mérito propio pero que, sin embargo, enrojecía y arrastraba los pies cada vez que se acercaba a ella para pedirle prestado un libro. Pablo era inteligente, pero tremendamente inculto. No sabía quién era la reina Victoria ni conocía la guerra franco-prusiana, ni la cronología de las independencias americanas, ni el uso correcto de los tenedores ni cómo se pedía en francés un poco de azúcar, por favor. No sabía nada del mundo, nada de lo que había más allá del entorno que lo rodeaba. Así que Julia se atribuyó la tarea de instruirlo en todas aquellas cosas que ella consideraba que debía saber.

—¿Qué es de tus hijos? ¿Por dónde andan?

—Los dos estudiando en París. Allí siguen. —Ramón no dejó de percibir el desvío que había tomado la conversación. El Indiano no quería contestar.

Pablo y Julia se casaron, y cuatro años después murió el suegro, todavía sin nietos de su hija. A Julia ya solo le quedaba su hermano allí. Pero Pablo no sabía si Julia estaría dispuesta a marcharse de su ciudad y de su país. A él mismo le costaba hacerse a la idea. Dejó a medias aquella conversación durante el desayuno con Ramón, a falta de pensarlo. No sabía qué diría su mujer.

Pero Julia dijo que sí. Le entusiasmó la idea del viaje. Llevaba años deseando conocer la ciudad de la Alhambra sobre la que había leído en sus libros de arte y que su marido había visitado ya tantas veces. A Julia le apasionaban el arte y su historia. Así que claro que se iban. Hablaría con su hermano y le venderían su parte de los terrenos. Y conservabarían las acciones, sí. Fue ella quien terminó de convencer a

Pablo. Él entonces se embarcó con Ramón a su vuelta a la Península para comenzar a preparar el traslado.

En aquel año del 14 el tío buscó casa en Granada y dio con la ruina de la calle Romerías. Vicente se la mostró y le agradó. La compró y encargó a doña Pilar la contratación del servicio. Los dos años siguientes se fueron en obras, trámites, compras y ventas, y las temporadas de Pablo en Granada y Madrid se alargaron mucho más que antes. La guerra y el azúcar también lo requirieron. Fecharon el viaje definitivo en mayo del 17, pero al llegar el momento Julia todavía seguía en trámites con su hermano. Pablo y Flavia marcharían entonces, y Julia les seguiría más tarde.

—¿Has sabido algo de mi hermano en estos años? —le había preguntado Pablo a Ramón en aquella travesía en barco del año 14. Ramón arqueó las cejas.

—Nada desde que me fui de Madrid. ¿Y tú?

—No.

Pablo y Flavia llegaron a Madrid, no a Granada, porque allí tenía él una cuestión que resolver. La perspectiva de su regreso definitivo después de tantos años fuera le había hecho replantearse algunas cosas. Cuestiones enterradas muchos años atrás. Un pasado que había quedado en suspenso, en el aire.

Pablo y Diego nunca se llevaron bien. Eran de temperamentos distintos, el primero enérgico y pragmático, sanguíneo, y el segundo más dado a la abstracción y la melancolía. También sus mentalidades e ideologías eran distintas: difícilmente se habían puesto de acuerdo en nada a lo largo de su vida. Discutieron y pelearon mientras vivieron juntos, y cuando la abuela Bárbara murió terminaron de distanciarse. Se habían perdido de vista el uno al otro algunos meses antes de que Pablo decidiera embarcarse, y no se habían vuelto a ver desde entonces. Creo que Diego ni siquiera llegó a mencionar a las monjas que tenía un hermano.

El tío siempre lamentó no haber hecho más por congraciarse con su hermano pequeño. Así que, cuando volvió definitivamente a España, decidió hacer una parada en Madrid antes de llegar a Granada. Visitó su antiguo barrio y subió las empinadas escaleras que llevaban a la minúscula buhardilla en que había vivido con su madre y su hermano. Al encontrarla vacía, preguntó por su paradero al vecino de abajo, que había sido amigo suyo y de Diego.

El hombre le contó que Diego se había alistado y con el Acta de Algeciras lo habían mandado a África. No había sabido nada de él hasta que un año después más o menos le llegó una carta suya con sello y remite franceses. Era muy extraña aquella carta. Todavía la tenía y se la mostró. Pablo sintió un retortijón al reconocer la letra de su hermano. Diego decía, sin más explicaciones, que había dejado el ejército, y le preguntaba si en las últimas semanas había andado alguien por allí preguntando por él. El vecino le había contestado, pero no había recibido respuesta y no había vuelto a saber nada más de él.

Pablo envió entonces a su secretario a la dirección de lo que parecía ser un monasterio francés para indagar sobre el paradero de su hermano, y a los pocos días recibió un telegrama suyo:

`Sr. Diego fallecido 1909. Queda hija en convento frontera francesa. Espero instrucciones.`

★★★

En las tardes de primavera y verano me gustaba subirme al tejado a leer y aprovechar los pocos rayos de sol que alcanzaban a tocar el convento. Cuando las monjas me daban algún rato libre, cogía una escalera de mano y me aupaba al alto ventanuco que daba luz a mi celda, y sobre las tejas cubiertas de liquen y musgo pasaba las horas con un libro sobre el regazo hasta que comenzaba a refrescar.

Allí me encontraba cuando, una tarde de primavera del 17, la voz de una de las hermanas me sobresaltó:

—*Barbara, viens ici! Descends!* —Me asomé por el hueco de la ventana. La hermana Marguerite, agitada, me hacía señas insistentemente para que bajase.

—*Qu'est-ce qui se passe?* —No comprendía tanta urgencia.

—*Descends!* —insistió. Inicié la bajada por la escalera con cuidado, apresando el libro entre la barbilla y el pecho—. *Ton oncle de Madrid est venu.*

Yo me detuve en seco en el último travesaño con un pie en el aire. ¿Tenía un tío de Madrid? La hermana ignoró mi confusión y tiró de mí. Mientras me sacudía frenéticamente el delantal cubierto de polvo y de verdín del tejado y trataba de adecentarme el cabello, me explicó a trompicones que había llegado un hombre de Madrid que decía ser mi tío y deseaba conocerme. Esa explicación no aclaraba nada.

Sin más miramientos, la monja me agarró de la mano, me arrastró fuera de la habitación y recorrimos casi corriendo el sinfín de pasillos y galerías que nos separaban del despacho de la madre superiora, en el otro extremo del edificio.

Al llegar frente a la puerta, la hermana se detuvo, y con un deje de reproche y disgusto en los ojos evaluó mi aspecto mientras trataba de recuperar el aliento que había perdido en algún lugar del camino. La oronda y añosa hermana Marguerite no estaba para esos trotes. Cuando finalmente se recompuso, adoptó una expresión seria y calma y llamó con parsimonia a la puerta. Yo seguía sin comprender muy bien qué estaba pasando.

Desde dentro se oyó un leve *Entrez!,* y la hermana abrió la puerta empujándome levemente para conducirme hasta el centro de la habitación bajo la mirada atenta de varios pares de ojos. La madre superiora, sentada tras su escritorio y recostada sobre el respaldo de la silla, había observado en silencio mi entrada con ojos severos y con los dedos de piel apergaminada entrelazados. Un poco más allá percibí, sin mirarlas directamente, dos figuras masculinas que permanecían de pie, una de ellas junto a la ventana, la otra junto a la puerta. Me sentí frente a un tribunal.

Tratando de ocultar mi nerviosismo, bajé inmediatamente la vista al suelo y allí la mantuve hasta que volví a alzarla cuando la madre superiora me interpeló directamente:

—*Bárbara, quequ'un est venu pour te connaître* —dijo simplemente, casi calcando la escasa explicación de la hermana Marguerite. Su mirada se desvió entonces hacia uno de los dos hombres, el que se encontraba más cerca de la ventana y a escasos metros de mí.

Yo seguí la trayectoria de su mirada hasta que me topé con unos ojos de zorro que me observaban con curiosidad y ternura. El dueño de esos ojos amarillos era un hombre alto y corpulento, de porte elegante, bien vestido pero con sobriedad. Los cabellos oscuros y entrecanos peinados hacia atrás, con entradas, y las facciones de un rostro dado a la seriedad delataban que debía haber rebasado ya los cuarenta con creces, pero mantenía cierto atractivo atemporal. Le rodeaba un aura de autoridad y dignidad que le daban un aspecto imponente. A pesar de que en ningún momento perdió la compostura, pude intuir que él también estaba intranquilo. Casi habría dicho que se había emocionado.

En el instante en que mi mirada se cruzó con la suya, una sonrisa nerviosa cruzó su rostro, y yo se la devolví debatiéndome entre la incomodidad y la curiosidad. Él se acercó con cautela y me tendió su mano sin dejar de sonreír:

—*Salut, Bárbara, c'est un plaisir de te connaître. Je suis Pablo, ton oncle* —se presentó.

Su pronunciación vacilante denotaba que no estaba acostumbrado a poner en práctica los escuetos conocimientos de francés que pudiera poseer, o que estos eran inexistentes y había aprendido apresuradamente algunas frases imprescindibles para el encuentro. Yo correspondí al apretón de manos sin despegar los labios. Casi imperceptiblemente lancé una mirada furtiva a la madre superiora en busca de una explicación, pero ella me ignoró y continuó contemplándonos en silencio. Tampoco la hermana Marguerite, junto a ella, parecía tener intención de rescatarme.

La incomodidad y lo extraño de la situación se podía palpar en el aire. Él trató de atajar la situación haciendo señas al que yo supuse que sería su subordinado.

—Esteban, por favor...

El hombre que permanecía junto a la puerta, casi una década más joven que él, y vestido también con elegancia, aunque de forma más austera, a la señal de su patrón había recogido un voluminoso paquete que descansaba sobre un aparador y se lo tendió sin decir palabra. Don Pablo me lo ofreció con una sonrisa anhelante.

—*C'est pour toi*. Es un... —No encontró las palabras para expresarse y lanzó la pregunta a nadie en particular—: ¿Me entenderá si le hablo en castellano?

Al ver los apuros de su patrón, el hombre más joven hizo amago de acercarse para acudir en su ayuda. Supuse que él había hecho de intérprete entre don Pablo y la madre superiora. Sin embargo, yo me adelanté:

—Sí, lo entiendo.

Al escuchar mi tímida respuesta, don Pablo se giró bruscamente, sorprendido. Hasta entonces nuestra conversación había sido un entrecortado monólogo suyo. Casi al instante, pareció haberse quitado un peso de encima y se relajó visiblemente. Su sonrisa se extendió aún más y volvió a ofrecerme el enorme paquete.

—Para ti.

Yo traté de cogerlo, pero todavía llevaba el libro en la mano. Él se ofreció a sostenérmelo mientras yo apoyaba el paquete sobre el escritorio de la madre superiora, que se encorvó para echar un vistazo al interior.

—¿Qué leías...? —me preguntó don Pablo con el ceño fruncido tratando de descifrar el título en francés del libro.

—Las vidas de los santos —respondí sin levantar la vista del paquete que trataba de desembalar. Por el rabillo del ojo percibí cómo él arqueaba las cejas, perplejo.

Con cuidado desaté la lazada que cerraba la caja y al levantar su tapa con la ayuda de la monja pude contemplar el vestido más bonito que había visto en mi vida. Aquella esponjosa nube azul atrapada entre láminas de papel crepitante nada tenía que ver con el vestido de color pardo remendado mil veces y con el sucio delantal que llevaba. Temerosa de que se deshiciese al tacto, acaricié la tela vaporosa con la punta de los dedos y percibí que en una de las esquinas bajo el vestido había un pequeño bulto. Al levantarlo encontré un par de zapatitos nuevos y blanquísimos, y junto a ellos unas calcetas también blancas. No podía creer que aquel pedacito de cielo fuese para mí.

—Muchas gracias, señor. Es muy bonito —dije simplemente, a pesar de todo.

Don Pablo, que hasta ese momento había estado enfrascado en la tarea de analizar el contenido indescifrable del libro, levantó la vista fugazmente, y con una sonrisa y un movimiento de la mano le quitó importancia. Finalmente cerró el libro y, mirándonos alternativamente a mí y a las monjas, comentó:

—Un libro demasiado denso para una niña de ocho años, ¿no? —Las monjas, al escuchar la traducción del intérprete, no supieron qué contestar. Él centró su atención en mí—. ¿Te gusta?

Yo no me atreví a contestar. No había mucho más que leer por allí, en realidad. Miré de reojo a las monjas, temiendo responder algo indebido. Don Pablo leyó mis pensamientos.

—Por favor, ¿pueden dejarnos hablar a solas unos minutos?

Las monjas se giraron hacia el intérprete y al escucharle nos miraron con recelo a mí y a don Pablo. No obstante, la madre superiora asintió y ambas salieron. La hermana Marguerite no escatimó una mirada de advertencia antes de desaparecer por la puerta. También el empleado salió.

Cuando esta se cerró, don Pablo fue a sentarse en una de las sillas frente al escritorio y me hizo señas para que me sentara en la otra. Entonces repitió la pregunta, esta vez con ojos inquisitivos y abiertamente interesados en mi respuesta:

—¿Qué te parece el libro?

Yo dudé. No terminaba de comprender el vivo interés que mostraba por mi opinión. Intuí que me estaba poniendo a prueba, así que opté por aguantarle el pulso y le contesté con otra pregunta:

—¿Usted cree que de verdad sucedieron esas cosas? —Él no pareció comprender a qué me refería—. Las que dice la Biblia. ¿Usted cree que de verdad Moisés abrió el mar? ¿Que Jesucristo convirtió agua en vino? ¿Que San Pablo vio a Dios y cayó ciego del caballo y después Dios le hizo recuperar la vista?

—¿Tú no crees que sucedieron?

—Yo no lo sé. Pero mi madre no creía en las cosas que dice la Biblia. A lo mejor son todo mentiras para engatusarnos. ¿Usted qué piensa?

Él reflexionó durante unos segundos antes de responder. Siempre lo hacía. Su expresión se tornó grave y su ceño fruncido me indicó que no era una pregunta fácil de responder. Ahora era yo quien lo estaba poniendo a prueba.

—Yo creo... —se detuvo durante unos segundos, tratando de poner en orden sus ideas—, creo que sí sucedieron realmente. Pero creo que quizá no exactamente como relata la Biblia. La Biblia recoge los recuerdos de las personas que vivieron esos sucesos, y las personas recuerdan las cosas según las interpretan. ¿Y si Pablo no cayó ciego, sino que quedó ciego al golpearse contra el suelo, y no le devolvió Dios la vista, sino que la recuperó espontáneamente cuando se recuperó del golpe? ¿Entiendes lo que digo?

Su respuesta me sorprendió. Asentí. Complacida, decidí llevar la prueba un poco más lejos y, en un arranque temerario, le pregunté a bocajarro:

—¿Usted cree que Dios existe?

Él debió intuir que lo estaba poniendo a prueba, ya que reprimió una sonrisa y frunció de nuevo el ceño.

—Si te digo la verdad, no lo sé —admitió finalmente—. Quizás exista, o quizá no. Quizá Dios nos creó a nosotros, o quizá fuimos nosotros los que lo creamos a él. No lo sé. Pero sí sé que a veces es muy difícil estar solo, y es reconfortante creer que tienes a alguien a quien acudir, ¿no te parece? ¿Tú qué opinas?

Esta vez estaba estupefacta. Las monjas me habrían dado un rotundo sí acompañado de una bofetada. O habrían optado directamente por la bofetada. Pero don Pablo no solo me había dado una respuesta mucho más elaborada y diametralmente distinta a una confirmación dogmática, sino que parecía abierto al debate y me preguntaba abiertamente mi opinión. Esa complicidad entre herejes que había surgido de repente entre nosotros me envalentonó.

—Yo estoy de acuerdo, señor. —Y añadí con malicia, tergiversando lo que él había dicho—: de Dios solo se acuerda uno cuando se siente solo.

Él soltó una sonora carcajada. Yo me reí también. Había dejado de sentirme incómoda hacía rato.

—A veces es difícil estar solo —reflexioné en voz alta, repitiendo sus palabras—. Creo que por eso las monjas rezan tanto, para que Dios no se despiste y las abandone, porque se sienten muy solas en esta montaña.

Don Pablo escuchó con atención mis palabras, las meditó unos segundos.

—¿Tú también te sientes sola?

Yo dudé, pero me aventuré a dar rienda suelta de nuevo a mis pensamientos.

—A veces sí, señor. Desde que la hermana Madeleine se fue. Murió hace dos años de tos. La madre superiora es severa, pero es buena conmigo, pero algunas de las otras monjas no siempre me tratan bien. Creo que tiene que ver con el color de mis ojos y de mi cabello, señor. No sé por qué, pero creo que no les gusta. —Él seguía escuchándome con atención y frunció el ceño, preocupado. Yo cambié de tema—. Y también me aburro mucho, señor. En invierno hace mucho frío y no se puede salir, y en verano tampoco me dejan salir porque dicen que me puedo perder si salgo sola. Y por aquí casi no hay niños con los que jugar. Ni sol. Ni nada.

Detuve el torrente de mi explicación temiendo aburrirle. Él no parecía cansado ni molesto. Al contrario, parecía absorber cada una de mis palabras como un dato valioso. Al final, me preguntó directamente:

—Bárbara, ¿quieres venir a vivir conmigo y con mi familia al sur?

3

—¡Un ladrón! ¡Hay un ladrón en la ventana!

Flavia se había levantado de la mesa de la cocina como movida por un resorte. El tazón de leche que sostenía entre las manos había caído al suelo y ahora era tan solo un puñado de añicos en medio de un charco de leche junto a sus pies. La niña apuntaba con un dedo hacia la ventana que había junto a la puerta, a mi espalda, gritando como una posesa. Me giré y por el rabillo del ojo vi que Flavia se escabullía chillando por las escaleras en busca de ayuda. Escasos minutos antes, Consuelo había abandonado la cocina tras servirnos un tazón de leche a cada una. El resto de los de la casa dormía o estaba a punto de hacerlo.

Al otro lado del cristal, envuelto en la oscuridad, percibí un rostro que me miraba fijamente. Los gritos de alarma de Flavia no habían ahuyentado al dueño de ese rostro, un muchacho que permanecía impertérrito apostado frente a la ventana, con las manos en los barrotes de la reja y la cara encajada entre estos. Si era un ladrón, ¿por qué no había huido?

Me levanté de la mesa y me acerqué a la ventana. Él soltó entonces una de las manos de la reja y señaló con ella la puerta. Quería que la abriese. Yo negué con la cabeza y él optó por golpear suavemente con los nudillos la ventana. «Por favor», dijeron sus labios en silencio. Yo dudé unos segundos, pero finalmente abrí la ventana. Ambos nos observamos durante unos segundos sin decir palabra. Finalmente, él rompió el hielo:

—¿Quién eres tú?

—¡Eso debería preguntarlo yo, idiota! ¿Quién eres tú y qué hacías ahí fuera a estas horas? ¡Has asustado a mi prima!

—Yo he preguntado primero —insistió él.

—Y yo tengo la llave de la puerta —respondí sin dar mi brazo a torcer.

Él vaciló unos segundos y finalmente desistió.

—Trabajo aquí. Soy hijo del guardés. Pregúntale a él si no me crees.

—¡El hijo de Vicente!, pensé. El desaparecido. Me pregunté si decía la verdad. Él, por su parte, evaluándome con ojos chicos de arriba abajo, añadió—: ¿Y quién eres tú?

Me erguí y estiré mucho el cuello.

—Soy la señorita Bárbara, la sobrina del dueño de esta casa —le espeté, con la barbilla muy alta. Anda que no le iba a sacar yo partido a mi nuevo título.

No debí de resultar muy convincente porque, lejos de sentirse impresionado o intimidado, él apretó los labios en una mueca burlona.

—De acuerdo. Entonces, ¿puede usted, señorita, abrir la puerta de su casa para permitirme entrar, por favor? —Su tono patético y las florituras que hizo con las manos me hicieron reír. Él sonrió de oreja a oreja al ver ganado a su escaso público—. Aquí fuera hace mucho fresco —añadió a modo de súplica.

—Está bien. —Giré la llave y la puerta se abrió. Él muchacho entró con cautela.

—Gracias, señorita —repitió la burla.

Ahora que se encontraba bajo la lámpara de la cocina, pude observarlo bien. Era casi dos cabezas más alto que yo, desgarbado y con una mata de pelo desgreñado y rubio como el de su hermana y su padre. Tenía un rostro muy poco armónico: la nariz era demasiado larga y apenas tenía pómulos. El primer tonteo de barba comenzaba a asomar de su mentón y quijadas. Pero lo más llamativo eran los ojos con los que en ese momento me observaba con suspicacia: tenían un color azul verdoso muy inusual por aquellas tierras de ojos negros tan parecidos a los míos. Ni su hermana ni su padre compartían esos dos estanques de agua pura.

Yo me senté de nuevo frente al tazón de leche que había dejado a medias. El muchacho perdió pronto el interés por mí y comenzó a deambular por la cocina, barriendo cada superficie con la mirada hasta dar con un cesto lleno de manzanas que colgaba de una de las paredes.

—¿Le importa a la señorita que le robe una manzana? Tengo hambre.

—No, cógela.

El muchacho obedeció y dio un bocado tremendo a la fruta. Presentaba un aspecto desastroso, sucio y desaliñado. Llevaba la ropa y la piel de los brazos y la cara cubiertos de arañazos, síntoma de haberse pasado el día en el campo, y del bolsillo del pantalón asomaba la esquina de un pequeño librito.

—¿Eres extranjera? —preguntó de repente, receloso. Por aquel entonces todavía se me atragantaban algunas erres castellanas y cerraba mucho la boca al pronunciar las úes.

—De Francia.

—¿Y qué haces aquí?

—¿Y a ti qué te importa?

—Era solo curiosidad —dijo encogiéndose de hombros.

Yo no contesté. El silencio se instaló de nuevo, interrumpido por los bocados que daba él a la manzana. Esta vez fui yo la que habló primero:

—¿Cómo te llamas?

—Álvaro. —Extendió una mano y yo se la apreté con una sonrisa.

—Tú eres mucho mayor que Rosita. ¿Cuántos años tienes?

—Quince. ¿Y tú?

—Ocho. —Él no dijo nada. Señalé el bolsillo de su pantalón—. ¿Y qué leías?

Sacó el libro de su bolsillo, pero no tuvo tiempo de contestar a mi pregunta, porque en ese momento el tío Pablo entró corriendo en la cocina en pijama y bata, seguido de Flavia, que chilló:

—¡Es ese, papá! ¡Ese es el ladrón de la ventana! ¡Ha conseguido entrar!

El tío se detuvo y nos miró a Álvaro y a mí, tratando de comprender qué estaba pasando. Yo me había colocado inconscientemente entre Álvaro y los recién llegados y por el rabillo del ojo vi que el muchacho había levantado los brazos y trataba de mostrarse lo más inofensivo posible. Me apresuré a aclarar la situación:

—No es un ladrón, tío, es el hijo de Vicente. El que no se presentó esta tarde.

Flavia dejó de chillar y la confusión dio paso a la comprensión en el rostro del tío.

* * *

Parecía que Vicente llevaba ya una hora reprendiendo a Álvaro por su conducta. El tío lo había mandado llamar y el hombretón, al entrar abruptamente en la biblioteca, a la que nos habíamos trasladado, le había soltado una sonora bofetada a su hijo. Fuera de sus casillas, el guardés le ordenó a gritos que se disculpara ante el patrón. Le recriminó que no tenía remedio, que se estaba convirtiendo en un salvaje y que no obedecía ni se presentaba cuando debía. Alternaba la ira hacia su hijo con las disculpas al tío, que observaba sin decir palabra, esperando a que detuviese la retahíla de gritos y disculpas para tratar de apaciguar la situación.

—No lo despida, señor. Es un inconsciente, pero madurará. Es buen trabajador y aprende rápido. Le aseguro que lo meteré en cintura. Esto no volverá a repetirse...

Álvaro, apesadumbrado, me lanzaba de vez en cuando miradas furtivas en busca de apoyo. Flavia y yo observábamos la contienda desde una esquina, tras el parapeto de los brazos de Pepita, que guardaba silencio como nosotras. El tío por fin se hizo hueco en el discurso de Vicente y aprovechó la oportunidad para poner paz.

—Ya le dije antes que no tiene la menor importancia. Su hijo y yo hemos tenido una pequeña charla. —Cogió el libro que antes Álvaro llevaba en el bolsillo y que ahora descansaba sobre su escritorio, y lo sostuvo en alto. *La catedral,* de un señor llamado Vicente Blasco Ibáñez—. El chico se ha pasado la tarde leyendo por ahí y se le ha ido el santo al cielo —aclaró. Vicente fue a replicar, pero el tío se le adelantó y levantó la otra mano para acallarlo—. Creo que su hijo tiene más ganas de estudiar que de trabajar.

Vicente, igual que había abierto la boca para hablar, la volvió a cerrar. Bajó la vista y con ella cayeron los hombros.

—Señor, el muchacho debe trabajar. No puedo pagarle unos estudios —admitió humildemente—. Ojalá pudiera, pero no.

Mantenía la vista fija en el suelo, avergonzado. El tío no contestó de inmediato. Reflexionó unos segundos y luego alargó el libro a Álvaro, que lo cogió sin mirarlo a los ojos y murmuró un leve «gracias, señor». El tío Pablo se dirigió a su padre:

—Vamos a hacer una cosa: estoy buscando un tutor que eduque a mis hijas; no quiero llevarlas a las monjas, así que traeré a alguien para que las instruya aquí. Le propongo que Álvaro y Rosita se unan a ellas. Y también Gonzalo, si su hermano está de acuerdo —Álvaro levantó la cabeza con los ojos como platos. Vicente parecía confundido—. Los tres se educarán con Flavia y Barbarita y, cuando llegue el momento, si el muchacho se aplica, nos plantearemos que haga el bachiller e incluso meterlo en la universidad. Él seguirá trabajando con usted, pero menos horas para que pueda estudiar. ¿Qué me dice?

Álvaro se giró hacia su padre con ojos suplicantes. Este no esperaba esa oferta.

—No tiene usted por qué hacerlo, don Pablo. Es mucho dispendio. No puedo aceptarlo.

—Acéptelo, Vicente, por favor. Estoy seguro de que el muchacho vale para eso. Puede llegar lejos. Y, desde luego, le dará menos disgustos. ¿Verdad, Álvaro?

Álvaro no tardó ni dos segundos en contestar:

—¡No, señor! ¡Ni uno! ¡Le prometo que me aplicaré! —Se giró hacia su padre de nuevo—. Padre, diga que sí, por favor. Le prometo que estaré a mis horas.

Su padre dudaba.

—Vicente, diga que sí —supliqué yo, apiadada—. Flavia y yo lo vigilaremos para que se porte bien. —Ella asintió.

Vicente todavía dudó, pero acabó por rendirse.

—Está bien. —Álvaro casi saltó de alegría—. Don Pablo, no sé cómo agradecérselo, no se lo puedo pagar... —Él le restó importancia con un gesto.

Observé atentamente a Vicente. Parecía sinceramente agradecido por el enorme favor que le acababa de conceder su patrón, pero vi algo más. Sus ojos huían de todas partes y, sin dejar de sonreír por su hijo, su ceño seguía fruncido. Se sentía humillado, avergonzado al tener que reconocer las limitaciones que le imponía su condición humilde y aceptar la caridad ajena. Miré a mi tío. No parecía haber percibido la disyuntiva moral en que lo había situado.

—Y ahora, ¡todo el mundo a la cama! —exclamó él al tiempo que se levantaba del sillón—. Mañana será otro día. Por cierto. —Se dirigió a Pepita, que ya nos conducía a Flavia y a mí fuera de la habitación—. Pepita, mañana me llevaré a las niñas conmigo. Quiero que conozcan la finca y la fábrica. ¿Podrá usted tenerlas listas para las ocho y media? Me gustaría comenzar el día temprano.

—Por supuesto, señor.

—Bien. Pues ¡a dormir!

Cada uno emprendió el camino hacia su dormitorio. El portero y su familia dormían entonces todavía en la buhardilla con el resto del servicio, y hacia allí se encaminaron. Así sería hasta que terminase la construcción de la portería.

Unos minutos después, cuando toda la casa estaba ya en calma y Flavia y yo metidas en la cama, percibí unos golpes casi imperceptibles en la puerta de nuestra habitación. No estaba segura de si realmente los había oído o si fueron fruto de mi imaginación, pero bajé de la cama y de puntillas me acerqué a la puerta con sigilo para no despertar a Flavia. Al abrirla no encontré a nadie. Sin embargo, en el suelo frente a la puerta había un pequeño bulto. Me agaché a cogerlo, y entonces me di cuenta de lo que era.

«Para usted, señorita. Gracias», decía la nota entre las primeras páginas de *La catedral,* de aquel señor llamado Vicente Blasco Ibáñez.

4

La Granada de entonces era la de la remolacha.

La fiebre remolachera había llegado en la década de 1880 a la Vega, y por ella entró a España. La remolacha azucarera había sacudido como un sismo Granada, que despertó de pronto de su largo y penoso letargo decimonónico y abrió sus puertas y ventanas para ventilar el olor a viejo y dejar entrar los nuevos aires de la modernidad. La Vega entera quedó tapizada por las plantaciones y aquí y allá fueron despuntando aquellas imponentes agujas de ladrillo, las chimeneas. Las azucareras. Y si la remolacha granadina debía su razón de ser en gran parte al tendido de los raíles de tren que por fin habían llegado a la ciudad, el ferrocarril también contrajo una deuda histórica con el azúcar al crecer sus líneas y ramales para sacarlo fuera de la Vega.

El fenómeno de la remolacha dio a la ciudad el empuje que le faltaba para engancharse al furor del ensanche que había recorrido el continente reconfigurando las ciudades europeas. El azúcar hizo suyo el caótico y enrevesado plano de la ciudad nazarí y trazó, a escuadra y cartabón, un eje rectísimo y largo como el asta de una bandera que arrambló con el corazón de la ciudad: la Gran Vía del Azúcar. La avenida de los bufetes y las oficinas del azúcar. La Gran Vía se llevó por delante cualquier edificio que estorbó su paso, y condenó al Darro, aquel río romántico, al entierro en vida. Los modernos lo fueron sepultando poco a poco, por tramos, hasta dejar libres tan solo los últimos metros antes de su reunión con el Genil.

La gente llegaba desde lugares remotos para trabajar la remolacha. La ciudad y los pueblos crecieron y aparecieron nuevos asentamientos. Aparecieron también los nuevos ricos de la remolacha, y los que ya eran ricos e invirtieron en ella se enriquecieron más. La industria creció como la espuma, y con ella lo hicieron las fundiciones, las eléctricas, los talleres de tejidos para saquerío, las fábricas de abonos, las constructoras, las fábricas de chocolates y dulces, las conserveras, las cerveceras y otros tantos sectores que, al son del azúcar, habían comenzado a bailar. La ciudad estaba despierta, hasta su último rincón.

El último espaldarazo a la industria antes del final del siglo le vino desde el otro lado del Atlántico. En 1898, el año en que Pablo le pidiera a don Gerardo permiso para casarse con Julia, España se despertó de repente de su sueño colonial y tuvo que decir adiós desde el puerto con un pañuelito en la mano y lágrimas amargas en los ojos a sus últimas glorias de ultramar. Cuba y Filipinas se le iban, y el Imperio español donde no se ponía el sol echaba el cierre y salía por la puerta de atrás. Aquello era ya pasado. Un pasado muy lejano.

España perdió en aquella guerra contra los Estados Unidos, entre otras muchas cosas, el azúcar antillano de caña, y tuvo que empezar a producir por sí misma lo que ya no podía importar con preferencia. Y así el azúcar remolachero de Granada vio el cielo abierto.

Al año siguiente, con Pablo y Julia ya casados, Ramón visitó por primera vez a su amigo en Buenos Aires, acompañado entonces de doña Pilar. Los dos amigos llevaban sin verse desde que Pablo se embarcara, y desde entonces la vida de ambos había tomado un rumbo distinto. Ramón, madrileño como Pablo, había estudiado y conseguido la cátedra en Granada, se había casado y tenía dos hijos. Y era testigo de la fiebre de la remolacha.

—Creo que no hay ni un solo marjal de tierra en la Vega que no sea remolacha, Pablo. Jamás he visto una cosa así. Y sigue creciendo la producción.

Ramón no necesitó decir mucho más para que, al final de ese viaje, volviese a España con el encargo de Pablo de comprar acciones en su nombre en la nueva industria. Quería invertir. Y Ramón compró acciones del Ingenio de San Juan.

Pero aquello no acabó allí. Al año siguiente, con el comienzo del siglo, fue Pablo el que visitó a Ramón en Granada. Quería aprender. Él conocía la industria de la caña, pero no sabía nada de la de la remolacha. Se quedó para presenciar la campaña completa, para conocer la ciudad y su gente, para saber cómo funcionaba todo aquello y qué potencialidades tenía esa industria. Aquel primer año acabó con la compra de cincuenta marjales de tierra que puso en funcionamiento antes de regresar, dejándolos a cargo de un apoderado. Esos cincuenta se duplicaron al año siguiente. El tío llegaría a tener, en los años de mayor auge, unos trescientos cincuenta marjales de remolacha en propiedad y otros cincuenta arrendados. Después llegarían también los olivos y el tabaco. Y además de todo ello, las acciones del azúcar cañero argentino y el remolachero granadino, y las de la Compañía de la Luz Eléctrica. Una auténtica fortuna, una de las mayores de la Vega.

Aquella mañana en que Pepita nos tuvo preparadas a Flavia y a mí para salir temprano con el tío recorrimos en coche aquellos campos llanísimos e infinitos que él había comprado y que ya llevaban más de quince años funcionando. La tierra era gris y la niebla de la mañana todavía no se había asentado. En medio de la bruma, los jornaleros iban de aquí para allá trajinando entre las hileras. Flavia y yo vimos, con ojos soñolientos todavía, las pequeñas manchas verdes que sobresalían tímidamente de la tierra.

—Madurarán para agosto. Aún queda —aclaró el tío.

Antes de que los cincuenta fuesen cien, el tío rompió con el Ingenio por diferencias en la forma de gestión. El Ingenio era ya viejo y se resistía a amoldarse a lo nuevo. Vendió las acciones, pero no invirtió en ninguna otra azucarera. El tío se encerró durante cuatro días en su despacho argentino y cerró los ojos, pensando, dándole vueltas a aquel trago amargo. Se negaba a renunciar al azúcar de Granada. Y al quinto día salió de su despacho y se embarcó de nuevo para España. Era septiembre de 1901.

Los conflictos entre labradores e industriales eran constantes, y las condiciones de la compraventa de la remolacha eran casi siempre poco ventajosas para los primeros. Así que Pablo, cuando llegó a Granada, se sentó a hablar con los labradores que su apoderado y Ramón habían reunido, y les propuso fundar la cooperativa.

La Sociedad Anónima Cooperativa Fábrica Azucarera de San Cristóbal se constituyó en diciembre de 1901 con un capital inicial de un millón de pesetas dividido en mil acciones nominativas e indivisibles de mil pesetas cada una. Cada acción obligaba a la entrega de veinte toneladas de remolacha transferibles. Esa política de cupos era nueva, ajena al funcionamiento de las sociedades existentes. Se llamaba de San Cristóbal, pero se la conoció siempre como la de Los Indianos.

A marchas forzadas se construyó la fábrica, que quedó terminada a finales del año siguiente. Costó finalmente casi tres millones de pesetas que se debieron sufragar con la capitalización de la primera cosecha, con la emisión de pagarés y con un préstamo bancario; su primera campaña fue la de 1903-1904, que fue también la primera gran cosecha del tío. La fábrica se emplazó junto a la línea férrea que salía hacia Málaga, al oeste de la ciudad, en dirección Santa Fe.

Los accionistas consiguieron, en los años siguientes, que el tranvía de la ciudad llegara a la fábrica para los obreros. Construyeron también para ellos una sección de apartamentos que nosotras vimos aquella mañana. Y alrededor de la fábrica, con el paso de los años, aparecería una nueva barriada, Bobadilla, que ya era grande cuando nosotros llegamos en el 17.

—¡Es como un gigante de ladrillos!

La azucarera era una mole inmensa y hermosa. No sé cuántos metros cuadrados repartidos en tres naves para turbinas, malaxadoras, almacén, depósitos de agua, laboratorio, enfermería y otras tantas cosas, como una destilería para la fabricación de alcoholes de las melazas sobrantes del azúcar. Fuera, los apartamentos para personal, los silos, el quemadero de rastrojos y un edificio de oficinas, al noreste de la fábrica, con forma de torreón acabado en un cupulín puntiagudo pintado de rojo. Flavia y yo lo bautizamos como «la torre de la aguja».

La fábrica estaba dormida en aquel momento, solo merodeaban por allí los técnicos que andaban revisando y poniendo a punto la maquinaria importada de Alemania. En pocas semanas comenzaría la limpieza y preparación de los espacios para la campaña.

El tío Pablo terminó sus explicaciones de aquella mañana plantándose muy serio frente a nosotras con los brazos en jarras, a las puertas de aquel gigante:

—De esto que habéis visto hoy es de lo que comemos. Esto es de lo que vivimos. Si esto no existiera, nosotros no estaríamos aquí.

Mi prima y yo asentimos también muy serias, temerosas de su mirada.

—Vosotras tenéis la inmensa suerte de tener un plato caliente sobre la mesa todos los días. Tenéis ropa con que abrigaros, tenéis juguetes y tenéis y tendréis todo lo que podáis desear. Nunca os veréis obligadas a levantaros antes que el sol para doblar el lomo como esos hombres que habéis visto en el campo, ni tendréis que coser, cocinar o lavar ropa hasta que se os caiga la piel de las manos para poder comer. Pero debéis saber lo mucho que cuesta llegar hasta aquí. —Levantó un brazo señalando el edificio—. Debéis saber lo que cuesta la vida que tenemos, y que todo lo que tenemos un día no existió y puede dejar de existir si no lo mantenemos, si no trabajamos. Hay que trabajar, hay que trabajar muchísimo para conseguir las cosas. No tenemos lo que tenemos porque nos lo merezcamos, sino porque somos afortunados. Pero sobre todo porque lo hemos trabajado. ¿De acuerdo?

Flavia y yo asentimos de nuevo, mudas. El ceño del tío se suavizó.

—A lo largo de la historia los hombres que consiguieron grandes logros fueron los que trabajaron duro. En lo que quiera que hiciesen, eso no importa. Los emprendedores, no los aristócratas ociosos. Esos son los audaces, los que mueven el mundo. ¡Los revolucionarios! —Apretó el puño frente a nosotras, mirándonos con fijeza y sonriendo—. Nosotros somos de esa raza de creadores, ¿a que sí?

Nosotras asentimos por tercera vez, envalentonadas.

—¿Y vais a trabajar duro?

—¡Sí, señor! —dijimos al unísono.

—Bien. Porque esta raza nuestra vive del trabajo, del cambio incesante y de la evolución. Si no cambia, perece.

El tío había leído a Karl Marx. Entonces no supe reconocerlo en esas palabras pronunciadas con tanto fervor, pero estaba ahí, escondido entre sus pensamientos, y no sería hasta mucho tiempo y muchas lecturas después que yo lo descubriría. El tío Pablo había leído a Marx. Lo leyó muchas veces a lo largo de los años, de hecho. Y lo citaba de vez en cuando. A menudo para rebatirlo, pero también me sorprende comprobar el considerable número de veces en que, como en aquella ocasión, se identificaba con las palabras de aquel hombre barbudo que había vuelto el siglo XIX del revés.

* * *

El tío Pablo buscaba tutor para nosotras y empezó por decirle a Ramón:

—No quiero monjas para mis hijas, quiero krausismo.

Y Ramón le presentó a don Fernando, un catedrático de Derecho amigo suyo, y a su mujer Gloria, que era maestra. Le daba clases a su propia hija, Laura, y a la hija de unos amigos. Doña Gloria nos aceptó a los cinco en sus clases. Ya teníamos maestra. Ella tenía un rostro redondo, de gesto amable aunque duro. Don Fernando era un hombre de cejas y barba negrísimas, serio como el tío, de andar y mirar circunspectos, y con gafas como Ramón. Pablo lo observó unos minutos, intrigado.

—¿Es usted por casualidad pariente de Giner de los Ríos?

—Era mi tío. —Don Fernando asintió.

Las clases con doña Gloria comenzaron en seguida. Las dábamos en el comedor de su casa, sentados a una mesa muy larga en la que cabíamos todos, mientras ella daba vueltas a nuestro alrededor explicando, preguntándonos de vez en cuando y vigilando nuestro trabajo. Pepita nos acompañaba a las clases y nos traía de vuelta, y mientras tanto se sentaba en un rincón de la habitación a hacer calceta. O fingía que hacía calceta mientras nos vigilaba. En ocasiones, era ella la que le preguntaba sus dudas a doña Gloria. La otra niña que daba clases con Laura se llamaba Isabel. Era de mi edad y Laura de la de Rosita. Ambas tenían el cabello oscuro como yo. Laura la cara redonda como su madre, Isabel alargada.

Las clases eran muy agradables, aunque muy difíciles a veces, y por primera vez fui consciente del retraso que llevaba en algunas materias. Doña Gloria me felicitó cuando leí de corrido un texto y contesté bien los principales ríos de España, pero a duras penas supe hacer los cálculos que me pidió. Tenía una laguna enorme en aritmética. Y mi ortografía era pésima.

Doña Gloria pronto apartó a Álvaro en un extremo de la mesa y le dio libros y tareas distintos a los nuestros. Iba a prepararse para entrar al bachiller. Él hincaba los codos en la mesa cuando llegábamos y no volvía a levantar la vista hasta que nos marchábamos. En ocasiones se quedaba alguna hora más con doña Gloria.

Un día, cuando estábamos a punto de terminar la clase, la puerta de la habitación se abrió y por ella entró don Fernando con un muchacho que llevaba ambas manos metidas en los bolsillos del pantalón y se reía con toda la boca. Al vernos a todos sentados a la mesa, arqueó las cejas, sorprendido.

—¡Menudo rebaño tenéis aquí! ¿Quién es toda esta gente?

Debía de tener unos cuatro o cinco años más que Álvaro, rondaría la veintena. Era moreno, de cejas pobladas y pómulos altísimos, redondos como dos manzanas, y tenía la cara salpicada de pecas y lunares. Los pómulos y las cejas enmarcaban unos ojos oscuros, burlones. Era muy guapo.

—Son las hijas de un amigo. —Don Fernando nos señaló a Flavia y a mí—. Y los otros tres sirven en su casa. Gloria les está dando clase con tu hermana y con Laurita. Se mudaron hace poco. Su padre es azucarero. Se lo presentaré a tu padre, creo que congeniarán.

—Tendrán de qué hablar, eso seguro.

El hermano de Isabel vino otras veces a traerla y recogerla de las clases, y cada vez que lo hacía se montaba un jaleo tremendo en el comedor de doña Gloria. La siguiente vez que fue a llevarla, al llegar nosotros a la casa nos encontramos a las dos niñas bailando alrededor de un piano de otra sala. El hermano tocaba y cantaba como un loco, y ellas se morían de risa. Flavia corrió a unirse a la fiesta, y Rosita, aunque con pasos más indecisos, también.

En ocasiones, eran Isabel y Laura las que venían a jugar a nuestra casa. Rosita, Flavia y yo, y a veces también los dos muchachos cuando no trabajaban, pasábamos las tardes en el jardín, corriendo y jugando con los bracos mientras Pepita y Consuelo nos daban la merienda. La cocinera nos ponía una pasionaria en cada oreja y se arrancaba a cantar y hacer palmas para que bailáramos. Ella volvió a hacerme las guirnaldas de trenzas que me hacía la hermana Madeleine.

A Consuelo la llamaban Acemilera, porque ese había sido el oficio de su padre y, antes que su padre, de su abuelo, y así hasta perder la memoria. Era del Albaicín y tenía, perdidas en el caudal de las venas, cuatro o cinco gotas de sangre gitana. La mujer nos contó que, cuando chica, los otros niños del barrio la llamaban mula y burra, y le tiraban piedras. Y ella cogía una piedra más grande y se la tiraba al que decía aquello.

—De milagro no desgracié a alguno, ahora que lo pienso —reflexionó—. Les gritaba: «¡Al próximo que me llame borrica, le clavo entera una pica!», ¡que rima y todo! Y ya no se acercaban.

Flavia y yo nos desternillábamos. Pepita resoplaba, disgustada.

—Qué bruta eres, mujer, ¡y qué ejemplo!

—Una es lo que es. No hay más.

Las criadas se pasaban la tarde, cuando no había más quehaceres hasta la hora de la cena, sentadas en la puerta de la cocina, bajo la higuera. Casi siempre estaban todas, y muy a menudo se unía la cocinera de los López-Vinuesa, nuestros vecinos.

Le decían Cangreja, aunque se llamaba Paca. Era una motrileña algo mayor que Consuelo, seca como una raspa y de cabellos lacios del color de las algas. Tenía los ojos estrechísimos como dos agujas, y miraba con desprecio muchas cosas. La llamaban Cangreja porque tenía la piel blanca como la leche y en ella le aparecían unos ronchones del color de ese animal cuando hacía demasiado frío o demasiado calor.

Cuando el sol bajaba y el calor se hacía más soportable, las cinco mujeres se sentaban a tomar el fresco bajo la brevera, y allí, entre susurros maliciosos y gritos, risas y coplas pasajeras, iban desgranando lo que pasaba en la casa amarilla y en la de al lado, y también en todas las demás. Y si quedaba tiempo bordaban, hacían calceta o bolillos, cosían, ajustaban, remendaban, pegaban botones, subían dobladillos y mil cosas más. Se sentaban en corro en sillas bajas de enea, y a los pies una cesta en la que guardaban la labor.

Las jóvenes casi nunca hablaban. Y Pepita casi solo intervenía para quejarse del trabajo que le dábamos Flavia y yo, de lo mucho que le dolían las rodillas o del calor aplastante que la sofocaba. Eran las dos cocineras las que llevaban el ritmo de la conversación. La Cangreja y la Acemilera se sentaban la una frente a la otra y departían como dos diputadas poniendo a cada cual en su sitio. Se contaban lo que había pasado aquí y allá, qué había dicho este y qué había hecho el otro, siempre en un lenguaje de comadres encriptado y atragantado que solo ellas entendían y que yo a duras penas podía descifrar. En ocasiones, la conversación discurría tan solo por sus mentes y la mitad de las palabras quedaban en un gesto, un ladear la cabeza, un morderse el labio inferior o una mirada muy fija.

—¿Ese es...?

—Es, es.

—¿El que se fue con... y luego no...?

—El mismo.

—Vaya por Dios.

Y para ellas quedaba lo que quiera que hubiesen dicho.

Así se pasaban las tardes mientras no tuvieran otra cosa que hacer, alternando los chismes con las labores hasta que se les iba la luz para dar puntadas o se quedaban sin saliva de tanto parlotear.

5

A principios de junio, uno de esos días amarillos de calor precedentes a aquel en que estaba prevista la llegada de la tía Julia, poco después de que el señor Lanz y doña Sofía se marcharan a su nueva casa, Pasito se desplomó y ya no se volvió a levantar.

El viejo y decrépito caballo exhaló su último aliento sin aspavientos ni quejas estridentes y, con un último aleteo de sus párpados, sus ojos se despidieron del mundo y se cerraron para siempre. El caballo adorado de Rosita, viejísimo, murió de cansancio en silencio, tan en silencio como había vivido. O quizá fue de pena porque esa mañana Rosita no había ido a cantarle y contarle sus cosas.

Pobre Pasito. Y pobre Rosita.

La niña lloraba día y noche, vagando de un lado a otro como un alma en pena. Ya no quería volver a la cuadra ni jugar con nosotros. No le interesaban las piruletas de azúcar tostado que Consuelo le preparaba, ni los chistes de Flavia, ni los abrazos y los besos de su hermano. El frágil corazoncito de pájaro de la niña se lo había llevado su amigo al marcharse para siempre, y no había quien repusiera esa pérdida.

Después de varios días sin querer acercarse a la cuadra, una tarde la encontramos llorando sentada en una esquina del cubil que antes ocupaba el viejo tordo. Gonzalo, Flavia, Álvaro y yo ya no sabíamos qué hacer para animarla, y simplemente nos sentamos a su alrededor escuchando sus lamentos mientras le acariciábamos el cabello y la cara hasta que, de repente, Gonzalo se levantó de un salto y farfulló un «¡Ahora vuelvo!», antes de desaparecer por la puerta a la carrera. A su vuelta traía consigo un bote de pintura negra sacada de quién sabe dónde y, sin dar más explicaciones, comenzó a trazar un amasijo de líneas y manchas en la pared.

—¡Mira Rosita, mira! —dijo exultante mientras seguía con su obra.

Rosita había dejado de llorar y su llanto se había transformado en un gimoteo hiposo mientras contemplaba aturdida su ir y venir brocha en mano. Los cuatro nos levantamos para poder contemplar bien lo que Gonzalo estaba pintando a un ritmo frenético. Cuando nos apartamos un poco de la pared, el amasijo de líneas y manchas se transformó en el hermoso busto de un caballo de crines largas y lacias, y con el esbozo de unas manchas en el lomo que recordaban ineludiblemente a las del viejo tordo. El niño tenía mano, desde luego. Los ojos de Rosita se abrieron mucho de repente y se olvidó por un momento de su gimoteo.

—¡Es igual! ¡Igual que Pasito! —exclamó con la boca abierta en una O perfecta, hipando y apuntando con su minúsculo índice al retrato.

—¡Es verdad! ¡Es igualito! —confirmó Flavia—. Tiene hasta las manchas.

Álvaro tomó en brazos a su hermana para que pudiera verlo mejor.

—¡Claro, así podrá estar siempre en la cuadra contigo! —dijo acariciándole los cabellos con ternura.

—¡Así puedes venir a ver a verlo cuando quieras, Rosita! —Gonzalo asintió, descansando con los brazos en jarras y mirando satisfecho su obra—. ¿Te gusta?

La niña asintió tímida.

—Entonces, ¿qué se dice? —preguntó su hermano.

—Gracias, Gonzalo.

A este se le hinchó el pecho como a un pavo, orgulloso de su logro, pero no dio tiempo a celebrar su hazaña porque se oyeron de pronto las voces de Pepita, que nos llamaba a gritos a Flavia y a mí, y de Consuelo, que hacía lo propio con los otros tres. La señora estaba a punto de llegar.

Los cinco corrimos a cambiarnos y adecentarnos para recibir a doña Julia, que llegaría en unos minutos de la estación, adonde el tío había ido a recogerla. Flavia estaba impaciente por volver a ver a su madre y corría de una ventana a otra mientras Pepita la perseguía con la lengua fuera, intentando sin éxito atar el lazo de su vestido. Yo las observaba ir y venir sumida en mis pensamientos. Deseaba conocer por fin a la tía, pero tenía miedo. ¿Y si yo no era lo que ella esperaba? ¿Y si yo no le gustaba? ¿Qué pasaría si a ella, como a algunas de las monjas, no le gustaba el color de mis ojos y de mi cabello? ¿Y si no nos llevábamos bien? Seguro que el tío me mandaba de vuelta al monasterio. Y yo no quería volver.

—Te va a encantar mi madre —Flavia, ajena a mis tribulaciones, me agarró por los hombros y me zarandeó hasta sacarme de mis pensamientos—. ¡Ya verás, te va a gustar mucho! ¡A todo el mundo le gusta! ¡Y seguro que trae los periquitos!

¿Qué eran «los periquitos»? El nerviosismo me hizo olvidar la duda tan pronto como me la planteé.

Las tres bajamos a la entrada, donde los demás niños y el resto del servicio aguardaban la llegada de la patrona a salvo del fuego del sol de junio. Ramón y Pilar habían venido de nuevo para recibir a la tía. Se habían colocado como dos centinelas en la ventana de la salita que daba al jardín delantero. Allí se apostó también Flavia a esperar a que el coche apareciera.

Cuando este apareció por fin, Flavia dio un salto y salió corriendo y gritando como una loca hasta que su voz se convirtió en un murmullo agitado y amortiguado por los cristales de las ventanas. Pilar y Ramón también salieron.

—¡Está aquí! ¡Ya están aquí!

Todos los músculos de mi cuerpo se tensaron con los gritos de Flavia. Me temblaban las piernas. A mi lado, Álvaro lo percibió. Se acercó un poco más a mí y, sin mediar palabra, me cogió de la mano y me dio un apretón amistoso para reconfortarme. Estiró los labios hasta casi sonreír. Yo no lo hice. Sentía claramente el corazón golpeando las paredes de mi pecho como si desease escapar. Casi lo podía oír. Y, como el corazón, percibía otros sonidos más difusos. El abrir y cerrar de portezuelas de coche, murmullo de voces, Flavia chillando emocionada, pasos acercándose a la puerta de entrada y franqueándola, pasos en los escalones del zaguán...

Por la puerta acristalada comenzó a entrar gente y los que esperábamos al pie de la escalera nos cuadramos. Álvaro soltó mi mano. A su otro lado se colocó una azorada Rosita, que se agarró a la pernera de su pantalón, y a su lado Gonzalo.

Fueron entrando el médico y su mujer, y tras estos Pablo, que me buscó con la mirada. Al encontrarme su sonrisa se ensanchó, pero su atención rápidamente se desvió a las dos rezagadas. El parloteo de Flavia anunciaba su inminente entrada. Y luego habló otra voz.

—... y el estanque, Pablo, ¡qué gran idea! ¡Magnífico!

Aquella voz era un poema. Una caricia. Era como una canción muy suave. Como el gorgoteo de un chorrillo de agua.

Su acento se parecía al de Flavia, pero era más puro. El hablar de mi prima se escuchaba a su lado irregular, descoordinado, como si al andar se diesen dos pasos seguidos con un mismo pie. Mi prima mezclaba términos y entonaciones en un batiburrillo heterogéneo que con el tiempo hibridaría aún más con el granadino. Se le pegarían, como a mí, los *lavines* y las *mititillas,* y renunciaría a las eses finales.

—¿Verdad que sí, mamá? ¡Y tiene pececitos de colores!

—Pues luego me los *enseñás,* nena.

La dueña de aquella voz musical entró entonces con Flavia de la mano como una exhalación, como una ráfaga blanquísima y etérea que casi parecía flotar a unos centímetros del suelo, con la ancha ala de un sombrero emplumado cubriéndole parcialmente el rostro. Entró riendo con una risa de perlas como las que relucían en su cuello, envuelta en un vestido blanco y volátil que se ondulaba y flotaba con cada gesto suyo. Jamás antes había visto a nadie tan elegante.

Al percibir que sus anfitriones nos miraban a nosotros, que aguardábamos en silencio, la mujer se giró, y al hacerlo el ala del sombrero descubrió un rostro que rondaba la cuarentena, hermoso como un rayo, cruzado de un extremo a otro por una sonrisa interminable y blanca enmarcada en unos labios rojos de cereza. Sus ojos repasaron velozmente la multitud y se detuvieron en mí. Con la cautela de quien se acerca a un animalillo herido, se desprendió de Flavia y del resto de sus acompañantes y se aproximó en silencio con la sonrisa teñida de curiosidad, observándome de hito en hito. Yo bajé la vista avergonzada y, durante unos pocos segundos que parecieron milenios, escuché los pasos de sus tacones hasta que estos se detuvieron frente a mí. De reojo percibí que aquella impresionante mujer se acuclillaba, y atornillé la vista a la baldosa que tenía debajo.

—*Vos debés* de ser Barbarita, ¿no? —dijo la voz musical. Yo asentí sin levantar la vista del suelo—. *Enchantée, Bárbara. C'est un vrai plaisir de te connaître.*

Al oír aquel francés ágil y perfecto, sin una pizca de vacilación, levanté la vista sorprendida. Los ojos que me miraban desde detrás de la sonrisa de cereza se empequeñecieron al ensancharse esta. Nunca antes había visto unos ojos de color violeta.

—*Merci, madame.* —Sonreí. Y no pude evitar añadir—: *Vous avez des très jolis yeux. Ils sont comme la lavande.* —Sus ojos eran, de hecho, de ese exacto color.

—*Merci, Bárbara. Tu as des yeux vraiment jolis aussi* —me devolvió el cumplido—. *Très noirs, comme la nuit.* —Mi sonrisa se ensanchó aún más.

Negros como la noche. Las monjas decían que mis ojos eran una herencia de mi madre.

—*Merci, madame. Merci, madame. On dit qu'ils sont à ma mère. Les nonnes disaient que, quand elle mourut, le bon Dieu me les donna* —añadí, orgullosa. El nerviosismo desaparecía por momentos.

—Pues qué bien que lo hiciera. —Su acento musical reapareció. Ambas estiramos todavía más si cabe nuestras sonrisas.

—Sí, señora.

—No me llames más señora. Soy tu tía. —Asentí obedientemente—. Hablando de regalos... —Me ofreció un paquetito rectangular del par que llevaba bajo el brazo—. Creo que hace poco fue tu cumpleaños. En abril, ¿no?

—Sí. Gracias, tía.

Flavia y los demás niños estiraron el cuello para curiosear mientras desembalaba con cuidado el pequeño objeto, y al retirar el papel descubrí un librito con una portada llena de colores. *Les aventures d'Alice au pays des merveilles,* de un autor de nombre inglés. El libro estaba salpicado de ilustraciones que representaban a una niña de pelo dorado rodeada de animales y seres estrambóticos en distintas escenas. Era una joya.

—Es muy bonito —Flavia habló por mí.

Su madre se había levantado y ahora extendía su mano a Álvaro.

—Y este muchacho tan alto y desgarbado debe ser el famoso Alvarito. El escapista de la casa. —Él estrechó su mano con una sonrisa.

—Sí, señora. Es un placer conocerla, doña Julia.

La tía prosiguió su camino.

—Y si este es Álvaro, este otro muchachito debe ser Gonzalo. —Él se adelantó para estrechar la mano de su patrona con una sonrisa tímida—. Y esta niña triste debe ser Rosita. —Ella asintió en silencio y estrechó también la mano que Julia le tendía. El gesto de Julia se transformó en una mueca de pena y acercó su rostro al de la niña—. Me hubiera gustado conocer a Pasito. Por lo que me han dicho, era muy buen caballito. —La niña aceptó las palabras de aquella extraña como quien acepta el pésame por la pérdida de un ser querido.

Julia entonces sacó el otro paquete y se lo ofreció a la niña.

—Este regalito no podrá sustituir a tu amigo, pero al menos endulzará un poco la pena hasta que se pase —Rosita abrió desmesuradamente los ojos al ver el contenido de la bolsa, pero Flavia se adelantó a revelar el misterio a los demás.

—¡Hala! ¡Son bombones!

—Pero, Rosita, *debés* compartirlos con tus amigos, ¿de acuerdo? —la niña asintió emocionada.

Julia entonces desvió su atención hacia Pablo y los demás anfitriones que observaban la escena en silencio, y uno a uno le fueron presentando al resto de los presentes. Los niños se congregaron en torno a Rosita en busca de su bombón correspondiente.

Todos menos yo, que observaba a Julia ir y venir, estrechando la mano a unos y a otros y conversando con todos ellos mientras sentía la mirada del tío Pablo clavada en mí. Trataba de dilucidar qué impresión me había llevado de su esposa. Sonreí espontáneamente y exhalé todo el alivio que sentía. La tía Julia era una mujer buena, y yo le había gustado.

Y a mí me había gustado ella.

6

Con la tía Julia llegaron los famosos periquitos, unos exóticos pajarillos multicolores capricho del tío Pablo cuya enorme pajarera se instaló en un rincón sombreado del jardín. Flavia les había puesto nombre a todos y Rosita, al verlos, terminó de olvidar la pena por la muerte de Pasito. Las dos pasaban el rato jugando con aquellos animalillos chillones y frágiles, sacándolos de la jaula para acariciarlos y darles miguitas de pan mojado en leche.

La llegada de la señora y aquella jaula de pájaros de ultramar fue la sensación de la tertulia de la higuera, que dejaban de vez en cuando la labor para acercarse a contemplar aquellos pájaros que alguien se había esmerado en pintar uno a uno de todos los colores del arco iris.

—¡*Cuchi,* qué cosa! ¡La señora que vino de blanca como la nata, y trajo el resto de los colores en estos gorriones pintados!

Con la tía también llegaron otras cosas. Doña Pilar comenzó a venir con frecuencia, y las dos alternaban los ratos de conversación en la casa con los paseos para mostrarle la ciudad a la recién llegada. Flavia y yo siempre íbamos con ellas.

Un día entró en la casa un enorme bulto envuelto en lienzos y cuerdas que un par de mozos hicieron pasar hasta la salita, y cuando estos salieron de nuevo, tras ellos dejaron un elegante piano de cola de color caoba. La tía Julia se sentó frente a él, apoyó las manos en las teclas y los demás nos apiñamos alrededor expectantes, conteniendo la respiración. La Acemilera dejó de hablar por primera vez en toda la mañana.

Y la música comenzó a sonar.

También en aquellos días llegó el Corpus, que llenó Granada de luces y colores, de claveles, de música, de feria, de mantones en los balcones y de jóvenes y mayores vestidos de perpetuo domingo que iban de allá para acá entre cohetes y petardos. Pasaron la Tarasca y su corte de gigantes y cabezudos como un vendaval de chillería y música bajo el sombraje de Reyes Católicos, y pasó también la custodia. Y bajo aquella solanera de junio llegaron también las corridas, que arrastraron a la ciudad entera al coso viejo para ver manejar al diestro.

Para allá marcharon el tío y doña Pilar, pero Julia se negó en redondo a presenciar aquel espectáculo bárbaro y también se opuso a que nos llevaran a nosotras. Ni hablar. Como ella, don Ramón también se negó a acompañarlos. Había operado muchas cogidas y detestaba esa fiesta.

—Estoy harto de arreglar lo que hacen esos animales.

—Los toros, dices —aclaró el tío irónico, sabiendo que no se refería a ellos.

—Los toreros —lo corrigió el otro.

Con la tía, entre tantas otras cosas que llegaron aquel junio de 1917, llegaron también los cuentos. Aquello fue lo mejor. A la tía le encantaban los cuentos.

Con un libro sobre el regazo, se sentaba entre Flavia y yo en el banco blanco bajo las glicinas del jardín con un vaso de limonada para cada una en una mesita frente a nosotras, y leía durante horas el contenido de aquel libro. Nos leyó las fábulas de Esopo, los relatos del conde Lucanor y los cuentos de Perrault, de Andersen, de los hermanos Grimm y de otros tantos autores más en libros cargados de ilustraciones pintadas a acuarela que Flavia y yo observábamos mientras ella leía. Su acento musical desaparecía para imitar las voces de los personajes, y volvía a reaparecer cuando narraba.

Y allá donde se acababa la imaginación de los escritores, o cuando se cansaba de leer, ella misma inventaba sus propios cuentos. En las historias de la tía los panaderos descubrían que sus hornos transformaban el pan en oro, ancianas arrugadas como pasas tejían bufandas que envolvían a un pueblo entero para que no pasara frío durante el invierno, los pájaros hablaban con su reflejo en el agua de los ríos, los astrónomos encontraban la fórmula para hacer lluvia, las casas de una ciudad amanecían cada día en un lugar distinto, las pasionarias tardaban mil años en florecer, los bracos eran verdes y tenían alas para volar, y el sol salía dos veces cada mañana. La tía cerraba los ojos y construía la realidad a su medida.

A los cuentos también solían venir Rosita y Gonzalo, e incluso Álvaro se unía a menudo, y también venían a veces Isabel y Laura con doña Gloria para escuchar las historias y las lecturas de la tía. Pronto se unieron también Vicente y las de la tertulia de la higuera, que escuchaban a la tía en un silencio inaudito.

Un día cualquiera de aquellas primeras semanas del verano llegó a la casa una enorme caja de madera llena de libros, la mayoría de ellos de un mismo autor llamado Benito Pérez Galdós. Eran libritos pequeños de títulos dispares, todos ellos subtitulados como «Episodios nacionales».

—¡Hay que leer Historia! —exclamó el tío cuando los sacó de la caja. Y la tía adoptó la costumbre de leérnoslos todos los domingos por la tarde.

Los demás días seguía con los cuentos, entre los que incluyó el libro que me había regalado a mí, el de las aventuras de Alicia, que leyó traducido para que mi prima y el resto lo entendieran, aunque de tanto en tanto volvía a traducir al francés aquellas palabras que yo todavía desconocía en castellano.

—¡Menudo disparate! ¿Cómo va a llevar un conejo reloj y guantes? ¡Por Dios bendito! —La Acemilera se bebía las palabras de la tía, y los pequeños nos deshacíamos de risa con su indignación.

Ella misma y las de la higuera también contribuían a menudo con sus coplas y sus historias. Consuelo contaba una y otra vez los cuentos y las leyendas que le había contado su madre, y a ella su abuela. Su historia favorita era la de la desgracia de Alelí, una gitana del Sacromonte que se había enamorado de un payo. A la gitana la casaron con otro antes de que se deshonrase, pero ella no dejó de querer a su amante y con el paso del tiempo se quedó preñada de él. El marido se enteró y la molió a palos, pobrecita mía, y se fue a matar al payo, pero este acabó por matarlo a él.

—Y huyeron juntos Alelí y el amante para que no se vengaran los del partido del marido, pero ¡ay! ella tenía el vientre deshecho por los palos y se desangró por el camino. Y él se mató para no verla muerta. ¡Es tan triste, la historia! Y mi madre, que en paz descanse, decía que era cierta. ¡Por estas! —Se besaba el pulgar con ímpetu. A mí también me gustaba especialmente aquella historia porque se parecía a la de mis padres.

Una tarde, Flavia interrumpió la narración de su madre para preguntarle algo que llevaba días rondándole la cabeza.

—Mamá, ¿qué es una mora?

—¿Una mora? El fruto del moral.

La arruga del ceño de Flavia no desapareció. No le satisfacía la respuesta.

—¿Y cómo puede ser una mora bastarda? ¿Es otra fruta?

La tía cerró la boca igual que la había abierto para hablar, y una docena de ojos se clavaron en mí instantáneamente, pero nadie dijo nada. Flavia no lo percibió.

—Nena, ¿de dónde sacaste eso? —le preguntó su madre con cautela.

—El otro día en el paseo escuché que una mujer se lo decía a otra. Estaban mirando a Bárbara.

—¡Víboras! —rezongó la Acemilera con los ojos encendidos.

Julia no habló en seguida. Me miró a mí, y después al resto de niños, buscando las palabras adecuadas.

—Nena, quien dijo eso es una mala persona, porque bastarda es una cosa muy fea para decir de una niña. No hay que hacerle caso.

—¡Pues claro que no! —la secundó Consuelo, furiosa—. Bichas malas, lengua venenosa que tienen...

—Pero ¿qué es una mora? —insistió Flavia—. ¿Por qué Bárbara es una mora?

La tía caviló unos segundos de nuevo antes de volver a hablar.

—Esas mujeres llaman mora a Bárbara porque su madre lo era. Los moros y las moras viven en el norte de África. Son gente de piel, ojos y cabello oscuros, como los de Bárbara, que viven en el Protectorado con los españoles que hay allí.

—¿Y qué es «el Protectorado»?

—Las colonias, chiquilla —intervino la cocinera.

—Exacto. —La tía asintió—. El Protectorado son los territorios del norte de África que gobierna España.

—¿Y por qué los gobierna España si son de África? ¿No debería gobernarlos el rey de África?

—¡Estamos buenos! ¡El rey de África, dice! —Consuelo rio—. ¡Allí no hay reyes, criatura! Allí hay mucha arena y un montón de camellos.

—Vamos a ver. —La tía levantó las manos para pedir silencio, mientras buscaba la forma de aclarar aquello.

Nos explicó lo que era una colonia y nos habló de los años del Imperio, de las conquistas, de los barcos y de los territorios de ultramar de la Monarquía Hispánica. La tía decía que en esa época España era tan grande que en ella no se ponía nunca el sol. Otro de sus cuentos. Nos contó que una vez Argentina fue también de España, y que por eso allí también se hablaba español.

—¿Y para qué fue allí toda esa gente?

—Pues para llevar la religión y la escritura, que los de allí no sabían nada de nada. Y por la guita, claro está. —La Acemilera se frotó el pulgar contra el índice—. Que en América había mucho oro y mucha plata.

—Pero pasó el tiempo —la tía continuó su explicación—, y los territorios americanos se hicieron mayores de edad y decidieron que no querían seguir siendo de España, y por eso la Argentina ya es un país independiente. Y España, como se quedó sin los territorios de América, se puso a buscar en otro sitio y decidió repartirse África con otros países que también querían un trocito. Y se quedó con esos territorios del norte porque le interesan para vigilar el Mediterráneo desde la otra orilla, y mandó al ejército para protegerlos de los indígenas, los moros. Por eso el padre de Bárbara, que era cabo, conoció a su madre, que era mora.

—Y los indígenas... ¿qué hicieron con ellos?

—Están allí.

—¿Y no están muy apretados todos juntos? ¿No les molesta que estén los españoles?

—A veces sí, y para eso está el ejército en esa tierra, para controlarlos.

—Pero entonces, ¿por qué no se van los españoles? Los otros estaban antes, ¿no?

—Porque aún son menores de edad. No son como los americanos, que ya se desarrollaron y son modernos. Los territorios africanos tienen que evolucionar. Y para eso están los españoles allí, igual que hacen el resto de países cultos.

La explicación de la tía casaba con lo que la hermana Madeleine me había contado de mis padres. Ladeé la cabeza. Traté de imaginar cómo me habría explicado mi madre todo aquello, sin resultado. Pero pensé, desde luego, que si alguien desconocido viniese a quitarme mis cosas y a obligarme a comportarme a su manera, yo sentiría muchas ganas de echarlo a patadas.

Flavia ya no replicó más, pero en el torbellino de sus ojos se percibía el enjambre de ideas que le estaba golpeando las sienes.

—Aquí también hay mucha gente morena como Bárbara. ¿Son moros que los españoles han traído de África para que haya más espacio allí?

La tía se rio con la hipótesis de Flavia. Las de la higuera también rieron. Esta vez fue Álvaro quien contestó a mi prima.

—No, señorita. Aquí también hay mucha gente morena porque la gente de aquí y allá abajo se parecen mucho. Aquí también hace mucho sol, ¿no ve? —Señaló la luz que se colaba entre las glicinas—. El sol oscurece la piel. En sitios donde da mucho el sol la gente suele ser oscura, y en el norte, más rubia y de piel clara como usted y su madre. Aunque también hay rubios en el sur, como Rosita, mi padre y yo.

—Pero la chiquilla no ha dicho mentira tampoco, porque los moros estuvieron aquí hace tiempo —añadió la Acemilera—. Y de sus nietos, nosotros.

—¿Los moros estuvieron aquí? ¿Cuándo?

—Hace una *pechá* de años, criatura, siglos, antes de los Reyes Católicos. Estuvieron aquí mucho tiempo y pusieron muchas acequias y construyeron la Alhambra.

Con los libros de don Benito llegó también un hermoso atlas de geografía en dos tomos lleno de ilustraciones y mapas en los que la tía señaló Granada, Madrid, Argentina y Buenos Aires, el Pirineo, y el pequeño cuerno que representaban los territorios españoles en el norte de África. De aquella mínima esquina del enorme continente procedían mis ancestros maternos. Los moros.

La tía leería también en aquellos ratos, con el tiempo y los años, la poesía de Lope, Garcilaso, Góngora, Quevedo, sor Juana Inés, Bécquer, Espronceda y otros tantos; nos leería el Quijote y los relatos de Cervantes, los escritos de Rosalía de Castro y Clarín, y el teatro de Calderón, Lope de Rueda y Moratín. Y también las obras de Shakespeare, Víctor Hugo, Dumas, Flaubert, Balzac, Oscar Wilde, las hermanas Brontë y Jane Austen. Y tantos otros libros que ya no recuerdo. Leyó para nosotras y para las de la tertulia mientras fuimos niñas, y cuando ya fuimos demasiado mayores para los cuentos y los libros con ilustraciones, yo me aparté a leer por mi cuenta en cualquier rincón y Flavia ocupó a menudo el lugar de su madre, leyendo de tarde en tarde para las de la higuera.

La tía nos enseñaría también sus libros de arte. Por ella conocimos a Velázquez, Miguel Ángel, Murillo, Zurbarán, El Greco, Bernini, Rubens, Rembrandt, Vermeer, Botticelli, Tiziano, El Bosco, Delacroix, Rafael, Donatello, Van Gogh, Gauguin y a los impresionistas, sus favoritos. Supimos cómo eran los cuadros de Degas, Toulouse-Lautrec, Sisley, Morisot, Renoir, Manet y su preferido, Monet. Nos mostró su *Impresión* y comprendimos qué significaba «impresionismo».

Nos enseñó a ver la humanidad en los rostros de Caravaggio y el significado de las sombras de sus cuadros y nos hizo ver los músculos bajo la piel de los personajes de Miguel Ángel. Vimos el agua y la luz de Levante en los cuadros de Sorolla y la oscuridad en los de Goya, y al verla comprendimos de qué hablaban los primeros episodios de don Benito. Y en los paseos por la ciudad aprendimos a leer los edificios y a ver el tiempo grabado en ellos, también a diferenciar el Renacimiento del Barroco, el Dórico del Jónico y del Corintio, y el arte islámico del cristiano.

Doña Pilar conocía muchísimas historias y leyendas de Granada. A veces los relatos surgían caminando por las calles con la tía y ella. Nos explicaba quién había vivido en este o aquel edificio o qué había pasado en tal o cual plaza hacía no sé cuántos siglos. Con ella aprendimos quiénes eran Mariana Pineda, Boabdil, Zoraida, los Reyes Católicos, el emperador Carlos, Washington Irving, Juan Latino y San Juan de Dios. Y supimos por qué en el escudo de España aparecía una granada abierta, por qué el Paseo de los Tristes se llamaba así y que en Santa Fe se habían firmado las capitulaciones para el viaje que llevó a Colón a descubrir América.

Andando una vez junto al Darro nos hizo pararnos entre un palacio y una iglesia dedicada a San Pedro y San Pablo y nos mandó mirar hacia el cielo. Allá arriba, haciendo esquina en la primera planta del palacio, había un balcón tapiado. Y sobre el dintel del balcón, una leyenda:

—«Esperándola del cielo» —leyó.

Nos contó que el autor de esa frase había sido uno de los descendientes de Hernando de Zafra, que fue secretario de los Reyes Católicos y propietario de ese palacio. Aquel, un hombre celoso y vengativo, guardaba a su hija en la casa como a una prisionera. El galán de ella, al no poder verla, mandó a un paje con una carta. El señor de Zafra lo pilló subiendo a aquel balcón esquinero y, colérico al creer que el amante de su hija era un simple paje, lo mandó colgar en aquel mismo balcón en que lo había sorprendido con la misma soga que lo había llevado hasta arriba.

—«¡Por piedad, señor, soy inocente!», rogó el paje. «¡Justicia, justicia!». Y Zafra, impasible, dijo: «Ahí quedas, esperándola del cielo». Y mandó emparedar a su hija en el mismo balcón de su deshonra.

Al llegar la tía pudimos, por fin, visitar la Alhambra. Pilar conocía a Modesto Cendoya, el arquitecto restaurador. Subimos con ella y don Ramón, también con don Fernando y su familia, y el arquitecto nos hizo de guía del monumento. El tío, Ramón y don Fernando pronto se aislaron del grupo, enzarzados en una interminable discusión que yo no entendía pero que parecía girar en torno a lo que quiera que estuviera pasando en Rusia. El tío estaba solo en el debate.

—¡Hay que ver la política, que los embebe! —se lamentó Pilar.

La tía, Pilar y doña Gloria paseaban junto al arquitecto, que se detenía aquí y allá con el dedo en alto, señalando los artesonados, los yesos, los azulejos, los mármoles y las fuentes, hablándoles de las intervenciones que se habían hecho y de las que estaban proyectadas mientras nosotros corríamos detrás de los gatos que merodeaban por los patios y las galerías. Flavia vino con uno gris en brazos.

—Ese es el Romanillo, el jefe —nos dijo Cendoya.

Don Modesto habló a la tía y a las demás del saneamiento de la red de alcantarillado, de las obras de consolidación de las torres y la muralla y de las restauraciones que estaban haciendo en algunas dependencias para devolverlas a su estado original. Recorrimos un patio larguísimo con una alberca enorme en el centro rodeada de frutales, y después otro más pequeño en cuyo centro había una fuente de dos tazas sostenidas sobre el lomo de doce leones de mármol. El arquitecto levantó la mano y abarcó con ella todo el espacio, como un torero que saluda a su público.

—Ciento veinticuatro columnas de mármol de Macael, que emulan las palmeras del paraíso musulmán.

—¡Qué bárbaro! —exclamó la tía.

—Y en el centro, los cuatro ríos del paraíso —señaló los cuatro canales que llevaban agua desde las galerías hasta la fuente—: de miel, leche, agua y vino. Y las inscripciones árabes de la taza, como las de los zócalos, son poemas. ¡La Alhambra entera es un libro de poemas!

El arquitecto les explicó el funcionamiento del ingenio hidráulico de la fuente, y después la tía levantó la vista y señaló uno de los templetes, el de levante. Aquel era distinto a su gemelo de enfrente. El de levante estaba rematado con un cupulín multicolor que nada tenía que ver con el tejado a cuatro aguas del de poniente.

—¿Por qué son distintos los dos templetes?

Cendoya señaló también el del cupulín.

—Ese es obra de Rafael Contreras, uno de mis antecesores. Al restaurar el templete decidió rematarlo con una cúpula azulejada al modo de las de Oriente, ¿sabe usted? En aquella época primaba el criterio estético sobre el arqueológico. Pero desde luego, ese aire oriental no desentona con el espíritu del palacio. Aunque sea apócrifo, recupera ese ambiente que debió tener en origen, cuando los moros lo construyeron.

A la tía no le convenció la explicación.

—Modesto, todo esto que nos ha enseñado es magnífico, pero no dejo de pensar... ¿No cree usted que las intervenciones deberían orientarse, más que a la recuperación del «estado original» del que usted habla, a la consolidación de los edificios, sin perturbar el aspecto que tienen más allá de la limpieza y el arreglo de algunos desperfectos?

Al arquitecto no pareció pillarle de nuevas aquella pregunta.

—Se deben arreglar desperfectos para que el monumento no se venga abajo, claro está. Pero de acuerdo con nuestra visión, las intervenciones no deben parar ahí. Se ha de restaurar el aspecto que debió tener en su estado original, tal y como lo concibieron los moros, para comprender y visualizar su aspecto y su uso.

—Pero ese estado original es muy difuso. ¿No dice usted que los moros tardaron más de dos siglos en construir estos palacios? ¿Qué momento de esos doscientos años quiere recuperar?

—Digamos que el corte se hace en 1492, el año en que acabó definitivamente el período islámico.

—Pero, al fin y al cabo, el tiempo siguió corriendo después, y han evolucionado el uso y el aspecto del monumento. ¿Por qué obviar ese lapso de tiempo?

El gesto del arquitecto se estaba agriando con la insistencia de la tía. Yo me desentendí de la conversación y me alejé a deambular por las galerías. Los demás habían desaparecido con el gato de Flavia.

La Alhambra era un gigante de ladrillos, como Flavia había dicho de la azucarera. Un gigante de huesos de ladrillo y piedra, y piel de yeso. Y bajo el yeso, el tiempo iba convirtiendo los ladrillos y la piedra en polvo y aire, venciendo y desgastando el esqueleto que mantenía en pie los edificios. El monumento se caía a pedazos, se venía abajo mientras aquel hombre arrancaba árboles y reponía enyesados *iguales a los originales.*

Aquel lugar estaba destinado a vivir mil años. Luchaba por mantenerse en pie, por sobrevivir un minuto más de aquella eternidad que ambicionaba. Era el centro mismo de una batalla silenciosa y vibrante entre los siglos y la quimera de la eternidad. Aquel lugar de polvo y ruina, sordo al estruendo de las urgencias cotidianas, ajeno al torbellino de la historia que enjambraba a su alrededor era el tiempo mismo luchando por hacerse visible, por no desaparecer. Era el presente de un pasado que ya no existía.

La Alhambra era un gigante que existía a otro ritmo, que veía impasible cómo, a sus pies, generaciones enteras nacían y morían y que vivía pendiente de sus propios pleitos con el reloj. Era un limbo desamarrado de los rigores de la realidad, sujeto a sus propias normas cósmicas, que respiraba muy bajito para que el mundo no lo oyera mientras negociaba encarnizadamente con el tiempo los años que le quedaban en pie. Estaba a medio camino entre el sueño y la vigilia, entre la fantasía y la certeza, entre un presente precario y un pasado impreciso.

Pero vivía. Respiraba, igual que la casa de Romerías, aunque fuera mucho más viejo. Y día a día aparecían sobre él nuevas huellas de lo más prosaico de la vida y sus vergüenzas: los excrementos de las palomas y los gatos que deambulaban por las galerías; los restos de hollín en los techos de los rincones donde los gitanos encendían la cocina en los tiempos de Washington Irving; algún canto de escalón desgastado, pulido y moldeado por haber sido pisado durante más de cuatrocientos años o los indiscretos vacíos en los enyesados y los mosaicos de azulejos que testimoniaban un hurto ingenuo y narcisista, una pequeña contribución de los visitantes románticos al desmoronamiento de aquella maravilla que los moros habían construido cuando la Granada mágica y mítica no era todavía un recuerdo.

La Alhambra que vimos entonces era la que el tiempo había traído hasta el presente y que los restauradores se empeñaban en devolver al pasado. Cendoya y los adornistas le ponían un dique al tiempo mientras la tía abogaba por el encauce. Pero el tiempo mismo y la Dirección General de Bellas Artes acabarían por decantarse por el encauce. Julia lo había visto, al igual que lo verían ellos. Lo vio aquel día que visitamos la Alhambra por primera vez, aquel del mes de junio en que llegaron los pajarillos pintados de colores, los paseos, la música, los cuentos, las lecturas, el arte y la historia.

Y todo ello llegó con los ojos violetas de la tía Julia.

7

—¡Estas chiquillas se van a asalvajar! —se lamentó Pepita por enésima vez.

—¡Ja! ¡Desde luego! ¡Míralas por ahí corriendo como dos cabras locas! Se van a dar un porrazo bueno.

—¡Y qué churretones de barro me llevan en los delantales! ¡Pero si se los lavé ayer! ¡Ayer se los lavé! —se quejó Amparo.

—¡Pues yo ya las he cambiado hoy dos veces! ¡Ya no las vuelvo a cambiar más! ¿A que esto me está quedando fino fino? ¡Díselo a esta!

—Niña, esa tela la llevas muy suelta. Se te va a quedar todo hecho una pelota luego. Tensa el bastidor.

—¡Anda que os han salido cabras locas las dos señoritingas! ¡Menos mal que los míos son grandes ya!

Giré con disimulo la cabeza hacia la higuera justo a tiempo de ver cómo la Cangreja estiraba mucho el cuello y fruncía los labios.

—Pues espérate, que alguno más vendrá. Los tuyos son jóvenes aún...

—¡Y los tuyos, Consu! Que como se pongan... ¡Tienes la tropa entera por aquí corriendo!

—¡Anda, anda! Ni lo mientes, ¡chitón! Yo con esos dos diablillos para arriba y para abajo ya tengo bastante. El otro día la cabra rubia me tiró la olla al suelo en una de sus carreras y allí se quedó el puchero, se lo comieron enterito los perros.

—¡Pues no te queda a ti ni nada! ¡Espérate a que te crezcan, que entonces verás!

—Mira la Cangreja, qué entendida ella. ¿Qué vas a saber tú, que no has tenido chiquillos?

—¡Pues lo mismo que tú, espabilada! ¡Que te has pasado la vida picando cebolla y desplumando pollos igual que yo!

—Aquí la única que sabe es la Pepi, que sí ha criado unos cuantos.

—Pero de locos como estas, ninguno. Y la pequeña bueno, porque todavía no se acostumbra a la vida de señoritinga y es muy callada, pero la otra... ¡Madre mía, qué pico tiene! ¡Y qué piernas! ¡Es que no la pillo!

—Es un saltamontes, criatura. Un animalillo, no para quieta. Qué vida tiene esa chiquilla, Dios mío. Y Barbarita...

La voz de la Acemilera se extinguió por unos instantes mientras buscaba las palabras. Yo agucé el oído sin girarme y sin dejar de hacer girar la cuerda con Flavia para que Rosita saltara. Las mujeres hablaban de nosotras indiferentes a nuestra presencia unos metros más allá. Flavia estaba a lo suyo.

—Esa niña tiene algo dentro. ¿Tú le has visto los ojos? Los tiene negros. Negrísimos.

—¿Y qué con eso?

—Pues que debe tener la sesera llena de rincones a los que no llega la luz. Por eso tiene los ojos negros. A veces la miro y no sé qué puñeta estará pensando.

—Un poco siesa sí es.

—Ay, Paca... —Consuelo chasqueó la lengua.

—¡La rubia tiene más vidilla, qué quieres!

—Hay que ver, con lo tranquila que es su madre. ¡Y su padre! Ese es de serio como la otra, la pequeña, ¡y mira que no es suya!

—¿Cómo que «no es suya»? —La voz de la Cangreja se agudizó dos tonos, sedienta del chisme—. ¿Pero es de...?

—Que no, que no, Paqui, que no te enteras. Es la sobrina francesa del patrón. Es hija de un hermano suyo que se murió cuando él estaba fuera. ¡Si no hay más que verla! Mírale la carita. Los ojos dicen que son de la madre, pero el resto... Y lo seria que es... ¡Si es que es igual que el patrón!

—A ver si lo de Francia es un cuento chino...

—¡Anda, la otra! ¡No inventes, chismosa! ¡Que no se te puede contar nada!

—Yo solo pregunto.

Callaron durante unos minutos.

—La rubia sí que es igual que su madre, menos los ojos que son del padre. Pero ese nervio que tiene... Esa aguja es muy gorda, chiquilla. Coge una del diez mejor.

—¡Qué elegante es la señora! ¡Y qué moderna! —saltó Carmen de pronto—. ¿Habéis visto los vestidos que lleva? ¡El otro día le planché uno de una muselina finísima! ¿Te imaginas llevar esos vestidos, Amparo?

—Tú sigue soñando, chiquilla, ¡que esos vestidos no los vas a tocar en tu vida más que para lavarlos y plancharlos!

—Bueno, Paquita, déjeme usted soñar, que eso no cuesta nada —Carmen cerró la boca para no volver a abrirla más.

—Pero qué tipín tiene la argentina, ¿eh? Eso sí que es verdad.

—Ya verás como la chiquilla sale igual de espigada. La morena a ver cómo sale.

—Mira que eres mala, Cangreja. Eso es envidia.

—Desde luego. Ya me gustaría a mí ser de nuevo una chiquilla como estas, corriendo y jugando desde que se levantan hasta que se acuestan. Pero así de salvaje no, ¿eh? Yo era mucho más tranquila de pequeña.

—Seguro que sí.

—Es que como se juntan con la pequeña de Vicente y con los dos muchachos...

—Así están, asilvestradas —se lamentó de nuevo Pepita—. La señora debería separarlas de ellos. Cada uno en su sitio. Pero me dice que los deje jugar juntos.

—Si es que ya te lo decía yo, Consu: que tanto moderno no es bueno. Ya no son las cosas como eran antes.

—¡Qué antigua que eres, hija mía, hay que ver!

—Ni antigua ni antiguo, las cosas en su sitio. Y la pequeña de Vicente aún, porque es una niña y es un trozo de pan, angelito mío... ¿Pero los muchachos? ¡Dónde se ha visto! Eso no va a acabar bien, escuchad lo que os digo...

—¡Ay, Paca, qué agorera eres! Déjalos que jueguen, que no pasa nada. Son muy jóvenes.

—Las chiquillas puede que sí, pero el mayor de Vicente... ese trae ya un vozarrón de hombre. Y cuidado con ese, que yo ya le he conocido alguna novietilla.

—Tontadas de muchachos. No tiene más, eso no es serio.

—Está demasiado con las niñas. Eso está fuera de lugar. Eso no es bueno, nada bueno. Y lo mismo el Gonzalillo. Cualquier día tenemos una desgracia.

—¡No inventes, no inventes!

—El Alvarito habla demasiado con las chiquillas. Demasiado demasiado. Y él y la mayor no se llevan tanto en realidad. Si tuvieran diez años más cada uno, podrían ir cogidos del brazo y no desentonarían.

—¡Qué estampa! ¡Ni lo mientes! Ya bastante tengo con cuidarlas día y noche ahora para preocuparme por cosas del mañana.

—No le hagas caso, Pepi, que a la Cangreja le gusta mucho hablar.

—Recordad lo que os digo.

—Sea como sea, las chiquillas tienen la cabeza en otra parte. No están a eso.

—Pues vamos a callarnos, que seguro que nos están oyendo y al final les vamos a dar qué pensar.

—¡«Callarnos», dice! Mucho pides tú.

—Son ustedes unas cotorras —saltó Carmen de nuevo, por primera vez en mucho rato—. Anda que no les gusta comentar lo ajeno.

—¡Mira tú, la listilla esta! ¿Así le hablas a tus mayores? ¡Qué insolente! Con lo discreta que es una, que no le gusta meterse en las vidas de los demás...

—¡No ni *ná!*

En ese instante, antes de que la Cangreja pudiera replicar de nuevo, una de las ventanas de la planta baja se abrió y el rostro del tío apareció en ella.

—¡Pepita! ¿Anda Bárbara por ahí?

Yo dejé la cuerda y me acerqué a la ventana.

—Estoy aquí.

—¡Sube un momento!

Carmen recogió sus cosas y me siguió.

—Yo subo también, que llevo ya mucho rato de palique.

El tío estaba en la biblioteca, de pie junto a su escritorio. Cuando me oyó entrar apagó en el cenicero su cigarro y me indicó que me sentara en una de las sillas.

—Ten. Para ti.

Me ofreció una fotografía de esquinas desgastadas. En ella aparecían dos muchachos en pie junto a una mujer mucho mayor, sentada y posando de tres cuartos. Ninguno de los tres sonreía.

—Este soy yo —dijo, señalando al mayor de los dos muchachos mientras me observaba de hito en hito.

Fue una aclaración completamente innecesaria. Aunque en la fotografía debía de tener más de veinte años menos, los ojos de zorro del tío, su gesto, su postura, estaban todos allí. Aquella fotografía cobró entonces un nuevo significado. La observé más despacio y, tras un minuto entero de estupefacción, señalé a la mujer.

—La abuela —asintió. Entonces señalé al otro—. ¿Y este es...?

—Diego, mi hermano.

Lo observé de nuevo con el corazón encogido. Ambos tenían la misma constitución, el mismo porte, el mismo cabello oscuro y una estructura facial similar. Pero el gesto era distinto. Pablo apresaba la cámara con sus ojos, interpelándola ineludiblemente como si un cable de acero la amarrara a él. Diego miraba hacia ella con una bondad indulgente, casi sonriendo, con una gota de melancolía y una cierta desafección. Por primera vez en mi vida me pregunté cómo había sido la mirada de mi padre cuando dejó de comer y se volvió loco.

—Desgraciadamente, a tu madre no podemos rescatarla.

En ese momento llamaron a la puerta, y la cabeza de Carmen asomó tras las estanterías.

—Señor, está aquí el ingeniero.

—Que pase, Carmen. —Ella se retiró y a los pocos segundos el hombre cruzó el umbral—. ¡Bauer! Pasa, en seguida nos ponemos con eso. —Me devolvió su atención—. ¿Te gusta?

—Mucho, tío. Gracias.

—Bien, pues corre a guardarla.

Yo salí de la biblioteca y subí las escaleras corriendo hasta llegar al dormitorio de los tíos. Entré y cerré la puerta. Había olvidado por completo la cuerda.

Me senté frente al tocador de la tía, observando todavía a Diego. Después de no sé cuántos minutos más, encajé la fotografía en el marco del espejo y me encorvé sobre él, comparando. La forma de las cejas y la mandíbula era la misma, sí. La nariz no era igual: la suya estaba ligeramente torcida. Y mis ojos eran más rasgados que los suyos. Traduje el gris de la fotografía al verdeamarillo de los ojos de Pablo y Flavia. Las orejas sí eran iguales, igualitas, pero los labios no. Los míos eran redondos, los suyos finos. Él tenía pómulos, yo no. Sí nos parecíamos bastante, comprobé aliviada. Qué lástima no ver los dientes.

Uno a uno, fui analizando cada trocito de mi rostro y el suyo, y fui dejando a un lado aquellos en que nos parecíamos. Y con los restantes, los ojos rasgados y negros, los labios redondos, la nariz recta y un poco aguileña, y los pómulos bajos, fui construyendo poco a poco el rostro de Fátima. De mi madre.

En el jardín, bajo la higuera, la tertulia seguía.

—¡Algún día se van a lisiar con tanta carrera! —profetizó de nuevo la Cangreja.

Y el tiempo terminó por darle la razón.

8

Terminando junio, Flavia entró una tarde corriendo y dando voces en la salita, donde su madre leía tranquilamente. Mi prima estaba muy agitada. Hablaba a borbotones y de forma casi ininteligible pero, antes de que la tía pudiera preguntarle qué ocurría, Álvaro entró en la habitación cargando conmigo a la espalda. Un Gonzalo y una Rosita muy asustados nos seguían.

Yo estaba muy mareada y magullada y llevaba la mano izquierda envuelta en lo que había sido el delantal de Flavia. La tela, blanca antes, se había convertido en un amasijo de color rojo oscuro. Estaba completamente empapado en sangre. La tía se horrorizó al verlo.

—¡Niña mía! Pero ¿qué pasó?

—¡Ay, la señorita! —exclamó también Amparo al verme, asustada.

Habíamos pasado la tarde jugando por las calles del Albaicín con algunos de los amigos de Gonzalo y Álvaro y, entre carreras y juegos, se nos ocurrió el trepidante reto de escalar las altas y encaladas tapias que separaban los patios de algunas de las casas de las calles circundantes.

Saltábamos lo más alto que podíamos, nos colgábamos de las ramas de los árboles que sobresalían del interior de los patios, aprovechábamos las enredaderas y los bancos adosados, metíamos los pies en los huecos que el tiempo y la erosión habían labrado entre las piedras de las casas más viejas y nos agarrábamos a los salientes para llegar hasta lo más alto. Solo los más hábiles saltaban al otro lado del muro y volvían al exterior con una prueba de su hazaña lo más rápido posible para no ser descubiertos por los propietarios de las casas. Algunos de los mayores lo consiguieron varias veces. Flavia volvió triunfal con los bolsillos del delantal repletos de nísperos que probaban que había tocado el suelo, y Álvaro en una ocasión sacó una gallina viva que después devolvió gentilmente a su corral lanzándola por encima de la tapia. La pobre se llevó el susto de su vida.

Rosita también quería unirse al juego, pero sus piernecitas no le daban para saltar lo suficiente y tampoco tenía la fuerza necesaria para impulsarse muro arriba. Yo traté de subir un par de veces, pero finalmente opté por quedarme haciendo compañía a la niña. Aburridas como estábamos, fuimos a buscar otro entretenimiento y un poco más allá encontramos un murete no demasiado alto. Tenía, además, varios salientes que hacían la escalada bastante fácil. Rosita saltó de alegría por haber encontrado por fin un reto a su medida y, sin pensárselo dos veces, trató de subir. Yo la imité y ambas comenzamos la escalada. Ya casi estaba arriba, pero la niña todavía no había llegado a medio muro. Me giré hacia ella.

—¡Vamos, Rosita! ¡Ya queda menos!

En el esfuerzo final, eché la mano hacia arriba y la apoyé a tientas sobre la superficie del murete. Instantáneamente sentí un dolor agudo y terrible en toda la mano y, al levantar la vista, vi con horror que el murete estaba erizado de cristales de botellas de vidrio rotas.

Comencé a chillar y a llorar de dolor y caí al suelo. Rosita, al ver mi mano cubierta de sangre, comenzó a llorar también y a gritar llamando a su hermano, que llegó segundos después seguido de toda la tropa. Yo no paraba de sangrar.

Álvaro y Flavia contaron todo esto apresuradamente a la tía Julia mientras me llevaban a la habitación y me tendían sobre la cama. Pablo había mandado llamar a Ramón, que llegó en unos minutos y mandó a todos salir de la habitación para dejarle hacer, a excepción de la tía Julia, que se sentó en la cama junto a mí, y Amparo, que se quedó para hacer las veces de enfermera. Yo hacía rato que había dejado de llorar. Estaba muy aturdida y dolorida por la caída. Don Ramón me preguntó qué me dolía, desde qué altura me había caído y si recordaba dónde me había golpeado. ¿Había sido en la cabeza? Escudriñó mis ojos de cerca. No, había caído de espaldas. ¿Me dolía algo? Todo el cuerpo. Tanteó todos mis huesos con las manos y me hizo flexionar todas las articulaciones de mis brazos y piernas.

—Bueno, parece que no hay nada roto. Por los pelos. ¿Y la herida, con qué te la has hecho? —Se inclinó sobre mi mano, observándola sin tocarla.

—Apoyé la mano en trozos de vidrio.

El médico se arremangó y se lavó las manos apresuradamente en una palangana que Amparo había preparado y poco a poco comenzó a desenvolver con cuidado mi mano. Al retirar por completo la improvisada venda descubrió una fea herida en forma de media luna casi perfecta que iba desde el dorso hasta la palma pasando por la base del pulgar. El profundo tajo no dejaba de sangrar y estaba cubierto del polvo y la suciedad del delantal de Flavia. Pintaba muy mal.

Sin embargo, tras una rápida y minuciosa inspección, le quitó importancia:

—Es menos de lo que parece. Esto se arregla en un periquete —me aseguró con una sonrisa tranquilizadora—. Amparo, pídele a Consuelo que hierva esto. —Sacó del maletín que traía consigo un par de pequeños utensilios que no llegué a ver y se los entregó a la criada—. Con diez o quince minutos bastará.

Amparo asintió y salió sin decir palabra.

—Bien, vamos a limpiarte esto.

Dejó la palangana sobre la cama y me pidió que me incorporara un poco para poder colocar mi mano sobre ella. Pidió entonces a la tía que me lavase y secase la herida con cuidado, y mientras tanto él dejó el maletín sobre la mesilla y comenzó a sacar cosas de él. Yo eché una ojeada al interior del maletín y a los objetos que ya había fuera y él, al percibir mi curiosidad, me mostró un botecito:

—Esto es yodo. Sirve para desinfectar las heridas y evitar que entren microbios.

Yo asentí en silencio. Cuando la tía hubo terminado, él pasó a untarme toda la zona de la herida con esa sustancia amarillenta y entonces entró Amparo de nuevo con el instrumental hervido en una bandejita que dejó sobre la cama. Se trataba de unas tijeras, un par de agujas e hilo. Me estremecí. Me iba a poner puntos.

Ramón percibió mi inquietud, pero no dijo nada. Se ajustó las gafas sobre el puente de la nariz y enhebró la aguja sin dificultad. A continuación me lo mostró.

—Hilo. De seda. No te va a doler casi nada, ya verás.

—Será un momento, nena. —La tía me acarició el cabello y me hizo desviar la vista hacia otro lado, para distraerme.

Al notar la primera de las leves punzadas y la desagradable sensación de la aguja entrando y saliendo de la piel apreté los dientes y traté de pensar en otra cosa. Husmeé de nuevo entre los artilugios del médico, esta vez con más atención.

El pequeño maletín de piel estaba repleto de una miríada de objetos plateados desconocidos e indescriptibles de formas y tamaños muy diversos, varias cajitas de latón y de cartón, pequeños botes de cristal de distintos tamaños, vendas, gasas, un frágil termómetro de mercurio, jeringas, otro par de tijeras, una caja de cerillas y lo que parecía un pequeño martillo con cabeza de goma, hasta donde pude ver. Había, además, un extraño artilugio parecido a una diadema que llevaba incorporada una goma con una pieza circular en el otro extremo. Lo saqué con cautela con la mano que me quedaba libre para contemplarlo de cerca.

—Eso es un fonendoscopio. —Su mirada se mantuvo fija en la mano que me estaba suturando—. Sirve para escuchar los latidos del corazón y la respiración.

Yo me acerqué la pieza circular a la oreja al tiempo que me colocaba como podía la diadema sobre el pecho. No se escuchaba nada.

—Al revés. —Seguía sin levantar la vista. La tía se reía entre dientes.

Entonces, con su ayuda, me coloqué la diadema en torno a la cabeza con cada extremo en una oreja y puse la pieza circular sobre el pecho, a la altura del corazón.

Me sobresalté. ¡Estaba oyendo mi propio corazón! ¡Alto y claro!

Me quedé quieta unos minutos, escuchando. Estaba fascinada. Inspiré profundamente y oí con claridad la bocanada de aire entrando en mi cuerpo. Solté todo el aire y repetí la operación varias veces. Y allá abajo, aquel bombeo incesante.

Coloqué entonces la pieza sobre el pecho de la tía y escuché.

—¡Tía, es su corazón! ¡Escuche! —Me quité la diadema y se la tendí.

—*Dejame* ver... —Ella se colocó la diadema y escuchó—. ¡Es verdad! Pero vos... —Me colocó la pieza a mí y saltó de un punto a otro de mi pecho, con gesto preocupado—. *¡Vos* no *tenés* corazón!

—¡Qué dice, tía! ¡Claro que tengo! —reí.

—Bueno, esto ya está.

Ramón sacó una venda del maletín y me envolvió cuidadosamente la mano mientras Amparo se llevaba la palangana, el delantal y las toallas ensangrentadas.

—Bárbara, debes procurar no mover la mano para que la herida se cure bien. Te quedará una pequeña cicatriz, pero bueno, así tendrás una historia que contar. ¡Ya tienes tu propia cicatriz de guerra! —bromeó.

Yo sonreí. Estaba más interesada en seguir curioseando esos extraños artilugios que utilizaban los médicos como él.

—¿Qué es esto? —le pregunté, cogiendo el pequeño martillo.

—Esto —lo tomó— es un martillo de reflejos. Se utiliza para evaluar la respuesta refleja, para comprobar que los nervios funcionan bien. Si yo hago esto... —Me golpeó con él la rodilla y esta, sin que yo lo deseara, dio una patada al aire—. ¿Ves? Eso es una respuesta refleja, sin que la pienses. Esto indica que tus nervios funcionan bien.

—¿Y estos cuchillitos?

—Cuidado, cariño. —La tía observó con temor los artilugios que había cogido.

—Cuidado, sí, no vayas a cortarte. Eso son escalpelos. Sirven para cortar la piel y la carne cuando hay que operar a alguien. Están muy,

muy afilados. —Los dejó con cuidado en el interior del maletín—. Y esto —dijo sacando una especie de lupa con una pieza cónica en el extremo— es un otoscopio. Sirve para mirar el oído. Así, mira. —Se lo colocó en la oreja—. Y lo demás son medicamentos, agujas, jeringas y un montón de aparatos que utilizamos los médicos. Algunos dan un poco de miedo, pero todos sirven para curar.

Yo observé de nuevo el interior del maletín con renovado interés. Él contemplaba mis movimientos y mi frente, tratando de discernir mis pensamientos. La tía Julia salió para llamar a los que esperaban fuera.

—¿Qué te parece todo esto, Barbarita?

—Es muy interesante, doctor.

—¿De veras te gusta? —Yo asentí con fervor.

Entró entonces Pablo seguido de todos los demás, que se quedaron rezagados, y el médico se giró hacia su amigo.

—Pablo, ¡resulta que a Barbarita le interesa la medicina!

Él no terminó de comprender la broma. Nos miró a uno y a otro, confuso.

—¿Qué pasa aquí?

—Tío Pablo, ¡he escuchado mi propio corazón!

El Indiano no estaba de humor para bromas ni para descubrimientos.

La hazaña del Albaicín nos costó a los cinco una semana de castigo que pasamos encerrados sin poder salir a jugar. Se acabaron los juegos en el patio y en la calle, las excursiones por el campo, las carreras por la ciudad y escalar muros traicioneros.

—Ya sabía yo que esto pasaría —dijo la Cangreja cuando la Acemilera la puso al corriente del episodio.

* * *

Al día siguiente del incidente, mientras hacía los ejercicios de doña Gloria sentada sola en el banco blanco bajo las glicinas, me llegó una risa desde el fondo del jardín. Salía del cobertizo. Era una risa de muchacha. Aquello me extrañó. Dejé los ejercicios a un lado y me encaminé hacia allí. Entré de puntillas en el edificio sin saber bien qué esperar. Mis ojos tardaron unos segundos en acostumbrarse a la penumbra del interior. Recorrí con ellos todo el espacio, observando a través del polvo en suspensión, pero no vi nada anormal. Entonces escuché una nueva risilla amortiguada y un gorgoteo. Venía del fondo, de detrás del coche.

Lo rodeé arrastrando los pies, tratando de no hacer ruido, y me detuve junto al guardabarros, temiendo que me vieran.

Eran Álvaro y una chica. La chica estaba entre Álvaro y la pared del fondo, y él pegaba las caderas a ella como una lapa. Tenía su boca pegada a la de la chica, y de vez en cuando se separaban para respirar. Su mano izquierda culebreaba dentro de la blusa de ella, y su mano derecha le levantó la falda y desapareció también. Ella volvió a reírse y susurró:

—No, eso no.

—Venga... —le pidió él, jadeando.

—No... —Pero no parecía muy convencida.

Álvaro aprovechó su indecisión, y movió su mano derecha con más vehemencia. Ella gimió y cerró los ojos. Y al abrirlos de nuevo me vio. La chica chilló y se apartó de Álvaro con un empujón. Pasó corriendo a mi lado sin mirarme y salió del cobertizo. Álvaro bizqueó y la observó huir sin comprender por qué hasta que me vio. Yo sentí que enrojecía. Giré en redondo y me dirigí también hacia la puerta.

—Barbarita, me has jodido la jodienda —me reprochó.

—Yo no he hecho nada malo. Le estabas tocando los pechos y las piernas —repliqué sin detenerme.

Él corrió a alcanzarme y siguió andando a mi lado.

—Señorita, no irá usted ahora con el cuento de lo que ha visto, ¿verdad?

No respondí inmediatamente.

—No he visto nada. Pero a partir de ahora eres mi esclavo y tienes que obedecerme.

—¿Y qué tengo que hacer?

—No lo sé, ya se me ocurrirá algo. —Seguimos andando hasta llegar al banco donde había estado estudiando. Comencé a recoger mis cosas. Basta de estudiar—. ¿Esa era tu novia?

—Algo así.

—¿Y cómo se llama?

—Juana Inés de la Cruz.

—Te lo estás inventando.

—Claro que sí.

—Eres mi esclavo. Tienes que responder.

—¿Y qué más te da cómo se llame? Es una chica y punto.

—Pues a tu padre que vas. —Y eché a andar hacia la puerta de la cocina. Me siguió.

—¡Vale, vale! Se llama Clara, ¿contenta? ¿Para qué lo quieres saber?

—Para tener más información.

—Eres un demonio, chiquilla.

—Sí, pero eres mi esclavo.

Resopló, disgustado.

—A ver, enséñame la herida. ¿Te han puesto puntos?

Dejé los ejercicios en el banco de la puerta de la cocina y me quité la venda con cuidado para que viese mi herida. Al hacerlo, arrugó la cara.

—Qué asco. —Pero no dejó de mirarla, morboso.

—¿Entonces para qué me pides que te la enseñe? Eres tonto.

—No sé. Tiene su qué.

—El doctor dice que se me va a quedar una cicatriz. Como las de los piratas y los delincuentes.

—Yo también tengo alguna.

Se levantó las mangas, en su búsqueda, y entonces yo recordé algo.

—¿Por qué cojea tu padre? —le pregunté mientras volvía a ponerme la venda. La dejé casi igual que la había colocado el doctor. Un poco más floja.

—Se rompió una cadera trabajando y ya se quedó mal. Y desde entonces, como está tullido, ya no trabaja en el campo.

—Vaya. —Pobre Vicente.

—Es un poco triste, porque a mi padre le gustaba mucho vivir en el pueblo, ¿sabes? Le gusta mucho el campo. Aunque cavar remolachas es duro. Yo lo he probado y sé lo que te digo.

—Me imagino.

—Pero ya no puede trabajar de eso. Por eso se vino a la ciudad a cuidar jardines y lo pusieron también de guardés. Eso fue antes de que naciera mi hermana. Nosotros somos de Chauchina, como Amparito y Gonzalo y su hermano.

Entramos a la cocina y nos dirigimos a las escaleras. Me pregunté si me seguía para asegurarse de que no le contaba a nadie lo de su magreo con la chica. Tomamos la escalera del servicio.

—No se lo voy a contar a nadie, puedes dejar de seguirme.

—No te estoy siguiendo, voy en la misma dirección. —Yo me detuve frente a la puerta de la biblioteca—. Y ahora voy en otra dirección, ¿ves? —Siguió subiendo escaleras arriba—. Hasta luego, señorita.

Mentía, seguro.

En la biblioteca, los tíos y don Ramón conversaban repartidos por la habitación mientras Carmen les servía café.

—... con los americanos esto acabará pronto. Los machacarán —decía el tío.

—Rusia está al borde del abismo. Los bolcheviques están presionando mucho para que salga —comentó la tía.

—Ese país vive en la Edad Media y la guerra lo está desangrando, pero creo que Kerenski y el Gobierno provisional no quieren salir. —Dio un sorbo al café. Ninguno de los tres había percibido mi presencia junto a la puerta—. Aunque ese Lenin... veremos en qué acaba todo esto. Una guerra civil o quién sabe qué. El régimen de febrero es débil y los bolcheviques le están ganando terreno. Cualquier día explota todo. Y si los bolcheviques triunfan... —El tío negó con la cabeza.

Don Ramón ladeó la cabeza, contrariado.

—Quizá si triunfan el país tenga alguna oportunidad —lo contradijo.

El ceño fruncido del tío se despejó y lo sustituyó una mueca de sarcasmo.

—¡Ja! Olvidaba que tengo aquí al *tovarich* Seral.

—Búrlate cuanto quieras, Indiano.

—Eso sería un desastre, amigo. Esperemos que el Gobierno de Lvov se asiente y esta guerra acabe pronto.

Ramón abrió la boca para contestar, pero lo interrumpieron un alarido y un estruendo de infierno que sacudieron los cimientos de la casa.

Los cuatro nos precipitamos escaleras abajo en busca del origen de aquel ruido. Desde la cocina llegaba barullo de voces y cacharrería. En la entrada nos topamos con Carmen y Amparo, que habían llegado antes. Y al fondo, la Acemilera que chillaba, rabiando de dolor. Había un perol del revés y con una de las asas rota a sus pies y veinte mil garbanzos desparramados por todo el suelo de la cocina. Se había quemado con el agua hirviendo.

—Bárbara, sube con tu tía. —El tío fue el primero en hablar—. Y vosotras, haced lo que el doctor os pida —Amparo y Carmen asintieron.

La tía tiró de mí hacia las escaleras, pero don Ramón la detuvo. Yo observé detenidamente el brazo de la cocinera. No sentía asco ni miedo, solo curiosidad.

—No, que me ayude Bárbara. Déjala que se quede.

El tío arqueó las cejas, sorprendido por la petición, y después me miró. Yo no me moví. No quería marcharme.

—Déjame hacer —insistió su amigo.

—Que se quede, Pablo, ¿qué importa?

Él seguía sin comprender a qué tanto interés en el asunto, pero accedió.

—Está bien, como queráis. Yo sí que me marcho. —Y salió de la cocina.

Ramón se puso en marcha: se acercó a la cocinera esquivando el enorme charco para no resbalar. Le echó un vistazo al brazo, sin tocarlo.

—Consuelo, ponga el brazo bajo el grifo. Amparo, ayúdala, por favor, y después limpia todo esto. —Señaló el suelo—. Carmen y Bárbara, venid conmigo. —Lo seguimos a la lencería—. Carmen, saca un par de paños limpios y ve a por el cabás. Lo he dejado en la biblioteca.

—Ahora mismo, doctor.

—Bárbara, ven. —Se acercó a la pila. Abrió el grifo y señaló mi mano izquierda, la vendada—. Esa mano, al bolsillo del delantal. No debes sacarla hasta que terminemos. —Obedecí—. Bien. Y la otra, tráela aquí. —Tiró de ella hasta ponerla bajo el agua, y me restregó la pastilla de jabón por la palma—. Lávatela muy bien. Las uñas y la muñeca. Todo. Así. —Él mismo lo hizo y me ayudó. Se me mojó la manga. Carmen ya estaba de vuelta con el maletín—. Carmen, súbele la manga. —Ella obedeció—. Perfecto, eso es todo. Puedes volver a tus tareas si quieres.

Don Ramón cerró el grifo y se secó con uno de los paños limpios de Carmen. Me secó a mí también la mano.

—Ahora no debes tocar nada —Terminó con el paño y lo colgó del grifo—. ¿Ves lo que hemos hecho? Esto se llama «asepsia». Es muy, muy importante. Es lo primero que hay que hacer siempre antes de tocar a un paciente. ¿Sabes por qué?

—¿Para no ensuciarlo?

—Muy bien. Las manos, todas las superficies que nos rodean y nosotros mismos, estamos cubiertos de microbios, unos bichos tan pequeños que no podemos verlos. Al tocar a Consuelo podemos traspasárselos y puede empeorar. Y le estaremos haciendo daño. Y un buen médico, haga lo que haga, jamás debe hacer daño a su paciente. ¿Queda claro?

—Sí, señor.

—Bien. Vamos a empezar.

Agarró el maletín y los paños y volvió a la cocina, donde Consuelo se había sentado frente a la mesa y Amparo recogía el desastre del suelo. Yo lo seguí con la mano todavía en alto frente a mí, como si saludara a alguien invisible, procurando no rozarme con nada a mi paso.

—Si es que soy muy bruta, doctor. Veinte veces me ha pasado esto... La manilla estaba floja, también.

Ramón la tranquilizó con un gesto y me pidió:

—Míralo bien.

Consuelo tenía la piel de la mitad de la mano y el antebrazo de un rojo brillante. Y allí en medio, en la muñeca, una superficie de unos tres dedos de largo en carne viva, rodeada de ampollas amarillentas que empezaban a aflorar. Una de ellas reventada. Ramón comenzó a sacar cosas del cabás.

—Las quemaduras pueden ser más o menos graves según la profundidad y la extensión. Cuanto más amplia, más grave, y cuanto más profundo llega, lo mismo, ¿de acuerdo? —Yo asentí—. Si la quemadura es superficial, la piel se pone roja y se inflama. Si es un poco más grave, también pueden aparecer ampollas y romperse la piel, y entonces puede verse lo que hay debajo de ella. Y si es más grave pueden verse incluso los músculos. ¿De qué tipo piensas que es esta?

Yo dudé.

—Del segundo.

—Correcto, muy bien. Ahora, como ves, hay una herida y varias ampollas. La herida es una puerta de entrada al cuerpo y, como te he dicho antes, hay microbios en todas partes, así que hay que evitar que se acerquen a la herida y puedan entrar. Tenemos que untarla con esto. —Me enseñó el botecito que había sacado—. Yodo, ¿te acuerdas? —Asentí—. Bien. Esto mata a los bichos, y matándolos hacemos «antisepsia». —Yo asentí de nuevo—. Venga, úntala con mucho cuidado para no hacer daño a Consuelo.

Yo obedecí y Consuelo apretó los labios. Aflojé la presión, temerosa.

—Sin miedo. Con cuidado, pero sin miedo. Es normal que le duela un poco. Ánimo, Consuelo, que esto está liquidado. Bárbara, debes tener mucho cuidado de no reventar las ampollas, porque por ahí también pueden entrar bichos. Esa ya está rota, así que hay que curarla bien para que no se infecte.

—Ya está —dije yo, aliviada.

—Perfecto. Ahora hay que cubrir la herida para protegerla. Y le ponemos esto. —Sacó una gasa y esparadrapo y él mismo la cubrió—. Así. ¡Listo!

—¡Bien! ¡Ya estás curada, Consuelo!

—Gracias, primor. —La Acemilera me dio un beso en la coronilla.

Don Ramón pidió permiso a los tíos para llevarme consigo en algunas de sus visitas. Se sorprendieron con la propuesta, pero no se opusieron.

—Si ella quiere... siempre es mejor entretenimiento que andar escalando tapias.

Yo quería. Me gustaba aquello de curar heridas y enfermedades. Así que desde entonces, algunas tardes, cuando Ramón salía a la calle para hacer las visitas, pasaba primero por Romerías para recogerme y desde allí echábamos a andar en busca de heridos y enfermos.

Don Ramón era catedrático y daba clases en la universidad, y también operaba en su hospital. Pero además, en sus ratos libres o cuando lo llamaban de urgencia, salía a la calle con el cabás y visitaba a la gente del Albaicín y otros barrios que no tenían medios para pagar la atención. Él los llamaba «los desterrados de la salud y la higiene» porque decía que vivían más allá de una frontera invisible. Eran aquellos a los que no alcanzaba siquiera el brazo precario de los médicos de pobres y la beneficencia. Doña Pilar decía que echaba más horas de médico que de cirujano.

—Hay mucha gente que no puede costear ni médicos ni tratamientos. En estos barrios vive gente que no tiene dinero casi ni para comer —me explicó él.

Aquello yo ya lo sabía por la tía.

—Lo sé. La tía colabora en la iglesia de San José. Siempre está llevando ropa y cosas para la caridad.

Él frunció el ceño, pensativo, pero no contestó inmediatamente.

—Tu tía es una mujer muy buena y lo que hace está bien, pero piensa esto: ¿qué es mejor, darle a un hombre hambriento un pescado, o la caña para que sea él mismo quien pueda pescarlo?

Yo lo medité unos segundos.

—Pues supongo que es mejor la caña, porque así podrá pescar lo que él quiera.

—Eso pienso yo. Dándole una cosa y la otra lo estás ayudando, pero con el pescado aplacas su hambre de hoy, mientras que con la caña le das la posibilidad de pescar todos los días. Lo que tu tía hace está bien porque es como quitarle a esa gente el hambre hoy, pero ¿y mañana?

—Ya. —Cavilé lo que él acababa de decir—. Pero mientras llega la caña y pican el anzuelo, mejor será que no se mueran de hambre, ¿no?

—No, claro que no.

Cuando entrábamos en la casa del enfermo yo iba directa a lavarme las manos con jabón y me quedaba después en pie junto al doctor, a la espera. Traía agua, limpiaba heridas, tomaba la temperatura con mucho cuidado para no romper aquel termómetro tan delicado, apuntaba lo que don Ramón me pedía, le pasaba instrumental y, sobre todo, escuchaba y guardaba en la memoria todo lo que me explicaba. Hacía las veces de enfermera, de secretaria y de aprendiz. De *pató*.

Con don Ramón subiría y bajaría las escaleras y las empinadas cuestas del Albaicín miles de veces, y aquel primer verano, a pesar del calor, subimos y seguimos subiendo hasta que nos topamos con una iglesia altísima y casi aislada. San Miguel Alto. Y desde su portada nos asomamos al cielo de Granada. La Alhambra, allá abajo a la izquierda, se interponía entre el barrio y la sierra. Desde aquel balcón se veía el mundo entero. Y a sus pies, el mapa de la ciudad se me antojaba un laberinto lejano. Desde aquel puesto de pájaros las personas de allá abajo eran hormigas insignificantes, y sus tribulaciones, minucias. El suelo estaba lejos del cielo.

9

En agosto empezó la campaña, y las máquinas de la fábrica se pusieron en marcha para no parar de molturar remolacha hasta mediados de diciembre. Cien días de funcionamiento ininterrumpido, hasta terminar.

Volvimos a salir al campo con el tío y también con la tía esa vez, y recorrimos de nuevo los caminos de tierra que atravesaban las fincas para observar de cerca el ajetreo de carros, bestias y personas. Vimos a los peones sacar la remolacha por entre las hileras, a las descogotadoras trabajando sentadas al borde del camino, y los carros de bueyes y burros con las mallas cargadas hasta el límite que salían camino de la fábrica. Y allí, cómo la descargaban ya desterrada y descogotada en los silos después de pesarla. Un millón, dos, tres, de aquel tubérculo blancuzco y feo que saldría de la fábrica convertido en azúcar.

El tío iba y venía hablando con unos y con otros, observando con los ojos verdeamarillos empequeñecidos, evaluándolo todo. En algún momento de aquella mañana se pegó a él un hombre de traje que ya no nos abandonó hasta que abandonamos la fábrica. El tío se lo señaló a la tía como el agente de Aduanas. El inspector, el cobrador.

Damián dejó la cuadra a cargo de su hermano y comenzó a trabajar en la zafra, y por aquellas fechas Vicente y sus hijos se mudaron a la portería, que ya estaba acabada. Y también en aquellos primeros días de agosto don Fernando les presentó a los tíos y a don Ramón a otro azucarero, don Federico. Era el padre de Isabel. Lo conocimos a él, a sus hijos y a su mujer, doña Vicenta, y supimos que el hermano de Isabel, el muchacho que iba a llevarla y recogerla de las clases y que cantaba y tocaba el piano, se llamaba también Federico. Y que Isabel también tenía dos hermanos medianos más, Paco y Conchita. Federico era el mayor de los cuatro.

Federico hijo participaba en aquella tertulia de los alumnos de don Ramón, la del Café Alameda, en la que el doctor había introducido al señor Lanz.

—¡Un buen rinconcillista, sí señor! —exclamó Federico con aprobación, cuando supo de su nexo con los tíos y don Ramón.

Llamaban a aquella reunión de artistas «El Rinconcillo» porque se reunían en un rincón.

Don Fernando contó que don Federico era otro guerrillero del azúcar, de la azucarera Nueva Rosario. Un independiente, un azucarero libre como el tío.

—¿De la Nueva Rosario? —repitió el tío. Don Federico asintió y rio entre dientes, después de estrecharle la mano con una sonrisa amistosa, cuando el tío añadió—: Son ustedes un competidor temible.

—Y usted sentó un buen precedente, Pablo. —Este sonrió también, agradeciéndole el cumplido. Don Federico conocía ya al Indiano, aunque solo de oídas.

El año 1903, el año de la primera gran cosecha del tío y de la primera campaña de Los Indianos, fue también el año de la captura. El año en que surgió el intento de monopolio del azúcar, que nació ya malhadado, contrahecho e inoperante.

Ese año se constituyó la Sociedad General Azucarera, que ambicionaba el control absoluto del sector, la integración en ella de todas las fábricas azucareras existentes en ese momento en el país por compra o por intercambio de acciones. En la Vega cedieron todas. Todas vendieron. Todas menos Los Indianos, que era recién nacida, moderna y no quería entrar al juego del monopolio. No lo necesitaba, porque podía competir con el resto de las de la Vega sin necesidad de restricciones. Ni la fábrica ni tampoco los labradores necesitaban someterse a regímenes de cupos y precios prefijados. Los Indianos puso para entrar en la Sociedad la condición de que se respetase la política de cupos de los accionistas. Se le denegó, y descartó la adhesión. No entraba al cártel. Y tampoco quiso vender.

Pronto, al año siguiente, comenzaron los cierres de la Sociedad en la provincia. Cerró las más pequeñas y antiguas, las menos rentables, hasta que quedaron menos de la mitad abiertas. Y los azucareros que habían vendido vieron aquello y se rebelaron. El cierre de las fábricas suponía la muerte de sus regiones. El azúcar había traído la prosperidad a ellas. Y entonces nacieron las epígonas: tres nuevas fábricas, en la estela del modelo cooperativo de Los Indianos, nacidas del dinero y las cenizas de las que habían vendido. Y, entre ellas, la Nueva Rosario a la que pertenecía don Federico, la heredera de Nuestra Señora del Rosario que sus accionistas habían vendido a la Sociedad General.

Con aquellos cierres, la Sociedad recibió de sí misma el primer gran mazazo en la Vega después de la negativa de Los Indianos: bajó a alrededor de un tercio su capacidad inicial de moltura y se vio más débil frente a las independientes cuya aparición no había podido impedir. Aquello fue el pistoletazo de salida al tira y afloja que se vería durante las décadas siguientes entre la Sociedad y los guerrilleros del azúcar. Los independientes partieron en aquella guerra con ventaja, pero la evolución de la coyuntura iría decantándose a favor de los intereses de la Sociedad.

La Sociedad General nació porque la industria azucarera, al inicio del siglo, se desbordaba. El *boom* del azúcar había dado en conformar un sector sobredimensionado e inestable, al albur del sobresalto periódico de la sobreproducción. El azúcar de España no podía competir con el extranjero, no se podía exportar, y se reconcentraba sobre la demanda interna. Subía el azúcar, se almacenaba, los precios se resentían, y los ciclos y los cupos habían de reacomodarse una y otra vez. Pero lo que la industria necesitaba no era un cártel que hiciese y deshiciese a su antojo, sino una regulación general de las campañas que la estabilizase. Un sector tan lucrativo y delicado como aquel necesitaba una regulación estable y previsora que acotase hasta sus aspectos más nimios.

—Lo que hace falta son leyes inteligentes, no cárteles —se quejaba el tío.

Pero en lugar de aquello llegó la Sociedad y una retahíla interminable de leyes efímeras e inefectivas que subieron y bajaron tasas, limitaron el asentamiento de nuevas fábricas y aumentaron o disminuyeron la protección arancelaria en función de las circunstancias, entre otras cosas. El fantasma de la sobreproducción pendía persistentemente sobre las cabezas de los azucareros, y el temor fue ganándole su favor a la Sociedad. Le hicieron la guerra mientras pudieron, pero poco a poco asumieron que debían colaborar, a falta de una regulación estatal efectiva.

En 1908, un año después de que naciese Flavia y otro antes de que naciese yo, llegó el acuerdo entre la Sociedad y las libres. Se establecían cupos máximos de producción por fábrica, y Los Indianos tuvo que renunciar a su propia política de cupos mínimos. Aquel pacto era lo que demandaban las circunstancias, era necesario, pero constreñía, y lo haría cada vez más, la autonomía de las libres.

El acuerdo tuvo una vida turbulenta, y duró poco. Dos años. Lo rompió la Sociedad, que tenía los ojos puestos en lo que había de venir, que le interesaba más: la Asociación General de Fabricantes de Azúcar y el Convenio General del azúcar. El convenio. Llegó a principios del 14, medio año antes de que comenzara la guerra de Europa, y fijó cuotas máximas de venta por fábrica y el precio máximo del azúcar. Fue el primer intento serio de ordenar la industria, y le siguió la bajada del impuesto al azúcar de parte del Estado. Aquel convenio que don Ramón pensó que se iría al carajo con el inicio de la guerra para aprovechar el tirón de las exportaciones.

Pero se equivocaba, porque el convenio no se rompió. La Asociación liberó los precios para hacer frente a las subidas de las materias primas, porque en otros sectores sí se dejó sentir la guerra, pero nada más. El convenio agotó su vigencia y de parte del Estado se sucedieron la eliminación del arancel para evitar una escalada de precios y el desabastecimiento por la fuga del azúcar español hacia el exterior, y también la prohibición de exportar. Y el tío y el resto de azucareros se echaban las manos a la cabeza y rugían que los dejaban desprotegidos frente a las importaciones, que solo miraban por los consumidores.

Qué cosa tan compleja fue siempre el azúcar de la remolacha, que siempre estuvo a tirones con el de caña y que tuvo también a tirones a la Sociedad con las independientes, al Estado con la industria, al azúcar de dentro con el de fuera y a las circunstancias con los intereses de unos y de otros. Y todas aquellas cosas tan intangibles y abstractas, aquella nube etérea de cupos, tasas, precios, intereses, cárteles, aranceles, convenios y leyes, giraban en torno a ese tubérculo feo que los peones sacaban del suelo con las manos negras de tierra.

—¡Todo empezó con Napoleón! —aseguró la tía una de aquellas tardes en que rehuíamos el calor con limonada bajo la glicina en los ratos de lectura—. ¡Fue Napoleón! ¿Saben quién fue Napoleón?

—Claro que sí, señora —dijo la Acemilera. Tenía en el regazo la labor que había dejado a medias—. Fue el que mandó a los franceses de acá para allá por el 1800.

—Ese es, exacto. El emperador Napoleón le hizo la guerra a España cuando se revolvió contra él, pero también luchó contra los ingleses y otros muchos países que eran sus aliados. Hizo muchas guerras, y en esas guerras pasó una cosa: que el Imperio británico controlaba la producción del azúcar de caña, que producía en sus colonias. Y qué pasó: que como los ingleses estaban en guerra con los franceses, vetaron la exportación de azúcar a Francia y los países afines a Napoleón. Y Napoleón se tuvo que sacar el azúcar de otra parte.

—¿De la remolacha? —preguntó Flavia. La tía asintió.

—Un tiempo antes, en Alemania, se había descubierto que se podía extraer azúcar de la remolacha. Y Napoleón dijo: pues de aquí sacamos. Y puso refinerías y empezó a plantar remolachas por todas partes. Y España, un tiempo después, igual.

—¡Ya hubiera querido yo ver al francés con el azadón, señora! —rio Vicente.

La tía rio también, y lo mismo el resto de mujeres.

—Pues el azúcar remolachero es de ayer, como quien dice —comentó la Cangreja, sin despegar la vista de la calceta—. Porque las guerras francesas no fueron hace tanto tiempo.

—Es bien joven, sí —afirmó la tía—. El de caña, el de las colonias, es más antiguo. En la Argentina tenemos. Pero la caña, aunque va bien allá por el clima, no es de América. Es de Oceanía. La planta era de la isla de Nueva Guinea. De allá pasó a la India, donde aprendieron a domesticarla, y con los árabes llegó a España.

—¡Con los moros llegó, fíjate! —La Cangreja arqueó las cejas.

—Y se usaba como especia —siguió la tía—. No se comía tanto ni comían todos como ahora. Era un lujo.

—En Motril tenemos caña —dijo la Cangreja.

—Sí, acá en algunos sitios va bien. Pero no en todos. Necesita otro clima, y por eso va bien allá en América. Los españoles llevaron la caña cuando fueron allá a conquistar, y plantaron. Pero los ingleses plantaron más y por eso, cuando llegaron las guerras con Napoleón, tenían tanto poder sobre el azúcar.

—¿Y antes del azúcar, qué se le echaba a los dulces? —preguntó Álvaro.

—Miel, se endulzaba con miel, seguro —respondió la Acemilera—. Eso se ha hecho de siempre, igual que con el azúcar.

—La miel también está muy buena —apostilló Rosita, en una de las poquísimas ocasiones en que se atrevió a abrir la boca.

—Sí que está buena, criatura —convino la cocinera, riendo entre dientes con la intervención espontánea de la niña.

* * *

El verano pasaba lento y caluroso, polvoriento y blanco durante el día, y agobiante por las noches. Hacía demasiado calor para dormir.

Al principio de una de aquellas noches de insomnio y sudor, cuando Flavia y yo ya estábamos acostadas pero no el resto, bajé a la cocina a por agua. Tenía sed. Estaba empapada en sudor y no podía dormir. La cocina estaba desierta, pero fuera se escuchaba un gorgoteo de agua.

—Llegas tarde —murmuré.

Álvaro estaba encorvado sobre la pila que había junto a la puerta, de espaldas a mí. El agua corría. Al escuchar mi voz se giró, sobresaltado, pero se relajó al ver que era yo. Tenía la cara, la pechera de la camisa y las manos empapadas. Se estaba lavando.

—¡Qué susto, joder! Ya lo sé.

Se giró de nuevo y continuó lavándose. Yo me acerqué hasta quedar también junto a la pila. Entonces vi sus nudillos rojos y el labio roto.

—¿Qué te ha pasado en la cara?

—No es nada.

—Tienes el labio partido. Estás hecho un desastre. ¿Te has peleado?

—Ese imbécil se lo merecía —dijo simplemente.

—Esta vez sí te la vas a cargar. Tu padre te va a cortar las orejas.

—Bárbara, no te chives. —Me retuvo agarrándome del brazo antes de que arrancara a andar—. Por favor.

—Ya van muchas.

—Por favor, por favor... Me sacará de los estudios...

—Es que eres tonto. No piensas. —Saqué el pañuelo que llevaba en el bolsillo del camisón y lo mojé bajo el grifo—. Déjame.

Él se sentó en el banco junto a la entrada para que su rostro quedara a la altura del mío. Se quedó quieto mientras le presionaba con el pañuelo la herida.

—¿Me vas a denunciar? —murmuró con la boca deformada.

—No lo sé —dudé—. Por ahora no, creo. Pero estás a prueba.

Él no contestó inmediatamente. Me aparté y él se puso de nuevo en pie. Yo enjuagué el pañuelo y me lo guardé en el bolsillo de nuevo. Empapado.

—Me parece justo. Eres una señorita sabia.

—Pues tú eres un sinvergüenza. La próxima vez iré directamente a tu padre.

—No habrá próxima, lo prometo. Y a partir de ahora voy a ser tu esclavo para siempre. Te lo voy a demostrar. ¿Qué quieres que haga primero?

—Yo qué sé. Tengo sueño.

—Pues la llevaré ahora mismo a su cuarto, señorita. A caballo, como las reinas. —Se agachó para que subiera a su espalda—. ¡Venga, sube!

Yo salté sobre su espalda y él relinchó. Me reí con la boca tapada, eufórica, mientras él atravesaba la cocina y subía las escaleras del servicio, resoplando y dando trancos conmigo a cuestas.

En realidad, Álvaro no tenía motivos para temer el enfado de su padre o del tío porque, en aquellas semanas posteriores al inicio de la campaña, los adultos tenían cuestiones más acuciantes que atender. Poco antes del final del primer mes, la moltura se paró. Los obreros de la fábrica se habían declarado en huelga indefinida y exigían una serie de concesiones para volver al trabajo.

El tío, al enterarse, dio un golpe con la palma de la mano sobre su escritorio que hizo vibrar a toda la casa y salió de ella como un vendaval seguido de Esteban. No volvieron a pisarla hasta tres días después, cuando el tío entró andando con el mismo ímpetu con que había salido.

—Han sido Damián y cinco más —tronó.

Damián y otros cinco obreros habían sido los instigadores del parón. Los habían despedido a los seis, sin concesiones. La Junta de Accionistas de Los Indianos no iba a ceder. El tío decía que la culpa de todo aquello la tenían los rusos. Damián también estaba despedido del servicio de la casa, y aquel mismo día tuvo que recoger sus cosas y dejar las habitaciones de la buhardilla. Su hermano conservaba el puesto y la cama.

Al día siguiente por la tarde, poco después de que don Ramón y yo volviésemos de las visitas, un jaleo de voces y gritos en la calle frente a la casa hizo que nos asomáramos a la puerta principal y a las ventanas que daban al jardín delantero. Eran Damián y otros hombres, que llamaban a voces al tío.

Este y don Ramón salieron a hablar con ellos y los gritos cesaron, pero la discusión no.

—Niña, quítate de la puerta —ordenó doña Pilar a Flavia, que estaba en el umbral de la puerta principal. Había venido a pasar la tarde con la tía—. Las puertas son para los hombres.

—¿Y nosotras?

—A la ventana. —Y allí nos apiñamos todas, en una de las ventanas del salón, la más cercana al follón.

Aquello no acabó allí. Damián y los cinco despedidos ya no volvieron a la casa ni a la fábrica, y los obreros volvieron al trabajo, pero los disturbios y las protestas siguieron a lo largo de los días y las semanas siguientes y el tío desapareció de la casa. Apenas aparecía algunos días a la hora de comer o de cenar y, después de unas pocas horas, volvía a marcharse.

—Si las máquinas se paran, nos vamos al carajo.

* * *

—¡El Velludo! —gritó Álvaro, y Federico golpeó las teclas.

Desde septiembre, cuando empezó a refrescar, las tertulias se trasladaron a la salita y a la cocina. En esa época comenzó a venir también Federico, el hermano de Isabel, y de vez en cuando también Paquito y Conchi.

Federico se sentaba en una esquina y observaba en silencio, escuchando con avidez lo que quiera que se estuviera contando o leyendo. Le gustaban especialmente las canciones y los cuentos de Pepita y la Acemilera, y muchas veces se los pedía directamente. Se reía entre dientes con las pantomimas de la cocinera que nos hacían desternillarnos de risa. Y también a veces participaba, compinchado con Álvaro, para contar historias de terror que nos espantaban y que hacían a Laura y a Rosita, las más pequeñas, taparse los ojos con las manos, muertas de miedo.

—... un caballo negro maldito, un engendro del infierno que no tiene cabeza —secundó a Álvaro. Estaba sentado al piano de la tía, y acompañaba sus palabras con algunos acordes graves, siniestros—. Todas las noches, a partir de las doce, sale de su guarida en la Torre de los Siete Suelos a cabalgar por las calles de la ciudad perseguido por una jauría de seis perros rabiosos...

—...los viejos dicen que es el alma de un rey moro que mató a sus seis hijos —siguió Álvaro, acercándose despacio a nosotras—, que el demonio transformó en perros cimarrones que lo persiguen todas las noches, para siempre...

—... ¡un monstruo! —gritó de pronto Gonzalo, el último del trío de los cuentacuentos.

Aquella tarde de noviembre el viento silbaba entre las hojas de los árboles del jardín. Ya casi había terminado de anochecer y la habitación estaba en penumbra, iluminada apenas por la única luz de un candil colocado sobre el piano. Los bracos, sentados a ambos lados de Flavia en el suelo como dos guardianes, gemían y aullaban de vez en cuando al viento que rugía con furia en el exterior. Federico se levantó del piano y se acuclilló frente a nosotras con gesto amenazador.

—Y si alguien osa asomarse a las ventanas para contemplarlo a su paso por las calles... ¡Ahhh! —Dimos un respingo y ahogamos un chillido, sobresaltadas—. ¡Desgracia! El Velludo lo rapta y lo arrastra hasta su guarida, y allí...

—¡Basta, basta, chiquillo! —se quejó Consuelo—. ¡Que me estás poniendo los vellos de punta!

—¡Desgracia, desgracia! —Federico la ignoró, y comenzó a perseguirnos por la habitación a nosotras, que no sabíamos si reír por el juego o chillar de miedo, con Gonzalo y Álvaro retorciéndose de la risa. Los perros empezaron a ladrar, asustados con la chillería—. ¡Los cimarrones! ¡El Velludo rapta a los curiosos! ¡Ahhh, ahhh!

Esa tarde el tío y don Ramón estaban encerrados en la biblioteca, discutiendo. En la azucarera reinaba cierta calma desde hacía un par de semanas y el tío volvía a ocupar el sillón tras su escritorio. Cuando la tertulia se acabó y los visitantes fueron a por sus abrigos, yo me pegué a la puerta entreabierta de la habitación.

—Han asaltado el Palacio de Invierno —decía el tío—. Esto es muy grave. Kerenski ha desaparecido y la Guardia Roja controla San Petersburgo. Lo que queríais, ¿no?

—Paciencia, Indiano.

—No sé cómo podéis Fernando y tú ver esto como algo positivo.

—Paciencia te digo. Esto era de esperar. Deja que se sucedan los acontecimientos.

—¡El mundo está loco!

Una voz a mis espaldas me sobresaltó.

—¿A ti no te han dicho nunca que escuchar detrás de las puertas está mal?

Al girarme encontré a Federico, que me observaba con una mueca burlona y las manos metidas en los bolsillos desde el pie de la escalera. Yo sentí que enrojecía y bajé la vista, avergonzada.

—Sí, señorito.

Él se acercó y se plantó frente a mí. Yo levanté la vista, temerosa. Pero él sonreía, con los ojos achicados por la curiosidad.

—Barbarita, qué poco os parecéis tú y tu hermana —comentó escrutándome el rostro.

—Flavia no es mi hermana. —Él arqueó las cejas, sorprendido—. Sus padres no son mis padres.

—¿Cómo que no? Entonces, ¿quiénes son tus padres?

—Yo no tengo padres. Están muertos. Soy sobrina de don Pablo.

—Ah, comprendo. Sí te pareces un poco a él.

—Eso dicen, pero mis ojos son de mi madre.

Él ladeó la cabeza y apretó los labios, sonriendo.

—¿Y cómo era tu madre?

—No lo sé, solo sé que mis ojos antes eran suyos. Y que se llamaba Fátima y no era de aquí.

—¿De dónde era, pues?

—Del Rif. Era mora, como la gente que vivía en la Alhambra hace tiempo. —Temí que me despreciara por ello, como habían hecho las mujeres a las que Flavia había escuchado, pero sus ojos se agrandaron.

—¡Qué interesante! Entonces quizá tu madre era descendiente de una antigua sultana...

—No, señorito —balbuceé, perpleja—. Mi madre no tenía dinero. Su familia malvivía.

—Bueno, pero tal vez no siempre fue así. ¿Te imaginas?

—No sé. No lo creo.

En ese momento llegaron Flavia y los bracos seguidos de Laura e Isabel, con sus abrigos y listas para marcharse. Federico y su hermana acompañarían a Laura a su casa. Las dos se despidieron y salieron a la calle con Flavia y los perros.

—Hasta otro día, sultana. —Federico me guiñó un ojo antes de salir tras ellos.

A los pocos días volvió con una coplilla que había escrito y que cantó en la tertulia acompañándose del piano. A Federico también le gustaba escribir.

¡Ay, dulce sultana
de la antigua noche!

Se pone todas sus joyas
descolgadas del cielo,
con perfumes del Oriente
y una luna al cuello.

¡Ay, esa sultana
de aquel mediodía!

Canta la morica, canta,
con lluvia prendida al pelo,
canta y clama en su jardín:
¡esto es de mis herederos!

¡Ay, triste sultana,
si supiera dónde fueron!

10

—¿Has oído eso? —susurró la voz de Flavia en la oscuridad.

Claro que lo había oído. El portazo había retumbado en toda la casa, ya en silencio. Fuera tronaba y llovía a cántaros. Percibí recortada contra la pared su figura sentada en la cama, expectante. Yo también me incorporé.

—Sí.

Aguzamos el oído. La lluvia golpeaba los cristales y el viento silbaba y hacía dar bandazos a alguna contraventana abierta que golpeaba la pared a intervalos irregulares. Pero no se oía un alma. La casa estaba en calma, al menos en apariencia.

No obstante, ambas habíamos oído claramente cómo la puerta principal se abría y se cerraba con estrépito.

—¿Crees que alguien más lo habrá escuchado?

Claro que sí, pensé. Sin embargo, la casa seguía dormida, y no se oían pasos ni otros ruidos que indicasen que nadie hubiera bajado a echar un vistazo para averiguar el origen del portazo.

—No lo sé. Deberíamos avisar a Pepita —dije.

—O a mis padres. Están más cerca.

—Tu padre no está. Salió después de cenar y dijo que llegaría tarde. Ha vuelto a haber problemas en la azucarera.

Quedaba menos de una semana para terminar la campaña y poco más para que llegara la Navidad, y los disturbios, las revueltas y los boicots no habían cesado. El tío volvía a la casa casi todos los días después de que nosotras nos hubiésemos acostado y se marchaba antes de salir el sol. Aquella estaba siendo la campaña más dura, la más dura, decía, de todas hasta entonces.

—Pues a mi madre.

—Vamos.

De repente, antes de que nos diese tiempo siquiera a poner los pies en el suelo, un nuevo portazo nos hizo dar un respingo. En esta ocasión la casa sí reaccionó. Se escuchó trasiego de pasos en la planta baja y murmullo de voces agitadas. Ambas nos levantamos y nos acercamos sigilosamente a la puerta. La abrimos con cuidado unos milímetros para poder escuchar qué estaba pasando abajo sin ser vistas. Se oyó entonces la voz apagada del tío Pablo que ascendía por el hueco de la escalera.

—... que avises a la señora y a Vicente, diles que vengan de inmediato.

—Sí, señor, en seguida —respondió la voz de Carmen casi inaudiblemente—. Señor, ¿quiere que le traiga algo para curar eso?

—No, Carmen. Haz lo que te he pedido, y después sube a tu habitación y quédate allí. Dile a los demás que no bajen tampoco.

—Ahora mismo, señor.

Se oyeron entonces los pasos apresurados de la criada hacia la escalera de servicio. Unos minutos después se oyeron sus pasos por el pasillo de la primera planta y nosotras cerramos nuestra puerta con cuidado unos segundos antes de que Carmen pasase frente a ella camino del dormitorio de los tíos. La criada llamó suavemente a su puerta, esta se abrió y se oyó la voz soñolienta de la tía Julia que preguntaba qué estaba ocurriendo. Tras un rápido intercambio de susurros ininteligibles, los pasos de Carmen se encaminaron hacia la escalera de servicio de nuevo y los de Julia escaleras abajo. Volvimos a abrir nuestra puerta con cautela.

—¿Qué ocurrió, Pablo? ¿Por qué estás tan empapado? ¡Estás herido! —La voz alarmada de la tía llegó hasta nosotras.

—No es nada, es solo esto —la tranquilizó él.

Se oyeron nuevos pasos que salían de la puerta de servicio bajo la escalera.

—¿Qué ocurre, señor? —Vicente se unió a la confusión. Su tono cambió entonces—. ¿Qué estás haciendo tú aquí? ¿No deberías estar durmiendo? —Vicente calló durante unos segundos—. ¿Qué te ha pasado? ¿Qué es todo esto, don Pablo?

—¡Pablo, él también está herido! ¡Ay, cómo *llevás* la cara, pobre mío! ¡Dime qué pasó, por Dios!

—Julia, cálmate, por favor. Él ha venido conmigo, Vicente. Entra, entrad.

Se oyeron pasos que se dirigieron a la biblioteca y nos llegó el sonido de su puerta al cerrarse con suavidad. Y, de nuevo, silencio.

—¿Qué está pasando ahí bajo? —Flavia abrió la puerta de par en par y salió al pasillo.

—¡Chist! ¡No hables tan fuerte, te van a oír! —susurré, saliendo también.

Ambas bajamos de puntillas el tramo alto de las escaleras hasta llegar al rellano, donde nos detuvimos, temerosas. No se escuchaba más que el leve murmullo de voces de las personas que estaban en la biblioteca.

Bajamos un par de escalones más y nos agazapamos tras el parapeto de la balaustrada. Desde allí veíamos perdida entre las sombras la silueta oscura de la puerta recortada sobre la pared, de color más claro, y una estrecha línea de luz entre aquella y el suelo. No alcanzábamos a escuchar nada. Esperamos. Nada.

Unos tres cuartos de hora más tarde oímos el motor de un coche que se detenía en la calle frente a la casa. La luz de los faros se coló por las ventanas y nos deslumbró por un momento. Hacía rato que ya no llovía. El motor dejó de rugir y le siguieron unos pasos que se acercaban a la carrera a la puerta de entrada.

—¡Viene alguien! —susurró Flavia asustada. Ambas echamos a correr escaleras arriba. Nos escondimos a la vuelta de la esquina, en el tramo superior contrario a aquel por el que habíamos bajado, desde donde veíamos a medias la puerta de entrada y la de la biblioteca.

La puerta principal se abrió de nuevo y por ella entró Esteban con una ráfaga de viento frío de la calle. El secretario subió los escalones del zaguán en un suspiro y abrió la puerta de la biblioteca sin llamar siquiera. No llegó a entrar.

—Señor, el coche ya está.

—Bien, pues creo que ya es la hora —dijo la voz del tío en el interior de la habitación. Se oyó un arrastrar de sillas.

—¡Van a salir! ¡Vámonos! —susurró Flavia, frenética—. ¡Vámonos ya!

Sin esperar mi respuesta, echó a correr escaleras arriba hasta llegar a nuestra habitación, y entró. Yo corrí tras ella, pero dudé en el último segundo. Me escondí tras la balaustrada de la planta de arriba.

El rectángulo de luz a los pies de la puerta de la biblioteca se ensanchó al abrirse esta de par en par y la comitiva salió. Vicente y Esteban se dirigieron a la puerta de entrada seguidos por Julia. Vicente llevaba una pequeña maleta. Tras ellos salió una figura más baja y menos corpulenta. Di un respingo al comprobar que era Álvaro.

Marchaba cabizbajo y arrastrando los pies. A pesar de que la camisa que llevaba parecía seca, tenía el cabello mojado. Antes de traspasar la puerta se detuvo durante unos instantes y se giró para contemplar el espacio que lo rodeaba, y al hacerlo se me encogió el corazón. Tenía el lado izquierdo de la cara completamente hinchado y amoratado, y los ojos húmedos. Había estado llorando.

Esos ojos recorrieron la estancia y se toparon con los míos, que lo observaban desde las sombras del piso superior. Nos miramos el uno al otro en silencio durante casi un minuto. Álvaro había desaparecido de su propio rostro. Aquel mirar triste y perdido no era el suyo, no era él el que me miraba desde allá abajo. Intenté evocar la última conversación que había tenido con él, la última vez que lo había visto hablar o moverse, pero no conseguí recordar nada. Deseé gritar, saber qué estaba pasando, pero no me atreví a articular palabra. Él tampoco abrió la boca.

Cuando ya no esperaba ninguna palabra ni gesto, levantó la mano y se despidió con un leve vaivén. Álvaro se despedía. Yo lo imité, sin saber cuán duradera iba a ser esa despedida.

En ese preciso instante, el tío Pablo salió de la biblioteca. Él también tenía heridas en la cara, y no solo los cabellos mojados como Álvaro, sino también toda la ropa empapada. Guardaba la compostura, pero pude apreciar que se movía con alguna dificultad. Me pregunté si solo llevaría herida la cara. Al ver al muchacho plantado frente a la puerta, siguió la trayectoria de su mirada y me descubrió.

—Vamos, Álvaro —dijo con la vista fija en mí. El mazazo de sus ojos amarillos me atemorizó, y un escalofrío me recorrió la espalda.

Álvaro me lanzó una última mirada cargada de un significado que no supe discernir y desapareció por la puerta seguido del tío. Yo entré en la habitación dando traspiés y cerré la puerta aturdida todavía por lo que acababa de ver. Me metí en la cama y me tapé con la manta y la sábana hasta el cuello. La voz vacilante de Flavia me llegó amortiguada desde debajo de las sábanas de su cama.

—¿Sabes qué es lo que ha pasado?

La imagen del rostro desfigurado y magullado de ese Álvaro asustado y triste había quedado anclada en mi mente y se resistía a abandonarme.

—No, no lo sé —respondí con un hilo de voz.

★ ★ ★

A la mañana siguiente la casa amaneció en tensión, con la respiración contenida y el inextinguible murmullo de un millón de comentarios hechos a media voz.

La casa estaba inquieta. Todos habían escuchado el tumulto amortiguado que la había sacudido a altas horas de la noche. Todos habían recibido, por medio de Carmen, la orden de no bajar a husmear. Aun si ella no les había contado lo que había visto y escuchado antes de cumplir las órdenes de mi tío, si no les había descrito el aspecto de este al llegar, no tardaron en verlo por la mañana con sus propios ojos. Todos vieron en su rostro las pruebas irrefutables de que algo grave había pasado la noche anterior.

Todos sabían, pero todos callaban.

A pesar de la incógnita que pesaba sobre todos, la mañana empezó como cualquier otra. La casa se despertó antes que el sol y comenzó su trajinar diario, el ir y venir de unos y de otros, cada uno en sus ocupaciones. Menos Vicente y su hijo, que no parecían estar por ningún lado. ¿Dónde estaban? Ya aparecerían.

Sin embargo, el fantasma de los sucesos de la noche anterior sobrevolaba por encima de todo ese hormigueo cotidiano y enrarecía el ambiente. El siseo inagotable de las elucubraciones del servicio comenzaba a darme dolor de cabeza. Yo misma guardaba silencio y me abstenía de pensar. No quería hacerlo. No quería recordar el rostro de Álvaro tal y como lo había visto. No me atrevía a pensar. Solo quería, como todos los demás, saber qué había pasado. Deseaba que alguien dijera algo, que alguien explicara por qué el tío Pablo había llegado corriendo a la casa, por qué él y Álvaro presentaban un aspecto tan deplorable y por qué Álvaro, y al parecer también su padre, se habían marchado en las primeras horas de la madrugada hacia quién sabe dónde. Y sobre todo deseaba que la explicación fuese tan satisfactoria y tranquilizadora como intuía que no iba a ser. Esperaba, con la inocencia de la niña que era, que todo volviese a la normalidad.

Afortunadamente, las explicaciones no se hicieron de rogar. A media mañana, cuando Amparo fue a recoger la taza vacía del café que el tío Pablo se acababa de tomar sentado a su escritorio, la criada se llevó también la orden de congregarnos a todos en la biblioteca. El Indiano había decidido poner fin a aquella incertidumbre.

—Supongo —comenzó el tío lentamente cuando la puerta se cerró tras Pepita, Flavia y yo, que fuimos las últimas en llegar. Yo no osé mirar al tío directamente—, que todos ustedes oyeron anoche alboroto, y desean saber qué ocurrió pero no se atreven a preguntar. Supongo también que las órdenes que les trasmitió Carmen de mi parte no contribuyen a tranquilizarlos, sino más bien a inquietarlos más, pero no deben preocuparse. Les pedí que no bajasen porque no era necesario. No hacía falta despertar a toda la casa.

Pablo calló, tanteando a su audiencia. Nosotros, expectantes, tratábamos de decidir si creíamos o no las razones que nos daba. Necesitábamos más información. Yo busqué con la mirada a Álvaro y Vicente y, como esperaba, encontré a Rosita sola entre los demás criados, pero ni rastro de su padre ni de su hermano. También Esteban faltaba. Pablo continuó con su discurso.

—En primer lugar, quiero disculparme por el sobresalto y las molestias que ocasioné a todos ustedes. Lamento haber interrumpido su sueño. En segundo lugar, deseo calmar su inquietud. Como ven, estoy bien. Anoche sufrí un pequeño asalto a la vuelta de la fábrica, pero ya ven ustedes que los daños han sido mínimos. —Sonrió señalándose las heridas de la cara, tratando de quitarle peso.

Sin embargo, no tuvo el efecto deseado. Nuestros rostros, antes expectantes, ahora reflejaban abierta preocupación. Todos habíamos percibido sus gestos de dolor cada vez que se movía. Debía de tener el cuerpo lleno de magulladuras.

—¿Un asalto, señor? —Consuelo habló por todos.

—Sí. Anoche, al salir de la azucarera, me asaltaron un par de hombres y me golpearon. No les llegué a ver la cara, pero creo que estaban relacionados con los problemas que estamos teniendo últimamente en la fábrica. Intuyo que deseaban darme un escarmiento, o atemorizarme.

—¡Desgraciados! —La Acemilera no se contuvo.

—Pero señor, ¿y ellos? ¿Los han detenido? —dijo Carmen.

—No. Huyeron tras el ataque. No sé quiénes eran. He hablado esta mañana con la Policía y la Guardia Civil, pero poco se puede hacer más que estar alerta por si vuelven a aparecer.

Nos miramos unos a otros, atemorizados. Yo estaba, además, confusa. ¿Cómo encajaba Álvaro en todo ello? ¿Y su padre? ¿Qué tenía que ver el asalto con su marcha en plena noche? No entendía nada de nada. Pero callé.

—Por lo pronto, les pido que tengan cuidado, y que si ven o escuchan algo raro me lo comuniquen de inmediato. Pepita, en cuanto a las niñas, a partir de ahora y hasta nueva orden no deben salir sin compañía, y nunca después del anochecer. —Nos miró directamente a Flavia y a mí con una severidad que no dejaba lugar a discusión. Pobre de la que no obedeciera, decían sus ojos. Volvió a dirigirse a Pepita—: Quiero que no las pierda de vista, ¿queda claro? —Ella asintió—. Si han intentado algo contra mí, lo pueden intentar contra mis hijas.

—¡Ay, Pablo, por Dios! —exclamó la tía Julia, de pie a la derecha de su sillón, que hasta ese momento había escuchado su discurso en silencio.

—Es una posibilidad, Julia, y si deseamos que no ocurra nada malo, debemos afrontar la realidad y ser cautos. Muy cautos.

Julia no replicó, pero seguía disgustada por la idea. No quería siquiera pensar en esa posibilidad. Los demás escuchaban en silencio, al parecer ya satisfechos con la explicación que se les había dado.

—Bien, no les entretengo más. Pueden ustedes volver a sus tareas.

El grupo comenzó a dispersarse y todos se dirigieron a las puertas. Sin embargo por el rabillo del ojo vi que Consuelo se acercaba con cautela al escritorio del tío.

—Disculpe que le pregunte, don Pablo, pero ¿ha visto usted a Vicente y al muchacho esta mañana? —Agucé el oído sin girarme y continué andando hacia la puerta con Flavia y Pepita—. No me he cruzado con ellos y no han venido a desayunar a la cocina —siguió—. Y al muchacho ni sentirlo, con lo que habla ese...

Las preguntas eran inocentes. Nada tenían que ver con el discurso que acababa de escuchar. Me giré y observé al tío Pablo, que no parecía haberse inmutado. La miraba y escuchaba con la tranquilidad de quien no tiene nada que ocultar. De no haber sabido que era solo una fachada, jamás habría podido leerlo en su rostro.

A pesar de que en ningún momento desvió su mirada en mi dirección, presentí que no le había pasado desapercibida mi presencia junto a la puerta que me resistía a cruzar, ni tampoco mi disimulado interés en las preguntas que le acababan de hacer y sus respuestas.

—Ah, sí, es verdad, se me olvidó decirlo antes —dijo finalmente—. Vicente me dijo ayer a última hora que debía marcharse por unos días, y que se llevaba al muchacho con él. Le ha llegado noticia de algún familiar enfermo de no recuerdo dónde, o algo parecido, y me pidió permiso para ausentarse unos días. —Sus palabras no destilaban un atisbo de vacilación—. Salieron esta mañana al alba.

Entonces su mirada se clavó en mí durante unos instantes que me bastaron para extraer de ellos una advertencia. Silencio. La cocinera no pareció percibirlo.

—Qué raro que no me dijera nada, le habría preparado algo para el camino —comentó contrariada.

Sin embargo, no parecía dudar de la explicación de su patrón. Supuse que Carmen no había llegado a ver a Álvaro la noche anterior. Solo yo sabía que Álvaro había formado parte de aquel incidente, entonces.

—Se le olvidaría decírselo, o no le dio tiempo. A mí me lo comunicó a última hora de la noche, después de todo el incidente. —Pablo sonaba despreocupado, no parecía darle importancia al tema—. Consuelo, por favor, encárguese de Rosita estos días. Que no duerma sola en la portería, que suba con ustedes.

—Sí, señor, no se preocupe por ella. Yo me encargo.

—Bueno, vuelva a lo suyo, por favor.

Ella asintió y se marchó sin añadir nada más. Quedaba, en apariencia, conforme con la explicación que Pablo había dado a la ausencia de Álvaro y su padre, pero yo no. Yo sabía que no se habían marchado esa mañana a primera hora, sino de madrugada. Y tampoco encajaba en ese relato el horrible aspecto de Álvaro antes de dejar la casa junto a su padre. Ni las prisas. Ni la mirada severa con que el tío me había taladrado al descubrir que los espiaba desde los balaustres. Ni mucho menos la de advertencia casi amenazadora con que me había fulminado hacía unos instantes. ¿Por qué ese empeño en ocultar todo aquello?

Yo estaba segura de que Álvaro estaba implicado en aquel asalto que el tío había sufrido, pero no sabía de qué manera. La posibilidad de que formase parte del grupo de asaltantes me parecía absurda y de lo más descabellada. ¿Qué motivos podría tener, con lo bien que mi tío se había portado con él? Yo sabía que ambos se apreciaban mutuamente. La opción contraria, que Álvaro fuera también víctima de los asaltantes junto a Pablo, tenía más sentido. E incluso podría casar con la historia que le acababa de contar a Consuelo, que podía ser cierta después de todo. Pero, en ese caso, ¿por qué ocultar la presencia de Álvaro en el asalto? ¿Por qué salir de madrugada en vez de a la mañana siguiente? No comprendía nada.

Quizá me equivocase y las heridas de Álvaro no tenían nada que ver con las de mi tío. Álvaro siempre se estaba metiendo en líos, y ya había perdido la cuenta de las veces que lo había visto llegar con señales de follón con otros muchachos. Quizá sus heridas habían sido fruto de un altercado de esos, una pelea. Otra más. Pero esta vez lo suficientemente grave como para que el tío decidiera despedirlo y expulsarlo de la casa. Pero dudaba que Pablo hubiese tomado una resolución tan drástica, y aun de haberlo hecho, ¿por qué ocultarlo? Como patrón, estaba en todo su derecho. ¿Y por qué en plena noche? Nada de todo aquello tenía sentido.

El tío Pablo cortó de cuajo mis cavilaciones.

—Bárbara, cierra la puerta y acércate.

Me sobresalté. Ya habían salido todos menos yo, que continuaba a unos pasos de la puerta, y él, que me observaba con el ceño fruncido tras su escritorio, recostado sobre el respaldo y con las yemas de los dedos de ambas manos juntas. Hice lo que me pedía y me quedé en pie frente a él con la sensación de estar frente a un tribunal, acusada de haber hecho algo muy, muy malo. Bajé la vista, temerosa.

Jamás antes había concebido la idea de que el tío Pablo, después de todo lo que había hecho por mí, pudiese ser una persona a la que temer. Y sin embargo estaba muerta de miedo. Escuchaba los acelerados latidos de mi corazón sin la necesidad de ningún estetoscopio. Esperaba algo mucho más drástico y contundente que una reprimenda: casi podía oler mi vuelta al convento. Esa era, después de todo, la forma más benigna que el tío Pablo tenía de quitarme de en medio, de eliminar a la única testigo de la implicación de Álvaro en lo que quiera que hubiese pasado.

Tan segura estaba de que iba a descargar su ira sobre mí, que el suspiro de resignación que profirió de improviso me sorprendió y me hizo alzar la vista. Aún más desconcertante fue el tono calmado y amable que usó para hablarme.

—Sería de ser iluso pretender que olvidaras lo que viste anoche. —Sonrió con media boca, y la otra media quedó atascada por la resignación. Su sonrisa desapareció y en su lugar se instaló de nuevo la expresión grave. Me miró fijamente con un deje de advertencia en los ojos, y yo le sostuve la mirada, a pesar de que me temblaban las piernas—. Pero Álvaro y su padre se han ido esta mañana por temas familiares. Nada tiene que ver su marcha con el incidente de anoche —recalcó.

Pestañeé. Me estaba pidiendo mi silencio. Esa verdad, la de la marcha al alba de Álvaro y su padre para visitar a un familiar enfermo, era la que debía contar llegado el caso.

Su actitud y sus palabras no me parecían amenazadoras ni agresivas. Descarté aliviada la posibilidad de mi vuelta al convento e incluso la de mi asesinato, que minutos antes me había parecido perfectamente factible. Estaba segura de que no pretendía dañarme ni asustarme, solo mostrarse suficientemente severo para que no se me ocurriese desobedecerle.

Él me observaba con atención, tratando de apartar las nubes grises que le impedían discernir mis pensamientos. Yo deseaba preguntarle qué había ocurrido realmente y por qué no se podía hablar de ello, pero intuí que se mostraría inflexible en su silencio. Una niña de ocho años no era la persona más apropiada para guardar un secreto. Y yo ya sabía demasiado.

Ya que no podía averiguar nada nuevo, tendría que valerme únicamente de mis hipótesis. Asumiendo que lo más plausible era que Álvaro había hecho algo que Pablo no estaba dispuesto a perdonar, opté por hablar en su defensa en un intento desesperado y previsiblemente infructuoso de que se retractase de su decisión de echarlo de la casa.

—Tío, no sé qué ha hecho Álvaro, pero seguro que está muy arrepentido. Seguro que él no quería. A veces los muchachos se pelean entre ellos sin saber siquiera por qué. —Yo estaba al borde de las lágrimas al recordar la mirada perdida y asustada de Álvaro—. Por favor, deje que vuelva. Él es bueno, es muy bueno.

Él escuchó mis palabras con cautela. Finalmente su expresión se suavizó y se levantó del sillón. Se acercó y enjugó con sus dedos las lágrimas que comenzaban a deslizarse por mis mejillas.

—Estoy seguro de ello. —Sonrió de nuevo, esta vez con los ojos tristes, mientras me acariciaba el cabello tratando de reconfortarme—. Pero creo que por el momento es mejor que se aleje de aquí.

Yo lo miré a los ojos. Su tono y sus gestos eran amables, y de veras parecía tratar de consolarme. Casi habría jurado que no tenía nada en contra de Álvaro y de que volviese con nosotros. Pero, evidentemente, me equivocaba, sus palabras lo confirmaban. No quería que Álvaro volviese a la casa. Estaba despedido. La impotencia me invadió al comprobar que era incapaz de hacerle cambiar de idea.

—Entonces, ¿Álvaro se quedará para siempre con su familia enferma?

¿Álvaro no volverá nunca?, le preguntaba en realidad. Él había captado el significado real de mis palabras.

—No lo sé. Dejemos que el tiempo corra.

Estaba claro: no estaba dispuesto a dar su brazo a torcer. No habría compasión para Álvaro. Estaba profundamente desconcertada y decepcionada con su decisión.

—¿Puedo marcharme ya, por favor? —dije con la vista baja y un hilo de voz.

—Sí, claro.

Me dirigí a la puerta arrastrando los pies y sin volver a mirarlo a los ojos. Al poner la mano sobre el pomo, él volvió a llamarme.

—Bárbara, ¿sabe alguien más que Álvaro se marchó anoche?

¿Sabía Flavia algo de todo aquello?, se leía en el reverso de sus palabras. Me giré y volví a mirarlo a los ojos. Él me escrutaba con ellos.

—No, tío. Solo yo tengo que olvidar cosas.

11

Los últimos días de la campaña pasaron con una cierta tregua en los conflictos de la azucarera. El día de cierre oficial, el 18 de diciembre, llegó y pasó, y al día siguiente la casa comenzó a prepararse para la Navidad. De la cocina de la Acemilera comenzaron a salir alfajores y roscos, la música de la tía cambió de tono y hasta el aire olía de otra forma. Flavia y Pepita pusieron un lazo azulón en el cuello a cada braco.

—¡Ya van guapos para la fiesta!

La inquietud por lo sucedido la noche del asalto terminó por disiparse con el paso de los días, el presente se impuso y las preocupaciones por el pasado fueron aplazadas por cuestiones más inmediatas. Las mentes se llenaron de platos por fregar, platería que abrillantar, sábanas que lavar, puñados de lentejas que echar a la olla y otros tantos pensamientos mundanos. También las mentes de la tía Julia y Flavia se centraron en otros temas, e incluso el tío Pablo parecía haber zanjado al asunto.

Solo mi mente permanecía enganchada a aquella noche. Los recuerdos se resistían a dejarme pensar en otras cosas. Tratando de evitar encontrarme con el tío, pasé la mayor parte de aquellos días entre el jardín y la cocina, leyendo en algún rincón o escuchando distraída la algarabía que reinaba en aquel lugar. Los chismes y cantinelas de la cocinera y sus ayudantes me ayudaban a despejarme, a no pensar.

A media tarde del día 19 apareció por allí Gonzalo vestido con su traje de domingo y con los cabellos lustrosamente peinados hacia atrás y encerados.

—¡Estás hecho un pimpollo! —dijo la Acemilera cuando lo vio.

Era miércoles: aquella era tarde de peregrinación. El muchacho venía en busca del bizcocho que él y la cocinera habían preparado la tarde anterior para llevárselo a su hermano en la visita semanal que ya se había convertido en una costumbre desde el despido. Y para allá salieron el pimpollo y Carmen, la escolta obligatoria impuesta por el tío Pablo hasta nuevo aviso como consecuencia del asalto.

Yo los vi marchar en silencio sentada a la puerta de la cocina, y cuando desaparecieron tras la esquina, bajé de nuevo la vista al libro que tenía sobre las rodillas. No la volví a levantar hasta que, media hora después, aparecieron de nuevo.

Gonzalo llevaba todavía en las manos la fuente con el bizcocho. Las comisuras de los labios colgando hacia abajo, alicaído. La cocinera los recibió a la entrada de la cocina con las manos cubiertas de masa fresca.

—¿Ya estáis de vuelta? ¡Qué visita más corta! —Al ver a Gonzalo compungido, su tono cambió—: ¿Qué ha pasado?

—Mi hermano no estaba. Hemos ido para nada.

—¿Cómo que «no estaba»? ¿Y dónde estaba?

Gonzalo se encogió de hombros.

—Hemos estado un rato en la puerta esperando, pero nada —aclaró Carmen—. La patrona nos ha dicho que lleva varios días muy raro, que ni lo ve. Dice que siempre está entrando y saliendo a deshoras, y que cada vez que le da los buenos días le pega un estufido o ni le responde. Dice que a veces se pasa varios días fuera, se ha llegado a tirar semanas sin verlo. —Se pegó más a su interlocutora y añadió en un susurro lo suficientemente bajo para que Gonzalo no lo escuchase—. Y que más de una vez lo ha visto demasiado... usted sabe. Con la moña.

Gonzalo estaba sentado junto a mí en la repisa de la entrada, haciendo círculos con los pies en la tierra de la entradilla, la fuente en el regazo. La cocinera suspiró.

—A ese no le sentó bien el despido. —Bajó también la voz—. Me da miedo pensarlo, pero ese algún día desgracia o se desgracia. ¡Ay que ver lo distintos que pueden llegar a ser los hermanos! ¡Gonzalillo tan bueno, y aquel un bala perdida!

Las mujeres entraron en la cocina y Consuelo retomó la tarea de amasar. Carmen se sentó junto a ella, con el ceño fruncido. Gonzalo y yo las seguimos en silencio.

—Bueno, *seña* Consuelo, Damián no es malo tampoco. Un poco serio, sí, y un poco rudo, también. Pero de ahí a malo malísimo...

—Yo solo sé que desde que se metió en aquello del sindicato lleva la cabeza vuelta del revés. ¡Pues no es nada, el jaleo aquel que le montaron él y los otros al patrón! ¡Normal que los despidiese!

—¡Pues yo no estoy de acuerdo! ¡Los currantes también tenemos derecho a pelear por nuestros derechos!

—Y esa vena que te ha salido de repente, ¿a santo de qué? ¡No serás tú una bolchevique de esas! Bolcheviques en mi cocina no, ¿eh? A ti lo que te pasa es que ese energúmeno te hace tilín, y repites como un loro lo que él te diga.

—¡Que no, señora! ¡Que una también piensa de vez en cuando!

—¡Pues menos pensar y a trabajar!

—A trabajar, a trabajar... ¡Siempre a trabajar! ¡Anda que no le gusta a usted darme órdenes! ¡Usted ha nacido para señorona en vez de para cocinera!

—¡Y chitón ya, que me vas a volver loca! Si lo sé, no te mando a acompañar a Gonzalito. —Carmen se marchó a la lencería refunfuñando para sí—. ¡Anda que no es pesada, la pava esta! —rezongó mientras se deshacía de los últimos restos de masa y harina de las manos. Le hizo señas a Gonzalo para que se acercase—. Ven aquí, primor. Deja eso ahí, que ya nos lo comeremos antes de que se ponga malo. Vamos a hacerle otra cosa a tu hermano y te la llevas mañana, a ver si hay suerte.

Pero Damián tampoco estuvo para abrirle la puerta a su hermano al día siguiente, ni al siguiente, ni al que vino después. La patrona de la pensión repetía una y otra vez que hacía días que no lo veía ni escuchaba por allí, y cuando Gonzalo le pidió que abriera la puerta del cuarto, lo encontraron vacío. ¿Dónde demonios se metía Damián, que ni siquiera estaba para recibir a su hermano pequeño?

Gonzalo estaba cada vez más alicaído y Consuelo se esperaba lo peor. El asunto trascendió las paredes de la cocina y subió por el hueco de las escaleras del servicio hasta llegar a oídos de mis tíos. La casa de Romerías empezaba a mosquearse y a temer que verdaderamente le hubiese ocurrido algo malo al hermano del niño. A pesar de sus diferencias con Damián, el tío se ofreció a denunciar su desaparición e implicarse personalmente en la búsqueda. Pero ni rastro de él.

El misterio quedó tristemente resuelto cuando, unos días después, dos guardias civiles se presentaron en la casa pidiendo hablar con mi tío, y los tres se encerraron en la biblioteca junto con la tía. Flavia y yo pegamos la oreja a la puerta.

La Acemilera no se equivocaba en sus sospechas: un cadáver que se correspondía con las señas de Damián había aparecido en una de las orillas del Genil, ya fuera de la ciudad. ¿Qué había sucedido? No estaban seguros. Tenía un fuerte golpe en la cabeza y se había roto el cuello. Temían que hubiese sido un accidente, al caer desde alguno de los puentes, y que la corriente lo hubiese arrastrado después río abajo hasta el lugar donde lo habían encontrado. El río estaba un poco crecido con las lluvias de los últimos días. Un accidente, o un suicido.

—¡Qué horrible! —exclamó la tía Julia.

—Ese muchacho no estaba bien —añadió el tío Pablo. Sonaba sinceramente consternado—. Me temo que la culpa es mía. No hice bien despidiéndolo.

—Usted no podía saber que esto pasaría, don Pablo. Además, puede que solo haya sido un accidente. En cualquier caso, no se torture por lo que no tiene remedio.

—Quisiera pedirles que no le cuenten nada de esto a su hermano pequeño. Dejen que le demos nosotros la noticia. Es solo un niño, y quizás haya cosas que no termine de entender. —No se oyó ninguna respuesta por parte de los otros—. También quisiera pedirles que no trascienda el asunto del suicidio. Ya que no está claro, dejemos las cosas como están y que el muchacho pueda enterrar bien a su hermano.

—Por nuestra parte no hay ningún problema, don Pablo. Trasmítale al chico nuestras condolencias. —Silencio—. Buenos días. Señora.

—Buenos días —se despidió la voz de la tía.

—¡Que vienen! —susurró Flavia.

Ambas nos separamos de la puerta y franqueamos el paso a los dos agentes, que fueron escoltados a la salida por Amparo. El tío Pablo se asomó y llamó a la criada.

—Amparo, busca a Gonzalo y tráemelo, por favor.

—Sí, señor, enseguida.

—Y vosotras, idos a jugar a otra parte, por favor.

Flavia y yo asentimos sin decir palabra y nos dirigimos obedientemente al jardín. Yo todavía seguía resentida con él. El tío me observó salir con el ceño fruncido, preocupado. Rehuí su mirada.

* * *

El tío Pablo se ofreció a correr con los gastos del entierro de Damián.

Tanto él como la tía Julia acompañaron a Gonzalo a lo largo de todo el sepelio, al que también asistieron Consuelo y de su brazo una afligida Carmen, que ocultaba detrás de los ojos las dimensiones reales de su pena, así como muchos de los antiguos compañeros de Damián en la azucarera. El evento nos estuvo vedado a Flavia y a mí, que tuvimos que quedarnos con Pepita y su dolor de rodillas. Numerosas voces murmuraron lo inadecuado de la presencia de don Pablo y su esposa, pero nadie se atrevió a dejar que sus críticas traspasasen el umbral de los susurros. Así se lo contó la Acemilera a la Cangreja nada más volver de la iglesia.

Ahora era Gonzalo el triste, el que callaba, y Rosita la que trataba de animarlo a toda costa. Pero sin éxito. La niña jugaba a su alrededor, le cantaba y trataba de darle conversación, pero la pena por perder a un hermano es mayor, mucho mayor, que aquella por perder a un caballo.

—Dale tiempo, mi vida —le había recomendado la Acemilera—. Gonzalito tiene ahora mismo una herida en el pecho que se le tiene que curar. Tú hazle compañía y verás que poco a poco se le cura y vuelve a jugar. —Y a ello se dedicaba Rosita con todo su empeño.

No había pasado una semana del entierro cuando Vicente volvió a presentarse en la casa. Estaba de vuelta, como temía, sin Álvaro. Su pariente enfermo estaba ya mucho mejor y el guardés volvía a su puesto en la casa. ¿Y Álvaro? Él se quedaría unas semanas más para sustituir al pariente en el campo.

Yo me sentía cada vez más frustrada y alejada del tío Pablo. ¿Por qué no reconocer abiertamente que había despedido a Álvaro? ¿Por qué seguir con aquellas mentiras? ¿Dónde habían metido al pobre muchacho? ¿Cómo iba a acabar toda aquella patraña? Estaba harta de todo aquello, de aquel embrollo de mentiras, de tantas preguntas sin responder, de la actitud del tío Pablo en el asunto y de su incapacidad para perdonar.

Y estaba segura de que él lo sabía, o al menos intuía la irritación, la tristeza y la decepción que se repartían a codazos el espacio de mi mente. Aquellos días en que yo rehuía su mirada a toda costa, él se empeñaba en observarme ensimismado y con el ceño fruncido cada vez que me cruzaba en su camino. Parecía preocupado. Pero a mí me resultaba profundamente molesto.

Las Navidades pasaron amargas, y tras ellas se fueron sucediendo una tras otra las semanas, y Álvaro no volvía. Los ratos de los cuentos con la tía y los demás habían decaído bastante con su ausencia, y Gonzalo también había perdido el ánimo de contar historias de miedo. El aire que se respiraba en la casa era distinto al de tan solo unos meses antes. Y mi frustración crecía y crecía.

Con el paso de los meses esa frustración había cambiado de forma. Se había convertido en un pálpito, un resentimiento sordo que había agrandado la distancia que me separaba del tío. Las cosas ya no eran como antes.

—Se han notificado algunos casos en Madrid —le dijo don Ramón a la tía una tarde de finales de abril. Flavia, ella y yo estábamos jugando a las cartas en la salita mientras él deambulaba alrededor esperando al tío, que no aparecía todavía—. Pero aún no se sabe cuál es el origen. Y no distingue entre viejos y jóvenes.

—¿Pero es grave?

—Mata muy rápido. Algunos han muerto dos o tres días después de aparecer los primeros síntomas.

—Dios mío. —La tía apenas prestaba atención a la partida.

—Provoca insuficiencia respiratoria y fiebre muy alta. Y la anoxia, la falta de oxígeno, hace que la cara se ponga azul. Los pulmones se encharcan y provocan vómitos y sangrado nasal.

—Qué horrible.

Don Ramón no habló por unos minutos. Se detuvo frente a la ventana, con el ceño fruncido.

—Si esto está pasando aquí, no sería de extrañar que algo parecido esté pasando, o que pase pronto, en Francia o en otros países. Imagina el efecto que puede tener en la guerra de los europeos. Tropas moviéndose y los soldados en las trincheras, que son puros focos de infección. Esto puede ser una debacle.

—*¿Pensás* que puede llegar hasta aquí?

No tuvo tiempo de contestar porque en ese instante apareció Amparo.

—Señora, disculpe, pero el señor me manda a por la señorita Bárbara. Dice que la espera en la cuadra.

Miré por la ventana. Fuera chispeaba. ¿Qué demonios quería decirme que no pudiera hacerlo en la casa, a cubierto? Me levanté y eché a andar delante de Amparo, que me acompañó hasta la puerta de la cocina. Allí se detuvo ella y yo salí al jardín levantándome la chaqueta por detrás a modo de capucha.

Vislumbré al tío al fondo del jardín, en la puerta de la cuadra. Me esperaba en el umbral, con un cepillo en la mano y los bracos olisqueando junto a sus pies.

—Ven aquí, pequeña. Quiero presentarte a alguien.

¿Presentarme a alguien? ¿Allí dentro? Posó la mano que le quedaba libre sobre mi hombro y me condujo al interior. Yo callaba. No entendía muy bien qué pretendía. Al entrar, mis ojos se desviaron inmediatamente al hermoso dibujo de Pasito que todavía adornaba la pared del fondo. Pero había algo en aquel espacio que no terminaba de encajar con mis recuerdos. Algo que no estaba la última vez que yo había entrado en aquel lugar. Algo que, presumiblemente, había entrado por su propio pie, o mejor dicho, por sus propias patas, en los últimos días u horas.

El hermoso caballo zaíno oscurísimo resopló en la penumbra. Apenas se divisaba su silueta allá al fondo, en el cubículo que antes ocupaba Pasito.

—Acércate —me animó el tío, a mi espalda.

Yo obedecí. Me acerqué con cautela a él y estiré la mano para dejar que me oliese y después acariciarle el morro suavemente.

—Como Pasito nos dejó, había que sustituirlo. Es bonito, ¿verdad? —Yo asentí, confundida—. Pues es tuyo.

Eso no lo esperaba. Bizqueé. ¿Cómo iba yo a tener un caballo?

—¿Co... cómo que «mío»? —balbuceé estupefacta.

—Podrás montarlo cuando quieras, pero quiero que primero aprendas bien a hacerlo. No quiero disgustos. No quiero que tu tía me eche a escobazos de la casa —bromeó infructuosamente.

Yo seguía muda por la sorpresa. ¿Montar yo a caballo? Salir de aquel lugar con un caballo por regalo era lo último que esperaba de aquella conversación. De pronto me asaltó la suspicacia. El caballo era un soborno, una distracción. Estaba segura.

—Esto es un soborno, ¿verdad?

Él soltó una carcajada, sorprendido. Pero sí, había acertado. Su risa se extinguió sin que yo me uniese a ella.

—Es más bien un regalo de disculpa —reconoció. Suspiró—. Bárbara, no quiero que estés triste, ni preocupada, ni que me tengas miedo, ni que estés enfadada conmigo. Eres mi hija. O casi —se corrigió—. Quiero que seas feliz, que tu vida sea plena en esta casa, ¿entiendes?

Todo mi rencor se desmoronó y opté de nuevo por las súplicas.

—Y entonces, ¿por qué no deja que Álvaro vuelva? Ya ha estado suficiente tiempo castigado, ¿no?

—Álvaro no está castigado. Está con su familia. —Y vuelta a la misma monserga.

—Tío, no me mienta. ¿Dónde está?

Él dudó antes de contestar. Finalmente, suspiró, resignado.

—Álvaro está en Argentina. Esto es verdad, tienes que creerme. —Lo miré fijamente a los ojos. Si aquello era mentira, yo no era capaz de determinarlo—. Lo he mandado con mi cuñado, el hermano de la tía, para que estudie allí.

¿Y por qué demonios en Argentina?, pensé. ¿Acaso no había suficientes maestros, colegios y universidades en toda España? Él continuó con su explicación.

—Pasará allí unos años estudiando con mis sobrinos en uno de los mejores colegios de Buenos Aires, y quizá después vaya a la universidad. Su padre está de acuerdo. —Yo seguía tratando de asimilar todo aquello—. Mi cuñado cuidará de él. Estará bien, te lo prometo —insistió. Parecía sincero—. Esto no es un secreto. De hecho, si te hubieses esperado unos días, te habrías enterado junto con los demás.

No obstante, todavía quedaban muchas preguntas por responder.

—¿Y qué hay de aquella noche? ¿De las heridas que Álvaro tenía en la cara? ¿Por qué se fueron él y su padre en plena noche? Lo despidió, ¿verdad? Por pelearse. ¿Y por qué es un secreto? ¿Y por qué lo manda a estudiar fuera si lo ha echado? No entiendo nada, tío.

Él volvió a suspirar.

—Hoy no entiendes nada, pero ten paciencia. Algún día volveremos a tener esta conversación y lo comprenderás. Pero, por el momento, es mejor dejar las cosas como están. Álvaro volverá, estoy seguro, pero no por ahora.

Yo no estaba tan segura, ya no estaba segura de nada. Él parecía sincero, pero nada de aquello tenía sentido. ¿Por qué pagarle unos estudios si lo había echado por meterse en líos? Concluí que el tío no lo había echado del todo, sino que lo había mandado a estudiar fuera para darle un escarmiento y que aprendiese bien la lección. Para meterlo en cintura de una vez. El castigo iba a ser más duro de lo que yo esperaba.

—¿Firmamos la paz, por favor? —dijo con cautela. Extendió su mano hacia mí.

Yo seguía muy confusa, pero estaba cansada de estar enfadada. Se iba a cumplir un año de nuestra llegada a la ciudad, desde que lo conocía. No deseaba seguir resentida con la persona que me había llevado hasta allí y siempre me había tratado bien. No comprendía los motivos del tío, no comprendía nada, pero él me pedía paciencia. Y yo quería dejar de estar enfadada. Al fin y al cabo, era tan solo una niña.

Le estreché la mano que me ofrecía y él sonrió, aliviado.

—Y bien, ¿qué nombre le vas a poner a este nuevo amigo?

Reflexioné unos instantes. Acaricié de nuevo el pelo brillante del lomo del animal, de color marrón oscuro. Como el mío. Como el de casi todos los Navarro.

—Indiano.

Parte segunda

Penumbra

12

Rápido.

Más rápido. Mucho más rápido.

Hasta adelantar al aire. Hasta dejarlo atrás. Más rápido, más.

El viento frío me golpeaba la cara y se me colaba por dentro de la camisa, erizándome el vello de la piel. La trenza daba latigazos al aire tras de mí. Jadeaba. Apreté los muslos, y azucé al animal. Él comprendió mis deseos y ambos salimos despedidos hacia delante mientras algo parecido a una descarga eléctrica me recorría la espalda. El corazón me golpeaba las paredes del pecho al mismo ritmo que los cascos lo hacían contra el suelo.

Los árboles y la hierba de los bordes del camino habían desaparecido. Avanzábamos entre dos paredes verdes, dos murales confusos de un verde turbio. Delante, el cielo y una lengua de tierra aún en calma. Detrás, solo una nube de polvo a nuestro paso. El día era azul y cálido, despejado. El sol de abril ya estaba colgado en el cielo desde hacía horas. Solté una de las manos de las riendas y me enjugué con ella el sudor de la frente. Ya hacía calor. O quizás era la carrera.

Indiano y yo volábamos.

Volábamos como los pájaros que a ambos lados del camino levantaban el vuelo cuando nos acercábamos, espantados por la furia que se comía el camino. De no ser por el estruendo de los cascos, por el sonido de su respiración pesadísima y grave que me devolvía a la realidad, habría dicho que sus patas no llegaban a tocar el suelo.

—¡Bárbara!

Giré la cabeza y vi a Flavia, que me seguía con Pinto, a unos veinte metros. Y algo más allá, un borrón gris y pardo: Gonzalo con el tordo, Hermosillo. Devolví la vista al frente. Indiano estaba aflojando el paso. Me iban a alcanzar. Ni hablar. Volví a azuzar al compañero y él respondió. Tampoco capitulaba. El 6 de abril de 1928, mi decimonoveno cumpleaños, había comenzado con una carrera que estaba decidida a ganar.

Llevábamos casi una hora dando vueltas. Flavia pasó a mi lado en un descuido y me adelantó rugiendo como una fiera. Y en la siguiente curva del camino salté la zanja y atravesé en línea recta el terreno colindante y la volví a adelantar. Entonces fue Gonzalo el que apareció unos diez metros por delante de nosotras. Había tomado un atajo.

—¡Ratas! ¡Malditos! —grité.

Sentí un arranque de júbilo y me reí escandalosamente. Nunca reía más y más alto que cuando cabalgaba. Reía con toda la boca. Como una exhalación, los tres jinetes pasábamos frente a los jornaleros encorvados sobre la tierra, cubiertos de polvo hecho barro por el sudor. Levantaban la cabeza con el ceño fruncido y la boca entreabierta, sin aliento, y achicaban los ojos en busca del origen del ruido de cascos que se acercaba. Unos segundos después, volvían a hundir las manos en la tierra y dejaban pasar de largo al fin del mundo.

Dejamos atrás las huertas de los Escolapios y allá a lo lejos, frente a nosotros, comenzó a perfilarse la línea de la ribera del río que nos cortaba el paso. Yo volvía a estar a la cabeza. Calibré el obstáculo. No iba muy crecido, tan solo dos o tres palmos de agua. Afrontable. Reduje un poco la velocidad.

—¡Bárbara, no! ¡Por el río no!

Flavia había oído mis pensamientos. Iba segunda de nuevo.

—¡Venga! —le grité exultante a través del viento, sin girarme.

—¡Vamos, señorita Flavia! —oí la voz de Gonzalo a mis espaldas, que reía—. ¡No se quede usted atrás!

Gonzalo había alcanzado a Flavia, que había reducido la velocidad hasta el trote. No quería atravesar el agua helada que en esa época del año llevaba el Genil. Dudaba si seguirnos o no, pero no llegó a detenerse. Yo me lancé al agua sin pensarlo dos veces. En realidad, el nivel del agua no llegaba ni a media pata del caballo, pero las salpicaduras volaban mucho más alto.

—¡Ay, Dios, está helada! —chillé riendo como una loca cuando sentí que el frío del agua me mordía los brazos al clavarse las gotas en la piel como minúsculos aguijones a través de la ropa.

—¡Estás loca, prima!

Gonzalo reía. Flavia redujo aún más la velocidad hasta casi detenerse al llegar a la ribera, y cruzó el río al paso, con cautela, para evitar que el agua la alcanzase. Yo llegué a la otra orilla y continué la marcha sin detenerme, con Gonzalo a la espalda. Nos pusimos al trote para esperar a Flavia, que pasó zumbando.

—¡Ahí os quedáis, pardillos! —Y detrás, una carcajada.

Los dos pasamos al galope de nuevo y no bajamos la marcha hasta que divisamos el portón trasero de la casa y bajamos al trote, riendo todavía exultantes.

Al llegar nos recibieron los bracos, que nos vieron llegar desde el límite de la finca. Gonzalo se adelantó y entró el primero en el jardín trasero de la casa. Descabalgó de un salto y enganchó a Hermosillo con uno de los ramales de la entrada de la cuadra; luego se acercó a nosotras mientras descabalgábamos para coger también las riendas de los nuestros. Yo me despedí de Indiano con una caricia entre las orejas y bajo las barbas.

—Buen caballo, muy bueno. Hasta luego, compañero.

Al tío le rechinaban los dientes cada vez que me escuchaba llamarlo así. Una pequeña traición.

—Le pone Indiano al caballo y luego lo trata de compañero. ¡Hay que joderse! Vas a la llaga, chiquilla.

Los tres teníamos un aspecto deplorable, completamente despeinados y cubiertos de arriba a abajo de salpicaduras de agua y barro. Flavia y yo nos sacudimos mutuamente las camisas y los pantalones lo mejor que pudimos, y echamos a correr hacia la puerta de la cocina todavía riendo mientras Gonzalo conducía a los caballos al interior de la cuadra. Vicente estaba podando algunos de los árboles y nos dio los buenos días al pasar.

Álvaro no había vuelto el verano siguiente al invierno en que tuvo lugar aquel hecho confuso que la casa de Romerías había vivido en el 17. Yo esperaba que, aunque estuviera estudiando en Argentina, volviera de vez en cuando, por vacaciones. Esperaba que el tío lo dejara volver alguna vez. Pero ese verano Álvaro no volvió a la casa, ni tampoco al siguiente, ni al siguiente, y yo poco a poco me fui acostumbrando a la idea de que su marcha era definitiva.

Su presencia en mi vida se redujo a las cartas que llegaban con cuentagotas dirigidas a su padre y su hermana, cartas que a veces esta última me leía, y que poco dejaban entrever de su vida allí y de cómo se estaba tomando el destierro que su padre y el tío habían acordado. Con el paso de los meses, aquellas cartas se fueron haciendo más y más esporádicas hasta convertirse en ocasionales esfuerzos vagos por mantener a su familia al día sobre su vida al otro lado del Atlántico, cartas escuetas y pobres en detalles, en las que yo fui perdiendo poco a poco el interés. Álvaro se había vuelto americano, y no parecía tener interés en volver. Dudé que quisiera hacerlo aun si el tío le perdonaba el destierro.

Los sucesos del 17 poco a poco se convirtieron en un recuerdo lejano, y Álvaro en una presencia abstracta e imprecisa escondida en un lugar desconocido llamado América. Hacía años que ocupaba un rincón apartado de mi mente al que no llegaba la luz de mi memoria más que cuando Rosita o Vicente comentaban de pasada las novedades respecto a la vida lejana del muchacho. Mi vida se había llenado de otras compañías, otras actividades y otros intereses, y mi mente vivía en el presente.

Al pasar a la velocidad del rayo entre fogones y desayunos a medio preparar camino de las escaleras de servicio, nos fuimos topando con las criadas que ya se habían puesto en marcha y que nos daban los buenos días.

—¡Buenos días! —respondíamos al unísono.

—¡Buenos días, cabrillas locas! ¡Y feliz cumpleaños, primor!

—¡Gracias, Consuelo!

Las dos subimos los escalones de dos en dos hasta llegar al piso superior. Flavia salió por la puerta de debajo de la escalera, camino del comedor, pero yo me entretuve unos segundos en la otra, la de la biblioteca. La abrí de sopetón y asomé únicamente la cabeza. El tío Pablo y Ramón se giraron sobresaltados. Por la otra puerta abierta llegaba el rumor del piano al que la tía Julia debía de estar sentada. El tío desayunaba sentado a su escritorio, con un ejemplar de *El Defensor de Granada* abierto frente a él. Ramón, en el sofá, todavía no marchaba a la facultad.

—Buenos días, don Ramón.

—Buenos días, Bárbara. Y felicidades. —Sonrió.

Yo le di las gracias con una sacudida de la cabeza y me giré hacía mi tío.

—Prepárese, que desayuno y vengo. Hoy no habrá tregua, lo voy a machacar.

Sin darle tiempo a responder, cerré la puerta y eché a correr tras Flavia, mientras escuchaba el sonido amortiguado de la risa de Ramón.

* * *

—¡Siete pesetas!

El tío Pablo nos miraba alternativamente a Ramón y a mí con los ojos exorbitados, incrédulo.

—¡Siete pesetas! —repitió. No daba crédito a lo que yo acababa de proponerle—. ¡La madre que me parió! ¡Eso es un disparate!

Ramón se reía por lo bajini. La partida de ajedrez que el tío y yo estábamos jugado había quedado congelada sobre el tablero cuando le solté la propuesta. También el cigarro que fumaba quedó en suspenso a unos centímetros de su boca.

—Pero ¿cómo voy a pagarles eso de jornal, muchacha? ¿Te has vuelto loca? —Dejó el cigarro en el cenicero.

—Tienes al sindicato en tu casa —se burló Ramón.

Yo aguantaba la mirada al tío, impertérrita e inflexible. Él pestañeó dos veces seguidas, perplejo. Terminó de procesar lo que acababa de decir Ramón.

—¡Como si te pillara de nuevas! —le dijo—. Esto es obra tuya y de Fernando.

—Vamos, no le quites el mérito de pensar por sí misma —Ramón se estaba divirtiendo de lo lindo con el numerito del Indiano.

—Siete —insistí yo.

—No voy a pagarles siete.

—Siete, tío —repetí.

—López-Vinuesa paga también cuatro setenta, y Collados ni cuatro —negó.

—Sí, y el Vinuesa ya ha tenido revueltas. Y al otro dale tiempo —repliqué yo.

—Pues yo les meto a la Guardia Civil y punto.

Yo torcí el gesto, disgustada. Fui a replicar, pero la tía Julia entró entonces para dejar un libro y coger otro, y el tío aprovechó para buscar su apoyo moral.

—¡Julia, tu sobrina es una cabezota!

—Si algo sabe hacer un cabezota, es reconocer a otro cabezota —lanzó ella al aire antes de desaparecer por la puerta y desentenderse de nuestras rencillas.

Ramón respondió con una carcajada y Pablo resopló, malhumorado. Estaba solo en la disputa.

—Pablo, hazle caso —intervino el médico—. Los de la CNT andan merodeando y puede haber jaleo. Si no quieres que te revuelvan a los trabajadores, más vale actuar.

—Esto es el colmo. ¡Como si no tuviera ya bastante con la puñetera Comisión Mixta, que en dos días la tendremos aquí!

Se refería a las Comisiones Arbitrales Mixtas que el Gobierno estaba creando para la mediación entre industriales, labradores y obreros. Los órganos de intervención de la dictadura. Al tío le convertían la sangre en veneno. Ramón seguía riendo entre dientes, pero no se atrevió a hablar de nuevo.

Entonces fue Esteban, que se había mantenido en silencio y en pie tras el sillón del tío, como siempre, quien abrió la boca para acabar de rematarlo.

—Señor, atendiendo a los números del año pasado y las proyecciones para este, creo que sí sería factible una... ligera subida. Tenemos margen, y si nos evita problemas...

Su intervención fue espontánea. Yo no había buscado la complicidad de Esteban. Él solo había decidido aventurarse a enfrentar a su patrón. Bravo. El tío abrió y cerró la boca, estupefacto de nuevo. Temí que cargara contra él, pero, tras unos segundos de vacilación, suspiró, vencido.

—Veo que estoy solo. Os habéis confabulado todos contra mí —nos recriminó, clavándole los ojos a Esteban, que bajó los suyos. Se giró hacia mí y cogió el cigarro, pensando. Finalmente dijo—: Esteban, apunta: seis pesetas para los peones fijos a partir de ahora.

—Seis y media, Esteban —lo corregí temerariamente. Ya sabía que de ningún modo llegaría a siete, pero, si debía ceder, que fuera lo mínimo. Y le recordé, con un mohín de súplica totalmente falso—: Es mi cumpleaños.

El tío casi se rio con la pantomima.

—¡Ja! ¡Vaya regalo caro! —Dio una calada. Al final suspiró y cerró los ojos. Claudicaba—. Pobre de quien trate de negociar contigo, chiquilla. Eres implacable.

—¡Bien! —exclamé yo, aplaudiendo exultante.

—Desde luego, de tal palo tal astilla, Pablo. ¡Qué genes! —Ramón volvió a reír.

Pablo no respondió. Le dio una nueva calada al cigarro con el ceño todavía fruncido. Yo adelanté uno de mis peones. Ya era hora de continuar con aquella partida que se estaba alargando demasiado. En un rato tendría que marcharme a la universidad. El tío también movió. Don Ramón pululaba alrededor, observando.

El tío Pablo y yo estábamos sentados en un par de sillones bajos congregados en torno a una mesa de ajedrez de taracea octogonal. Aquel frágil mueblecito era una preciosidad, una joya de madera y nácar que el tío había comprado hacía ya años en la cuesta Gomérez. Otro de sus caprichos.

Las piezas blancas conservaban el color natural de la madera clara de olivo bajo el barniz, mientras que para las negras el artesano había elegido un tono azul oscurísimo casi negro. Ambos colores hacían juego con los propios del tablero sobre el que bailaban, y con los mosaicos geométricos que bordeaban la mesita.

El juego de piezas negras tenía una peculiaridad. Uno de los alfiles negros era defectuoso: el artesano solo le había aplicado una capa de pintura por descuido y, al barnizarla más tarde, la pieza había quedado de un color azul verdoso más claro que el del resto del juego. Aquel alfil parecía un infiltrado blanco que no terminaba de camuflarse entre las piezas azules, o una pieza sin partido, a medio camino entre ambos bandos a pesar de llevar el color de uno de ellos. Al tío no le importó ese pequeño defecto que a sus ojos daba personalidad a aquel tablero. Le hizo gracia, le pareció curioso y lo compró igualmente.

Aquel extraño alfil era precisamente el que yo acababa de deslizar tras las líneas enemigas. Estaba amenazando a una de sus torres y a su reina. Su respuesta no se hizo esperar: uno de sus caballos salió repentinamente de la nada e hizo jaque a mi rey, reduciendo a polvo mis intenciones. Interpuse un peón y evalué el conjunto del tablero. Me estaba arrinconando al rey. Tenía que sacarlo de allí. El tío tapó con el puño una sonrisa maliciosa. Aquella era su venganza. Puñeta.

Caballos y alfiles.

Los caballos eran engañosos. Sibilinos y esquivos, silenciosos, siempre a un flanco del juego, siempre a la vuelta de la esquina. Los alfiles eran más trasparentes, más claros en sus ambiciones. Ágiles, pero incapaces de pisar terreno de color diferente al propio. De trayectoria oblicua, más equívoca que la de las torres, francas, que miraban de frente ingenuamente. El tío Pablo jugaba mucho a caballos y yo a alfiles. Y me estaba ganando. Otra vez.

—A mi amiga Cuca quizá la manden al año que viene a Madrid —comenté distraídamente mientras movía, observando de reojo su reacción. No coló.

—No cuela —dijo tranquilamente sin levantar la vista del tablero, cortando en seco la discusión. Yo arrugué el morro.

—Si la dejaras irse, te quitarías de encima al sindicato por un tiempo —intervino Ramón sonriendo.

—Si la dejara irse, volvería más trastornada de lo que está —rectificó el tío, y movió.

Yo rasqué un pegote de barro de una de mis botas mientras pensaba el siguiente movimiento. Todavía llevaba la ropa de montar. El tío lo percibió.

—Deberías cambiarte. Tienes clase, ¿no?

—En un rato, sí.

Jugamos durante unos minutos en silencio. Finalmente, el tío levantó las cejas y dejó una mano suspendida en el aire sobre el tablero, a escasos centímetros de su reina. Finalmente la cogió y la sustituyó por el peón que había junto a mi rey. Acorralado, y jaque.

—Jaque. Y creo que es... Sí, es mate. —Se recostó en el sillón, satisfecho.

—¿Cómo? ¡No! —Recorrí con los ojos el tablero en busca de escapatoria, pero no la había—. ¡Otra vez no!

Nunca, absolutamente nunca, había conseguido derrotar al tío sobre el tablero. Tardaba más, tardaba menos, daba rodeos y pasos en falso, iba y venía, dudaba, y a veces incluso parecía que acabaría perdiendo, pero siempre ganaba. Alguna vez me llegó a ganar en tan solo unos pocos movimientos, al poco de arrancar la partida. Era muy humillante.

—Si practicases más en vez de pasar el rato hablando con esos que te están sorbiendo el seso y escuchando los sermones de Fernando y de este —señaló a Ramón, que reía—, tal vez ganarías.

—Qué rastrero.

—No te cebes, hombre —lo reprendió Ramón sonriendo.

Yo comencé a guardar las piezas en el cajón de debajo de la mesa mientras el tío fumaba, triunfal.

—Dice mi mujer que la fiesta de esta noche será una locura —comentó Ramón.

—Mucha gente, sí —asintió el tío—. Vienen todos los amigos de Bárbara y Flavia, y otras tantas conveniencias.

—«Todos» los amigos de Flavia, no —lo corregí yo. Él captó a qué me refería.

—Ese muchacho no va a poner los pies en esta casa. Te pongas como te pongas.

—Es mi cumpleaños. Puedo invitar a quien quiera, ¿no?

—No me busques, Bárbara —y dio por zanjada la cuestión.

No insistí más. En aquel instante unos tímidos golpes de nudillos en la puerta nos hicieron levantar la cabeza en esa dirección.

—¿Sí?

Rosita abrió y entró, quedándose a unos pasos del umbral.

—Señor, ha venido a verlo don Paco, y viene acompañado.

—Que pasen, que pasen... —Pablo hizo un gesto distraído con la mano mientras se reacomodaba en su sillón.

Rosita se apartó y franqueó la entrada a los tres hombres que la seguían, dos de ellos enfundados en sotanas, que se acercaron a nosotros mientras ella desaparecía de nuevo por la puerta y cerraba esta tras de sí. El primero de ellos, el mayor de los tres, se adelantó sonriendo.

—Pablo... —Pablo respondió al jovial saludo con una sonrisa—. Ramón...

—Hola, Paco, ¿cómo van las cosas?

—Van, van, de momento van. —El cura rio levemente—. Hola, Barbarita.

—Hola, don Paco. —Sonreí. Él llegó hasta mí y me cogió ambas manos en un apretón cariñoso, sonriéndome con ternura.

—Cada día estás más guapa, hija. Yo no sé qué le echan a la comida en esta casa...

—¡Ande, ande, padre! —Me reí con la ocurrencia del cura.

—Eso sí, te lo tengo que decir... —dijo echando un vistazo a mi trenza deshecha y a mi camisa—: estás hecha una pena. Parece que te hayas revolcado por el barro.

—Algo así, padre. —Me reí de nuevo—. El campo, ya sabe.

Él se rio también y se giró hacia Pablo.

—Al final va a tener razón la Acemilera: tienes a tus hijas asilvestradas.

—No hay remedio posible, Paco —suspiró el Indiano, entre risas.

Don Paco era burgalés. Era el párroco de San José, la iglesia en la que colaboraba la tía, y por ella lo habíamos conocido. Era un hombrecillo menudo y escuálido ya añoso, con la sotana desgastada pero impoluta y delante de sus ojillos abiertos unas gafas que se deslizaban constantemente nariz abajo. Con los cabellos grises ya escasos, y una sonrisa cansada perenne en el rostro. Amable y franco, con la franqueza que da la vida sin grandes pretensiones, era ya un visitante asiduo de la casa de Romerías y de su biblioteca.

No sabría decir si era antes cura o lector empedernido. No sé si entró al seminario por devoción religiosa o por el deseo de estudiar. Quizá simplemente una y otra cosa iban de la mano. En cualquier caso, venía a la casa al menos una vez por semana cargado con una pila de libros prestados del tío y se iba con otro montón similar. Había leído a San Agustín de Hipona y a Santo Tomás de Aquino, pero con el mismo interés había leído también a Tomás Moro, Rousseau, Kant, Hegel, Marx, Kropotkin o Schopenhauer. Era un cura interesante.

Llevaba en aquel momento dos libros que colocó en sus estanterías dándole las gracias al tío. Los otros dos hombres no habían hablado todavía.

—Bueno, dejad que os presente a mis dos acompañantes. —Hizo señas a los dos aludidos, que permanecían unos metros más allá.

Posó entonces su mano sobre el hombro del más joven de los dos, un hombre bien vestido aunque sobrio, unos años mayor que yo, y lo animó a acercarse al tío.

—Mira, Pablo. Este es mi sobrino nieto, Alonso. —Pablo le estrechó la mano sonriendo.

—Es un placer, don Pablo. O Indiano, como le llaman por aquí —añadió, también sonriendo. Tenía acento occidental—. Mi tío habla maravillas de usted. Dice que tiene la mejor biblioteca personal de toda Granada. —Desvió los ojos a las estanterías.

Pablo descartó el elogio con un movimiento de la mano. Don Paco atrajo entonces al tercer hombre, enfundado como él en una sotana, que aguardaba con gesto serio. Era algo más joven que su compañero, pero no tanto como el sobrino nieto de este. En la cincuentena, diría yo.

—Y este es Jaime, párroco de San Miguel Alto. Un hombre un poco serio, pero no muerde —bromeó.

Don Jaime no sonrió, ni tampoco hizo el amago cuando él y Pablo se estrecharon la mano. No cambió el gesto. Mantuvo una expresión fría y desapasionada, como una máscara.

—Un placer —dijo simplemente.

Hablaba deshaciéndose de las palabras con desgana, con un deje de disgusto. Tenía el mirar amargo, frío como el de una rapaz que otea el movimiento de las alimañas desde su nido. Recorría con él todas las superficies que lo rodeaban con el desprecio y la suficiencia de quien se ve superior. Me desagradó profundamente aquel hombre oscuro como un cuervo.

Don Paco seguía con sus explicaciones.

—El muchacho es abogado, acaba de llegar de Sevilla. Licenciado con honores. Un orgullo para la familia, vaya.

—Pare usted ya, tío, que me va a sacar los colores —se quejó Alonso riendo.

—Bueno, bueno. No es pecado presumir de familia de vez en cuando. Mirad, este es Ramón. —El aludido estrechó sonriendo las manos del joven y del cura—. Es médico, cirujano y profesor de universidad. Y una muy buena persona.

Don Paco se giró entonces de nuevo hacia mí, que permanecía sentada al otro lado de la mesita de ajedrez.

—Y esta muchacha de aquí —dijo señalándome con la mano—, es la sobrina de Pablo, Barbarita.

El cuervo tomó mi mano con el mismo interés nulo que había mostrado hacia los anteriores, y yo le respondí con una mueca de indiferencia a juego con la suya. Alonso se acercó también a mí. Lo estudié más detenidamente: llevaba el cabello castaño pulcramente peinado con la raya a un lado y los ojos, de un color similar, eran amables, agradables. El rostro que ahora me sonreía tenía facciones angulosas y corrientes, pero armoniosas. Resultaba bastante atractivo.

—Un placer, señorita. —Él me miraba también con una chispa de interés en los ojos. Yo sonreí al darle la mano, complacida.

—No vas a conocer una muchacha más interesante en toda Granada —apostilló el cura, atento a nosotros. Yo me reí.

—¡Hala! Está usted perdiendo ya la chaveta, don Paco —dije, y Alonso se rio.

—¡Bárbara! —exclamó el tío Pablo ante la falta de respeto.

Pero el cura no le dio importancia a mi comentario. Al contrario.

—Déjale que diga lo que quiera, Pablo, que a lo mejor tiene razón. Estoy ya mayor, mayor de verdad, hija.

—Ande, ande, padre, no me venga con ese cuento, que no me lo trago. Que está usted hecho un toro. A usted le quedan aún muchos años de subir las cuestas del Albaicín. —San José, su parroquia, estaba en pleno barrio.

—Dios te oiga, hija. Los huesos ya me duelen, ciertamente. Ya no es como antes. Esperemos que viva lo suficiente para verte licenciada.

—Claro que sí. Y más —le aseguré riendo.

El cura se giró de nuevo hacia Alonso.

—Barbarita ha estudiado en la universidad, como tú. Estudia, de hecho. Estás en segundo, ¿verdad?

—Sí, aún me quedan unos cuantos años —asentí—, que haré aquí... o en Madrid. —Miré de reojo al tío.

—Probablemente aquí —sentenció él, en guardia. Era difícil pillarlo desprevenido.

Oí como Ramón se reía por lo bajini. Aquel tira y afloja soterrado entre ambos pasó desapercibido a los visitantes.

—¿Y qué estudia, señorita? —preguntó Alonso.

—Medicina.

En ese momento don Jaime rompió su silencio y su rictus de estatua de cera para deslizar un leve pero afilado comentario que quebró la conversación.

—Es... inusual. —Por su tono, aquello no era un cumplido.

Eso hizo enmudecer al resto. Don Paco trató de limarle los bordes, riendo.

—¿Inusual? ¡Hombre, es un orgullo!

Sin embargo, el cuervo se mantuvo en sus trece.

—Desde luego, pero es una profesión propia de hombres.

La afirmación cayó como un obús en medio de la habitación. El aire se había vuelto denso de repente. Yo estaba estupefacta ante la falta de respeto que se había permitido, en casa ajena y entre desconocidos, con total descaro. De reojo percibí la mirada de advertencia con la que me taladraba el tío, que intuía lo difícil que se me estaba haciendo morderme la lengua y dejar pasar la impertinencia.

—Explíquese. —Alonso parecía ajeno a la incomodidad de la situación e inocentemente interesado en las razones del cura para soltar aquello.

—Dios hizo a las mujeres seres tranquilos y dulces. Cariñosas. En definitiva, las hizo más aptas para el cuidado de su familia, de su hogar. Tareas hermosas y sencillas, adecuadas a su alma frágil y sensible. No para oficios adecuados al temperamento de los hombres. —Don Jaime hablaba pausado, con voz suave y conciliadora, como quien le explica a un niño pequeño lo absurdo de su rabieta. Daba verdadera grima.

Qué asco sentí, Dios mío—. Las mujeres, en caso de necesitar trabajar, hacen otras cosas. Diría yo.

Ese escueto matiz final llegaba tarde y mal. Era como echarle un cubo de agua a un incendio ya en las cenizas. No estaba dando una opinión susceptible de contradicción, sino afirmando lo que consideraba una verdad indiscutible. Una verdad rancia, oscura y cubierta de telarañas. Don Paco trató de salvar la situación.

—Venga, hombre. Estamos en el siglo XX, cada vez estudian más muchachas.

El otro cambió de tercio y desvió ligeramente sus argumentos.

—Es cierto, pero me pregunto si la señorita no preferiría una profesión como la enfermería o la educación infantil. ¿No se sentiría usted más cómoda en una ocupación o un entretenimiento más suave, menos demandante mentalmente hablando y más adecuado a su sexo?

Don Paco dio por perdida la conversación, y también percibí cómo la mirada de advertencia de mi tío quedaba oculta tras su mano. La mano de Ramón, por su parte, ocultaba su diversión ante la tormenta que se avecinaba. El cuervo me había tocado la fibra: ¿cuántas veces, a lo largo del tiempo de carrera, e incluso antes, había tenido que responder a preguntas similares dichas en un tono condescendiente difícilmente soportable?

—No —fue mi respuesta tajante y rotunda. Sin comentarios, sin matizaciones, sin sonreír.

Él arqueó las cejas, sorprendido ante mi vehemencia. Claramente, esperaba otra respuesta probablemente más cándida y complaciente. Aunque en mi fuero interno presentía que yo no había obrado mal y que estaba en mi derecho de reaccionar así, temí haber sido demasiado brusca y enmudecí. Alonso entonces tomó el testigo de su tío y trató de rescatar la conversación del naufragio definitivo.

—Es cierto que es poco habitual, pero si a ella le gusta y es capaz...

—De los mejores de su clase —confirmó Ramón, saliendo en mi defensa—. Ya quisiera yo que muchos de mis alumnos varones se aplicasen la mitad que ella. —Me sonrió fugazmente para reconfortarme.

—Yo no he puesto en duda su aplicación en los estudios —replicó el cura agriamente.

—No, ha puesto en duda sus intereses y sus capacidades. Bárbara y sus compañeras femeninas lo han tenido, y lo tienen, complicado. Los muchachos, por su sexo, jamás han tenido la necesidad de alcanzar premios ni menciones de honor, ni tampoco ser de los primeros de la clase para evitar que se cuestione su capacidad. Jamás han tenido que demostrar, más allá de los requerimientos puramente académicos, entiéndame, que son capaces y que merecen estar en la facultad. Pero a esta muchacha y a las que la han precedido se las degrada y cuestiona constantemente, se les exige la excelencia si desean ser tratadas como iguales. Yo mismo soy testigo de ello, si le vale a usted mi criterio. Son muchos los colegas míos que todavía piensan como usted, padre. Demasiados, desgraciadamente.

Ramón no pretendía ser conciliador ni suavizar la situación. Se había limitado a poner a aquel curilla retrógrado en su sitio. Sin cortapisas.

—Pues... pues, lo que le digo, padre —balbuceó Alonso, que había quedado igualmente desarmado por las palabras de Ramón. Se giró hacia mí—. Creo que es usted muy valiente.

—Gracias —musité.

El tío Pablo añadió, dando por zanjada la cuestión:

—Le aseguro, don Jaime, que mi sobrina sabe bien lo que quiere, y es perfectamente capaz de afrontarlo.

El cura se giró hacia su compañero. Sin embargo, don Paco no parecía dispuesto a salir en su defensa. Estaba solo.

—Quizá... quizá me he equivocado acerca de sus... intereses y capacidades, señorita. Discúlpeme, por favor.

Aquella disculpa no era sincera. Era tan solo la única salida que había encontrado al verse completamente rodeado. Ni el arrepentimiento ni la vergüenza habían hecho acto de presencia en sus ojos, que continuaban fríos como el acero. Tampoco mi desagrado hacia él se había esfumado.

—Claro —respondí, a pesar de todo. Escondí el desprecio que me inspiraba tras una sonrisa conciliadora terriblemente falsa. No deseaba alargar más aquella situación que estaba arruinando la visita de don Paco—. Todavía no les hemos ofrecido nada. ¿Desean ustedes una copa?

—Sí, claro, hija. ¡O dos! —respondió este agobiado. El pobre hombre de veras necesitaba algo de alcohol para digerir todo aquello.

Me levanté entonces y fui a por la licorera que descansaba sobre el mueble bar. Los ojillos recelosos del cuervo se clavaron entonces en mis piernas, envueltas en los pantalones de montar. Su ceño volvió a fruncirse. Mi tío percibió el cambio en su expresión y se apresuró a aclarar.

—Mi sobrina monta a caballo. Es una gran amazona. —Sonrió orgulloso y, unas pocas capas por debajo del orgullo, desafiante. Reprimí la risa. Al Indiano le estaba gustando tan poco como a mí aquel elemento.

Yo montaba y Flavia también, e incluso Rosita se nos unía a veces. Y la gente hablaba, y decía que íbamos a perder el virgo si no lo habíamos perdido ya con tanto bote. Pero a mí me daba igual, y a las otras también.

—Tiene usted gustos y aficiones un tanto... poco habituales —me dijo el cura, interpelándome directamente mientras aceptaba el vaso que le ofrecía.

Una pulla. De nuevo. El cura no había podido contenerse por mucho tiempo. Opté por tomármelo con humor. Esta vez estaba recompuesta y preparada.

—No lo crea usted, padre. Mi prima también monta —dije sin mirarlo mientras ofrecía sus vasos a don Paco y su sobrino.

—¿Y ella también viste pantalones como usted? —inquirió el otro, incrédulo.

—Claro, ¿qué prenda hay más cómoda para montar? —reí mientras me sentaba.

—Ninguna, supongo. Pero ni la actividad ni la prenda son propias de una señorita. Llevar pantalones no es propio de mujeres, sino de hombres. ¿No teme usted que la confundan con una machorra?

Por el rabillo del ojo vi que don Paco empinaba el vaso hasta apurarlo.

Estaba claro que a don Jaime no se le pasaba por la cabeza dejarse algo en el tintero aquella mañana. No entraba en sus planes, o no estaba en su naturaleza, morderse la lengua. Qué hombre tan estúpido. Paciencia. Fui a replicar con toda la calma de que era capaz, pero Ramón se me adelantó.

—¿Y eso lo dice usted, padre, que lleva faldas? ¿No teme que lo confundan con un afeminado?

Pablo reprimió la risa. Nunca había visto a un cuervo cambiar de color, pero aquella mañana iba a verlo, porque aquel energúmeno se estaba poniendo cada vez más rojo. Como un tomate. Y los nudillos, apretados, blancos. Casi podía escuchar cómo sus latidos se aceleraban y la sangre le golpeaba las sienes a medida que aumentaba su furia. Resultaba bastante cómico.

—¡Cómo se atreve! ¡Soy un hombre de Dios! —escupió colérico—. ¡Este es mi hábito! —Estaba fuera de sí. Me apuntó con un dedo largo y huesudo, mirándome con los ojos en llamas—. ¡Dios hizo a hombres y mujeres diferentes, y diferente deben vestir! ¿Dónde se ha visto que una mujer, una mujer hecha y derecha, actúe y se vista como un hombre? ¡Virgen Santísima! ¡Estamos perdiendo la cabeza! ¡Estás avergonzándote a ti misma, muchacha, y estás ofendiendo a Dios!

—¡Jaime! —Don Paco no daba crédito. Estaba abochornado. Su sobrino también estaba atónito ante los insultos del cura.

El tío Pablo lo podría haber echado de la casa en ese mismo momento. Podría haberlo echado, de hecho, bastante rato antes. Pero no se había enfadado con las palabras del cura. Al contrario: en esos momentos me miraba a los ojos, y en ellos podía ver que se estaba divirtiendo con la escena que estaba montado el cuervo. El Indiano estaba esperando mi reacción. Todo tuyo, destrúyelo, leí en sus ojos.

Yo respiré hondo y, sin dejar de sonreír, me dirigí a don Jaime, que estaba al borde del ataque:

—Padre, muchos hombres, y en especial muchos curas, dan por sentado con demasiada frecuencia que conocen lo que Dios piensa y quiere de las mujeres. Y eso... —a pesar de mis esfuerzos, el sarcasmo se filtró a mis palabras—, eso es soberbia, padre. —Él no respondió—. A no ser que se le haya aparecido Dios para decírselo, son solo conjeturas. ¿Han bajado Dios o la Virgen para decirle que me obligue a quitarme estos pantalones?

Oí las risillas de Ramón y de Alonso, y de reojo vi la sonrisa satisfecha del tío Pablo. Al cuervo le estaba costando mucho esfuerzo contener la rabia. Se giró hacia don Paco, recriminándole con la mirada su falta de apoyo en el asunto. Aquel también parecía estar divirtiéndose con mis palabras y su reacción.

—¿Se te ha aparecido la Virgen, Jaime? Una aparición mariana nos vendría muy bien en estos tiempos que corren.

Él no daba crédito. Se giró de nuevo hacia mí. Tras él, vi que la puerta se abría y por ella entraba la tía Julia y se acercaba a nosotros sigilosamente.

—¡Dios exige decoro y humildad! —me increpó.

—Pues aplíquese el cuento.

Él boqueaba, colérico. Casi echaba espumarajos por la boca.

—¡Eres una irrespetuosa de Dios, muchacha!

Dejé de sonreír. Me incliné hacia delante, mirándolo ferozmente a los ojos.

—No se meta usted en mi relación con Dios, que Dios vive en el alma de cada uno y en la mía entra quien yo digo. —Me giré hacia don Paco—. ¿Está de acuerdo, padre?

—Yo no lo habría expresado mejor, hija —me concedió entre risas.

El cuervo no volvió a graznar. Estaba matado y rematado. La tía decidió intervenir para calmar los ánimos.

—Vivo en una casa de herejes, padre. No se lo tome muy a pecho. —Sonrió.

—Julia es la esposa de Pablo y la tía de la criatura —aclaró este a sus acompañantes, riendo.

—Su sobrina tiene una forma muy... peculiar de entender la fe. —Me miró con desprecio.

—Mi sobrina es peculiar en muchos sentidos —matizó entre risas, acariciándome la mejilla cariñosamente. Y me dijo—: Trajeron un paquete para ti, está sobre tu cama. —Me observó de arriba abajo—. ¿Todavía no te cambiaste? *¡Subí* ahora mismo a quitarte esa ropa llena de barro! *¡Tenés* clase!

—Ahora mismo, tía. —Me levanté y de camino a la puerta, me detuve frente a don Paco—. Padre, espero que venga usted esta tarde.

—¡Ay, Dios mío, es verdad! —Se golpeó la frente—. ¡Era hoy! ¡Claro que vendré! Hija mía, perdóname. Sí es verdad que se me está yendo la cabeza. ¡Feliz cumpleaños, hija!

—No tiene importancia, aún entra en plazo —lo tranquilicé, riendo. Me giré hacia su sobrino—. Y usted también está invitado, Alonso, si quiere venir. La fiesta es de disfraces, pero no importa si no tiene.

—Con mucho gusto, señorita. Y felicidades.

—Gracias. —Dirigí la atención hacia el cuervo—. Y venga usted también si quiere, padre. Algún pecadillo verá, estoy segura, pero se divertirá.

—No me cabe la menor duda —respondió secamente.

Me dedicó una sonrisa tirante. Ambos sabíamos que, afortunadamente para todos, las probabilidades de que volviese a pisar la casa eran bastante escasas. Si no nulas.

13

Para mi reina mora, de parte de Isabelita y mía. Fue difícil no pensar en ti al encontrar esta antigualla.

¡Feliz cumpleaños!

F.

P. D.: La pesada de Isabel insiste en que lo estrenes en la fiesta de esta noche. Haz lo que quieras, sultana.

Esa F era de Federico.

El disfraz que había extendido sobre mi cama brillaba.

Dejé la nota a un lado y acaricié con cuidado aquella maravilla. La seda, los tules y las otras telas desconocidas e indescriptibles de colores irisados estaban cuajadas de cientos de cristales, lentejuelas, perlas y piedrecillas que imitaban la turquesa, el coral, el lapislázuli. Un disfraz de sultana.

Al traje no le faltaba detalle: un ancho fajín con rosetones de turquesas y lapislázuli entre los que serpenteaban y se enroscaban cordones de pasamanería dorada; unos bombachos de tela semitransparente de un color entre gris y azul salpicados de pequeños cristalitos que lo hacían brillar, y una blusa desmangada bordada con lentejuelas y pequeñas cuentas de lapislázuli, jade y coral. Y también unas babuchas de seda dorada bordada con lentejuelas y cristales, una diadema con florecillas de coral y colgantes de perlas y lentejuelas, un brazalete de jade, otro de coral...

¿De dónde habrían sacado aquello Federico e Isabel?

Las cuatro estábamos extasiadas con el regalo de los dos hermanos.

—¡Qué hermoso es, prima! ¡Mira la diadema, mamá! ¡Parece coral de verdad! ¿Verdad que sí, Rosita?

—Sí, señorita. Es una preciosidad. —Rosita acarició tímidamente la tela de los pantalones.

—No creo que sea coral de verdad. —La tía inspeccionó el complemento con atención—. Pero como imitación, es magnífica.

—Y las babuchas... ¡Qué zapatos, prima, qué zapatos! —Flavia me zarandeó, emocionada. Cogió el brazalete de jade y lo contempló con deseo—. Bárbara, déjamelo, por favor, por favor... Es perfecto para mi disfraz...

—Es tuyo.

—¿De verdad? —Se lanzó sobre mí y me abrazó loca de contenta, besuqueándome—. ¡Gracias, gracias, gracias!

—¡Quita, quita...! —Traté de deshacerme de su abrazo, riéndome.

Ambas caímos sobre la otra cama riendo, todavía abrazadas.

—Bueno, ¿qué? —Me miró con ojos impacientes—. Te lo vas a poner, ¿no?

—Creo que la blusa me va a quedar demasiado ancha. Yo no tengo tanto pecho.

—Yo le hago los arreglos que haga falta, señorita —me aseguró Rosita.

—¿Crees que te dará tiempo para esta tarde?

—Sí, claro.

—Eres un sol, Rosita. —Le di un sonoro beso. Y otro. Y después otro. Y así hasta que ambas caímos riendo sobre Flavia—. ¿Por qué no te disfrazas tú también? Tú y yo tenemos casi la misma talla. ¿Por qué no te pones mi vestido?

—No, no, señorita, yo no creo que...

—No seas tonta, ¡te lo pasarás bien! Y con el personal de refuerzo que viene sobra gente allí abajo. Venga, seguro que Consuelo está de acuerdo... ¿verdad, tía? —Ella asintió, sonriendo. Flavia y yo miramos suplicantes a Rosita—. Di que sí...

—Está bien.

—¡Sí! ¡Viva, viva!

—Bueno, basta de escándalo —nos reprendió la tía, riendo—. Flavia, *agarrá* la chaqueta y el sombrero y vamos ya, que va a llegar la hora de comer y todavía no habremos vuelto de la azucarera. Y tú, Barbarita, *quitate* ya esos pantalones sucios, que al final *marchás* a la universidad con ellos. ¡Todo el mundo a lo suyo! ¡Venga!

Flavia y su madre salieron de la habitación y Rosita aguardó pacientemente hasta que yo le di las prendas sucias, y entonces ella también salió. Yo me puse un batín y me quedé contemplando la nota y el disfraz en silencio.

«Para mi reina mora». Sonreí para mis adentros.

A Federico le atrajeron mucho mis románticos orígenes. Le fascinó la trágica historia de amor de mis padres, su huida y sus dispares procedencias. Él también era mestizó, decía, y le gustaba contar que tenía sangre gitana y judía. Nunca supe si aquello era verdad u otra de sus fantasías pero, en el caso de Federico, ambas eran casi siempre una misma cosa. Sentía inclinación, en cualquier caso, por lo liminar.

—El espíritu que vaga eternamente —decía—. El pájaro sin rama, el alma errante que no encuentra reposo. Que está destinada, o condenada, al destierro constante, a seguir andando hasta la muerte. El amnésico que no recuerda ya dónde arrancó a andar ni hacia dónde iba. Son almas en constante giro, al borde de la extenuación pero invictas, ¿entiendes?

Yo asentía. Los inclasificables, los puntos de discordancia e imprecisión, aquellos que no encajaban con exactitud en ningún lugar, siempre a medio camino de muchas cosas y desahuciados del conjunto por ello. Los judíos y los gitanos eran seres en tránsito. Y también lo eran los mestizos, viajeros entre dos realidades. No sabría decir si fue él quien me convenció de que así era o fui yo la que acabó por identificarse con sus palabras. No lo tengo claro, no lo recuerdo.

—Eres una paria, ¿te das cuenta? —se burlaba—. Un agujero de la sociedad.

Era hija de desertor y mora del Rif. Criada pobrísima en un monasterio de vigas podridas llenas de telarañas que de la noche a la mañana se convirtió en la sobrina de un industrial y terrateniente poderoso y rico, un indiano, un capitalista. Pupila del socialismo de don Fernando y a menudo rechazada por burguesa en las reuniones a las que iba con Gonzalo. El equivalente a un esquirol del partido de los patrones, alguien que no se comportaba como correspondía. Estudiante y mujer. *Estudianta,* que decía la Acemilera. ¿Creía en Dios? Desafiaba la más mínima clasificación.

La superposición de identidades es confusa. Y, sin embargo, si se examina a fondo la realidad, desconcertantemente corriente. En los días buenos cabía pensar en armonía entre las partes, un engranaje operativo. En los malos, una maraña turbia, una algarabía de gritos y zarpazos que no me dejaban pensar. Y mucha soledad.

A pesar de que los orígenes judeo-gitanos de mi amigo se me antojaban dudosos, Federico también se identificaba con el espíritu que no encuentra reposo. Tenía un alma extraña. No sabría decir si también nadaba entre dos o veinte aguas, pero intuía la inquietud, las contorsiones y los gritos tras su sonrisa burlona inextinguible.

Yo era para él su pequeña reina mora, me presentaba a sus amigos como la nieta de un rico jeque árabe de un país lejano de Oriente. Dudo mucho que la vida del viejo Hamid, mi abuelo real, que según la hermana Madeleine había pasado su vida hundido en la tierra del Rif, fuese tan opulenta como la pintaba Federico. Pero yo contenía la risa y lo dejaba hacer, y le escuchaba inventar y reinventar la historia de amor de mis padres, y narrar cada vez una historia distinta ante un público ingenuo. Federico disfrutaba como un niño contando cómo el aventurero Diego Navarro había raptado a su enamorada, la princesa mora Fátima, para fugarse juntos lejos, muy lejos, donde poder vivir su amor. Federico rescataba de mi memoria las viejas historias de la monja, las repintaba y les daba su propio barniz, y así las integraba en su mundo, en su universo particular.

Pero aquellas no eran las únicas historias que él modelaba a su antojo.

Cada vez que entrábamos en una habitación llena de gente, él me contaba al oído las historias de todos los presentes, cada cual más surrealista e inverosímil que la anterior. Yo casi tenía la certeza de que no era verdad ni un tercio de lo que estaba escuchando, pero no podía contradecirlo. ¿Por qué hacerlo? ¿Por qué cambiar la realidad que Federico me describía por otra mucho más gris y aburrida?

La voz del tío Pablo me sobresaltó y me distrajo de mis cavilaciones.

—¿Se puede? —dijo con cautela asomándose al interior de la habitación mientras llamaba a la puerta suavemente con los nudillos.

—Sí, adelante —musité distraída.

Él entró y vio que todavía no estaba vestida.

—Llegarás tarde. —Entonces descubrió el revoltijo brillante sobre mi cama—. ¿Y esto?

—Es un regalo de Federico y de su hermana. Isabel, la pequeña.

—Es muy bonito. —Lo contempló detenidamente—. ¿Es para esta noche?

Yo asentí en silencio mientras iba de allá para acá, reuniendo la ropa que me iba a poner.

—Ramón y los demás ya se han marchado —comentó él distraído. Su expresión se transformó entonces en una sonrisa cómplice—. Menudo meneo le has dado antes al curita ese, ¿eh? —rio.

Yo reí entre dientes y me tapé la cara avergonzada. Él me pasó el brazo por el hombro y me apretó contra su costado, dándome un leve beso en la coronilla.

—Nunca te calles, ¿me oyes? —susurró—: Nunca dejes de reclamar lo que es tuyo.

Yo levanté la cabeza y le devolví la sonrisa que me ofrecía. Me abracé a él casi riendo.

* * *

Desde la planta baja llegaba el sonido amortiguado de música de piano, interferida a intervalos regulares por voces y risas estridentes.

—Esto ya está, señorita —dijo Amparo fijando la última de las horquillas de mi moño mientras yo terminaba de engarzarme uno de los pendientes —baje ya, corra, ¡que todo el mundo está ya abajo! —me apremió.

—Gracias, Amparo. ¡Voy!

Salí de la habitación y bajé las escaleras casi corriendo. Llegaba tarde otra vez. Puñeta. La banda no tocaba en ese momento y la entrada y el salón estaban completamente desiertos. La música y las risas procedían de otro lugar. La puerta de la salita estaba abierta y en ella se agolpaban los invitados que no habían conseguido entrar. Dentro no cabía un alfiler. Y allí estaban todos.

Flavia, de pie y apoyada contra la pared de enfrente, alta y esbelta como la efigie romana que era. Mi prima era muy hermosa, casi tanto como su madre. Tenían casi las mismas facciones, más agudas en el caso de mi prima, que se volvían idénticas a las de su madre cuando reía. Tenían también el mismo cabello dorado y ensortijado, la misma elegancia natural, el mismo paso al andar.

Flavia era, además, muy aficionada a caminar por el campo, a bailar en cualquier verbena, a nadar en el mar cuando bajábamos a la costa, e incluso al tenis, ese curioso deporte que estaba de moda en Europa y que las chicas modernas practicaban, pero que Granada observaba dividida entre la curiosidad y el recelo. Mi prima no paraba quieta, y el resultado era un cuerpo musculoso y grácil, flexible y hermoso que ahora mismo cubría con una ligera túnica blanca salpicada de detalles dorados a imitación de las de los antiguos griegos, el tipo de su disfraz.

Una de sus manos jugueteaba distraída con el brazalete de jade que yo le había regalado, y su otro brazo se entrelazaba con el de Rosita, que permanecía también de pie y a su lado. Parecía que en el origen de aquel contacto estaba el deseo de mi prima de reconfortar e infundir ánimos a la muchacha, que por su expresión parecía sentirse fuera de lugar, cohibida.

Sentí un pinchazo de compasión y deseé que, a pesar de todo, Rosita lo estuviera pasando bien. Criada o no, con los años se había convertido en mi amiga, una amiga tan íntima como Flavia. Era para ambas una suerte de hermana pequeña, de dieciséis años cumplidos unas semanas antes. Sonreí. Se había puesto mi vestido de dama renacentista, que le sentaba como un guante. Alguien, probablemente ella misma, había trenzado sus cabellos rubios oscurecidos con los años, sobre los que se había colocado mi tiara. Decidí regalarle todo el conjunto cuando acabase la fiesta.

Junto a ellas estaba el tío con el Duque, un amigo reciente, y un poco más a la derecha la tía con Pilar y Vicenta. La multitud de espaldas me impedía ver mucho más. Me acerqué a la puerta y me puse de puntillas para observar también el interior. Nadie había advertido mi presencia. Todos escuchaban en silencio y completamente absortos la música y las palabras del intérprete, que no alcanzaba a ver desde donde estaba, y de vez en cuando la estancia se colmaba de risotadas unánimes. Adiviné al instante quién se había sentado al piano. Traté de hacerme hueco entre los que me entorpecían la vista para comprobar si estaba en lo cierto y algunos se apartaron a uno u otro lado hasta que mi campo visual quedó completamente despejado. En efecto.

Federico, vestido de bandolero decimonónico, tocaba una melodía que hacía a sus dedos brincar como pequeños saltamontes por el teclado, al tiempo que cantaba y contaba una historieta absurda y satírica sobre un grillo que se casó con una vaca y que hacía desternillarse de risa a su público.

—«¡... que me aplasta usted, mujercita mía!», se quejaba el grillo todas las noches. —Federico imitaba la voz aguda y apurada del insecto, y sus muecas exageradas precedían a las risas del público mientras la música seguía—. «¡Y usted no me deja dormir con sus chirridos, maridito mío!», respondía su señora. —Y la voz se tornaba grave y gangosa. Más risas, y las notas las acompañaban—. «¡Mal negocio fue este matrimonio!», se lamentaba el cura. —Carcajadas generales.

La música cesó de pronto y las carcajadas se fundieron con un torrente de aplausos. Federico hizo un teatral saludo a su público sin levantarse de la banqueta, riendo también. Pocas veces quedaba fuera del foco de atención general, y menos desde el estreno de *Mariana Pineda.* Se había hecho famoso con aquella obra.

Agradeció cortésmente los aplausos que le llovían a diestro y siniestro, sonrió a cada alabanza, estrechó las manos de los que ya eran admiradores suyos y también de los nuevos, y casi llegué a creer la modestia con que rechazaba las consideraciones de genio que le ofrecían cuantos le rodeaban. Reprimí la risa. Si algo no era Federico era modesto. Pero yo estaba tan convencida como sospechaba que lo estaba también él de que tenía derecho a no serlo. Federico era un genio.

En el vaivén que su atención describía entre el autor de un elogio y el de una palmada en el hombro, su mirada se cruzó con la mía, y allí quedó prendida. Sus ojos se iluminaron al instante al verme y su sonrisa se ensanchó varios centímetros, pero no dijo nada. Ignorando repentinamente el furor que lo envolvía, se levantó como movido por un resorte extendiendo una mano en mi dirección.

—¡Damas y caballeros, aquí está, por fin, la homenajeada de esta noche! —exclamó como quien presenta un espectáculo de circo. Sentí cómo numerosos pares de ojos seguían la trayectoria de su brazo hasta encontrarse conmigo. Él entonces atravesó a grandes zancadas la distancia que lo separaba de mí, proclamando—: ¡Granada ya tiene sultana de nuevo!

Federico me cogió por la cintura y me levantó en volandas mientras el resto de comensales salían también de la salita y nos rodeaban. Yo chillé y me eché a reír, y él estalló en una carcajada exultante.

—¡Qué gran pérdida fue para Granada la expulsión de la dinastía de los nazaríes y todo su pueblo! —se lamentó—. ¡Más aún si todas las moritas tenían los mismos ojos que tú, Barbarita!

—¡Zalamero! —le reproché riendo. Él hizo caso omiso.

—¿Dónde está esa banda? —Los músicos se cuadraron—. ¡Tocad por Dios, que a mí ya se me van a caer los dedos! Lo siento por vosotros, compañeros, pero yo tengo reservado el primer pasodoble con la sultana. Disculpad.

Antes de que pudiera darme cuenta, me arrastró hasta el salón, del que habían desaparecido casi todos los muebles para dejar espacio al baile, y con la primera nota que los músicos arrancaron a los instrumentos comenzamos a dar vueltas y más vueltas entre el resto de bailarines.

—Felicidades de nuevo, sultana —dijo en un susurro despojado de histrionismo.

—Gracias, bandolero. —Y me obsequió con un beso fraternal en la mejilla.

Mi mente entonces se desplazó cientos de kilómetros a través del tiempo hasta un día de un año que ya he olvidado. Debió de ser en otoño, porque el suelo que miraba al andar estaba húmedo y lleno de hojas secas. Paseaba con él por un parque que tampoco recuerdo. Solo recuerdo que él se detuvo y yo me puse de puntillas y pegué torpemente mis labios a los suyos. Maldita memoria traicionera.

Recordé también con un destello de dolor cómo al instante siguiente él se había apartado con delicadeza y me había dicho, con los ojos inundados de tristeza por tener que romperme el corazón:

—Los hermanos no se quieren de esa forma. —Y me dio un beso en la frente, acariciándome la mejilla con ternura. Yo salí corriendo.

Hermanos. ¡Para él no éramos más que hermanos!

Yo había puesto todas mis esperanzas en aquel beso. Me había ido enamorando de él más y más con cada una de sus ocurrencias, con sus bromas y con su ingenio. Y pensaba inocentemente que me correspondía. Pero Federico era ya un hombre y yo solo una cría. Una cría ingenua e infantil. Una hermana pequeña, no una amante.

Lo odié. Lo odié hasta arder por dentro de puro odio. Y rogué una y mil veces a Isabel que me ayudase, que intercediese, pero fue inútil. No pude descansar en paz hasta que me hizo ver que Federico jamás me iba a querer de esa forma. ¿Cuántos años habían pasado desde aquel día? ¿Tres? ¿Cuatro? Había llovido tanto desde entonces...

Los sentimientos que acompañaban a aquel beso fracasado habían terminado por extinguirse con el tiempo y yo había aprendido a mirar a Federico de otra forma. Hacía años que ya no estaba enamorada de él, que no malinterpretaba sus atenciones y en sus besos castos y sus abrazos solo leía amistad y profundo cariño, los mismos que yo le profesaba. Él nunca me despreció ni me apartó de su lado, sino que esperó pacientemente a que mis heridas se cerrasen y estuviera recompuesta y preparada para volver. Yo sabía que él me adoraba, y yo lo adoraba a él. Y lo admiraba.

A nuestro lado pasaron Flavia y Rosita deshaciéndose de la risa cada vez que la una pisaba a la otra, y lo mismo Isabel y Laura. Esquivamos a la tía Julia y el tío Pablo a un lado, y a doña Pilar y Ramón al otro. Pasaron Conchita y Paquito dando vueltas, mi amiga Cuca y un compañero que no reconocí, don Hermenegildo y Sofía, el Duque y su esposa, don Federico y Vicenta, y Flavia volvió a reaparecer tras ellos, esta vez con Alonso, que no nos quitaba ojo a Federico y a mí.

Su insistencia me intrigó. Y me agradó. Me seguía con la mirada a través de la pista sin importar las vueltas que diésemos las dos parejas. Sus ojos aparecían y desaparecían entre la multitud para volver a reaparecer unos segundos después en algún otro punto de la habitación, más cercano o más lejano, manteniéndose siempre fijos en mí. No se había disfrazado, finalmente. Al percibir que yo también lo miraba fijamente, me sonrió. Yo le devolví la sonrisa y aparté la vista, turbada.

—¡Nunca había bailado con nadie que llevara pantalones! —comentó mi acompañante de repente. Reí.

—¿Dónde lo conseguisteis? —pregunté señalando mi atuendo—. ¡Es magnífico!

—Bueno... Digamos que alguna corista de un teatrillo cuyo nombre no recuerdo, así que no me lo preguntes —enfatizó especialmente esas palabras, y yo volví a reír—, se ha quedado sin su vestuario de Scheherezade.

—¡Ladrón! —Solté una carcajada.

—...de los montes, para servirla a usted y a Dios, señorita Navarro. —Se cuadró como un general. Yo ya no podía reír más. Él también se rio, y entonces dio un giro inesperado—. ¡Venga, Romaiquía, échate un verso! ¡Por soleá!

—¿Qué dices? —Yo no podía parar de reír.

—¡Venga! —insistió.

—Está bien. *Va por el filo del tiempo...*

—*...volando una garza vieja...*

—*... desesperá, buscando el suelo* —concluí yo.

—Uy, esa métrica, poeta... ¡Otra! ¡Esta a guasa, venga! *Con una tarta de fresa...*

—*...va por un túnel sin luces...*

—*... ¡un monillo en bicicleta!* —concluyó él esta vez cantando, y yo me desternillé.

La canción dio un estertor final y se extinguió definitivamente. Los bailarines aplaudieron. Sin dar mucha tregua, la música comenzó a sonar de nuevo y retomaron sus puestos con sus parejas o con otras nuevas, mientras algunos ocupaban las sillas pegadas a las paredes para descansar unos minutos o salían a la entrada para conversar. Federico entonces sacó a Rosita a bailar y yo se lo propuse a su hermano Paco. Flavia enganchó a Laura e Isabel y las tres comenzaron a dar vueltas formando un trío imposible que seguía a trompicones el ritmo de la canción.

Le siguió un intento de tango con el que los músicos homenajearon los orígenes de la tía Julia, que se adueñó de la pista con el tío. Las caras que se apartaron a observarlos se admiraron de la gracilidad de la tía, y alguna voz intrusa señaló la indecencia.

—¡Jesús! Eso es pecado.

Flavia y yo tratábamos de imitar sin éxito sus movimientos, sinuosos unas veces y brutales otras, y cuando la música se detuvo conseguimos de la tía la promesa de enseñarnos a ambas a bailarlo. Tras ese se sucedieron otros estilos, y tras Paco bailaron conmigo Flavia, Rosita, de nuevo Federico, Cuca, una excitada Isabel que me agradeció que le hubiese hecho caso y hubiera estrenado el disfraz aquella noche y, finalmente, Alonso.

—Veo que lo de los pantalones de esta mañana no era una excepción —comentó divertido nada más comenzar a dar vueltas, haciendo referencia a mis bombachos. Me reí.

—No crea usted que los uso tan a menudo. Me ha pillado en un día un poco extraño. De hecho, este disfraz ha sido una decisión de última hora —reconocí, riendo de nuevo—. Es un regalo de mi amigo Federico y de su hermana. Esa de ahí. —Señalé a Isabel, que pasaba en esos momentos cerca de nosotros—. Él es el hombre con el que bailé primero, el que tocaba antes el piano.

—Sí, lo conozco. Su tía me lo presentó antes. Además, ya lo conocía, aunque no en persona. En Sevilla también se oye hablar de él.

—¡Vaya! ¿Conoce usted sus escritos?

—He de decir que no, lo siento. No suelo ir al teatro, y tampoco soy muy aficionado a la poesía.

—Bueno, cada uno tiene sus gustos.

—¿Es muy amigo suyo ese Federico? —inquirió.

—¿Qué quiere decir?

—Como de novio. —Yo sentí que enrojecía. Fui entonces consciente de lo cerca que estaba su rostro del mío. Podía sentir el calor de su respiración.

—No, no es eso. Nos conocemos desde la infancia. Desde la mía, al menos. Su hermana Isabel y yo somos de la misma edad, y hemos jugado juntas desde niñas —expliqué—. Su familia y la mía se conocen desde que llegamos a Granada.

—¿Usted no nació aquí?

—No, yo soy francesa.

—¡Francesa! —Arqueó las cejas perplejo.

—De nacimiento, al menos. Es una historia un poco compleja... —Solté una risilla nerviosa.

—Pues cuéntemela si quiere, pero primero hágame un favor: tutéeme, por favor. —En el iris de sus ojos pude ver motas de un marrón más oscuro.

—Pues tutéame, por favor.

Yo le hablé de mis padres y él me habló de los suyos. Habían muerto con la gripe. Los dos. Los temores que don Ramón le había comentado a la tía el día que el tío Pablo me regaló a Indiano se confirmaron y los meses que siguieron habían traído una epidemia que devastó el país. Qué no habría pasado en los países que todavía seguían en guerra. La segunda ola había sido la peor, y Granada una de las provincias más afectadas. Y Alonso, en Sevilla, se había quedado huérfano.

Era muy fácil hablar con él. Tenía siempre la palabra justa para desencadenar mi risa, el comentario adecuado, la pregunta certera. Era muy agradable. Los pasodobles y los valses fueron pasando sin que ninguno de los dos se apercibiera, hasta que él murmuró muy cerca de mi oído:

—¿Por qué no me enseñas tus caballos?

Dejamos la pista y salimos a la entrada, camino del ventanal del comedor. Al pie de la escalera nos encontramos a don Paco sentado en una silla y rodeado de gente hablando en corrillos que había salido para descansar del baile.

—Las rodillas, hija. Me están matando —se lamentó apesadumbrado, frotándoselas. Y se giró hacia su sobrino—. Hijo, tráeme algo de beber, por favor.

Alonso se fue a cumplir el encargo, y yo me senté junto al cura.

—Menuda compañía nos trajo esta mañana, ¿eh? ¡Vaya pieza, ese curilla amigo suyo!

—Ay, hija. ¡Qué mal trago! —Se cubrió el rostro con una mano, avergonzado—. Si lo llego a saber...

—Ya está, no le dé usted más vueltas. No fue culpa suya. ¿Usted también piensa como él respecto a las tareas que deben desempeñar los hombres y las mujeres?

—Pienso, lo primero, que Jaime debiera meterse más en sus asuntos y menos en los ajenos. Y no dar opiniones que no le han pedido.

Estaba evadiendo la pregunta.

—¿Y lo segundo?

Él no contestó inmediatamente.

—Creo que hombres y mujeres tienen aptitudes distintas, y ello puede hacer a unos y otros mejores para carreras y ocupaciones diferentes. Así lo ha demostrado la historia. Lo cual —fue a matizar— no impide que algunas mujeres sí que tengan una mente apta para una profesión como la medicina. Y creo que ese es tu caso. —Aquel elogio era irregular y amargo.

—Creo que usted confunde tradición con naturaleza, padre.

—Ese es mi parecer.

—Pues no estoy de acuerdo. —Él me ignoró.

—Además, la mujer debe hacerse cargo de la prole. Ella es quien tiene ese don divino, eso es ineludible. Y es muy difícil, aunque no digo que sea imposible, desempeñar una profesión como esa al mismo tiempo.

Yo fui a replicar, pero Laura se nos acercó en ese momento, seguida de Rosita.

—Bárbara, ¿has visto a tu prima? Hace rato que no la vemos —preguntó.

—No, yo tampoco.

Llevaba, de hecho, casi una hora sin ver a Flavia. Ellas se alejaron en su busca y entonces pasó el tío hablando con el Duque y un hombre a quien no reconocí. Otro accionista, supuse.

—Ponlas a trabajar, Ramiro, hazme caso —le decía el tío a este—. Son buenas.

—¿Otra vez con lo mismo? —negó el otro con la cabeza—. No me meto yo en esos berenjenales.

—Son muy buenas tierras, las tienes abandonadas... —intervino el Duque.

—¿Y para qué quiero yo meterme a plantar eso? No me merece la pena y no me hace falta.

—Son muy buenas —repitió el tío—. Te sería más que rentable, te lo digo yo. Pon tabaco, que ahora está subiendo mucho. Y le darías trabajo a toda esa gente. Hay que ponerlas en marcha. Si las tienes quietas, la región se te pierde, se te irá la gente, cuando no se te metan en los cotos a por conejos. Hay que moverse, que ese robo en la alquería que dices, las pintadas y todo lo de la CNT y la UGT viene de esto.

—¡Mano dura con esos zarrapastrosos! A mí no me van a amedrentar.

—Pero si...

—¡Y con lo de las tierras, no hay más que hablar! Son mías, y yo decido lo que se hace de ellas. Y no me viene en gana gastar una gota de esfuerzo por ese terruño que solo me daría problemas.

Se alejaron. Alonso tardaba. Un poco más allá, don Fernando y Ramón conversaban.

—Entonces es oficial, ¿no? Tendréis nueva facultad —comentaba don Fernando.

—Estamos pendientes de que se apruebe la memoria de necesidades y se saque a concurso. Pero sí, parece que esto va para adelante.

—Me alegro mucho, amigo. —Don Fernando le palmeó el hombro a su colega, sonriendo—. Sé que Guirao, Otero y tú lleváis mucho tiempo detrás de esto.

—Sí, la verdad es que va a paso de tortuga, pero bueno. Más vale tarde...

Don Fernando percibió entonces que los estaba oyendo y me interpeló.

—¿Has oído, Bárbara? Vais a tener facultad nueva. —Yo me levanté y me acerqué a los dos hombres.

—Ya lo he escuchado, sí.

—A Bárbara esto le interesa poco. —Ramón reía—. Ella lo que quiere es irse a Madrid.

—¡Otra que se va a Madrid! Para lo que hay allí ahora, chiquilla... —Don Fernando suspiró, hastiado.

—Venga, hombre, que Madrid no empieza y acaba en el dictador.

—Me subleva, Ramón. —Negó con la cabeza.

—Vaya hachazo le disteis con lo de la Asamblea Consultiva. Eso sí que es dar calabazas. —Don Ramón rio de nuevo.

—Desde luego —reí yo también.

—¿Y no prefieres quedarte aquí a estrenar la facultad nueva, Bárbara?

—La verdad es que no. Con todo el respeto, don Ramón —me disculpé riendo. Él negó, sonriendo.

—Yo la entiendo, en realidad —dijo—. Dime que tú no, Fernando. Quiere salir a ver cosas. Más lejos están Francia o Alemania.

—O Rusia —apostillé yo.

—Desde luego —rio don Fernando.

Él había estado allí y había conocido a Lenin. Había ido en el 20 como observador del PSOE para valorar la adhesión del partido a la Komintern. Pero lo que había visto allí no le había gustado y a su vuelta había votado en contra de las veintiuna condiciones. Había ido con Daniel Anguiano, que sí votó a favor, y también había ido Ángel Pestaña por la CNT, que también votó en contra al ver lo que estaban haciendo allí con los anarquistas. El PSOE y la CNT se abstenían, y los comunistas se escindieron del PSOE.

En ese momento apareció por fin Alonso con la copa de su tío.

—¡Por fin! Aquí tiene, tío. —Le dio la copa y se giró hacia mí—. ¿Vamos?

—Sí. Hasta ahora, padre. —Y me despedí con un gesto también de los otros.

Cogí la mano de Alonso y lo arrastré hasta el ventanal del comedor, que en ese momento estaba en penumbra. Sentí un escalofrío y percibí que el ventanal estaba abierto. Por él entraba el frío de la noche, que me erizó la piel de los brazos desnudos. En abril las noches todavía eran frías.

—¿Y esto? Está abierto.

—Alguien habrá salido a fumar o a tomar el aire.

Tuve un presentimiento.

—Ven.

Él me siguió fuera y bajamos los escalones con sigilo. Desde dentro de la casa nos llegaba el sonido amortiguado de la música y las voces, y las luces de las ventanas iluminaban parcialmente el jardín. Rodeamos la casa hacia el jardín trasero. Entonces me detuve, y Alonso conmigo, ocultos ambos tras un ciprés.

Ahí, bajo las glicinas, Flavia y Miguel bailaban como dos locos, ajenos al silencio y a la oscuridad que los envolvía, riendo quedamente. Iban de allá para acá al ritmo de la música que mi prima estaba tarareando en voz baja, un vals terrible. Tararear no era su fuerte. Los dos se morían de risa, y tropezaban con los pies del otro. No nos habían visto. Miguel tropezó por enésima vez y cayó al suelo, arrastrando a mi prima con él.

Bueno, no había puesto los pies en la casa. Esa era la prohibición del tío.

—¿Quién es? —preguntó Alonso a mi espalda.

—Un amigo suyo —susurré—. Si le cuentas algo de esto a alguien de los de ahí dentro, dejaré de hablarte —lo amenacé.

—Juro que no lo haré —dijo, riendo entre dientes.

Seguimos nuestro camino hacia la cuadra, ocultándonos de mi prima y su novio tras los setos y los árboles, dando gracias por la oscuridad de la noche. Ya allí dentro, Alonso perdió pronto el interés en los caballos. Sin dejar de mirarme a los ojos, se acercó muy despacio a mí hasta quedar a pocos centímetros. Yo no me moví, y él rodeó con sus manos el óvalo de mi cara. Desde allí las bajó a mis hombros y luego a la cintura, y siguió bajando hasta rodearme con ellas las caderas. Y me acercó más a él.

—Qué guapa eres, niña. No se puede ser tan guapa... Me besó debajo de las orejas y yo cerré los ojos. Me lamió la garganta con la punta de la lengua desde la base del cuello. Respiraba con fuerza—. ¿Sabes que quiero esto desde el momento en que te vi esta mañana? —Me aparté un segundo antes de que su boca rozara la mía.

—No, no... —Me separé con cuidado.

Él tardó unos segundos en reaccionar.

—Perdona, creía...

—No pasa nada, pero no... No quiero hacer esto. —No sabía si quería hacerlo en realidad. Lo acababa de conocer—. ¿Volvemos a la casa?

—Claro.

Salimos de nuevo al jardín y atravesamos el emparrado en dirección al ventanal. Flavia y Miguel ya no estaban. De nuevo en el interior de la casa, nos topamos con la tía y don Manuel, que hablaban junto a la escalera.

—Debería irme ya, Julia. Mañana quiero ir a misa y estas no son horas para mí.

—No se vaya todavía, Manuel. Toque algo antes de irse, al menos.

Don Ramón pasaba por allí y escuchó la petición de la tía y se unió a ella.

—¡Claro que sí! Toque algo de su música, maestro. Se lo debe a Bárbara.

—¡Cierto! —exclamé. Alonso seguía a mi lado. Yo temí mirarlo—. Me lo debe.

—Está bien, pero después me marcho. Vaya atajo de chantajistas. —Nos reímos.

El maestro se sentó al piano de la salita y Ramón alzó la voz para anunciar la actuación del maestro Falla.

Cuando la música empezó a sonar, divisé a Flavia en el otro extremo de la habitación, escuchando junto a la puerta. Nada en su rostro revelaba que venía de pasar la última hora con su novio en el jardín. Alonso estaba al otro lado del piano, y me miraba disimuladamente. ¿Por qué me había apartado? Había ido hasta la cuadra, ¿no? Si había ido era porque quería estar a solas con él. No debí marcharme. Él seguía mirándome.

Disimuladamente, me deslicé entre la gente hasta llegar a la puerta, y al llegar allí me detuve y me giré. Alonso seguía con los ojos puestos en mí. Lo atrapé con los míos y salí a la entrada.

Tardó tan solo unos segundos en salir y, cuando lo hizo, yo entré al comedor, que seguía en penumbra. Entonces entró él y lo besé en la boca sin darle tiempo siquiera a respirar. Sus brazos se cerraron en torno a mí y yo me agarré también a él. Y entonces me llegó desde la entrada la voz de Amparo, dirigida a otra persona.

—¡… otra vez abierta! Esta puerta tiene que estar cerrada, te he dicho.

Antes de que la criada llegara siquiera a tocar la puerta desde el otro lado, yo me separé de Alonso y salí corriendo por ella.

—¡Señorita! —Amparo se llevó la mano al pecho, asustada, y yo me alejé riendo entre dientes.

14

Al día siguiente, sábado por la mañana, Ramón y yo salíamos de visitas.

Había decidido, desde el mismo momento en que me había levantado, no dedicarle un solo pensamiento de aquella mañana a lo que había pasado con Alonso la noche anterior. Necesitaba tiempo para poner mis pensamientos en orden y en ese momento tenía que concentrarme en lo que fuéramos a ver. No fue difícil olvidarme del tema cuando supe adónde íbamos.

—Primero vamos a la Manigua. Después subiremos al barrio.

Yo me detuve en seco en medio de la calle.

—¿A la Manigua? —repetí—. ¿A la Manigua, Manigua?

—¿Hay otra? —Ramón se rio con los ojos. Yo no contesté, pero eché a andar de nuevo a su lado. Él habló antes—. No seas escrupulosa, Bárbara.

—No, no...

A la Manigua.

Atravesamos la explanada de Puerta Real y entramos en el barrio. Las calles eran estrechas, muy parecidas a las del Albaicín y algunos rincones del Realejo. Calles umbrías, oscurecidas por la falta de sol que causaba la cercanía de los edificios altos y que sin embargo abundaba en la avenida que acabábamos de dejar, la frontera natural entre un mundo y otro, el límite del limbo. Aquí las casas eran pequeñas, de puertas simples, de una sola hoja, en su mayoría.

Las busqué y preparé los ojos para verlas, para reconocerlas en aquel laberinto tan corriente y mundano a aquella hora de la mañana. Había una allí, apostada en el escalón de una puerta abierta, fumando sin prisa y observándonos sin interés. Otra allá arriba, en una ventana del primer piso, apoyada en la repisa y tomando algo de una taza opaca. Café, quizá. Otra un poco más acá, barriendo un portal. No se escuchaba nada, ni música ni ningún ruido que no fueran los usuales de un barrio que se estaba despertando como cualquier otro.

Deseé saber qué expresión estaba reflejando mi rostro porque, a medida que nos internábamos en el barrio, las caras con que nos cruzábamos se transformaban a mi paso en muecas de desdén y burla. Instintivamente me pegué más al médico, que andaba delante de mí marcando el camino.

Se detuvo cerca ya de la plaza de la Mariana y llamó a una puerta tan corriente como las demás. Y al abrirse, el rostro de la mujer impactó contra mi retina para no olvidarlo ya jamás. Aquella mujer no era corriente como la puerta.

—Buenos días, doctor. Si llega un poco más tarde, me las pilla durmiendo.

—Hola, Dolores. —Ella se hizo a un lado para dejarlo pasar al interior.

Lola la Cascabeles era de aquellas mujeres que los hombres buscaban por la noche y rehuían por el día. La llamaban la Cascabeles porque todo el mundo se giraba a mirarla cuando pasaba, como si fuera recubierta de cascabeles que hiciesen ruido al andar. El mismo aire se detenía a mirarla. Ella elevaba el mero acto de poner un pie delante del otro al nivel de arte. Tenía los cabellos negrísimos y la cara egipcia, y dos mil curvas repartidas por todo su cuerpo. Hasta el último de sus cabellos plegados en ondas sobre la frente gritaba sensualidad. No era ya joven, pero seguía siendo perturbadora.

La mujer, al comprobar que yo iba con Ramón, me cedió también el paso y me observó de arriba abajo con curiosidad.

—¿Y esta chica?

—Una aprendiz.

Yo estaba muda. Estiré los labios en un saludo irregular y entré tras el médico.

El salón en el que entramos era tan corriente y tan sin gracia como la puerta principal: pequeño, con un par de sofás y otros tantos canapés. Una gramola en una esquina, mesillas, lámparas y dos ventanas. Poco más. Las paredes claras, cubiertas de papel pintado. Traté de imaginar aquel salón inundado de la música de la gramola, coloreado por luces azules, rojas o amarillas causadas por paños de colores sobre las lámparas encendidas, en penumbra, y el aire gris y cargado de humo de tabaco. Y el cuarto lleno de gente. Pero, a aquella hora, la gramola estaba dormida y las paredes eran de color claro.

Por la escalera que desembocaba en la entrada bajaron entonces cinco chicas, una vestida de calle, un par en camisón y las otras dos en prendas interiores que me hicieron sonrojar.

—Encarni está arriba, en la cama. Tiene que subir usted. Y Antonina está ocupada. Bajará ahora.

—Bien.

Las recién llegadas me miraban con el mismo desdén que las de la calle.

—Doctor, para una vez que nos trae a un ayudante, nos podría haber traído un mozo guapo y no a esta —dijo una, y el resto rieron. Yo sentí que enrojecía más.

—No os traigo muchachos porque me los distraéis y me los viciáis.

Ellas volvieron a reír con malicia.

—¡Dejad en paz a la chiquilla, urracas! —les espetó entonces Dolores, y ellas callaron, temerosas.

—Bueno, vamos a empezar de una vez. En tu cuarto, ¿no, Dolores?

—Sí, por favor. —Y echó a andar por un pasillo de la misma planta en la que nos encontrábamos, indicándonos el camino.

—Bien. Quedaos aquí y os voy llamando, ¿de acuerdo? —les dijo él a las otras.

Fueron pasando una tras otra, las entrevistamos y las reconocimos, incluyendo a la tal Antonina, que llegó la última. Durante el reconocimiento de la tercera de ellas, don Ramón frunció el ceño e hizo mirar a la chica a un lado y luego a otro. Le palpó el cuello bajo la mandíbula, a ambos lados.

—Linfadenopatía. Abre la boca. —Ella obedeció. Él le acercó el quinqué a la boca y se asomó a su interior—. Tiene una llaga en la pared. Supura. ¿Te duele? —Ella negó con la cabeza.

Cuando terminamos con todas, subimos a la habitación de la que estaba en cama, Encarni.

No debía de ser mucho mayor que yo. Era rubia y de nariz muy recta sobre unos labios llenos, y con la piel muy clara. Cuando entramos en la habitación dormía, o lo intentaba. Ramón le puso la mano en la frente. No tenía fiebre. Al tocarla, abrió los ojos levemente.

—Encarni, soy el doctor —susurró él, acariciándole levemente la cabeza apoyada contra la almohada—. ¿Qué te sientes?

—Me duele —gimió.

—¿Al orinar? —Ella asintió, sin abrir apenas los ojos—. ¿Y cuando estás con los hombres?

—También.

—¿Sangras después?

—Ayer.

—¿Sientes ganas de orinar con mucha frecuencia? —Ella negó—. ¿Cuánto tiempo llevas así?

—Cuatro, cinco días. No sé.

—Y el fluido de tus partes, ¿cómo es?

Ella dudó.

—No entiendo.

—¿Huele mal? ¿Tiene un color feo, amarillento? —Ella asintió—. ¿Y fiebre, vómitos, dolor de tripa...?

—Fiebre y vómitos no. Dolor, ahí abajo.

La dejamos igual que la encontramos, tumbada en aquella cama con los ojos cerrados. Cuando bajamos, solo quedaba Dolores en el salón.

—Todas bien, salvo Adela y Encarni. Adela tiene un chancro en la boca y tiene los ganglios del cuello hinchados. Puede ser un principio de sífilis. ¿Han bajado las dos esta noche?

—Sí, las dos. —Frunció el ceño—. Y Encarni, ¿qué tiene?

—No lo sé con seguridad, pero podría ser un gonococo. Tiene que verla un especialista, y a Adela también. ¿Conoces al doctor Otero?

—Sí, pero ¿usted cree que nos recibirá a nosotras?

—Claro que sí. Decidle que vais de mi parte, yo hablaré con él también. —Ella asintió—. Y Dolores: que no bajen esta noche ninguna de las dos. Que no bajen hasta nuevo aviso, ¿queda claro?

—No bajarán. —Pero sus ojos se habían opacado. Mentía.

—Hazme caso, que esto es serio —insistió él—. Encarni se puede quedar estéril si esto va a más. Y la escabechina que puedes hacer con las dos puede ser tremenda. Ninguna de las dos pasaría la inspección. Hazme caso. Si no lo haces, no vengo más y te apañas sola.

—Que sí, que no bajan. Lo juro. —Ramón no terminaba de fiarse. La mujer llevaba un fajo de billetes en una mano que me ofreció sin abrir la boca. El pago por la visita. Jamás hasta entonces le había pagado nadie las visitas a don Ramón. Negué con la cabeza.

—No, no —tartamudeé—. El doctor no cobra las visitas.

—Cógelo —insistió, y me puso el dinero en la mano y me cerró el puño—. Aquí no necesitamos caridad. Somos putas, cariño, no muertas de hambre.

—Coge el dinero, Bárbara —me ordenó el médico.

—Lo... lo siento —tartamudeé de nuevo—. Disculpe, no quería ofenderla.

—Tranquila. —Sonrió sin llegar a reírse. Me miraba directamente a los ojos, husmeando tras ellos—. No sé si a su ayudante le damos miedo o la fascinamos, doctor.

Yo sonreí tímidamente, todavía sonrojada.

—Esta muchacha es de orden. No me la eches a perder.

—Ni se me ocurre.

Aquella fue la primera vez que visité a las putas con Ramón. Tenía arreglo no solo con la Cascabeles, sino también con tres o cuatro casas más de la misma calle. Las visitaríamos muchas otras veces, con regularidad, y también mandaríamos a un número considerable de ellas al doctor Otero, que las recibía.

Al salir de la casa tenía los hombros mucho más relajados que al entrar. Ramón me observaba sonriendo divertido.

—Te he visto tranquila ahí dentro —se burló. Yo me reí entre dientes—. ¿Qué te ha parecido?

—Inquietante. Distinto a como lo imaginaba. ¿Qué pasará con las dos chicas?

Él frunció el ceño.

—Tiene que verlas Alejandro, esto se escapa a mi competencia. Y si la sífilis y la gonorrea se confirman, deberán recibir tratamiento y no tener relaciones. Espero que Dolores me haga caso. Estoy muy encima de ella para que no las saque, pero...

—¿Cómo se trata cada una?

—La sífilis con salvarsán. Arsénico. Y la gonorrea con nitrato de plata. Antiguamente ambas se trataban con mercurio. «Una noche con Venus, una vida con Mercurio», ¿te suena esa expresión? —Yo asentí.

Andábamos cuesta arriba, en dirección al Albaicín. Ninguno de los dos dijo nada durante un buen rato.

—Aquí las cosas son distintas —comenté yo, recordando el momento del pago.

—Sí. Las enfermedades son, o suelen ser, distintas. Distinta la posibilidad y las condiciones de tratamiento, y distinta la percepción social del hecho.

Yo asentí. Los pobres eran víctimas de su situación y su enfermedad despertaba compasión. ¿Y las putas? Las putas eran culpables. Y solo despertaban rechazo.

15

El lunes amaneció con un cielo plomizo que se quebró a media mañana, y comenzó a llover a cántaros. La lluvia aporreaba las ventanas de la clase como queriendo entrar. El cielo estaba negro y dentro se habían encendido las luces a las doce del mediodía, para combatir la penumbra. Yo miraba de vez en cuando por la ventana, tratando de vislumbrar el exterior a través de la manta de agua, mientras escuchaba las explicaciones de Guirao. Este soltó algún chiste que no llegué a escuchar, y la clase entera se rio.

Devolví mi atención a la lección y corregí una palabra que acababa de anotar. El profesor estaba explicando los nervios de la mano y había llenado la pizarra con el dibujo de una mano dividida en tres partes con líneas de tiza que iban y venían.

—... la diabetes de nuestro cirujano de hierro. ¡Fíjense, nos gobierna un cirujano! —exclamó Guirao, y la clase volvió a reír. Yo no sabía cómo había tomado esos derroteros la explicación.

Concéntrate, pensé. Un par de filas por delante de mí divisé el moño bajo de Cuca, y tres asientos más a la derecha la melena corta de Poli, que en ese momento respondía a una pregunta del profesor. Éramos las tres únicas mujeres en la sala, Simona no había venido ese día. Poli era extremeña y mayor que las demás: rondaba la treintena y se estaba pagando ella la carrera. Simona era valenciana. Solo Cuca era de Granada. Se giró en ese momento, buscándome con la mirada, y me sonrió al encontrarme. Yo también sonreí. Concéntrate, concéntrate.

Era la última clase del día. Al terminar, recogí mis cosas y me dirigí a las escaleras, camino de la calle. Me iba a empapar con el chaparrón. Más valía que saliera antes de que se pusiera peor.

—¡Bárbara! —Martínez, uno de mis compañeros, me alcanzó ya en el pasillo.

—Hola.

Martínez era bueno. Era amable y respetuoso. Yo no me detuve y él siguió andando a mi lado. Estaba nervioso, percibí. Sus ojos giraban en las cuencas, buscando un tema de conversación.

—¿Qué tal la clase? Ha sido... digerible, ¿no?

—Sí, Guirao las hace entretenidas.

Él se rio demasiado fuerte. Estaba nervioso de verdad. Le gustaba. Siempre me buscaba con cualquier excusa.

—Escucha, me podrías dejar... —Pero unos brazos lo engancharon por la espalda y una voz lo interrumpió.

—¡Martínez, déjala tranquila, que no quiere nada contigo!

Ya los tenía encima. Puñeta. Se acercaron cuatro o cinco, y el que había enganchado a Martínez por detrás se colgó de sus hombros. Él enmudeció.

—¿Qué le vas a pedir ahora, apuntes? ¿Un bolsito como el suyo? ¿Su pluma? —le preguntó el primer idiota.

—¡Su pluma, justo! —dijo otro, y el resto rio con el doble sentido.

—¡Cállate, asno! —le espetó Martínez, abochornado. Yo los ignoré y me centré en él.

—¿Qué necesitas, Juan?

—Los de la semana pasada, que estuve malo. Por favor.

—Claro. —Me apoyé en uno de los bancos del pasillo y saqué de mi carpeta los apuntes que me pedía. Él y el resto también se habían detenido, expectantes—. Mira, estos son. Vimos el plexo braquial. Los dibujos son un poco malos, pero bueno. Mira, ahí tienes apuntadas las referencias de los manuales, por si quieres consultarlos. —Señalé una línea de garabatos en el borde de la hoja.

—Perfecto, gracias. Mañana te los traigo. —Yo asentí. Los otros seguían a lo suyo, murmurándose cosas al oído unos a otros y riendo como tontos. Yo eché a andar de nuevo y el grupo entero me siguió.

—Barbarita, ¿es cierto que al año que viene nos vas a dejar, que te quieres ir a Madrid? —preguntó otro de los idiotas.

—No lo sé.

—¿Y vas a abandonar a este pardillo? ¡Le vas a romper el corazón!

El aludido le dio un empellón.

—No les hagas caso. Son imbéciles profundos.

—Necios que sois... —bufé—. ¡Qué cruz, Dios!

—Hija, qué seca. ¿Te vas a morir por sonreír? ¡Sonríe de vez en cuando! ¡Tanto estudiar te está amargando el carácter! ¡Qué desperdicio de niña! Así no encuentra novio una, ¿sabes?

Imbéciles. Imbéciles profundos. Y tener que aguantarlos. Aparté de un codazo al idiota que había dicho aquello.

—¡Déjame en paz!

—Uy, espera, que hoy viene brava... —Él y su corte de babuinos se rieron.

—Niño, ¿tú te caíste de cabeza de la cuna, o qué? Qué pesados sois, de verdad.

Ellos volvieron a reír. Era exasperante.

—Venga, Barbarita, no te enfades...

—Bárbara, no les hagas caso... —Martínez estaba cada vez más abochornado.

Estaba harta de esa risa floja. Busqué desesperadamente una escapatoria y vi en ese momento a Cuca, que acababa de bajar las escaleras. Mi salvación.

—Cuca, ¡Cuca! —Corrí hacia ella. Los idiotas la despreciaban porque tenía una nariz larga como una zanahoria. Yo, al parecer, no tenía la nariz tan larga, así que me honraban con su estupidez.

—Uff, que se va con la fea, ¡retirada!

—Hasta mañana, Bárbara —dijo la vocecilla de Martínez, apesadumbrado. Yo le sonreí.

Mientras me alejaba escuché las últimas voces del grupo.

—Tiene su qué, pero no es para tanto... ese gesto de macho la afea. ¡Y hay mejores tetas! —sentenció el primero de los idiotas.

Ya con Cuca, me desahogué:

—Son inaguantables. No los soporto.

—Mucho has durado tú. Yo los habría mandado a tomar viento ya de primeras.

—Son babosos y estúpidos. Como niños chicos: cogen un juguete y no lo sueltan.

—Insultan la inteligencia de una, sí.

—¡Y el orgullo! —Ambas nos reímos—. Y cansan, Dios, cómo cansan.

—Se dan cuerda ellos solos. ¿Y Poli y Simona, las has visto? Las perdí de vista al salir.

—Poli se ha ido ya, salió antes que yo, y Simo está mala, creo. No ha venido. —Se me ocurrió algo—. ¿Nos pasamos por las salas, a ver si hay algo interesante?

—Claro.

Nos dirigimos hacia la entrada del hospital andando en silencio, hasta que ella retomó el tema que acabábamos de dejar.

—No sé qué es peor: que se burlen, que te desprecien, o que te tomen por tonta.

—Yo tampoco lo tengo claro, la verdad. ¿Te irás a Madrid al final?

—No está claro. ¿Y tú?

—Sigo en ello, pero pinta que no —me lamenté.

Cuca había repetido el primer curso. Había empezado el preparatorio un año antes que nosotras y tenía otra compañera. El primer día de clase, el profesor había dado un pequeño discurso de bienvenida frente a los alumnos, y había terminado refiriéndose a las dos únicas mujeres que había en el aula.

—Hoy nos acompañan dos mujercitas en flor que van a demostrarle al mundo que las exquisiteces sentimentales de su sexo no les impiden llegar a la sapiencia de los hombres. Así que os pido que saludéis el valiente esfuerzo de estas adorables y bellísimas señoritas que hoy embellecen y perfuman nuestra facultad.

Cuca podría haber dicho tantas, tantas cosas. Se levantó y simplemente dijo:

—Profesor, le agradezco su apoyo y su respeto a nuestro esfuerzo, pero he de indicarle que, en lo que a mí respecta, ni soy un cuadro que embellezca ni una planta que perfume.

Y por esa falta de respeto le suspendieron desde el principio, sin haberlas cursado, todas las asignaturas del primer curso, que debió repetir al año siguiente ya con nosotras. Ni siquiera sus propios compañeros la defendieron. Y la otra chica se quedó muda.

—Estoy hasta el moño del «bello sexo». ¿Por qué esa falsedad, por qué esa insistencia cínica en tranquilizarnos respecto a nuestro aspecto? —resopló cuando me lo contó, indignada—. Hay mujeres feísimas, Bárbara. Feas como cardos secos. Yo, con estas napias que manejo, tengo muchas papeletas. ¿Por qué no pueden dejarme tranquila en mi fealdad y respetarme simplemente en tanto que ser humano? ¿Quién les ha pedido su opinión? En la facultad solo debería importar el seso.

Estaban operando en el quirófano del segundo patio. Cuando entramos, percibí instantáneamente a Eudoxia, con la bata blanca igual que Otero, en medio de la marea de alumnos vestidos de calle que se agolpaban en torno a la mesa de operaciones. Había algunos subidos a las gradillas y algunas sillas para ver mejor. En una esquina, dos alumnos fumaban mientras seguían las explicaciones, expulsando el humo por la ventana abierta junto a la que estaban. La paciente estaba cubierta con una sábana blanca. El profesor Otero, el ginecólogo que don Ramón le había recomendado a la Cascabeles, operaba con un practicante, y ella les hacía de instrumentista. Él era socialista, como Ramón y don Fernando. Y era el mentor de Eudoxia.

Ella había sido la primera de nosotras, la primera de la facultad. Levantó la vista y nos vio en el marco de la puerta. Me sonrió y me hizo señas para que nos acercáramos. Nos quedamos hasta el final de la clase, hasta que acabaron de operar, y entonces la multitud se dispersó.

Cuando salí, a la calle seguía lloviendo, pero me encontré en la puerta con Gonzalo. El tío lo había mandado con el coche para recogerme y llevaba un buen rato esperando. Venía con el nuevo, un Hispano-Suiza azul oscurísimo. El Renault de cantos dorados era ya una antigualla.

—Tú sabes dónde se reúnen esta vez, ¿verdad? —le pregunté, mirándolo a los ojos a través del retrovisor cuando estuvimos dentro del coche y ya en marcha. Se había obstinado en que no me sentara de copiloto.

—No, señorita, yo no sé nada —contestó, evasivo.

—¡Sí que lo sabes, claro que sí! Dime dónde es, por favor, Gonzalo —le rogué.

—Otra vez no, señorita —suplicó—. Si su tío se entera de que la he metido en esos sitios, me voy a la calle.

—Que no, hombre. Si ya lo sabe, ¿no lo va a saber? Es mi tío. Se entera de las cosas antes de que pasen. Y no te ha despedido hasta ahora, ¿verdad?

—Mejor no tentar a la suerte, señorita.

—Venga, por favor... que tenemos que contarles lo de la subida a seis y media. Se alegrarán...

Gonzalo se resistió unos segundos más, pero acabó por ceder.

—Hace usted lo que quiere conmigo, señorita.

—¡Perfecto! ¿Dónde y cuándo es?

—En una casa del Realejo, esta tarde. Yo la acompañaré. Si no, no la dejarán entrar.

—Gracias, Gonzalo. —Y le sonreí a la lluvia, triunfal.

* * *

Llegamos ya cerca de la hora de comer. La tía me vio entrar desde la salita.

—Bárbara, ¿dónde estabas? Ya falta poco para que nos sentemos a la mesa. —Y añadió, al ver que llevaba la ropa mojada—: *Subí* a cambiarte.

—Sí, tía.

—Y *avisá* a Flavia y a tu tío, por favor. Creo que él está con Ramón en la biblioteca. *Preguntale* si quiere quedarse a comer.

Antes de que mis nudillos rozasen la puerta entreabierta de la biblioteca, la conversación que estaba teniendo lugar en el interior de la habitación hizo que mi mano se detuviese en el aire y aguzase el oído. De inmediato, con todo el sigilo de que era capaz, pegué la oreja al estrecho resquicio de la puerta. Ramón y mi tío discutían acaloradamente.

—¡Que no! ¡Que no la mando para allá, hombre!

—¡Es una gran oportunidad para ella, Pablo!

—¡No veo qué le puede ofrecer la de allá que no le pueda ofrecer la de aquí! ¿Acaso no tiene buenos profesores? ¿Acaso no es esta una buena universidad? Por Dios, ¡si va a tener hasta una facultad nueva!

—Tú sabes tan bien como yo que eso va a tardar. Lo más probable es que Bárbara esté a punto de terminar la universidad para cuando la nueva facultad esté acabada, o incluso haya terminado ya. En cualquier caso, no es de eso de lo que se trata, y eso tú también lo sabes. —La voz del tío no contestó—. En ocasiones casi tengo la sensación de que os podéis leer el pensamiento de tanto que os parecéis. Bárbara quiere salir de aquí, Pablo, lo necesita. Ella adora Granada con toda su alma, pero se le ha quedado pequeña. Debe viajar, conocer otras personas, otros lugares. Tú sobrina se te parece mucho, Pablo.

Se hizo un silencio que duró varios minutos. Cuando el tío volvió a hablar, lo hizo más calmado.

—Tiene diecinueve años, Ramón.

—La edad de hacer ese viaje —convino el otro.

—Es demasiado joven —replicó el tío.

—Más lo eras tú. Y te cruzaste el Atlántico. Ella solo te está pidiendo terminar la carrera en Madrid.

—Yo me fui de España para ganarme la vida. Para conseguirme un futuro mejor. ¡Ella quiere irse por capricho!

—¿Y qué hay de malo en querer salir y explorar? No pretendas hacerme creer que no la comprendes. Tú a su edad eras exactamente igual. —De nuevo, silencio—. Pablo, escúchame. —Ramón hablaba un tono más bajo, conciliador—. Bárbara es buena. Eso me dicen todos sus profesores de este año y del pasado, y yo lo confirmo con las visitas. Es brillante, y tanto más puede serlo si se lo permites. Déjala que explote todo su potencial, que conozca a los mejores, que crezca por sí misma. Si por mí fuera, la mandaría a Alemania o Inglaterra, pero ella se ha conformado con Madrid. ¡Madrid, que con el tren está aquí al lado! ¿Cuántas veces habrá hecho su amigo, el hijo mayor de Federico, ese trayecto?

—Vaya ejemplo me has puesto. ¡Menudos años de universidad le dio ese hombre a su padre!

—El joven Federico no es una mala influencia —lo contradijo Ramón.

—Bárbara lo admira demasiado. Y, de acuerdo con su padre, es demasiado holgazán. Tiene buen corazón y es inteligente, y también agradable, no lo dudo, pero no es el mejor referente que Bárbara pueda tener en cuanto a vida estudiantil.

—Tu sobrina es responsable. No se va a descarrilar por irse allá. Déjala que se vaya, que se divierta y que aprenda. Madrid le ofrece oportunidades que aquí no va a encontrar. Granada es, a en algunos aspectos, demasiado pequeña.

—Y Madrid demasiado grande, Ramón. ¿Cómo voy a mandarla a ella sola? Es demasiado joven.

—Bárbara no sería ni la primera ni la última muchacha de su edad en pisar la capital y vivir para contarlo. Estás exagerando. Te recuerdo que tú y yo hemos crecido allí. Y en unas condiciones, de hecho, pésimas en comparación con las comodidades que tú le puedes dar a ella. Vigílala si quieres. Estoy seguro de que conoces gente allí que le puede echar una mano si lo necesita. De hecho, puedo decirle a Germán que esté pendiente de ella. Él está viviendo ahora allí. —Germán, su hijo menor. El mayor había echado raíces en Francia. Ramón siguió—. Y conozco a la De Maeztu. Puedo hablar con ella, Bárbara tendría una habitación en la Residencia para este septiembre. Allí estaría acompañada y es una oportunidad inmejorable para conocer a otras estudiantes y enriquecerse académicamente.

Ramón terminó su discurso y calló. El tío tardó un poco en contestar.

—Sigo pensando que es demasiado joven. Esperemos unos años y, si sigue con esa idea, ya veremos. Seguro que con el tiempo se le olvidará y se centrará en otras cosas —sentenció finalmente.

—Créete si puedes tus palabras. Pero recuerda las mías: Bárbara contraatacará. Y probablemente yo también. Te vamos a seguir dando la tabarra. Se te están acabando las excusas, Indiano.

—Ya veremos.

Si Ramón respondió a aquello yo ya no alcancé a oírlo, porque me aparté de la puerta sin importarme ya si estaba haciendo demasiado ruido y subí a mi habitación con el ceño fruncido y los talones doloridos por las violentas zancadas que estaba dando. La indignación me había hecho olvidar por completo la tarea que me había encargado la tía. Estaba demasiado ocupada resoplando y rezongando maldiciones y palabras poco agradables de escuchar.

16

Los dedos de la tía Julia se deslizaban sobre las teclas del piano a gran velocidad. Corrían hasta el colapso para más tarde relajarse y evolucionar lentamente hasta casi detenerse, dando la sensación de haberse adormecido por el agotamiento o por la quietud momentánea de la melodía. A veces bailaban en solitario, a veces en pareja y otras en grupo. Iban y venían sobre el blanco y el negro acariciando levemente esta y aquella tecla y saltaban de una a otra con agilidad mientras su cuerpo entero se mecía al ritmo de la música y se contraía, tiñendo de verde y rojo los sonidos que arrancaba al instrumento, dándole un sentimiento que este no tenía.

Sus manos se crispaban bruscamente en un acorde violento y la melodía sufría, se tornaba gris y trágica cuando ella fruncía el ceño. La música subía por sus brazos hasta llegar al centro de su alma y la enfebrecía. La tía no veía las partituras ni tampoco las teclas. Sus ojos entreabiertos terminaban de cerrarse y olvidaba que estaba frente a un piano en el que yo me apoyaba en silencio para escucharla tocar, percibiendo de lejos el torbellino que la arrastraba y la hacía volar como un ave con las alas extendidas sobre las nubes para repentinamente hacerla caer al abismo. La llevaba desde el éxtasis y el júbilo más puro y claro hasta el sufrimiento más profundo y desgarrador. ¿Qué pasaría en esos momentos por su cabeza?

La tía se perdía en sí misma. Parecía que solo recobraba la consciencia y recordaba dónde estaba cuando cesaba la música. Entonces sus ojos violetas se abrían y volvían a ver al mirar.

Yo escuchaba el piano y escuchaba el alma de la tía Julia fluyendo a borbotones a través de sus dedos. Escuchaba los latidos de la casa de Romerías, aquel pulso constante, sutil y soterrado, que solo se hacía perceptible cuando ella se sentaba al piano. El piano hacía las veces de estetoscopio.

—¿Qué *pensás,* Bárbara? —Ella me miraba intrigada.

—Nada, tía. Estaba distraída.

—¿Querías decirme algo?

—No, no. Solo estaba haciendo tiempo mientras espero a Flavia. Vamos al Salón. A pasear o a tomar algo. O las dos cosas. Todavía no lo sé. Federico vuelve mañana a Madrid y queríamos despedirnos de él.

—Federico no para los pies quietos. Yo creo que iré uno de estos días a ver a Vicenta —pensó en voz alta.

—¿Le ocurre algo?

—Oh, no. Solo es una visita. Hace bastante que no la veo. Desde tu fiesta.

Flavia no bajaba. ¿Qué estaría haciendo? Yo empezaba a sentir hambre.

—Tía, si ve a Flavia, dígale que la espero en la cocina.

—Bien, bien... —contestó ausente, con los dedos de nuevo sobre las teclas.

La música se fue achicando y disolviendo hasta casi desaparecer cuando entré en la escalera del servicio. La cocina estaba desierta. No obstante, a través de la puerta entreabierta me llegó el murmullo de risas y voces. Aquella tarde había tertulia bajo la higuera. Agarré una manzana y salí al exterior.

—Pero ¿es...? —decía la Cangreja. La Acemilera asintió con la cabeza.

—Sí, sí.

—¿Y el otro sabe que...?

—¿No lo va a saber?

—¡*Cuchi,* qué follón!

—Lo que te digo.

Al verme salir de la cocina, cortaron su conversación telepática para saludarme. Estaban solo cuatro: las dos mayores, Amparo y Rosita. Pepita hacía años que había dejado la casa y Carmen se había marchado el otoño anterior para casarse con un maestro cenetista del Albaicín.

—¿Dónde están las cosas guapas? —saltó Consuelo.

—A las buenas tardes —las saludé riendo—. ¿De qué hablan?

—Ay, morenilla, si tú supieras...

—¡Si lo supiéramos nosotras...! —se quejó Amparo.

—¡Tú a bordar, que es lo que te toca! —le espetó Consuelo. Y luego le pidió a Rosita—: Niña, llégate a la salita y dile a la señora que abra para que la oigamos.

Rosita dejó sobre la silla el bastidor en el que estaba bordando y corrió al interior de la casa. A los pocos segundos la ventana de la salita se abrió y por ella salió el sonido del piano.

—¿Dónde vas de punta en blanco, chiquilla? —me preguntó la Cangreja.

—Voy al paseo con mi prima.

—Ale, pues a divertirse. ¡Ay, ya quisiera yo estar en esa edad, y pasar la tarde paseo para arriba, paseo para abajo todos los sábados! —se lamentó—. ¡Quién pudiera! Yo, con estas piernas viejas... —suspiró.

Rosita reapareció en la puerta de la cocina y se sentó de nuevo en su silla.

—Anda, anda. Paqui, que a ti aún te quedan muchos trotes. ¡Hablas como si te fueras a morir mañana! —Consuelo se giró hacia mí—. ¿Tú te crees que esto es ambiente, primor? ¡Parece que estemos en nuestro propio velatorio!

—¡Mira la otra, que se cree que sigue en edad de festejar y de bordarse el ajuar! ¿Qué te crees, que tú no estás vieja también?

—Mujer, achaques tengo, pero no estoy sentada en mi tumba esperando a que me echen tierra por lo alto como parece que estás tú.

—¿Ah, sí? ¿Y dónde estás tú?

—En la mismísima flor de la vida. Ahí mismito. —Incluso Rosita estalló en carcajadas. Yo casi me atraganté con la manzana—. Y ahí que me voy a quedar mientras el Señor no me eche de este mundo.

—¿Y entonces qué harás, si puede saberse?

—Pues ya se verá. Me sentaré a la izquierda del Padre, porque a la derecha ya está el Hijo, y les remendaré los calcetines y los calzones.

Las carcajadas volvieron a tronar, pero esta vez Paquita no se unió a ellas.

—¡Consuelo! —ladró indignada.

—Menos sustos, que todos los hombres usan calzones. Hasta en el cielo.

—¡Atea! —la increpó la otra.

—No, atea no: vivida. Y menos mojigata que tú. —Se giró hacia mí—. ¿Cómo era, niña? «Dios en el alma de cada uno».

Aquello me pilló desprevenida y solté una carcajada.

—¿Estabas escuchando ese día?

—¡Con siete orejas, hija! Bueno, no yo sino la Amparito, que después nos lo contó con pelos y señales. ¡Menuda pieza era aquel cura santurrón! —Se giró indignada hacia la Cangreja—. Mira que llamar a la señorita machorra... ¡Esta niña es una señorita de los pies a la cabeza! ¡Y que se atrevan a decir lo contrario! —El furor de la Acemilera me hizo reír de nuevo—. Vamos, ni que fuera raro lo de montar a caballo, no sé de qué se maravilló el hombre... —Y echó la cabeza hacia atrás, haciendo memoria—. Yo recuerdo que las mulas de mi padre yo las montaba. Y a veces me mandaban a mí a por agua y como era tan pequeña y no llegaba a cargar los cántaros, utiliza un poyete o lo que fuera... Para verme, chiquilla. Yo me montaba en la mula, claro que sí.

—¿Y qué cura es? —preguntó la Cangreja.

—Don Jaime, el de San Miguel Alto. ¡Allá arriba se quedase besando rosarios! Qué malaje, ese hombre, qué gris, qué amargo era... ¡Ni una sonrisa al entrar, y menos al salir! —exclamó la Acemilera.

—¿Pero tú lo llegaste a ver?

—Cuando entraba y cuando salía con los otros dos. Me pilló las dos veces descansando un momentito en el jardín, que una ya tiene sus años.

—¡Qué floja estás, Acemilera! Mucho cuento es lo que tienes tú.

—Pero don Ramón también lo puso en su sitio —siguió Consuelo, infatigable—. A ver qué tenía que decir el otro de los estudios de la chiquilla. ¡Si ella quiere estudiar, que estudie, que los dineros los tiene! ¡Y se acabó!

—Eso, y así se casará bien —sentenció la Cangreja.

Flavia apareció entonces en la puerta de la cocina.

—¿Estás lista, Bárbara? —asentí. Se dirigió hacia el resto—. Buenas tardes, y buen fresco tenéis aquí.

—En la gloria estamos, hija.

La Cangreja nos examinaba de arriba abajo con la mirada a Flavia y a mí.

—Mira que ser primas y no parecerse ni en el blanco de los ojos... ¡Ni una peca tienen igual!

—Y sin embargo, ¡bien guapas que son las dos! —replicó la Acemilera.

—Bueno, nosotras nos vamos. Hasta luego —se despidió mi prima cogiéndome del brazo.

—Adiós, primores.

Cuando Flavia y yo nos encontrábamos ya a una distancia prudencial pero todavía suficientemente cerca para oír sus voces, la Cangreja se inclinó hacia su amiga y le susurró en voz baja lo que llevaba rumiando varios minutos.

—Sí, bien guapas, pero el encanto y la clase de la rubia no los tiene la otra.

—¡Calla, Cangreja, que eres muy mala! —la reprendió la Acemilera.

Flavia también lo había escuchado. Me dio un apretón cariñoso en el brazo:

—No hagas caso, nena —me susurró sin detener la marcha.

Ambas enfilamos la calle Romerías camino de la de Recogidas, y por esta subimos hasta Puerta Real. Al llegar allí, mis pies se orientaron automáticamente en dirección al río, pero Flavia tiró de mi brazo para detenerme.

—Vas a tener que despedirme de Federico —me advirtió—. Tengo que hacer un recado.

¿Un recado? Lo comprendí al instante. Miguel.

—No, Flavia, no...

Pero Flavia no estaba dispuesta a escuchar.

—¡Te lo compensaré, te lo prometo! —exclamó lanzándome un beso al aire y ya alejándose—: ¡Eres la mejor, prima!

—Flavia... ¡Flavia!

Pero era inútil. Ella había emprendido ya la carrera hacia el Albaicín. Maldita sea, Flavia. Reemprendí la marcha refunfuñando.

Flavia se había enamorado. No la culpaba y tampoco tenía nada contra él, pero me irritaba profundamente lo inconsciente que podía llegar a ser mi prima en ocasiones. Quizás en su lugar yo habría actuado igual. Yo qué sé. Pero, tal y como yo lo veía, Flavia no estaba siendo razonable. Ella misma debía saber que aquella relación no tenía futuro. Lo sabía, claro que lo sabía. ¡Un estuquista! ¡Un estuquista de la CNT, y medio gitano además, por Dios! Sus padres, en especial su padre, jamás dejarían que se casara con él, aún en el caso de que él estuviera dispuesto a pisar una iglesia. ¿En qué cabeza cabía aquello?

No alcanzaba a comprender cómo dos personas con vidas y formas de pensar tan distintas, que transitaban mundos tan diferentes, habían acabado enamorándose. Y sin embargo así había ocurrido y así llevaban varios años ya. En honor a la verdad, la relación de Flavia con su novio no era siempre paz y rosas. No lo era casi nunca, de hecho. Los dos se pasaban los días discutiendo y reconciliándose constantemente. Era una relación tormentosa hasta rayar en lo absurdo. Un día Flavia llegaba llorando y renegando de él y al siguiente todo era «palomita» por aquí y «amorcito» por allá. Y yo en medio, de mensajera del amor.

Y, sin embargo, al verlos aquella noche bailando un vals caótico y riendo bajo las glicinas, con el alma desnuda y ajenos a la larga lista de obstáculos que los separaban, no podía dejar de comprender a Flavia. Miguel era de buena pasta. Y yo quería a mi prima y deseaba que fuera feliz. Deseaba que ambos viviesen en un mundo en que aquellas otras cosas no importasen y donde pudiesen vivir en paz.

Sorteando a los transeúntes y los coches y carros que iban y venían, crucé el embovedado camino del número 31 de la Acera del Casino, la casa de Federico. Allí me dijeron que había salido ya y que me esperaba en el paseo con algunos amigos que habían llegado de improviso. Seguí andando en esa dirección sumida en mis pensamientos y, al llegar al final del embovedado y tomar la Carrera de la Virgen, una voz a mi espalda me sobresaltó y me hizo girarme bruscamente.

—¡Bárbara!

Era Alonso, que se acercaba a mí a la carrera. No lo había vuelto a ver desde mi cumpleaños, y estábamos ya a finales de mes. Había ido posponiendo tanto el rato de reflexión que le debía al beso de mi cumpleaños que, al final, había acabado por dejarlo estar.

—Hola. ¿Qué haces por aquí?

—Iba a dar una vuelta —explicó al llegar donde estaba. Señaló en la dirección en la que yo andaba—. Iba hacia el Salón. ¿Y tú? ¿Adónde vas tan sola?

—Yo también iba al paseo. Venía con mi prima, pero me ha abandonado —dije con una mueca y los ojos en blanco. Él se rio.

—¿Por qué?

—¡El amor...! —suspiré, sarcástica.

—¡Buen motivo! —reconoció, con los ojos cargados de intención.

—Si tú lo dices... —dije, evasiva.

—¿Puedo acompañarte entonces?

—Claro.

Caminamos unos minutos en silencio.

—Deberíamos hablar, ¿no? —dijo finalmente. Yo fingí ignorar a qué se refería.

—¿De qué?

—Lo sabes, Bárbara. Me besaste, ¿recuerdas?

—Claro que lo recuerdo —admití.

—Eso tiene que significar algo.

—Supongo que sí —dije, evasiva.

—¿Que te gusto, quizá? ¿Qué quieres algo conmigo?

—No lo sé. —De verdad no lo sabía—. Quizá sí.

—Tú a mí también me gustas —confesó—. Mucho.

—Qué bien.

Su confesión no había tenido el efecto que esperaba, creo. No me atrevía a mirarlo a los ojos. Me sentía incómoda hablando de aquello. ¿Por qué? Alonso me gustaba. Me gustaba. Suspiré. Me detuve y lo retuve, agarrándolo del codo.

—Sí me gustas, Alonso. Perdona.

Él sonrió aliviado y yo sonreí también, contagiada. Vaciló durante unos segundos y después se acercó más a mí.

—Escucha, yo vivo cerca de aquí —dijo en voz baja, con su boca a pocos centímetros de la mía—. Mi piso está a tres calles de aquí. ¿Te parece si dejamos el paseo para otro día, y te lo enseño?

La manera en que me miraba me turbaba. Pero no iba a irme a su piso con él.

—No voy a hacer eso.

Él se apartó un poco.

—¿Por qué no?

—Porque yo no hago eso.

—Pero tú quieres, ¿no? Tú quieres —lo afirmó.

—Sí. Pero apenas te conozco. No te conozco, ¿entiendes? No voy a hacer *eso* con alguien que casi no conozco. Me muero de vergüenza. —Sentí que enrojecía.

—Pero si no pasa nada, mujer —insistió—. Es algo natural.

—Que no. Yo quiero que las cosas vayan más despacio. De momento, somos amigos. Y punto.

—Bueno, está bien —desistió—. Amigos, pues.

—Además, voy al paseo porque me están esperando. No puedo darles plantón.

—Eso no lo sabía, chiquilla —se quejó.

Yo me relajé, y temí haber sido demasiado dura. Retomamos la marcha.

—¿Qué tal en la facultad? —preguntó él de repente.

—Bien. Ya queda poco para los finales.

Habíamos llegado junto a uno de los quioscos que había a lo largo del río, y una tercera voz interrumpió la conversación.

—¡Bárbara, aquí!

Federico alzaba la mano por encima de las cabezas del pequeño grupo que lo rodeaba. Entre los cuatro o cinco hombres sentados en torno a una de las mesas del quiosco había algunas caras conocidas. Me acerqué a ellos y Alonso me siguió.

—Buenas tardes. —Ellos me devolvieron el saludo—. Este es mi amigo Alonso. —Algunos de ellos le estrecharon la mano.

—Bárbara, ven, siéntate aquí —dijo Federico acercando la silla de una mesa cercana—. Manolo, acercad esa silla que tenéis ahí detrás para él. ¿Y Flavia?

—Le ha surgido un imprevisto de última hora y no ha podido venir. Pero te manda saludos.

Yo me senté donde Federico me indicaba, a su lado, y Alonso aceptó el sitio junto a Manolo con una reticencia que solo yo pude percibir. Ambos pedimos café.

La conversación se reanudó de nuevo desde el punto en que la habían dejado cuando llegamos, y a esta le siguieron una anécdota, y después otra. Entonces alguien interpeló directamente a Alonso para preguntarle a qué se dedicaba y este se introdujo de lleno en la conversación. Federico y yo escuchábamos en silencio, ligeramente apartados del curso de la conversación. Él encendió un cigarro.

—¿Y ese muchacho? —me preguntó en un aparte señalando con la barbilla a Alonso—. Estaba en tu fiesta, ¿verdad?

Los ojos de Federico se reían, pero su boca se mantenía fruncida. La pregunta no era inocente. Observaba a Alonso de hito en hito con los ojos achicados por la curiosidad y después me miraba a mí, esperando una explicación.

—Solo somos amigos —aclaré, segando de cuajo sus elucubraciones.

—¿Y él lo sabe? —insistió él, escéptico. Se estaba divirtiendo.

Maldita sea, Federico. Decidí cambiar de tema.

—Es el sobrino nieto de don Paco, ¿lo recuerdas? —Él frunció el ceño, intentando recordar—. El párroco de San José. Estaba también en mi fiesta.

—Ah, sí, sí, creo que lo recuerdo. Un hombrecillo interesante.

—Muy inteligente —agregué yo.

—Esa impresión me dio.

La conversación de los otros había virado hacia la vida de Alonso en Sevilla antes de llegar a Granada. Yo me giré de nuevo hacia Federico.

—¿Volverás para el Corpus?

—No lo sé todavía, pero supongo que sí. Eso sí: quiero un baile en la feria. —Y sus ojos se tiñeron de malicia antes de decir—: Si todavía no te has ennoviado con el abogado.

—¡Federico!

Él se rio.

—Está bien, está bien... —me dio tregua—. ¿Qué estás escribiendo?

—Ahora, poca cosa. No tengo tiempo. Lo último fue el romance de la Acemilera y algún poemilla chico. —Él asintió con el cigarro en la boca—. ¿Y tú? ¿Cuándo sacas tu libro de romances?

—Saldrá probablemente este verano. Quedan algunas cosas por retocar.

—Ya va siendo hora.

—Impaciente. —Dio una nueva calada—. Podrías publicarlo, ¿sabes? Tu romance.

—No sé. —Me encogí de hombros—. Yo escribo porque me gusta, sin más.

—Bueno. Y al año que viene, ¿qué? ¿Vendrás a Madrid?

—No lo sé, pero no creo.

—¡Tienes que venir, Bárbara!

—Si por mí fuera, ya estaría allí. Las quejas, a mi tío.

—Vaya por Dios. —Y siguió fumando.

Observé distraída a la gente que iba y venía por el paseo, a las palomas picando los desperdicios del suelo, a los niños que corrían y se arremolinaban en torno al carrito de un heladero a escasos metros de nosotros, y mi mirada se detuvo en una pareja sentada unas mesas más allá. Ambos miraban fijamente y con escaso disimulo en nuestra dirección, y de vez en cuando juntaban sus cabezas para cuchichear.

—Parece que ahí tienes un par de admiradores —comenté a mi amigo señalando sutilmente con la barbilla a la pareja.

Él se giró disimuladamente en la dirección que le indicaba.

—Creo que más bien son admiradores tuyos —me contradijo.

—¿Míos? ¿Por qué iban a ser míos?

—No lo sé, pero te miran a ti, no a mí.

La pareja persistía en su empeño. Y era cierto lo que decía: aunque de vez en cuando su mirada se desviaba hacia él, ambos mantenían su atención puesta en mí. Me fijé más en ellos. Él debía sobrepasar la treintena, rubio al igual que su mostacho, y bastante guapo. Mucho, de hecho. Su compañera no se quedaba atrás. Llevaba los cabellos castaños muy cortos, a la *garçon,* a la moda, igual que Flavia; tendría veinte largos y los rasgos redondeados, agradables. Ambos, él y ella, mostraban un mirar despejado y abierto, desinhibido, completamente atípico. ¿Qué interés podía tener en mí aquella pareja?

Federico volvió a girarse y los observó también.

—A él creo que lo conozco. Es un inglés que está viviendo en la Alpujarra. Creo que es historiador. O escritor, no estoy seguro. O periodista. Se apellida Brandom, o Bentham, o algo así. Ella supongo que será su novia, o su mujer. O su querida. Quizá sea inglesa también, o americana. No parece de por aquí, desde luego.

La duda nos duró poco porque, al percibir que nosotros también nos habíamos fijado en ellos, la pareja se levantó de su mesa y se acercó a la nuestra con paso vacilante. Él habló primero, dirigiéndose directamente a Federico.

—Discúlpeme, pero es usted Federico García Lorca, ¿verdad? —Al apelado apenas le dio tiempo a asentir—. Creo que nos conocemos. Mi nombre es Brenan, Gerald Brenan. Nos presentaron unos amigos. —Extendió su mano hacia mi amigo.

Los presentes enmudecieron al escuchar su fuerte acento extranjero.

—Eso me había parecido a mí también. —Federico estrechó con una sonrisa la mano que el inglés le ofrecía—. Un placer de nuevo.

—Deje que le presente a mi amiga Sybill Friedman. No habla muy bien español, pero conoce algunas de sus obras, y es una gran admiradora. —También ella estrechó la mano de Federico.

—Un placer también. Déjenme que les presente yo a mi amiga, Bárbara Navarro.

Él extendió su mano de nuevo y dio un leve apretón a la mía.

—Mucho gusto —dijo enganchando sus ojos en los míos. Sentí que enrojecía.

—Encantada —musité.

Federico señaló entonces uno a uno al resto de los presentes diciendo a Brenan sus nombres. Desvié la vista hacia su amiga, que me ofrecía en ese momento su mano, y mis ojos se toparon con unos grises que me miraban de una forma que no supe interpretar desde el centro de su cara de piel blanquísima y salpicada de pecas.

—*Nice to meet you, too* —dije en un inglés estropajoso y deformado, estrechando su mano. Ella arqueó las cejas, sorprendida al igual que Brenan.

—*Do you speak my language?* —preguntó con una voz grave y sensual.

—*Yes, but not properly, I'm afraid. I try* —reconocí avergonzada. Lo hablaba bastante mal, de hecho.

—*Oh no, please. You do it pretty well* —me contradijo con amabilidad.

—*Yes, it's true* —asintió Brenan, apoyando las palabras de su amiga.

—Pero podemos hablar en su idioma, si lo prefiere. —Su acento era todavía mayor que el de su compañero, pero parecía que se podía manejar medianamente bien en español. Mejor que yo en inglés, eso seguro.

—Sí, por favor —supliqué riendo. Había sido un intento temerario.

—Sí —repitió Enrique, uno de los amigos de Federico. Los demás nos miraban estupefactos, incluido Federico—. Que si no, no vamos a entender un carajo.

—Qué garrulo eres, Enrique —se quejó Federico poniendo los ojos en blanco mientras los ingleses se reían. Se giró hacia mí—. ¿Y tú desde cuándo sabes inglés, *miss* Bárbara?

—Mi tío se empeñó en que Flavia y yo tomásemos clases. Ella sí que lo habla muy bien. Yo... lo intento. —Todos rieron.

—¿Y por qué inglés? —preguntó Federico.

—Opina que ese idioma representa el futuro de las relaciones comerciales. Tiene un socio inglés, él es quién le recomendó el tutor que trajo para nosotras.

—¿Y el francés? Tú lo hablas.

—Una lengua de artistas y bohemios. —Lo descarté con un gesto de la mano, imitando al tío. El resto rio.

—El francés y el alemán son los idiomas de la ciencia —terció Manolo. Él lo sabía bien: ambos teníamos como parte de la carrera estudios de ambos idiomas.

—¡El alemán sí es el idioma del futuro! *Ich bin Fe-de-rri-co!* —exclamó Federico, histriónico. Puso cara de enfado al decirlo.

—Para mi tío, el francés es un idioma de corte moribundo, el último vestigio de una hegemonía caduca. Solo un poco menos antigua que la española. Un idioma de cursis pretenciosos y nostálgicos. Y en cuanto al alemán... teniendo en cuenta el grado de despojo en que quedó Alemania después de la guerra, parece improbable que en ella esté el futuro de nada. Considera Alemania un pelele de las potencias.

Federico se dirigió de nuevo a los ingleses, que permanecían todavía en pie.

—¿Quieren sentarse con nosotros?

—Oh no, gracias, no queremos molestar... —dijo ella.

—¡Para nada! Les hacemos hueco... Es cuestión de apretarnos un poco...

—Está bien —aceptó ella, sonriendo.

Dos de los amigos de Federico se levantaron.

—No os preocupéis, nosotros nos vamos ya. Ocupad nuestros sitios si queréis.

—Creo que yo os acompaño. —Alonso se levantó también—. Tengo que hacer un recado antes de volver a casa, y más vale que no se me haga tarde. Un placer conocerlos a todos. Bárbara, ya nos veremos.

—Claro. Hasta luego —lo despedí con la mano.

Vimos cómo se alejaban mientras los ingleses ocupaban sus sitios, y después Brenan le dio un nuevo impulso a la conversación.

—Bueno, ¿y a qué se dedica usted, Bárbara? ¿Es también poeta o dramaturga?

Federico se me adelantó.

—Oh, no, ella es médico, como mi Manolo. —Señaló al aludido.

—En proceso —maticé yo. Y aclaré—: Soy estudiante.

—¡Vaya! ¡Es magnífico!

—¿Y usted? ¿Qué le ha traído hasta aquí? Creo que vive usted en la Alpujarra.

—Sí, en Yegen. Escribo.

—¿Y usted, Sybill, también escribe? —dijo Enrique.

—No, yo soy pintora.

Sybill había venido en el 24 desde Londres para visitar a su amigo en el pueblo en el que este se había instalado; pero lo que pretendía ser tan solo eso, una visita, se había convertido en una estancia que duraba ya varios años y que más iba a durar. Había alquilado un pequeño piso en la calle Elvira donde había trasladado sus lienzos y sus pinceles. Desde allí subía casi cada día al barrio cargando con el caballete, pues había pasado los meses pintando la Alhambra a distintas horas del día, los niños descalzos del barrio, las lavanderas de la Puerta del Sol y los gitanos sentados ante sus cuevas en el Sacromonte.

Su amigo se había marchado a los pocos meses de llegar ella y había permanecido fuera del país hasta que, hacía tan solo unos pocos días, había vuelto a poner los pies en Granada. Ahora era él el que visitaba a su amiga pero, al igual que Federico, se marchaba en los próximos días, si bien con la promesa de volver a Granada, a Yegen.

Ambos, Sybill y Gerald, resultaron una compañía muy agradable e interesante. La tarde acabó con la despedida de Brenan y Federico, y Sybill prometió enseñarme sus cuadros. Cuando nos separamos y cada uno emprendió el camino hacia su casa, Federico se ofreció a acompañarme. Ya solos, recordé el inicio con los ingleses.

—Parece que al final sí eran admiradores tuyos —comenté.

—¿Tú crees? Yo creo que más bien me han utilizado de excusa —dijo con una mueca burlona.

* * *

Creo que Federico pensaba que Brenan tenía interés en mí y por eso se habían acercado, con la excusa de saludar al poeta. Pero se equivocaba. Brenan había sido amable conmigo aquella tarde, pero esa fue la primera y la última vez que lo vi.

He leído sus libros años más tarde, mucho tiempo después, al reconocer perpleja el nombre del inglés en la portada de varios libros de una librería extranjera. Brenan fue uno de los primeros en preguntarse qué sucedió. Qué pasó, y por qué, en aquellos años que nos tocó vivir. Fue de los primeros, si no el primero, que escarbó la tierra, que husmeó los recovecos del alma de la ciudad y del país en busca del porqué y el cómo. He leído sus libros y, cuando los leo, lloro. Lloro y recuerdo aquella tarde en que conocimos a los ingleses, aquel día en que nada en su rostro o en sus gestos presagiaba que aquel hombre con quien hablábamos sería uno de los cronistas de la tormenta que vivimos.

Pero Federico se equivocaba aquel día. Brenan se marchó.

Sybill no. Me encontré con ella pocos días después, con su caballete y sus pinturas en una de las plazas del Albaicín, mientras hacía las visitas con don Ramón. Me enseñó sus cuadros, como había prometido, y yo la invité a la casa y le enseñé los que Lanz había pintado para mis tíos y que decoraban las paredes de la biblioteca. Le presenté a mi prima y a la tía, y se cayeron bien. La tía le pidió también que le enseñara sus cuadros, y de la visita que hicimos a su piso para que los viera volvimos con tres que le compró y colgó en el comedor.

Sybill venía de tarde en tarde a merendar bajo las glicinas, y allí pasábamos el rato hablando y jugando a las cartas. Una tarde vino cuando yo escribía en mi cuaderno sentada en el banco. Se acercó adonde yo estaba guiada por Flavia. Sybill venía con su carpeta de hojas y sus lápices, había estado dibujando en el paseo. Nos enseñó los bocetos.

—¡Le he dicho que nos pinte, prima!

—Solo si queréis —se ofreció la inglesa.

Yo accedí, riendo, y Flavia se sentó junto a mí en el banco mientras Sybill se colocaba frente a nosotras en una silla con la carpeta y las hojas en el regazo. Mi prima me quitó el cuaderno de poemas y estiró el brazo para evitar que lo recuperara.

—¡Mira, Sybill! Bárbara escribe poemas, ¿sabes?

—¡Dame eso! —Me tiré sobre ella, frustrada por no alcanzar el cuaderno. Flavia tenía los brazos muy largos.

—¡Quietas! Si no, no puedo hacer nada —nos reprendió Sybill riendo.

Sybill fue un gran descubrimiento.

Fue efímera, muy efímera, de tan solo unos pocos meses, pero duradera en la memoria. Fue confusa y vertiginosa, como un torbellino, intensa y llena de emociones fuertes y complejas. Fue intrigante. Con ella aprendí cosas que no sabía antes, y también con ella desaprendí otras muchas que ya había aprendido.

Las lecturas, la universidad y las conversaciones con Federico habían dado en perfilar en mi mente un universo brillante de contornos imprecisos y flexibles que se escondía tras las fronteras de mi pequeño mundo, ese cuyos límites podía alcanzar a tocar con los dedos. Saber de la existencia de ese universo extramuros me hacía sentir incómoda, entumecida, con el cuerpo y la mente constreñidos por ese cerco que tan poco espacio me dejaba para estirar brazos y piernas. Don Ramón tenía razón: necesitaba salir y respirar con toda la capacidad de mis pulmones. Granada, la que yo tanto quería y a la que siempre volvería, se plegaba sobre sí misma y se moría de provinciana. Y yo quería conocer otros aires.

Sybill fue más allá: ella me abrió las puertas de Europa y del mundo, y a través de sus vivencias, sus anécdotas, sus fotografías y sus pinturas me asomé a esa realidad ajena e intrigante que ya intuía en las palabras de Federico y los demás. Con Sybill aprendí lo que se pensaba en Europa y lo que no, y también lo que se pensaba sobre aquello que se pensaba, aprendí qué gustaba y qué no tanto, qué interesaba y qué había quedado relegado al olvido. Ella me habló de pintura y de literatura modernas, de la nueva música, de espiritismo e incluso de política internacional y diplomacia. Me habló de hipocresía, de inconformismo, de inmovilismo y de nuevos aires. Me habló de lo voluble e insaciable del arte, de su fragilidad e imprecisión, y de la necesidad de nuevos caminos.

Y, mientras ella reconfiguraba, reordenaba y ampliaba los archivos mentales que la tía había cimentado ya con sus explicaciones y sus relatos, yo la escuchaba con avidez, esperando la anécdota siguiente, la lección siguiente. Sybill y yo apenas nos llevábamos algo más de siete u ocho años, pero ella parecía haber vivido el doble que yo. Más rápido, o más intensamente.

Me contó poco a poco su historia y sus andanzas con una taza de chocolate en las manos y sentadas en las terrazas de la Bibarrambla, paseando a caballo por la Vega o estirando los dedos de los pies descalzos bajo el agua del Darro cuando empezó a hacer calor. Me habló de su vida en Bloomsbury, el barrio de Londres donde se había instalado algunos años antes de venir a España y donde vivían también algunos de sus amigos artistas y escritores. Me describió sus tertulias, sus encuentros y los eventos que organizaban. Así había conocido a Brenan, de hecho.

Me habló también de sus viajes. Había vivido en Francia y Alemania, y en la India, Sudáfrica, México, Brasil y Canadá. También había visitado fugazmente Chicago y Nueva York. Hablaba portugués y francés, y en este idioma nos comunicábamos cuando mi inglés o su castellano no daban para más. ¿Cómo le había dado tiempo a viajar tanto? Su padre había sido militar y diplomático, y su madre no había pertenecido a Inglaterra. No espiritualmente, al menos. Tenía un alma inquieta, insaciable, decía Sybill. Los destinos de su padre la habían llevado desde su infancia de un lugar a otro del mundo y, cuando su estancia en algún lugar se alargaba demasiado, su madre hacía las maletas y se marchaba con ella a otro punto del globo, sin esperar a que a su padre le concedieran un nuevo destino.

Más allá de aquel relato, Sybill no hablaba mucho de su familia. No omitía su existencia ni se mostraba reacia o esquiva ante mis preguntas, pero prefería hablarme de sus amigos de Bloomsbury o de sus viajes. Yo no le daba importancia y me dejaba contar lo que quisiera contarme. Un día, sin embargo, fui sin querer a dar de lleno en el porqué cuando, deambulando entre los lienzos y cachivaches que abarrotaban su estudio mientras ella pintaba, encontré una fotografía en que aparecía una Sybill de unos trece o catorce años que me costó reconocer flanqueada por dos muchachos bastante mayores que ella.

—¿Quiénes son?

Sybill desvió la vista del lienzo que tenía delante durante unos instantes para mirar la fotografía que yo señalaba, y devolvió su atención al frente.

—Son mis hermanos —dijo simplemente.

—Ah. —Arqueé las cejas, perpleja. Nunca hasta entonces los había mencionado. Observé más detenidamente los rostros de ambos, buscando algún parecido con ella—. ¿Viven en Inglaterra?

—No. Murieron en la guerra. Los dos. —Sus ojos no se despegaron de la paleta.

—Vaya, lo siento mucho —balbuceé, lamentando haber sacado el tema. Y añadí torpemente—: Seguro que eran muy valientes. Seguro que murieron como héroes.

Sybill bajó el pincel y me miró con una mueca de sarcasmo.

—¿Y eso de qué me sirve? —me espetó.

Ninguno de los dos llegaba a los veinte años cuando se pusieron el uniforme y salieron a morir en una trinchera de Europa. Uno dejó una novia y el otro el deseo de tenerla. Y los dos dejaron a una madre rota que se fue consumiendo poco a poco hasta perder la cordura por completo y suicidarse antes de que acabase la guerra. Y detrás de todos ellos fue su padre, que murió solo de una sepsis en una camilla de un hospital frío y lúgubre al que llegó tarde y ya con el corazón y el alma enfermos.

—«Dios y el Rey están con vosotros y os protegen, valientes» —recitó en su idioma, irónica.

A Sybill le importaba un bledo el Káiser. ¿Qué les iba a ella y su familia en aquella guerra que había sido la conflagración final del tira y afloja colonial? ¿Qué se les había perdido a sus hermanos y a su padre en aquella arena a la que habían ido a morir, en la que se medían y enfrentaban los egos y la voracidad abyecta de las potencias? Las muertes de sus hermanos y su padre eran allí tres bajas, tres números en un papel, y la de su madre una anécdota que se llevó el viento. Y una Sybill huérfana que no llegaba a los dieciséis se había ido a vivir con su tía después de haber visto desaparecer a su familia en aquel despropósito que se había cobrado a una generación.

17

—¡Don Paco, se va usted a desgraciar! —grité.

El cura iba andando por en medio de la calle unos diez metros por delante de mí, encorvado sobre el libro que iba leyendo mientras caminaba, ajeno al trasiego de la gente y los carros. Al escucharme, levantó la cabeza y se giró en mi dirección, sobresaltado. Esperó a que lo alcanzara.

—¡Hija! ¿De dónde sales?

—Vengo de las visitas con el doctor. Y ahora me voy a clase. ¿Qué lee?

Me mostró el libro que llevaba en la mano.

—Me lo prestó tu tío. El del inglés ese, el de los monos.

—¿Darwin? —Lo confirmé al leer la portada.

—Ese, ese. ¡Menudos disparates, hija! —Yo me reí—. Lo de los pájaros es interesante, pero eso que dice de los monos y el hombre... ¡Mamarrachadas!

—Es ciencia. La ciencia explica el mundo, ¡en ella está el futuro!

—No lo explicará tanto si niega las Escrituras. Lo que dice este hombre no concuerda con la Creación. ¡El hombre mono, a quién se le ocurre...!

Ambos íbamos en la misma dirección, así que echamos a andar.

—Pues padre, sepa que el mismísimo Génesis habla de evolución. —Él bizqueó, sin comprender—. Piense usted en la manzana. Dios pidió a sus hijos que comiesen del árbol de la vida, que los haría dichosos, pero que se abstuviesen del de la ciencia, porque los llevaría a la desdicha. A su perdición. Y así fue. Del paraíso a la condena de la tierra. El paso del estado de naturaleza al de civilización. Del impulso y el instinto de las bestias y su estado de inconsciencia feliz, a la toma de conciencia, la comprensión y el conocimiento del mundo. Y la desolación, la soledad y la orfandad que este acarrea. Del egocentrismo pueril a la insignificancia en el océano de la realidad, de la luz de la bendita ignorancia a la penumbra cruda de quien presiente lo que le falta por conocer. De bestias a seres humanos. ¿Lo ve usted?

—Lo que veo es que has leído a Baroja. Dios no les dijo que comieran del de la vida, sino de todos los del jardín menos el malo —me contradijo.

—Tanto da uno que muchos y cómo se llamen. ¿No toma Eva conciencia de su desnudez al morder la manzana? Ahí tiene el cambio.

—Cogido con pinzas, chiquilla.

—Dele usted un par de vueltas. —Me reí.

Él no contestó. Continuamos andando unos minutos, él con sus ojillos fijos en el suelo y las manos entrelazadas a la espalda, con el libro en una de ellas.

—Baroja es el mejor de los noventayochistas —comentó, más para sí que para mí—. El más negro.

—¿Usted cree que seguimos estando igual que cuando publicó ese libro?

—Creo que mona parda y mona negra, monas son, al fin y al cabo. Una con corona y la otra sin ella. —Sonreí. Estaba hablando del Rey y el dictador—. Y los de aquí abajo seguimos revolcándonos en la misma cochiquera, poco más o menos.

Yo no abrí la boca, dándole tiempo a que se explicase.

—Creo que todo parte de la misma raíz, hija, y es el estado idiota de la sociedad. Al fin y al cabo, esos dos están ahí porque los hemos dejado que estén ahí. Nosotros mismos nos lo hemos buscado. Si hemos aceptado al cacique y a un Rey inútil y golfo, y que quien nos lo levante después sea un dictador que aún respete menos el voto, es porque tenemos la mente dormida. Estamos a otras cosas y no queremos pensar. Somos como niños inconscientes y torpes, como subnormales que no saben lo que hacen y solo responden al capricho.

—El gusto de la urraca por el brillo —apunté.

—Eso es. La pasión decadente por lo vano, que interesa más. Mira a los legados anemolios que llegaron cargados de oro y joyas, y los utopienses los tomaron por bufones y siervos. ¡Así debiéramos verlo nosotros! —Tomó aire—. Nos criamos necios y pobres de espíritu, deslumbrados por lo fatuo, indignos y no indignados, y lloramos después ante los resultados de una codicia torpe, voraz y desmandada. Acapara quien puede, hasta ahogarse en montañas de dinero sin mirar si a otros les falta.

Yo asentí. Más que nadie necesitara el dinero para sobrevivir, quizás era la propia pobreza la que necesitaba de él para existir.

—Quizás el propio dinero es la cuestión —planteé.

—Quizá sí, pero mientras deja de serlo, ¿qué hacemos? ¿Nos morimos de hambre? Es la lógica del mundo en que vivimos.

Arqueé las cejas y di un puntapié a una piedrecilla con la que me topé.

—Y de esa lógica participamos todos —reconocí con una mueca, pensando en mí misma y mi familia.

—Desde luego —me dio la razón el cura, que intuyó por donde iba—, pero no te fustigues más de lo necesario, hija. Cuando la culpa es de todos, no es de nadie. El hecho lo da la situación, la misma lógica, esa que nosotros mismos construimos. Es la pescadilla que se muerde la cola.

Yo ladeé la cabeza, no del todo satisfecha. ¿Era aceptable una fortuna si era honrada? ¿Lo era si implicaba el decaimiento de otros? ¿Hasta qué punto era posible el reparto igualitario? ¿Cómo podía conjugarse el libre albedrío con la justicia social? ¿Y la competencia, esa que era inherente a la supervivencia, con la cooperación? Esas cuestiones me bombardeaban entonces las sienes.

El cura suspiró.

—Este mundo que hemos construido aboca a los hombres a la barbarie.

—Y los castiga después —dije, tomando nuevamente las ideas de Moro.

—Creamos monstruos que acaban por devorarnos, sí. De ignorantes y brutos nos volvemos viles y despiadados. Damos la espalda a la miseria y al dolor ajenos y tan solo nos refugiamos en placeres vanos que adormecen la mente. No escuchamos los gritos y los llantos. Nos acomodamos en nuestra ignorancia y hacemos de ella bandera. ¡Estamos orgullosos de no saber! Solo deseamos que el vecino sea más iletrado que uno mismo para que nuestra ignorancia no resulte demasiado ostentosa. La ignorancia es un lugar muy tranquilo donde vivir.

—Ahí tiene usted lo que hablábamos antes del Génesis —lo pinché, riendo. Él sonrió fugazmente, pero siguió hablando.

—Vivimos esperando que nos salven, que alguien arregle esto que nosotros mismos hemos provocado. —Me mordí la lengua para evitar recordarle el papel que la doctrina religiosa había jugado en la formación de esa actitud. El cura siguió—: Viven los hombres viendo pasar barcos y barcos esperando la mano de Dios, y se acaban ahogando. Y aún lamentan su desgracia y lo culpan a él.

Aquello despertó un pensamiento amargo en un rincón de mi mente que solo en parte tenía que ver con aquel tema. Un recuerdo, o una intuición. Pensé en Eva.

—Los hombres no culpan a Dios, culpan a las mujeres —lo contradije, sarcástica—. De sus vicios, de sus errores y de sus desgracias. No reconocen su propia falibilidad. La primera fue Eva, y después todas las demás. —Él no contestó—. Aunque también le digo que, si de verdad una Eva fue la primera en atreverse a probar el bocado del saber, ese es un orgullo para todo mi sexo. No una vergüenza.

—Hombre, visto así...

—A él no le echan cuentas —seguí, señalando hacia arriba con un gesto—. Tienen poco trato con él. Los hombres en realidad no están tan pendientes de Dios. Hablan en su nombre, pero dejan su cuidado a las mujeres. Ellas son las que deben rezarle mucho y bordarle a base de bien. Y también son las que le lloran y las que se le quejan. Ellos solo lo quieren para tenerlo detrás, con una mano en su hombro cada vez que hablan. ¿Recuerda usted la «Compañía del Hombre» de Iturrioz?

El cura hizo memoria y asintió, receloso.

—La mentira superior, sí, creo que lo recuerdo.

—¡Bendita ocurrencia para los hombres fue la invención de Dios!

—Hija, no blasfemes —me reprendió con paciencia. Yo lo ignoré.

—Padre, en los sitios altos el hombre siempre espera encontrar barbas. Eso me huele a chamusquina.

—¡Virgen Santa! —Se tapó la cara con una mano, escandalizado—. Basta por hoy, que me están doliendo las muelas con lo que te estoy escuchando.

Yo me reí también, con malicia. Me encantaba retarlo y sacarlo de quicio.

Don Paco mediaba a menudo entre obreros y patrones, conocía el nombre y las circunstancias de todos sus feligreses y pasaba más tiempo en la calle visitando las cuevas, las fábricas y las fincas que dando misa. Llevaba la suela de los zapatos siempre hecha trizas, y se interesaba más por el padecimiento ajeno que por las intrigas del arzobispado. Tenía en su sacristía, pillada en el marco de un escueto espejo de cuerpo entero, una estampita desgastada y amarillenta de León XIII. Aquella estampita era lo que, en sus propias palabras, conducía todas sus acciones y decisiones. Qué habría hecho el Papa, se decía.

* * *

Los dedos de Alonso golpearon suavemente mi hombro y yo di un respingo, asustada. Al levantar la cabeza estaba ahí, sonriendo divertido por mi reacción.

—¿Qué hacías? ¡Estabas embobada!

—Me has asustado —reí mientras cerraba el cuaderno y recogía mis cosas del banco en el que estaba sentada.

Allí lo estaba esperando, sentada en uno de los bancos de la entrada de la facultad y, mientras esperaba, hacía tiempo escribiendo en el cuaderno.

Alonso se había tomado en serio lo de empezar como amigos. Desde el día de la merienda, comenzó a visitar con frecuencia la casa para pasar el rato conmigo, y también a menudo venía a recogerme a la facultad. Salíamos a pasear y a comer y a tomar la merienda como hacían los novios, pero no éramos novios. Alonso no volvió a sacar el tema y se conformaba con pasar el rato hablando y paseando conmigo, con cogerme de la mano de vez en cuando y con algún beso en la boca que me apeteció darle. Pero no éramos novios. Éramos amigos.

—¿Qué es ese cuaderno? —insistió mientras salíamos a la calle.

—Son mis poemas. Me gusta escribir poemas —sus ojos se agrandaron.

—¿De verdad? ¡Vaya, qué interesante! Léeme alguno —me pidió.

—¿Qué dices? —me reí—. ¡Qué vergüenza! No me gusta leer en voz alta.

—Que sí, mujer. Solo un poco, por favor —suplicó—. Uno cortito.

Echamos a andar por San Jerónimo y yo busqué un poema que no fuese demasiado largo. Encima tendría que leerlo en plena calle, y andando. Escogí uno relativamente reciente, y empecé a recitar.

Come una niña
sandía, por la cara
y por los brazos.
Su boca mínima ese
rojo refresco
va engullendo en la sombra.

Y a su lado pasan niños trotando
sobre caballos imaginarios.

Las pepiticas
de poco en poco escupe,

y así las siembra a
su paso por las calles
blancas del barrio,
bajo sus pies descalzos.

Y a su lado pasan niños trotando
sobre caballos imaginarios.

Al terminar, cerré el cuaderno y lo miré, esperando su opinión. Él aplaudió quedamente y sonrió.

—Es muy muy bonito, muy femenino.

Aquel halago me chirrió.

—¿Y eso qué quiere decir? —le pregunté, suspicaz.

—¿El qué?

—Eso de que es «muy femenino» —remarqué.

—Pues eso, que es muy bonito, muy dulce, así como... un poco ingenuo. Y el tema también es femenino: una niña comiendo, niños jugando... muy doméstico, muy entrañable, ¿entiendes?

Yo abrí la boca para replicar y volví a cerrarla. Lo miré directamente a los ojos, tratando de bucear en sus pensamientos. Él los tenía despejados y sonreía, ajeno a la irritación que me estaba empezando a quemar las sienes. No había ni rastro de malicia o broma. De verdad creía que estaba halagando mi *poesía femenina.*

—No lo has entendido —dije con voz calma a pesar de todo, luchando por recordar que lo había dicho con buena intención.

—Bueno, puede que no —me concedió—. Al fin y al cabo, yo no entiendo de poesía, ¿recuerdas? Venga, léeme otro.

Una vocecilla impertinente empezó a gritar, desde el fondo de mi mente, que no era la primera vez que Alonso hacía comentarios de ese tipo. No era la primera vez. Y cada vez que decía cosas así, comentarios que pasaban por halagos o nimiedades intrascendentales, yo me sentía incómoda y muy pequeña. Pequeñísima, como un guisante en un campo de sandías.

La semana anterior, una de las veces que vino a acompañarme a la salida de la facultad, salí con los ojos rojísimos de la rabia que estaba sintiendo por la última burla de los idiotas. Cuando le conté lo que había pasado, él contestó:

—Era solo una broma, Bárbara. Estás exagerando, no es para enfadarse.

—No era una broma, era una burla —lo contradije.

Él no siguió discutiendo, pero no había llegado a percibir la diferencia entre una y otra, ni las humillaciones constantes que nos hacían a mí y a las demás. Aquella no era la primera vez, pensé. No era la primera vez. Y cada vez que pasaba, yo trataba de recordar que era mi amigo y que no lo había dicho con mala intención.

Tratando de acallar esos pensamientos, busqué otro poema que leer y fui a dar con uno que le había escrito a la Acemilera. Recité.

Son dos manos dos palomas
que vuelan por la cabeza,
jaleo de mimbre y destreza,
nido de trenzas que domas.

Un millón de surcos tienen,
todos cauce doble dan
a un río de agua que va
y a otro de aceite que viene.

Parras torcidas en nudos,
extendidas en sus dedos
brindan uvas con denuedo,
ramos fuertes y desnudos.

Negra carbonilla pones
a mármol embastecido,
picado a golpes, molido
cambiando piel por jabones.

Dulce, áspera, tibia piel,
curtida, vieja y ajada,
por cien años castigada,
honda grieta, suave miel.

—Es bonito, pero ¿por qué unas manos? —preguntó cuando terminé.

—Son las de Consuelo, nuestra cocinera —le expliqué.

—¿Y por qué escribes sobre las manos de una cocinera? ¡Qué ocurrencia! —rio—. ¿Qué interés tiene?

—¡Claro que tiene interés! —Estaba empezando a enfadarme de verdad—. ¡Todo tiene interés! Y también cosas como esta o la sandía, que parecen pequeñas e insignificantes pero no lo son. Esa mujer me ha criado, es como mi abuela. —No le di tiempo a replicar—: Cuando escribimos sobre algo pequeño, lo hacemos grande. Cuando lo hacemos sobre algo invisible, le damos forma, le damos color. Y cuando lo hacemos sobre algo mudo, le damos voz. La poesía, escribir sobre algo, sea lo que sea, lo dignifica, lo eleva, lo fija para que no desaparezca, para que no se olvide. Y yo no quiero olvidar lo que he escrito en ese poema. Consuelo lleva en sus manos grabada toda su vida, todo su trabajo.

—Pero ¿no prefieres escribir sobre otras cosas más bonitas? Sobre el campo, las flores, los pájaros, los niños... como en el primer poema. Ese es muy bonito. Y no sobre piel rota y trabajo. Eso es más masculino. Es casi socialista, Bárbara. —Mira, eso sí era un halago—. ¿No crees que es mejor que escribas sobre cosas de tu mundo?

—Este también es mi mundo —repliqué con dureza.

Él enmudeció. No se atrevió a contestar. Hacía un buen rato que nos habíamos detenido en mitad de la acera, discutiendo. Yo respiré tres veces seguidas muy despacio antes de volver a hablar:

—Creo que es mejor que dejemos de vernos. Vemos las cosas de formas distintas.

Alonso abrió y cerró la boca sin decir nada, atónito. Antes de que respondiera, yo giré sobre mis talones y me alejé de él.

* * *

—¡Es un estúpido!

—A mí me parece simplemente una torpeza, Bárbara —dijo el tío—. Ese hombre es poca cosa, no tiene muchas ideas.

Había entrado en la biblioteca como un vendaval.

—No es torpeza, tío. La torpeza tiene un límite —apuré el vaso que llevaba en la mano y lo dejé sobre la mesa—, y más allá solo hay desidia o, o... ¡o mala fe!

—¿Y no será que ha herido tu orgullo por haber criticado tus poemas?

—El orgullo me duele, pero no porque critique mis poemas. Puedo aceptar que no le gusten, pero no que me trate como si fuera imbécil. Usted no lo entiende, tío, no lo entiende... —Tragué saliva, buscando las palabras—. Con cada comentario que hace... y esa condescendencia... Odio que me infantilice, que me idiotice y deje mis ideas en caprichos, él y todos, lo odio... ¡No puedo soportarlo! —La indignación hizo que se me saltaran las lágrimas—. ¿Por qué que cualquiera de nosotras tenga la cabeza llena de ideas tiene que ser algo insólito?

La rabia y la frustración habían tornado rojo el ambiente y yo andaba arriba y abajo sin ver realmente dónde ponía los pies. El tío observaba mi vaivén moviendo la cabeza de un lado a otro como quien sigue un partido de tenis. Acabé por sentarme en uno de los sillones frente a él, restregándome los ojos para eliminar el llanto.

Alonso no me tomaba en serio. Ni él ni nadie. Y como a mí, a ninguna. Éramos perchas, raspas que había que adornar, cajitas de taracea completamente vacías. Estábamos vacías. Éramos peleles desmadejados mentalmente, seres desprovistos de alma que no tenían nada que ofrecer más que un rostro y un cuerpo hermosos —si es que teníamos esa suerte— y una actitud complaciente y frívola. Había mujeres verdaderamente estúpidas, desde luego. Pero la estupidez no iba en la condición de mujer. Había, estaba segura, tantas como hombres estúpidos. Pero nosotras éramos las que no sabíamos pensar. Y si se nos ocurría decir algo medianamente inteligente, quien lo escuchara se sorprendía por la *ocurrencia.*

Flavia, además de ser tremendamente hermosa, era inteligente y culta, y tenía un don para las matemáticas. Estimaba distancias y proporciones con facilidad, se le daban bien los números de la azucarera y era capaz de hacer cálculos más rápido y mejor que ninguna otra persona que yo conociera. Pero cuando corrigió al camarero un error en la cuenta de la merienda de una tarde cualquiera, este, descartando las razones de mi prima, la acalló con sonrisa bobalicona:

—No se preocupe, señorita. Ya lo he calculado yo.

Y el imbécil nos cobró de menos por no escucharla.

Y era una tras otra, a todas horas y en todas partes. La última vez que había ido a discutir una calificación con uno de mis profesores entré por la puerta explicando que estaba disgustada con el resultado y quería saber cuáles habían sido mis fallos.

—¿Disgustada tú? ¡Pero mujer! Las chicas bonitas no se enfadan... —soltó aquel, sonriendo condescendiente.

Yo, igual que había abierto la boca para protestar, la volví a cerrar, estupefacta. ¿Qué tontería era aquella? Mis argumentos arrastrados por el suelo. Todo lo que me atreviera a argumentar después de aquello no pasaría del mero capricho. Y aún tendría que agradecerle que me considerase hermosa. ¿Qué carajo importaba allí cómo era mi cara? Recordé la anécdota de Cuca en su primer día de clase. No era capaz de imaginar ninguna situación en la que un catedrático, durante una entrevista con uno de sus pupilos masculinos, le hubiese hecho un comentario semejante.

Detestaba que no valiese nada pensar. Allá donde fuese, e hiciera lo que hiciese, siempre valdría más mi rostro. Y lo que pensase, naderías. Era indignante. Era, de hecho, humillante. Y me dolía el orgullo, claro que me dolía. Cada una de esas humillaciones me dolía en lo más profundo del alma, en el núcleo duro de mi orgullo, porque era ahí precisamente donde pinchaban.

Yo no era especialmente bonita como Flavia, ni simpática, ni graciosa. No era sensual como la Cascabeles ni tenía especial fortaleza física. Tampoco era buena en matemáticas. Y si tenía algo de todo aquello, no sabía cómo utilizarlo. Lo único que sabía hacer era pensar. Pensar y discutir era lo único cuyo mecanismo comprendía y sobre lo que tenía control. Aquello y nada más era para lo que yo valía. Y estaba orgullosa de ello. Tanto, de hecho, que en ocasiones rozaba la arrogancia. Lo único que tenía era lo que pasaba dentro de mi cabeza. Si aquello no valía, ¿qué tenía?

El tío no hablaba. Escuchó hasta la última de mis palabras y esperó a que terminara de desahogarme. Me observaba con el ceño fruncido y los ojos chicos, atento a los pensamientos que no llegué a poner en palabras. Estiró los labios en una mueca de empatía. Cuando paré de hablar, él esperó todavía un minuto entero para cerciorarse de que había acabado. Echó el cuerpo hacia delante para acortar al menos un poco la distancia que nos separaba, apoyando los antebrazos en los reposabrazos de su sillón, y la compasión suavizó la arruga de su ceño cuando dijo:

—El mundo te va a hacer afrentas como esta muchas veces, hija. Comprendo que es frustrante, e injusto, tener que soportar ciertas cosas, pero no te dejes abatir.

—Estoy harta, tío... —Me restregué los ojos por enésima vez.

—Lo entiendo, pero no hay otra. Me gustaría que la hubiera, pero no. Lo único que puedes hacer es no cambiar, mantenerte firme. No ceder. —Su mirada se desvió súbitamente y fue a dar en las piezas y el tablero de ajedrez—. Los alfiles no cambian de color, ¿no? —Sonrió con pena y yo casi reí con la burla.

—Cambiar no es malo tampoco... —Recordé los cientos de veces que él mismo me había reprochado mi obstinación de alfil.

—No, claro. Pero siempre en la dirección que tú consideres. Y no por la voluntad de otros.

Pasaron dos largos minutos en que ninguno de los dos dijo nada. Y el tío volvió a recostarse en el sillón y reavivó de nuevo la conversación.

—No tienes por qué tratar con él, Bárbara. Tú eres quien elige tus compañías. —Yo asentí—. Yo no es que vaya a echar mucho de menos a ese muchacho. Es simpático, pero completamente insulso. Nada que ver con su tío.

—Nada, desde luego.

Al salir más tarde a la entrada me topé con la tía, que subía al primer piso.

—Nena, se te oía alterada. ¿Qué ocurre?

Le relaté la conversación que había tenido con Alonso sobre los poemas, y después la que acababa de tener sobre esta con el tío.

—Paciencia, nena. Y entrañas. Este mundo está cortado y cosido por nosotras, pero no para nosotras. —Se detuvo para abrazarme—. Llegará quien te merezca.

—Pues lo dejaré sentado a la puerta a esperar, en venganza contra todos los demás. ¡Se va a enterar, ese desgraciado!

—Eso son chiquilladas —rio.

—¡Lo digo en serio! Si supiera la cantidad de estupideces que tengo que oír en la universidad... ¡Valientes memos! Tía, si pudiera irme a Madrid...

—¿Y qué te garantiza que allí las cosas sean distintas?

—Distintas deben ser. —Me encogí de hombros—. Mejores no lo sé, pero Madrid es grande y en las ciudades grandes hay más movimiento de ideas. Aquí me ahogo, tía —supliqué.

—Tu tío tiene miedo de que te vayas tan lejos tú sola, nena.

—Yo soy capaz. Sabe que lo soy.

—No es por ti. Nos fiamos de ti, pero está muy lejos.

—Si yo fuera un hombre, ya tendría la maleta en la puerta —resoplé, frustrada.

—Los muchachos y las muchachas no se enfrentan a los mismos riesgos.

—¿Y ustedes sugieren que me resigne y me quede encerrada? ¡Eso es injusto! ¿Qué va a cambiar así?

No contestó.

Al llegar a mi habitación dejé las cosas de la universidad sobre la cama y abrí sobre el tocador el cuaderno por la página en que había escrito el poema de las manos de la Acemilera. Taché el título y le puse uno nuevo: «Poema insignificante».

18

La cabeza de Sybill asomó por detrás del lienzo.

—¿Y llegasteis a algo? Ya sabes —dijo en francés.

Le acababa de contar la discusión con Alonso. Balanceé los pies bajo el agua del río, levantándome un poco más la falda para no mojar el dobladillo. Acababa de empezar junio, y ya hacía calor.

—No. Solo un par de besos.

—¿Era tu primer novio?

—No era mi novio. Pero bueno, ¿cuántos novios has tenido tú?

Ella rio y volvió a esconderse tras el lienzo. Estaba pintando el agua y las piedras del río y había llenado el cuadro de manchas blancas y grises. Yo iba de allá para acá, paseando por el agua haciendo equilibrios para no caerme.

—Entonces ¿no has...?

—¿Qué?

—¿Nunca has «dormido» con nadie?

Yo sentí que enrojecía.

—¡Claro que no! —Imprimí a mis palabras toda la reprobación de que fui capaz.

—Tranquila, era solo una pregunta. —Levantó ambas manos, una con el pincel y la otra con la paleta, riendo—. No se lo voy a contar a nadie.

Sybill era moderna, como Flavia. A ninguna de las dos les daba vergüenza hablar de esas cosas. Mi amiga no tenía novio ni parecía tener interés en casarse, y para ella los novios no eran para toda la vida. Dudé unos segundos y después me acerqué a ella hasta verle los ojos. La curiosidad pudo a la vergüenza.

—¿Y tú?

—Yo sí —dijo sin un ápice de vacilación y sin levantar la vista del lienzo. Sonrió con malicia—. Muchas veces.

—¿Y... cómo es?

—Eso no te lo puedo decir. Tendrás que descubrirlo por ti misma —rio.

Yo no insistí. La dejé pintar y me alejé por el agua. Entonces me asaltó una duda.

—¿Por qué me has preguntado eso? —inquirí.

—Era simple curiosidad. Nada más.

—¿Y qué piensas de la respuesta? De lo que te he dicho.

—Bueno, no se aleja de lo que esperaba.

Aquello me hizo fruncir el ceño.

—¿Qué quieres decir con eso?

—Pues... que suponía que eras virgen.

—¿Y eso por qué si puede saberse? —me ofendí—. ¿Tan ingenua te parezco?

—Bárbara, lo llevas escrito en la cara. No me malinterpretes: eres muy inteligente pero, en ese aspecto, se nota que te falta algo de... experiencia.

La humillación que sentía me hizo enrojecer. Salí del agua y agarré mis zapatos, dispuesta a marcharme. Se había acabado para mí la tarde de río. Ella dejó la paleta y el pincel sobre la banqueta que tenía detrás y corrió junto a mí.

—Bárbara... Bárbara, ¡espera! —Me agarró del antebrazo y me detuvo. Me obligó a mirarla, apenada—. Bárbara, no pretendía herir tus sentimientos.

—Pues lo has hecho. —Se me habían llenado los ojos de lágrimas.

—Perdóname, por favor. No quería ofenderte. Quizás he sido demasiado brusca. Te suplico que me perdones. No te vayas —eso último lo dijo en castellano.

Yo me relajé y asentí. Aceptaba la disculpa. Me enjugué las lágrimas que no había llegado a llorar y volví a dejar los zapatos en la orilla. Ella me besó la mejilla y me abrazó.

—¿De verdad se me ve tan... verde? —murmuré, también en castellano.

—No comprendo —bizqueó, confusa.

—Verde, inexperta, ingenua... como la fruta que no está madura.

—¡Ah, entiendo! Bueno, un poco sí —dijo con cautela, atenta a mi reacción—. Se te nota un poco... *naïve* —la palabra francesa acudió antes a su mente. Al ver la desazón en mi rostro, se apresuró a aclarar—: Pero no es algo muy llamativo. Y no es malo. Es normal. Eres muy joven todavía. Esto cambia con el tiempo. —Me acarició la mejilla y me colocó tras la oreja un mechón que se me había desprendido de la trenza—. No pienses más en eso. No debí decirlo. Me arrepiento.

Volvió a la pintura y yo volví a pasear por el agua. Durante unos minutos ninguna dijo nada. Yo me alejé unos diez metros siguiendo el curso del río y después volví junto al caballete que la ocultaba a mi vista.

—A mí no se me da bien todo esto —me obligué a decir. Sybill se apartó del caballete para verme mientras hablaba—. No sé por qué le gusté a Alonso, eso no me suele pasar. —La cabeza me daba vueltas intentando ordenar las palabras—. Yo no soy sensual, no sé moverme como otras mujeres, no sé atraer a los hombres, no sé... No sé. Tengo la sensualidad de una piedra.

Ella no contestó. Dejó el pincel y cogió un canto rodado que había a un palmo de sus pies, en la orilla. Lo sostuvo en alto, mostrándomelo.

—¿Esta piedra no te parece bonita? Es redonda, curvada como las caderas y los pechos de una mujer.

—Sí, es bonita. —Estiré los dedos bajo el agua y recogí otra del lecho del río, junto a mis pies—. Pero yo soy más como esta. —Era irregular, moteada y llena de protuberancias y mellas.

Ella soltó una carcajada.

—Pues a mí me pareces más como esta. —Agitó la que llevaba en la mano.

Volvió a tirarla al río junto a mis pies y el agua me salpicó. Yo la maldije riendo y le eché agua a las piernas para mojarle la falda a ella también. Ella dejó entonces la paleta sobre la banqueta de nuevo y se lanzó a por mí, riendo. Acabamos las dos en el agua, con la ropa empapada y deshechas de la risa.

Un rato después, ya de vuelta en su piso y con ropa seca que me había prestado, el rostro se le iluminó al recordar algo.

—Ven, quiero enseñarte una cosa. —Sybill me arrastró por el laberíntico caos de su estudio hasta plantarse frente a un puñado de lienzos de diversos tamaños apoyados contra la pared y comenzó a buscar entre ellos.

Cuando encontró el que buscaba, lo extrajo con cuidado. Era un lienzo no demasiado grande, al menos en comparación con los demás. Sybill le dio la vuelta teatralmente y lo dejó sobre una silla para que pudiera contemplarlo bien. La luz de la tarde comenzaba a caer y se apresuró a encender una lámpara cercana para iluminar el cuadro.

Flavia me miraba a mí, y yo miraba algo que quedaba fuera del encuadre, lejos. Flavia nos miraba a Sybill y a mí directamente con los ojos amarillos perdidos en la pintura, con una expresión suave, relajada, y una leve sonrisa que no llegaba a ser sonrisa. Tenía la cabeza girada en nuestra dirección, y el cuerpo casi de perfil, apoyado sobre la esquina del respaldo del banco. Con una mano sostenía en el hueco de su regazo mi cuaderno, que Sybill había capturado en el momento en que ella me lo había quitado de las manos. Con su otro brazo rodeaba mi pecho mientras yo me recostaba sobre el suyo, con las manos apoyadas distraídamente sobre ese cerco y la mirada perdida en uno de los laterales del cuadro. Las glicinas de principios de mayo caían sobre nosotras.

Los colores, los trazos y las formas eran tan apacibles como la expresión de Flavia. Todo el conjunto lo era. Las glicinas casi parecían mecerse al ritmo de una brisa inexistente y la piel se me erizó al sentir esa brisa que había quedado atrapada en el cuadro. Mis ojos parecían estar a punto de cerrarse, de tan ensimismada como me había retratado mi amiga.

—Sybill, es... —Busqué una palabra con que condensar lo que pensaba y sentía, pero todas me parecieron inexactas, insuficientes. Acabé conformándome con una—: Es increíble.

—Mañana lo empaquetaré y haré que te lo lleven a casa —dijo satisfecha.

Yo continué observando el cuadro unos minutos más con ella a mi lado.

—Bárbara, lo de antes te lo he preguntado porque me importa —dijo de repente, casi en un susurro.

Su tono era diferente. Me giré y la miré, confusa. Me miraba expectante, atenta a mi reacción y casi nerviosa. Y en los ojos tenía algo que no supe discernir.

—No entiendo —solo pude decir.

Ella dudó unos segundos durante los cuales un remolino de pensamientos pareció cruzar momentáneamente su mente y enturbió sus ojos. Yo estaba tan ocupada tratando de descifrar aquella confusa amalgama que no lo vi venir. Para cuando fui a darme cuenta, sus labios ya se habían pegado suavemente a los míos.

Me aparté, desconcertada. Aquella era la última explicación a sus palabras que esperaba. Ella me miraba con los ojos desbordados por el miedo que había despertado mi rechazo, probablemente esperando que comenzase a gritar o a insultarla, que la llamara loca o degenerada. Sybill me acababa de besar en la boca.

Salí corriendo de allí antes de que ninguna de las dos pudiese articular palabra.

* * *

Sybill me había besado en la boca.

Apenas era consciente de la algarabía que me rodeaba, en pie frente a la ventana de la cocina y comiéndome una pera a bocados minúsculos, distraídos. Así que no escuché las cien advertencias de la Acemilera que se acercaba y al pasar a mi lado me dio un codazo que me sacó de golpe de mis pensamientos.

—Ojo, cuidado, ¡que quemo! Chiquilla, vas mirando el aire. ¿A ti qué te pasa?

Cargaba con ambas manos una olla enorme y humeante llena de caldo.

Yo llevaba casi una semana mirando el aire. Habían pasado cinco días completos desde que había salido corriendo del piso de Sybill y no la había vuelto a ver. Tampoco se lo había contado a nadie, ni siquiera a Flavia. Llevaba cinco días tratando de asimilar lo que había pasado, intentando pensar qué hacer. Tenía que hacer algo. La imagen del rostro de Sybill asustada, temiendo mi reacción, aparecía frente a mí cada vez que cerraba los ojos. Jamás hasta entonces la había visto tan vulnerable, tan menuda y temerosa como un animalillo asustado como cuando rompí bruscamente su beso.

Lo que Sybill había hecho era repugnante, inasumible, era una aberración. Aquello no estaba bien y no debía de ser bueno. No estaba bien. Sin embargo, desde el fondo de mi mente, una vocecilla me susurraba que aquel contacto, aquel beso, no había sido en modo alguno desagradable. Y Sybill no era mala. Simplemente, no podía serlo. Era mi amiga. Era mi amiga y era buena, igual que lo era Federico. Y yo sabía que él hacía cosas parecidas aunque nunca me lo hubiese contado. Las voces de la calle llegaban antes que la propia.

Sybill apareció aquella misma tarde en la casa llevando el cuadro que ella misma había optado por traer. A los tíos y a Flavia les encantó, y el tío decidió colgarlo sobre la chimenea de la biblioteca, presidiendo la habitación. Mi amiga me miraba a través del silencio que se había instalado entre ambas mientras ellos hablaban, y yo no sabía qué decir.

—Dime algo, por favor —suplicó en francés cuando nos hubimos sentado solas en el banco bajo las glicinas.

Yo dudé unos instantes, buscando entre mis pensamientos qué decir.

—Siento mucho haberme ido así —dije con pena, también en francés—. No debí irme —hablaba despacio, intentando pensar—. A mí me gustan los hombres, Sybill.

—A mí también. Pero también las mujeres. Y me gustas tú.

Yo no contesté. No sabía qué contestar. Ella siguió hablando.

—Las cosas no son tan blancas o negras, Bárbara. El deseo y la atracción son cosas muy complicadas que no se pueden explicar. Simplemente suceden. —Calló durante unos segundos—. Dime una cosa: ¿te gustó el beso?

—No lo sé.

De verdad no lo sabía. La vocecilla impertinente me contradijo, pero yo no estaba segura de querer escucharla. Sybill debió de leer la confusión que sentía en mi rostro, porque suspiró y sonrió con tristeza.

—No tienes que hacer nada, Bárbara. Somos amigas y, si tú quieres, seguiremos siéndolo. Y si algún día te apetece besarme, sabes que puedes hacerlo.

Yo asentí y ella me abrazó. No quería perder a mi amiga. Con ella podía hablar y discutir y con ella había alcanzado mucha más confianza de la que jamás había tenido con Alonso ni ningún otro hombre. Sybill no me despreciaba, no se burlaba de mí ni me hacía de menos. Me trataba como a una igual y me respetaba. Y me quería. Y la vocecilla insistía en recordarme una y otra vez aquel beso.

Me embargó entonces la necesidad de comprobar si esa voz estaba en lo cierto, si de veras era posible que aquello me hubiese gustado. Recorrí con la vista el espacio que nos rodeaba para cerciorarme de que estábamos solas, y en efecto lo estábamos. Estábamos medio escondidas en aquel banco bajo el granado, protegidas por la pérgola, los árboles y los setos. En penumbra, apartadas del sol de la tarde.

Muy despacio, con cautela, acerqué mi rostro y, en el momento en que mis labios rozaron los suyos, cerré los ojos para concentrarme en el contacto. Aquello no tenía nada de desagradable. Ella reaccionó y se aproximó más a mí. Noté sus manos a ambos lados de mi cara, y la punta de su lengua que trataba de abrirse paso tímidamente hacia el interior de mi boca. Yo no me resistí, y la lengua entró.

Cuando se apartó, apoyó su frente en la mía y sonrió. Yo me reí entre dientes.

* * *

Flavia llevaba dos días esquivándome. Me esquivaba, estaba segura, y no entendía por qué. Cada vez que yo entraba por una puerta, ella salía por otra. No venía a contarme sus vaivenes con Miguel, las cosas de la azucarera ni cualquier otra cosa. Durante las comidas o cuando nos cruzábamos respondía a mis preguntas, pero apenas me miraba. Y los ojos los tenía empañados, turbios, cuando se veía obligada a mirarme.

—¿Qué demonios te pasa? —le espeté, molesta.

Había conseguido arrinconarla en un momento en que la encontré en nuestra habitación, fumando distraída junto a la ventana abierta.

—¿A mí? Nada. ¿Qué me va a pasar?

—Pues no lo sé, pero algo te pasa. ¿Te he hecho algo y no lo sé? Parece que estás molesta conmigo.

—Qué tontería —respondió, tirante.

Apagó el cigarro en el cenicero que escondía en uno de los cajones de su mesilla, e hizo el amago de salir de la habitación esquivándome. Yo la retuve.

—Flavia —suavicé el tono.

Dudó unos instantes, pero finalmente me miró, acusándome con sus ojos amarillos.

—Te vi con la inglesa. En el jardín. Os estabais... besando —escupió aquello último con desagrado—. Estás enferma.

Yo solté su brazo y quedé frente a ella con la boca abierta, paralizada.

—¿Lo vas a negar? —me retó.

—No... —La cara me ardía y los ojos se me llenaron de lágrimas—. Nena, no me odies. No me desprecies, por favor —le supliqué, desesperada. Las dos primeras lágrimas rodaron mejillas abajo.

Su gesto se suavizó, mediado por la compasión. Me abrazó y yo hundí la cabeza en su pecho, llorando. Flavia era casi una cabeza más alta que yo.

—Eso no es normal, nena. No está bien —me reprendió entristecida.

—Sybill me gusta —tartamudeé, llorosa—. Me quiere y me trata bien. ¿Por qué no tiene que estar bien eso? Ella es buena, tú lo sabes.

—Pero a ti te gustan los hombres —me contradijo en voz baja.

—Pero ella me gusta.

No sentamos en la cama, yo todavía llorando.

—¿Estás enamorada?

—No es eso, es diferente. Es... es... —Me estrujé el cerebro buscando las palabras adecuadas para explicarlo y no las encontré—. No sé explicarlo. Es agradable. Estoy bien cuando estoy con ella. Es muy agradable.

—¿Y con Alonso?

—No era igual. Me gustaba, pero no terminaba de estar a gusto con él. Y acabó por ser un imbécil. —Ella casi rio, y yo también a pesar de las lágrimas—. Dime que lo entiendes, aunque solo sea en parte, por favor.

Ella suspiró.

—Es muy raro, rarísimo. Pero tendré que hacerme a la idea —sonrió con piedad. Me abrazó de nuevo, estrujándome como a un paño empapado hasta que me reí—. Para que lo sepas: esto es la vida vengándose de ti por darme tanto la tabarra con Miguel. ¡A ver cuál de las dos es más desastre ahora, lista!

Yo solté una carcajada.

—Estamos apañadas las dos. Pero creo que lo tuyo sigue siendo peor —dije, todavía riendo. Ya seria, añadí—: Sabes que tu padre no te dejará casarte con él, ¿verdad?

Ella no contestó. Se limitó a tumbarse sobre la cama bocarriba con los ojos cerrados y el ceño fruncido. Yo me tumbé junto a ella, y seguí.

—Él quiere que te hagas cargo de la azucarera, nena.

—¿Y por qué tengo que elegir una cosa u otra?

—Pregúntaselo a Miguel —dije sarcástica. Ella bufó, exasperada. Sabía que tenía razón—. Oye, a lo mejor está dispuesto a pasarse al bando de los patronos. Al fin y al cabo, se ha liado con una burguesa.

—Ya te digo yo que no —negó ella, riendo con la burla—. ¿Y por qué no la llevas tú, prima?

—¿Yo? No puedo. Las desventajas de ser hija única heredera —le recordé.

—Te cambiaba el puesto, la verdad. Y a mis padres les parecería bien, seguro.

—No soy su hija —la contradije.

—Te quieren como a una. Para ellos es como si lo fueras.

—Pero no lo soy. Además, a mí eso no se me da bien. Tú sí que vales para eso. Se te dan bien los números y las cuentas.

Ella se dio la vuelta y enterró la cabeza entre los brazos.

19

Federico se recostó bocarriba sobre el mantel con las manos en la nuca y cerró los ojos, escuchando.

...su pequeño bulto que llora...

A unos veinte metros de nosotros, en el río, sus hermanos, Flavia y Sybill se habían metido en el agua para refrescarse. Hacía bastante calor ya. Nosotros estábamos bajo los chopos, sentados en el suelo sobre el mantel que habíamos puesto para comer. Habíamos ido de excursión a las choperas de Asquerosa. Cuando yo terminé de recitar, él abrió los ojos.

—Vuelve a leerlo —me pidió, y yo fui a empezar de nuevo.

Había vuelto en junio, para el Corpus.

—Léelo tú. A mí no me gusta leer en voz alta. —Le tendí el cuaderno.

Él lo agarró y lo mantuvo abierto suspendido sobre su rostro durante los pocos minutos que tardó en volver a leerlo para sí. Yo cogí un trozo del bizcocho que nos había preparado la Acemilera y me lo fui comiendo miga a miga mientras él leía. Entorné los ojos, ausente, escuchando a lo lejos los gritos y las risas de los del agua. Federico terminó de leer y dejó el cuaderno junto a mis rodillas.

—¿Qué? —inquirí yo, expectante.

Él no contestó inmediatamente. Miraba al cielo que dejaban entrever las hojas de los chopos y se mordía el labio inferior.

—Me gusta —concedió finalmente—. Pero es tristísimo, Bárbara. Es melancolía pura. Qué negrura. ¿Dónde está el sol?

—Habló el pan de miga —me reí, sardónica.

—Pero ¿de dónde te sale a ti esa nostalgia, chiquilla?

—¡La poesía es tener el alma llena de nostalgia! ¡Hasta los bordes! —repliqué. Él se rio con mi furor—. Nostalgia por lo que sucedió ayer, nostalgia por lo que vendrá mañana y nostalgia por lo que nos rodea hoy. Y también por lo que nunca ha existido. Es, es... —Miré a mi alrededor, en busca de la palabra que no encontraba en mi mente—: *¡Moía!* ¡La *moía!*

Él se incorporó hasta quedar apoyado sobre un codo y me miró intrigado.

—¿Qué es eso?

—No lo sé, se me acaba de ocurrir —reconocí. Achiqué los ojos, pensando, buscando la forma de definir esa palabra—. Es la pena eterna de los poetas. Es su ímpetu. Como un frío que duele o un fuego que hace correr. Es una tristeza serena, o una cadena de explosiones de furor sensorial o sentimental. Es... es añoranza a todo y a nada en particular. Y, sobre todo, a lo que no ha sucedido, a lo que no se puede echar de menos porque nunca se ha tenido. A lo que podría ser. Es vivir permanentemente a distancia de lo que nos rodea, cerca como para verlo, pero no lo suficiente como para tocarlo. —Volví a callarme momentáneamente, pensando—. Es vivir en constante contingencia, siempre a punto de echar a andar o volar.

Federico volvió a acostarse bocarriba, mirando al cielo pensativo.

—*Moía.* Me gusta. Y esa *moía* tuya, ¿cómo se cura?

Yo dudé unos segundos y también me tumbé bocarriba.

—No se cura: se escribe —concluí. Él asintió.

—Como sigas inventándote palabras, no te va a entender nadie, chiquilla —se rio, y yo con él. Su mirada fue a parar a mi mano izquierda y la cogió, observando la cicatriz curvada que me había quedado tras la caída del muro del Albaicín años atrás—. Tienes la luna en una mano —comentó antes de soltarla. Cogió de nuevo el cuaderno y me lo tendió—. Búscame otro para leer.

Yo hojeé las páginas, en busca de otro que no le hubiera enseñado. Le devolví el cuaderno abierto por la página en cuestión y, al leer el título, arqueó las cejas.

—¿Chopos? —Se incorporó—. ¡Ah, no, eso sí que no! Los chopos son mi territorio poético, Barbarilla —exclamó falsamente indignado, y alzó los brazos, sosteniendo con ellos el cielo. Yo me reí—. ¡Estamos en mi fortaleza! Mira qué altas mis torres.

Sus torres, los chopos. Los árboles rectísimos que apuntaban al cielo como dedos o como lanzas hincadas en el suelo. Con las hojas verdes y plateadas riéndose con la brisa. Pero los chopos también eran míos.

—Tienes que buscarte otro nido, paloma —me advirtió.

—Hombre, los podremos compartir, avaricioso —me quejé—. Los chopos son los árboles del viento. Y el viento es patrimonio de todos los poetas.

—Bueno —me concedió.

Recorrí la Vega con la memoria, en busca de otros árboles.

—Si los chopos son torres, ¿los olivos son braceros rudos y callosos? ¿O alquimistas viejos? —lancé la pregunta al aire.

—Alquimistas, definitivamente —asintió—. Magos viejos como el toser, sabios, hechiceros que transforman la tierra en aceite. Y los pinos son coquetos olorosos, los cipreses saltos a la eternidad, siempre penando, y el laurel... ¡ay, Dafne! El laurel es el guardián del amor frustrado —se lamentó.

Fruncí el ceño pensando en Apolo y el laurel. Y en Ovidio, Garcilaso y todos los demás.

—¿Y las mujeres, Federico? ¿Dónde están las mujeres?

—¿Qué quieres decir?

—Sus pasiones, sus pensamientos, sus temores, sus anhelos... ¿dónde están?

—¿Su perspectiva? —Yo asentí. Exacto.

—El hombre da voz al mundo y asume que su versión es la única que existe. Los poetas han hecho del laurel el emblema del amor frustrado, de la pasión que no llega a ser sofocada, porque eso es lo que representa para Apolo: el laurel, la Dafne que no puede conseguir. Pero ¿qué representaría si tomase la perspectiva de Dafne?

—La condena. La libertad perdida —convino él, siguiendo el hilo de mis palabras. Yo asentí.

—La renuncia a su propio ser, a su propia forma, para salvarse de lo que, en definitiva, es un intento de violación. —Arqueé las cejas—. Apolo la acosa y la persigue cegado por el deseo, y se niega a aceptar su rechazo. A menudo los poetas y los artistas, los narradores en definitiva, eufemizan la violencia, recubriéndola de capas y capas de épica y drama. La violencia real, descarnada, se distorsiona hasta acabar compadeciendo la desazón de Apolo. Y eso sucede porque la perspectiva de la mujer perseguida simplemente se elide. ¿Qué pensaría Dafne de Apolo ciñéndose el laurel a la cabeza, apropiándoselo? Se obvia. Muchas veces ni se contempla que la mujer pueda no querer el encuentro amoroso. Mira a Leda, por ejemplo. —Él se pellizcaba los labios, pensando—. Y se lamenta su sufrimiento, pero no se denuncia.

—Pero Garcilaso culpa a Apolo —me recordó.

—Sí, y es una excepción. Además, cuando se condena a Apolo, a menudo es en términos de la lujuria que lo lleva a truncar el destino de Dafne, y a ella se la eleva por su decisión casta. Es una cuestión de castidad, ¿entiendes? Ya desde Ovidio, Dafne es emblema de virginidad.

—Lo veo —asintió.

—Y al acabar el mito, Dafne es la que debe cambiar para frenar el impulso de Apolo. Es ella la que debe renunciar a su forma y a su libertad, en vez de Apolo contenerse. La mujer tapada o guardada para que el hombre no la cace. —Me señalé el borde del escote del vestido, y él sonrió, comprendiendo—. ¿Ves qué injusto?

Él asintió. Suspiré, frunciendo el ceño.

—Es un tema complejo, no pretendo banalizarlo. Hay cruzados multitud de significados y expresiones de la condición humana, y también cuestiones de forma y estética narrativa. Puedo empatizar con la tristeza y la desesperación de Apolo, con su frustración al ser rechazado. Pero, a partir del momento en que ello lo lleva a violentar la voluntad de ella, su conducta es censurable. Falta la otra mitad de la narración, y que esta sea franca. Sin modulaciones. Creo que es compatible con lo formalmente bello.

Federico se incorporó hasta quedar sentado, cavilando. Le interesaba el tema.

—Y de la Dafne prostituta de Quevedo, ¡qué piensas? —inquirió.

Yo resoplé, y ordené mis pensamientos antes de hablar.

—La burla de Quevedo muestra la hipocresía de este mundo para con la mujer: la idiotiza, la hace inútil y dependiente del dinero del hombre, y solo le concede la herramienta del sexo, ya sea para placer o para procrear, con la que debe conseguir su sustento, sea puta o casada. Y después de condenarla a esa lógica viciosa, se le recrimina que solo se mueva por dinero. Es crear al Coco y después tenerle miedo, que decía sor Juana Inés. No tengo más que decir sobre Quevedo —añadí riendo.

Rio entre dientes. Escruté su rostro, tanteando sus pensamientos. Él no contestó, reflexionando sobre la perorata que le acababa de soltar, y yo volví a la carga.

—¿Qué falacia cínica es esa de «la mujer que vende su cuerpo»? Unas y otras lo hacen, con un nombre o con otro, con la diferencia de que unas son propietarias de sus frutos, al menos en parte, y las otras no, porque son del marido. Esas son internas, y las otras autónomas. O dependientes de un chulo o un ama. Y a unas las quiere la moral, y a las otras las desprecia. Y las olvida. Así que...

—¡Venid para acá, melindrosos! —gritó Paquito en ese momento desde la orilla, balanceando los brazos por encima de su cabeza.

—¡Venid vosotros, vamos a comer! —grité yo.

—Sigue.

—No sé ya lo que iba a decir. —Me mordí el labio, intentando recordar la dirección que seguía—. Nada, eso.

Él no dijo nada, pero me escrutaba los ojos, pensativo.

—¿Vas a decirme que el matrimonio es cosa de amor? —me burlé, sardónica. Él sonrió con compasión. Y con lástima.

—Lo que pienso es que me da pena que, siendo tan joven, tengas los ojos tan amargos. Y que sea tan viciada la ruta que te prepara la vida, Barbarilla.

—Es lo que hay.

—Pero el amor es imprescindible.

—Pero siendo así las cosas, un lujo. Y así será mientras el hombre y la mujer no vayan al matrimonio en igualdad de condiciones. Si no es de esa forma, nunca podrá ser amor franco y sin negocio, solo dependencia.

—Lo que no consigue pasar el umbral del matrimonio trae mucha soledad —me advirtió. Hablaba con conocimiento de causa, seguro. En su propia carne—. Lo sabes, ¿verdad? Es una forma perra de vivir y convivir con los sentimientos.

No contesté. No sabía qué contestar. Su hermano salió del agua con su hermana pequeña a cuestas y se acercaron corriendo seguidos por Sybill. Federico la observó.

—Al final te has hecho amiga de la inglesa, ¿no?

—Sí, somos amigas. —Dudé por unos segundos lo que iba a decir, y al hacerlo cambié el tono, dándole énfasis a mis palabras y clavando en sus ojos los míos—. Es *mi amiga,* Federico.

Él percibió el cambio de tono y se giró bruscamente, buscándome los ojos. Abrió la boca y la volvió a cerrar sin decir palabra. Fijó sus ojos en los míos, tratando de extraer de ellos el significado completo y preciso de mis palabras.

—*¿Tu amiga?* —repitió, modificando el tono.

Yo asentí muy despacio. Él se giró a mirarla y después volvió a mirarme a mí. Por sus ojos pasaron veinte pensamientos seguidos, veloces como veinte pájaros que cruzan el tramo de cielo que enmarca una ventana. Arrugó el ceño y lo relajó dos veces seguidas. Pensando.

—Tu amiga —repitió de nuevo, comprendiendo.

Quiso decir algo más. Redondeó los ojos y el tejado de sus cejas los llenó de nuevo de compasión, de piedad o complicidad. O de empatía. Pero su hermano y el resto llegaron a donde estábamos y ya no pudo decir nada más.

20

La glicina ya casi barría el suelo. Las flores hacía semanas que habían caído y ahora el emparrado era verde. Verde y rebelde.

Yo andaba de acá para allá, subiendo y bajando de un taburete, con las manos enfundadas en guantes y unas pequeñas tijeras de podar y un carrete de cuerda en los bolsillos del delantal. Estaba haciendo tiempo mientras esperaba a que llegara don Ramón para marcharnos de visitas y Vicente andaba detrás y delante de mí, empeñado en hacer él lo que yo estaba haciendo.

Bajo la higuera, Flavia leía sentada en medio de las de la tertulia y de vez en cuando nos llegaban pequeñas explosiones de risa o de lamentos acordes en cada momento con lo que leía. En ocasiones les leía algunos de mis poemas, que mi prima, con voz suave y cadenciosa, recitaba mil veces mejor que yo. A ella sí se le daba bien recitar, y le gustaba. Estaba leyendo esa vez mi romance, el que había escrito con la historia de Alelí, aquella historia tan triste que la Acemilera nos contaba cuando éramos niñas. La cocinera le pedía una y otra vez que lo leyese, en casi cada reunión, y siempre acababa llorando a lágrima viva al llegar al final.

Flavia leía en ese momento el tramo que seguía a la boda de Alelí:

> Te amaré desde la ventana,
> desde aquí cantaré siempre
> y tan solo por tus ojos

viviré hasta la muerte.
Te querré mil lunas grises,
y mil soles relucientes
lloraré dolor de ausencia
insoportable en la frente.

Al acabar el discurso de la desdichada, la Acemilera clamó llorando, indignada:

—¡Qué cosa tan triste, niña! —Y alzó la voz para dirigirse a mí, que la oía riéndome entre dientes a unos metros de distancia—. ¿Y tú por qué escribes cosas tan tristes, chiquilla? Qué padecer, Dios mío...

Flavia y yo nos reímos, también Vicente y las jóvenes.

—No tienes por qué ayudarme, Vicente. No es necesario —repetí una vez más.

Él no despegó ni los ojos ni los dedos de la rama que entrelazaba en el soporte.

—Quiero hacerlo, señorita —insistió, testarudo. Yo decidí desistir—. A esta glicina la he visto yo crecer, ¿sabe?

—Ya estaba antes de que mi tío comprara la casa, ¿no?

—Uy, sí, mucho antes. Y mucho más durará. Nos sobrevivirá a todos, ya verá. Yo la he visto plantón, pero no la veré secarse. Espero que no, qué tristeza.

Me enterneció su devoción por aquello. Ambos continuamos la tarea en silencio durante un rato, sin despegar los labios más que para sisear escuetas indicaciones. Vicente se detuvo y se apartó unos metros para tomar perspectiva, observando el emparrado con el ceño fruncido, pensativo.

—Creo que deberíamos podar un poco y extender la guía en esa dirección. O para allá. —Señaló dos espacios del jardín que todavía no habían sido colonizados por la glicina. Yo me detuve para valorar lo que me decía—. Si continuamos enganchando las ramas a este soporte acabará pesando demasiado. Se caerá, creo yo. Es mejor repartir el peso.

—Pero los tallos son robustos. ¿No crees que resistirán?

—El problema son los postes. Podrían caer. El armazón se desharía. Creo que quien lo montó no esperaba que pudiera crecer tanto. La estructura es elegante, pero débil.

—¿Y si se reforzase? ¿Y si se utilizasen respaldos de acero? O alguna especie de argolla que abrazara la planta y la fijase.

—No, eso no. Acabaría asfixiándola. Los respaldos y las sogas valen para un rato solo. Creo que es mejor podar y extender. Hoy por hoy la estructura puede aguantar, pero hay que repartir el peso. Con eso, y manteniéndola despejada, quitándole las ramas muertas, no habrá problema. Estoy seguro.

—Está bien —accedí yo.

Nos pusimos a ello de nuevo en silencio, hasta que escuché que se reía en voz baja.

—¿Sabe usted, señorita, que mi Álvaro se subía al granado y se colgaba como un monillo de esta glicina cuando era un renacuajo? ¡Ni siete años tendría! —se rio al recordarlo, y yo con él—. Como la casa estaba cerrada y sola, hacía lo que le daba la gana. ¡Qué chiquillo, Dios mío! En cuanto me daba la vuelta ya estaba haciendo alguna trastada. Su madre lo malcriaba, creo yo.

—¿Cómo era ella? —le pregunté intrigada.

—Era una mujer muy buena, señorita. Muy buena. Si quiere usted saber cómo era, mire usted a mi Rosita. Es su calco. En todo. Tranquila, y con un corazón... Y Alvarito, un torbellino —rio de nuevo—. Recuerdo... debía tener cuatro o cinco añitos, y como le digo, costaba horrores que obedeciera. Me lo llevaba a veces al campo, cuando todavía trabajaba en la remolacha, ¿sabe usted? Él se entretenía jugando por allí hasta que yo terminaba y, cuando llegaba la hora de marcharnos, no se quería ir. «¡Alvarito, venga, que tenemos que cenar! ¡Alvarito!», pero nada. Entonces yo ponía en el carro, a mi lado, un caramelo. —Soltó una carcajada, anticipando la gracia—. Aquello era un toque de corneta, señorita. Venía corriendo a por él y en cuanto subía, yo azuzaba a las mulas y nos poníamos en marcha.

Ay, qué muchacho. Mi Rosita me ha dado muchos menos problemas, afortunadamente.

—Es el polo opuesto, creo —le concedí riendo.

—Él tiene buen corazón, por supuesto. Pero siempre fue un muchacho inquieto. Páseme esa rama, por favor. Menos mal que su tío supo encauzarlo. Jamás le podré agradecer lo suficiente todo lo que hizo por él. —Apretó los dientes, estirando los brazos para alcanzar la rama que yo le tendía—. Su tío es un buen hombre, señorita. Le dio un futuro a mi hijo que yo ni en mis mejores sueños le podría haber dado. Y, si me permite que se lo diga, lo mismo ocurrió en su caso.

—Es cierto —reconocí—. Yo no estaría aquí de no ser por él.

Vicente podó los restos muertos y enganchó el tramo verde en un hueco del emparrado. Yo, desde el suelo, me alejé unos pasos para observar cómo estaba quedando.

—¿Qué es de Álvaro, Vicente? Hace tiempo que Rosita no me lee sus cartas. Creo que lo último que supe era que había terminado el bachiller, o estaba a punto de terminarlo.

—Sí, ya lo terminó. Y también la carrera. ¡Tenemos un arquitecto en la familia!

—¡Vaya! ¡Enhorabuena, Vicente!

—No sabe usted lo orgulloso que me siento.

—¿Y qué hace ahora? ¿Sigue en Buenos Aires?

—Sí, sigue allí. Encontró trabajo en una empresa y allí trabaja. Es un buen trabajo, y le tratan bien. Debe ser una empresa grande porque se mueve mucho. Tienen proyectos por todo el país e incluso en el extranjero. En su última carta me contaba que lo habían mandado a México. ¡México! ¿Se lo puede usted creer? A su edad yo estaba cavando zanjas. Y a día de hoy no he salido de la Vega más que dos o tres veces, y tampoco es que me haya ido muy allá. México, señorita, y los Estados Unidos. Si mi padre hubiera llegado a ver que su nieto ya no tendría que vivir de la azada... En fin, los tiempos cambian. Le va bien. De lo poco que escribe, eso es lo que yo saco. Y está a gusto allí. Escribe poco, la verdad. Esperar a que conteste es como echar un mensaje en una botella al mar de la China con la confianza de que aparezca por Almuñécar. —Me reí—. Ese ya no vuelve, señorita.

—Ya verás como sí. Cualquier día lo tenemos por aquí.

—No lo creo. Se ha afincado ya allí, y está a gusto.

—Bueno, en cualquier caso, me alegro mucho por él, Vicente. Y por ti.

En ese momento entró el tío por el portón del fondo del jardín, paseando con el braco a los pies. El otro había muerto unas semanas antes, de viejo. El tío se acercó a la jaula de los periquitos y les puso de comer.

—Buenas tardes, don Pablo.

—Buenas tardes, Vicente. —Levantó la vista—. ¿Estáis arreglando esto?

—Sí, vamos a extender la guía para repartir el peso —expliqué.

—Pues que sea leve —nos deseó. Y se dirigió a la casa seguido del braco.

Cuando se hubo alejado lo suficiente, Vicente se acercó a mí y dijo en voz baja, riéndose con los ojos:

—¿Sabe usted, señorita? Esto no se lo diga a su tío, pero hace poco me contó mi hijo que se había hecho comunista.

—¡Adiós! —reí con la confidencia—. Sí, mejor será no contárselo.

—Mejor no. Don Fernando, don Ramón y usted ya le suben bastante la tensión.

—El día que se entere, le da un ataque. Lo que le faltaba. ¿Y tú, que piensas?

—Yo creo que es un cabeza loca. No sé cómo estará el comunismo allá en América, pero yo creo que aquí y allá solo son cuatro gatos atendiendo a lo que pasa en Rusia, comiéndose las pelusillas mientras esperan a que el comunismo también triunfe aquí. O allá —suspiró—. Yo qué sé, señorita. Yo creo que en España los tiros van por otro lado.

—El comunismo aquí no tiene fuerza —negué también yo—. Nunca la tendrá. Aquí no hay ni representación del PCE. En España nunca tendrá fuerza, el PSOE y la UGT y la CNT le comen el terreno.

—Cuando don Primo les deja —me recordó él, con una mueca.

—No durará para siempre, hombre. La diabetes se lo está tragando.

—Las agonías pueden ser muy largas. Yo espero que la república lo tire antes.

—El país lo está pidiendo a gritos, sí.

—Pues menos gritos y más urnas, puñeta. Aquí se escribe la historia a golpe de golpes. Y ya está bien. Páseme la tijera, haga el favor.

—No te cambio ni una coma —convine riendo—. Pero que esta vez podamos votar todos.

Oímos la voz de la tía, que me llamaba desde una de las ventanas de la planta baja. Don Ramón ya había llegado.

—¿Necesitas algo más? —pregunté a Vicente—. Me voy con el doctor.

—Nada. Salud y República, señorita. Esto ya está.

Yo me reí mientras me quitaba el delantal. Lo dejé recogiendo los rastrojos y las herramientas, observando nuestra obra para comprobar que estaba bien hecha.

* * *

Íbamos al Sacromonte esa vez.

—¿Conoces a la Faraona? —me preguntó el médico nada más salir a la calle. Yo negué—. Es una bailaora del Sacromonte. Vamos a verla, me han dicho que lleva varios días en cama con fiebre y vómitos.

—Bien.

Había visto a muchos pacientes gitanos con Ramón. Muchísimos. Eran la mayor parte de su clientela, de hecho. Así lo apodaban: «médico de gitanos». La primera vez que estuve en las cuevas con él fue para visitar también a una paciente. Era una mujer joven, más o menos de mi edad, de piel negra como el carbón, que de un catarro había hecho una neumonía. Cuando la vimos estaba consumida por la fiebre.

Vivía con su madre y su hermano en una cueva de unos pocos metros de profundidad, un solo espacio en el que los tres dormían y hacían la cocina. Una mesa y tres banquetas, dos jergones, un hueco en la roca para alacena y dos arcones de mimbre para la ropa. La luz del fuego, dos ventanucos tuertos y la puerta abierta daban luz al interior. El techo, ennegrecido por el humo del fuego, oscurecía la habitación. Vivían de los herrajes de él, de los bordados de ellas, y de algún trapicheo pasajero. Qué poco tenía aquello de embrujo y poesía, pensé.

Don Ramón fue a auscultar a la chica, pero el hermano se le adelantó.

—Un payo no toca a mi hermana.

—Necesito auscultarla, José. Tengo que saber lo que está pasando dentro de su pecho. —Él volvió a negarse y Ramón me señaló entonces a mí—. ¿Y si lo hace ella? Yo le doy instrucciones y lo hace ella.

—Mirar también es pecado.

—Pues no miraré. —Le dio la espalda a la chica—. ¿Así te vale? —El otro asintió, receloso todavía, y se plantó junto a la cabecera de la cama. A los pies estaba la madre, que no había abierto la boca—. Bien. Bárbara, ven aquí.

Ausculté yo a la chica y fui contestando a las preguntas de Ramón y describiéndole lo que encontraba. Aquella no fue la peor situación con la que nos topamos. El recelo hacia el médico, o la desidia y la reticencia a la hora de llamarlo, eran comunes allá arriba, también entre los payos. A menudo llegábamos tarde, cuando las infecciones estaban muy avanzadas y habían aparecido complicaciones que agravaban los pronósticos, o cuando se habían extendido a los convivientes. La semana anterior habíamos atendido a un hombre con una fractura abierta en una pierna que se había hecho tres semanas antes.

—Se la había tapado con un paño y se había hecho una especie de férula con tres palos —le conté después al tío Pablo—. Cuando llamaron a Ramón fue porque estaba ya con fiebre y delirando, y la venda le olía a infierno. Estaba gangrenoso. Lo mandamos al hospital a amputarlo.

—Qué horror. —El tío arrugó el gesto.

—Y las abortadas sin intervención médica —seguí yo—. Eso está a la orden del día. Desangradas o con infecciones. Esa gente no llama al médico. Se hacen apaños o llaman a curanderos. Le tienen miedo o simplemente no tienen costumbre. ¿La van a tener, si no lo pueden pagar, si no hay una buena atención para ellos? Hay una falta de cultura médica galopante, y las medidas de prevención y de higiene, ni olerlas. A esos rincones no llegan ni las inspecciones ni las novedades higiénicas. Viven mal, tío, muy mal. En unas condiciones pésimas de ventilación y humedad, con los pulmones negros del humo de las cocinas, sin saneamiento en las casas ni en las calles. Allí corren libres las aguas sucias y se amontonan las inmundicias. Es un pozo de tifus y disentería, de tuberculosis y cólera. Y muchos viven malnutridos. Son carne de infección. La miseria los hace enfermos. —El tío asintió sin interrumpirme—. Y cunde la ignorancia, la superstición, los tabúes y los recelos. Puede más todo eso que las ganas de curarse. Entre payos y gitanos, da igual. ¿Sabes la última? Una de las chicas que Ramón mandó con Otero para que la operara le pidió cuando la mandó a su casa que le firmase un certificado en que dejara bien claro que había perdido la virginidad en la operación.

—¡Jesús!

A la Faraona la estaba deshidratando la disentería. Tenía la boca lijosa, la piel reseca como el pergamino y los ojos hundidos en las cuencas. Cuando llegamos a la casa, nos abrió la puerta el marido.

—Catite, me han mandado llamar por tu mujer —le explicó el médico.

—A usted no lo ha mandado llamar nadie, ¿quién lo ha avisado? —gruño el otro—. ¡Qué ganas tiene la gente de meterse donde no la llaman!

—Tu hijo Luisillo. —Señaló con un golpe de mentón a un niño de unos siete u ocho años que nos observaba desde un rincón, azorado.

—¡Maldito crío! —Le dio una colleja y lo echó a la calle—. A la Rosa no le pasa nada. Un mal aire, devolver y cagarse por la pata para abajo. En dos días está buena.

—Bueno, déjame que lo compruebe.

Ramón le metió miedo, enumerándole todas las complicaciones que podía tener la mujer, y el marido acabó por ceder, asustado. Cuando nos acercamos a ella, abrió levemente los ojos.

—Mi Luisillo es muy listo —murmuró—. Más que sus hermanos. Pero en el Ave María no hace nada, no quiere estudiar —rio con la boca chica—. Se escapa siempre, ay, Dios mío.

Salí fuera mientras Ramón le daba indicaciones al Catite para rehidratarla y que repusiera las sales que había perdido. Al lado de la casa había una fragua. El niño, Luisillo, jugaba de espaldas a mí junto a una zona encharcada. Me acerqué a él.

—Hola. ¿Qué haces? —Él levantó la cabeza.

Estaba jugando con el barro. Tenía las manos y los brazos hasta el codo cubiertos de él.

—Una persona. De barro. —Me la mostró.

—Vaya. Está muy bien. —Estaba sorprendida de verdad. El crío tenía mano. Señaló una de las ventanas de la casa. El alféizar estaba lleno de figurillas—. Madre mía, ¡eres un artista!

Él sonrió, orgulloso. Junto a nosotros apareció Ramón, que ya había salido.

—¿Has visto Luisillo, qué listo es? —me dijo a mí, y señaló las figurillas de la ventana—. ¿Esas también las has hecho tú?

—Sí, señor.

—Son muy buenas. Si tomaras clases, podrías ser un buen escultor.

—¿Clases de qué, señor? —El niño arrugó el ceño, suspicaz—. En el Ave María no hacemos esas cosas.

—Pues no sé, porque no soy artista, pero me imagino que te enseñarían como manejar bien el barro y otros materiales, anatomía, proporciones...

El niño vaciló, sin dejar de modelar el barro.

—No sé. No creo que a mis padres les guste la idea. ¿Dónde se aprende eso?

—Supongo que en la Escuela de Artes y Oficios.

El niño volvió a cavilar, pero acabó por descartarlo con un gesto.

—Creo que voy a seguir practicando aquí. Pero gracias. Y gracias por atender a mi madre.

—De nada, hombre. —El médico y yo sonreímos.

Lo dejamos modelando junto al charco y nos dirigimos a la siguiente casa. Estaba cerca del río, a los pies de la Torre de Comares. Desde las ventanas se veía la torre y los andamios que cubrían esta y algunos tramos de la muralla, los que estaban en proceso de reparación y consolidación.

Habían cesado a Cendoya en el 23 y lo había sustituido otro arquitecto, Leopoldo Torres Balbás. El cese del arquitecto fue un asunto muy polémico. Fue el punto final a una pugna de décadas entre las tesis restauracionistas de Cendoya y sus apoyos, y las conservacionistas de la Dirección General de Bellas Artes, que habían ido ganando poco a poco cada vez más adeptos. Fue polémico el cese y amargo en la ciudad, porque se entendió como una cuestión de intervención centralista, una imposición exógena. El Estado frente al cacique. A Cendoya en Granada lo querían bien. Fue una destitución turbia, discutida con argumentos que mezclaban la arquitectura y la conservación con la corrupción y las intrigas ministeriales.

—Ya era hora —había dicho la tía, riéndose entre dientes al recordar el encuentro que tuvo con el arquitecto en la Alhambra.

Sea como fuere, el cese supuso un punto de inflexión en la trayectoria del monumento. Aquel cambio de director trajo consigo la consagración del modelo científico de restauración, que primaba la conservación y consolidación por encima de las restauraciones y las integraciones estéticas. Los ladrillos y la piedra antes que el yeso. Eliminar los apócrifos y distinguir lo viejo de lo nuevo, dejando lisos los vacíos y usando materiales modernos para la obra que fuesen más adecuados y diferenciables de los viejos. Mantener en pie los edificios y garantizar su perdurabilidad, dando espacio a restauraciones fundamentadas, sin óbice para que sobre aquellos se leyera el paso del tiempo. Supuso reconocer definitivamente que el tiempo había corrido desde que los moros se habían marchado, y que seguiría corriendo de allí en adelante.

Torres Balbás era amigo de la tía, y de vez en cuando la invitaba a ver el curso de las obras. Los había presentado don Manuel, que también era amigo del arquitecto. Él dio al traste con los desmontes y las intervenciones arbitrarias e inconexas de sus antecesores. La Alhambra llena de puntales y escombros de Cendoya empezó con él a tomar aire con el total de sus pulmones, a sacar la cabeza del hueco de los hombros tras centurias adormecida y encogida sobre sí misma.

El amigo de la tía fue el artífice de la Alhambra nueva, la eterna, la que podría vivir mil años, impasible y resiliente. Él la convirtió en la que es hoy, esa que he vuelto a ver tantos años después intacta en fotografías y en la televisión.

* * *

—¡Socialismo liberal! —exclamó el tío, y adelantó uno de sus peones.

Estábamos solos en la biblioteca, jugando al ajedrez y tomando café.

—Un híbrido —asentí yo.

—Eso es surrealista. —Negó con la cabeza—. He leído los libros de Fernando, pero si piensa, si pensáis que eso es posible... Te toca mover.

—Sí, es posible. —Moví una de las torres y di un sorbo al café.

—Sois unos ilusos. Y si no, habla con cualquier socialista. Ninguno que yo conozca renuncia, aunque lo proyecte a muy largo plazo, al sistema socialista.

—No es una línea hegemónica, pero eso no significa que no exista. Ni que no sea posible.

El tío se encorvó sobre el tablero y me arponeó con sus ojos amarillos.

—La democracia es un producto del liberalismo. El socialismo no es intrínsecamente democrático, Bárbara. Es dictatorial. No puede serlo de otra forma. —Me comió la torre y yo arrugué el morro, disgustada—. Si sumerges al individuo en la masa, lo suprimes, suprimes su individualidad. Y con ello suprimes su voluntad y su capacidad de disidencia. Es irreal, y en la práctica peligroso.

—Pero, precisamente, el modelo ético supera la tensión entre individuo y colectivo: es la síntesis de libertad e igualdad, y la democracia es su medio.

Él negó con la cabeza con la taza pegada a los labios. Yo moví un caballo.

—Esa síntesis no es posible. La libertad genera desigualdad, es irremediable.

—Es una cuestión de grado —maticé—. La teoría marxiana hace del socialismo la conclusión ineludible. Y los éticos lo ven como un norte hacia el que orientarse, un ideal que debe moldear la realidad. Supone ponerle coto a la economía capitalista, remediar y prevenir sus daños y sus lagunas, domesticarla sin perjuicio para las libertades individuales. Los cotos son necesarios para obreros y capitalistas. Usted lo sabe bien. —Vi cómo por su mente desfilaban, como por la mía, el tira y afloja de las crisis periódicas de sobreproducción del azúcar y la legislación caótica y arbitraria, ineficiente—. Es la culminación más perfecta de la evolución liberal.

—La historia no acaba nunca, Bárbara. El tiempo no para y las cosas no dejan de cambiar. Las teorías que proyectan el fin de la historia son falacias.

—Bien, pues entonces es una etapa más perfecta. Más humanista, más cercana al ideal del ser humano como fin en sí mismo.

Él dudó y finalmente movió la torre del flanco de la reina. Negó de nuevo.

—Es un imposible. Yo no voy a vivir para ver eso.

Espero que yo sí, pensé. Seguimos jugando en silencio durante unos minutos.

—Ayer estuve en las cuevas con Ramón —comenté.

—¡Jesús, cómo le gusta a ese hombre meterte por esos sitios!

No le había contado lo de la Manigua. Por suerte. Le hablé de la Faraona y de su hijo, y del resto de visitas que habíamos hecho. Habíamos visto a tres familias gitanas aquella vez. Le desgrané los detalles de sus vidas, sus patologías y sus oficios, bordeando sutilmente la condición de mestizo y yesero del novio de su hija, hasta que él levantó una mano para interrumpirme:

—Bárbara, no sigas por ahí. —Yo enmudecí, cohibida por haber sido descubierta—. Que ese muchacho sea medio gitano o gitano entero es lo que menos me importa. La mitad de los críos con los que jugábamos tu padre y yo cuando éramos pequeños eran gitanillos de Las Peñuelas, allá en Madrid. —Yo no abrí la boca y le comí un alfil—. La cuestión es que es un pobretón sin instruir. No es un buen apoyo para Flavia en la dirección de la empresa. ¡Un estuquista, por Dios! ¡Y cenetista! ¿Qué esperas que diga?

Avanzó su otro alfil. Yo seguí sin hablar, con la vista puesta en el tablero.

—Que sea pobre no lo hace inútil ni despreciable —rezongué finalmente.

—Cuidado, muchacha —me advirtió—. Si hablamos de pobres, yo he sido mucho más pobre de lo que tú has sido ni serás nunca. Tanto o más de lo que son todos esos que te calientan la oreja para que luego me la calientes tú a mí.

—Si los escuchase usted, no lo haría yo —le espeté.

—Basta, Bárbara —ladró, y puso su torre frente a mi rey—. Jaque. Y es mate.

—Puñeta.

—Me voy a La Malahá —dijo levantándose—. Dile a tu tía que no vengo a comer.

Había comprado allí setecientos cincuenta marjales de olivos dos años atrás.

Habían electrificado la fábrica el año anterior y, cuando comenzara la zafra al mes siguiente, ya no llegarían a ella los carros de mulas cargando la remolacha. Hacía años ya que venía en camiones.

La resaca económica de la posguerra había quedado atrás. España se había despertado del sueño engañoso de la alta demanda de la guerra con una caída de la cama, pero se había puesto poco a poco en pie y había vuelto a la normalidad. En el caso del azúcar, la industria siguió con su tira y afloja habitual, debatiéndose entre el oportunismo y las medidas improvisadas. Y al entrar la dictadura, las comisiones que le revolvían al tío el estómago. Así había seguido viviendo, inerme al paso del tiempo y las contorsiones políticas y sociales. El azúcar seguía. Pero no exactamente igual.

—Nos van a copar los de Zaragoza y otros sitios —se quejaba el tío de vez en cuando—. En Sevilla, Córdoba y Málaga están poniendo regadíos nuevos. Algunos quieren llevar las fábricas allí. La remolacha es mejor. Aquí es cada vez peor, más pobre, con menor riqueza sacárica. El suelo está agotándose.

Granada, veintiocho años después, ya no era la de 1900.

21

Pasé todo el mes de julio con Sybill. Era tan fácil, tan fácil estar con ella.

Pronto me acostumbré a besarla en la boca y a responder cuando ella lo hacía. Vino solo. Y pronto también acabamos por sustituir los paseos y la pintura al aire libre por las tardes en el fresco en la penumbra de su piso, a salvo de indiscreciones para besarnos cuando nos diese la gana. Era tan fácil. Nada había cambiado en realidad. Sybill seguía hablándome de sus viajes, de Bloomsbury o de Europa, seguía enseñándome sus fotografías y seguía pintando mientras yo leía o le daba conversación. Sybill seguía siendo Sybill, y yo seguía hablando con ella exactamente igual que siempre.

Una de esas tardes, Sybill sacó un libro escrito en portugués y se dedicó a reírse mientras yo trataba de leerlo en voz alta, intentando emular su pronunciación. Estábamos tumbadas bocarriba en su cama.

—¡Me atraganto, chiquilla, no puedo! —Y ella se moría de risa.

Cuando se cansó de burlarse de mí, me quitó el libro y lo dejó a un lado. Y me besó de nuevo, pero esta vez el beso fue diferente a los anteriores.

—Déjame mostrarte algo, ¿de acuerdo? —Yo asentí sin decir palabra.

Ella entonces volvió a cubrir mi boca con la suya. Y después de un beso infinito, su boca se deslizó garganta abajo hasta la línea de mi escote, y allí se unió con sus dedos, que comenzaron a desabotonarme la pechera del vestido. El contacto de su mano sobre mi pecho hizo que se me erizase la piel y que ambos pezones se me endurecieran violentamente. Su mano dio paso a sus labios, y sus labios a sus dientes. Yo gemí, y ella me silenció con otro beso en la boca.

Entonces sentí una mano furtiva que serpenteaba por mi ingle, y cerré las piernas instintivamente, asustada. El beso volvió a romperse.

—Shhhh... Ábrelas. —Sybill no me miraba. Solo me acariciaba suavemente el cabello, y me plantaba leves besos bajo la barbilla—. Ábrelas, confía en mí.

Abrí las piernas para ella muchas veces después de aquel día, y ella también las abrió para mí. Y así pasamos el mes de julio, en el fresco de su piso.

Sybill me escribió un poema en el cuaderno, una de aquellas tardes. Escribió sobre los poetas que son como pájaros y necesitan volar para vivir, y al lado del poema garabateó con unas pocas líneas el dibujo de un pájaro que echaba a volar. Y, a los dos días de garabatear aquel dibujo mínimo, recibió un telegrama de Londres en que le comunicaban que su tía se moría y pedía que volviese a casa. A ella también se la estaba tragando la diabetes.

Yo salí aquel día de su piso corriendo y no dejé de correr hasta que llegué a la casa. Entré por la cocina y al pasar eché en falta al braco. Hacía días que no lo veía.

—¿Y el braco? —le pregunté a Consuelo.

—No lo sé. Hace días que no lo veo. Se habrá ido detrás de una perra en celo, ya volverá.

Pero no volvió. Subí corriendo al primer piso, y al entrar en la habitación encontré a Flavia pegada al espejo con el ceño fruncido y la barbilla en alto, pellizcándosela con ambos índices.

—¿Qué haces? —le pregunté, sin mucho interés en la respuesta.

—Un barrillo —contestó con la boca deformada por la mueca.

Yo me quedé en pie junto a la cama, sin hablar ni moverme.

—¿Qué te pasa? —me preguntó sin girarse.

—Sybill se marcha —gemí.

Ella se giró, con la boca entreabierta y la barbilla colorada.

★ ★ ★

—Venga, léelo —dijo Federico ofreciéndome el libro abierto y sonriendo con anticipación. E insistió, impaciente—: Léelo. El libro es para ti.

Su libro nuevo, recién publicado. Su libro de romances. Estábamos sentados a la sombra, frente a la puerta de la casa de la Huerta. A la sombra, a cobijo del calor de las tardes de julio. Acababa de empezar la zafra.

El poema que me había dado a leer era el último. Federico describía un ambiente tórrido con noches frías y la sed de Amnón, la desesperación que sentía hasta enfermar al ver en la luna los pechos durísimos de su hermana Thamar. Amnón moría de deseo y quedaba postrado en su cama. Y, cuando al entrar ella en su alcoba él le pedía que se acostara con él, Thamar le decía:

Déjame tranquila, hermano.
Son tus besos en mi espalda,
avispas y vientecillos
en doble enjambre de flautas.

Y su hermano le contestaba:

Thamar, en tus pechos altos
hay dos peces que me llaman
y en las yemas de tus dedos
rumor de rosa encerrada.

Y se abalanzaba sobre ella.

Los cien caballos del rey
en el patio relinchaban.

Sol en cubos resistía
la delgadez de la parra.
Ya la coge del cabello,
ya la camisa le rasga.
Corales tibios dibujan
arroyos en rubio mapa.

* * *

¡Oh, qué gritos se sentían
por encima de las casas!
Qué espesura de puñales
y túnicas desgarradas.
Por las escaleras tristes
esclavos suben y bajan.
Émbolos y muslos juegan
bajo las nubes paradas.
Alrededor de Thamar
gritan vírgenes gitanas
y otras recogen las gotas
de su flor martirizada.
Paños blancos, enrojecen
en las alcobas cerradas.
Rumores de tibia aurora
pámpanos y peces cambian.

* * *

Violador enfurecido,
Amnón huye con su jaca.
Negros le dirigen flechas
en los muros y atalayas.
Y cuando los cuatro cascos

eran cuatro resonancias,
David con unas tijeras
cortó las cuerdas del arpa.

Lo leí dos veces, despacio, y me detuve especialmente en ese tramo de la segunda mitad del romance.

—¿Y bien? —me preguntó, impaciente—. ¿Qué te parece?

—Me gusta mucho. —Dejé el libro sobre la mesa frente a mí, todavía dándole vueltas a lo que acababa de leer—. Mucho. Creo que el que más hasta ahora.

Su sonrisa se estiró un poco más. Dio un sorbo al vaso de limonada que tenía frente a sí, en la mesa.

—¿Y le hago justicia a Thamar?

Recordé la conversación que habíamos tenido al principio del verano, el día de la excursión a los chopos, sobre el mito de Apolo y Dafne. Me reí.

—Creo que le haces justicia a Thamar —asentí, y él se derramó sobre su silla, aliviado—. Tiene dignidad. La violación es una violación, y el violador es un violador. Y es muy hermoso, Federico. Las imágenes son muy precisas, muy bellas. «Corales tibios dibujan arroyos en rubio mapa». Es magnífico. Y lo hermoso formalmente no impide percibir el deseo, el ímpetu de Amnón, ni tampoco el sufrimiento de Thamar. Lo intensifica y lo sublima, de hecho.

Él asintió, satisfecho. Sonreía, y la sonrisa contenía a duras penas la risa de júbilo. Al cesar de hablar yo, su gesto se suavizó levemente y su ceño se frunció.

—A algunos amigos de Madrid no les ha gustado el libro —se quejó—. Me llaman gitano y conformista. Me dicen que esto que he escrito es folclore y estereotipo. Que hago costumbrismo —dijo con una mueca de disgusto. Y añadió con amargura—: Me falta solo la pandereta, vaya.

—Pero eso no es cierto. Lo que tú haces es otra cosa. Ese poema es... es el pasaje bíblico, pero es otra cosa. Lo has narrado en tu propio idioma y lo has enmarcado en un mundo nuevo. Son gitanos y es Andalucía, pero una Andalucía mágica. Mítica. Lo popular hecho nuevo, transformado, es mítico. Es una Andalucía de otro mundo.

—¡Es que eso es, demonio! La Andalucía negra, que llora... —Y calló. Yo esperé a que continuara, pero no lo hizo. Callaba, hastiado.

—Esto que has hecho es lo contrario al folclore. El folclore es una caja chica donde apenas caben cosas que cualquiera abre cuando busca algo que vender. Una prensa que tiñe veinte retales con el mismo estampado. Son cuatro cuentas de pulsera, las mismas siempre, puestas en un orden distinto cada vez. Esto no tiene nada que ver con eso, Federico. Lo que tú has escrito aquí desborda esa caja ridícula. —Sonreí, casi riendo entre dientes—. Has ido casi a meterle fuego a la caja.

Mis palabras no lo convencieron, o no había llegado a escucharlas.

—¿Qué ocurre?

Él no contestó inmediatamente. Suspiró, y los ojos se le enturbiaron aún más.

—Si tú supieras, Barbarita... Tengo ganas de explotar, explotar en mil cachitos. O fundirme como una muñeca de cera al sol. No sé si quiero gritar o echarme a llorar. Tengo... tengo amigos que ya no parecen serlo. —Yo le cogí entonces la mano y su ceño se suavizó un poco—. ¿Qué tal con tu inglesa?

Federico no se atrevía a decir el nombre de esos amigos que ya no lo eran. No lo presioné. Su pregunta hizo que entonces fuese yo quien mudase el rostro.

—Ya no hay inglesa. Se marchó hace cuatro días a su tierra.

Él cogió entonces con su otra mano esa con la que yo había cogido la suya y la atrapó entre ambas con los ojos llenos de piedad.

—Pobre niña. ¿Te duele mucho?

—A ratos —casi reí, con lágrimas en los ojos. Él me acarició la mejilla, y después me abrazó, todavía sentado en su silla.

—Ay, Barbarita. Apañados estamos tú y yo —se lamentó, acariciándome el cabello. Esa vez sí me reí entre dientes.

Al cabo de un rato me soltó y volvió a recostarse sobre el respaldo de su silla. Agarró *El Defensor* que había estado leyendo hasta que yo llegué, y yo cogí el libro para hojearlo de nuevo. Entonces él recordó algo.

—Oye, ¿y tu amigo el abogado? —preguntó de pronto.

Alonso.

—¿Qué le pasa?

—Cuando volví en junio ya no me hablabas de él. ¿En qué quedó aquello?

—En que ya no es mi amigo. Dejamos de vernos.

—¿Y eso por qué? ¿Por Sybill?

—No, rompimos antes.

—Podrías volver a verlo —dijo devolviendo la vista al periódico—. Que te alegre un poco la pena, chiquilla.

—Mejor no. No le gusta la poesía —dije con una mueca.

Él se rio entre dientes sin dejar de leer.

—Como tú quieras, sultana.

Yo di un sorbo a la limonada y bajé la vista al libro. No había leído ni cinco versos cuando mi amigo volvió a hablar.

—¡Dios, esto es horrible! —exclamó. Pero su gesto era de fascinación.

—¿El qué?

—Un suceso, en Almería. En Níjar. Una novia que se escapa de su boda con su primo. El marido de la hermana de ella lo mata a él, y a ella casi la estrangula su propia hermana. ¡Jesús, qué fauna!

—Qué horrible, sí —dije con los ojos entornados, recostada sobre el respaldo de mi silla e intentando aprovechar la última brisa fresca que había llegado.

—Qué mundo más loco, Dios mío.

El sol estaba bajando.

★★★

—Bárbara.

Eran más de las nueve cuando llegué a la casa después de la visita a Federico. El sol a punto de desaparecer sumía al jardín en penumbra. La falta de luz lo convertía en un lugar extraño, con volúmenes y colores distorsionados que poco recordaban a los que le daban forma a plena luz. Busqué la fuente de aquella voz. La sombra que había pronunciado mi nombre con tono siseante estaba semioculta tras uno de los magnolios. Yo casi había saltado al oírla y, al girarme y escrutar las sombras hasta percibir su silueta, un escalofrío y una punzada de temor me sacudieron.

—¿Quién eres? —Achiqué los ojos, tratando responder yo misma a la pregunta. Apreté contra el pecho mi bolso y el ejemplar del *Romancero* que Federico me había regalado.

La sombra se adelantó unos pasos y finalmente su rostro se transformó en el de Alonso. Pero era un Alonso desfigurado, maltrecho, que poco tenía que ver con aquel que meses atrás había dejado plantado en mitad de la calle después de discutir con él por mis poemas la última vez que lo había visto. Tenía el cabello revuelto y apelmazado, sin rastro de su recta raya al lado, y una sombra de barba indicaba que llevaba varios días sin afeitarse. Llevaba la camisa manchada y desabotonada por tramos, con un pico fuera del pantalón. Tampoco la postura era la misma, se balanceaba como si le costase mantenerse en pie. ¿Qué le había pasado?

—Alonso —musité, incrédula. Él se adelantó unos pasos hasta quedar a algo más de un metro de mí—. ¿Qué te pasa? ¿Te ha pasado algo?

Él negó con la cabeza pero no contestó. Solo me observaba con la vista desenfocada. ¿Qué demonios estaba haciendo allí, dentro del recinto de la casa y escondido tras un árbol? Y con ese aspecto. Un pálpito de prudencia me conminó a guardarme aquellas palabras. Opté por una versión más suave de la pregunta.

—¿Qué haces aquí?

—Necesitaba hablar contigo, Bárbara —dijo arrastrando las palabras.

Estaba borracho. Mucho, de hecho. Apenas fijaba la vista, y a eso se debía el balanceo. Nos encontrábamos lo suficientemente cerca como para percibir que el aliento le olía a alcohol. Sentí de nuevo el impulso de decirle que no debía estar allí y que me dejase en paz. Que si quería hablar conmigo, bien podía hacerlo durante el día. Y que llamara a la puerta. Pero de nuevo, me contuve.

—¿Y de qué querías hablarme? —dije en su lugar, intentando mantener la calma y mirando de reojo la puerta principal. Intenté calcular cuántos pasos me quedaban para alcanzarla. Intuía la respuesta, así que traté desesperadamente de redirigir la conversación—. ¿Por qué no vienes mañana y lo hablamos tranquilamente? Podemos tomar café y...

—¡Necesito que me escuches, Bárbara! —me interrumpió con los dientes apretados, sin llegar a gritar.

Me había agarrado con fuerza del brazo y su rostro estaba a pocos centímetros del mío. Un nuevo escalofrío me recorrió el espinazo. Estaba comenzando a asustarme de verdad.

—Me haces daño.

Él me ignoró. Pegó su cabeza a la mía y el olor a alcohol me inundó las fosas nasales.

—Bárbara, por favor, por favor, necesito que me des una oportunidad... —gimió casi llorando, besándome la mejilla contra la que tenía apoyada su boca. Yo intenté apartarme y desasirme de la mano con que me agarraba aún con más fuerza.

—Ya te dije que eso no puede ser. —Traté de mantener la calma a pesar de que las piernas me temblaban—. No tenemos nada en común. Yo no soy lo que tú necesitas, y tú no podrías...

—¡Porque tú no me dejas! Yo podría... yo podría... Bárbara, por favor...

Con la mano que todavía tenía libre me cogió la cabeza y la empujó contra la suya hasta apretar sus labios contra los míos. Yo forcejeé hasta que conseguí apartarme de él. Pero él seguía aprisionando mi brazo, con más fuerza que antes.

—¡Ya basta! ¡Suéltame ahora mismo!

—No.

—¡Suéltame!

Traté de desasirme de nuevo, y entonces él me soltó la primera bofetada.

—No me digas que no quieres porque yo sé que sí. —El cambio en su tono me asustó. Ya no había rastro de las súplicas—. Te recuerdo que tú empezaste todo esto. ¿Te acuerdas? Ese día ibas salida como una perra y no te dejaste follar en la cuadra porque eres una frígida. O eso, o querías calentarme más... No digas que no.

—¡Déjame! —le espeté al borde del llanto. Estaba aterrada.

—Si tú quieres, no me digas que no quieres...

Sin soltarme, me arrastró con él hasta el muro lateral de la casa y me arrinconó contra él, en medio de los rosales. En algún punto de ese corto trayecto perdí el bolso y el libro. Volvió a besarme de nuevo, esta vez metiéndome la lengua en la boca, y el hedor de su aliento me hizo sentir náuseas. Se apretó contra mí y cerró con su cuerpo un cerco a mí alrededor. Estaba atrapada. Comencé a llorar y a suplicarle que me soltara, que me dejase en paz, pero él hizo caso omiso. Me tapó la boca con una mano para silenciar mis chillidos y mis súplicas de ayuda, mientras introducía la otra por mi escote. Oí como la blusa se rasgaba a su paso, y chillé de pavor cuando sentí que me manoseaba los pechos. Pero no se detuvo allí.

Bajo la falda, noté cómo su mano tanteaba entre mis piernas en busca de mi sexo, y jadeó cuando lo encontró. Estaba cada vez más excitado y yo más asqueada y aterrada. Luché con más fuerza aún por quitármelo de encima, pero fue en balde. Él me agarró, esta vez del culo, y me apretó contra sí. Noté algo duro y caliente bajo sus pantalones, la confirmación definitiva de lo que pretendía hacer. Chillé con todas mis fuerzas aprovechando aquella distracción momentánea suya.

—¡Cállate, puta! —me espetó con voz ronca.

Volvió a abofetearme y me tapó de nuevo la boca, sosteniéndome contra la pared con el antebrazo del mismo brazo. Por el rabillo del ojo, y durante una milésima de segundo, me pareció percibir una sombra blanca unos metros más allá, cerca de donde debía estar la puerta de la cocina, pero cuando me giré en esa dirección no había nada, solo oscuridad. Ya había anochecido por completo. Alonso me metió la lengua en la boca de nuevo sin despegarse de mí, al tiempo que percibía con terror cómo su mano se introducía en su pantalón. Pero entonces, de repente, él salió despedido hacia atrás y yo caí al suelo, desmadejada y sin comprender qué estaba ocurriendo.

Gonzalo estaba de pie entre Alonso y yo, ambos en el suelo, cerniéndose amenazadoramente sobre él con las manos cerradas en puños. Le soltó dos patadas brutales en las costillas.

—¡Hijo de puta! ¿Qué coño estabas haciendo? —aulló Gonzalo fuera de sí.

Agarró a Alonso de las solapas de la chaqueta, lo levantó en peso hasta ponerlo de pie y le dio un puñetazo en la cara que casi lo tiró de nuevo. Alonso se apartó de él, asustado y aturdido.

—¿Qué está pasando aquí? —tronó la voz del tío Pablo de repente.

Se acercaba a nosotros a grandes zancadas desde la puerta principal. Lo seguían la tía y Flavia, ambas con el rostro desfigurado por el pánico, y un poco más allá Rosita. Me fijé en su delantal. La sombra blanca.

Las tres se acercaron a mí y me ayudaron a levantarme y recomponerme. Rosita recogió el bolso y el libro, en el suelo a un par de metros de mis pies. Yo gemí de alivio y me abracé a la tía, aun temblando. Flavia me abrazó por detrás. El tío encaró a Gonzalo y a Alonso con la amenaza dibujada en el rostro. Deseé no ser jamás el objeto de su ira.

—Patrón, este desgraciado ha atacado a la señorita Bárbara —dijo Gonzalo con la vista baja—. Oí gritos desde la cuadra, me acerqué a ver qué ocurría y lo encontré... arrinconándola contra la pared. Intentaba forzarla, señor.

El tío se giró en mi dirección esperando una confirmación. Yo asentí. Él entonces se adelantó unos pasos, fulminando a Alonso con la mirada, y este levantó las manos, acobardado.

—No es cierto, don Pablo. No la he atacado. Es ella quien me ha hecho creer que quería... Ella me ha engatusado, lleva desde el principio calentándome. —Ni siquiera me miraba mientras soltaba aquella verborrea. Tan solo trataba de ser convincente, pero la firmeza de sus palabras se perdía entre los vapores del alcohol que lo atontaban—. Debería usted atarla en corto.

Aquello fue la gota que colmó el vaso. En un arranque de furia que me hizo olvidar momentáneamente el miedo y la vergüenza, me deshice del abrazo de la tía y de Flavia y le solté una bofetada con el dorso de la mano con tal fuerza que lo hizo caer de nuevo al suelo. Iba cargada con toda la rabia, el asco y el desprecio que sentía. Nadie lo vio venir. Ni siquiera yo misma.

Tras unos segundos en que nadie dijo nada, mudos todos ante mi repentino arranque, el tío se dirigió de nuevo a Alonso.

—Fuera de esta casa, Alonso. Ahora mismo. Y pobre de ti si vuelves a acercarte a mi sobrina —la amenaza que destilaban sus palabras habría disuadido a cualquiera de desobedecerle. Incluso a mí se me erizó la piel instintivamente.

—*Tíralo* fuera, Gonzalo —ordenó la tía con una dureza que no estaba acostumbrada a encontrar en ella.

Gonzalo no tardó ni dos segundos en obedecer la orden de su patrona. Agarró al otro de la chaqueta para levantarlo del suelo y lo empujó hacia la cancela. Todos pudimos oír cómo le advertía entre dientes:

—Como vuelvas a amenazar a la señorita o a cualquiera de las de la casa, te juro por Dios y tu puta madre que te parto las piernas. Te mato, desgraciado. —Al llegar a la cancela, lo encaró—. ¿Queda claro? —No esperó respuesta y lo empujó fuera—. ¡A tomar viento! ¡Fuera!

El tío Pablo y las demás se acercaron de nuevo a mí, y él me abrazó.

—Buen revés, niña mía —me susurró al oído mientras me acariciaba el cabello con ternura.

Yo hundí el rostro en su pecho y rompí a llorar de nuevo.

* * *

El mes que había trascurrido desde el suceso con Alonso había pasado lento y tortuoso. Había pasado bajo el cielo blanco opaco de un agosto calimoso y agobiante que discurría despacio, sin prisa. Los últimos días había llovido, y entonces el aire se había puesto gris y estuvo así una semana, empeñado en hacer caer toda el agua que había en el cielo. El cielo era una nube inmensa que envolvía toda la tierra. Al menos, así parecía desde la ventana.

Al empezar septiembre, la lluvia todavía punteaba los cristales. Ojalá diese un poco de tregua, al menos por unos días, aunque fuera tan solo por esa noche. Lo suficiente para que Flavia pudiera subir al Albaicín sin calarse hasta los huesos.

Aquella noche comenzaban allá arriba las fiestas de la Aurora, que Flavia tenía vetadas por el tío. Ambos sabían, aunque ninguno lo hubiera explicitado, que el interés de Flavia por ir, al menos el principal, era Miguel. Y eso no era aceptable. Flavia suplicó y suplicó, se comprometió a llevar carabina, vigilancia o lo que el tío ordenase y, cuando él le dijo que no por trigésima vez, discutieron a gritos de nuevo hasta hacer temblar la casa, pero él no dio su brazo a torcer.

Pero Flavia iba a subir, claro que iba a subir. Anda que no se había escapado veces de la casa para subir a verlo. E iba a subir. Había pasado los últimos días armando el plan de fuga necesario para escaparse por unas horas sin que nadie lo percibiese. Me invitó a escaparme con ella. Mil, dos mil veces. No nos iban a pillar. Me lo pasaría bien. Me tenía que dar el aire. Y yo que no, que no estaba de humor para escapismos ni para salir a la calle en general.

—Tú te lo pierdes, maja —bufó, y yo casi me había reído.

Desde lo de Alonso, me había apostado en la ventana de nuestra habitación, y desde allí me había dedicado a estudiar cómo cambiaba de color el cielo durante el día y la noche a lo largo del mes que había pasado. No sentía ganas de hacer nada más, la verdad. No lloraba más que alguna vez aislada, pero no podía dejar de revivir una y otra vez los sucesos de aquella noche, y un escalofrío me sacudía cuando recordaba el contacto de Alonso, sus manos engarfiadas sobre mí, su aliento tan cerca.

No había empezado siquiera a olvidarlo. Y tenía miedo. Temía encontrarlo de nuevo en cualquier esquina, en cualquier rincón. No había pisado la calle desde entonces. Ni siquiera había salido al jardín ni me había atrevido a asomarme a la ventana de la salita, que era la que daba al rincón en que había sucedido. No quería verlo. No quería, porque aquel rincón ya no era mío, ya no era mi jardín.

Hoy me dolía el estómago, mañana la cabeza y ayer no dormí bien. Así había ido hilando una con otra las excusas que cada día esgrimía para no salir de la habitación. Dudaba mucho que nadie en toda la casa se hubiese tragado ninguna de ellas, pero todos tuvieron la deferencia de hacer como si así fuese. Echaba mucho de menos a Sybill. Muchísimo.

Serían cerca de las diez. Ya todos debían de haber cenado. Pronto comenzarían a apagarse las luces de la casa y Flavia podría deslizarse hasta el exterior sin peligro de ser vista. Mi cena permanecía intacta y completamente fría sobre la bandeja que Rosita me había subido hacía una hora, y en mi regazo descansaba el libro que un rato antes había desistido de intentar leer. Si lo hubiese sostenido del revés no me habría costado más seguir la lectura. Había leído muchas veces aquel libro. Era una edición viejísima de *La catedral,* con las esquinas vencidas por el tiempo y el uso. Entre las páginas, marcando el punto en que había dejado de leerlo, había pillada una nota amarillenta doblada que utilizaba de separador. La desplegué. «Para usted, señorita. Gracias». Álvaro me lo había regalado, cierto. La noche en que el tío se ofreció a sufragarle los estudios.

Como suponía, a los pocos minutos el murmullo de voces de la planta baja se trasladó al primer piso y Flavia entró y salió varias veces de la habitación camino del cuarto de baño, de la habitación de sus padres o de donde quiera que hubiera decidido escenificar su paripé. Se había enfundado convincentemente en su camisón y se había despojado de las horquillas que habitualmente sujetaban sus tirabuzones, pero no se había llenado la cabeza de bigudíes como de costumbre. Demasiado esfuerzo para quitárselos menos de una hora después.

En aquel trasiego entraron en la habitación unos pasos algo más cautelosos y pesados que los de mi prima y me giré para confirmar que no se trataba de ella sino del tío, que se acercaba a mí. Al notar que había percibido su presencia, su ceño fruncido se transformó en una sonrisa cauta. Llegó adonde yo estaba, me dio un suave beso en la coronilla y se sentó frente a mí sin decir nada. Permanecimos ambos callados durante unos minutos.

—Tienes que salir de aquí, Bárbara —dijo finalmente.

Yo no contesté. Era absurdo inventar una nueva excusa. Él se inclinó hasta apoyar todo el peso del tronco sobre los codos y estos sobre sus rodillas.

—Escúchame. Mírame. —Giré la cabeza, reticente a mirarlo a los ojos. Él reflexionó durante unos segundos antes de volver a hablar—. Ramón y yo hemos estado hablando con alguna gente de Madrid. Os ha conseguido a Flavia y a ti una plaza en la Residencia de Señoritas. Os marcharéis en unos días.

Yo levanté la vista, perpleja, y escruté sus ojos. Aquello no era una broma. Me incorporé sin decir una palabra, tratando de asimilar todo lo que acababa de decir.

—¿Co-cómo? —balbuceé.

—Flavia comenzará económicas y tú seguirás tus estudios allí. Creo que necesitas un cambio de aires. Las dos lo necesitáis —matizó. No hizo falta que mencionara a Miguel para que este cruzara como un rayo mi mente.

—¿Flavia lo sabe?

—Todavía no.

—No le va a hacer ninguna gracia —le advertí, escéptica.

—Le hará bien. No está de más que estudie alguna carrera, y así también podrá... aclararse las ideas. Conocer a otra gente.

—No le va a gustar nada la idea —insistí.

—Pues habrá de conformarse —sentenció. Fin de la discusión.

Yo no volví a replicar. El tío retomó la palabra.

—Bueno. —Se levantó—. Puesto que he acabado por ceder a tu persistente, más que persistente, petición de abandonarnos...

—¡Yo no he dicho...! —protesté.

—Déjame acabar... —me interrumpió—. Puesto que finalmente lo has conseguido, concédeme tú ahora un pequeño favor: no te quedes encerrada aquí dentro hasta que llegue el día en que te marches. Quiero que salgas de esta habitación. Vete a la verbena con tu prima cuando se escape dentro de un rato.

—... ¿Cómo lo sabe? —pregunté estupefacta.

—No se ha puesto los bigudíes. —Se encogió de hombros con un gesto de burla.

Yo me reí con la boca abierta por primera vez en muchos días, hasta que la risa se me extinguió entre los dientes. Después suspiré un:

—No me apetece mucho, tío.

—Vete —insistió—. Y llevaos también a Rosita, que se divierta. Hazme caso y pásalo bien. Despéjate. Y, por Dios, vigila a tu prima y a ese novio suyo.

—¿Quiere que haga de carabina de Flavia? —dije, divertida con la petición.

—Tu prima es una cabra loca. Voy a mandar también a Esteban para que os eche un ojo. Más a ella que a ti —me aseguró.

Eso era mentira. Seguro. Esteban no estaría allí para vigilarnos a nosotras, o al menos no solo, sino para vigilar a nuestro alrededor. Para protegernos, en especial a mí. Supuse que el tío me estaba ofreciendo aquello como aliciente para que fuera a la verbena. Lo tanteé para ver si estaba en lo cierto.

—¿Una carabina para la carabina?

Él rio al verse descubierto y asintió.

—De aquí a que os marchéis a Madrid vas a tener una carabina.

—Y seguro que allá ya tiene a alguien que lo mantenga informado —lo pinché.

—Nadie te molestará, te lo prometo. —O sea que sí.

No me gustaba la idea de tener a alguien pegado a mis talones, vigilando todo lo que hiciera o dejara de hacer. No me gustaba nada, pero no pude evitar agradecerlo en aquellas circunstancias, con el recuerdo todavía fresco de Alonso arrinconándome contra la pared. Supuse que, con el tiempo, el tío se acostumbraría a la idea de que viviésemos tan lejos y acabaría por considerarlo innecesario, y lo mismo yo. Pero en aquel momento tanto él como yo lo necesitábamos.

Y maldije mil veces a Alonso porque por su culpa sentía esa necesidad.

* * *

Tal y como esperaba, a Flavia no le gustó la idea cuando se enteró de que aquel otoño lo viviría en Madrid. El júbilo por el éxito de la fuga a la verbena se quedó pequeño al lado de la furia con que arremetió contra su padre por mandarla a la capital, lejos de Miguel. Ella no iba a ir a ninguna parte. Se quedaba. Yo me podía ir sola. Yo puedo irme sola, tío, no tiene por qué venir si no quiere. Se iba a ir y no había más que hablar. Estaba decidido. Que no, que no se iba. Que sí se iba.

Los gritos y portazos hacían saltar a la casa sobre sus cimientos cada vez que salía el tema, y Flavia acababa llorando desesperada, hecha un ovillo sobre su cama. Yo traté varias veces de hablar con el tío y también con la tía, pero se habían cerrado en un frente común en aquella decisión. Flavia se iba, no había discusión posible.

Yo me preguntaba qué había hecho cambiar de opinión al tío, qué le había hecho dejar a un lado sus temores, y más justo después de lo que había sucedido con Alonso allí mismo. En aquella algarabía de gritos y llantos que precedieron a nuestra partida, Rosita se me acercó con cautela mientras preparábamos mis maletas.

—Ha sido su tía de usted, señorita —dijo en voz baja.

Terminamos de hacer las maletas y Flavia también acabó por hacer las suyas. Y cuando estuvimos sentadas en el vagón que nos iba a sacar de la ciudad, una vez nos hubimos despedido de los del andén, pegué mi cabeza a la suya, que se hundía de tristeza, y murmuré en su oído:

—¿Has echado a Miguel a la maleta?

Flavia se giró y fue a fulminarme con la mirada, furiosa por la burla, pero vio que yo me reía con los ojos tristes, y entonces abrió un poco la boca y también rio, abrazándose a mí.

22

¿Qué fue la República?

Hoy lo pienso y se me ocurren diez, cien respuestas distintas, diametralmente distintas en ocasiones, una por cada recuerdo impreciso. No sé cómo contestar. Qué complicado resulta definir una bendita palabra. Una idea. Darle rostro, darle una manifestación concreta, la que tuvo.

¿Qué fue la República? ¿Qué fue? Temo no saber contestar con precisión porque, según donde mire buscando las palabras, veo cosas diferentes. Temo que, al mirar sus logros, sus enormes logros ¡que nos pusieron a la vanguardia del mundo!, la luz que desprenden me ciegue y me impida ver los recovecos más umbríos. Los lugares adonde no llegó el viento fresco de la nueva era, los adelantos que no rebasaron los límites del papel, y sus faltas. Sus errores, sus impaciencias y sus intransigencias.

Y, del mismo modo, temo que al mirarla desde detrás del parapeto de su ruina, del escarmiento de los años y de las distorsiones procaces que se han hecho de todo aquello, haya perdido la capacidad de percibir la esperanza que sentimos entonces. Temo haber olvidado lo que quisimos que fuera, lo que pensamos que sería, lo que empezó siendo. Temo haberlo olvidado sin ser consciente. Y olvidarlo es una derrota.

Porque la de la República era una idea hermosa. Era legítima, y podría haber sido, debió ser, el cimiento del presente, de este tiempo tan viciado desde el que la recuerdo. Debió ser eso y no, precisamente, un recuerdo precario. Hoy solo queda esto último, hoy solo percibo la ruina de lo que debió ser.

La Segunda República fue una discusión. No en el sentido manido y simplista que le dan a esa palabra quienes no se atreven a asomarse al interior de sus entrañas. Me refiero a otra cosa. Fue una discusión entre el pensamiento y la realidad, entre el deseo y las circunstancias, entre las expectativas y los resultados, entre la idea y su forma material, entre lo que podía ser y lo que fue. Entre la España de 1931 y la de 1936. Qué distintas eran esas dos. El país llegó al 31 con el acuerdo casi unánime de apartar a un lado lo que ya estaba roto, con la tricolor al hombro como enseña de unas aspiraciones difusas. Pero, una vez apartado eso que estaba roto y que nadie quería ya, ¿qué debíamos poner en su lugar?

El futuro, hacia allá debíamos lanzar la flecha. Y por un momento nos pusimos de acuerdo. Tantas cosas conseguimos. Tantas, tantísimas teniendo en cuenta de dónde partíamos. Pero en el momento de lanzar la flecha a algunos se les antojó que se apuntaba al suelo, demasiado cerca. A otros que demasiado lejos. Y a otros que la punta acertaba en dianas que eran intocables. Y en el subsuelo, el murmullo pernicioso de los susurros de quienes desde el principio conspiraron por su fracaso.

La República fue una discusión, amplísima, profunda y multifacética, entre el ser y el poder ser. Esa es la conclusión que yo saco. Y el puente entre el 31 y el 36, la mezcla venenosa de la frustración, la falta de fe, la intransigencia, el abandono y una importante dosis de ruidos internacionales. Aquellas noticias tan funestas, aquellos ejemplos tan perversos.

Todo eso fue, creo yo, a falta de una definición más precisa que no sé dar.

Yo recuerdo aquellos años como un torbellino. Una explosión de cosas nuevas, de colores y músicas nuevas, de personas también nuevas, y de nuevas ideas y formas de hacer las cosas. Tenía razón, tía, escribí en veinte cartas, en Madrid vuelan más libres las ideas.

E, imbricadas en esa algarabía de novedades, un buen puñado de imágenes se me han quedado grabadas en la retina. Las calles y las plazas de Madrid inundadas de rojo, amarillo y morado, de gente a riadas gritando y cantando, el día que Flavia y yo salimos con Germán, el hijo de don Ramón, y con las amigas de la Residencia a celebrar que el Rey estaba haciendo las maletas para marcharse.

—¡Los calcetines también, Alfonsito! ¡No te olvides de echar los calcetines a la maleta! —exclamaba como una loca mi amiga Cuca, que también consiguió venir a la Residencia—. La corona, lo que quieras. Para lo que te va a servir...

—Cómo tiene que pesar eso... —Germán se reía.

También tengo grabada, más que el recuerdo de haberlo vivido, la duda de cómo fue ese día en Granada. La imagen de Gonzalo y otros muchachos subiendo al balcón del Ayuntamiento para colgar la tricolor, hazaña que el tío nos contó por carta. Los tíos también habían salido a palmear el Himno de Riego, y lo mismo don Ramón y doña Pilar, y todos los de la casa. Y tengo también grabadas las palabras de don Fernando en la radio y en los periódicos, y los diarios de sesiones del Congreso, la espera interminable del punto por punto, y la nueva Constitución. Y el voto, Dios mío. El voto por fin.

Ese día nos tomamos un chocolate con churros Flavia, Cuca y yo, a la salud de la Campoamor. Y qué bien sabía, maldita sea. Como si no hubiésemos tomado chocolate nunca antes, vaya.

—En Madrid las cosas saben más dulces —dije yo. Esa era la cantinela embelesada que llevaba entonces.

—En el Madrid republicano, mona —me corrigió mi amiga—. ¡Viva la Campoamor, y viva la madre que la parió! —levantó el brazo con el churro en la mano, zarandeándolo como una batuta.

—¡Viva! —coreamos Flavia y yo, y con nosotras el resto de la clientela.

—Seguro que a Miguel le habría encantado vivir aquí todo esto —se lamentó Flavia por enésima vez. Cada loco con su tema. Yo le di un beso enchocolatado en la mejilla y ella se apartó maldiciéndome mientras Cuca y yo nos doblábamos de risa al ver el manchurrón marrón que le había dejado en la cara.

Llevábamos entonces tres años en Madrid. En la Residencia. Desde el primer momento los tíos se quejaron de que escribíamos poco, de que no sabían casi nada de nosotras. En palabras de la Acemilera, que «no sabían si respirábamos». No escribíamos mucho, no. Y yo tampoco escribí mucho en el cuaderno durante aquellos años. ¡No teníamos tiempo! Había tantas cosas para hacer, que ver... Un niño debe experimentar una impresión similar al entrar en una juguetería. Fueron años de muchos sucesos en muy poco tiempo, cada día traía una novedad, y nosotras estábamos en el epicentro. En Madrid. ¡Qué bien que el tío diese su brazo a torcer!

Como a mí, a Flavia también la abdujo el torbellino y acabó por acostumbrarse a la idea de hablar y discutir con Miguel por carta. Jesús, ni así pararon de discutir. A mi prima le gustó vivir en Madrid, creo. Solo cuando llegaban cartas o cuando ella misma las escribía, y también en algún arranque pasajero de nostalgia, Flavia dejaba de reír y encadenaba un suspiro con otro. Eso sí: siempre fue la primera en hacerse las maletas para volver a casa por vacaciones. Pobre Flavia.

Y sin embargo, creo que a pesar de todo se lo pasó bien. Y sacó a relucir su faceta de cómica. Se alistó en la compañía de teatro universitario que pusieron en marcha Federico y don Fernando, cuando a este lo nombraron ministro de Instrucción Pública. Verdaderamente era buena actriz, muy buena. E intentó convencerme para que yo también actuara.

—Ni muerta, nena. Yo no salgo ahí a hacer el farandulero.

—Qué antigua eres, de verdad. —Puso los ojos en blanco.

—Que no es por antigua. Yo no sé hacer esas cosas, me da vergüenza... Yo os pinto los cartones y las telas, y lo que haga falta. Pero ya está.

—Tú verás.

Federico también intentó convencerme, pero el caso estaba perdido. A Cuca y a otras compañeras de la Residencia sí las arrastró.

Federico se había ido a Nueva York con don Fernando al año siguiente de marcharnos nosotras, y después a Cuba. Don Fernando a dar clases en la Universidad de Columbia. Federico a estudiar inglés, a dar conferencias, a escribir. Era famoso, mucho, allí y en todas partes. Todo el mundo lo conocía, y cuando estábamos sentadas en una terraza con él, un goteo casi continuo de personas se detenía y se acercaba para estrecharle la mano.

—«Famosito, que a ti te quieren todas las niñas y los muchachos todos te envidian ¡ay, qué dolor!...» —canturreaba Flavia burlándose, y él reía entre dientes.

Federico y Germán eran casi los únicos amigos hombres que teníamos, que tenía yo en Madrid. Algunas amigas de la Residencia se ennoviaron pronto y de forma más o menos intermitente, pero yo no tenía excesivas ganas de conocer otros hombres, y mucho menos de intimar con ellos. Simplemente, no quería. Había muchas otras cosas mucho más interesantes que hacer.

—Amigas, sacad vuestros rosarios. Está entre nosotras Sor Bárbara —se burlaba cuando salía el tema Vitorinita, una de las de la Residencia. Yo me ponía colorada, pero ya no contestaba. Me reía por lo bajini.

—Para lo que te duran a ti los novios, chata... —Flavia salía en mi defensa.

—Duran lo que tienen que durar. Y cuando se gastan, ¡al siguiente!

El ímpetu de esa chica era envidiable. Pero yo no quería novios. El torrente continuo de novedades y distracciones había ido disipando poco a poco el recuerdo desagradable del asalto de Alonso. La cabeza se me llenó de otras cosas, y aquello había quedado relegado a un rincón. No pensaba en ello. Pero no quería novios. Y de Sybill... Sus cartas se fueron espaciando en el tiempo cada vez más hasta acabar por esfumarse. No hubo una ruptura, simplemente unas cosas perduran y otras no.

También Laura e Isabel estuvieron con nosotras aquellos años estudiando allá. La familia entera de Isabel y Federico se mudó a Madrid, a vivir la República allí, y Conchita y Manolo, el médico amigo de Federico, se acabaron casando. Había novedades en las dos ciudades: en Granada, Carmen tuvo un niño al que le pusieron Sebastián, *Tianín,* porque en ese día nació.

Aquellos años trajeron también algunas noticias sorprendentes: Álvaro andaba por España. Parecía que la llegada de la República lo había atraído también a él. Volvió a finales del 33, y desde entonces había saltado de una ciudad a otra del mapa, trabajando aquí y allá. Había bajado alguna vez a Granada a visitar a su padre y a su hermana, que no daban crédito, pero ni Flavia ni yo llegamos a presenciar ninguno de los retornos esporádicos de quien era ya un extraño para nosotras.

—Prima, casi no recuerdo su cara —reconoció Flavia arqueando las cejas cuando leímos en las cartas la primera noticia de su vuelta.

Yo tampoco. A duras penas. Intentaba hacer memoria de lo último que había sabido de él a través de Rosita y su padre. Poca cosa, insignificante.

—Debe de estar hecho poco menos que un bala perdida —concluí.

Las visitas siempre nos pillaron en Madrid y, más allá de esos efímeros retornos, él no parecía tener interés en volver definitivamente a la ciudad.

Flavia acabó la carrera y a sus padres se les acabaron los pretextos para mantenerla lejos de Granada y de Miguel. Y mi prima volvió a la casa amarilla. Y volvieron las discusiones, y entonces también de ella comencé a recibir cartas en que descargaba toda su frustración. Fuera donde fuese, Flavia vivía atormentada, ya fuera por la distancia o por las confrontaciones con su padre.

Cuca también volvió a Granada al acabar la carrera, pero yo me quedé en Madrid. Al acabar, pasé tres años de interna en el Instituto Rubio mientras preparaba la tesis, y al terminar comencé a trabajar como cirujana en una clínica. A esas alturas, la República había mudado la piel. Se parecía ya poco a la versión de sí misma de tan solo tres o cuatro años antes. La época de la clínica fue en la que comenzó a ser perceptible la capa de ceniza que poco a poco, mota a mota, se había ido depositando sobre su superficie. No eran ya los meses del chocolate y las escarapelas tricolores. El panorama se ennegrecía cada vez más, lentamente, sobresalto a sobresalto, a ritmo de decepción y presión hacia los extremos.

De aquella época tengo grabado el recuerdo de una escalera estrechísima entre dos paredes desconchadas, que desembocaba en un bajotecho que llevaba más de veinticinco años sin ser habitado por nadie. Era pasto de las telarañas y el polvo, y las ratas correteaban sin vergüenza de un extremo a otro de las habitaciones. Una buhardilla pequeñísima y ruinosa, dos habitaciones separadas por un tabique en un edificio que amenazaba con derrumbarse el día que se cansara de mantenerse en pie.

Eso era lo que quedaba de la casa en que se habían criado el tío Pablo y mi padre. El tío no había querido darme la dirección. No quería que me metiera por esos sitios, decía. Pero don Ramón sí me la dio. Me la escribió en una carta en que también me preguntaba qué tal iba el trabajo en la clínica y cómo andaban las cosas por la capital, y me contaba preocupado algunas de las noticias que varios colegas alemanes le iban trasmitiendo desde su país. Los médicos judíos no podían ejercer allí ya con libertad. Europa entera se ennegrecía cada día más.

Los días se hacían cada vez más inciertos, y las peticiones de los tíos para que volviera cada vez más frecuentes. Y al llegar y pasar febrero de 1936, con el revuelo de las últimas elecciones de la República, el tío me dio un ultimátum: o volvía a Granada, o subía él mismo a Madrid a por mí.

Parte tercera
Oscuridad

23

La pequeña estación de Andaluces estaba muy concurrida a aquella hora.

Un torbellino de gente iba y venía por el andén entrando y saliendo de los vagones, saludando a los recién llegados y despidiendo a los que estaban a punto de marchar. El sol de la tarde se colaba a duras penas en el andén, encajonado entre la estación y los vagones, y un suave y frío viento despeinaba a las mujeres y erizaba el vello de la nuca a los hombres.

En el aire se mezclaban los saludos y las despedidas con los llantos y gritos de alegría por el reencuentro. Aquí dos niños corrían a colgarse del cuello del que probablemente fuese su padre recién llegado, allá una madre y una hija se abrazaban entre lágrimas, igual que dos amigos que a su lado se reunían riendo tras mucho tiempo separados, y un poco más lejos un hombre levantaba por los aires a la que quizás era la novia que llevaba tiempo deseando besar. Los mozos serpenteaban entre la multitud afanados en cargar y descargar maletas, esquivando como podían a los pasajeros y a los familiares y amigos que se agolpaban en torno a las portezuelas del tren. Pegado a la pared, un niño de no más de diez años con pinta de raterillo ojeaba disimuladamente a su alrededor por debajo de la visera de su gorra, quizás en busca de la que estaba a punto de ser su próxima presa.

Yo observaba distraída aquel jaleo a través de la rejilla de mi sombrero mientras esperaba a que uno de los mozos terminara de descargar mi escaso equipaje y me preguntaba contrariada dónde estaría, si es que la había, mi comitiva de bienvenida.

—¿Quiere que las saque fuera, señorita? —dijo el mozo señalando las maletas que acababa de dejar en el suelo junto a mis pies.

—No, gracias —contesté, ofreciéndole una propina—. Las llevaré yo misma.

Él me dio las gracias y se despidió rápidamente para retomar la tarea de ayudar a otros pasajeros. Antes de coger las maletas y emprender la marcha hacia el exterior, eché un último vistazo a mi alrededor en busca de alguna cara conocida que hubiese venido a buscarme a la estación. Pero ni rastro. Estaba sola.

Entonces, fortuitamente, mis ojos se toparon con el raterillo, que había abandonado su puesto junto a la pared para pasar a la acción. El niño comenzó a deambular aparentemente distraído entre el gentío. Parecía estar buscando a alguien y, tan convincente era su actuación, que durante unos segundos llegué a dudar que fuera a hacer nada malo. Pero entonces, con el descaro y la rapidez que da la experiencia, el bribón deslizó con disimulo su mano en el bolsillo de un hombre que permanecía de espaldas a unos ocho o diez metros de mí hablando despreocupadamente con otras personas. Sin que ni la víctima ni su compañía se diesen cuenta, sacó lo que parecía una pitillera de cuero y se la guardó velozmente en su propio bolsillo sin comprobar si quiera qué había pescado. Echó a correr con el rostro oculto bajo la gorra, y tuvo la mala suerte de hacerlo en mi dirección.

—¡Alto ahí, granujilla! —dije cortándole el paso—. ¡Te he pillado!

—¡Déjeme en paz!

Trató de esquivarme. Lo agarré por el hombro y lo obligué a mirarme. Él intentó zafarse, pero fue en vano.

—¡Ni hablar! Dame ahora mismo lo que acabas de quitarle a ese hombre.

—¡Yo no le he quitado nada a nadie! —me espetó—. ¡Mentirosa!

—Dámelo ahora mismo o llamo a la policía.

El miedo asaltó sus ojos y dejó de forcejear, aturdido. Me arrodillé frente a él.

—Yo no he robado nada —insistió, aunque con menos ímpetu. Era casi una súplica.

Dudé durante unos instantes y lo observé de arriba abajo con detenimiento. Iba vestido con un minúsculo jersey deshilachado y unos pantalones desgastados y remendados mil veces que le dejaban los tobillos al aire. Ladeé la cabeza. Aquella pitillera, o más bien lo poco que pudiera conseguir por ella, sería de lo que comería aquel día. Cambié de estrategia y abrí mi bolso.

—Mira —le dije sosteniendo un billete de muchísimas pesetas frente a sus ojos recelosos y agrandados por la sorpresa—. Esto es mucho más de lo que vale lo que llevas en el bolsillo. Si me lo das, es tuyo.

Tardó poco en considerar lo que le estaba proponiendo. Lo justo para cerciorarse de que no había ninguna trampa oculta. Sin decir palabra, se sacó del bolsillo la pitillera y me la alargó con una mano mientras con la otra agarraba el billete que le ofrecía. Yo me hice a un lado y él salió corriendo sin mirar atrás hasta perderse entre la multitud. Estiré el cuello todo lo que pude y busqué con la mirada al propietario de aquella baratija, temiendo que hubiera abandonado ya la estación y el intercambio no hubiera servido de nada. Pero allí estaba todavía, hablando tranquilamente con su grupo. En la inopia.

Recogí mis maletas del suelo y me acerqué. El hombre, aún de espaldas, se me antojó tan alto como una montaña cuando me detuve a poco más de un metro de él. Carraspeé tratando de llamar su atención, y cuando esto falló, le palmeé el brazo.

—Disculpe.

Esta vez sí se había enterado. Se giró. Los demás también se giraron al escucharme, pero retomaron la conversación al comprobar que no iba con ellos.

—¿Sí?

El hombre que me miraba interrogante debía rondar los treinta o treinta y cinco años y tenía el cabello rubio oscuro, igual que la fina barba que le cubría la mandíbula. Pero lo que me dejó muda unos instantes e hizo que me ardieran las mejillas fueron los ojos que me observaban desde detrás de unas gafas de cristal redondo y montura fina de carey similares a ventanas que daban a un mar claro y calmo. Unos ojos azulísimos, agua pura, achicados por la curiosidad. Y definitivamente complacidos al comprobar el efecto que su terrible sonrisa tenía sobre mí.

De pronto me sentí muy bajita, y él era alto, muy alto. Y fornido. La pitillera, pensé, obligando a mi cerebro a ponerse en marcha de nuevo. La pitillera, puñeta.

—Perdone, creo que esto es suyo —dije, recobrando como pude la compostura.

Él observó el pequeño objeto que le ofrecía sin comprender, hasta que se dio cuenta de qué se trataba. Se palpó el bolsillo con la mano, arqueando las cejas.

—Sí, gracias, ¿se me ha caído?

Negué con la cabeza.

—Un crío se lo acaba de sacar del bolsillo. Un ratero.

—Ah. —Arqueó las cejas, sorprendido. Su sonrisa se esfumó un instante—. ¿Y cómo es que lo tiene usted?

Reprimí la risa.

—Digamos que he hecho un pequeño trato con él. —Él rio.

—¡Vaya! Pues gracias. —Y añadió, sin dejar de sonreír—. Debo llevar más cuidado.

—Debería —coincidí.

El desconocido ya no solo sonreía y me daba las gracias por el favor. Sus ojos atravesaban los míos, pero ya no había en ellos confusión o curiosidad. Había interés. Era interés, sí. Por primera vez fui consciente de lo rápido que me latía el corazón. Pero allí acabó todo, porque una muy inoportuna Flavia apareció en ese momento en el otro extremo del andén. Ya te vale, prima.

—¡Nena! —fue el grito que me hizo dar un respingo y girarme.

A buenas horas, pensé.

—Disculpe, tengo que irme —me excusé, recogiendo las maletas del suelo.

—Claro.

—Adiós.

—Adiós. —Y, cuando ya me encontraba algo lejos de él, añadió alzando la voz por encima del gentío—: ¡Y gracias de nuevo!

Yo me giré al escucharlo y lo vi alzar la pitillera. A modo de respuesta, sonreí de nuevo y alcé como pude los tres dedos que me quedaban libres de la mano con la que agarraba la maleta más ligera.

Flavia casi corría en mi dirección, y en pocas zancadas acortó ampliamente la distancia que nos separaba. Riendo, se abalanzó sobre mí y casi me hizo caer cuando me abrazó por el cuello. El peso de las maletas me desequilibró.

—¡Prima!

—Ya era hora, Flavia. —Pero no estaba enfadada.

—Jo, nena, discursos y quejas ahora no, que llevamos mucho tiempo sin vernos. Mi padre y Gonzalo están fuera con el coche. ¿Con quién hablabas? —preguntó distraída mientras cogía una de mis maletas.

Ambas nos encaminamos a la salida.

—Con nadie, una tontería.

Sin embargo, un segundo antes de traspasar la puerta de salida, giré la cabeza con disimulo y allá lejos, por encima de la multitud que nos separaba, divisé los ojos tras las gafas que todavía me observaban.

Desvió la mirada hacia otro lado, avergonzado por haber sido descubierto, y yo reí entre dientes, exultante por haberlo sorprendido.

* * *

Hacía rato que el tío había abandonado la habitación para encerrarse en la biblioteca y nos había dejado a Flavia, a la tía y a mí conversando y poniéndolos al día de las últimas novedades mientras Rosita y yo deshacíamos mi equipaje. El tema estrella eran las elecciones de febrero y los resultados en Granada. El siguiente domingo habría mitin en Los Cármenes por la invalidación y la repetición.

—¡Rosita! ¡Rosita!

La voz de Amparo y el golpeteo de sus tacones en los escalones precedieron a la criada, que asomó la cabeza por la puerta entreabierta de la habitación. Al comprobar que Rosita no estaba sola, se irguió y agachó la cabeza, avergonzada.

—Disculpe, señora. —La tía sacudió la cabeza, quitándole importancia.

—¿Qué ocurre, Amparo?

—Señora, ha llegado Álvaro. —Amparo se giró hacia Rosita—. Acaba de llegar tu hermano.

—¿Mi hermano? No puede ser. —Arqueó las cejas—. ¡Pero si me dijo que vendría la semana que viene!

—¡Y a mí qué me cuentas! Está abajo, en la cocina, con tu padre y la *señá* Consuelo.

Rosita ya corría hacia la puerta y, olvidando por completo nuestra presencia y la tarea que tenía entre manos, desapareció por ella y se precipitó escaleras abajo seguida de Amparo. Flavia y yo seguimos los pasos de las dos criadas hasta la cocina. La tía nos siguió algo más rezagada.

¡Álvaro había venido! Y esta vez Flavia y yo estábamos allí para verlo. Las dos sentíamos curiosidad. Las pocas noticias sobre su paradero que nos llegaban a través de las cartas que escribía a Rosita y su padre se habían reducido a su mínima expresión cuando Flavia y yo nos marchamos a Madrid y, más allá de las menciones que los tíos hacían en sus cartas a las dos o tres visitas que él había hecho a los de la casa de Romerías a lo largo de los años, apenas sabíamos nada de él. Precisamente aquellas escuetas menciones, el saber que estaba de vuelta en España, habían reavivado mi interés en aquel extraño que había salido hacía tanto tiempo de mi vida y que desde hacía muchos años había quedado relegado al estante de los recuerdos de infancia. Las cartas de los tíos habían acabado por sacar a Álvaro de ese estante y cada mención acrecentaba un poco más la intriga.

Flavia y su agilidad de gacela me tomaron la delantera rápidamente. Al bajar el último tramo de escaleras casi nos topamos con Amparo, que se había detenido en el quicio de la puerta de la cocina y observaba el interior sin percibir nuestra presencia. Cuando se dio cuenta de que Flavia y yo estábamos tras ella se apartó para dejarnos pasar y ambas entramos, tratando de comprender qué ocurría en el interior. Rosita reía escandalosamente mientras se abrazaba a un hombre alto, altísimo, que la había levantado en volandas. Ambos daban vueltas en el centro de la cocina y un poco más allá Vicente y una llorosa Acemilera los observaban.

Fue instantáneo. Dos segundos, quizá tres. Eso fue lo que tardé en reconocerlo. Él, sumido en la vorágine de todos aquellos giros y risas, del reencuentro con su hermana pequeña, quizá tardó un poco más en percibir a las dos muchachas recién llegadas que los observaban desde la puerta. Pero fue eso, ni un segundo más, lo que tardó en detenerse en seco y cesar de reír, atónito. Álvaro dejó a su hermana con cuidado en el suelo sin apartar por un segundo sus ojos de mí. Ella también había dejado de reír y nos miraba alternativamente a uno y a otro, confundida.

Cuando en sus cartas el tío o la tía me contaban que Álvaro estaba de visita, o cuando Rosita y su padre me describían las andanzas americanas de aquel, yo siempre había visualizado al muchacho de quince años que correteaba por ahí con nosotras haciendo todas aquellas cosas que ellos relataban. O, al menos, una versión difusa de aquel muchacho. Seguía viendo a aquel chico rubio y desgreñado de nariz demasiado larga y pocos pómulos, y no al hombre en que con los años se había convertido. Jamás hasta entonces le había concedido el paso del tiempo.

Sin previo aviso, Vicente surgió de la nada y se situó junto a su hijo, dirigiéndose a él mientras me señalaba con la mano.

—Álvaro, ¿recuerdas a la señorita Bárbara?

Yo apenas escuché las palabras de Vicente. Y, por la expresión y la boca entreabierta de Álvaro, que debían ser parejas de las mías, él tampoco debía de haber prestado atención a su padre. En ese momento yo solo podía observarlos a ambos.

¿Cómo podía no haberme dado cuenta en la estación? Ahora, colocados el uno al lado del otro frente a mí, el parecido era más que evidente. La altura y los hombros anchos al igual que el cabello rubio oscuro del hombre al que le había devuelto la pitillera eran los de Vicente. Grandes los dos como dos montañas. Su nariz parecía haberse acortado y el conjunto de su rostro reorganizado hasta armonizarse y parecerse razonablemente al de su padre. Álvaro ya no llevaba las gafas, pero los ojos azules eran los mismos que había visto en la estación un rato antes, los mismos que en esa misma cocina muchos años antes me habían observado suplicantes desde detrás del cristal de la ventana.

Él debía de estar haciendo cálculos mentales similares.

—Sí, claro que la recuerdo —dijo finalmente. No pude dejar de percibir en aquella simple frase la ironía de todo el ciclón de pensamientos que acababan de arrasar mi mente, y presumiblemente también la suya. Él alargó una mano para que se la estrechase—. Señorita.

Aquella palabra trajo a mi mente el eco de un recuerdo vago. Una broma de infancia. Estreché la mano que me ofrecía.

—Buenas tardes, Álvaro. —Miré de reojo a Rosita, recordando su sorpresa—. Creo que no te esperábamos hasta la semana que viene.

—Bueno, un cambio de planes de último momento. Quería sorprender a mi hermana. —Se giró hacia ella, que sonrió—. Pero parece que soy yo el sorprendido.

—La señorita también ha llegado hace un rato —se apresuró a aclarar Vicente, malinterpretando las palabras de su hijo—. Puede que incluso en el mismo tren.

Yo apreté los labios para contener la risa.

—Sí, puede —convine con Vicente, que al igual que todos los demás, seguía sin comprender qué estaba pasando allí.

Vicente se dirigió entonces a Flavia, que nos observaba a Álvaro y a mí con ojos suspicaces. Quizás ella sí estuviera leyendo la situación. Quizá recordaba al desconocido de la estación.

—¿Y la señorita Flavia? —dijo Vicente.

—Por supuesto. —Álvaro estrechó la mano que mi prima me ofrecía—. Un placer volver a verla, señorita. Ha pasado mucho tiempo.

—Quizá no tanto —lo contradijo maliciosamente.

En ese momento la tía, que debía llevar varios minutos detrás de nosotras, se adelantó para saludar a Álvaro, y tras ella llegaron el tío y don Ramón, que debían de haber oído barullo y habían bajado a comprobar qué ocurría.

Entre los saludos y los apretones de manos, Álvaro intercalaba fugaces miradas en mi dirección que pasaron desapercibidas para sus interlocutores, pero no para mí. Y quizá tampoco para Flavia. Estaba claro que ambos recordábamos el episodio de la estación. Sin embargo, ninguno de los dos dijo nada, ninguno reventó esa burbuja de complicidad e intimidad que parecía haberse instalado entre ambos y que teñía el ambiente de la cocina de otro color, de otra temperatura. A excepción de nosotros, y tal vez de Flavia, nadie había percibido esos cambios.

Aquello hizo que un escalofrío me recorriese violentamente el espinazo, como una descarga eléctrica. Esa fue la primera sensación. Pero después las miradas de Álvaro comenzaron a incomodarme. Que no me mirase, que dejara de mirarme. Yo me giré y paré de mirarlo también. No conocía a ese Álvaro nuevo, llevaba veinte años sin verlo. No me gusta esa sensación de estar atados por un cordón invisible. Quería salir de la cocina en ese mismo momento para respirar con libertad, pero no sabía cómo hacerlo sin resultar descortés.

De esos pensamientos salí sobresaltada cuando me percaté de que Flavia, a mi lado, acercaba su cabeza a la mía disimuladamente y me susurraba al oído:

—¿En la estación llevaba gafas, verdad?

* * *

El sol se estaba yendo, y ya comenzaba a tener que forzar la vista para seguir con la lectura. Pronto tendría que abandonar el banco en el que me había apoltronado hacía algo más de una hora, después de terminar con las maletas. Ya hacía frío.

Si la sangre también, como el cabello,
con el dolor y el tiempo encaneciera,
mi sangre, roja hasta el carbunclo, fuera
pálida hasta el temor y hasta el destello.

Dos poemas más, pensé, y entro. Solo dos. Dos poemas. Pero antes de poder comenzar el primero, una cadena de pasos que se acercaban por uno de mis costados me hizo girarme y abandonar momentáneamente la lectura.

—Casi no le queda luz, señorita.

Álvaro se acercaba paseando tranquilamente adonde yo estaba.

—Enseguida entraré —dije con voz seca.

¿Por qué? Era Álvaro. Pero no era él, era un desconocido que se empeñaba en romper mi tranquilidad. Intenté sonreír, pero el resultado tan solo pudo ser una mueca tirante. No osé mirarlo a los ojos. No debía, porque los ojos del hombre de la estación me perturbaban. El pulso me golpeaba las sienes. Me agobiaba su presencia y quería que se marchara. Pero el hombre de la estación encontraba gusto en pasearse bajo las glicinas. Él sabía que me estaba poniendo nerviosa, seguro.

Besarte fue besar un avispero
que me clava al tormento y me desclava
y cava un hoyo fúnebre y lo cava
dentro del corazón donde me muero.

Momentáneamente me asaltó el impulso de huir, de salir corriendo. Ahora que estábamos solos, temía que sacara el tema de la estación. Y que no parara ahí. Estaba al aire libre, en mi jardín y, sin embargo, su mera presencia me hacía sentir atrapada, apresada. No me habría sentido más agobiada si me hubiera encontrado entre un montón de gente. Notaba las extremidades y hasta el último de mis músculos agarrotados, tensos. Que no sacara el tema de la estación. Que no lo sacara. Me encontraba profundamente incómoda. Me reacomodé en el banco, pero no sirvió de nada. No era en mi postura o mis músculos donde se hallaba el problema.

Él, en apariencia ajeno a mis tribulaciones, se estremeció ostensiblemente y se arrebujó en el interior de su chaqueta.

—No recordaba este maldito frío —comentó. Le apetecía hablar, al parecer.

—Un poco, sí.

Había conseguido sonreír casi decentemente. Pero mi tono mató la conversación. La parquedad de mi respuesta debió de convencerle de que no estaba de humor para hablar y menos de algo tan insípido como el tiempo, porque desistió en su intento de entablar conversación. Al menos por el momento.

Yo volví a mi libro. Él, que se había detenido a unos metros a mi derecha observando la glicina pensativo, retomó su paseo, y de reojo comprobé que se acercaba a mi banco. Al llegar frente a mí sacó de su bolsillo la pitillera, la misma que yo le había devuelto unas horas antes. La abrió parsimoniosamente sin mirarme y de ella sacó un cigarro que se colocó en la boca para, a continuación brindarme la baratija abierta. Me ofrecía un cigarro mirándome fijamente a los ojos, atento a mi reacción. Era difícil no ver la intención en todo aquel ritual.

Sí, era la dichosa pitillera. Sí, la misma que yo le había devuelto antes. Pero no iba a decirlo en voz alta. Era más que evidente. ¿Qué necesidad había de recalcarlo? No iba a ceder a la insinuación.

—No, gracias. —Él reprimió una sonrisa burlona.

Retomé la lectura de mis dos poemas, tratando de ignorar su presencia. Oí el chasquido de una cerilla prenderse.

—¿Le importa que me siente?

Y qué más, hijo mío. Comenzaba a impacientarme por tanta interrupción. Presentí lo irracional de mi molestia, pero no pude evitarla. Levanté la vista del libro de nuevo y seguí la trayectoria de su mirada, que se posaba sobre las piernas que yo tenía extendidas ocupando gran parte del banco.

—Claro que no —dije bajando las piernas al suelo.

Álvaro se sentó a mi lado con los codos apoyados sobre las rodillas, y continuó fumando despreocupadamente sumido en sus pensamientos, ajeno a mi presencia.

Yo ya no podía leer. No obstante, por unos minutos fingí hacerlo, mientras mi mente trabajaba a toda velocidad tratando de dilucidar qué estaba tramado, si es que tramaba algo. Teniendo en cuenta su expediente de los últimos minutos, llevaba mucho tiempo callado. Demasiado. Estaba tramando algo, seguro. Alguna nueva manera de sacar el tema de la estación, de recordarme que allí lo había mirado de otra forma. Maldito. Cada vez estaba más nerviosa. Pero no alcé la vista del libro.

—Qué chismosa es Granada. Le gustan los chismes una cosa mala —comentó de pronto, retomando nuestra entrecortada conversación. Por un momento dudé que estuviera hablando conmigo: no me miraba, sino que más bien parecía hablar consigo mismo, distraído—. Y a veces comenta tan alto que se escucha lejos.

¿A qué venía aquello? Estaba descolocada. No levanté la vista, y contesté lo más insulso que se me ocurrió.

—Tonterías y calumnias. Es mejor no escucharlas.

—Sí, mejor. Dicen —seguía sin mirarme, fumando tranquilamente— que a la pequeña de los Navarro de Villalba, la sobrina del Indiano, esa tan rara... —Llegado a este punto paró convenientemente para darle una nueva calada al cigarro, y casi pude apreciar cómo la comisura le temblaba, tratando de contener una sonrisa—, cuando está en Granada, le gusta pasearse por la calle del Aire, la misma en la que está la Casa del Pueblo, ¡fíjese usted, la coincidencia! —Hizo una nueva pausa—. Dicen que fue discípula del diputado De los Ríos, el socialista, cuando él todavía era catedrático aquí. Y eso que ella estudió Medicina, no Derecho. —Arqueó las cejas—. Dicen que la Indianita frecuenta la Biblioteca Popular más ahora que cuando era salón del Casino.

La República había convertido el salón donde los jóvenes burgueses se reunían e iban a bailar en una biblioteca pública. La biblioteca que se escondía en los jardines del paseo que acompañaba al Genil era uno de los símbolos más importantes de la República en la ciudad. Y sí, era cierto que yo sentía más interés por ese edificio ahora que albergaba una gran colección de libros en su interior.

Aquello me intrigó. Álvaro sabía aquello, y al parecer estaba al tanto de mis andanzas de los últimos años. Y de mis ideas. Estaba perpleja. ¿Qué más sabría? ¿Y por qué? Una débil vocecilla en mi interior me sugirió una posible respuesta, y una sensación muy agradable me embargó. Lo que sí estaba claro era el medio por el que se había enterado de todo aquello. ¿Qué y cuánto le habría contado de mí Rosita en sus cartas? La sorpresa por aquel descubrimiento me hizo olvidar por un momento mi recelo anterior. Decidí echar mano de lo poco que yo había sabido de él a través de su hermana y su padre, intrigada por aquel juego.

—También se dice que el hijo mayor de Vicente Marvá, el guardés de la familia de esa chica, está de vuelta en Granada, y que ha vuelto licenciado y más rojo que la grana.

Él casi sonrió, satisfecho. Me miraba directamente a los ojos, y yo también, no sé en qué momento, había vuelto a mirar los suyos. Y no me quedaba ya espacio en la mente para pensar en los reparos de antes. No tuve tiempo, porque dijo en ese momento, en voz más baja que hasta entonces y sin dejar de mirarme:

—Supongo que a veces los rumores son ciertos.

—Supongo que sí —casi murmuré.

Y empecé a reír. Primero con la boca cerrada, después entre dientes y, finalmente, abrí la mandíbula y solté una carcajada. Y en ella se fue todo el alivio que sentía y toda la mezcla de júbilo y extrañeza de aquel juego, aquella farsa. El desconocido de la pitillera era Álvaro.

—Eres tonto, niño. Qué tonto eres... —negué con la cabeza, todavía riendo—. Si llego a saber que eras tú, no te devuelvo la pitillera.

Él también rio. Apagó lo que le quedaba de cigarro contra el suelo y se recostó sobre el respaldo del banco.

—¿Qué lees?

Que me tuteara se me antojó lo más natural del mundo. Siempre lo había hecho, en realidad. Se inclinó sobre mi libro con el ceño fruncido, tratando de descifrar el contenido. Sus manos sacaron del interior de la chaqueta las gafas que necesitaba para leer. No me dio tiempo a contestar a su pregunta.

—¿Poesía? De Lorca, ¿quizá? —dijo con una mueca burlona.

—No, es Miguel Hernández.

—No lo conozco. —Frunció el ceño.

—Es un poeta nuevo, creo que de Alicante. Lo descubrí hace poco. Publicaron algunos poemas suyos en la revista de Ortega y Gasset. Acaba de publicar este poemario, al parecer. Lo compré en Madrid. —Le mostré la cubierta—. Son casi todos sonetos. Es muy bueno. No tiene nada que ver con la poesía de Federico, pero me gusta mucho. —Recordé algo y reprimí la risa—. Es mejor que no le hables a él de este poeta si llega el caso.

—¿Por qué?

—Creo que lo conoce, y que no le cae muy bien. —Me reí, y él también lo hizo—. Federico es así.

Álvaro hojeó distraídamente el libro, riéndose entre dientes.

—El señorito Federico. Recuerdo que bebías los vientos por él. Y eso que eras una niña y él ya casi adulto.

Sentí que enrojecía violentamente.

—¡Eso no es cierto!

—Sí lo es —me contradijo—. Lo seguías de aquí para allá como un perrillo faldero, y te quedabas embobada cada vez que abría la boca.

—¡No es verdad! —repetí.

—Sí lo es, y tú ni siquiera te dabas cuenta. Eras solo una cría.

—¿Y por qué tú sí? —le pinché, pero al instante me arrepentí de haberlo hecho.

Él no respondió, ni tampoco me miró. Había sido demasiado brusca. Sacó otro cigarro de la pitillera y me la volvió a ofrecer, esta vez sin segundas intenciones.

—¿Seguro que no quieres uno? —insistió. Negué de nuevo—. La Bárbara de antes tampoco lo habría aceptado —se burló.

—¡Tenía ocho años!

—Ni aunque hubieses sido mayor —replicó—. Eras muy recta. Y muy mandona. Como un grano en el culo, ¿sabes?

—Sí, muy recta, pero bien que te salvé ese culo muchas veces. Eras un desastre, niño. No sé por dónde andará la lista, pero debes de deberme como ochocientos favores. Entre novias, peleas y trastadas, por ahí andará la cuenta.

Él se rio entre dientes mientras encendía el nuevo cigarro, recordando.

—A Lorca lo vi en Buenos Aires en el 33, poco antes de venir a España. No a él, quiero decir, sino su *Bodas de sangre.* Con la Membrives. Estuve en el estreno.

—Es mi favorita. ¿Sabes que Federico la construyó a partir de un crimen real?

—Sí, lo leí en algún sitio. Sucedió en Almería, creo. —Asentí. Él dio una nueva calada al cigarro, pensativo—. Tú también escribes, ¿no? Mi hermana alguna vez me ha mandado algún poema tuyo.

—De vez en cuando. —Asentí con la cabeza.

—¿Y nunca has pensado publicar?

—La verdad es que no. Yo escribo cuando me apetece, cuando algo me interesa, porque me gusta. Y para darle el gusto a Consuelo —rio—. Pero no pensando en publicarlo en ningún sitio. —Recordé algo—. Aunque una vez, en la Residencia, escribí uno con Flavia y mis compañeras y lo mandamos a la de Ortega, también. Pero no hubo suerte. Era un poco flojo —me reí, y él sonrió—, pero la idea era buena, creo. Inventamos una estructura nueva. Tú que has viajado tanto, ¿sabes que los catalanes dicen *rebombori* en vez de jaleo? Pues eso hicimos: jaleo poético. —Él rio entre dientes—. En fin. ¿Y qué has hecho tú estos años?

Él entonces me habló de sus estudios y su trabajo allá, sus viajes y los lugares en los que había estado. Me enseñó los edificios de Chicago y Nueva York, torres inconcebibles y estrechas como estacas, en un par de fotografías que llevaba en la cartera. Qué altas eran, Dios mío. Me habló de cómo eran las casas, de la comida que en esos países se comía, y de los indígenas que en algunos lugares había conseguido ver. Me habló del tango, y se levantó para dar un giro y demostrarme que sabía bailarlo. Yo también, le dije, la tía Julia nos había enseñado a Flavia y a mí. Me habló también de la familia de la tía.

—Conrado y su familia me trataron muy bien —asintió, haciendo memoria—. Él se parece mucho a su hermana. —Mi tía.

Yo tragué, pensando. Su relato me había hecho reavivar dudas pendientes.

—¿Por qué no volviste? —pregunté sin más—. Cuando terminaste los estudios, quiero decir.

Él frunció el ceño, pensando. Expulsó el humo despacio.

—No lo sé. Al principio solo pensaba en volver, pero conforme fue pasando el tiempo... supongo que me acostumbré a vivir allí. En el 26 o el 27 tu tío me escribió para que volviera. Pero yo acababa de conseguir un buen trabajo... mi vida estaba entonces allí, ¿entiendes? —Me miró—. De vez en cuando añoraba lo que había dejado aquí, pero de una forma..., no sé, difusa. Es una sensación extraña, no sé explicarlo... Desde allí todo se veía distinto.

—¿Y por qué decidiste volver?

Él sonrió con los ojos tristes.

—Pues creo que ver la obra del señorito Federico ayudó bastante, ahora que lo pienso. Me entró nostalgia, o me intrigó, no sé. Me hizo preguntarme cómo andaban las cosas por aquí. —Y se explicó—: Había entrado la República. Yo sentía curiosidad. Llevaba como quince años de exilio, en los que solo había sabido de mi padre y de mi hermana por cartas y por alguna fotografía, y también llevaba bastante tiempo dándole vueltas a algunas cosas... pendientes. —Arqueó las cejas mientras apagaba el cigarro en el suelo, sin mirarme. Se giró—. Ya era hora de volver, ¿no?

—Pero ¿te mudas definitivamente aquí?

—No lo sé. —Frunció el ceño—. He estado haciendo cosas por otras provincias, y de vez en cuando vengo a verlos. No sé qué haré. De momento, creo que pasaré aquí una temporada. La visita se ha puesto interesante.

No me miró al decir aquello, pero yo sentí que enrojecía. Afortunadamente, él decidió tomar otros derroteros.

—¿Y tú, doctora? ¿Qué harás tú ahora que has vuelto de Madrid?

—Buscar trabajo, supongo —suspiré.

—¿Por cuenta propia o ajena?

—No lo sé todavía. Estoy pensando alquilar algo, y de momento seguiré haciendo visitas en el Albaicín.

—¿Como las que hacías con don Ramón? —Yo asentí.

Antes de que él se marchara ya había empezado con las visitas, recordé. Y recordé algo más.

—¿Por qué te marchaste? —pregunté con la boca pequeña.

En mi memoria seguía grabada, aunque deteriorada y distorsionada por el tiempo, la cara desfigurada y asustada de ese otro Álvaro que yo había visto marcharse aquella extraña noche del 17. Y casi podría jurar que él también evocó, al escuchar mi pregunta, ese momento en que me había visto entre los balaustres del piso superior. Pero, si lo recordó, quedó solo en un pensamiento.

—Para estudiar —dijo simplemente.

—Ya.

24

Las generales de febrero habían dejado en Granada diez escaños para las derechas y tres para el Frente Popular, entre los que se encontraba el que había conseguido don Fernando. Dejaron eso y un sabor amargo para el Frente Popular a pesar de su triunfo a nivel nacional.

Eran amargos esos resultados porque sobre ellos pesaba la sombra del cacique y la sospecha de fraude. Y la izquierda no los aceptaba: quería la repetición de elecciones. El Frente publicó el 1 de marzo un manifiesto suscrito por PSOE, PCE, Partido Sindicalista, Izquierda Republicana y Unión Republicana que pedía la nulidad de los resultados por la coacción que el exgobernador y los caciques habían cometido. Convocaron el mitin por la anulación para el domingo siguiente a mi llegada a Granada, el 8 de marzo.

Y, mientras tanto, Granada ardía.

No había día en que no llegaran Rosita o Amparo de la compra o de algún recado con el chisme de que aquí o allá había sucedido esto o lo otro, que fulano se había peleado a gritos con mengano en plena calle y habían montado un escándalo, o que a no sé quién lo habían expulsado de no sé dónde por injuriar contra Azaña, Gil Robles o José Antonio, contra la República, la CEDA o el Frente Popular, contra los rusos, los fascistas o contra lo que fuera. Cualquier mención a las elecciones de febrero, aún dicha a media voz, era susceptible de acabar en disputa. A menudo a puñetazo limpio.

Dos días después de llegar a la ciudad, un camarero del Alameda echó a patadas del café a un par de hombres por comenzar una trifulca que había involucrado a la mitad de los presentes, Álvaro incluido, aunque no llegó a las manos. Él estaba, como yo, por la repetición. Debían repetirse, claro que debían repetirse.

El mitin del día 8 sería en el estadio de Los Cármenes, allá arriba, entre el coso nuevo y la nueva facultad, que todavía seguía en construcción. Intervendrían el secretario general del PSOE y el provincial del Partido Sindicalista, don Fernando y otro de los nuevos diputados, José Palanco, de Izquierda Republicana, y varios representantes del PCE y Unión Republicana, entre otros. También traerían a Ramón González Peña, un revolucionario socialista de Asturias. De los del 34.

El día de antes, el sábado, *El Defensor* dedicó un amplio espacio al mitin y a la manifestación que habría después. El tío Pablo nos leyó el que sería el recorrido y todas las especificaciones logísticas que ofrecía el periódico sobre los medios para llegar al estadio, las entradas y demás.

Creo que aquel mitin fue el más grande que Granada había visto nunca. Una auténtica marabunta, riadas de gente a pie, en coches, en camiones, en carros y por cualquier otro medio llegaban desde todas partes, no solo de la ciudad, sino de toda la provincia. Gente y más gente con banderas de la República, del PCE, del PSOE, de la CNT, de los sindicatos o de lo que fuera. Gente de partido y gente que no lo tenía. Una muchedumbre multicolor que se agolpaba a las puertas del estadio.

De la casa fuimos Álvaro, Vicente y yo, y también fueron don Ramón y doña Pilar. Álvaro pronto se desgajó del grupo para irse con los del PCE, y Vicente también acabó por separarse para unirse a un grupo de Chauchina. Yo encontré a mi amiga Cuca en medio de un grupo heterogéneo de socialistas, republicanos, antiguos compañeros de la facultad de los que desconocía la afiliación y también algunas compañeras de la JUF, la Juventud Universitaria Femenina. Ambas nos habíamos afiliado a ella en Madrid. También divisé en la distancia, cerca de del campo, a Miguel, y unos metros más allá, a Carmen con su hijo en brazos y junto a ella a Marcos, su marido, en la franja de los anarquistas. La CNT y la FAI seguían manteniéndose al margen de las elecciones, pero esta vez no habían hecho campaña explícita contra ellas como en el 33.

Vi a Álvaro a unos diez metros rodeado del rojo del PCE, cuando ya estábamos en las gradas y habían empezado los discursos. Él también nos había visto a nosotros, y levantó una mano para saludarme cuando yo le sonreí, guiñando los ojos por el sol. Los discursos pasaron uno tras otro, hasta llegar al de don Fernando.

—¡Unión, serenidad y confianza! —había lanzado al aire a través del micrófono.

Y la grada entera, gente de todos los colores políticos, se había levantado del asiento con sus palabras. A aplaudirlo, a vitorearlo y a lanzar vivas a la República y al Frente Popular. Nosotros también nos levantamos, gritando a pleno pulmón.

Entonces, surgido de no sé dónde, comenzó a crecer un murmullo de voces más o menos acompasadas que entonaban *La Internacional*. El canto se extendió como la pólvora y en cuestión de segundos la grada entera y también algunos de los ponentes estaban en pie y con el puño en alto, cantando contagiados del furor del momento. Me giré de nuevo y vi a Álvaro también cantando con el puño, igual que el resto de los del grupúsculo de comunistas. Y me miraba sonriente, esperándome. Me esperaba, atento a qué hacía. Yo le sonreí también y, sin dejar de mirarlo, levanté el puño y empecé a cantar, y él cantó con más entusiasmo, golpeando el aire con el puño. Yo devolví la vista al frente y pasé la vista por la grada, admirada por el ímpetu de la masa que cantaba a una sola voz y contagiada del mismo ánimo.

Grité aquel himno universal con todo el aire de mis pulmones. El frente común era la única solución para evitar que se repitiesen los resultados del 33 y los años nefastos de la CEDA. El Frente Popular debía traer de vuelta el espíritu del 31. Y claro que debían repetirse las elecciones en la provincia. Debían repetirse, y acabar de una vez por todas las presiones de los caciques. Porque invalidar los resultados de febrero significaba invalidar y punir la coacción del cacique. Esa masa heterogénea que aquella mañana cantó *La Internacional* hasta dejarse la voz luchaba por su libertad y su sustento, por la justicia que la historia siempre le había negado.

Cantaba sonriendo exultante como los que me rodeaban, como Cuca y las de la JUF, como don Ramón y como supuse que en algún lugar estaría cantando Vicente. Los observaba a todos mientras cantaba, a los millares de rostros que cantaban con el ceño fruncido o sonriendo y mirando al frente con los ojos vacíos.

Pero entonces creí ver algo. Una grieta, una especie de hendidura. Allá lejos, en el cielo, rasante sobre la tierra. Paralela a la línea del horizonte. Una franja donde el aire se quebraba, un resquicio por el que se colaba la luz de la mañana, que la absorbía como el mar succiona de vuelta las olas. Era un fenómeno de contornos imprecisos, inquietantes. Miré de nuevo los ojos vacíos y los encontré de veras vacíos. Los de las gradas miraban hacia aquella grieta con la vista desenfocada, sin verla. Tenían los ojos vacíos mientras cantaban a pleno pulmón.

Esa visión me turbó y me hizo parar de cantar, aturdida. Bajé el puño. No sabía lo que estaba viendo. No sabía lo que significaba, pero me llenó de zozobra. Me sacudió algo parecido a un latigazo de vértigo, una sensación de vacío, y comencé a sentirme apabullada entre la multitud. Deseé salir de allí, rápido, a tomar aire. Me escabullí mascullando excusas que ni yo misma llegué a entender y corrí a la salida.

Sería muy pretencioso y poco realista decir ahora, tantos años después y tras haber vivido todo aquello, que aquella mañana presentí lo que iba a suceder. Nadie podría haberlo hecho entonces, nadie podría haberlo sabido hasta mucho después, cuando la sospecha y el temor eran ya casi una certeza. Aquella línea en el horizonte era todavía muy lejana, muy difusa y poco perceptible para comprender lo que realmente significaba. Y nosotros estábamos ciegos y sordos, inmersos en la marea que acabó por arrastrarlo todo. Yo no sabía entonces, ni lo supe hasta el final, lo que iba a suceder. Pero creo que sí fue aquella mañana cuando empecé a temer lo que podría ocurrir.

Aquella línea que a duras penas se distinguía todavía estaba ya perfilada allí delante, tajante y siniestra. El abismo al que nos dirigíamos.

* * *

—¡Camarada!

Álvaro se acercaba corriendo sonriente desde la puerta del estadio por la que yo acababa de salir.

—¿Qué haces aquí?

—¿Y tú? ¿Qué pasa? ¿Por qué te has ido así?

Al llegar a donde yo estaba se detuvo y continuó caminando a mi lado. Yo tardé unos minutos en responder, intentando encontrar la forma de explicar por qué había salido casi corriendo del estadio, tratando de poner en palabras el revoltijo de sensaciones y pensamientos que me golpeaba las paredes del cráneo. Aquel presentimiento que trataba de abrirse paso.

—No sé... no me encontraba bien.

—¿Qué te pasa? —Su sonrisa se esfumó momentáneamente, y levantó los brazos en torno a mí, como si de un momento a otro fuera a derrumbarme.

—No, no es eso. Me refiero a que me sentía como si... no sé, como... incómoda.

—¿Incómoda? —Arqueó las cejas, confundido.

Me mordí el labio. «Incómoda» no era la palabra. Busqué otra forma más precisa de expresar aquella sensación.

—¿No crees que...? ¿No crees que hay algo mal en todo esto?

—¿Algo mal? No te entiendo. ¿Te refieres al mitin? ¿A la anulación?

—No, no. Es una sensación... Todo esto... todos nosotros... —suspiré, pensando—. Todos cantando, así, con el puño, y las banderas... no me gusta.

—Bárbara, ¿qué dices? ¡Pero si tú misma estabas cantando!

—Sí, pero no estaba bien. No está bien todo eso. —Me observaba con el ceño fruncido, tratando de seguir la dirección de mis pensamientos. No estaba bien—. Había mucho... ruido.

—¿Ruido?

—Creo que las cosas están llegando demasiado lejos. Nos estamos calentando. Es como si... es como si nosotros mismos nos estuviésemos encerrando en una jaula, como si... —Cada palabra era más imprecisa que la anterior. Ninguna me servía.

—En una jaula estamos ya, Bárbara. —Sus ojos se habían endurecido—. Y este mitin, las elecciones y la coalición son para acabar con ella.

—Ya lo sé. Yo quiero la repetición. —Él lo sabía. Debía saberlo—. Pero todo esto es peligroso.

—¿Qué es peligroso? ¿Cantar? —Aquello era casi una burla—. Eso no es malo. Es útil. Para que los fascistas sepan a lo que se enfrentan.

—¿A cuántos fascistas has visto tú en el mitin?

—A ninguno que tuviera los huevos de decirlo.

—Ahí dentro estábamos solo nosotros. Y nos jaleábamos a nosotros mismos.

—¡Es nuestro himno, es un himno universal! ¡Son nuestros símbolos! —Levantó el puño, perplejo—. Nos identifican, nos unen, nos dan valor. Nos orientan.

Él mismo acabó por darme las palabras que me faltaban para expresarme.

—¡Precisamente! Cantar así, todos a una, es cantar para no hablar. Para no oír, para silenciar cualquier otro ruido. —No lo miraba. Miraba a un punto fijo delante de mí tratando de darle coherencia a mis palabras—. Es como el niño que, andando en la oscuridad, canta una canción para espantar a los monstruos y poder seguir avanzando a tientas sin morirse de miedo. —Él no replicó. Caminaba con las manos metidas en los bolsillos del pantalón y la vista en el suelo mientras me escuchaba—. Y así vamos, cantando para encontrarnos unos a otros en la oscuridad. Cantar da valor, borra otros pensamientos que no sean el de seguir andando. Acalla el miedo, pero también la voz de la conciencia que advierte sobre la realidad de lo que se está haciendo, de lo que se va a hacer. Y así olvidamos hacia dónde vamos, incluso cuando avanzamos hacia el peligro, hacia la muerte propia o ajena.

Para eso era para lo que servían en última instancia los himnos, ¿no? A él se le agrandaron los ojos, y negó con la cabeza.

—Estás exagerando. ¡Es un mitin, por Dios!

—Es más que eso. Es lo que estamos viviendo estos meses. Las trifulcas y los follones que hay cada dos por tres. Y los asesinatos son lo último.

—Las cosas están muy calientes, pero es normal que haya choques de vez en cuando. Cantar *La Internacional* no tiene nada que ver con eso. Nosotros tenemos derecho a cantar. Tenemos todo el derecho, y hacerlo no nos va a volver locos.

—Es peligroso —insistí—. Y claro que enloquece. Nos volvemos locos, ¡todos! Y no sabemos lo que hacemos. Y más quien no quiere o no puede pensar qué está haciendo. Dale a un puñado de desgraciados sin juicio o sin esperanza un uniforme, un líder y unos cuantos lemas vacuos, señálales un enemigo, y en dos días tienes una centuria de asesinos con casta de iluminados, dispuestos a matar y matarse por algo que no entienden. Por pura poesía. —Él arqueó las cejas, pero no dijo nada—. Los himnos, las banderas, los mártires, los héroes, los mitos, las consignas... todo eso es poesía. Son fórmulas sencillas que calan hondo. Son versos hermosos que confunden. Es poesía que envenena, que ciega, que se cuela por los oídos y embota los sentidos y convierte al más cuerdo en una bestia sin conocimiento y sin control. La poesía mata más que cualquier enfermedad. No importan las ideas concretas, porque estoy segura de que no hay un solo palmo de terreno ideológico en que no pueda germinar la maldad. La locura. Y beber poesía enloquece, claro que sí.

En algún momento de la discusión nos habíamos detenido y él me escuchaba apoyado de costado en una farola. Sonriendo y con los ojos llenos de curiosidad. Sentí que enrojecía.

—¿Qué?

Su sonrisa se abrió y se transformó en una mueca de burla.

—¿Sabe Lorca que piensas así de la poesía?

Yo me reí entre dientes y eché andar de nuevo. Él me siguió.

—No. Pero estoy segura de que él estaría de acuerdo. —Y añadí—: Y aunque no fuese así, me lo consentiría.

Él también rio, y por unos minutos continuamos andando sin hablar. Acabábamos de dejar atrás la nueva facultad. ¿Cuándo la acabarían?

—Tenemos que calmarnos —murmuré, más para mí que para él—. Necesitamos calma. Tienen que anular los resultados. Todo esto puede ser desesperante, y desde luego hay quienes tienen motivos para no tener paciencia ni confianza en el futuro. Hay muchas cosas que no han cambiado, pero...

—¿Y qué esperabas de una república burguesa? —dijo con sarcasmo—. Por eso es necesaria una revolución de verdad. Con la revolución cambiarán realmente las cosas.

—¡La dichosa revolución! Vosotros siempre con lo mismo en la boca. Vivís como niños soñando con un dulce que nunca llega, y cuando lo hace, es amargo. —Él fue a replicar, pero lo corté—. La revolución es un fuego que acaba quemando al pirómano que lo encendió. Lo arrasa todo. ¿Y qué queda después? Una montaña de cenizas, muertos y escombros.

—Todo cuesta algo. Siempre es necesario hacer sacrificios. Hay que hacer polvo lo viejo para construir algo nuevo. Algo mejor. La revolución es eso: destruir lo que hay para construir algo mucho mejor.

—No se puede construir un futuro sin un pasado. Acaba por derrumbarse antes o después, o se malogra. Está condenado al fracaso.

—En Rusia triunfó.

—En Rusia hubo una revolución que tiró al zar y puso un dictador, cambió aristocracia por nomenklatura, a la Ojrana por la Tcheka, y el pueblo está donde estaba. Don Fernando estuvo allí. Conoció a Lenin, ¿sabes? Y cuando le preguntó por la falta de libertad, el otro le dijo: «¿Libertad para qué?».

—Te has criado burguesa —se mofó.

—Álvaro, tú has estudiado con dinero burgués —le recriminé, molesta.

Aquello era rastrero. Un golpe bajo, un argumento fácil que lamenté al instante de pronunciarlo y con el que no estaba de acuerdo. Su rostro se endureció y me retuvo agarrándome por el codo para encararme.

—Por merced de un patrón. Tengo en los sesos grabada la cara de mi padre el día que tu tío se lo ofreció. —Yo también la recordaba—. Humillado por tener que aceptar caridad. Siempre voy a estar agradecido a tu tío, pero tengo muy clara la diferencia entre caridad y justicia.

—Perdóname. No he debido decir eso. Pienso como tú. —Cogí la mano con que me apresaba el codo, y al instante se aflojó. Miraba mi mano con fijeza, y después me miró a los ojos. Entonces me aparté—. No me desprecies ni te creas superior a mí por el lugar del que venimos. No es justo. Y la libertad es necesaria.

—De la libertad no se come.

—Si no hay libertad, te acaban cambiando el pan por poesía. Y te dirán que es pan, y aún pensarás: «¡Mmm, sabe dulce!». —Él rio con la boca chica—. ¿Qué diferencia hay entre los jerarcas soviéticos que expresan la «verdadera» voz del pueblo y los reyes déspotas ilustrados del siglo XVIII, que le empedraban al pueblo las calles pero lo mantenían en minoría de edad? Si el pueblo no puede decidir, si no puede disentir, es esclavo. Sigue siendo siervo. ¿Qué importa si el «padrecito» es un zar o un dictador? Rusia ha cambiado, pero siguen teniendo un padrecito.

Él estaba estupefacto escuchándome.

—¿Cómo puedes ser socialista y no creer en la revolución? ¡Es absurdo! La revolución es la base del socialismo. Es su razón de ser.

—Las revoluciones derrocan reyes y regímenes, pero no cambian las mentes. Eso lleva mucho más tiempo. Son preferibles los cambios progresivos, más lentos pero más sólidos, y con más garantías. La reforma.

—Tú misma has reconocido antes que todavía hay muchas cosas que no se han conseguido cambiar —me recordó.

—Pero es el camino correcto. Aunque sea extenuante, y a veces infructuoso y decepcionante. Es el único realista. El socialismo es un esfuerzo constante, no tiene fin. Es el movimiento en sí, no el resultado.

Él sonrió con media cara, con los ojos empequeñecidos.

—¿Bernstein? —me tanteó, con suspicacia. Reí entre dientes y asentí al verme descubierta—. Y De los Ríos.

—Por supuesto. Y tú Rosa Luxemburgo. O Kautsky. —Él también asintió.

—¡Pero Bernstein se equivocaba! —replicó—. El capitalismo sí tiene fin.

La discusión todavía no había acabado cuando llegamos al Triunfo y lo sobrepasamos. Ni tras recorrer toda la Gran Vía. Ni tampoco tras dejar atrás el Suizo y enfilar Recogidas. Ni siquiera una vez cerramos la cancela a nuestras espaldas al entrar en la casa de Romerías.

25

Al mitin le siguieron cuatro o cinco días de disturbios graves que empezaron el mismo domingo. Ese día, al final de la manifestación a la que Álvaro y yo no nos quedamos, un crío falangista que no llegaba a los veinte gritó varios vivas al fascio allá abajo, en el Campillo, donde se disolvió la manifestación. Y entre varios manifestantes lo lincharon.

Tras eso, en los días siguientes vinieron tiroteos y asaltos a sedes de partidos, y los incendios. Incendiaron, unos y otros, varios cafés, teatros, casas de particulares, la sede del *Ideal,* y varias iglesias del Albaicín. Ardieron El Salvador, San Cristóbal, y los dos San Gregorio, Alto y Bajo. Si hasta entonces Granada parecía arder, tras el mitin y hasta que a principios del mes siguiente la Comisión de Actas aprobó la repetición, la ciudad ardió de verdad.

—Han ilegalizado Falange y han detenido a José Antonio —se lamentó Gonzalo, malhumorado, una semana después del mitin. También se había ordenado la entrega de armas y su concentración en los cuarteles.

Gonzalo se había afiliado a Falange casi desde su misma fundación, y se bebía las palabras de José Antonio como si fuesen el aire que necesitaba para respirar. Hacía años ya que no íbamos juntos a las reuniones ni a la Casa del Pueblo.

Los falangistas no eran nadie. No lo habían sido nunca hasta entonces, ni en la ciudad ni en el país. Cuatro gatos comiéndose las pelusillas, que habría dicho Vicente. No habían tenido peso en el panorama político, como tampoco lo habían tenido los comunistas, hasta aquella primavera del 36. La base obrera se volcaba hacia la izquierda, y la patronal desconfiaba de los camaradas de la revolución nacional-sindicalista y se enrocaba en las opciones conservadoras. Pero aquel ruido, aquellos tiros e incendios de marzo, y también los de los meses siguientes, les ganaron el respeto o, al menos, la atención de aquellos y de los militares, que comenzaron a verlos como dique de contención del maremoto marxista que se les venía encima. ¿Qué sentido tenían, de otro modo, los señoritos falangistas?

El PCE de Granada comenzó a existir en el 31, una década después de fundado el partido. Y no llegó al millar de afiliados hasta esa primavera del 36, en que llegaron a los mil y los sobrepasaron, y siguieron creciendo hasta rebasar también los dos mil en la provincia. También algunos sectores dentro del PSOE y la UGT se escoraban cada vez más hacia la izquierda, y sus conductas rimaban cada vez más con los modos y las doctrinas comunistas.

—Sois cuatro gatos —le había dicho yo a Álvaro en aquellas primeras semanas, repitiendo las palabras de su padre de casi una década antes.

Pero a partir de aquel verano ya no se lo podría decir más. Falangistas y comunistas no eran nadie, pero poco a poco, y en especial a partir de aquel julio funesto, empezaron a serlo.

Álvaro y Gonzalo no discutían, a pesar de aquel trasfondo de tiros y gritos entre partidarios de las ideas de cada uno. Discutíamos, y mucho, Álvaro y yo. Pero ellos dos no. Gonzalo no solía hablar ya de política en la casa, ni conmigo ni con nadie, y Álvaro se abstuvo siempre de discutir con él. En algún momento habían firmado un pacto tácito para aparcar la política cuando entablaban conversación, y en la casa reinaba cierta calma que quebrantaban, de vez en cuando, los portazos y los gritos entre el tío y Flavia.

Los disturbios de marzo no habían hecho más que acentuar el conflicto de ambos, y con cada nueva noticia de la intervención de los anarquistas en ellos, estallaban de nuevo las discusiones. Flavia lloraba, atrapada entre dos frentes. No llegué a saber nunca si Miguel estuvo implicado en alguno de aquellos incidentes, pero la mera asociación bastaba al tío para arremeter de nuevo contra él y volver al drama eterno. La relación entre los novios, y entre Flavia y su padre, era más tormentosa que nunca.

—He sido demasiado blando —se quejó el tío después de la enésima pelea—. Debí cortar esto de raíz. Ya es hora de que entre en razón.

La tía había zanjado la discusión, y Flavia había salido dando bandazos de la biblioteca y había subido a la habitación. Yo subí tras ella y la encontré aovillada en la cama, llorando. Me tumbé a su espalda y la abracé por detrás.

—No es justo —gimió.

—No, no lo es.

Le dije que viniera conmigo a las visitas, que entonces hacía sola coordinándome con don Ramón. Salía de la casa con el maletín cuando me había topado con la discusión.

—Te despejarás, te vendrá bien salir. —Y ella aceptó.

Bajé de nuevo a la biblioteca mientras esperaba a que se lavase la cara y cogiera su abrigo. El tío seguía en el escritorio, el mismo sitio en que estaba cuando dejé la habitación. Le dije que nos íbamos, y él hizo un gesto de asentimiento, sin levantar la vista de los papeles que estaba leyendo.

Yo me dirigí de nuevo a la puerta por la que acababa de entrar y, al pasar junto a la mesilla del ajedrez, algo llamó mi atención y me detuve junto a ella. Sobre la mesa había una pila de libros recién desembalados. Seis o siete libros de distintos tamaños. El que había llamado mi atención era el de la cima de la pila, o más bien, la fotografía que cubría la totalidad de la portada. No lo cogí, azorada. ¿Por qué demonios había comprado el tío aquello?

—¿Y estos libros? —pregunté con cautela, sin señalar en concreto el primero.

—Nuevos, han llegado hoy —dijo él distraído, nuevamente sin levantar la cabeza.

—Le cojo uno.

—Los que quieras.

Tomé aquel primer libro de la pila y también el papel de estraza del embalaje, y forré con él las tapas, tomando así la precaución de camuflar el libro que pretendía leer. Lo metí en el cabás. Flavia apareció entonces al pie de las escaleras, me estaba esperando.

—A veces pienso que lo odio —soltó de pronto, un rato después de abandonar la casa—. Sí, lo odio. Pero a la vez también lo quiero. ¿Por qué no puede dejarme vivir mi vida? No es justo. Lo odio con todas mis fuerzas. —A medida que hablaba, la voz se le quebraba y los ojos enrojecidos se le volvían a llenar de lágrimas—. Dios, prima, soy un monstruo por odiar a mi propio padre, ¿verdad?

Enterró la cara en sus dos manos, avergonzada por sus palabras.

—Claro que no. Tú eres todo lo contrario a un monstruo, nena. —La abracé, acariciándole el cabello sin saber bien qué decir para consolarla. Ella se apartó.

—Y Miguel... dichoso Miguel y dichosa política. ¡Maldigo una y mil veces a la puñetera CNT! ¡Y a los sindicatos y a los partidos, a todos! ¡Política, política, y peleas y más peleas! ¡Siempre discutiendo! ¡Y tú también prima, y Álvaro, y Gonzalo, y Carmen y su marido, y don Ramón y mi padre, todos! ¡Hasta mi madre tiene qué decir! ¡No habláis de otra cosa! ¡Estoy harta! —No la contradije y aguardé a que se desahogara por completo. Ella acabó por romperse de nuevo—. ¿Por qué no se entenderá mejor la gente, Bárbara? ¿Por qué tiene que ser todo tan difícil?

Flavia hizo costumbre de acompañarme en las visitas. Venía conmigo a menudo y esos ratos se convirtieron en pequeños oasis de calma en su ánimo, excusas para salir de la casa y no tener que encontrarse con su padre. Yo no sacaba nunca el tema de Miguel, pero ella sí me preguntó por Álvaro.

—No sabía que era él en la estación.

—¡No me digas...! Deberías haber visto la cara que se te puso al verlo en la cocina —se rio y yo enrojecí, riendo también entre dientes—. Y también a él. Habláis mucho, ¿no? —incidió con los achicados.

—A veces. Discutimos.

—Ya.

—Él me... me gusta —confesé yo, dándole a mi prima lo que buscaba.

—¡Hombre, prima, pensaba que no te lo iba a sacar nunca! —exclamó riendo. Yo también reí. Y cayó en la cuenta de algo—. Oye, ¿y Sybill?

—¿Qué? —No entendía adónde quería llegar a parar.

—Álvaro es un hombre.

—Ya me he dado cuenta —dije, subrayando lo evidente de sus palabras. Pero entendía a qué se refería—. Era distinto. Con Sybill me entendía, era agradable y me gustaba en cierto modo. Y Álvaro... cuando le veo los ojos, me cuesta pensar. Creo que son cosas distintas.

En una de aquellas visitas subimos a la casa en que Miguel vivía con su madre, a verla a ella. Había pasado una pulmonía muy fuerte en febrero y aún se agotaba de vez en cuando. Pero el corazón de Reme latía con brío cuando la ausculté y su respiración era también regular. Estaba todo normal.

—Que Dios se lo pague, señorita —dijo apretando mi mano. Yo sonreí, y se giró hacia mi prima—. Y también a ti, hija.

—Madre, Dios no tiene cuentas en esta casa —ladró su hijo desde el rincón desde el que observaba la consulta—. Gracias, Bárbara.

—No hay por qué darlas —respondí seca. Ella rio entre dientes, mirándome.

Reme tenía ojos de humo. Eran grises como la ceniza. La Acemilera habría dicho que eso era porque callaba más de lo que hablaba, y lo cierto es que Reme no hablaba mucho, no. Andaba como una sombra detrás de su hijo, y nos miraba con los ojillos chicos pero amables. Qué ojos tan extraños tenía aquella mujer, menudísima aunque de brazos fuertes, que debía rebasar los cincuenta. Llevaba la cabeza partida en dos por una raya severísima al centro y el cabello recogido tenso tras las orejas.

Reme había parido cinco hijos con su mitad de sangre gitana y la otra mitad paya del padre de Miguel. Y de ellos, tres habían muerto siendo niños. Solo Miguel y su hermana mayor habían llegado a la edad adulta. En un momento en que ella y Flavia hablaban un poco apartadas, Miguel se acercó a mí mientras recogía.

—Sospecho que sigo sin caerte muy bien, doctora —dijo en voz baja, sin sonreír.

—¿Y qué te hace pensar eso? —respondí con desdén, sin apartar la vista de lo que estaba haciendo.

—Me odias, ¿verdad?

Yo levanté la vista y lo miré por primera vez.

—La has convertido en una desgraciada —escupí en voz baja.

—¿Y su padre? ¿Él no tiene culpa? —No contesté. Claro que la tenía—. Yo quiero a Flavia.

—¿Y eso de qué le sirve? —le espeté con una mueca de sarcasmo.

—Yo no tengo la culpa de todo esto.

—Ya. Intenta convencerte de eso.

Me agarró del codo, reteniéndome.

—En un tango bailan dos, doctora. Yo jamás he obligado a tu prima a nada. Ella está aquí por elección.

—¿Crees que no lo sé?

Pero era más fácil culparlo solo a él. Era muchísimo más fácil.

Después de Reme, fuimos a ver a Carmen. Su niño llevaba varios días aislado en una habitación con el garrotillo. Había empezado con la fiebre y los delirios un par de días después del mitin. Marcos había venido a por mí en plena noche.

—Abre la boca, grande. Así, muy bien. A ver si hay bichos... —Me asomé al interior, bajándole la lengua con el mango de una cuchara.

La inflamación estaba bajando y la faringe se estaba desobstruyendo. Le había puesto suero y estaba evolucionando bien. El hijo de Carmen tenía dos años y una garganta muy chica, pero, afortunadamente, la obstrucción no había llegado a ser total.

Carmen nos contó que estaban pensando irse a Málaga con su madre, que estaba sola. Marcos se había presentado a unas oposiciones y estaba esperando el resultado.

—Así que, si saca la plaza, nos iremos para allá con ella —sentenció.

26

Aquellos días la Acemilera llevaba unas coplillas nuevas en los labios.

Las cantaba y las tarareaba ensimismada mientras le daba vueltas al puchero, desplumaba un pollo o se remendaba el delantal sentada a la mesa de la cocina. No importaba el momento del día o lo que estuviera haciendo, pero sí quién la estuviera escuchando: cuando Álvaro o yo poníamos un pie en la cocina, y más si, casualmente o no, entrábamos ambos, Consuelo abandonaba su repertorio habitual para sustituirlo sutilmente por esos nuevos versos que llevaba enganchados en el subconsciente. Sin darse cuenta, al menos en apariencia, la Acemilera cantaba:

Ya está aquí el americano,
ya más alto que la Vela.
Con sus zapaticos nuevos
a las niñas encandela.

Con esa cabeza rubia
más pareciera germano,
y la sonrisa de gato
las *tié* bailando en sus manos.

Ya detrás le van llorando
porque no les hace caso:

que el gato está enamorado
desde los primeros pasos.

Y la gata no se entera
que lo lleva mareado.
¡Quién juntara a los gaticos,
que me los han separado!

La Acemilera veía y callaba. Y cantaba. Y con sus coplas cantaba lo que pensaba, lo que veía. Y casi parecía inocente cuando cantaba, igual que su insistencia en cantarlas cada vez que nosotros andábamos cerca. Ella lo había visto, igual que Flavia, casi antes que ella, de hecho. Pero callaba y cantaba. Y de vez en cuando soltaba pequeños dardos maliciosos, la puñetera.

Una tarde de las de tertulia bajo la higuera, Álvaro pasó casualmente por allí camino de alguna parte y se detuvo unos minutos a saludar a las tertulianas. Yo llevaba un rato sentada a unos metros de ellas, leyendo y escuchando en silencio de vez en cuando algún retazo de la conversación que me interesara. Al llegar él la conversación comenzó a girar en torno a la buena planta del Alvarito, que si cuánto había cambiado con los años, que mira qué guapo y qué gallardo, y que cómo no tenía novia ya. La Cangreja estaba encantada con él. Incluso se ofreció a presentarle a una tal Angelines que, según ella le haría muy buena novia. Pero la Acemilera saltó:

—¡Anda calla, Cangreja, que no sabes de la misa la mitad!

Aquello fue el pistoletazo de salida a un pequeño rifirrafe entre las dos, la una ofendida porque su amiga no considerase a la tal Angelines apropiada para Álvaro, y la otra tratando de justificarse sin tener que evidenciar sus verdaderas razones. Álvaro reía, y yo también, en silencio. Finalmente, él decidió poner paz:

—Paquita, le agradezco la intención, pero de momento no quiero novias.

—Pues tú te lo pierdes —le espetó la Cangreja, enfurruñada todavía.

Consuelo lo observaba con los ojos achicados y el ceño fruncido, pensativa. Álvaro se dio cuenta.

—¿Qué pasa, Consuelo? ¿Por qué me mira así?

—Es que no me gusta esa barba, hijo —suspiró la Acemilera—. Esa barbita que me llevas, que parece que no hayas pasado por casa en dos días. —Álvaro soltó una carcajada—. Hijo, ¿por qué no te la afeitas?

—Que no, que no, Consuelo. Que a mí me gusta así.

A la cocinera no le convenció la respuesta.

—Un día te voy a pasar yo el *aguillé* y verás lo guapo que vas bien afeitado.

—Consuelo, no insista. La barba se queda —insistió a su vez él, riendo.

—Ya veremos. —Entonces su expresión de disgusto se tiñó de picardía al añadir—. Bueno, si a las niñas les gusta así, a lo mejor conseguimos que se eche novia pronto, ¿no, Paqui? —La aludida refunfuño algo por lo bajini, todavía rumiando su enfado—. ¿Qué te parece la barba de tu hermano, Rosita? —La Acemilera no aguardó a escuchar su respuesta y, estirando el cuello, se giró en mi dirección—. Y tú, morenilla, ¿cómo crees que estaría más guapo Alvarito?

Esta vez había visto venir la pulla de lejos, así que la estaba esperando y no me sonrojé. Álvaro estaba especialmente interesado en mi respuesta. Eso no nos pasó desapercibido ni a mí ni a Consuelo. Reprimí la risa y combatí la malicia de la Acemilera con ingenuidad fingida.

—Yo creo que así está muy bien —contesté con pose de juez imparcial.

—Bueno, pues si a la Barbarita le gusta... —concedió la cocinera.

Álvaro optó por cortar por lo sano y retomar su camino antes de que la cocinera soltara algún otro comentario. Yo también decidí marcharme poco después y entré a la cocina. Me encaminé hacia las escaleras pero, apenas dos pasos dentro del edificio, el curso de la conversación de las tertulianas me hizo detenerme:

—Álvaro ronda a Barbarita. Estamos de acuerdo en esto, ¿no? Eso lo ve un ciego. Lo hemos visto todas. Tú ya sé que no, Paqui. —La aludida gruñó algo que no llegué a discernir, y la Acemilera insistió—: Él la ronda.

—Claro que la ronda —era la voz de Amparo—. Y la señorita es más calladita, pero me huelo yo que va por el mismo camino.

—*¡Cuchi!* ¡Qué dices, tú! No le echa cuentas para nada —replicó la Cangreja.

—Mi hermano no tiene novia —apuntó la vocecilla de Rosita.

—Como la Barbarita. Tanto estudiar y trabajar al final está dejando a la chiquilla sin vivir de verdad —se lamentó la cocinera—. Qué penita, Dios mío, esa criatura, que se va a echar a perder. Lo mismo que la mayor, que gasta el tiempo en algo que no tiene futuro. Ay, qué lastimilla, tanto pájaro desemparejado. O mal emparejado. ¿Verdad que sí, primor? —Rosita dijo algo que no llegué a entender.

—¡Chist! —la mandó callar la Cangreja—. Calla, Acemilera, que canaria no casa con tórtolo.

—¿Y por qué no, si se puede saber? Alvarito ya no es un don nadie. Tiene un porvenir bien plantado, y la puede mantener. Con menos holgura que ahora, desde luego, pero la chiquilla es austera, no se va a quejar. —La Acemilera tomó aire—. Y tampoco creo que el patrón arrugue el morro con la idea, que a Vicente lo quiere bien y al otro lo tiene apadrinado.

—Tanto no se quiere a un perro, aunque se le eche de comer todos los días.

—¿Y tú qué vas a saber cómo son las cosas por aquí, que esta no es tu casa ni es nada? —estalló la cocinera.

—¡Mira, niña, qué de repente me ha dado un zarpazo la perra esta!

—Bajen ustedes la voz, que nos van a llamar al orden los de arriba con todo este jaleo —las reprendió Amparo.

—La verdad es la que es —siguió la Acemilera—. En otras cosas, se ha de ver, pero aquí mi palabra tiene más fundamento que la tuya. Y yo digo que el patrón no le hace ascos al americano, como que me llamo Consuelo María Rodríguez Pacheco. Y te repito que Alvarito ahora no es el que era y ya está más cerca de los de arriba que de los de aquí abajo. Tiene estudios, y tiene cabeza. Si se las junta bien, puede llegar a ser alguien muy importante. Además, ella no iría tampoco a ese matrimonio sin una peseta, que de pesetas, tiene muchas. La empresa la heredará la otra, como tiene que ser, pero seguro que el patrón le deja algo también a ella, pobrecita mía. ¡No le va a dejar, si la quiere como si fuera suya!

—Es que a lo mejor lo es —pinchó la otra.

—¡Siempre con lo mismo, siempre la misma cantinela! ¡Tienes la sangre amarga, Paca, a ti te corre hiel por las venas!

—Y a ti aire por la sesera. Que cuando el río suena...

—Ni río ni niño muerto. El patrón es un hombre de orden. Y no consiento que me lo insultes así. Tú qué sabrás, te repito.

—Pues lo que llevo aprendido desde que mi madre me echó al mundo. Y te digo más: si es verdad eso que dices de que tu patrón consiente que la chiquilla festeje con alguien que no es de su condición, más me cargas de razón: la chiquilla es una bastarda, y no la legítima de un hermano al que nadie más que él mienta.

—¡Lávate esa boca antes de hablar de la señorita, que esa niña es casi carne de mis entrañas! ¡Y ni te atrevas a llamarla eso! —rugió la Acemilera, feroz—. Y te equivocas otra vez. Que el doctor también conocía a don Diego en su juventud.

—Eso dice, sí.

—Y así pasó, porque ese hombre tampoco conoce el mal —sentenció Consuelo.

—Que sepamos.

Casi pude visualizar como la Acemilera enrojecía hasta casi estallar con la provocación. Pero no estalló. Cuando volvió a hablar, lo hizo apretando los dientes.

—Un día te vas a envenenar con tu propia sangre. ¡Mala, más que mala!

—A veces las verdades duelen.

—De verdad van a ser las tres muelas que te voy a saltar.

—Mira, si no, que a la rubia no le da tanta cuerda —volvió a la carga—. Porque esa es hija de orden, y le quiere un futuro como debe ser.

—Es distinto. No me compares a nuestro Álvaro con aquel pelagatos agitador.

La otra se guardó su respuesta. Ya casi pensaba que se había extinguido la conversación, pero entonces Consuelo volvió a hablar:

—Ay, rubita mía, ¿por qué no se habrá encaprichado con otro que le haga mejor marido? Pobrecita mía, el día que el patrón se harte y la case con quien sea. Cuánta pena, ¿verdad Rositilla? Tú búscate un buen novio, que te quiera bien y que te cuide. Este domingo nos vamos tú y yo donde San Antonio en la basílica, y le ponemos unas velitas al santo para que te encuentre a un muchacho. ¿Te parece, criatura?

Rosita no llegó a contestar, porque intervino Amparo.

—A lo mejor ya no le hace falta, *señá* —dijo con malicia—. Que digo que a lo mejor esta ya tiene quien la festeje.

—¡No me digas! ¿Y a ti quien te ronda, primor?

—¡Uy, le ronda! ¡Pero si creo que ya le ha dado el pase, la muy pilla!

—¡Pero dime quién es, carajo! —insistió la cocinera—. ¡Que le tengo que dar el visto bueno!

—Nadie, nadie, *señá* Consuelo. Que a la Amparito le da por inventarse cosas.

—No me gusta que me guardéis cosas vosotras dos, ¿eh? Ya me enteraré yo por otro lado de si hay algo o no hay nada.

Yo sabía lo mismo que Amparo. Un par de días antes había encontrado en la lencería a Rosita con Gonzalo, enganchados por la boca y riendo. Cuando entré se separaron bruscamente, avergonzados.

—Veo que hay novedades por aquí.

—Lo siento, señorita —se disculpó Gonzalo con la vista baja y la cara roja—. He sido yo quien ha distraído a Rosita.

—Pues si vienes a «distraerla», cerrad la puerta —me burlé—. Que aquí entra todo el mundo.

Rosita casi se rio y yo salí, cerrando la puerta tras de mí. Ya me contarás, le dije con los ojos antes de salir.

La Acemilera no había visto aquello, pero sí nos había visto a Álvaro y a mí pasar horas hablando y discutiendo bajo las glicinas, salir con los caballos de vez en cuando o pararnos a hablar con cualquier excusa cada vez que nos encontrábamos. Ninguno de los dos hacía nunca insinuaciones. Pero la Acemilera había debido de leer en las formas de mirar y la insistencia en buscarnos.

Hablábamos con la confianza que habíamos tenido antes de que se marchara, cuando él me pedía que lo encubriese y yo lo insultaba y regañaba. Y discutíamos, Dios mío, hora tras hora. Hasta la saciedad. Pero nunca, ni cuando solos ni cuando acompañados, él trató de acercarse más. Solo hablaba, y aquello me tranquilizó. Álvaro me gustaba, me gustaba de veras y cada día más, pero me agobiaba la perspectiva de cruzar una frontera que me había impuesto a mí misma no sabía cuándo.

Le había vuelto a preguntar un par de veces más por los motivos por los que se marchó y por el momento inquietante que yo había presenciado, pero siempre me contestaba con evasivas y cambiaba de tema. No quería hablar de ello, y eso acrecentaba mi intriga. Acabé por no preguntarle, cansada de no sacar nada en claro.

En abril, un par de días después de mi cumpleaños, Álvaro llegó frente a mí con una pila de libros. Los dejó sobre la mesa del jardín a la que yo estaba sentada, ofreciéndomelos.

—Un poco de América. Argentina, Chile, México, Estados Unidos... —Fue deshaciendo la pila, adjudicándole a cada libro su nacionalidad—. Ya los he leído. Los he ido comprando con los años. En cada país, un libro por lo menos —Sonrió.

Era todo poesía. Leí en las portadas los nombres de Walt Whitman, Octavio Paz, Alfonsina Storni, Pablo Neruda, Gabriela Mistral, Jorge Luis Borges y Oliverio Girondo.

—¿Para que los lea?

—Y para que te los quedes. Fue anteayer tu cumpleaños, ¿no? Felicidades, señorita —se rio.

Yo abrí y cerré la boca, estupefacta. Fui a darle las gracias, emocionada, pero primero opté por la pulla.

—¿Cuántos de estos libros echaría Stalin a la hoguera? —pregunté con malicia.

—Niña, no me retes, que vengo en son de paz. ¿A que me llevo el regalo?

—Bueno —le concedí—. Muchas gracias.

—¿Te gusta el regalo? —preguntó, ansioso.

—Mucho. Muchísimo, de verdad —sonreí.

Él sonrió también, complacido, y mi respuesta le hizo dar por buena su siguiente acción. Abrió la boca para hablar y estiró los dedos para alcanzar uno de los libros, pero en ese momento apareció Flavia junto a nosotros, a mi espalda.

—¡Buenas tardes, don Álvaro! —Él, igual que había abierto la boca para hablar la volvió a cerrar, y se irguió sobre su silla—. ¿Y estos libros?

—Un regalo para su prima, por su cumpleaños.

—Ah. —trasteó los libros leyendo los títulos, y comentó distraída—: Mi cumpleaños será dentro de poco, también.

—Lo tendré en cuenta, señorita —sonrió, y yo casi me reí.

—¿Y por qué no nos lees algún poema? —lo retó—. A ver qué tal recitas, poeta.

Él dudó, pero finalmente decidió entrar al juego. Agarró el libro que iba a coger cuando ella había aparecido. Era un librito pequeño. *Luna silvestre*. Del autor mexicano Octavio Paz.

—Pues había pensado leerle a su prima algún poema de Paz. Es mi favorito.

—Míralo, prima, qué galante. —Se sentó en otra de las sillas, junto a mí—. A ver, recita que te oigamos.

Él abrió el libro y comenzó a recitar. Yo bajé la vista y vi una pequeña salamandra que escalaba una de las patas de la mesa. Fijé allí la vista, observándola moverse, mientras escuchaba. Era muy corto, el poema.

Mis manos
abren las cortinas de tu ser
te visten con otra desnudez

descubren los cuerpos de tu cuerpo.
Mis manos
inventan otro cuerpo a tu cuerpo.

Álvaro cerró el libro sobre su regazo y allí lo dejó. Y Flavia saltó.

—¡Qué golfo! —exclamó, falsamente indignada—. ¿Tú qué quieres, pervertir a mi prima?

Álvaro se rio con el ímpetu moral de mi prima.

—Mi prima es una chica decente —dijo ella, desafiante.

—Yo también. —Álvaro arqueó las cejas.

—Lo dudo, si vas leyendo esas cosas. —Se levantó para marcharse, pero antes me dijo sin mirarme—: ¡Prima, cierra bien las cortinas! —Yo me reí entre dientes.

—Ignórala —le dije a él, sacudiendo la cabeza. Se rio con la boca cerrada.

—¿Tú también piensas que soy un golfo? —me preguntó sin mirarme, levantándose una pelusilla del pantalón.

—Oh, sí, desde luego. Creo que eres un sinvergüenza.

Me reí con la burla, pero él no lo hizo. Solo pudo sonreír, y no llegó a mirarme a los ojos. Se levantó.

—Tengo que irme, me están esperando. Ojalá te gusten los libros, ya me dirás.

Estaba disgustado. Lo había ofendido mi comentario. Me levanté y lo retuve.

—Espera. Era una broma. —Lo miré con pena—. No quería molestarte.

—No, ya sé que no. —Sonrió con tristeza, y esta vez sí me miró a los ojos.

Después se hizo a un lado para esquivarme y echó a andar de nuevo. Yo no lo detuve. Recogí los libros y entré en la casa, con la pena de sus ojos todavía grabada en la retina. Esa pena era decepción, frustración. Repasé mentalmente el momento en que él había leído el poema y lo bien que había sonado en sus labios.

Subí a la primera planta para recoger mis cosas, tenía consultas. Al llegar a mi habitación, dejé la pila sobre la cama y cogí el librito de Paz en busca del poema que había recitado. Era el último del libro, y se llamaba «Palpar»*. Y bajo el poema, en el espacio en blanco que quedaba, había un párrafo manuscrito.

Recorren tu cuerpo mis días, morena, y tu boca invade mi sueño, engulle mi vida. Sueño unos muslos redondos, morenos, con las yemas de los dedos ateridas, queriendo despertar. Sueño perderme en un cielo inasequible y llevo el aliento inflamado, muerto de amor, a un mirar de estallar. Estoy loco, morena, perdido y encontrado, ciego, sediento y ahogado. Estoy en tu mano.

Era su letra.

* * *

La tía me vio salir de la habitación con el maletín y el sombrero en la mano, y los ojos ausentes, con el pensamiento todavía puesto en el párrafo que acaba de leer quizá diez veces seguidas. Y al ver que bajaba, me dijo:

—Si *bajás, decile* a Consuelo que ponga plato para Pilar y Ramón, que hoy se quedan a comer.

—Bien, tía. Hasta luego.

Ella se despidió con un gesto y entró en su cuarto. Yo tomé la escalera de servicio camino de la cocina. Conforme bajaba, el estruendo de voces y cacharrería de la cocina crecía y, al girar para tomar el tramo bajo, me detuve en seco.

Álvaro estaba sentado en un escalón a medio tramo, de espaldas a mí y fumando, sacando el humo por el ventanuco que daba luz al tramo de escalera. Miraba por él, absorto y ajeno al barullo de más abajo. No me había escuchado llegar. Ladeé la cabeza. No se había ido a ningún sitio. Era mentira que tuviese que marcharse.

Dudé si acercarme, si delatar mi presencia un par de metros más arriba, en la penumbra, o si darme la vuelta y salir por la puerta de la planta baja. Él apagó el cigarro y tiró la colilla por el ventanuco, y quedó quieto, ensimismado. Yo me moví, y al hacerlo sentí los músculos agarrotados, doloridos, y los pies pesados como sacos de tierra. Bajé los escalones despacio y con sigilo, sin apoyar los tacones, y cuando estuve dos escalones más arriba de él, me detuve. Me agaché hasta quedar a su altura y le cubrí los ojos con cuidado con una mano desde atrás.

Él se asustó primero, pero después rio quedamente, dejándose hacer.

—Rosita.

—No —susurré yo, y dejó de sonreír al reconocer mi voz.

Lo rodeé hasta quedar sentada en el mismo escalón, entre él y la barandilla, sin dejar de cubrirle los ojos con la mano. Él giró el cuerpo en la dirección en que intuía que estaba yo, y ya no se movió. Acerqué mi rostro al suyo, y lo besé en la boca muy despacio. Me separé, y le descubrí los ojos, que estaban abiertos bajo mi mano y me miraban desenfocados, atónitos.

Y entonces se abalanzó sobre mí y me devolvió casi con furia ese beso que yo le acababa de dar. Con ansia, casi con desesperación. Y yo contesté con el mismo ímpetu, hasta que un golpe de sartén más abajo me devolvió a la realidad. Me separé y me levanté riendo entre dientes, pletórica, con él todavía enroscado sobre mí.

—Bárbara...

—Me voy, ¡me voy!

Me zafé riendo de su abrazo y agarré el maletín que había dejado en el suelo. Pero me tiró de la falda y me hizo caer sobre él para robarme un último beso antes de que yo consiguiera escapar y terminar de bajar las escaleras riendo. Las de abajo no se habían enterado de nada.

27

—Parece que ya es oficial: se repiten las elecciones —comentó el tío distraído un día de aquellas primeras semanas de abril, cuando yo entré en la biblioteca—. Las han puesto para el 3 de mayo. ¿Quieres jugar?

Señalaba el tablero, sobre el que descansaban las piezas desde la última partida.

—No, salgo ahora. Voy a ver locales.

—¿Quieres abrirte una clínica, entonces?

—Sí. —Quería sustituir las visitas del barrio por un consultorio estable, con un horario especial para obreros—. Eso, y don Ramón me ha dicho también que en septiembre quedará libre una plaza de cirugía en San Juan de Dios.

—Bien. —Dio un sorbo al café que estaba tomando despacio—. Si necesitas dinero para empezar, ya sabes.

—Tengo algo ahorrado de Madrid. Pero gracias.

—¿Vas sola? —preguntó, suspicaz.

—Voy con Álvaro. Lo estoy esperando.

—Ah —pero no hizo ningún comentario—. ¿Y él, qué hace estos días?

—Busca clientes y empresas. No sabe todavía si se quedará aquí, pero quiere aprovechar el tiempo.

—Se quedará, seguro. —No llegó a sonreír, pero sus ojos de zorro se achicaron.

Yo dudé antes de preguntarle:

—Usted sabe que él y yo estamos de novios, ¿no?

—¿Hay alguien en la casa que no lo sepa todavía? —se burló.

—Yo no le he dicho nada a nadie, salvo a mi prima.

—Hija, no ha hecho falta.

—¿Y qué piensa usted de eso? —inquirí.

—¿Qué quieres que piense? Pienso que me están cercando los comunistas y los anarquistas. Verdaderamente me estáis perdiendo el respeto. Un comunista y un anarquista, y tú socialista también, para quien quiera verlo, Dios santo... Lo que pienso es que no me gustan los derroteros que ha cogido Álvaro, y tampoco que lo elijas a él. No me gusta nada, pero supongo que vas a hacer lo que te dé la gana. Es tu vida. Tú eliges.

Yo ladeé la cabeza, disgustada. Él siguió con su café.

—¿Y por qué con Flavia no tiene esa deferencia? —pregunté, desafiante.

—Su situación es distinta, ella tiene que dirigir una empresa. —Su gesto se agrió, y negó con la cabeza—. Álvaro será un bolchevique, pero tiene la cabeza amueblada y estudios. Tú y él tenéis temperamentos parecidos. Pero Miguel es un pobre diablo. Flavia se merece algo mejor.

—Es lo que ella quiere.

—Pero no lo que necesita. Ella dirigirá todo esto cuando yo ya no esté, y necesita a alguien que esté en condiciones de apoyarla. Y que esté dispuesto a ello.

—Flavia puede dirigirlo sola. No necesita a un compañero.

—Claro que puede. Siempre que el novio no le monte un piquete en la puerta o le pare las máquinas —afirmó con una mueca.

Yo resoplé, exasperada.

—Ella no necesita todo esto. Ninguno de nosotros lo necesitamos.

—No, claro que no. Todos podemos hundir los pies en el fango, aunque pensemos que no. Somos capaces de soportar cosas que ni imaginamos. Pero no es así como quiero que viva mi hija —dijo, dando por zanjada la discusión.

Yo ya no sabía qué más argumentos dar.

—No está siendo justo con ella —concluí—. Está demasiado acostumbrado a mandar, tío. Pero, le guste o no, no puede hacer y deshacer las vidas de los que le rodean de acuerdo con sus intereses.

Él me taladró con sus ojos amarillos durante unos segundos antes de responder. Y cuando lo hizo, cambió completamente de tercio.

—A veces me pregunto cómo era tu madre.

No contesté inmediatamente, descolocada por aquella repentina reflexión.

—Yo también.

No me entretuve mucho más en la biblioteca. Si Álvaro no subía, bajaría yo.

Al abrir la puerta del servicio subió por la escalera murmullo de música y, conforme bajaba, aquel murmullo fue transformándose en la voz de Conchita Piquer que cantaba aquello de «si me amas, cielito, llévame donde tú quieras». Los tíos les habían regalado a las de abajo un gramófono con el disco de la Piquer por las últimas Navidades, y el disco sonaba día y noche, a menudo con los coros de Amparo o la cocinera. Pero en aquel momento nadie cantaba. Bajo la música, solo se escuchaban voces que hablaban. Y lo que decían quedaba envuelto en los gorgoritos de la cantante. Eran las voces de Consuelo y la Cangreja, que discutían.

—... yo razón —decía Consuelo—. Una *pechá* de libros dice que le dio, que se los había traído de las Américas toditos.

—¿Libros?

—Eso dice la Amparito. Y bien pensado lo tuvo ese, porque la niña tiene el hocico siempre pegado al papel.

—¿Y eso qué tiene que significar? Son chifladuras tuyas, Consuelo.

— ¡Ja! Sí lo serán. Cuando el pajarico le lleva miguillas a la pajarica, es que quiere metérsele en el nido. Eso es así.

—Ejem —carraspeé yo al entrar.

Estaban las dos mujeres solas, separando lentejas sentadas a la mesa.

—¡Niña! —La Acemilera se giró—. Haz más ruido cuando entres, que si no...

—... me entero de todo, ¿no? ¡Son ustedes dos unas cotillas!

—Morenilla, ¿y qué otro entretenimiento tenemos? Comentar lo que pasa, y nada más, pobres viejas... —suspiró.

—Mucho cuento por aquí —me reí.

—Niña, danos contentura: ¿es verdad lo que dice aquí mi comadre? —preguntó la otra.

—Es —asentí yo riendo. La Acemilera casi dio un salto.

—¡Ay, si no lo sabía yo...! Qué buenos dineros le habría sacado a esta si hubiéramos apostado...

—Pero... ¿y tú le has dado el pase? —La Cangreja me escrutaba con recelo.

—Se lo he dado, sí.

—¿Y qué te dice, nenica? —Consuelo estaba emocionada—. ¡Cuéntame los piropos que te suelta y esas cosas!

—Nanay, Consuelo, eso es para mí solo.

—Bueno, las cosas de novios para los novios quedan.

—¿Pero te ha besado? —insistió la Cangreja.

—Algún besillo me ha dado, sí.

—Niña, cuídate, que un paso más y es pecado —me advirtió—. Él querrá hacer, pero tú tienes que ponerle freno. ¿Entiendes lo que te quiero decir?

—Meridianamente, Paca. No se preocupe. —Luché por no reírme.

* * *

Las derechas iban a las nuevas elecciones desinfladas. Aturdidas. Y amedrentadas.

Hasta llegar el día de la repetición, la izquierda, al menos algunos de sus sectores, se dedicó a hostigar y amenazar a los derechistas que se atrevieron y tuvieron ánimo de hacer campaña, y a boicotear sus actos de propaganda. Y aquello tiraba a la derecha republicana descontenta cada vez más hacia los ultras. Gil Robles, a su pesar o a su gusto, rimaba cada día más con los ilegales de Falange y el resto de antirrepublicanos y antidemócratas. La CEDA estaba deshecha, abocada a deambular fuera de las fronteras de la República. Era el erial por el que vagaban desorientados los derechistas que renegaban de la izquierda y el fantasma omnipresente del marxismo, pero eran republicanos o podían serlo si se les dejaba, y eran carne de desafectos al régimen. Acabarían por retirarse de la contienda de mayo. Y ni siquiera lo vimos anunciado en los periódicos. El *Ideal* estaba cerrado desde el incendio y lo estaría todavía por varios meses, y *El defensor* no estaba por la labor.

En aquella reunión en el piso de uno de los camaradas de Álvaro en que nos encontrábamos, en la que habíamos recalado al acabar uno de los paseos en busca de local para mi clínica, la tónica general era a favor de la presión. Allí había comunistas y socialistas sentados o de pie en torno a una mesa en la que se discutía el paso siguiente de la campaña de boicot. No sé si era una campaña como tal o si se trataba iniciativas disgregadas. Sea como fuere, hacían el ambiente irrespirable.

Dos compañeros socialistas, hombre y mujer, y el dueño del piso, eran los que más hablaban. Álvaro intervenía de vez en cuando, de pie a mi lado, y el resto fumaban y escuchaban. Y yo escuchaba también con las tripas anudadas, luchando por no abrir la boca. Estaban hablando de hacer algo en la sede de Acción Popular. La de Recogidas ya la habían quemado tras el mitin y ahora iban contra la de Gracia.

—¡Esto no es democracia, es una patraña! —acabé por reventar. Los de la mesa levantaron la cabeza—. ¡Todo esto no es necesario, ni es justo! ¿Qué legitimidad tiene la anulación si ahora hacemos lo mismo que denunciábamos de los caciques? ¿Con qué derecho...?

—¿Y quién eres tú para decir nada? —me increpó la mujer.

—Es la compañera de Álvaro —dijo alguien a quien no llegué a ver, a mi derecha—. La sobrina del Navarro.

—Con la burguesita hemos topado —se burló ella—. Búsquese otro entretenimiento, señorita, que aquí no pinta nada.

Álvaro, que no había abierto la boca hasta entonces, se adelantó y la encaró.

—Ella tiene sesera, y tanto derecho como tú y el resto a estar aquí y a opinar.

—Álvaro, no me toques los huevos, que estás aquí de prestado —dijo el otro socialista, que se había levantado, encarándolo también.

—¿Y quién coño dice aquí quién vale más y quién menos? No me jodas, Antonio, que yo no soy nuevo. Que llevo mucho camino hecho. Y si Bárbara quiere hablar, que hable.

—Esta muchacha no tiene ni idea de lo que se está hablando. Si quiere estar aquí, que calle y escuche. Y si quiere hablar, que se aguante.

Aquello me colmó y aparté de un empujón a la montaña hunana que era Álvaro, que se interponía entre el hombre y yo:

—Sois una porquería de compañeros, solo dejáis hablar al que dice lo mismo que vosotros. Y muestra más respeto hacia Álvaro, porque su opinión vale lo mismo que la tuya.

Sentí un murmullo de risas sordas a mi alrededor.

—¿Dónde te has dejado los cojones, americano, que te tiene que defender tu muñequita? —se burló la mujer, y algunos de los que nos rodeaban rieron.

—Vete a la mierda, Maribel —siseó Álvaro.

—Maribel, cállate —le ordenó el dueño del piso. Después se giró hacia nosotros—. Será mejor que os vayáis. Por favor.

Nos fuimos. Al salir, el cielo se estaba encapotando y amenazaba lluvia. Ya en la calle, lo observé de reojo, tanteando sus pensamientos.

—Tú estás de acuerdo con ellos. —No era una pregunta. Él suspiró, exasperado.

—Esta gente suena bruta, pero tienen razón.

—Las elecciones ya se van a repetir. El Frente ya gobierna. ¿Qué más queréis? ¡Dejad que las cosas sigan su curso! La derecha caerá por su propio peso.

—Hay que hacer fuerza hasta que llegue el día. Si aflojamos, se nos pueden volver a subir a la chepa. No podemos claudicar.

—¡No es claudicar, es no enloquecer! Los estáis arrinconando, Álvaro, los estáis echando fuera. Ellos están en su derecho de hacer campaña en paz. Tienen derecho, y tienen que estar, te guste o no. ¿Para qué votamos, si no? Ellos tienen que estar, porque si no, el voto no tiene razón de ser y esto es una dictadura. —En la vida me habría imaginado a mí misma abriendo la boca por la derecha—. La pelea, con el voto. Pero esas opciones tienen que existir. La democracia es contradicción. Sin contradicción nos encerramos en nosotros, nos envenenamos en nuestras propias opiniones. No podemos renunciar a las opiniones ajenas.

No sabíamos convivir.

En el cuerpo humano, para cualquier función, siempre hay dos sustancias. Una que provoca un efecto y otra que provoca el contrario. Y la ausencia o incluso solo la merma de una en relación a la otra quebranta el funcionamiento del organismo. Rompe el equilibrio, y lo enferma. No importa si el efecto que cada una tiene es nocivo o benigno. La una controla a la otra, y la sustancia más beneficiosa del cuerpo podría envenenarlo sin el contrapeso de su contraria. Por exceso.

—Calma y paciencia, y juego limpio —concluí.

—Bárbara, eres una filósofa —me reprochó—. Tenemos que ser pragmáticos.

—¿Quieres pragmatismo? Les estáis robando los pocos argumentos que les quedaban para atenerse a lo que salga de las elecciones. Si degradas eso, degradas el régimen. Y los echas fuera. Si no tienen espacio en la normalidad política, lo buscarán en otra parte y por otros medios.

—Ya se están yendo ellos solos —rezongó.

—Los estáis ayudando. Les estáis dando motivos. Con todo esto los estáis echando en brazos de Falange y el resto.

—La misma basura son. —Yo negué—. ¿Tú eres capaz de distinguirlos? —En ocasiones, no—. El señorito de Acción Popular ahora se viste de Falange. La derecha se está fascistizando. El fascismo avanza, mira cómo está Europa, y aquí lo mismo. ¿Qué hacemos, nos quedamos quietos?

—Desprestigiar las elecciones solo empeora las cosas.

—¡Eso es secundario, Bárbara! ¡Tiene que salir la izquierda! Los antifascistas tenemos que unirnos contra el fascismo, tenemos que hacer fuerza para eliminarlo.

—¿Y eso nos da carta blanca para hacer lo que sea?

—No puedes combatirlos con votos. Son antidemocráticos.

—Vosotros os estáis comportando como tales —escupí.

—Nosotros somos quienes más estamos haciendo por defender la democracia frente a Hitler, Mussolini, José Antonio y toda su carroña. Ellos son los enemigos de la democracia.

Hinché el total de los pulmones, y entonces la primera gota de lluvia me mojó la frente. Corrimos a refugiarnos en un portal. Allí contraataqué.

—Vosotros con el VI Congreso de la Komintern del 28 os quedasteis al margen. No quisisteis saber nada de la República por burguesa. Y el año pasado, con Hitler ya en escena, en el VII dijisteis que sí, que elecciones y frente común contra el fascismo. Si hay que pactar, se pacta con el demonio si hace falta. —E inquirí, taladrándolo con los ojos—: ¿A ti qué te dice eso?

—Lo que te estoy diciendo. Los antifascistas tenemos un enemigo común. Los burgueses moderados y las izquierdas, todos estamos contra el fascismo, es el enemigo de todos nosotros. Una vez acabemos con él, ya habrá tiempo para otras cuestiones.

—A mí lo que me dice es que la democracia la protegéis si os viene bien. Lo que yo creo es que Stalin silba y acudís corriendo sin preguntar siquiera para qué. Moscú sabrá. ¡Pero a mí no me mandan ni el Papa ni Stalin!

—Joder, Bárbara, ¿ahora resulta que tampoco eres antifascista?

—Yo *soy* antifascista —lo contradije—. Hasta el tuétano. Pero Stalin lo es mientras le venga bien. La consigna del antifascismo sirve a sus intereses exteriores, para no aislarse. Para que las democracias no hagan bloque con Hitler contra él. Stalin es antifascista y tira de democracia mientras le convenga. No por principio.

—El fascismo y el comunismo son incompatibles. Son dos polos opuestos.

—A mí se me antojan dos perros de la misma raza que pelean por un hueso.

—El fascismo es la culminación del capitalismo. Te repito lo de Acción Popular y Falange.

—Yo creo que eso es circunstancial, Álvaro. En esencia, son distintos.

La repetición trajo consigo trece escaños más para la izquierda. Entre ellos, para escándalo del tío Pablo, uno para los comunistas. Cuando más tarde le hablé del contenido de aquella conversación, obviando la reunión en el piso del camarada, el tío recitó por enésima vez aquella cantinela que había escuchado no sabía dónde y que había repetido hasta la saciedad a lo largo de los últimos años:

—«La democracia es una niña chica. Tan chica, tan chica, que todavía no la dejan tomar sus propias decisiones».

28

El sol de primavera era cada vez más caliente, pero no lo suficiente aún para ser abrasador a esa hora de la tarde. En aquel momento solo me acariciaba las mejillas y los antebrazos con suavidad, una sensación agradable que contrastaba con la brisa que hacía revolotear mis cabellos y me provocaba leves escalofríos de vez en cuando.

Percibía todo aquello sentada en el suelo, con los brazos enroscados en torno a mis piernas, mi cuaderno colgando de una de mis manos y los ojos cerrados, escuchando a lo lejos el griterío y los afanes de los braceros que debían de llevar el tajo no muy lejos. También escuchaba, mucho más cerca, la respiración pesada y los ocasionales golpes de cascos de los caballos, que pastaban apaciblemente a unos metros de mí. Y también los pasos de Álvaro, que paseaba distraído por el lindero.

—Se está bien aquí —musité.

Él no respondió. Abrí los ojos unos milímetros y volví a cerrarlos. Deshice el cerco de mis brazos y me tumbé completamente estirada sobre el suelo, con las manos detrás de la cabeza y el cuaderno sobre el vientre.

Me habría quedado dormida de no ser porque poco después un dedo furtivo comenzó a serpentear con suavidad sobre mi cara. Sonreí instintivamente, agradecida por el contacto, y al hacerlo el dedo fue sustituido por unos labios que me besaron los ojos, la punta de la nariz y la boca, antes de comenzar su descenso por mi cuello. Aquellos labios me dieron un collar de besos, de una oreja a la otra, y entonces se detuvieron. Fruncí el ceño, turbada, pero no abrí los ojos.

Oí sin comprender el leve crujido de unas hojas de papel y, sin previo aviso, Álvaro comenzó a recitar:

—«Una joya duerme en Granada...»

Entonces percibí la ausencia del cuaderno sobre mí. Abrí los ojos y me incorporé de golpe.

—¡Ay, no, ese no! —Traté de quitarle el cuaderno en vano. Sus brazos eran más largos que los míos. Me reí nerviosa, forcejeando. No quería que leyera aquello.

—¿Por qué no? —Él también se reía.

—Porque no me gusta —confesé avergonzada—. Es de los primeros intentos que hice, de los primeros que escribí. ¡Es horrible!

—Venga, déjame leer un poco, ¡solo un poco!

—No, por favor, de verdad... —insistí, pero hizo caso omiso.

Hizo el amago de seguir leyendo, y yo aproveché entonces que tenía la guardia baja y se lo arrebaté, ignorando sus protestas. Lo interrumpí.

—Si quieres leer algo... —Me detuve unos instantes mientras hojeaba el cuaderno en busca de alguno del que me sintiera más orgullosa. O, al menos, menos avergonzada—. Mejor uno más reciente. —Y por fin di con él—: Mira, este lo escribí hace algunos años. —Le ofrecí el cuaderno abierto—. Se lo dediqué a tu padre.

—¿A mi padre?

Él lo cogió con las cejas arqueadas, sorprendido. Leyó velozmente los primeros versos en silencio, para sí, y después en voz alta.

Álvaro recitaba sin aspavientos ni histrionismos, en voz baja y cálida, en una cadencia constante y agradable impregnada del propio mensaje del poema. Yo lo escuchaba con los ojos entreabiertos ensimismada, reflexionando y analizando las virtudes y los defectos de mis palabras, y absorbiendo la forma en que él les daba vida. Álvaro siempre fue buen declamador. Igual que Flavia, y por supuesto que Federico. Cuando alguien deseaba escuchar alguno de mis poemas, yo me escabullía y siempre era alguno de los tres quien lo recitaba.

Cuando la voz de Álvaro se desprendió del último verso, se extinguió por unos minutos, releyendo en silencio lo que acababa de recitar. Al fin se giró hacia mí.

—Gracias por dedicárselo a mi padre. —Yo sonreí en silencio—. ¿Puedo? —añadió, señalando el lápiz que todavía tenía yo.

Aquello me sorprendió. Le alargué el lápiz, curiosa. Álvaro lo cogió y con él transformó el punto que seguía al nombre de su padre en una coma, y añadió algo que no pude discernir hasta que me lo mostró.

—¿Te parece bien?

La dedicatoria ahora rezaba: «A Vicente, y a todos los demás». Me gustaba el matiz.

—Perfecto.

Él contempló aquella escueta línea, satisfecho. Y entonces sus labios y su ceño se fruncieron.

—¿Y a mí? ¡A mí no me has dedicado ninguno!

Aquello no era una pregunta, pero aun así respondí:

—No. —Arqueé las cejas, sorprendida al caer en la cuenta.

—¡Dedícamelo a mí también, este mismo, da igual! —suplicó puerilmente.

—¿No hay ya demasiada gente en esa dedicatoria?

—¿Qué más da? Me gusta el poema. —Su boca se perdió de nuevo en mi cuello y trató de arrancar de allí algún incentivo para ceder a su petición mientras decía con su voz más persuasiva—: Dedícamelo, Bárbara morena.

—Está bien, está bien —cedí yo.

Ignoré como pude sus besos y garabateé unas palabras tras el añadido de él.

—¿Está bien así, señorito? —Se lo mostré.

«A Vicente, y a todos los demás. Y al pesado de Álvaro, que me obligó a dedicarle este poema.»

Él rio al leer lo que acababa de escribir y quedó en silencio mientras releía una vez más el poema desde el principio. Yo volví a tumbarme, esta vez mirando al cielo distraída mientras él leía.

Álvaro dejó finalmente el cuaderno a un lado y de pronto su rostro se interpuso entre el mío y el cielo. El beso que me dio esta vez en la boca fue mucho menos delicado que los anteriores. Estaba a cuatro patas sobre mí, con los brazos y las piernas apoyados en el suelo a ambos lados de mi cuerpo. Me besó de nuevo.

—Álvaro —dije en cuanto pude liberar la boca por unos segundos. Él no contestó—. Estamos en medio del campo. —Aquello no le impidió seguir besándome.

—¿Y qué con eso? —preguntó, despreocupado.

—Que nos van a ver.

—Yo no veo a nadie por aquí cerca —replicó sin levantar si quiera la cabeza para cerciorarse de lo que acababa de decir.

—Pero yo sí los oigo —repliqué recordando el murmullo de voces lejanas.

—Están lejos —insistió.

—No tanto.

—Cuando lleguen no nos verán. —No tenía intención de abandonar su empeño—. Este rincón está escondido, ¿no ves eso?

Señaló con una sacudida de cabeza la hilera de matorrales y los dos chopos que nos ocultaban a la vista de los que trabajaban a unos centenares de metros. Era cierto que aquel rincón estaba aislado.

Sentir de nuevo su aliento cálido y sus besos en el cuello me distrajo y me enfebreció. Pero, a pesar de ello, en algún rincón de mi subconsciente había algo que me retenía y me impedía seguir por el camino que estaba trazando él:

—¿Y si volvemos ya? —volví de nuevo a la carga.

Mi inoportuna sugerencia terminó por desinflarlo. Separó su cabeza de la mía y se tumbó a mi lado bocarriba.

—Me matas, Bárbara —dijo visiblemente molesto.

Me arrepentí de aquella última pregunta y temí haberme mostrado demasiado fría. Acerqué mi cabeza a la suya y giré hacia mí su rostro, que miraba al cielo con el ceño fruncido. Le di un suave beso de disculpa en la boca. Él aceptó mi disculpa con una leve caricia y me besó de nuevo, esta vez con menos pasión y más cautela. Se apartó enseguida y se quedó así, acariciándome sumido en sus pensamientos.

—¿Eres virgen? —preguntó de repente, en un suave susurro. Continuó acariciándome, expectante.

La pregunta me descolocó, y me transportó a aquel momento siete u ocho años atrás en que Sybill me había hecho una similar. Recordé todo lo que había vivido con ella después.

¿Lo era? ¿Era virgen? Técnicamente sí, supongo. Pero, ¿y Sybill? ¿Y todo lo que había pasado con ella? ¿No contaba? En aquel instante me di cuenta de lo imprecisa que era aquella pregunta, aquel concepto. No supe qué contestar. Él seguía mirándome y acariciándome, tratando de discernir mis pensamientos.

—¿Tú? —le devolví la pregunta, intentando ganar tiempo.

—No —respondió simplemente, sin dudar. E insistió—: ¿Y tú?

Si lo que Álvaro me estaba preguntando era si alguna vez había estado con un hombre, no, nunca había estado. Si lo que me estaba preguntando era si tenía miedo a aquello, a seguir adelante, la respuesta a aquella pregunta debía ser:

—No.

Mi respuesta no pareció conmoverlo, ni para bien ni para mal. Quizá mis reparos al contestar le hicieron dudar de su veracidad, quizá la aceptó sin más. Simplemente siguió acariciándome la mejilla sin que su rostro mudara un ápice.

Esa respuesta no lo había envalentonado como yo esperaba, ni parecía tener intención de seguir presionándome. Pero yo quería dejarle clara la respuesta. Sin previo aviso, me senté sobre sus caderas riendo maliciosamente y lo atraje con un nuevo beso hasta que se incorporó y quedó sentado, abrazándome con los ojos encendidos. Me besó una y otra vez en la boca, y yo le respondía cada vez más enfebrecida y enfebreciéndolo cada vez más a él. Ambos jadeábamos.

Volví a tumbarme sobre el suelo sin apenas despegar mi rostro del suyo y él se mantuvo tumbado a mi lado con su cabeza inclinada sobre la mía y apoyado sobre un codo. Sin dejar de besarnos, noté como la mano que le quedaba libre se deslizaba dentro de mis pantalones y relajé las piernas, dispuesta a dejarla entrar.

—Mírame —me pidió, y abrí los ojos.

Pero cuando aquella mano alcanzó su objetivo, el escalofrío que me sacudió fue muy distinto a lo que yo esperaba.

Aquel contacto me sacó del presente, que desapareció a mi alrededor. El claro en que estábamos se había esfumado. Fue un chispazo, un segundo. Aquella mano, aquellos dedos, ya no eran los de Álvaro. Eran los dedos como gusanos de Alonso. Y lo mismo aquella boca que en aquel momento tapaba la mía, que desapareció detrás del recuerdo. Y sentí que me asfixiaba al volver a respirar el aliento nauseabundo del otro. Y la amenaza. Era el poso de un recuerdo vago, sepultado bajo capas y capas de olvido y distracciones, pero de repente, con aquel contacto, terriblemente afilado y candente, un latigazo de terror me golpeó de repente.

Me estremecí instintivamente, y él lo notó.

—¿Qué...? ¿Qué pasa? —Se detuvo.

Yo no sabía qué contestar. No podía pensar con claridad. Estaba paralizada y apenas podía respirar. Tenía que respirar. Necesitaba desesperadamente echar a correr, salir de allí.

—Bárbara, ¿qué pasa? —repitió. Me miró a los ojos confundido, tratando de comprender qué ocurría—. ¿He ido demasiado rápido?

Yo no contesté. Él fue a acariciarme de nuevo la mejilla, pero yo ahogué un chillido y me levanté de un salto.

—¡Bárbara!

También él se había puesto en pie. Yo no lo escuchaba. Tenía que salir de allí. Me abalancé como una posesa hacia nuestros caballos y me subí como el rayo a lomos de Indiano ante la mirada estupefacta de Álvaro. Sin darle ninguna explicación, azucé al caballo y me alejé sin mirar atrás.

Tan pronto como le di la espalda, rompí a llorar.

★ ★ ★

Gonzalo no aparecía por ningún lado. Debía de estar con el coche, o haciendo alguna otra cosa. Llevé al caballo a su cubículo, aquel bajo el retrato de Pasito que hacía tantos años había pintado, y comencé a desatar yo misma la cincha y la brida.

No había dejado todavía la silla sobre su soporte cuando una voz a mis espaldas me sobresaltó.

—¡Bárbara! ¿A qué cojones ha venido todo eso?

Álvaro avanzaba a grandes zancadas en mi dirección, furioso por el plantón que le acababa de dar sin motivo aparente. Había salido corriendo detrás de mí. Dejó a su caballo en el cubículo contiguo al mío sin dejar de fulminarme con la mirada, pero yo no contesté. Ni siquiera osé mirarlo a los ojos. Le quité la brida a mi caballo sin decir palabra y cuando fui a hacer lo propio con el otro, al que Álvaro no prestaba ninguna atención, me agarró del codo y me detuvo.

—¿Qué te pasa? —insistió. Su enfado no se había disipado, pero en su voz había un punto de preocupación. Yo no contesté y él insistió de nuevo, esta vez en voz más baja, ya menos enfadado—. Pensaba que era lo que tú querías.

Yo lo miré por primera vez a los ojos y él pudo ver que había llorado. Me soltó el brazo, pero no se alejó. Yo tampoco me moví. El caballo tendría que esperar.

—Bárbara, dime qué te pasa. Me estoy volviendo loco, por favor —suplicó ya casi en un susurro, enjugando con el dorso de los dedos las lágrimas de mis mejillas.

Pero yo no era capaz de hablar. No sabía qué decir, ni por dónde empezar, ni cómo poner en palabras el terror que me había embargado unos minutos antes. Los ojos se me llenaron de lágrimas de nuevo al rememorar aquella sensación, y aparté la vista.

Él lo interpretó como un rechazo y su enfado reapareció. Volvió a la carga.

—¿Por qué no me dices lo que te pasa? —preguntó, visiblemente dolido.

En mi mente se agolpaba un vendaval de pensamientos y sentimientos demasiado difíciles de gestionar en aquel momento, con Álvaro frente a mí taladrándome con los ojos. Lo sucedido en el claro había desenterrado algo que creía ya muerto y lejano. Algo que había vuelto en toda su extensión de repente como un mazazo brutal. Me carcomía el miedo, y algo que se asemejaba a la vergüenza me impedía abrir la boca. No era capaz de discernir claramente lo que sentía ni por qué.

La respuesta más sencilla y sincera a las preguntas de Álvaro habría sido un simple «no lo sé». Pero me abrumó la conciencia de mi propia vulnerabilidad, y aquel amasijo de sentimientos que era incapaz de racionalizar me hizo contestar de forma insólita. Aquel temor, aquella tristeza y aquella vergüenza que intuía se transformaron en rabia que envenenó mis palabras.

—¿Y tú por qué no me cuentas por qué te fuiste? —le espeté, cambiando bruscamente de tema. Él no comprendía—. ¿Por qué te fuiste aquella noche?

En sus ojos vi que acababa de entender a qué me refería, y su expresión cambió.

—¿A qué viene eso ahora? —El enfado se mezclaba con la confusión.

—¿Por qué no quieres contármelo? —insistí yo fríamente, sin responder a su pregunta—. ¿Cómo esperas una explicación mía si ni siquiera me dices por qué te marchaste y me mientes?

—Porque no quieres saberlo. —No supe interpretar el tono opaco de su voz.

—¡Pues claro que quiero! ¡Maldita sea! ¿Qué demonios pasó aquella noche? ¿Por qué mi tío y tú insistís en mentir?

Álvaro dudó durante unos instantes y abrió la boca en un amago de contestar, pero la volvió a cerrar si proferir sonido. Finalmente, se dio la vuelta y salió a zancadas de la cuadra envuelto en silencio.

29

—Señorita, ¿se encuentra usted bien?

Gonzalo se acercaba a nosotras con cautela. Yo me limpié rápidamente con el dorso de la mano las últimas lágrimas que todavía me quedaban en la cara.

Flavia y yo estábamos sentadas en un portal cualquiera, y mi maletín descansaba junto a mis pies. Entre visita y visita, le acababa de contar lo sucedido en el claro. Pero me había reservado el último tramo de la discusión con Álvaro, aquel sobre la noche del 17. Aquello continuaba siendo un secreto.

—Gonzalo, ¿qué haces aquí? —Flavia reaccionó con rapidez.

—Vengo de una reunión, señorita. —Se pellizcó la camisa que llevaba, de Falange. E insistió, sin dejar de escrutar mi rostro—: ¿Seguro que están bien?

—Sí, no es nada, Gonzalo. De veras —le aseguré, articulando una sonrisa lo mejor que pude—. ¿Vuelves a casa ya? —añadí, tratando de desviar la conversación.

Él desistió.

—Sí, me espera su tío. Tengo que llevarlo a la azucarera. Las dejo, entonces.

Ambas asentimos en silencio a modo de despedida. El giró sobre sus talones y retomó su camino calle abajo, pero a los pocos pasos recordó algo y se detuvo. Se acercó de nuevo.

—Señorita Bárbara, no sé si es el mejor momento... No sé si debería pedirle esto ahora, pero... ¿Sería posible que usted me ayudase con... con un asunto?

—¿Un asunto? —Arqueé las cejas.

—Usted sabe que Rosita y yo, bueno, que ella y yo... —Gonzalo enrojeció violentamente, tratando de acabar la frase.

—Estáis de novios, sí —terminé yo. Asentí.

—¿Cómo? ¡Nena! ¡Y no me lo habías contado! —Flavia estaba indignada.

—Esperaba que lo hiciera Rosita —repliqué—. Es asunto suyo, no mío.

—Pensaba que usted también lo sabía, señorita Flavia. El caso es que yo quería pedirle que me ayudara con una cosa —me dijo de nuevo—. Estoy escribiendo... Me gustaría escribirle algo a Rosita, un poema... o lo que sea, pero yo soy muy garrulo, señorita. No me salen las palabras. —Y dudó antes de decir lo siguiente—: Quiero pedirle matrimonio.

—¡Gonzalo, vaya! ¡Eso es magnífico! —Flavia aplaudió emocionada.

—Ya he hablado con su padre, y da su permiso. Ya solo queda que ella acepte.

—Aceptará. —Flavia asintió. Él estaba cada vez más rojo.

—Eso espero. Pero es pensar en ponerme delante de ella y me entra un mal cuerpo...

—Para eso el remedio es hacerlo cuanto antes, Gonzalo —apostillé yo. Él rio entonces.

—No me venga usted con cosas de doctores, señorita, que esto no se cura con un ungüento. ¿Me ayudará usted?

—¡Pues claro!

—Gracias. No sabe cómo se lo agradezco.

—Ya ves tú. —Le quité importancia con un gesto de la mano, riendo.

—¡Prima, nos vamos de boda! —Flavia me zarandeó, exultante—. ¡Ay, la Rositilla, lo contenta que se va a poner! ¡Que se casa!

Gonzalo rio de nuevo, avergonzado. Dándome de nuevo las gracias, volvió a despedirse y Flavia y yo observamos en silencio cómo se alejaba. Y también cómo con él se llevaba la alegría momentánea de los últimos minutos y volvía a instalarse entre nosotras la tristeza de la conversación anterior. Flavia fue la primera en hablar:

—Tienes que contárselo, nena. A Álvaro, digo —musitó—. Debe saberlo.

—Qué dices, qué dices... —Descarté la idea con una sacudida de cabeza y los ojos volvieron a llenárseme de lágrimas—. No sé cómo va a reaccionar. No sé qué va a pensar.

—¿Qué va a pensar? ¡Que el sobrino de don Paco es un desgraciado! ¡Nada más! —Yo no contesté—. Tú no hiciste nada malo. Ni se te ocurra, Bárbara. Tú no tuviste la culpa de nada.

Aquello ya lo sabía. Lo sabía, de veras. Pero no me servía de nada saberlo. En realidad no estaba segura de saberlo. En aquel momento en que Alonso me había acusado delante del tío y los demás de engatusarlo y yo le respondí con una bofetada, lo odié por sus palabras. Y tuve claro que él era el único culpable. Que no tenía ningún derecho a hacer aquello. Pero, pasado un tiempo, empecé a ver matices y llegaron las dudas. Una y otra vez me pregunté a mí misma si no lo habría alentado inconscientemente, si no habría jugado con él sin pretenderlo, dándole esperanzas y después abandonándolo como había hecho con Álvaro en el claro. Calentándolo, como había dicho él. Dudaba si yo no era culpable en parte de lo que sucedió. Y me odiaba por pensar así, y mil veces me repetí que nada, nada, justificaba lo que Alonso hizo. Pero aquellos pensamientos venenosos no desaparecían.

Con el paso del tiempo había ido acallando esa vocecilla que me atormentaba, y me había obligado a desterrar la culpa. Pero, ante la perspectiva de contarle lo sucedido a Álvaro, me asaltaban de nuevo las dudas. Y temía que él no tuviera tan claro como Flavia que Alonso era el único culpable, que yo no había pretendido jugar con él y que nada justificaba lo que había hecho. Me aterraba que se pusiera de parte de la vocecilla. Temía lo que pudiera pensar de mí, y temía lo que pudiera hacer si se lo contaba. Temía que hiciera alguna estupidez. Y me ahogaba.

—Pensará que soy... —no acabé la frase.

Flavia intentaba discernir mis pensamientos.

—Él te quiere, nena. Jamás pensará lo que quiera que se te esté pasando por la cabeza. —Yo no contesté—. Él necesita saberlo, y tú necesitas contárselo.

Yo me abracé a ella.

—Hazme caso —insistió, acariciándome suavemente el cabello.

Aquello era lo que debía hacer, sí. Álvaro debía conocer el motivo de lo sucedido en el claro. Era lo lógico, sí. Pero desde luego, no era fácil.

Álvaro y yo llevábamos casi dos semanas sin hablarnos. De un plumazo habían cesado los paseos, las discusiones interminables, los besos y todo lo demás. Y los cientos de ratos que pasábamos juntos se habían reducido a unas pocas miradas tensas y distantes cuando coincidíamos en algún lugar de la casa y a escuetos cruces de palabras que no iban más allá de lo estrictamente necesario cuando alguien más estaba presente. Y cuando no, simplemente abandonábamos el lugar o ignorábamos, al menos yo, la presencia del otro.

Mis dudas y mi temor no eran el único obstáculo. A Flavia le había ahorrado el enfado y la decepción que sentía hacia Álvaro con respecto al tema de la noche del 17. No comprendía su indolencia, o reticencia, o los motivos que tuviera, si los tenía, para no contármelo. Aquello me hacía recelar, y me cargaba de razones para no sincerarme con él. ¿Cómo podía confiar en él, si el no confiaba en mí?

Él debía dar el primer paso. Él. La voz de la conciencia me sugería lo contrario, y también que quizás estaba siendo muy pueril con respecto a aquel tema. Pero ¡qué pocas veces se obedece a esa voz!

Odiaba aquella situación y, sin embargo, me obstiné en mi silencio. Hacia Álvaro y hacia todos los demás. No respondí a la tía cuando me preguntó al respecto, y solo accedí a hablar de ello con Flavia cuando esta me arrinconó en aquel portal. La Acemilera también dejó de cantar sus coplillas. No estaba el horno para bollos, supongo que pensaría. Y supongo que aquel sería también uno de los temas estrella de la tertulia bajo la higuera, de la que me evadí a propósito. Si así fue, las tertulianas se guardaron de que sus chismes se oyeran más allá del refugio de la brevera. Con seguridad también el tío Pablo se percató de la distancia entre Álvaro y yo, pero se abstuvo de hacer ningún comentario al respecto.

Me había encerrado yo sola en mi propia jaula, y cada vez que veía que el azul de los ojos de Álvaro ya no era azul de mar o de cielo sino de hielo, se me partía el alma y me daba la vuelta para que no me viera llorar mi estupidez.

* * *

Carmen se marchaba. Era definitivo. Acabando mayo vino una tarde con el niño de la mano a despedirse y a dejarnos su nueva dirección para el correo. Marcos había sacado plaza en Málaga, y se iban.

—Escribe con frecuencia, hija mía —le pidió la Acemilera con lágrimas en los ojos—. Y manda algún retrato para que veamos cómo sigue el chiquitín, cómo crece.

El niño estaba absorto mirando los periquitos que Flavia sacaba de la jaula para mostrárselos. Con un dedito minúsculo acariciaba la cabeza inquieta de los pajarillos multicolores, balbuceando cosas ininteligibles. Rosita estaba con ellos.

—Descuide, *señá*. Las mantendré al tanto.

—¿Cuándo partís, Carmen? —inquirió entonces el tío.

—Mañana, don Pablo. Sale un autobús para allá por la mañana.

La conversación derivó entonces hacia los detalles del viaje y yo me acerqué a la jaula en el instante en que Flavia le preguntaba al niño si quería llevarse el pajarillo que tenía en la mano. Este abrió los ojos como platos y asintió con fervor.

—¿Te parece si buscamos una jaulita más chica y así te lo llevas a tu nueva casa? —El niño volvió a asentir—. Venga, pues vamos a por la jaula.

—Creo que en mi casa hay alguna que a lo mejor sirve —dijo Rosita.

Flavia cerró la jaula todavía con el pajarillo en la mano y yo tomé en brazos al niño, que no perdía de vista al pequeño animal. Los cuatro nos dirigimos a la portería. Álvaro entraba en ese momento y se detuvo al ver la comitiva. Inventarió rápidamente el grupo y se detuvo unas milésimas en mí, sin mirarme directamente. Sonrió al ver al niño en mis brazos.

—¡Hombre, don Sebastián! Pero ¿qué hace usted por aquí? —Álvaro estrechó la diminuta mano del niño antes de que entráramos.

—El *pajolito* —consiguió balbucear el niño, entusiasmado.

—El pa-ja-ri-to —lo corrigió Rosita riéndose entre dientes, y señaló al animalillo que apresaban las manos de Flavia.

—¡Anda! ¡Qué bonito! —Álvaro agrandó su sorpresa para el niño.

—Es mío —dijo el niño con orgullo.

—Hemos venido a buscarle una jaulita para su viaje, que se va a Málaga —expliqué yo.

Álvaro me miró por primera vez a los ojos. Y, sin dejar de hacerlo, siguió hablando con el niño.

—Una jaulita, ¿eh? Pues mi hermana seguro que tiene alguna, porque cuando era una niña como tú le encantaba recoger animalillos del campo y cuidarlos. ¿Verdad, Rosita?

Ella asintió, sonriendo.

—Voy a ver.

Rosita desapareció en la habitación contigua, y reapareció con una pequeña jaula en las manos. Álvaro seguía mirándome, y yo me giré para evitar su mirada. La sonrisa que a ambos había provocado el niño se había transformado en una mueca difícil de interpretar. Con mucho cuidado y bajo la atenta mirada del niño, al que yo acababa de dejar en el suelo, Flavia y Rosita metieron al animalillo en la jaula.

—Ya está —sentenció el niño.

—¿Vamos a enseñárselo a tu mamá, Tianín? —dijo Flavia.

—¡Sí! —dijo cogiendo con cierto temor la jaula que Rosita le ofrecía. El periquito revoloteaba en el interior, inquieto.

—Pues vamos, venga —lo apremió ella.

Ambos salieron al exterior seguidos de Flavia. Yo hice amago de seguirlos, pero una mano me detuvo con suavidad antes de cruzar el umbral de la puerta. Aquel contacto me sobresaltó.

—Espera, por favor.

La voz y los ojos de Álvaro eran otros, teñidos de tristeza. Vaciló unos instantes, y retiró su mano de mi brazo y se apartó de mí, quedando a una distancia prudencial. Me giré y vi a Flavia, que se había detenido también y me miraba con ojos interrogantes unos metros más allá, fuera. No obstante, al comprender lo que sucedía, retomó la marcha. Yo lo encaré entonces a él y, tras mirarlo fugazmente, aparté la mirada, que quedó anclada en el suelo. Estábamos separados por el pico de la mesa, en el centro de la habitación.

—No me rehúyas la mirada, por favor —era casi una súplica.

Yo no levanté la vista.

—Bárbara, yo no sé... no entiendo qué te ocurría ese día —su voz era casi un susurro—. No comprendo por qué saliste corriendo de aquella forma, no entiendo nada... —Hizo una pausa en la que tragó saliva—. Sea cual sea el motivo, no me lo cuentes si no quieres, y no volveré a tocarte, si es lo que deseas. —Llegado a ese punto su voz casi se extinguió—. Pero no me rehúyas, por favor.

Yo todavía miraba al suelo. Se me llenaron los ojos de lágrimas. Él rodeó la mesa y se detuvo a algo menos de un metro de mí, sin osar tocarme todavía.

—Necesito que me mires, que me dejes mirarte. Y necesito que me hables. Quiero... quiero discutir contigo por lo que sea, por lo que sea... —La tristeza de su voz casi dio paso a una mota de diversión al recordar cualquiera de nuestros debates, pero aquella se extinguió tan rápido como había aparecido—. Necesito escucharte.

Yo también necesitaba escucharlo a él. Quería oír su voz como antes. Lo miré a los ojos por vez primera, y entonces fue él quien bajó la vista. Las lágrimas ya se habían abierto camino más allá de mis ojos. Despacio, muy despacio, y sin decir nada, salvé la corta distancia que nos separaba y hundí mi rostro en su pecho. Perdóname, casi dije.

Por primera vez en muchos días pude respirar, y sentí el alma ligera y libre. Tras unos primeros segundos de sorpresa, él me rodeó con los brazos y apoyó su mejilla sobre mi cabeza, sin decir nada tampoco. Permanecimos algunos minutos así, abrazados en silencio, hasta que yo desenterré la cabeza para mirarlo a los ojos. Necesitaba saber. Necesitaba estar segura. Y, aun temiendo la reacción de él, pregunté en un susurro:

—¿Qué pasó aquella noche? —era ya casi una súplica.

Él no se apartó de mí como yo esperaba, ni se enfadó. Pero el azul de sus ojos se enturbió y por su rostro cruzó la sombra de la duda. Dudaba si contármelo.

—Te alejarás. Te daré asco —musitó con angustia.

—Nunca.

Él vaciló. Con cuidado, deshizo su abrazo, cerró la puerta y se sentó en una de las sillas de la mesa, sin mirarme. Yo no me senté. Me quedé de pie, esperando pacientemente a que arrancara a hablar.

—Tu tío es un buen hombre. Hay... hay muchas cosas en las que no podemos estar de acuerdo, pero es un hombre bueno. Me ha tratado muy bien.

Yo asentí. Creí saber por dónde iba.

—Pero mi tío te despidió. Creo que te pagó los estudios por deferencia hacia tu padre, y acordaron llevarte fuera para darte un escarmiento, ¿no?

—No me despidió. —Él frunció el ceño—. ¿Por qué iba a despedirme? ¿Y por qué iba a querer darme un escarmiento?

—Por pelearte, o por lo que quiera que hicieses esa noche. Por el lío en que te metieses. Eso es lo que quiero saber.

—Tu tío me ayudó —me corrigió y observó detrás de mis ojos, tratando de calibrar lo que sabía o lo que pensaba—. Supongo que os contaría lo del asalto, ¿verdad? —Asentí—. Yo estaba con él. Llegaba tarde a la casa y por el camino me crucé con tu tío, que venía de la azucarera en coche con Esteban. Me recogieron y, al poco de retomar la marcha, nos asaltaron. Eran tres. Iban todos con la cara cubierta. Detuvieron el coche y nos sacaron a la fuerza.

—¿Iban armados?

—No. Creo que uno llevaba una palanca, le rompieron una ventanilla al coche, pero no vi ninguna arma. Creo que solo querían darle un susto a tu tío. Dos de ellos nos agarraron a mí y a Esteban, y el tercero se enfrentó a él. Forcejearon y se le cayó el pañuelo de la cara. —Tragó saliva—. Era Damián.

—¿Damián? —repetí, confusa—. No entiendo.

—Era él —insistió—. De hecho, parecía que él era el cabecilla.

—Eso no tiene sentido. Damián murió unos días después de aquella noche, cuando tú ya te habías ido. Se suicidó. Y mi tío pagó el entierro. ¿Por qué lo hizo si él lo había atacado pocos días antes de morir?

Álvaro negó con la cabeza.

—Damián murió esa noche. Al ver que era él, tu tío intentó hablar con él, pero estaba como loco. Jamás lo había visto así. Le cerró la boca de un puñetazo y siguió pegándole hasta que lo tiró al suelo. Lo estaba machacando. El que me agarraba a mí se enfrentó a Esteban, que había derribado al que lo apresaba él, y yo fui con tu tío... Y entonces recibí yo. Damián me tiró al suelo de un puñetazo. —Tragó—. Entonces cogí una piedra... un adoquín suelto de la calle, y se lo lancé. —Llegado a ese punto, enterró la cara en las manos, y las lágrimas ahogaron su voz—. No sabía lo que hacía. Te juro que no era consciente. Yo solo veía que estaba linchando a tu tío y yo no tenía ni fuerza ni tamaño suficientes para enfrentarme a él.

Lloraba ya abiertamente.

—Se partió el cuello. Se lo partió contra el bordillo de la acera al caer de espaldas, y se quedó ahí tirado, con los ojos abiertos. Murió en el acto. Por mi culpa.

Yo me senté frente a él y le acaricié la mejilla, llevándome las lágrimas.

—Fue un accidente —lo contradije. Él negó con la cabeza.

—Lo maté. Al hermano de Gonzalo, joder.

Yo no insistí, pero seguí negando con la cabeza, esperando a que él continuara.

—Cuando Damián cayó, los otros dos se distrajeron y Esteban consiguió sacar un revólver que tu tío llevaba en el coche. Los amenazó con él sin disparar, y salieron corriendo. Yo estaba paralizado, mirando a Damián muerto en el suelo. Le había abierto la cabeza con el adoquín. Tu tío se levantó y comprendió lo que había ocurrido. Me ordenó que viniera aquí y que no hablara con nadie hasta que él llegara. Yo le obedecí y salí corriendo de allí.

—¿Y mi tío y Esteban?

—No sé qué hicieron después. Yo llegué a la casa y me escondí hasta que tu tío llegó. Carmen bajó a ver qué ocurría y tu tío impidió que me viera. Mandó llamar a tu tía y a mi padre y les contó lo que había sucedido. Esteban se había encargado del cadáver de Damián. Dijo que, para evitar que relacionaran su muerte con el asalto, y también por Gonzalo, lo mejor era no mezclarlo con todo aquello. Ni a él ni a mí. Nadie sabía que yo estaba con él cuando pasó, y era mejor así. —Se restregó los ojos para eliminar lo que quedaba de llanto—. Yo estaba... aterrado, como traumatizado, ¿entiendes? —Asentí—. Y él temía que en algún momento se me escapara algo, o que alguien me preguntara si se enteraba de que yo estuve.

—Y por eso te sacaron de la casa —tanteé yo. Él asintió.

—Sí, acordaron alejarme por un tiempo, por mi propio bien. Y también porque no sabíamos quiénes eran los otros dos hombres y tu tío temía que pudieran denunciarme o tomar represalias ellos mismos. Era mejor que me marchara hasta que las cosas se calmaran. Y cuanto antes mejor, antes de que yo pudiera hablar con nadie y antes de que nadie pudiera verme las heridas de la cara y sospechara.

—Pero yo te vi.

Él sonrió con tristeza, recordando.

—Sí, tú me viste, y no sé qué te contaría tu tío.

—No me dijo casi nada. Creo que dejó que creyera las conclusiones a las que había llegado yo sola. Pero no terminaba de comprender por qué había sido tan duro contigo por una simple pelea. Ni tampoco por qué después había decidido mandarte a Argentina y pagarte la educación.

—Creo que en un principio no sabía bien qué hacer. Propuso a mi padre inventar una visita a unos parientes para ganar tiempo. Nos mandó a la costa, a una casa, a la espera de instrucciones, y a los pocos días mandó recado a mi padre para decirle que había llegado a un acuerdo con su cuñado. Yo iría a vivir con él a Buenos Aires, para que terminase los estudios allí. Mi padre me acompañó a Cádiz y allí embarqué. El resto ya lo conoces. Conrado y su familia son buena gente también. Siempre me trataron muy bien.

No me miraba, miraba al suelo.

—¿Y los otros dos hombres?

—Nunca llegamos a saber quiénes eran. Que yo sepa, tu tío no ha vuelto a saber de ellos. Nadie llegó a denunciarme. Supongo que quienesquiera que fueran prefirieron callar antes que arriesgarse a que tu tío también los denunciara. —Tragó saliva y me miró por un momento, con los ojos todavía llorosos—. Nadie más sabe todo esto. Ni siquiera mi hermana. —Tragó, y casi pude leer sus pensamientos. Los ojos se le llenaron de nuevo de lágrimas—. Y Gonzalo... Dios, Gonzalo... No puedo mirarlo a la cara. Nos criamos juntos, ¿entiendes? Soy un asesino, Bárbara.

—Shhhh... No digas eso. Eso no es cierto. Fue un accidente.

—No importa. Soy un cobarde. He pasado casi veinte años huyendo de esto.

Seguía sin mirarme. Miraba al suelo. Me levanté y, tomando su cara entre mis manos, le di un suave beso en los labios. Él cerró los ojos y enterró el rostro en mi vientre rodeando con sus brazos mi cintura. Yo acaricié el cabello de su coronilla.

Y odié mi estupidez una vez más. Había pasado las últimas semanas reprochándole mentalmente su silencio, viendo en él solo un capricho.

Estúpida, estúpida. Y pobre Álvaro. Deseé contarle yo también aquello que me atormentaba. Lo deseé con todas mis fuerzas y lamenté no haberlo hecho desde el principio. Pero aquel no era el momento. Otro día sería yo la que le mostrara mis heridas, y entonces él las besaría como yo había hecho, pero aquel era el turno de Álvaro, su turno de desprenderse por primera vez en muchos años de las penas que llevaba enroscadas en torno a la garganta.

La puerta se abrió súbitamente y Vicente se detuvo en el umbral, sin llegar a entrar. Yo me aparté de Álvaro. Vicente vio las lágrimas de su hijo y nos miró a uno y a otro alternativamente, tratando de comprender qué sucedía. Pero no dijo nada.

—Señorita, Carmen se marcha ya. La espera para despedirse de usted.

Había olvidado por completo a Tianín y su periquito, a Carmen y a todo el cortejo que se había congregado para despedirse de ellos. Asentí y, lanzando una furtiva mirada de despedida a Álvaro, salí al exterior. No había dado dos pasos cuando la voz de Vicente a mis espaldas me hizo detenerme.

—¡Señorita! —Se acercaba a mí con el ceño fruncido, buscando las palabras apropiadas—. Se lo ha contado —dijo simplemente.

Yo asentí, aunque no era una pregunta.

—No diré nada, Vicente —le aseguré, intuyendo los temores del hombre.

—No es eso. Pero gracias. —Vicente dudaba de nuevo. Finalmente, su expresión se dulcificó—. Es usted buena, señorita. Y quiero que sepa que siempre le estaré agradecido por devolverme a mi Álvaro.

Arqueé las cejas, sorprendida por aquello.

—¿A mí? Pero si yo no he hecho nada.

Vicente sonrió, pero sus ojos se mantuvieron tristes.

—No ha hecho falta, señorita. Creo que mi hijo estará donde usted esté.

Noté que enrojecía violentamente.

—No digas eso. Yo no...

—Es cierto —me cortó, levantando una mano para evitar que replicara—. Estoy convencido. Creo que es usted la razón por la que esta vez sí se quedará en Granada, y gracias a eso lo tendré conmigo. Y también gracias a eso podrá enfrentarse a sus demonios. Usted le da paz, Bárbara.

Paz.

Para Álvaro, volver significaba desenterrar de nuevo todo aquello. Ver a Gonzalo y recordar lo que había hecho. Y rememorarlo una y otra vez, cada vez que su amigo se cruzaba en su camino.

Recordé entonces nuestra conversación sobre los motivos por los que tardó tanto en volver a España, y sus palabras cobraron un nuevo sentido. Allí, en América, todo quedaba lejano, difuso, como en un sueño. O más bien una pesadilla. Una pesadilla que lo asaltaba de vez en cuando pero que se marchaba en cuanto abría los ojos, sin impedirle seguir con su vida americana. Sin embargo en Granada todo era distinto. Allí, al despertar, solo encontraba la realidad.

30

¿Se puede confesar ante un cura la culpa de otro?

Creo que nunca hasta entonces había respondido ante un cura. Ni ante don Paco, ni ante ningún otro. Mis pecados eran míos, y ya hablaríamos Dios y yo de ellos en otro momento.

Pero en aquella ocasión, sentada en uno de los bancos de San José con el encargo de la tía en el regazo, el cabás a mi lado, y el recuerdo todavía fresco de la confesión de Álvaro en la memoria, las cosas se me antojaban diferentes. Aquello era mayor, mucho mayor. Después de aquella conversación con Álvaro, cada vez que veía a Gonzalo me asaltaba una suerte de culpa subsidiaria que me envenenaba y me paralizaba durante unos instantes.

—¿Señorita Bárbara? ¿Le ocurre algo? —me preguntó Gonzalo las dos o tres veces que me pilló mirándolo con los ojos turbios. Y yo inventaba cualquier excusa.

Pero lo sabía. Yo sabía qué le había sucedido a su hermano en realidad, y no se lo podía contar. Porque no era mío aquel secreto. Era de Álvaro. Él debía contárselo. Pero temía lo que pudiera suceder si lo hacía.

Y me callaba y miraba a Gonzalo. Gonzalillo. El Gonzalo de siempre.

Gonzalo, que unos días después de recibir mi poema, entró corriendo y gritando como un loco en la biblioteca sin llamar siquiera y, ante la atónita mirada de los que estábamos dentro, me levantó por el aire en un abrazo.

—¡Que me caso, señorita, que me caso! ¡Ha dicho que sí! ¡Ha dicho que sí! —exclamó exultante entre risas.

El tío Pablo lo reprendió inmediatamente por su falta de modales, pero la Acemilera, que con el jaleo había subido a husmear, salió en su defensa.

—Déjelo usted, señor, ¡que el muchacho se casa! ¡No vaya a aguarle la fiesta! —dijo sin pudor desde la puerta de servicio que obstruía con su oronda figura.

El tío se quedó a cuadros y fue a replicar ante semejante falta de respeto, pero la mirada silenciosa de la tía Julia lo detuvo. Flavia y yo nos reímos con la osadía de la mujerona. Aquel episodio me hizo olvidar por unos instantes mis tribulaciones, pero estas volvieron pronto al ver a Gonzalo abrazar a Álvaro, su hermano de siempre y el que en adelante sería también su hermano político. Porque Gonzalo se casaba con la hermana del asesino de su hermano.

Álvaro recibió la alegría de Gonzalo con toda la dignidad que pudo, y lo felicitó dibujando para él una sonrisa. Ahora que yo sabía la verdad, podía ver detrás de aquella sonrisa a Álvaro tratando por enésima vez de borrar de sus recuerdos aquel rostro con los ojos abiertos sobre la acera, aquellas facciones que tanto se parecían a las de Gonzalo ya adulto. Y podía comprender mejor la deferencia con que Álvaro había evitado hasta entonces las discusiones con Gonzalo.

Y veía también al tío con una luz distinta. Él no había despedido a Álvaro ni lo había condenado al destierro. Lo había protegido. Y lo había hecho porque aquel le había salvado la vida. Ahora veía la deuda que el tío mantenía con Álvaro desde hacía casi dos décadas, y lo caro que le había costado a Álvaro que su patrón contrajese con él esa deuda.

Me pregunté cuáles serían los demonios del tío. Me pregunté si desde su perspectiva aquella deuda estaba saldada, y me pregunté también qué pensaría cada vez que veía a Gonzalo, cada vez que lo había visto a lo largo de aquellos veinte años. Y qué pensó al ver aquel abrazo entre futuros cuñados.

Pero la mente del tío era insondable.

No estaba segura de querer preguntarle al respecto. A sus ojos, y a los de la tía Julia, yo seguía ignorando el tema. Y tampoco se lo había contado a nadie, como le había prometido a Vicente. Ni siquiera a Flavia. Pero sentada en aquel banco, esperando a que don Paco saliera para darle el paquete de ropa con que me había mandado la tía antes de comenzar las visitas, dudé si contarlo y aliviar por fin mi porción de culpa.

—Para la caridad, padre. Lo manda mi tía —dije, alargándole el paquete cuando al fin salió de la sacristía, apresurado y secándose el sudor de la frente con un pañuelo.

Me eché atrás. Añadiría aquella culpa a la lista de pendientes que tenía con Dios.

—Gracias, hija. Tu tía es una santa. —Don Paco cogió el paquete que le ofrecía y entonces, a través de la penumbra de la iglesia vacía, pude ver que lo que enjugaba en el pañuelo no era sudor, sino sangre.

—¿Qué lleva ahí? —Tenía una herida en una de las sienes. Pequeña, pero fea—. ¿Qué es esto?

—Nada, hija, nada. Que he tenido un... una pedrada, unos chiquillos. Una tontería, de verdad.

—¡Una pedrada! Pero ¿a santo de qué? Déjeme ver.

Le quité el paquete de las manos y lo dejé sobre el banco que había ocupado hasta unos segundos antes y, a continuación, lo obligué a sentarse para poder examinar bien la herida. Iba a necesitar puntos.

—Unos muchachos, que se ve que han visto la sotana y...

La sotana. Un cura. Una pandilla de maleantes, desde luego. Pero no era ni mucho menos lo único ni lo más grave que se veía por aquellos días.

—No tiene importancia, hija, de verdad —insistió—. En unos días está curado.

Pero no consiguió contagiarme su optimismo.

—¡Le han abierto la cabeza! Voy a tener que darle puntos. —Él no puso objeción. Abrí entonces mi maletín en busca del material—. ¿Sabe quiénes eran?

—Supongo que del barrio, pero a saber. —Se encogió de hombros—. No los reconocí.

Saqué agua en una palangana de la sacristía y me senté junto a él. El cura no se quejó con la primera de las punzadas, ni con las que vinieron después.

—Al menos la iglesia sigue en pie —comentó, sarcástico.

—¡Todo esto es una locura! —me quejé, indignada.

—No pinta bien, no... —Miraba al suelo, pensativo—. Dónde vamos a parar, Dios mío. Cualquier día alguien da un grito más alto que otro y nos vamos al carajo.

Yo lo escuchaba en silencio, concentrada en la sutura, mientras él despotricaba contra unos, contra otros y contra todos en general. El cura estaba dejando ir con sus palabras toda la frustración, la decepción y la pena que presumiblemente había ido acumulando durante quién sabe cuánto tiempo. Llevaba el cansancio grabado en cada una de las arrugas de su rostro. Suspiró.

—A veces me pregunto si no nos equivocamos. Tanto tiempo soñando con la República, deseando que llegara, tanto tiempo... y ahora no sabemos qué hacer con ella. Cada uno tira para su lado y la tela se rasga por el centro. Dos mitades.

Dejé de coser, perpleja ante aquel comentario.

—¿Lamenta usted que llegara, padre?

—Me pregunto, hija, si no pusimos demasiadas esperanzas en ella. Le pedíamos el cielo, y es lógico, porque nadábamos en el fango. —Y sonrió con tristeza al recordar algo—. ¡Qué razón tenía el tío Iturrioz con aquello de los prometedores de paraísos! ¿Recuerdas aquella conversación que tuvimos una vez sobre Baroja?

Vagamente. Recordaba aquella conversación, pero no que hubiéramos hablado de aquello en concreto. Pero recordaba aquella idea. Asentí. Los conductores de hombres prometen paraísos. Comprendía lo que decía el cura.

—La República es un paraíso frustrado —asentí.

—De tanto soñar, esto se ha vuelto una pesadilla. —Hizo una pausa—. Quizá debió seguir siendo un sueño. Quizá la República como sueño es más verdadera que la República como realidad.

—No diga usted eso. —Descarté la idea con una sacudida de la cabeza—. Antes no estábamos mejor que ahora.

—Antes teníamos el consuelo de la República, pero ahora que la tenemos, ¿qué tenemos? ¿Dónde buscamos lo que no tenemos?

Para el cura, la esperanza que la República prometía había resultado frustrada. Y yo no podía dejar de estar de acuerdo. Pero tampoco podía ignorar lo que sí se había cumplido.

—Usted sabe que se han conseguido cosas. Muchas cosas.

—Claro que sí, hija, y doy gracias a Dios por cada una de ellas. Pero todavía queda tanto por hacer, tanto por cambiar... Seguimos igual, o casi, en muchos aspectos. La miseria y la ignorancia siguen cundiendo, y todo este odio, estos enfrentamientos... —Se señaló la herida que acababa de suturarle—. Quizás este país no estaba todavía preparado para recibirla. Quizás era demasiado pronto.

Cerré el maletín y me senté a su lado.

—¿Y todos esos cambios de los que habla, renunciaría a ellos? Ese odio es la manifestación de décadas, ¡siglos! de opresión, de desigualdades e injusticias. Si todo ello se hubiera perpetuado por más tiempo, ¿cuánto mayor habría sido la envergadura del enfrentamiento cuando llegase? Mire usted Francia, ¡mire Rusia! A mayores desigualdades, y cuanto más duraderas, la ruptura es también mayor.

—No desprecies la historia de los pueblos, hija, ni tampoco su carácter. Las circunstancias cambian. Este país necesitaba desesperadamente un cambio, eso lo tengo claro, pero creo que este ha sido demasiado brusco, demasiado rápido. Y demasiado drástico. De la noche a la mañana pasamos de un extremo al otro. Y mañana nos levantaremos de nuevo en el contrario.

—Qué dice, qué dice... no diga eso. —Me estremecí ante la idea.

El tío decía que España vivía borracha de su propia historia, de un pasado que había ido muriendo solo poco a poco, como un loco que muere de inanición por olvidar comer, absorto en entretenimientos superfluos, o como Narciso contemplando su reflejo en el agua hasta acabar cayendo al río. España se sentaba en una silla de espaldas al futuro y pasaba los siglos contemplando su pasado, recreándose en él, ajena a los requerimientos del presente.

—¡Fuimos imperio! —exclamaba el tío, sarcástico—. Nuestra perdición. Con Carlos empezó y acabó el Imperio, y vino la deuda. Felipe II empeñó hasta la camisa, empeñó el país y todos los siglos que le vinieron detrás. Y seguimos pagando, tres siglos después. España descubrió América para Europa; fue España. Y desde entonces vivimos recordando aquello, contemplando ese logro cada vez desde más lejos sin si quiera intentar contribuir al presente, sin aportar nada nuevo. Seguimos con los modos de entonces. Nos echamos al mar, plantamos la bandera en terruños que vamos encontrando, y nos vemos conquistadores. Nuestro Ejército, nuestro salvador, los Tercios de entonces vivos todavía. ¡Fuimos imperio! Y cerramos los ojos y apretamos los dientes intentando creerlo. Y saltamos con furia al cuello de quien lo niegue.

El tío tomaba aire y seguía con su diatriba.

—¡Y esa furia! ¡El furor! La mente estrecha, fanática, irracional, pusilánime, de borrego. La intolerancia religiosa que hicieron política los Reyes Católicos y los que los siguieron. España debió escuchar a Lutero y no aferrarse a las faldas del Papa. Ese error fue causa o consecuencia de este carácter nuestro servil y apocado, dado a la autocomplacencia o a la inhibición según el caso. Esa mezcla fatal de nostalgias quiméricas y un carácter cerril nos han llevado por los siglos como sonámbulos, y si en algún momento surgía un foco de discordia, un intento por redirigir los pasos, se cercenaba la cabeza del insolente. Con la desaprensión del necio.

Al oír hablar al tío, yo recordaba aquella conversación que don Paco había mencionado, aquella en la que habló de la fijación por lo vano y la ignorancia que entraña crueldad.

—Somos hidalgos con honra, pero muertos de hambre. Esos hidalgos de antaño son hoy los cursis hipócritas y muertos de hambre.

El tío sonreía con amargura.

—Vivimos ciegos a lo que nos rodea y cerrados a lo que nos viene de fuera. No queremos conocerlo, ¿qué interés puede tener? Y ese carácter malhadado también se contagia a la crítica que cuestiona el *statu quo,* que también se vuelve fanática e intransigente, más dogmática si cabe, e igualmente brutal. Y así sucede lo que estamos viendo.

Eso en lo que se había convertido la República.

El tío, de haber estado presente, habría estado de acuerdo con el cura. Mi mirada se perdió en el altar, meditando. Pero el silencio no duró mucho.

—Qué alegría verte, hija —comentó de repente, sonriendo—. Hacía tiempo que no sabía de vosotros.

Yo sonreí. En los últimos años no había visto al cura más que esporádicamente. Por Madrid, y por lo de Alonso. Las cosas ya no eran como antes.

—¿Cómo va todo por la casa? —inquirió él.

—Bien, bien. —Y recordé las novedades—. Tenemos boda, padre. Rosita y Gonzalo.

—Sí, hace una semana vinieron a pedirme día para la boda. Les he dado para septiembre, cuando pase el calor. ¡Qué alegría, que la juventud se case! —Y su tono y su expresión cambiaron al añadir—: Y, por lo que he oído, parece que a ti tampoco te falta mucho, ¿no? —Yo enrojecí, y él rio—. Me alegro hija, ya era hora, ya era hora. Mis informantes me dicen que Álvaro es aún más rojo que tú. ¡Qué poco me extraña! Pero a ver si consigues convencerle de que sea una boda como Dios manda.

Por la iglesia. Lo dudaba mucho. Ni yo misma la quería, creo. La verdad es que no me había parado a pensarlo. Me imaginaba que acabaríamos casándonos, pero hasta ahí habían llegado mis pensamientos al respecto. Decidí evadir la cuestión.

—Va usted muy rápido —reí, y él se unió.

—Bueno, bueno, tiempo al tiempo. Álvaro parece un buen hombre. Y ya que con mi sobrino no cuajó la cosa... —Yo me estremecí, y de mi rostro desapareció la sonrisa. Él no pareció percibirlo—. Qué pena, hija, qué pena. De veras no entiendo por qué acabó aquello...

—Alonso intentó forzarme, padre.

Me salió solo. Sin pensarlo. Sin paños calientes.

El cura, que miraba al frente, se giró bruscamente en mi dirección. Durante unos segundos que se me antojaron eternos, los ojos de don Paco se quedaron vacíos.

—¿Qué has dicho? —consiguió articular finalmente.

—Que trató de violarme.

La boca del párroco no conseguía terminar de cerrarse. Y su rostro entero era una máscara de estupefacción.

—¿Qué estás diciendo, hija? —repitió, incapaz de creer lo que estaba oyendo.

—Es la verdad.

—No puede ser verdad, eso no puede ser verdad... ¿Alonso? ¡Mi sobrino, mi propio sobrino! —Se levantó de un salto y comenzó a dar vueltas, tantas como supongo que estaría dando su mente en aquellos momentos, tratando de asimilar lo que le acababa de contar. Y entonces pareció caer en la cuenta—: Y por eso dejasteis de frecuentaros, ¿no? —No exactamente, pensé, pero no esperó mi confirmación—. ¡Dios mío, hija!

Se detuvo en seco frente a mí, tapando con una mano el horror de su boca, y vi como sus ojos se inundaban de pena antes de caer de rodillas a mis pies.

—Hija mía. —El cura lloraba ya abiertamente, humillado y con la cabeza gacha—. Lo siento tanto, tanto...

Don Paco era de esos curas que se tomaban en serio lo de cargar con los pecados del mundo.

* * *

Rosita se casaba y no tenía madre que le explicara cómo iban a ser las cosas del matrimonio. Y, porque no la tenía, en aquellas semanas le salieron madres y madrinas de todos los rincones de la casa.

La Acemilera, que la había criado como si fuera hija suya, andaba detrás y delante de ella para recordarle, aunque Rosita no se lo pidiera, todas las cosas que debía tener en cuenta para la boda y lo que vendría después. Y lo mismo el resto de las de la higuera que, en cuanto salía el tema, aprovechaban para darle todas las pautas necesarias para esa vida que ninguna de ellas había vivido. La tía, por su parte, con un poco de mejor mano, se encerró con ella en la salita del piano para hablar tranquilas, y nos dejó entrar a Flavia y a mí porque pensó que bien nos venía. Rosita aguantaba aquel acoso constante lo mejor que podía.

Para terminar de atosigarla, Flavia y yo nos la llevamos a tomar un helado al paseo y después nos sentamos junto al río en un rincón discreto. La arrinconamos como dos hienas sedientas de información sobre aquello que no se le podía contar ni a la tía ni a las de la higuera.

—¿Habéis hecho *cosas?* —Flavia le saltó a la yugular.

—¿Cómo que «cosas»?

—Ya sabes... ¡las cosas que hacen los hombres y las mujeres cuando están a solas! Y desnudos...

—¡Jesús, señorita! ¡Claro que no!

—¡Venga ya, algo habréis hecho! —insistió mi prima.

—¡Le digo que no! Yo soy una chica decente y mi Gonzalo es el hombre más bueno del mundo.

—Pero lo estará deseando.

—Flavia, no la machaques —intercedí yo.

—¡Pero si es verdad! ¿O no? —Rosita no contestó—. Venga, Rosilla. Besos y esas cosas os habréis dado, ¿no? —Ella sonrió, colorada.

—Besos sí.

—¿Y de lo demás?

Rosita se debatía entre hablar o no, avergonzada. Acabó por sonreír.

—Sí que creo que tiene muchas ganas, señorita Flavia. —Y con la boca pequeña y acercando su cabeza a la nuestra, añadió—: Y a veces me pide que le enseñe los... los... —Se señaló la pechera del vestido.

—¿...pechos? —terminé yo. Ella asintió y su rostro se encendió aún más.

—Y le gusta... acariciarlos. Se queda como embobado —se rio, y la secundamos. Y de pronto le cambió el gesto—. Pero les juro que no hemos ido más allá, ¡se lo juro! Yo les cuento esto porque ustedes son muy modernas, pero...

—No tienes que jurar nada —dije yo, y Flavia asintió—. Eso es cosa vuestra.

—Pero es pecado. Si la *señá* Consuelo se entera...

—Ni ella ni nadie tiene nada que decir ahí —insistió Flavia—. Y de pecado, nada. Vosotros os queréis y punto. ¿No?

Ella no contestó inmediatamente. Asintió, y dudó antes de preguntar:

—¿Y ustedes han hecho estas cosas?

—A Miguel también le gusta acariciarme los pechos —contestó Flavia, sin un ápice de vergüenza—. Si le dejo, lo hace durante horas.

—Ustedes llevan ya muchos años de novios. ¿Y no se cansa?

Flavia soltó una carcajada.

—¡Qué va!

—¿Y qué más cosas hacen? —Rosita estaba más relajada y dio rienda suelta a la curiosidad—. ¿Lo han hecho todo *todo?*

—Mujer, todo *todísimo,* no sé. Pero sí hemos hecho lo más grande.

—¡Jesús! —Rosita se rio con la boca tapada.

—Pero eso no es lo mejor —dijo con malicia, y bajó la voz—. Lo mejor son los besos de flor.

—¿Y qué es eso? —Yo intuí a qué se refería mi prima.

—¡Pues eso mismo! —Y bajó de nuevo la voz—. Besos *en la flor.*

—¿La flor? —Rosita se señaló la boca, sin comprender.

—¿Dónde está la flor, chiquilla?

Rosita cayó en la cuenta, y al hacerlo sus ojos se agrandaron espantados.

—¡Jesús bendito, señorita! —Se santiguó dos veces seguidas mientras nosotras nos desternillábamos de risa.

—¿A usted también le han dado un beso de esos, señorita Bárbara?

—Alguno me han dado, sí —asentí, un poco cohibida.

—Jesús, con mi hermano. No se lo imagina una en esa tesitura... —Sacudió la cabeza para despejar ese pensamiento mientras Flavia se reía.

Álvaro no era quien me había dado aquellos besos, sino Sybill. Flavia me lo preguntó un rato después, cuando hubimos vuelto a la casa y Rosita se separó de nosotras. Aún no había hablado con Álvaro.

—Tiempo al tiempo —me animó mi prima.

Con los consejos y las confesiones llegaron también, poco después, otras cosas para Rosita. La tía le regaló por la boda, en nombre de la familia, un juego de mantelería y un velo bordados. La mantelería era del taller de Valdivia, y el velo venía de Madrid: de Trinidad Morcillo, la sobrina de Paca Raya. Rosita abrió los ojos como platos cuando los vio, y se lanzó a acariciarlos con la punta de los dedos.

—Ay, señora, pero qué cosa más bonita... Y el velo, Dios mío, ¡qué preciosidad! —se rio, emocionada—. Esto les habrá costado un ojo de la cara...

—Y qué fino, sí señor, ¡esas mujeres sí saben lo que hacen! —dijo Consuelo mirando de cerca los bordados—. Y barato no es, no... ¡Qué cosa!

Ella sacó entonces también su regalo y se lo dio. Se trataba de una colcha de bolillos, de matrimonio. Era una maravilla.

—Como las sábanas y las toallas ya te las has hecho tú...

—¡Pero señora! —A Rosita se le desorbitaron los ojos de nuevo—. ¿Y esto?

—Ya ves, hija. Me la hizo mi madre, que en paz descanse, pero como no me he casado ni he tenido chiquillos, ni nada de nada... Rositilla, tú eres como una hija para mí, así que... pues para ti, para la cama vuestra.

—Ay, señora... —A las dos se les saltaron las lágrimas, y Rosita la abrazó.

—¡Así da gusto casarse! —exclamó Amparo. Nos reímos.

Rosita tenía veinte madres y el ajuar casi entero.

31

Álvaro estaba en pie junto a la mesa del jardín, fumando mientras revisaba los planos que había esparcido sobre ella, haciendo anotaciones en los bordes y comparando unos y otros. Revisando. Planificando. Eran para una casa en Loja. Se marchaba al día siguiente y pasaría allí una semana para seguir el curso de las obras.

Yo estaba sentada en una de las sillas, leyendo el libro que le había tomado prestado al tío. Él iba y venía de allá para acá. Acababa el cigarro y al rato encendía uno nuevo. Se ajustaba las gafas en el puente de la nariz y apoyaba una o ambas manos en la mesa para encorvarse sobre ella, pensando.

—¿Qué lees? —me preguntó de pronto, distraído.

Arqueé las cejas y me mordí el labio inferior antes de contestar, dudando.

—Socialismo —dije simplemente, sin precisar más. Él asintió sin levantar la cabeza—. Es una mezcla de ensayo y autobiografía. Es interesante. Un poco pesado y redundante, pero interesante —le aseguré con la boca chica, temerosa de comenzar una conversación que no estaba segura de querer entablar.

Temía de veras aquella discusión. Dudé durante unos segundos, sopesando las consecuencias de seguir hablando. En realidad, había fantaseado con aquello durante semanas, a medida que leía aquel libro. Y lo había llenado de cantos doblados y párrafos señalados. Retales interesantes, tramos que guardaban resonancias a cosas que había leído antes y a discusiones que habíamos tenido él y yo. Pero esa discusión acabaría mal. Se iba a enfadar. Se enfadaría de verdad.

Soy una cabezota.

—El autor habla de su experiencia vital y los sucesos que poco a poco lo llevaron a creer en lo que cree. Sus motivos. Y expone también sus reflexiones y sus argumentos, y los principios de su idea de socialismo. Es una especie de decálogo. Es bastante minucioso, y habla de temas muy dispares. —Hojeé distraídamente el libro sin detenerme en ninguna página concreta, atenta a su expresión. Seguía escuchándome sin levantar la vista de los planos—. Critica el *statu quo,* el poder del capitalismo internacional y el sometimiento de los Estados, la devaluación del trabajo manual... habla de relaciones entre patronos y obreros, de sindicalismo, de praxis, de propaganda... Un poco de todo.

Hojeando el libro fui a dar con una de las páginas marcadas, y en ella, con un párrafo bastante neutro.

—Mira, por ejemplo: «El teorizante de un movimiento ideológico puntualiza la finalidad de este; el político aspira a realizarla. El primero se subordina en su modo de pensar a la verdad eterna, en tanto que el segundo somete su manera de obrar a la realidad práctica».

Hablaba sobre el carisma. Sobre los líderes fuertes, sobre la idea y su ejecución. Él asintió sin mirarme.

—Teoría y práctica. La adaptación de los medios a las circunstancias —sintetizó. Yo asentí, y él añadió, mirándome de reojo con una mueca de burla—: El político y el filósofo.

Yo casi me reí con la pulla. Y no me privé de contestarle.

—Pero si se abandona la guía de la teoría... —dejé el final de la frase en el aire.

—Hay que adaptarse a las circunstancias —respondió, negando con la cabeza.

Yo no insistí. Busqué otro párrafo entre las páginas marcadas.

—Mira, otro tramo interesante. Está hablando de industrialización —le aclaré—: «El enorme desarrollo económico conduce a una modificación de las clases sociales. Es manifiesta la proletarización del artesano, porque debido a que las pequeñas industrias manuales van desapareciendo paulatinamente se le hace cada vez más difícil la posibilidad de asegurarse un medio de vida independiente. Surge el tipo del "obrero de fábrica", cuya característica esencial es la de que prácticamente no es capaz de llegar en el ocaso de su vida a contar con una existencia propia; es un desheredado en el sentido más lato de la palabra y sus últimos días son un tormento».

Él se encogió de hombros. Seguía trabajando.

—Es bastante genérico. ¿Qué dice ese escritorcillo de la revolución? —me retó.

—Es un revolucionario —reconocí.

—Como debe ser. —Sonrió con malicia—. Es de los míos.

De los míos no era, no. Estábamos entrando en zonas cada vez más espinosas y Álvaro sin querer había reconducido la conversación hacia el punto al que yo temía y quería llegar, el que más me interesaba. No sabía si funcionaría.

—Critica muchísimo el parlamentarismo y la democracia liberal. Los aborrece. Y cuestiona la legitimidad del Estado cuando no sirve a los fines para los que existe, según él. Escucha: «La autoridad del Estado no puede ser un fin en sí misma, porque ello significaría consagrar la inviolabilidad de toda tiranía en el mundo. Si por los medios que están al alcance de un gobierno se precipita una nacionalidad en la ruina, entonces la rebelión no solo es un derecho, sino un deber para cada uno de los hijos de ese pueblo. La pregunta "¿cuándo se presenta un tal caso?" no se resuelve mediante disertaciones teóricas, sino por la acción y por el éxito». Y más: «La lucha será sostenida por medios "legales" mientras el poder que se combate no utilice otros; pero no habrá que vacilar ante el recurso de los medios ilegales si es que el opresor mismo se sirve de ellos». Y...

Saltaba de una página a otra, en busca de los fragmentos. Él había dejado de trabajar, y me escuchaba de pie frente a mí. Arqueó las cejas.

—Te lo está diciendo bien claro. Yo no lo podría haber argumentado mejor.

—¡Es antidemocrático, Álvaro! —le reproché—. Lo que propone este hombre es una dictadura, romper con la democracia porque la considera corrupta y no sirve a sus intereses en vez de ajustarse a ella para conseguir sus fines. ¿Qué legitimidad tiene para imponerse, para dar su criterio por el único válido?

—¡Los fines, Bárbara! —exclamó él a su vez, exasperado—. ¡Los fines, los fines! Si el fin es un bien superior y el Estado o la democracia burguesa son un obstáculo, es necesario derribarlos. ¡El libro tiene razón!

Yo abrí y cerré la boca, aturdida. Tragué saliva, atemorizada y con el corazón latiéndome violentamente. Busqué un último párrafo.

—Sobre el parlamentarismo democrático —aclaré—: «He aquí por qué esta forma de la Democracia llegó a convertirse también en el instrumento...».

—Bárbara... —suspiró él, cansado de discutir.

Yo hice caso omiso y seguí con la lectura. Hasta el final.

—«... de aquella raza, cuyos íntimos propósitos, ahora y por siempre, temerán mostrarse a la luz del día. Solo el judío puede ensalzar una institución que es sucia y falaz como él mismo».

Al escuchar aquella última frase, Álvaro enmudeció y quedó rígido. Sus ojos se desenfocaron por un par de segundos y su mandíbula se descolgó sin llegar a decir nada. Arponeó el libro con los ojos y después me miró a mí, estupefacto. Me lo arrebató de las manos de un zarpazo, le quitó el papel de estraza que cubría la portada y entonces vio la fotografía, el título y el autor.

—¡Me cago en mi vida, Bárbara! —rugió. Tiró el libro sobre la mesa, disgustado—. ¿Qué coño haces leyendo esa mierda?

Mi lucha, de Adolf Hitler, había leído en la portada.

—¡No tiene ninguna gracia! ¡No te rías!

Me tapaba la boca y no me atrevía a reírme, pero me costó un esfuerzo. Se estaba poniendo rojo de la indignación, se había quitado las gafas y andaba de allá para acá acalorado y furioso. Resultaba un poco cómico. Todo el temor y la tensión que había ido acumulando a lo largo de las lecturas se habían disipado, me había desinflado y solo sentía un leve cosquilleo que me recorría los brazos. El triunfo. Pero aquello no era una burla. No pretendía burlarme de él. Y Álvaro seguía dando vueltas, indignado.

—¡Eso no significa nada! —rezongó—. Estaba sacado de contexto, todo lo que has leído. Podía significar cualquier cosa. Yo no sabía...

—No te enfades, por favor —le rogué.

Me levanté y lo retuve. Lo abracé y le planté un beso suave en el centro del pecho. Él no se resistió, pero tampoco se movió.

—Me has manipulado, Bárbara —dijo, ya más calmado.

—Sí —reconocí—. Pero no te he mentido. Lo que he dicho lo dice el libro. Y tú has dicho lo que has dicho.

—Y lo volvería a decir —me espetó, pero no levantó la voz de nuevo—. Nosotros no somos como él. No buscamos lo mismo que él.

—Y aun así, sonáis igual.

—No somos iguales —insistió—. Tú que has leído el puñetero libro me lo sabrás decir.

No eran iguales, no. Tampoco opuestos. La cuestión me parecía infinitamente más compleja.

Ellos eran antidemocráticos y antiliberales. Eran dictatoriales y populistas, y desdeñaban abiertamente la paz. Respetaban la propiedad privada y promocionaban al individuo, pero eran contrarios a la lógica capitalista internacional que degradaba la autoridad, la integridad y la *esencia* de los Estados. Y por igual arremetían contra ellos y contra el internacionalismo obrero, todo en virtud de un nacionalismo bruto que era el hijo bastardo del siglo de las naciones y de los imperios, y del expolio que la Gran Guerra hizo a los vencidos. Los alemanes y los italianos, que también habían salido mal parados, renegaban de los tratados.

El fascismo se me antojaba un mono echando cosas sin ton ni son a un caldero. Cosas aparentemente incongruentes que las circunstancias hacían compatibles. Todo bajo el paraguas impreciso, equívoco pero unificador, de la *nación*. El estado para Mussolini, la raza para Hitler. España *españolísima* y conquistadora para José Antonio.

Pero también percibía diferencias entre ellos. El fascismo de José Antonio rimaba con el italiano, pero el nazismo tenía algo más. Hitler consideraba socios al capital internacional y al marxismo, y a ambos herramientas del judío para destruir la economía nacional de los países. El judío era el fantasma omnipresente en todas sus diatribas, el constante conspirador, el cáncer de las sociedades.

—Es absurdo.

Era un chivo expiatorio, o una exacerbación del antisemitismo que había existido desde el mismo momento de la muerte de Jesucristo. O las dos cosas. Sea como fuere, al leer con los años ediciones menos censuradas de aquel libro nefando, encontraría entre sus páginas un lugar glorioso en el que Hitler, en su clarividencia, llegaba a la irrefutable conclusión de que, como era más que evidente, Cristo no había estado sino abiertamente en contra de los judíos. Claro.

Qué crisis de identidad debió tener Jesucristo, pobrecito mío. Pobre Cristo, porque cada cual ha hecho con él lo que ha querido.

Aquella muestra de ceguera, calculada o no, me habría hecho reír de no ser por sus negrísimas consecuencias. Era el sello del nazismo, lo que lo diferenciaba de los otros dos. Aquel antisemitismo visceral, aquel odio venenoso, que atravesaba ese libro desde la primera página hasta la última. Aquella concepción tan distorsionada que Hitler tenía de lo que era natural y lo que no, y de lo que decía la teoría de la evolución de Darwin. Y el empeño en depurar todo lo que no fuera válido. Ese empeño en *limpiar.*

Hitler pretendía *dirigir* la evolución. Era una hormiga dando saltos para tocar las nubes. Era como pretender medir la distancia al sol con un metro de costura. Y hablaba de razas superiores e inferiores, de creadores y destructores de cultura, de supervivencia y de perfeccionamiento de la especie, despojándola de todos sus engendros y rémoras.

Los puntos finales no existen, la historia no es una línea ascendente, y lo que hoy es una ventaja mañana puede resultar lo contrario. La evolución es un esfuerzo continuo de adaptación, no un proceso de perfeccionamiento. Y desde luego, ni Dios ni la Naturaleza le habían puesto nombre a algo tan abstracto y humano como Alemania. Hitler era un loco que estaba arrastrando en su demencia y su megalomanía a un país entero.

No eran lo mismo, aquello y el comunismo. No lo eran, claro que no. Pero quien se ve a sí mismo salvador de la humanidad corre el mismo riesgo de caer en la ceguera y la locura. ¿Cuánto no se ha matado en nombre de Dios?

—Y Stalin es tan poco demócrata como Hitler, Mussolini o José Antonio. Es un dictador más —apostillé.

A esas alturas, ambos nos habíamos sentado en las sillas blancas el uno frente al otro y Álvaro fumaba tranquilamente, escuchándome. Aquel argumento no le servía, creo.

—Lo que sí tienen en común los sistemas comunistas con los fascistas frente a los demócratas liberales es que obligan. Están basados en la obligación, y no en el libre albedrío. —E incidí—: Y pretenden ser homogéneos, Álvaro. Esa es su mayor ingenuidad, y su mayor pecado.

Él no hablaba, solo fumaba jugueteando con el lápiz que había dejado encima de la mesa.

—Pretender eso es absurdo, porque el mundo es intrínsecamente heterogéneo a todos los niveles. Es absurdo. O peor: los hace necesariamente represivos, porque no contemplan la disidencia. No la toleran.

—Bárbara, el capitalismo también reprime. Las democracias liberales también lo hacen, y lo mismo tu República. Cualquier sistema de poder necesita una fuerza coercitiva para sostenerse.

—Es cuestión de grados de libertad y constricción —repliqué—. El sistema en que estamos permite que tú y yo estemos discutiendo con libertad. Y que también podamos discutir con mi tío o con Gonzalo, o con el novio de mi prima. En el sistema que tú defiendes estaríamos todos muertos menos tú. Y tú acabarías por estarlo también, si es que tienes entrañas.

—Yo no quiero eso.

—Pues a eso es a lo que aboca. No tiene otra manera de ser.

No creía que la tuviera. No sabía si podía, porque no conocía ningún caso que lo avalara. ¿Era posible otra forma de comunismo? ¿La democracia socialista de Rosa Luxemburgo? Yo dudaba.

—No es mejor el sistema en el que estamos —negó atravesándome con los ojos—. El capitalismo es perverso. En eso al menos estamos de acuerdo, ¿no?

—Lo estamos —asentí.

—Es una bestia insaciable y succionadora de vida que oprime a la clase obrera. Que la desangra. El comunismo no es perfecto, pero es más igualitario. Ningún sistema es perfecto. —Y matizó con una media sonrisa—: Hablo del comunismo en general, no de Stalin y de Rusia en particular.

Yo no contesté inmediatamente, tratando de poner en orden mis pensamientos.

—Es que yo pienso...

Pensaba muchas cosas. Pensaba en Marx y en su idea de clase. Tan trazada a escuadra y cartabón. Tan irreal. Un esquema antagónico, maniqueo y simplista, que trazaba una raya entre dos mundos separados y ajenos, aislados, sin términos medios. Capital y clase obrera. ¿Qué era el propio Álvaro en aquel esquema? ¿Qué era yo misma? A dónde pertenecíamos.

Aquel esquema encajonaba la realidad en una cuadrícula perfecta, y lo que rebasaba los bordes, no existía. Y Marx y todos los demás veían el mundo en números. En cifras, en transacciones, en valores, en costos, precios y sueldos. Era demasiado complicado. Pero las relaciones humanas son más cosas. Las personas no piensan en números, piensan en emociones. En deseos y en recuerdos. Y el modelo de Marx y todos los que llegaron después no contemplaba la infinidad de cosas que eran trasversales a la economía. Ese es el fallo del bloque obrero y el internacionalismo, creo yo. Un obrero español no piensa igual que uno alemán o ruso. Y lo mismo uno asturiano y otro valenciano. Aunque puedan tener objetivos comunes, que los tienen, no tienen los mismos intereses específicos. Porque sus condiciones vitales son distintas.

—Y la guerra de Europa fue la prueba —le recordé—. El desmarque obrero fracasó porque muchos lucharon por su país.

La vida de una persona está llena de lealtades muy dispares, a distintos niveles. A su familia, a su barrio, su ciudad o su país. A sus ideas políticas o a sus creencias. A su idioma. O a lo que sea. Y puede odiar o amar cosas diferentes que aparentemente se contradicen entre sí. Pensar que las motivaciones de una persona responden tan solo a su clase social me parecía tan absurdo como esperar lo propio exclusivamente de su nacionalidad.

El mundo es desorden. Una maraña de hilos finísimos que van y vienen. Achiqué los ojos. Comenzaba dolerme la cabeza.

—Tres siglos antes de Marx, Tomás Moro ideó un sistema de producción comunal perdurable y perfecto, y lo llamó «Utopía». Un lugar que no existe —recalqué—, que de tan perfecto y ordenado, es ajeno a la realidad.

Él se levantó y comenzó a deambular por el jardín. Yo estaba agotada. Y agarrotada. Me levanté y recogí el libro que Álvaro había tirado sobre la mesa. Volví a sentarme, esta vez en el banco, y desdoblé las páginas que se habían arrugado al tirarlo.

—Yo pienso... —respiré hondo—, pienso que las materializaciones puras de las ideas no son factibles. La forma material de la idea siempre es el producto de su diálogo con la realidad. La conquista de un reino absoluto no es posible, ¡no lo es! Y quienes lo creéis sois vendedores de paraísos o simplemente ingenuos.

Él sonrió burlón, anticipando hacia dónde iba.

—¿Esto acaba de nuevo en «reforma versus revolución»?

—Un poco sí —reconocí, riendo también yo con cansancio.

Él entonces se sentó junto a mí en el banco con las piernas estiradas, larguísimas, y yo pasé las mías por encima de su regazo. Me pasó él un brazo por los hombros y yo me acurruqué mientras me acariciaba la pantorrilla con una mano.

—Eso son remiendos —dijo, tras un minuto entero de silencio.

—Es lo único que puede haber. Lo útil para el pueblo es lo que coopera con la realidad.

Cuando éramos pequeñas, la tía nos contó varias veces un cuento que tengo grabado en la memoria. Lo he evocado cientos de veces. Hablaba de una aldea remota que regaba sus campos con agua de lluvia. Regaban así, pero sobrevivían a duras penas porque era un lugar seco, la tierra dura y apenas llovía. En aquella aldea creían en Dios y le pidieron que les trajera agua para regar. Y Dios había roto la montaña y había abierto un manantial para ellos, para que llegara el agua en forma de río. Pero Dios calculó mal y abrió la montaña en la trayectoria de la aldea, en vez de a un lado, y el agua circulaba por las calles y se colaba en las casas inundándolo todo en vez de regar los campos. No les servía de nada aquella agua. Así que decidieron devolverla a la montaña.

Primero probaron con cántaros que subían con mulos ladera arriba para vaciarlos en el corazón de la montaña. Pero no daban abasto y los mulos morían de extenuación. Hasta el último mulo de la aldea murió, y entonces los aldeanos tuvieron que pensar otra forma de subir el agua. Idearon un sistema de bombas y canales que la condujeran de vuelta ladera arriba, que funcionaría día y noche sin cansancio de nadie. El sistema parecía funcionar bien, y las calles volvieron a estar secas. Hasta que el esfuerzo hizo fallar algunas de las bombas, y la fuerza del agua reventó los canales y desbarató el sistema.

¿Qué hacían? Cada vez que la tía había contado aquel cuento había añadido dos o tres estrategias descabelladas más para aquel empeño absurdo. Al final, a alguien en el pueblo se le ocurría la idea definitiva: sugería reconducir el agua con canales y acequias no hacia arriba, sino hacia abajo. Hacia los huertos, apartándola del corazón de la aldea. La tía nos contaba este cuento para explicarnos la forma en que un pueblo se adapta a las circunstancias.

El agua discurre hacia abajo. Podemos pretender que lo haga hacia arriba con un ingenio artificial, y lo hará por un tiempo más o menos largo. Pero si el sistema se desmonta, el agua que se derrame seguirá discurriendo hacia abajo.

—La revolución *cambia* la realidad —matizó Álvaro, cortando mis cavilaciones.

—Eres un cabezota.

—Más cabezota eres tú —repuso.

—La revolución no cambia la realidad —lo contradije—. Lo que hace es romper el sistema. Rompe el pacto social, y una vez que se rompe, todo puede ser. El nuevo sistema puede tomar cualquier forma: la que se pretendía, u otra degenerada. Antes de la ruptura el pacto obligaba, legitimaba, pero después solo existe la ley del más fuerte. Hace quien puede. Y quien no, se somete o perece.

—Las leyes pueden ser perversas —me recordó.

—Pero si lo son, se cambian. No se destruyen. Sin violar el pacto. Ley, ley, ley. Ley como medio siempre, porque donde acaban las leyes arrancan a andar los tiranos. La ley, el pacto, es lo único que nos aparta de matarnos entre nosotros. Y es también ese pacto lo que nos garantiza una parcelita de libertad.

Él hacía círculos con los dedos sobre mi rodilla mientras hablaba. Y yo jugueteaba con un botón de su camisa.

—Tienes una concepción demasiado absoluta de las cosas, Bárbara —dijo de repente, en voz baja—. De lo que es bueno y malo, y de cómo son y cómo deben ser las cosas. —Yo fui a protestar, pero él habló antes—: Tienes tantas líneas rojas como yo, y también prejuicios e incongruencias. Y una fe en la norma que es...

—Necesaria.

—Ingenua —me contradijo—. Nadie sigue siempre las normas. No es posible ser *siempre* justos. Simplemente no es posible. Todos tenemos lagunas, y cualquier razonamiento tiene fallos. Los principios universales aplicables a cualquier caso y en cualquier circunstancia no existen. Y las normas no son algo dado, son algo acordado. O impuesto. E igual que aparecen, pueden desaparecer. Las leyes no nacen de la nada. Y para llegar a la ley, ha habido que hacer primero muchas revoluciones.

Abrí la boca para contestar, pero la voz de Flavia procedente de alguna de las ventanas de la planta baja me dejó con la palabra en la boca.

—¡Bárbara, sube! —gritó al jardín.

—¿Qué pasa? —grité yo a mi vez, incorporándome y buscando a través de la glicina la ventana de la que procedía su voz.

—Han matado a Calvo Sotelo.

32

Lo habían matado esa madrugada en Madrid. Lo habían sacado de su casa, lo habían matado de un tiro y lo habían dejado tirado en el cementerio. Y los asesinos se habían identificado al llevárselo. Había un guardia civil, varios de Asalto y uno de los guardaespaldas de Prieto, al menos. Todos detenidos. La radio que el tío acababa de comprar seguía dando detalles cuando Álvaro y yo entramos en la biblioteca y los encontramos a todos congregados junto al mueble, escuchando.

—¡Es una locura! —exclamó el tío—. ¡Un diputado! ¡Se han cargado a un diputado! Ayer el teniente y hoy un diputado. Locos fanáticos...

El teniente de la Guardia de Asalto Castillo, el socialista que habían asesinado el día anterior. El tío seguía con su verborrea.

—¡Y bajo custodia! Esto nos condena. ¡Nos vamos al desastre! Cualquier día se levantan los militares y nos vamos a la porra. ¡Lo que les faltaba ya!

—Dulcísimo nombre... —murmuró Consuelo, santiguándose asustada con las palabras del tío.

—*Callá,* Pablo —le pidió la tía, asustada también. Pero él siguió, fuera de sí.

—Los dementes que han hecho esto le han servido la República en bandeja al primero que se quiera levantar.

El asesinato de Calvo Sotelo era el último y el más grave de una larga lista de asesinatos que venían sucediendo desde hacía meses. El tío ya no calló, y del tirón comenzó a despotricar contra unos y otros y contra todos en general. Contra los camorristas de Falange y contra los rojos que se agazapaban esperando para saltar a la revolución. Contra los tiroteos, los incendios, las peleas y las amenazas que ya cundían incluso en el Congreso. Contra todo aquello que poco a poco había ido quebrando el frágil equilibrio en que nos encontrábamos.

—¡Un cargo nuevo cada dos días!

Dos días antes habían puesto de alcalde a Manolo, el cuñado de Federico, después de varios cambios en ese y otros cargos. Y Federico... Germán le había mandado a su padre el recorte de una entrevista que le habían hecho el día 10 para *El Sol,* un periódico de Madrid. En ella le habían preguntado qué pensaba de la toma de Granada por los Reyes Católicos, y mi amigo había respondido:

> Fue un momento malísimo, aunque digan lo contrario en las escuelas. Se perdieron una civilización admirable, una poesía, una astronomía, una arquitectura y una delicadeza únicas en el mundo para dar paso a una ciudad pobre, acobardada; a una «tierra del chavico», donde se agita actualmente la peor burguesía de España.

Nos asustamos al leer aquello, dadas las circunstancias.

Al día siguiente se marchaba Álvaro a Loja, y yo no quería que se fuera. Lo retuve junto a la cancela cuando salí a despedirme de él.

—No te vayas.

Pero la maleta ya estaba en el suelo, junto a sus pies. Una maleta pequeña, para pocos días. Y aun así no podía evitar sentirme inquieta. Aquellos días se respiraba con cautela, y hacer demasiado ruido o moverse un poco demasiado rápido podía resultar en quién sabe qué.

—Serán solo unos días. —Trató de tranquilizarme utilizando los mismos argumentos que mi conciencia—. Y es solo a Loja. Está aquí al lado.

—No me gusta cómo se están poniendo las cosas. No me gusta nada.

No me gustaba, no. Y no me gustaba la idea de que Álvaro se alejara en ese momento. Aunque fuera a Loja, que estaba allí al lado.

—Estaré de vuelta antes de que te des cuenta —insistió, abrazándome.

¿Por qué tenía que marcharse? ¿No podía esperar a agosto o septiembre, cuando las cosas estuvieran un poco más tranquilas? Él aparcó momentáneamente mis tribulaciones con un beso suavísimo y aquello me hizo recordar que tenía una explicación pendiente. Ya lo había pospuesto por demasiado tiempo. Necesitaba contárselo, quería contárselo.

Él percibió el cambio de rumbo que habían tomado mis pensamientos.

—¿En qué piensas? —susurró, acariciándome la espalda.

—En el claro. —Él sabía qué claro.

—Volveremos —prometió—. En cuanto vuelva cogemos los caballos y...

—No es eso —lo interrumpí. No lo miraba.

Tragué, buscando las palabras. Pero él fue más rápido.

—Flavia me lo contó —casi murmuró. Yo levanté la vista.

—¿Flavia? —Él asintió.

—Lo mencionó pensando que tú me lo habías contado ya. Debió de pensar que de eso hablábamos aquel día en la casa de mi padre. —El de la despedida de Carmen.

Tardé unos segundos en contestar, tratando de asimilar aquello.

—¿Y por qué no me dijiste nada después?

Dudó, y me estrechó con más fuerza.

—Porque me enteré por casualidad. Preferí esperar a que me lo contaras cuando tú quisieras.

—¿Y... y qué, qué piensas? —tartamudeé. Los ojos se me llenaron de lágrimas y miré a cualquier parte menos a los suyos.

—Pienso que ese desgraciado tiene suerte de que yo no sepa qué cara tiene. Y pienso que el mejor revés de la historia lo ha dado mi novia. Ojalá lo hubiera visto.

Flavia se lo había contado también. El revés con que tumbé a Alonso.

Reí, y con aquella pequeña risa cayeron las lágrimas que estaban al borde del precipicio de mis pestañas. Y el nudo que me había ido constriñendo más y más la boca del estómago con aquella conversación desapareció de repente. Álvaro sonreía pacíficamente mientras me acariciaba la mejilla, y se llevó con el dedo las lágrimas. No dijo nada más. Solo aquello. Y volvió a besarme.

Y entonces, por el rabillo del ojo, percibí una figura al final de la calle, apoyada contra el muro exterior de la portería. La figura nos observaba en la distancia. Y creí ver en su sonrisa la de Federico.

—¿Federico? —Era él, sí—. ¡Federico!

La sonrisa suspicaz con la que nos observaba se ensanchó al verse descubierto. Se acercó con los brazos extendidos para recibirme en ellos. Llevaba una carpeta en una de las manos.

—¿Qué haces aquí? —le pregunté, extrañada—. Pensaba que estabas en Madrid, que estabais todos allí.

Hacía meses que no lo veía. Muchos, de hecho. Lo último que había sabido de él era aquella entrevista suya en el periódico. La entrevista. Una punzada de inquietud me asaltó. Aquella entrevista estaba muy reciente, y Federico estaba en Granada. Pero la alegría por verlo acalló por unos momentos ese temor. Él rio.

—¿Qué quieres, que me vaya? En unos días es mi santo y el de mi padre, y he venido a celebrarlo —explicó—. Estamos en la Huerta. Hemos venido todos menos Isabelita, que se queda en Madrid para las oposiciones, y Paco, que está en El Cairo.

Federico no me miraba a mí. Miraba al hombre con el que había estado hablando. Álvaro nos observaba unos pasos más allá. Se acercó vacilante, bajo la mirada atenta de Federico, que llevaba los labios fruncidos por una burla que luchaba por escapar. Y lo hizo.

—¿Y quién estaba besuqueando a Barbarita? —inquirió con una severidad falsísima.

—Hola, don Federico. —Álvaro le tendió la mano con una sonrisa.

—Hola, quienquiera que seas. —Estrechó la mano que le ofrecía—. Encantado de conocerte. Y también deseoso de hacerte muchas preguntas.

—Lo conoces, Federico. —Él arqueó las cejas, sorprendido—. Mírale la cara y dime si ves algo de la Rositilla. O de Vicente.

Sus ojos se agrandaron al caer en la cuenta.

—Este no será... no, no puede ser. ¿Alvarito? ¡Alvarito!

—El mismo.

—¡Madre mía! ¡Aquel muchacho flacucho y desgreñado! No puede ser, no puede ser... ¡Y ahora me saca casi una cabeza, este hombre! No es posible...

—Han pasado muchos años. —Álvaro rio.

—¡Cuánto tiempo ha pasado, sí! Te preguntaría qué te trae por aquí, pero ya me hago una idea... —Me miró malicioso. Yo reí.

—Han pasado muchas cosas —asentí—. Rosita y Gonzalo se casan.

—Luego los felicitaré. —Se giró hacia Álvaro—. Creo que te marchaste a estudiar, ¿no es cierto? Pero no recuerdo...

—A la Argentina, sí —asintió Álvaro.

—Ay, Argentina. ¡Qué maravilla! Tú y yo tenemos una conversación pendiente, compañero. —El otro rio.

—Cuando quiera. Pero tendrá que ser en otro momento, porque ahora me marcho. —Señaló con una cabezada la maleta—. Volveré en unos días.

—Bueno. Entonces voy a saludar a tus tíos y a Flavia —dijo dirigiéndose a mí—, y os dejo despediros tranquilamente. —Nos miró con complicidad—. Ven ahora, Bárbara, que tengo una sorpresa. —Se golpeó el pecho con la carpeta que llevaba, y extendió su mano de nuevo a Álvaro—. Un placer conocerte de nuevo, Álvaro, y buen viaje. Ya nos veremos.

—Gracias, Federico.

—Enseguida entro —dije yo antes de que sonriera por última vez y se encaminara hacia la casa.

Álvaro recogió la maleta que había dejado unos metros más allá y volvió donde yo estaba. Escruté su rostro, tratando de discernir sus pensamientos.

—Muy agradable don Federico. Igual que lo recordaba.

Muy diplomático. Reprimí la risa.

—¿Eso que huelo son celos? —lo pinché, más divertida que preocupada.

Él no se dejó picar. Se detuvo a muy pocos centímetros de mí, sonriendo.

—Puede ser, pero me lo reservo para los del autobús. —Me cogió por la cintura y me acercó a él—. Prefiero despedirme de mi novia con un beso que con un sermón sobre las diferencias entre el amor carnal y la admiración artística.

Yo reí con la pulla, y le golpeé el pecho.

—Sinvergüenza. Me entran ganas de darte un castigo, no un premio.

—Pero me marcho de viaje —se quejó.

—¿No era tan solo a Loja, que está aquí al lado?

Suspiró, y una resignación casi creíble lo embargó.

—Nada, que me voy sin beso.

Volví a reír con todo aquel teatro, y cedí.

—Uno para la ida. —Lo besé brevemente en los labios—. Y otro para la vuelta. —Y volví a hacerlo—. Y otro de repuesto.

El de repuesto le duraría varios días.

* * *

—...y dice Adela: «Madre, ¿por qué cuando se corre una estrella o luce un relámpago se dice:

> Santa Bárbara bendita,
> que en el cielo estás escrita
> con papel y agua bendita?»

Federico, sin abandonar la lectura, levantó la vista del papel durante unos instantes y me guiñó un ojo. Yo sonreí en silencio.

Había comenzado a leer por el final, por el tercer acto de su nueva obra de teatro, todavía sin publicar ni estrenar. Las razones solo las comprendía él. No entenderemos nada, se había quejado la tía, y él la tranquilizó diciendo que aquel acto sintetizaba el contenido de la obra entera. No era necesario más para comprenderla. Y había empezado por el final.

—Imaginen ustedes —había dicho—, una casa llena de mujeres que se dicen familia pero más parecen perros rabiosos que se muerden unos a otros. Imagínenlas de luto riguroso, encerradas y sometidas al mando implacable de una madre dura y fría como un témpano de hielo. Imaginen a una abuela demente, que casi parece la más cuerda. Imaginen una casa de pueblo, y un pueblo en el que el viento lleva los chismes y se respira hipocresía, mezquindad y una moral caduca, de la que la madre es emblema... Imaginen un caballo semental que vive excitado en el patio de la casa de esas mujeres...

Y había leído aquella situación asfixiante, y habíamos visto a los perros, a la anciana chalada y a la madre con bastón, hasta que finalmente aquella madre de hielo, Bernarda, en boca de un Federico feroz, había dicho:

—«Y no quiero llantos. La muerte hay que mirarla cara a cara. ¡Silencio! ¡A callar he dicho! Las lágrimas cuando estés sola (a una de sus hijas). ¡Nos hundiremos todas en un mar de luto! (Ella, la hija menor de Bernarda Alba, ha muerto virgen). ¿Me habéis oído? Silencio, silencio he dicho. ¡Silencio!». —Federico hizo una pausa—. Y baja el telón.

Su sonrisa reapareció para recibir nuestros aplausos. Los de todos los de la casa, porque la lectura había atraído también a los de abajo, que se habían asomado a la puerta de servicio de la biblioteca para escuchar.

—¡Qué mujer más mala esa Bernarda! ¡Qué malaje! —exclamó indignada la Acemilera sin dejar de aplaudir—. ¡Bravo, señor Federico, es usted un genio!

—¡Y pobre Adela! —apostilló Amparo.

—Bernarda es real, Consuelo, ¿sabe usted? —comentó él, riendo.

—Ya le digo yo que sí —asintió ella—. He conocido yo a unas cuantas.

—No, no, quiero decir que esta verdaderamente existe.

—¿Qué dices, Federico? —intervino a su vez el tío, arqueando las cejas—. ¿Es de verdad real esa persona, esa familia?

—Sí. Bernarda, que era en realidad Frasquita, era una mujer de mi pueblo, en Asquerosa. Ya se murió. La casa de mi tía Matilde tiene un pozo medianero con la de Frasquita y su familia, y a través de él hablábamos y escuchaba a los de la casa. Lo demás... es poesía —rio de nuevo.

Pero el resto no lo imitamos. La atmósfera se había enturbiado de repente. La tía rompió el hielo:

—*Debés* tener cuidado, Federico, y más estos días. El tema es... polémico, y si además se trata de personas reales... —Se estremeció—. Te *podés* buscar la ruina. Te crearás muchos enemigos. *Debés* ser prudente.

—¿Enemigos? ¡Pero si estoy entre los mejores amigos! Estoy seguro de que esto que he escrito espantará a alguna que otra vieja comadre polvorienta, pero ¿para qué son el teatro y la poesía sino para desempolvar las mentes? ¡Alegría, alegría, no quiero caras largas!

El optimismo de Federico era invencible. Pero yo no podía dejar de pensar en lo que había dicho en aquella entrevista. Y ahora escribía aquello. Una joya. Pero una joya demasiado brillante. Demasiado. Y con cantos demasiado afilados. El temor de la tía era el de todos los demás. El de todos nosotros.

El día anterior habían matado a Calvo Sotelo, y el anterior a un teniente socialista. La lista podía seguir y seguir hacia atrás. Y también seguiría hacia delante. Y Federico acababa de volver a aquella Granada polvorienta y llena de la peor burguesía de España con aquella nueva obra bajo el brazo.

—Esta copia es para ti, «Bárbara bendita» —rio con esa broma cómplice que había escrito, ofreciéndome la carpeta cuando un rato más tarde lo acompañé a la salida. Sonreí sin sonreír realmente para agradecerle el regalo. Él siguió—: Tendrás que leerme tú algo nuevo, para compensarme por el regalo.

—Debiste quedarte en Madrid, Federico —casi le interrumpí. Y di rienda suelta a mi preocupación—. Esa entrevista... lo que dijiste...

—Vamos, Bárbara, sabes que no me refería a ninguno de vosotros —bromeó, tergiversando lo que yo pretendía decir—, y menos a ti, burguesa roja...

—No me refiero a eso, y lo sabes. Decir eso y volver a Granada ha sido meter la cabeza de lleno en el avispero, y ahora esto. —Alcé la carpeta.

Él hizo un gesto tratando de restarle importancia y quiso replicar, pero me adelanté:

—Ayer mataron a Calvo Sotelo. ¡A un diputado! Tú vienes de Madrid. Mira todo lo que está pasando y dime que no te preocupa.

Esta vez no hizo amago de replicar. Ya no sonreía.

—No me gusta todo esto, no —reconoció finalmente, sin mirarme—. Cierro los ojos y veo negro, mucho negro. Y veo un campo lleno de muertos y más muertos. Temo lo que pueda venir mañana, Bárbara. —Entonces sí me miró, sonriendo con tristeza—. Pero nunca me voy a retractar de lo que escribo. Eso es mío, mío y de nadie más. La *moía* no se cura, ¿no? Solo se puede escribir.

Tragué saliva. Ver a aquel Federico descarnado y sinceramente preocupado, y ver en sus ojos lo oscuro, cada vez más, de aquellos días, era mucho más inquietante que todo lo que había sucedido en las semanas anteriores. Era más que inquietante. Era aterrador.

Me sacudió un escalofrío.

Detrás de sus palabras estridentes, de su sonrisa interminable, de sus canciones y sus chistes, de todo aquel histrionismo y de su risa inextinguible, había silencio, mucho silencio.

33

Para el día de San Federico, la Acemilera hizo un tocino de cielo. Y lo dejó en el molde

Lo hizo la noche de antes, para mandárselo ese día a primera hora de la mañana junto con una docena de piononos a los dos Federicos, padre e hijo, por su santo. Amparo se lo llevaría cuando la cocinera lo sacara del molde, pero no lo sacó.

Había pasado casi una semana desde el asesinato de Calvo Sotelo y la marcha de Álvaro. La agitación de esos días se había ido disipando poco a poco, hasta quedar tan solo un poso de inquietud que se repartía el tiempo con el tedio y el abotargamiento por el calor de los días de julio. Lo único relevante que sucedió en aquellos días que precedieron al día del santo fue la muerte del Duque, el aristócrata amigo del tío, el día siguiente a la llegada de Federico y la marcha de Álvaro, y su entierro en la catedral el día de después. Eso, y que yo por fin dejé apalabrado un piso en la calle Navas para poner allí la consulta.

El calor era insoportable, y nuestra actividad se había reducido casi exclusivamente a huir de él. Flavia y yo pasábamos las horas centrales del día sin más entretenimiento que frotarnos brazos y cara con un trozo de hielo de la fresquera envuelto en un paño.

San Federico cayó sábado. Sí, era sábado, y era sábado de cine: en el Cervantes del Campillo proyectaban ese día *Encadenada,* con los flamantes Joan Crawford y Clark Gable brillando en cartelera. Y Flavia, Rosita y yo habíamos decidido ir a ver a Clark Gable besar a Joan

Crawford en la pantalla. Pero tardaría muchos años en llegar a ver ese beso, porque Flavia, Rosita y yo no llegamos a salir de la casa, y Amparo y el tocino tampoco. Y se quedó en el molde.

No salimos ninguno de la casa porque, desde la noche anterior al santo, aquella calma tediosa que se había instalado en los días anteriores comenzó a vibrar. Poco a poco y por lo bajo, como un zumbido que fue creciendo despacio. A partir de esa noche de viernes, Granada se quedó quieta y contuvo la respiración, expectante. Escuchando. Atenta al murmullo de voces que comentaban los rumores vagos que llegaban desde el otro lado del mar.

En el Protectorado. Sí, allá había sido. Eran los de Marruecos. Y el otro, el que habían mandado a las Canarias, Franco. No, ese no. Que sí, que te lo digo yo. Los de África se habían levantado la tarde anterior. Otro intento de golpe. ¿Y en la Península? ¿Y Madrid? No se sabía nada todavía. Pero ¿cómo va a ser eso? Eso no puede ser, hombre. ¡Pero si se veía venir! Y mira lo que te digo: ya estaban tardando, porque esto es un sin dios. Pero qué dices, mujer, qué dices...

En la casa escuchábamos y esperábamos. Desde la noche del viernes, la radio de la biblioteca estuvo encendida día y noche. Las horas del sábado pasaban lentas e inquietantes y la calma tediosa se había transformado en espera. Esperábamos a saber qué pasaba exactamente en el Protectorado, qué hacía el Gobierno de Casares Quiroga en Madrid y qué pasaba en el resto de España. Esperábamos pegados a la radio, orbitando a su alrededor como la Luna en torno a la Tierra, y corríamos a acercarnos cuando entre las ráfagas de estática el locutor lanzaba alguna información nueva sobre la intentona golpista. Estaban suspendidos los servicios de telégrafos y teléfonos, y las noticias llegaban con cuentagotas y confusas, incompletas.

—Esto va a quedar en nada, señores —tranquilizaba el locutor—. Estén ustedes tranquilos, porque los golpistas carecen de apoyos serios. El Gobierno controla completamente la situación y pronto todo esto será un mal recuerdo y los culpables castigados. Ninguna de las guarniciones peninsulares ha secundado el golpe. Hoy más que nunca es necesario reivindicar los valores de paz y democracia, y que cada cual afirme su apoyo a las instituciones y la legalidad vigente. ¡Paz y concordia! ¡Viva la República!

Y el Himno de Riego, una y otra vez.

Pero, a medida que pasaban las horas, aquello que parecía un intento frustrado más comenzó a dejar de parecerlo y la atención de la ciudad se concentró en el comandante militar de la plaza, el general Miguel Campins, a la espera de conocer su reacción. Campins llevaba solo unos pocos días en el cargo.

—Campins no se sublevará —decía el tío.

—Es monárquico —lo contradecía don Ramón. Él y doña Pilar habían venido a la casa por la mañana y habían pasado con nosotros el día, también a la espera—. Y dicen que amigo personal de Franco.

—Sí, pero creo que es apolítico, de los que obedece y calla. No se levantará.

La situación cambió cuando a media tarde los locutores dieron la noticia de que en Sevilla el general Queipo de Llano se había unido a la sublevación y ya controlaba la ciudad e instaba a las demás guarniciones andaluzas a secundarlo. Aquello nos asustó todavía más. La región de Andalucía entera dependía de la Capitanía General de Sevilla.

—Esto los va a alentar —se lamentó el tío, fumando nervioso y dando vueltas por la habitación. Fue a decir algo más, pero calló de pronto, aguzando el oído.

En la calle se oía barullo. Corrimos todos a las ventanas que daban a la calle.

—¡Viva la República! ¡Ya era hora de que se pusiera orden! ¡Que tiemblen los rojos, que tiemblen! —gritó alguien.

El follón seguía, y entonces se oyeron disparos. Tres, cuatro seguidos.

—¡Jesús bendito! ¡Señora! —Consuelo fue la primera en llegar a la ventana—. ¡Están pegando tiros en la punta de la calle!

—Consuelo, apártese de la ventana. Todo el mundo fuera de las ventanas. Gonzalo, cierra las puertas, el portón y las cancelas también.

Todo. Amparo y Rosita, las ventanas y las contraventanas, todo cerrado. Hasta nueva orden, no se sale. —El tío volvió a la biblioteca y sacó su cédula de uno de los cajones de la mesa, mientras el resto obedecía—. Vicente, ¿dónde está Vicente? —El aludido se adelantó—. Vicente, las escopetas, ¿dónde están?

—En la cochera, señor. Una está desarmada. Está rota.

—Trae la otra, y os la quedáis aquí. —Vicente fue a por ella, y el tío sacó entonces un revólver de otro de los cajones, comprobó que estaba cargado y se lo guardó en uno de los bolsillos interiores de la chaqueta—. Esta me la llevo yo. Os quiero a todos dentro de la casa.

Yo estaba atónita. Desconocía la existencia de esas armas. ¿Y la requisa de marzo?

—Pablo, ¿qué *querés* hacer? —preguntó la tía, observando el vendaval de las idas y venidas de su marido.

—Voy a averiguar de una vez qué está pasando. Ramón, ven conmigo. —Él lo siguió.

—Llevad cuidado, por Dios —suplicó Pilar junto a la puerta principal abierta cuando fueron a traspasarla el tío y su marido.

—Cerrad cuando salga y atrancad esta puerta —ordenó el tío—, la del comedor y la de la cocina. Que nadie entre ni salga hasta que yo vuelva, ni siquiera al jardín. —Miró a Flavia específicamente, con una advertencia en los ojos que era casi una amenaza—. ¿Queda claro?

Ella asintió, azorada, y todos nosotros con ella.

Los minutos comenzaron a pasar más lentos que antes, y los de la casa cambiábamos de postura o de ocupación cada cuarto de hora, incómodos e inquietos, esperando. La radio seguía encendida y nosotros montando guardia y yendo de vez en cuando de ella a las ventanas, esperando ver aparecer de nuevo al tío y don Ramón frente a la casa. No había ganas de hablar ni de hacer nada, y tampoco teníamos hambre. Amparo y Rosita no habían ido esa mañana a la compra, y Consuelo no había preparado nada de comer. A mediodía nos habíamos comido con poca gana el tocino de los Federicos.

Yo deambulaba en torno al mueble pensando en Álvaro y no queriendo pensar, maldiciendo por enésima vez el día en que se había marchado a Loja. Ni siquiera sabíamos qué estaba pasando allí ni en el resto de la provincia. No sabíamos, de hecho, lo que ocurría en el resto de la ciudad. Flavia deambulaba, igual que yo, pensando en Miguel y en qué estaría haciendo.

Gonzalo iba también de acá para allá, nervioso y con el ceño fruncido, con los ojos y el pensamiento puestos en la calle. Quería ir a ver a los del partido. Él también quería saber lo que estaba pasando y qué papel tenía la Falange en todo ello. Lo desconocía. En aquel rato de tedio y tensión que siguió a la marcha de los dos hombres, llegó a tener un conato de discusión con la Acemilera cuando esta arremetió nuevamente contra los militares locos que se habían levantado contra el Gobierno. Fue a replicarle apretando los dientes, pero la tía lo cortó antes.

—En esta casa no se habla de política hoy, ¿está claro? —ordenó con ojos durísimos que no admitían réplica—. Y quien no esté conforme, puede pasar la puerta, pero ya no vuelve a entrar.

Ni Gonzalo ni nadie volvió a discutir.

Pasaron casi dos horas completas antes de que alguien aporreara la puerta principal desde fuera y nosotros pegáramos la oreja por el otro lado para escuchar:

—Soy yo —dijo el tío.

Entraron él y Ramón y volvimos a cerrar. Venían agitados pero sin un rasguño. Los seguimos todos en procesión cuando fueron a sentarse en el sofá de la biblioteca, y los rodeamos expectantes.

—Campins no se adhiere a la sublevación —confirmó el tío tras beber sorbo del *whisky* que se acababa de servir—. Ha ordenado acuartelar todas las fuerzas de la guarnición a la espera de instrucciones, nadie puede entrar ni salir sin autorización. Dicen que Queipo lo ha contactado y le ha pedido que se una.

—Pero ¿entonces? —inquirió Pilar.

—Este lo ha acusado de faccioso, y le ha colgado. Parece que es de fiar. Está al habla con Torres Martínez.

César Torres Martínez, el gobernador.

—Confían en él, sí —corroboró don Ramón—. En el Gobierno Civil y en el Ayuntamiento. Se ha reunido un comité permanente del Frente Popular. La gente está pidiendo armas en la calle, pero no quieren que esto se desmadre para no soliviantar a los de la guarnición. Los militares están tranquilos, parece.

—Y que así sigan, señor —dijo la Acemilera, aliviada.

La noche pasó algo más tranquila que el día, pero con la radio encendida y nosotros pegados a ella por turnos, inquietos todavía. Dormimos, pero poco y mal, y el día siguiente, domingo, amaneció con nuevas noticias. Casares Quiroga había dimitido y lo había sustituido Diego Martínez Barrio, que había formado gobierno de madrugada y que estaba en negociaciones con el general Mola, que al parecer era uno de los coordinadores del golpe.

—Si el Gobierno de Casares Quiroga ha caído, esto va en serio —dijo el tío, poniendo en palabras los temores de todos.

—Tienen que dar armas —se exasperó don Ramón—. ¡Tienen que darlas ya!

—¡Ni hablar! Eso acaba mal. ¡Pistolas a las milicias! Eso termina de condenarnos. Si arman a la población, esto se vuelve una locura.

—¿Y qué opción queda? El Ejército está metido en esto hasta el cuello, y la Guardia Civil y los de Asalto, espera a ver. Cuenta las horas, Pablo, porque es cuestión de horas que los de aquí también se levanten. Yo no me fío de Campins.

El domingo pasó igual que el sábado, con el merodeo constante en torno a la radio y la incertidumbre y la tensión que atacaban los nervios. Los periódicos del día pedían calma y adhesión al poder público, y también anunciaban los movimientos del Gobierno. Habían destituido a Queipo y Franco, y al general Cabanellas, que también estaba implicado. Decretaban la anulación del estado de guerra en las plazas en que se hubiera establecido y el castigo de los responsables. Y se licenciaban las tropas y se disolvían las unidades que habían tomado parte en la sublevación. El gobernador Torres pedía calma y aseguraba que el orden en la ciudad era absoluto. Y el Frente Popular subrayaba su apoyo al Gobierno y pedía a sus militantes calma en guardia, que estuviesen preparados para luchar.

El día pasó con el ruido persistente e impertinente de movimientos de cuarteles tras nuestras orejas y, a medida que pasaban las horas, crecía la certeza del levantamiento en la ciudad. Es cuestión de horas, repetía don Ramón convencido. Y el aire se hacía más denso e irrespirable. Cada nueva noticia era un paso más en esa dirección.

A las doce de la noche cayó también el Gobierno de Martínez Barrio, y de él pasó a José Giral. Las negociaciones con Mola habían fracasado y poco a poco crecía el goteo de plazas en las que el golpe iba triunfando. Córdoba, Cádiz, parte de Aragón, parte de Castilla la Vieja y también parte del norte.

El lunes amaneció igual que el domingo, y la mañana trascurrió con el tedio y la tensión del día anterior. Después de comer, la casa casi dormía, sumida en el sopor del calor y el cansancio por la espera. Solo permanecía despierto el tío, que seguía dando vueltas y fumando nervioso en torno a la radio. Y en esa casa adormecida que había terminado por recuperar más o menos su ritmo normal a la espera de noticias, Flavia se levantó de la cama y se puso unos zapatos distintos a los que había llevado durante la mañana. Planos, más cómodos. Aquello me alertó. Ella salió, yo también me levanté y me calcé, y la seguí escaleras abajo.

La encontré sentada en la ventana abierta de la salita, con una pierna ya fuera. Las puertas de la casa seguían cerradas.

—¿Qué estás haciendo? —susurré, temiendo que el tío me oyera desde la habitación de al lado. Ella se giró sobresaltada y se relajó al comprobar que era yo.

—Me voy.

—¿Cómo que «te vas»? ¿Adónde te vas?

—A hablar con Miguel. Ya no aguanto más.

—¿Qué? ¿Te has vuelto loca? —Luché por mantener la voz baja. La retuve por el brazo—. ¡Es peligroso, no sabemos qué puede pasar!

—¡Precisamente por eso! Tengo que decirle que se vaya, que se esconda. Si todo esto no acaba pronto y los militares se sublevan, lo detendrán. Lo pueden matar. —Y suplicó desesperada, al borde del llanto—: Nena, por favor. Tengo que verlo.

Yo dudé unos instantes, sin saber qué hacer. Acabé por ceder.

—Voy contigo.

34

No había ni un alma en la calle. El cielo estaba blanco y el sol caía a plomo a aquella hora de la tarde, aniquilando cualquier atisbo de sombra que nos pudiera amparar. Salimos de nuestra calle y cogimos la de Recogidas hacia arriba sin mediar palabra, corriendo. Pasamos Puerta Real y seguimos subiendo. ¿Cuántas veces habría hecho Flavia aquel trayecto camino de la casa de su novio? Rebasamos la plaza del Carmen y, a escasos cien metros de alcanzar la Gran Vía, nos detuvimos en seco y yo agarré de la blusa a mi prima, aterrada.

Allá arriba, al final de la calle, acababa de doblar la esquina un camión del ejército que se dirigía hacia nosotras. De las paredes de la caja sobresalían más de una docena de bustos de soldados y cañones de fusil que apuntaban hacia arriba.

Flavia y yo lo observábamos acercarse paralizadas por el miedo. Los soldados nos contemplaban con un rictus serio. Uno de ellos sacó un brazo y lo sacudió por encima de su cabeza, fulminándonos con la mirada. Fuera de aquí. Finalmente, el vehículo alcanzó nuestra posición y pasó de largo, hacia abajo.

—Van para el Ayuntamiento —murmuró Flavia.

—Flavia, tenemos que volver. ¡Tenemos que volver ahora mismo!

—¡No! —Y antes de que pudiera replicar, echó a correr de nuevo.

Ya no volvimos a detenernos. Tomamos la Gran Vía para después pasar a la calle Elvira y acto seguido entramos en el laberinto del Albaicín. Subimos y bajamos, en un sentido y en el contrario, y pronto perdí el sentido de la orientación. Ya no sabía cuánto cerca o lejos estábamos de ningún sitio concreto. Pero Flavia seguía corriendo junto a mí, y sus pasos nos guiaban a ambas por un camino que había recorrido cientos de veces. Desembocamos en una cuesta empedrada. La reconocí. Era la Alhacaba. Flavia tomo la cuesta hacia arriba y yo la seguí casi sin resuello. Poco antes de llegar a la cabecera de la cuesta aminoró la marcha hasta detenerse frente al portal de Reme, y llamó con los nudillos.

—¿Flavia? —La cabeza de Miguel emergió de las sombras del interior. Se fijó también en mí—. ¿Qué hacéis aquí?

Nos hizo pasar. Flavia arrancó a decirle todo aquello que previamente me había dicho a mí. Debía irse, pronto, ahora mismo. Tenía que marcharse, esconderse antes de que la ciudad estallara. Si los militares se levantaban para unirse al golpe... Él no se iba a ninguna parte. Se quedaba, y si había que luchar, a luchar. Flavia lo agarraba de la pechera de la camisa y le suplicaba que le hiciera caso. Tras él, Reme y un anciano sentado en una mecedora observaban la escena. Sobre la mesa había una radio vieja apagada.

—Hemos visto tropas moverse —intervine yo. Miguel se giró bruscamente en mi dirección. Flavia asintió.

—Un camión, hacia el Ayuntamiento.

—¡Virgen Santísima! —murmuró Reme. Se persignó discretamente.

Miguel tardó unos segundos en reaccionar. Nos miró a Flavia y a mí.

—¡Lo sabía! —rugió—. Madre, encienda la radio y atenta a lo que digan. ¿Dónde está Trini? ¡Trini!

Salió en dos saltos a la calle en busca de la tal Trini mientras su madre hacía lo que le había ordenado. Regresó un par de minutos después cargado de armas y seguido de otro hombre, también cargado.

—Ponlo aquí, primo —le indicó al otro, acercándose a la mesa. Apartaron la radio y comenzaron a apilar en ella lo que llevaban en brazos. El recién llegado nos observó a Flavia y a mí.

—¿Y estas?

—Céntrate, Trini. Son Flavia y su prima.

—¿La paya? —inquirió, observando a Flavia con detenimiento. Miguel asintió.

Arqueé las cejas. Trini era un hombre. El anciano de la mecedora leyó en mi rostro lo que estaba pensando. Se inclinó hacia delante.

—Su madre le puso Trinidad para que no lo llamaran al servicio —me explicó.

—Y mira de lo que le sirvió —bufó él, riéndose irónico sin apartar la vista de lo que estaba haciendo.

—¿De dónde habéis sacado todo esto? —inquirí, observando el arsenal que estaban organizando encima de la mesa.

—No quieras saberlo, primita.

—Pero ¿y la requisa de marzo?

—Que le vayan dando a las leyes burguesas... —rezongó Trini.

Miguel señaló la puerta.

—Mira para qué ha valido. Los fascistas en la calle y el pueblo desarmado. Y vosotros y los comunistas diciendo que armas no. Pero nosotros esto ya lo habíamos visto venir y nos hemos preparado. Así que de nada, compañera socialista. Os vamos a salvar el culo, y de aquí a la revolución.

Yo abrí la boca para replicar pero por la puerta de la casa asomó de pronto la cabeza de un hombre buscando con la mirada a los dos primos.

—¡Saiz! ¡Pérez! ¿Qué cojones estáis haciendo aquí todavía? ¡Tirad ahora mismo para abajo! —Y desapareció.

—¡Venga, primo! —lo apremió Miguel, que ya se dirigía a la puerta—. ¡Galadí, espera!

—¿Qué vais a hacer, Miguel? —dijo su madre con la boca pequeña.

—Lo que haga falta, tía —contestó su primo por él—. Estar preparados, por si acaso. Matías y los demás quieren taponar la calle por si...

—¡Chist, calla! ¡Callad! —Miguel no lo dejó acabar. Se había quedado petrificado con un pie en el umbral de la puerta y los ojos muy abiertos, escuchando—. ¿Qué es eso? ¿Qué están diciendo?

En dos zancadas se acercó a la radio y subió el volumen.

—... desorden imperante en todo el territorio de la nación, desde hace tres días, ausencia de acción del Gobierno central y con el fin de salvar a España y a la República del caos existente, se declara desde este momento en todo el territorio de la provincia el estado de guerra. —Era un bando. La voz leyó siete artículos más, y acabó diciendo—: Granadinos: por la paz perturbada, por el orden, por amor a España y a la República, por el restablecimiento de las leyes del trabajo, espero vuestra colaboración a la causa del orden. ¡Viva España! ¡Viva la República!

Lo leía el comandante Rosaleny y lo firmaba Campins.

* * *

La plaza de Granada se unía a la sublevación. Granada había caído. Habían ocupado el Gobierno Civil y el Ayuntamiento, la Trinidad y Puerta Real. Pero el barrio resistía.

Miguel y Trini habían pasado una media hora ayudando en la construcción de una barricada al final de la cuesta y subieron un par de veces para comprobar si habían dicho algo nuevo por la radio. Pero nada. Los vecinos estaban construyendo otras en otros accesos, y en el Chapiz habían excavado también un foso. El barrio entero se convirtió en una fortaleza blanca, pero era vulnerable. Muy vulnerable.

Los resistentes tenían escopetas, fusiles y pistolas, y los de fuera tenían eso y todo lo que tuvieran el Ejército, la Guardia Civil y la de Asalto en la ciudad. Ellos estaban abajo, nosotros arriba. Pero teníamos San Cristóbal, San Miguel Alto y la Alhambra rodeándonos. Entre viaje y viaje, Miguel y Trini analizaban los puntos flacos y las posibilidades a corto y largo plazo de resistencia. Había que resistir hasta que llegaran refuerzos. Yo intentaba no pensar en las pocas probabilidades que tenía la resistencia de triunfar.

Ya había habido tiros sueltos allá abajo, pero no habían llegado a avanzar. A Flavia y a mí nos encargaron las armas. Teníamos que ponerlas a punto y cargarlas todas. Con uno de aquellos fusiles en la mano, me pregunté si en algún momento yo también tendría que usarlas.

—¿Sabes dispararlas, primita? ¿Sabes apuntar? —me preguntó Miguel, que me observaba. Yo negué con la cabeza.

—Pues más os vale aprender, viendo lo que se nos viene encima —dijo el otro.

¿Qué aportábamos Flavia y yo a la resistencia? Ninguna de las dos sabía pelear, no sabíamos siquiera disparar. Y a mí me temblaban las piernas ante la idea de salir a luchar con Miguel y los demás. Pero me tragaba el miedo y hacía lo que me pedían intentando no pensar lo que haría al minuto siguiente ni en el avispero en que mi prima y yo habíamos quedado atrapadas. No quería pensar en las pocas probabilidades que teníamos de ganar porque lo que había en el barrio era la única esperanza de la República en la ciudad. Tampoco quería pensar en los tíos, que ya debían de haber notado nuestra ausencia allá abajo.

El trabajo en la barricada hacía rato que había terminado y los dos hombres daban vueltas por la casa, atentos, preparados para saltar fuera al escuchar la voz de alarma. La calle estaba en relativa calma. Al menor grito o barullo que llegaba desde fuera, corrían a ver qué era. Reme hablaba con el anciano de la mecedora en un idioma extraño que yo no entendía, y Flavia y Miguel discutían. En un rincón y en voz baja, y el bisbiseo de sus voces me llegaba ininteligible mientras iba y venía por la habitación, aburrida y a la espera, como el resto. Pensé por enésima vez en Álvaro y en Loja, y dejé de pensar cuando sentí que iba a hacerme sangre con los dientes en los labios, angustiada.

Mirando a Flavia y Miguel discutir, por un momento casi me reí. Al final no sabría decir quién discutía más, si ellos o Álvaro y yo. La vida parecía querer devolverme uno a uno todos los sermones que yo le había echado a mi prima a lo largo de los años sobre su relación. Intenté recordar mi última discusión con Álvaro.

No quería pensar en él porque me revolvía el estómago. Me dolía el vientre de verdad. Hacía calor, y el bochorno y la espera lo agravaban. El tiempo pasaba despacio y me dolía cada vez más. Aquella espera tensa también inquietaba a los demás.

—¡Nosotros no deberíamos estar aquí! ¡No es asunto nuestro! —estalló de pronto el anciano de la mecedora, que debía de llevar un rato rumiando aquello.

—¿Otra vez con lo mismo, Basilio? —Trini resopló, exasperado.

Aquella era una conversación interrumpida en algún momento y retomada. Los dos hombres se enzarzaron a discutir y Miguel dejó sus murmuraciones con Flavia para unirse a la disputa, aunque en un tono más sosegado que los otros. Flavia y yo nos acercamos al grupo tratando de comprender. Reme vino en nuestro auxilio.

—Muchos de los míos no se quieren meter en todo esto porque piensan que los palos para nosotros van a ser los mismos acabe como acabe —nos explicó.

—¿Y no es verdad? —le espetó Basilio, que había captado la explicación.

Los otros dos y Reme comenzaron a bombardearlo con una lluvia de razones por las que los gitanos saldrían peor parados si triunfaban los golpistas.

—Pero, mujer, ¿es que no somos unos parias ya? Siempre con la Gandula encima. —La ley de vagos y maleantes de la República, decía—. ¿Qué más me da a mí si el que me escupe y me pega es un payo rojo o un payo de los otros?

Reme se lanzó a contestarle, pero ya no presté atención a lo que decía. Estaba muy mareada. Comenzaba a sentir náuseas y entonces caí en la cuenta. Conté mentalmente los días. Todavía faltaban dos o tres. Era pronto. El mes anterior no lo había tenido hasta el veintitantos. Pero el dolor que sentía en el vientre era cada vez más agudo y no era el estómago, era más abajo. Ahora no, ahora no. El calor era insoportable. Me separé de la conversación para situarme junto a una ventana tratando de captar algo de corriente que me aliviase, pero fue peor: el aire que entraba era todavía más caliente. Me forcé a prestar atención a la conversación.

—¡Bah! ¡Asuntos de payos! —Basilio descartó con una mano el último argumento de Miguel. Se inclinó hacia delante y lo señaló con un dedo huesudo y aleccionador—. Nuestro pueblo siempre ha sido y será de caminos. Ese es nuestro único patrimonio, y hoy aquí y mañana allá. ¿Qué nos tiene que importar si los payos se matan por la tierra que no es camino? —El anciano negó con la cabeza. Y repitió, en un intento por zanjar la discusión—: No es cosa nuestra, no lo es. Nos hemos metido donde no nos llaman, y ahora nos van a *marar* a todos.

Basilio se recostó de nuevo sobre el respaldo de la mecedora, escudado tras su bastón, que mantenía apoyado en el suelo con ambas manos sobre él. No llegué a saber qué relación tenía exactamente con Reme y el resto.

—Menos verso, viejo —se burló Trini—. Que en morirse de hambre o con los palos de los civiles no hay poesía. Gitanos o payos, todos lo mismo.

—*¡Sinelas diniló!* ¡Un respeto a tus mayores, zagal! Hasta eso hemos perdido. En tiempos de mi padre no le levantaba uno la voz a los viejos. Y yo digo que no tenemos cuentas en todo esto.

—Pero Miguel es mestizo... —lo contradijo Flavia tímidamente.

El hombre bizqueó ligeramente, sorprendido por la intervención de mi prima, que hasta el momento había permanecido, como yo, callada.

—Niña, este hombre es gitano porque su madre es gitana. Da lo mismo que sea *entreverao*. Es de los nuestros.

—¿Y su parcelilla, Basilio? —lo pinchó de nuevo Trini—. ¿Eso no es tierra?

Yo ya no podía escuchar, no podía pensar. Si no me sentaba, acabaría cayéndome. Estaba a punto de desmayarme del dolor. Necesitaba sentarme, apartarme de ellos y buscar un lugar fresco y tranquilo. Recorrí con la mirada la habitación en busca de algún rincón así y mis ojos se toparon con los de Reme, que me observaba desde el otro lado de la habitación. Miraba con ojos perspicaces la mano con que me sostenía el vientre. En sus ojos leí que había comprendido lo que estaba sucediendo. Se acercó a mí discretamente.

—Niña, tienes muy mala cara —murmuró, de espaldas a la tertulia. Me sorprendió que me tuteara. Nunca hasta entonces lo había hecho. Y añadió, todavía más bajo—: ¿Has sangrado ya este mes?

Yo negué con la cabeza.

—Ven conmigo.

La seguí hasta la única habitación separada de la casa. Un minúsculo habitáculo con dos camas y, bajo una ventana que daba al patio, una pequeña cajonera sobre la que descansaba una jarra con agua y una jofaina. La mujer cerró la puerta tras de sí y comenzó a rebuscar en uno de los cajones inferiores.

—Yo hace ya tiempo que no uso paños, pero por aquí algo tendré que te haga el apaño...

Mientras rebuscaba, me senté a los pies de la cama más cercana. Con manos temblorosas me levanté un poco la falda del vestido y tanteé con los dedos entre mis muslos. Como esperaba, se humedecieron y, al sacarlos, salieron manchados de rojo.

—Toma, límpiate con este. —Acuclillada frente a la cajonera, me alargó uno de los paños que había encontrado, y tras este, otro—. Y este para que te lo pongas después. Ahí tienes agua fresca para lavarte también —añadió señalando con una cabezada la jarra. Escrutó mi rostro con el ceño fruncido—. ¿Te duele mucho?

Yo asentí. Estaba cada vez más mareada y mantenía los ojos entrecerrados. Ella mojó uno de los paños que había sacado con el agua de la jarra y me frotó la frente y el cuello. Aquello me alivió un poco el calor y el mareo. Ella continuó frotándome los brazos y la cara. En aquel momento, la discusión al otro lado del tabique subió de tono y ambas nos giramos hacia la puerta, sobresaltadas.

—Cristo bendito, qué hombres. Siempre discutiendo. Y Basilio... Ay, un poco más cabezón y no cabe por la puerta. No entiende que hay que implicarse. Él va a lo suyo, pero eso no puede ser. ¿Te encuentras mejor?

—Sí, bastante mejor. Gracias, Reme.

—No hay por qué darlas. —Dejó el paño sobre la cajonera y comenzó a cerrar los cajones mientras seguía pensando en voz alta—:

Hay que implicarse, claro que sí... Hay que luchar por nuestro bien. Si no, ¿quién lo hará?

—A Basilio parece darle igual lo que ocurra con la República... —comenté tímidamente, todavía aturdida. El dolor continuaba, aunque menos intenso.

—¡La República! A mí también me da igual. La República y todo eso son cosas de payos. Esta lucha es por otra cosa, es por nosotros, por nosotros mismos.

Se palmeó el pecho con firmeza. La gitana era anarquista, igual que su hijo.

—Reme, ¿hay muchos como ustedes? —Ella comprendió a qué me refería.

—Afiliados pocos, muy pocos. Yo misma no lo estoy, solo mi hijo. Pero ser anarquista va con el oficio de gitano. ¿Qué hay más anarquista que un gitano? Van juntas las dos cosas. —Se incorporó, acalorada por el esfuerzo—. ¡Jesús, qué calor!

Recordé, al escucharla, aquel momento meses atrás en que su hijo la había reprendido por mentar a Dios.

—Que no la oiga su hijo... —reí entre dientes, y ella conmigo.

—¡Qué hombre! —Y añadió con complicidad—: Mi hijo no entiende que si Jesucristo viviera hoy, tendría ficha de afiliado a la CNT.

Aquello me divirtió. Jesús cenetista. Sin embargo, tras unos segundos, valoré lo que Reme estaba diciendo, y sus implicaciones. Aquel pensamiento me turbó.

—¿Y cree que aprobaría todo esto, que cogería un fusil y saldría a pegar tiros?

Su expresión se endureció de repente.

—¿No liberó Dios a los judíos del yugo del faraón con las plagas? —Su tono era ahora desafiante—. Los tiros son justos si son por el pan, señorita. Creía que usted entendería eso —me espetó. No pasé por alto que volvía a hablarme de usted.

Yo no contesté. Una voz, débil y lejana me decía insistentemente algo desde el fondo de mi mente que no llegué a discernir porque

Reme en ese momento me señaló la cama en que estaba sentada y dijo antes de desaparecer por la puerta.

—Túmbese ahí cuando acabe, estará más tranquila. Voy a traerle más agua.

Obedecí. Fuera la conversación parecía haberse extinguido y había vuelto el silencio cansado y tedioso. En realidad, discutir era de lo poco que se podía hacer a la espera de que sucediera algo. Cuando me hube limpiado y puesto el paño, me eché sobre la cama, agradecida por el frescor de la sábana, y cerré los ojos.

Entré el sueño y la vigilia, percibí cómo unos minutos después Reme entraba sigilosamente a dejar el agua limpia y a llevarse el agua y los paños sucios. Antes de salir, la mujer cerró la ventana y la cortina para oscurecer la habitación. Percibí el sonido amortiguado a través de la pared de las idas y venidas de los ocupantes de la casa: los paseos inquietos de Flavia y Reme por la habitación, las quejas y el despotrique ocasional de Basilio y las entradas y salidas de Miguel y su primo a la casa en busca de esto o aquello, o con noticias del exterior. Y lejos, fuera, escuchaba de vez en cuando murmullo de voces y gritos apagados, y carreras que iban o venían por la calle. Y la estática y el murmullo constante de la radio encendida.

No podía dormir. Permanecí así durante un rato, dando vueltas en la cama. No podía dormir en aquella situación, sabiendo que los sublevados tenían rodeado el barrio y podían entrar en cualquier momento. Pensé de nuevo en Álvaro y me pregunté una vez más qué estaría sucediendo en Loja. Darle vueltas a aquello no ayudaba. Álvaro está bien, seguro que está bien. Eso tú no lo sabes. Fruncí el ceño. No pienses en eso, no lo pienses...

Me despertó el ruido de disparos en la calle y jaleo de gritos, no muy lejos. Salté instintivamente de la cama, asustada, y una punzada de dolor en el vientre hizo que me arrepintiera de haberlo hecho. No estaba segura de cuánto había dormido, pero ya estaba cayendo la luz. El jaleo de la calle iba en aumento. Escuché murmullo de voces en la otra habitación y corrí encogida por el dolor a abrir la puerta.

—¡Allá abajo, al principio de la cuesta! —gritaba Trini, frenético—. ¡Rápido primo! ¡Rápido, rápido, que nos copan!

—¿Qué, qué pasa? —farfullé aturdida.

—Han abierto fuego al final de la calle, están atacándonos —contestó Miguel.

Ambos hombres estaban echándose a la espalda las escopetas y la munición que había sobre la mesa. Dejaron un par de pistolas.

—Estas quedáoslas aquí. Para vosotras.

—Miguel, por Dios, no vayas...

—Flavia, estate quieta, por favor. Estaré bien.

Flavia se había colgado del antebrazo de su novio suplicándole con lágrimas en los ojos que no saliera de la casa. Él hacía caso omiso. Finalmente, Reme la separó de él y la abrazó para retenerla, momento que él aprovechó para salir detrás de su primo. Reme sentó a Flavia en una silla, tratando de tranquilizarla. Pero su voz también temblaba, y sus ojos no se apartaban de la puerta por la que acababa de salir su hijo. Me acerqué a ella y a mi prima y acaricié su cabello mirando a Reme, tratando de infundirle ánimo. Ella me correspondió como pudo.

Con cada disparo que llegaba de la calle Flavia se estremecía. Retorcía en su mano una hoja del periódico del día anterior. Y la aplastaba, y la hacía trizas. Siguiente hoja. Reme recorría la casa con el rosario en la mano rezando entre dientes, y Basilio, por primera vez en toda la tarde, enmudeció. Las cuentas del rosario corrían, y aquello seguía y seguía. Perdí la cuenta a la décima vuelta. Y una cuenta más, y por Dios, que acabe ya. Otra cuenta y un nuevo disparo, y otro más, y Jesús protégemelo, por tu madre santísima.

La luz terminó de irse y el griterío comenzó a apagarse y los disparos fueron poco a poco sonando más espaciados entre sí, hasta que la calle quedó en silencio y Reme dejó de rezar y se paró a escuchar.

Entonces se abrió la puerta y los dos primos se desplomaron dentro, extenuados.

* * *

Flavia y yo nos acostamos en una cama y Reme en la otra. Basilio se quedó dormido en la mecedora en la que había permanecido sentado toda la tarde y Miguel se sentó a la mesa de la cocina, frente a la radio. Se mantuvo pegado al aparato, atento a cualquier nueva comunicación que pudiera rescatar de entre el zumbido de la estática. No se movió de allí hasta que, de madrugada, su primo volvió de la barricada y entonces salió él para sustituirlo en la siguiente guardia. Los dos habían cenado deprisa y corriendo, como si no hubieran comido en una semana.

—¡Coméis como gochos! No tenéis tope —los reprendió Basilio, con su propia cuchara suspendida en el aire—. Lleva cuidado no te vayas a atragantar, animal. Reme, si te descuidas, se te comen también el mantel.

—Déjalos que coman, no se vayan a quedar con hambre —lo reprendió ella, dejando más pan encima de la mesa—. ¡Mejor comer hoy y llenar bien el buche, Basilio, que a saber lo que viene mañana!

Yo no podía pegar ojo. El dolor de vientre había remitido bastante, pero los retortijones de preocupación no desaparecieron. A duras penas conseguí hilar más de dos o tres horas seguidas de sueño, y el resto del tiempo lo pasé escuchando el canto de los grillos que entraba por la ventana abierta y las vueltas y revueltas de Flavia, que tampoco conseguía conciliar el sueño.

—Nena, ¿duermes? —susurró.

—Sí. —A través de la oscuridad me llegó su risilla queda. Yo sonreí—. No puedo —reconocí.

—Yo tampoco. —Dudó unos segundos antes de proseguir, vacilante—: ¿Qué crees que pasará?

No sabía qué contestar. ¿Qué posibilidades tenían los resistentes? Abrí los ojos y volví a cerrarlos. Apenas encontré diferencia entre la oscuridad de la habitación y la que me envolvía al cerrarlos. Desde el fondo, muy al fondo de mi subconsciente, una vocecilla impertinente y funesta me lanzaba a gritos una sugerencia de respuesta que no quería escuchar. Y recordé las palabras de Federico unos días atrás, que ahora parecían milenios: «Negro, mucho negro». Descarté aquel pensamiento. No.

—No lo sé, nena —murmuré. Ella se dio la vuelta y me abrazó. Y yo a ella.

La noche pasó tranquila, sin nuevos sobresaltos. Con las primeras luces del alba volvió Miguel y encendió la radio que su primo había apagado para dar una cabezada. Trini refunfuñó cuando su primo le sacudió el hombro para despertarlo. Yo llevaba al menos tres cuartos de hora despierta. Salí para ayudarlo a preparar café, y conmigo salió Reme, que se había desvelado al escuchar mis movimientos por la habitación. Flavia dormía. Basilio dormitaba en la mecedora, pero abrió un ojo cuando salimos nosotras.

Los cinco desayunamos en silencio, cada uno sumido en sus pensamientos. Miguel habló primero.

—No se mueven. No se han movido en toda la noche. De vez en cuando algún paco, pero nada —comentó a su primo con el ceño fruncido—. No sé qué están tramando. Marcelino ha ido a echar un ojo a los de San Cristóbal. Dice que ya han terminado de montar lo de allí.

—También hay en la Alhambra, y creo que también se han puesto en San Miguel.

—¿Qué es lo que han puesto? —intervine yo.

—Cañones. Artillería.

—¡Jesús! —Reme se santiguó discretamente.

Un escalofrío me recorrió la espalda. Aquello ya no eran barricadas y escopetas. El barrio se estaba condenando poco a poco. Miguel dedujo lo que estaba pensando y fue a decir algo, pero en ese momento el locutor de la radio volvió a lanzar por enésima vez aquel mensaje para los resistentes que habían estado radiando desde la tarde anterior. O se rendían, o se atendrían a las consecuencias.

—¡Apaga esa mierda ya, coño! —saltó Trini, apagando él mismo el aparato.

Miguel ignoró la furia de su primo, y se dirigió a mí directamente.

—Quiero que os vayáis de aquí. Quiero que cojas a tu prima y os vayáis para abajo. Cuanto antes. No quiero que estéis aquí.

Antes de que pudiera siquiera abrir la boca para contestar, la voz de Flavia a mis espaldas lo hizo por mí. Acababa de despertarse.

—¿Qué? ¡Ni hablar! ¡Yo no me muevo de esta casa! —Al percibir su presencia, Miguel se acercó a ella y la cogió por los hombros.

—Flavia, escúchame... —empezó a decir con voz conciliadora.

—¡No! ¡Yo me quedo aquí, contigo!

—Flavia, esto se está poniendo muy feo. Están amenazando con bombardear. Ahora el barrio está casi en calma. Tenéis que salir ya, antes de que vuelvan a atacar.

—¡Ni siquiera podemos salir, estamos cercados!

—Que salgan por la casa de Angelines, la de Murillo —dijo en ese momento Reme, que no había dicho una palabra hasta entonces. Miguel negó con la cabeza.

—Eso está muy cerca de la barricada. No es seguro. Tiene que haber otro sitio.

—Es lo único que se me ocurre —insistió ella. Y se giró hacia mi prima—. Tenéis que salir, hija. Esto está cada vez más negro.

—¿Y usted? ¡Usted sí se queda!

—Esta es mi casa. Me apañaré. —Reme sonrió, tratando de restarle importancia.

Flavia cambió de estrategia y comenzó a gimotear:

—Miguel, por favor, quiero quedarme aquí contigo... por favor...

Los ojos suplicantes de su novia le hicieron dudar, y se giró hacia mí y su primo en busca de ayuda. ¿Qué debía hacer? Yo no lo sabía. Su primo, que observaba la escena mientras cargaba de nuevo las escopetas fue más resoluto:

—¡Que se vayan, joder, que aquí no hacen nada! ¡Solo estorban!

Miguel se giró hacia Flavia, que negaba con la cabeza. Yo estaba de acuerdo con Trini, pero suavicé un poco el mensaje.

—Creo que deberíamos irnos, Flavia. —Ella me fulminó con la mirada. Y miré a Miguel—. Creo que, tarde o temprano, todos tendremos que irnos.

Él no me contradijo, tampoco me dio la razón. No quería pensar en eso aún.

—Yo os acompaño —dijo simplemente, zanjando el tema.

La casa de Angelines estaba cerca del inicio de la cuesta, de espaldas a la calle Elvira o una paralela. Esa casa no tenía más que una puerta de entrada, que quedaba dentro del cerco, pero sí tenía en el bajotecho una puertecilla que comunicaba con el de la casa contigua, y esa daba a la otra calle, fuera del cerco. Reme decía que eso era del tiempo de los franceses, y que algún *tatara-lo-que-fuera* del padre de Miguel lo había utilizado para escapar más de una vez. Él nos guiaría hasta allí.

Flavia salió de la casa malhumorada, sin dirigirle la palabra a Miguel por obligarla a marcharse ni a mí por traicionarla. Estaba, más que enfadada, angustiada por dejarlo allí. Los tres comenzamos a descender por la cuesta casi corriendo. Miguel iba delante, con un fusil a la espalda, en guardia. Del fondo de la cuesta subían, aislados, algunos gritos y disparos a intervalos irregulares.

No llevábamos ni tres minutos andando cuando el estruendo de algo mucho más potente que un disparo hizo que nos agacháramos instintivamente y levantáramos la cabeza, espantados. Había sonado a bastante distancia, allá abajo, y aun así resultaba ensordecedor. Por los balcones y las ventanas de las casas circundantes comenzaron a asomar cabezas de rostros soñolientos que buscaban la fuente de aquel ruido.

—¿Qu-qué ha sido eso? —tartamudeé sin aliento.

Pero, antes de que nadie pudiera contestar a mi pregunta, el sonido volvió a repetirse, esta vez mucho más cerca. Una detonación. Y casi inmediatamente otra, y otra más. Y allá abajo, la callé comenzó a llenarse de humo. Me giré hacia Flavia, unos metros más abajo, que a su vez me miraba a mí con pavor. Estaban bombardeando el barrio.

—Son de mano —aclaró Miguel—. ¡Vamos! Corred. Corred, rápido.

Desde el fondo de la calle no tardó en llegarnos el sonido de griterío creciente. Y disparos que arreciaban. Y más bombas. Vamos, vamos. Miguel iba entre Flavia y yo. Más disparos, esta vez sobre nuestras cabezas. Alcé la vista. Había hombres tirados sobre los tejados con escopetas y fusiles rasantes apuntando hacia el fondo de la cuesta. Allá abajo pude ver los montones de muebles, bancos, sacos, escombros y demás parafernalia que los resistentes habían apilado para contener a los sublevados. La gente, hombres y también algunas mujeres, hormigueaba a ambos lados de la barricada y por encima de ella, escondiéndose en los portales y detrás de cualquier bulto para guarecerse de los disparos enemigos. Aquella barrera servía de poco. Algunos uniformados habían conseguido superarla y ascendían por la cuesta. Flavia, que iba la primera, chilló aterrada.

—¡A la izquierda, a la izquierda! —gritó su novio.

Ella viró, y sin dejar de correr entró en una bocacalle con el nombre de Zenete. Miguel la siguió y se detuvo en la esquina, haciéndome señas para que acelerara. Al pasar por su lado me agarró del antebrazo para detenerme y me gritó con la mirada fija. Yo traté de prestarle atención, a pesar del aturdimiento y la confusión. Allá abajo, el estruendo crecía.

—Antes del cruce con la Lona, bajad por unas escaleras a la derecha hasta llegar a un ciego, a la izquierda. Al fondo.

—¿Tú no vienes?

Él negó con la cabeza, y señaló con una sacudida el enjambre que teníamos detrás. Se iba a unir a los de allá abajo. A nuestro lado pasó entonces Trini, que corría hacia allá también con una escopeta en la mano.

—¡Viva la CEFA, cojones! ¡Viva la revolución! —rugió—. ¡Os vais a cagar, fascistas de mierda!

—Llevad cuidado. —Miguel estiró los labios en una mueca de despedida. Y me azuzó para que siguiera a mi prima—. ¡Venga!

Yo me di la vuelta y eché a correr detrás de Flavia sin pensar en nada más, sin decir nada más. Pero la calle estaba en cuesta, y ascendía. Ascendíamos. ¿Cómo íbamos a salir del barrio si ascendíamos? Me giré para preguntar a gritos a Miguel si estaba seguro de que era por allí, pero se había esfumado. La esquina estaba desierta y por el hueco de la calle vi pasar a dos hombres armados que bajaban corriendo por la cuesta. Rápido. Me di la vuelta y eché a correr de nuevo hacia Flavia, que me esperaba unos cincuenta metros más allá.

Algo no estaba bien en aquella calle. Era una callejuela estrecha, flanqueada por dos tapias. La del lado derecho era lo suficientemente baja para poder divisar una impactante panorámica de la ciudad a nuestros pies, con el cielo ya iluminado de la mañana. Pero aquel no era momento de ensoñaciones. Flavia me había visto, pero no había echado a correr. Una nueva detonación, lejos, cortó de cuajo mis pensamientos. La calle estaba desierta, a excepción de un par de gatos que corrían asustados y se encaramaban ágilmente a las tapias.

Y Flavia, que me miraba. Pero no me estaba mirando. ¿Dónde miraba? Antes de conseguir gritarle que no se parara, antes de comprender por qué no seguía corriendo, por qué se había detenido en medio de la calle, vi la pequeña mancha sobre su pecho, roja sobre la blusa beige. Pequeñísima y mortífera.

Y la mancha comenzó a crecer.

—¡Flavia! —chillé, y corrí aún más rápido hacia ella, que se tambaleaba.

Tan solo llegué a tiempo de acompañarla en la caída, y le sujeté la cabeza para evitar que se la golpeara contra el suelo. Me arrastré como pude tirando de ella para cobijarnos bajo el portal más cercano, buscando el origen de aquel disparo. El enfrentamiento seguía en la calle de al lado, pero aquella seguía desierta. No había nadie, y nadie había disparado.

—Me duele —gimió.

—Aguanta, nena, aguanta —murmuré, al tiempo que le taponaba la herida con su propia blusa y presionaba. No podía ver aquello. Aferré la blusa con más fuerza, tratando de disimular el temblor de mi mano, y levanté la cabeza para que ella no viera él pánico en mis ojos. Y grité con todo el aire de mis pulmones—: ¡Ayuda! ¡Que alguien me ayude!

Pero no acudió nadie. Y la sangre empapaba la blusa. Céntrate. Céntrate, Bárbara, por favor. La herida. La bala. Por dónde ha entrado, dónde está. Posibles órganos afectados. Vasos. Piensa, piensa. Flavia me miraba confundida. Volví a pedir socorro. Órganos. Vasos. No había nadie en la calle, ni delante ni detrás de nosotras. El disparo debía de haberla alcanzado desde arriba. Una bala perdida. La herida estaba en la parte superior derecha del pecho, casi en el centro. Tantee su espalda, pero no había rastro de salida. La bala estaba dentro, en el centro del pecho. Y por mi mente desfilaron los nombres de todo aquello que podía estar afectado. El pulmón derecho, quizá los dos. Quizá también el corazón. No, el corazón no. O quizá sí, dependiendo de la trayectoria. Flavia respiraba con dificultad. Grité de nuevo. La aorta. La cava. A pesar del calor y el sofoco de la carrera, un escalofrío me recorrió la espalda de arriba abajo.

Flavia se moría.

Flavia no se podía morir. Flavia no.

Volví a pedir ayuda, y esta vez todo el pánico que sentía salió despedido hacia el cielo, quebrando mi grito desesperado. Pero, de nuevo, nadie acudió. Tenía que sacarla de allí, había que sacarle esa bala cuanto antes. Pero no podía cargar con ella yo sola. Flavia balbuceaba.

—Nena —dijo con un hilo de voz.

—Shhh, no hables. —Y, al borde del llanto, volví a gritar—: ¡Ayuda, por Dios!

Ella hizo caso omiso, y siguió:

—¿Verdad que Miguel es un cabezota? —Su voz era apenas un susurro. Las palabras salían de su boca a trompicones y sin fuerza.

Quería reír, pero no pude. Flavia se desangraba y pensaba en Miguel. Pensaba en él, y en la última discusión que habían tenido hacía menos de media hora. Quizá llevaba pensando en ello desde que habíamos abandonado la casa. Aquella ocurrencia solo hizo que al pánico y la desesperación se añadiera la frustración. Flavia se me moría en el regazo y yo era incapaz de hacer nada para evitarlo. Flavia se moría y aún tenía la cabeza en otras cosas que la atribulaban más. Y la maldije por no prestar atención a su propia desgracia.

—Sí lo es, sí. ¡Los dos lo sois! ¡Unos cabezotas!

Ella rio como pudo, y al verla no pude evitar emularla. Y cayeron las lágrimas que había conseguido contener hasta entonces. Me las limpié antes de que ella pudiera verlas, pero fue innecesario, porque no me miraba. Miraba al cielo sin apenas verlo. Su risa se extinguió y súbitamente su expresión cambió.

—Dile que lo quiero —murmuró, al tiempo que una lágrima se desprendía de uno de sus ojos y rodaba por su sien. Flavia sabía que se moría. A mí me subió el llanto y negué con la cabeza ante la idea.

—Se lo dices tú. Estoy harta de hacer de mensajera. —Se levantaría e iría ella misma a llevarle el mensaje a Miguel. Porque se iba a levantar.

Pero, bajo mi mano, el latido de su corazón era cada vez más débil, y bombeaba la sangre dando tumbos, respirando de forma entrecortada.

—Nena, no me riñas.

No supe decir si aquello era un reproche o una súplica. Asentí en silencio y me incliné sobre su frente, lívida. Le di un suave beso de disculpa acariciándole los cabellos, apelmazados por el sudor y la sangre de mi mano.

Al incorporarme de nuevo, sus ojos se habían quedado vacíos.

—Flavia... —Ella no reaccionó—. ¡Flavia!

Sus ojos, entrecerrados, miraban algún punto fijo en el infinito, lejos de mí. La zarandeé, la llamé a gritos, y ella solo respondió agitándose patéticamente como un pelele con cada una de mis sacudidas, con el rostro torcido en una mueca ausente y grotesca. Continué gritando su nombre hasta que el llanto ahogó mi voz y ya solo pude llorar. Permanecí así durante un rato, sin percibir que hacía varios minutos que había cesado el estruendo del tiroteo y las bombas. Solo quedaba el silencio.

—¡Bárbara!

Levanté la cabeza en busca del dueño de aquella voz que me llamaba, apenas consciente de qué sucedía, y vi a Miguel con el fusil en la mano a unos metros de mí, a mi espalda. Entonces vio mis lágrimas, y lo que sostenía en el regazo. Y corrió hacia donde estaba.

—¡Flavia!

Si no fuera por Miguel, no habríamos subido hasta allí arriba. Él se tiró al suelo a mi lado. Si no fuera por él, no habríamos salido en busca de la casa de Angelines. Antes de que pudiera llegar siquiera a tocarla, la estreché contra mí, apartándola de él. Miguel llevaba un fusil en la mano, quizás el mismo que había disparado la bala que había matado a mi prima.

—¡No la toques! ¡No la toques! —le ladré, enloquecida. Él se apartó asustado, arrastrándose hacia atrás por el suelo y mirándonos con ojos desorbitados alternativamente a ella y a mí. Y yo escupí, con todo el veneno del que fui capaz—: ¡Esto es culpa tuya! ¡Tuya!

Él no osó contestar. Quedó a una distancia prudencial, tirado en el suelo con el fusil a un lado, espantado y con el rostro desencajado, mirando fijamente a la Flavia que ya no estaba allí.

35

Flavia estaba muerta. Muerta.

Había muerto prácticamente sola desangrada en medio de la calle, alcanzada por una de las balas de un tiroteo que nada tenía que ver con ella. Y de repente ya no estaba. Flavia ya no estaba.

Me repetía todo aquello una y otra vez acurrucada en el suelo junto a la puerta de la biblioteca, que permanecía entreabierta. A través de ella salía el sonido de la voz del tío Pablo, interrumpida en ocasiones por la del soldado que nos había traído desde la casa de Angelines. Este último a duras penas podía contener el torrente casi continuo de la voz del tío. Estaba fuera de sí. Podía escuchar claramente el sonido de sus pasos cruzando impetuosamente de un lado a otro la habitación mientras hablaba. Se mantenía tan solo a unos pocos decibelios de los gritos, y si no alzaba más la voz probablemente fuera por deferencia a su mujer, que descansaba sedada escaleras arriba acompañada por Amparo y Rosita. Había caído de rodillas al enterarse de la muerte de su hija.

El tío Pablo pedía atropelladamente explicaciones al soldado, furioso contra él y contra el resto del mundo. No atendía a razones. No quería pésames ni buenas palabras. No quería condolencias. Quería respuestas, y quería justicia. Exigía castigo para los culpables. Pero no los había. No había nada que hacer: resultaba imposible saber quién lo había hecho. Su hija había muerto en medio de un acto de guerra. Qué guerra ni qué guerra. Quería a los culpables. Le daba igual cuánto costara. Quería la cabeza del que había hecho aquello. No era cuestión de dinero, era sencillamente imposible.

—¡Mi hija está muerta!

La voz del tío se quebró con el final de aquella frase que había gritado aporreando violentamente lo que probablemente era su escritorio. Yo enterré la cabeza entre mis brazos, que abrazaban mis rodillas, y volví a llorar. Todavía llevaba las manos, los brazos y el vestido cubiertos de la sangre reseca y pegajosa de Flavia. El soldado tardó unos segundos en contestar, y cuando lo hizo su voz sonó cautelosa, contenida. E impregnada sutilmente de desprecio.

—Señor, lamento mucho su pérdida, pero no podemos saber quién lo hizo. Es virtualmente imposible y, además, todos los esfuerzos están concentrados en sofocar la rebelión en el barrio. Le recuerdo que siguen dando guerra allá arriba. —Hizo una pausa, pero el tío ya no lo interrumpió—. Si quiere usted culpables, búsquelos entre los rojos del Albaicín que han preferido rebelarse violentamente contra el Alzamiento, en vez de colaborar con él pacíficamente. —Hizo otra pausa, y añadió—: Le aconsejo que no remueva más este asunto, o surgirá la cuestión de por qué estaban su hija y su sobrina en el Albaicín cuando sucedió todo. —Su tono, aunque respetuoso, era claramente amenazador—. Buenas tardes.

Yo me incorporé de un salto enjugándome las lágrimas unos segundos antes de que el soldado saliese de la habitación. Al cruzar la puerta y encontrarme de pie junto a ella me saludó fríamente con la cabeza y, sin mediar palabra, se dirigió a grandes zancadas hacia la puerta principal. Entonces, desde dentro de la biblioteca, me llegó el sonido amortiguado del llanto del tío. Aquel sonido, insólito y desgarrador, me golpeó como un mazazo brutal que me comprimió las entrañas y me heló el corazón. Jamás antes había escuchado llorar al tío.

Entré en la habitación y me acerqué a él con cautela, temiendo su reacción. Estaba sentado en el sillón tras su escritorio, con el rostro cubierto por una de sus manos. No me oyó llegar.

—Tío...

Él levantó la cabeza y se incorporó al escuchar mi voz. Antes de que pudiera siquiera abrir la boca, rompí a hablar, dando rienda suelta a todo el dolor y la culpa que se habían anudado en torno a la boca de mi estómago.

—Tío, lo siento mucho. —No osé mirarlo a los ojos. Tan pronto solté aquello, comencé a llorar de nuevo—. Lo siento. Todo esto es culpa mía. Si yo la hubiera detenido, si la hubiera convencido de que se quedara aquí...

Él no me dejó acabar y se levantó para abrazarme. Yo enterré la cabeza en su pecho y seguí llorando, agradecida por aquel refugio. Él me acarició el cabello.

—Esto no es culpa tuya, hija. —Él también lloraba—. Esto ha pasado porque vivimos en un país de pistoleros locos.

* * *

El ramo que descansaba sobre el féretro de Flavia era de rosas blancas. Tan blancas que hacían daño a la vista bajo el sol cegador de aquella hora de la tarde.

Había arrancado de aquel ramo un pequeño capullo blanco, ligeramente mustio por el calor del verano, que encerraba en una mano. El calor era asfixiante. Podía notar cómo una furtiva gota de sudor se deslizaba hacia abajo por mi sien mientras me forzaba a prestar atención, de pie junto a los tíos, a don Paco, que leía una oración a los pies de la fosa en el cementerio. Ya no lloraba. No podía, no me quedaban lágrimas. Así que solo miraba fijamente el ataúd y las rosas mientras don Paco rezaba, con el sonido de las cigarras y el llanto apagado de la tía de fondo.

A Flavia la enterramos a pleno sol, con el chirrido inquebrantable e indiferente de las cigarras a nuestro alrededor. La enterramos el mismo día en que se rindió el Albaicín. El barrio cayó dos días después de nuestra marcha. Había continuado el paqueo en las barricadas y el acoso a través de la radio, y también habían acabado por bombardear el barrio, el mismo día en que salimos nosotras y los días posteriores. El día 22 habían llegado de Madrid al aeródromo de Armilla tres cazas para socorrer a la resistencia, pero el aeródromo ya estaba tomado y los capturaron a los tres. Los de allá arriba estaban solos. Ese mismo día habían conseguido subir tres columnas y habían hecho bajar a las mujeres y los niños, y al día siguiente se rindieron los que quedaban. Decían que mucha gente se había escapado por el monte. Y los que no, fueron capturados.

Ignoraba cuál había sido la suerte de Miguel, su madre y los demás. No había sabido nada de ninguno de ellos desde que Trini cargara con el cuerpo de Flavia hasta la casa de Angelines y lo dejara junto conmigo a cargo de esta última para que nos sacara del barrio. Ella fue quien llamó al soldado. No consentí que Miguel se acercara al cuerpo de mi prima, y solo accedí a que Trini lo llevara en su lugar porque no pude hacerlo yo misma. Miguel no tenía derecho a tocarla. No tenía derecho a despedirse, a besar sus ojos ni a llorar su muerte. No tenía derecho, porque él la había conducido lentamente hasta su desgracia desde el mismo día en que se conocieron y, finalmente, había participado en el tiroteo que le había costado la vida.

No merecía tocarla. Pero Flavia quería a Miguel. Por encima de todo y a pesar de todo. Hasta el final. Y lo único que había querido antes de morir era, simplemente, recordárselo una vez más. Las palabras de Flavia me martilleaban las sienes día y noche. Flavia quería a Miguel. Y yo no lo dejé despedirse de ella, darle el último beso que ella habría deseado. Miguel también la quería, estaba segura. Él no quería la muerte de Flavia. Pero era culpable de ella. Era la causa de que ella se encontrara allí en ese preciso instante. En aquellos momentos luchaba por no recordar que yo misma accedí a subir con ella al barrio y también había estado de acuerdo con la expedición a la casa de Angelines. No. Miguel era el motivo de nuestra presencia allí. Y, sin embargo, Flavia había llegado hasta el Albaicín por su propio pie, llevada por sus propias decisiones.

Aun así, él podría haber sido el dueño de aquella bala. Él era culpable. Todos lo eran, hasta el último de ellos. Pero no podía odiarlos a todos porque no tenían rostro, no tenían nombre, y yo necesitaba odiar a quien la había matado. No había culpables concretos y aquello me enloquecía. Necesitaba odiar a Miguel. Por robarme a mi prima, por apagarla de repente como se apaga una vela entre el índice y el pulgar. Por cortar en seco sus carreras de saltamontes inquieto, sus tribulaciones absurdas, su impulsividad y su bondad ingenua. Flavia no habría querido aquello. Pero Flavia se había ido.

Se había detenido el piano. La tía ya no tocaba y la ventana de la salita del piano permanecía cerrada. No había público ni tertulia bajo la higuera. El disco de la Piquer fue a parar a un cajón, la Acemilera dejó sus coplas y hasta los pasos de los habitantes de la casa enmudecieron, temerosos de quebrantar el silencio. Solo quedaba el silencio, y la oscuridad. La casa entera se sumió en la oscuridad. Amparo y Rosita tiñeron la ropa de la tía y la mía para el luto y colgaron lazos negros de las ventanas que daban a la calle y de las cancelas. Se cerraron las contraventanas y se corrieron las cortinas, dejando fuera la luz y en el interior penumbra.

Esa casa teñida de negro ya no respiraba. Se había sumido de repente en un profundo letargo, o había muerto ella misma con Flavia. Se había apagado su hormigueo incesante, el ajetreo y las idas y venidas de las visitas se habían reducido a un goteo tedioso de sombras enlutadas que se acercaban para ofrecer sus condolencias.

Pasamos el momento penoso del pésame en el frescor de aquella cueva sentadas la tía y yo junto al ataúd abierto de Flavia, escuchando la interminable letanía sorda de los rezos de doña Pilar, Consuelo y Amparo con el rosario en la mano y los ojos enrojecidos, recibiendo con la mayor dignidad de la que éramos capaces el respeto de las pocas personas que se atrevieron a venir. El miedo y la incertidumbre seguían apartando a la gente de la calle.

Doña Vicenta y Federico vinieron en representación de su familia. La mujer se acercó con lágrimas en los ojos a la tía.

—Ay, Julia. No se puede, hija, no se puede... —Se abrazaron, y ambas comenzaron a llorar—. No se puede con tanto dolor.

Detrás de ella venía su hijo, que se acercó a mí con la cara llena de pena, me besó la frente y me abrazó también.

—Los ángeles no se mueren, niña mía —susurró, acariciándome el cabello cuando rompí a llorar por enésima vez—. Se sientan en el hombro de uno y lo guardan para siempre.

El frescor y la penumbra del velatorio contrastaban con el sol inclemente colgado sobre nuestras cabezas en el cementerio. Don Paco finalmente hizo la señal de la cruz sobre el ataúd, y los mozos comenzaron a bajarlo despacio. Los tíos lo miraban abrazados y absortos. Yo besé con fuerza el capullo que guardaba en la mano y lo lancé dentro de la fosa. El último beso que podría darle a Flavia.

Al levantar la vista, algo en la distancia llamó mi atención. Percibí la presencia de una figura de pie, detenida al final de la hilera de cipreses que flanqueaban el crucero del cementerio, en dirección a la entrada. Tardé unos segundos en reconocerlo, confundida por el calor. Pero sí, era él. Era Miguel. Miré de reojo a los tíos, pero estos no parecían haber percibido su presencia o, al menos, no lo habían reconocido. Estaban concentrados en el descenso del ataúd y demasiado aturdidos por el calor y la pena. Dudé unos instantes, pero decidí acercarme. Esperé a que los mozos acabaran su trabajo, y al hacerlo, me aparté de los tíos con disimulo. Me dirigí hacia el final de la hilera de cipreses.

Él también observaba con angustia cómo el ataúd de la que había sido su novia había desaparecido en el interior de la fosa y, al acercarme más, pude comprobar que estaba llorando. No se movió de donde estaba cuando me vio llegar, pero sí intentó limpiarse rápidamente con el dorso de la mano los rastros de llanto, aunque ya era tarde.

Tenía un aspecto deplorable. No parecía el mismo de hacía dos días. Se lo veía sucio y demacrado, cansado. Tenía los ojos enrojecidos e hinchados además de circundados por unas profundas ojeras. Iba sin afeitar, con el pelo enredado y la ropa llena de polvo y desgarrones. Probablemente había bajado del monte. Me pregunté qué habría estado haciendo esos dos días, y cómo habría logrado escapar.

—Será mejor que no te acerques. —Mi tono estaba lejos de mostrar ningún tipo de aprecio, pero sí fue mucho más sereno que el que había utilizado la última vez que nos habíamos visto. Señalé con la cabeza a los tíos—. Es mejor que no te vean.

Él no me miró ni hizo amago de contestar. Simplemente siguió contemplando la actividad en torno a la fosa. Ninguno de los dos habló durante casi un minuto.

—Yo la quería, ¿sabes? —dijo de pronto con voz ronca, desafiante.

Pude ver en sus ojos lo ciertas que eran esas palabras. Trataba de mantener la compostura, luchaba por contener las lágrimas. Asentí en silencio. Miguel quería a Flavia. Y fue injusto y muy cruel impedirle despedirse de ella.

—Ella también a ti. Con toda su alma. —Una lágrima se me desprendió al rememorarlo una vez más. Sonreí con tristeza—. Se moría y solo pensaba en ti.

Él no contestó. Seguía sin mirarme. Miraba al suelo mientras trataba de enjugar nerviosamente las lágrimas que sin cesar se deslizaban por sus mejillas. Y pronto se convirtieron en un torrente que dejó ir toda la angustia y el dolor que lo habían atenazado los últimos días. Lo abracé con cuidado y dejé que se desahogara. Todo el rencor, la rabia y el desprecio que había sentido hacia él se habían esfumado. En aquel momento, Miguel solo me inspiraba compasión. Él había perdido a Flavia tanto o más que yo.

Él pudo ser la persona que disparó aquel tiro, pero también pudo no serlo. Pudo haberlo disparado, de hecho, cualquiera de las armas que nosotras mismas habíamos preparado la tarde anterior y también cualquier otra. Aquella bala pudo ser de los que intentaban entrar al barrio y también de los que resistían dentro. Y, fuera de quien hubiera sido, aquello no cambiaba el hecho de que estaba muerta. Ella, que no tenía más color que el blanco de aquellas rosas con que la habíamos enterrado, que detestaba la política y jamás habría hecho daño a una mosca. Y no había a quién odiar, porque la había matado una bala que había caído del cielo.

Podía culpar a los que se habían sublevado contra el Gobierno porque, de hecho, ellos habían comenzado aquella sangría. Los despreciaba, los odiaba por ello y por pretender imponer a la fuerza su voluntad y sus ideas para la República. Jamás les perdonaría aquello ni la locura que habían desatado. La violencia se iba a pagar con más violencia, y eso acrecentaría la locura y engendraría más muertes, muchas más, como aquella. Yo no quería venganza. A Flavia la había matado la guerra que acababa de comenzar, la empezara quien la empezase. ¿Cuántas Flavias de uno u otro bando, o de ninguno, morirían en medio de aquella locura que ya no tenía vuelta atrás? Sacudí instintivamente la cabeza ante aquel pensamiento.

A Flavia la había matado la guerra. Y Miguel, y todos nosotros en realidad, ya éramos parte de ella. Pero Flavia quería a Miguel, y Miguel quería a Flavia. Y yo no debí impedir que se despidiera de ella.

—Perdóname —susurré en su oído.

Aquella fue la última vez que lo vi.

36

Una vez escuché decir a no recuerdo quién que la guerra en Granada tardó tres días en comenzar y otros tres en acabar. Qué estupidez tan grande.

El golpe había fracasado en la mitad del país y el mapa había quedado dividido en dos. De Madrid hacia el norte y hacia Portugal, con la excepción de la mitad oriental de Aragón y una estrecha franja en el Cantábrico entre Oviedo y San Sebastián, la sublevación había triunfado. Los territorios de Madrid hacia Levante y hacia el sur, con la excepción de Cádiz, Córdoba, Sevilla y Granada, permanecían fieles al Gobierno. Con el paso de las semanas, esas cuatro ciudades acabarían siendo conectadas, y también lo serían las zonas norte y sur rebeldes, utilizando de punto de apoyo la frontera con Portugal.

Granada empezó la guerra sola, aislada. La ciudad y la Vega habían caído, pero no el resto de la provincia. En la costa no había triunfado el golpe, tampoco en la zona de Alhama, aunque sí en algunos pueblos de la Alpujarra. La línea de frente se estableció al sur, en La Malahá, a las afueras del pueblo. En el norte, Pinos Puente, Alfacar y Víznar estaban en manos de los sublevados y quedaban en primera línea, enfrentados a Deifontes y a los pueblos de la sierra de Huétor, en los que el golpe no había triunfado. El levantamiento había fracasado también en Guadix, que era un punto clave de conexión con el Levante y con Almería rodeando la Sierra Nevada. La cadena de pueblos en los que el golpe no había triunfado delimitaba una burbuja que arrinconaba a la ciudad contra la sierra, hacia el oriente. Y hacia el occidente de aquella burbuja estaba Loja.

Los rebeldes habían ocupado Loja con una columna que salió de Granada el 23 de julio, el día que enterramos a Flavia. Pero la columna volvió a la ciudad después, dejando el control del puesto a la Guardia Civil, que no tenía efectivos suficientes. Se atrincheraron en el cuartel y después se retiraron hacia el este, hacia Huétor Tájar. Hasta finales de julio, los gubernamentales fueron avanzando con fuerzas de apoyo que venían de Málaga, recuperando los pueblos que había a ambos lados de la carretera que unía Loja con Granada hasta llegar a Trasmulas, donde se fijó la línea de frente a principios de agosto. Loja había quedado en zona roja, y a mí me dolían las tripas y suplicaba por que, en aquel vaivén, Álvaro estuviera vivo y bien. No sabíamos nada de él.

Rosita vino un día de la compra llorando con la cabeza cubierta de huevo. Le habían roto en ella la media docena que acababa de comprar por puta y hermana del rojo. Y la Cangreja dejó de venir a pasar la tarde con la Acemilera. Dejó de venir a partir del día en que le dijo a Consuelo que prefería verse en la calle antes que servir en una casa de rojos. Y la llamó roja también a ella.

—¡Y a mucha honra si lo soy! —rugió ella—. ¡Yo soy de los comunistas de Cristo! —Y la echó de la casa sin darle tiempo a contestar, empujándola hasta tirarla a la calle.

Parte de las amistades del tío dejaron de hablarle y otra parte siguió haciéndolo a disgusto. No podían dejar de hablar con él porque era una de las grandes fortunas de la ciudad. Seguía siendo uno de los promotores más importantes de los intereses del azúcar de la Vega, un azucarero libre de los de los tiempos de la captura de la Sociedad General, y estaba muy bien relacionado.

La Cangreja decía que el tío Pablo era rojo, pero el tío nunca fue rojo. Nunca. Las incontables discusiones que tuvo conmigo, con don Ramón y con don Fernando al respecto lo atestiguan. El tío renegó del socialismo hasta el día de su muerte. Habría bastado que la Cangreja hablara una sola vez con él para que la mujer cambiara de opinión. O quizá no. Y, sin embargo, cuando la tía comenzó a sacar de los estantes de la biblioteca los libros peligrosos del tío y a apilarlos en los brazos de Amparo y Rosita, las pilas resultantes alcanzaron una altura considerable.

La tía también revolvió mi habitación y ordenó a Vicente que hiciera lo propio con la de Álvaro. Había que hacer desaparecer cualquier libro que oliese a rojo aunque no fuese necesariamente rojo. Lo sacaron todo. Pero el tío le prohibió quemarlo. Ella tampoco quería, pero tenía miedo. Y al final todos los libros acabaron en un arcón a medio metro bajo tierra en un rincón del jardín trasero. Los libros no se queman.

La familia entera estaba bajo sospecha, y muchos de nuestros amigos y conocidos detenidos, huidos o también bajo sospecha. Uno de esos días, al bajar a la cocina, escuché a Consuelo hablando acongojada de las detenciones con Amparo.

—... y don Ramón, por su amistad con el político y por meterse él también en esos asuntos. ¡Si es que no puede ser! ¡Ay, Virgencica de las Angustias, llévate las mías! —Iba de allá para acá, trabajando y llorando—. Y el patrón, que no habla mucho pero también se ha dado a entender y pisa poco la iglesia. ¡Y la señorita, que también le gustan las cosas políticas! Pobre patrón y pobre señora, que ya les han matado una hija y veremos si no les quitan a la otra.

—¡*Señá* Consuelo, no diga usted esas cosas! —chasqueó la lengua Amparo.

—¿No es verdad? ¡Qué desgracia, Señor, se me los van a llevar a todos uno detrás de otro! —hipaba—. Y la señorita con el novio desaparecido, que lo mismo le han pegado dos tiros en cualquier rincón, al Alvarito, ahora que había vuelto... Qué disgusto más grande para su padre, y la Rositilla, para casar y sin hermano...

—Consuelo —dije yo a su espalda. Ella se giró.

—Señorita. —Intentó recomponerse, restregándose los ojos rápidamente—. Señorita, no salga usted a la calle, ¡no salga nunca más, se lo pido por Dios! No vuelva a salir hasta que el ejército se meta otra vez a los cuarteles. —Y cambió de tercio, avergonzada—. Y no me haga caso con lo que he dicho de Alvarito, que seguro que está bien. Es listo, se sabrá cuidar.

Yo la abracé y también comencé a llorar, dejando ir toda la angustia de las últimas semanas.

—Ay, hija, cuánta pena, cuánta pena... —Me acarició el cabello, intentando consolarme—. Yo no estaba ya para ver estas cosas...

—¿Tú crees que lo habrán matado? —le pregunté ansiosa.

—No llores, criatura. Ya verás como está bien. —Me limpió los ojos, me recompuso los cabellos y el vestido—. Ay, chiquilla mía, que no estabas todavía para vestir el negro... Qué lástima verte así, negra como una golondrina...

El tío le dijo a don Ramón que se marchara, que acabarían por detenerlo. Pero este dijo que no se iba, que tenía la protección de la Duquesa viuda, que había sido paciente suya y le tenía aprecio. Y que sus hijos también estaban a salvo, Germán todavía en Madrid y su hermano en Francia. Vicente también se negó a marcharse.

—¿Dónde voy a ir yo con esta pata chula, señorita? Yo me quedo, no tengo nada que esconder.

Otero estaba huido y Eudoxia en desgracia sin su apoyo. En la facultad le habían dado la espalda. Al padre de mi amiga Cuca lo habían detenido la primera semana y a ella la habían apartado de su puesto en San Juan de Dios. Estaban depurando la universidad. Ya habían depurado el Gobierno Civil y el Ayuntamiento, y habían detenido al gobernador Torres y también a Manolo, el marido de Concha. No llevaba ni un mes en la alcaldía. Habían clausurado *El Defensor* y habían detenido también al director, Constantino Ruiz Carnero, que era amigo de Federico. Y el *Ideal,* que el 19 de julio se había acostado leal al Gobierno, el 21 se levantó sublevado, después de un día de silencio.

Lanz, el amigo pintor de los tíos, tenía el apoyo del maestro don Manuel, pero estaba amenazado. Don Fernando estaba en Francia cuando estalló la sublevación, y no sabíamos nada de doña Gloria y Laura, como tampoco de Isabel y Paco. Federico y sus padres tampoco sabían nada. Yo temía por Federico y, al pensar en él, me martilleaban las sienes todas las razones por las que estaba en peligro. Federico estaba en peligro.

Los paseos y las detenciones eran diarios, y las calles amanecían muchas mañanas con cadáveres tirados sobre los adoquines. El Gobierno Civil se convirtió en un pozo oscuro y sin fondo que se tragaba a más y más izquierdistas, republicanos y sindicalistas, o sospechosos de serlo, o vinculados, que entraban allí para no salir.

—Lo llaman «el aeroplano» —le explicó Amparo a la Acemilera un día al volver de la compra—. Dicen que te atan así los brazos, a la espalda...

—¡Ay, calla, por Dios! —la interrumpió la otra—. Qué cosa tan espantosa.

El rumor de los interrogatorios y las torturas había llegado hasta la calle.

Granada estaba sola, rodeada, y necesitaba purgarse los venenos interiores. Por la carretera de Loja los gubernamentales le comían el terreno y el resto de frentes empujaban, amenazaban con contraerse. Granada tenía la Vega, el aeródromo de Armilla y la fábrica de pólvoras de El Fargue. Y era un pequeño reducto entre las zonas rojas del resto de la provincia, Málaga, Jaén y Almería, todas rojas. Desde Huétor intentaron bajar los gubernamentales a finales de julio, el 29, pero fracasaron. La presión siguió hasta el final del verano, si bien ya no hubo más intentos serios por recuperar la ciudad. La República acabó por asumir que la había perdido.

El mismo día 29 cayeron las primeras bombas sobre la ciudad. Fueron pocas y poco precisas, como lo serían a lo largo de todo el mes de agosto, pero destrozaban y mataban. Granada se llenó entonces de flechas rojas y faroles verdes que señalaban la entrada a los refugios, y la sirena de la Diputación y las campanas de la Vela, de la catedral y de otras tantas iglesias repartidas por la ciudad anunciaban a los aviones. Allá arriba, en la Alcazaba, se colocó un puesto de vigilancia antiaérea y cualquier hueco, sótano o aljibe se acondicionó para refugio. En la casa de Romerías despejamos uno de los cuartos de almacén del semisótano.

—¡Todo el mundo para abajo! —Y allí nos quedábamos hasta que las campanas daban los toques cortos.

La ciudad se llenó de refugios, también de hospitales. Los que ya existían y nuevos de campaña. Los profesores de la facultad, los alumnos y los internos cubrían las vacantes. El día del primer bombardeo yo estaba en San Juan de Dios, donde había empezado a colaborar esa semana, y cuando se marcharon los aviones salimos a comprobar que una de las bombas le había besado los pies al santo.

Ese día o el siguiente, no lo recuerdo ya, fue también el primero en que operé una herida de guerra. El paciente fue uno de los que volvían de Huétor.

—Opera tú, yo te indico —me dijo don Ramón.

El anestesista le había puesto ya al paciente el Ombrédanne para el éter, y la enfermera estaba cortando con cuidado la pernera de su uniforme a medio muslo.

Yo comencé a lavar la herida con suero para despejarla, retirando las inmundicias que la cubrían. Era una fractura abierta en la pantorrilla llena de tierra, restos de metralla, hierba seca, piedrecillas chicas y trozos del pantalón que había llegado envuelta en un vendaje precario, indicio de las primeras curas de vanguardia. Fui retirando toda aquella porquería con el suero y unas pinzas hasta que la carne quedó a la vista. Ramón deambulaba a mi alrededor, observando.

—Tibia y peroné fracturados —confirmé. Se había partido ambos huesos medio palmo por debajo de la rodilla—. Es conminuta. Esto está lleno de astillas. Voy a extraerlas.

—No, déjalas —me ordenó él—. ¿Hay alguna desplazada?

—No veo ninguna —aseguré tras comprobarlo.

—Pues déjalas —insistió—. Vienen bien para la consolidación. —Yo asentí.

—Los nervios no están dañados. Hago hemostasia de los vasos. —El instrumentista tenía preparado también el drenaje.

—Bien —dijo mi mentor—. Haz Friedrich, resección. Evita los nervios, los vasos y el hueso.

Cogí el bisturí que me ofrecía el instrumentista y comencé a pelar los tejidos blandos dañados plano a plano, eliminando los secuestros, limpiando, respetando el hueso, los vasos y los nervios. Cuando hubo quedado completamente limpia y despejada de escoria, extendí la mano al instrumentista de nuevo.

—Sutura.

Pero don Ramón lo detuvo, negando con la cabeza.

—No. Esta tiene más de diez horas. Lo encontraron tarde. Hay que darla por infectada.

—¿La dejo abierta? —pregunté extrañada. Él asintió.

—Hazme caso, ahora te lo explico. —Y se giró hacia el otro y la enfermera—. Preparen el yeso.

Inmovilizamos la pierna abarcando articulaciones del tobillo y la rodilla, dejando un orificio para las curas de la herida. Ya fuera, cuando hubimos acabado y fuimos a por el siguiente, llegó la explicación.

—Esta cirugía no es a la que estás acostumbrada, Bárbara.

No, era cierto. En el Instituto Rubio apenas había operado fracturas. Y cuando lo había hecho el protocolo era distinto. La cirugía de paz era diferente.

—Las fracturas abiertas y el resto de heridas de más de seis horas están presumiblemente infectadas, no es recomendable cerrarlas —aclaró.

—¿Y entonces?

—Hemostasia y drenaje de fluidos, curas regulares, atención a la fiebre —recitó—. Y en alguna ocasión, cuando se verifica que no la hay, se cose. Depende del caso.

Aquel tipo de herida, las fracturas abiertas en extremidades, era de los más frecuentes entre los que nos llegaban del frente esas semanas. Heridas de bala y metralla, síndromes de aplastamiento, fracturas de muchos tipos... todo aquello menos grave que permitía traslado inmediato y que pasaba el filtro de los puestos de socorro de primera línea.

—Son muy puñeteras, las de metralla —le comentó don Ramón un día a la tía—. Muchas veces las heridas que ocasionan son insignificantes, no presagian el destrozo que han hecho dentro. Y rompen mucho más que las de bala. Se parecen mucho a las que opero por cornadas de toro.

—Qué *horrible* —dijo ella, arrugando el gesto.

De lo más grave, lo que no podía esperar a llegar a la ciudad, veíamos menos y casi siempre ya intervenido, en traslados retardados. Heridos torácicos que se asfixiaban o abdominales contaminados, destripados, o con la cara o el cuello destrozados, shockados, desangrados. Monstruos *horribles* y desfigurados, aterradores, que gritaban, lloraban y gemían sin voz y empantanaban la mente de pesadilla y *horror.* O los craneoencefálicos, espíritus ausentes con los ojos desenfocados, perdidos, paralizados, histéricos o con convulsiones.

Todos ellos eran menos frecuentes porque muchas veces no sobrevivían. A duras penas llegaban al primer puesto. Vimos pocos, solo cuando este se saturaba o no existía y nos los mandaban a nosotros directamente. Granada tenía los frentes cerca y había poca diferenciación entre frente y retaguardia.

Yo pasaba entre las camillas y las camas mirando con miedo a los heridos, buscando en sus rostros el de Álvaro y respirando aliviada al no encontrarlo entre los prisioneros.

★ ★ ★

—¡De esta casa no va a salir una peseta!

Los dos soldados con cuello de camisa de Falange salieron a grandes zancadas de la biblioteca masticando una mezcla amarga de furia y temor con los gritos del tío de fondo, y desaparecieron por la puerta principal segundos antes de que yo la cerrara. No hice siquiera el amago de murmurar una despedida y ellos no se giraron.

Habían llegado menos de media hora antes y no habían llegado a sentarse. Se habían plantado delante del escritorio del tío y le habían trasladado con muchas florituras los respetos y la simpatía del nuevo gobernador civil, el comandante Valdés. Solo había oído lindezas del Indiano. Destinaron gran parte de la visita a lamerle las puntas embetunadas de los zapatos al tío, y después empezaron a hablar de dinero. No era la primera vez que se lo pedían, pero sí la más descarada. Hasta entonces habían sido solo sugerencias vagas.

Desde el sofá, la tía, Ramón y yo escuchamos la conversación sin intervenir, hasta que uno de ellos empezó a explicarle al tío que las suscripciones eran necesarias para sufragar los gastos del frente, y que permitían proporcionarles a los soldados ropa, zapatos, alimentos, municiones, estampitas de santos que los protegiesen de la muerte...

—Necesitan muchas cosas —intervino la tía de repente, llena de compasión.

El que ejercía de portavoz de ambos se giró al escucharla, sobresaltado. A duras penas había percibido nuestra presencia. Sonrió con condescendencia, enternecido.

—Sí, señora. Son necesarias muchas cosas. Empezando por las armas para defenderse y ganarles a los rojos.

—¿Armas, dice usted? ¿Como la que mató a mi hija? —Ni siquiera pestañeó.

El soldado cambió el peso de pierna, contrariado, y su rostro se endureció.

—Señora, no se ofenda, pero este es un asunto de hombres.

La tía no se amedrentó.

—Soldado, no se asuste, pero puedo entender perfectamente de lo que se está hablando.

Al fondo de los oídos, muy adentro, pude escuchar los rezongos que la Acemilera escupía mientras picaba con saña cualquier cosa allá abajo, en las entrañas de la casa. Con el trasiego de chismes escaleras arriba y abajo, estaba al tanto del motivo de la visita.

—... se les llenen los ojos y la boca de mierda y se los coman los gusanos poco a poco... —ladraba para sí—. ¿Es que no han visto los lazos de las ventanas? Venir a una casa de luto a pedir dinero... Puercos, desgraciados sin entrañas...

En la habitación nadie había escuchado los pensamientos de la cocinera. El tío, que no había hablado hasta entonces, se quitó de la boca el índice que la sellaba, y dijo con una tranquilidad venenosa, sin mudar el gesto:

—Quieren ustedes mi dinero y empiezan por faltarle al respeto a mi mujer.

Y entonces había comenzado la tormenta.

Cuando cerré la puerta principal y volví a la biblioteca, el tío seguía encendido y echando espumarajos ácidos por la boca. Ramón se había acercado al escritorio.

—¡No me digas que me calme, Ramón! ¡Estoy ya hasta la coronilla! ¡Estoy harto! ¡Harto! —Agarró la licorera con tal fuerza que temí que la reventara, y se llenó el vaso que tenía en la otra mano—. ¡O fascista o comunista! ¡O conmigo o contra mí! ¡O en una trinchera o en la de enfrente! ¡O de los unos o de los otros! ¿Y el resto, dónde quedamos? ¿Eh? ¿Dónde cojones quedamos? —Se bebió el contenido del vaso en dos tragos y preparó el siguiente. Los soldados habían insinuado que el tío, por no pagar, apoyaba a los rojos—. ¡Maldita España puñetera! ¡España es su propio verdugo! ¡Siempre igual, Dios! ¡Debí quedarme en Argentina!

Entre grito y grito, el tío se comía el aire como un toro desesperado por salir del chiquero, rumiando con los dientes apretados el tema de las suscripciones.

—Salvapatrias, borregos, meapilas... escoria, pura escoria. ¡Escoria son!

La tía Julia, a pesar del calor, se había afanado en cerrar todas las ventanas y puertas de la habitación mientras su marido despotricaba. Le suplicó, asustada:

—Pablo, *bajá* la voz, por Dios, ¡que te oirán desde la calle!

—¡Que me oigan, alto y claro! ¡De esta casa no va a salir una peseta! ¡Antes muerto! ¡Que echen una cruz en la puerta, que me llamen lo que quieran! ¡Mi hija muerta y los desgraciados estos pidiéndome dinero para armas!

—Cálmate, amigo —se unió Ramón.

El tío se sentó de nuevo frente al escritorio, todavía con el vaso en la mano. Lo fulminó con sus ojos de zorro muy abiertos sin dejar de rumiar aquello mientras la sangre le golpeaba las sienes. Lo habían amenazado con sacarlo de moroso en el *Ideal* y él les había gritado de nuevo la misma cantinela, más fuerte que antes:

—¡Pues que me saquen, pero de esta casa no va a salir una peseta!

El tío Pablo tenía buenos padrinos. Era rico y tenía amigos poderosos, pero también tenía amigos rojos. Confraternizaba con De los Ríos y era íntimo del catedrático Seral, que era de izquierdas como el político. Su familia era amiga de la del poeta maricón. Eran notorias sus ideas progresistas, su apoyo a la República y su desdén hacia los curas. Su sobrina la bastarda era también roja. La casa era grande y respetable, pero ella misma entera, hasta el último rincón, apestaba a podredumbre roja. Hasta la última baldosa, el último paño de cortina y la última teja del tejado. Y el Indiano era un mal español que no soltaba una peseta.

—¡Ni una peseta! ¡Que lo pague su puta madre! —Y apuró el vaso.

Pero el tío Pablo pagaría, no tardaría en pagar.

37

Aquellos días el tío andaba muy irascible, colérico, y a la mínima saltaba a discutir. El trueno de sus gritos y sus improperios contra lo que fuera era ya habitual. El día anterior a la visita de los soldados con cuello de camisa de Falange había habido también gritos y discusión en la biblioteca. Las pocas noticias que llegaban del otro lado eran muy desalentadoras.

—Vamos de mal en peor, con un Gobierno inútil que no ha conseguido evitar que los de África se pasen a la Península —rezongaba, dando vueltas por la habitación—. Y el iluminado de Giral armando a las milicias en vez de reorganizar el Ejército como Dios manda. El Ejército descabezado y grupos de salvajes desorganizados y sin ningún tipo de control ni disciplina pegando tiros sin ton ni son por las calles. Cada cual a su aire, cada pandilla haciendo la guerra por su cuenta, sin ponerse de acuerdo. ¿Qué guerra se puede ganar así? ¡Es un disparate!

—Las plazas que no han caído, no lo han hecho en gran parte gracias a esos locos armados —le recordó don Ramón, que también entonces estaba en la casa.

—No te digo que no, pero ¿qué hacemos ahora con ellos?

—Es cuestión de tiempo que el Gobierno tome el control. Y cuando intervengan los internacionales, también podrán orden.

—¡Los internacionales! Mira esto. —El tío buscó una página concreta del periódico que había estado leyendo, y se la tendió. En ella se anunciaban las negociaciones de don Fernando con el gobierno francés para conseguir su apoyo. Dijo con una mueca amarga—: ¿Sabes en qué va a quedar eso? En nada. ¿Sabes lo que dice la Sociedad de Naciones? Te lo digo yo: que no se mete. No se van a meter.

—Pero son demócratas, igual que nosotros —replicó la tía.

—Sí, aquí también hay demócratas —matizó él, sarcástico.

—Tienen que intervenir, ¿para qué está la Sociedad si no? —intervine.

—Inglaterra no hará nada. Francia tampoco va a hacer nada. Los europeos no van a intervenir, ¡no van a hacer nada por parar todo esto! ¿Y sabéis por qué? ¡Por culpa del dichoso bolchevismo! ¡Por culpa de los vuestros! Los europeos están acojonados con la idea de que se extienda el comunismo. Antes prefieren dejarnos en manos de los muñecos estos. ¡El maldito comunismo nos va a llevar al desastre!

—Blum es socialista —lo contradijo Ramón.

—Tanto da. Tiene a la mitad del país y a los ingleses en contra. No le van a dejar meterse. Porque tienen miedo, y con razón, a la puñetera revolución.

Yo no sabía si sentir mayor frustración por la desintegración y la inoperancia de las fuerzas de la República y los desmanes revolucionarios que nos estaban costando la ayuda de Europa, o por la indolencia de los europeos que nos abandonaban a nuestra suerte.

—Esto no es solo por eso, y lo sabes. Si los europeos no entran es porque están asustados con los nazis —le recordó Ramón—. No quieren hacer nada que quiebre el equilibrio de Europa. —Eso también era cierto. Y añadió—: Rusia sí intervendrá.

—Puede, pero ¿a qué precio? ¡Stalin hará con España lo que quiera si la República gana la guerra! No sé qué es peor...

—Eso no lo sabemos —negó con la cabeza Ramón—. Ahora hay que ganar la guerra, y después se verá.

El tío no replicó y la discusión acabó por extinguirse. Y como esa, mil discusiones más.

La tía decía que dormía poco y mal. Y también comía mal. Y poco. Lo escuché discutir también con ella. Sus gritos atravesaron de pronto las paredes como dardos inverosímiles, hicieron temblar el suelo y hasta las puertas gimieron de miedo. Me asusté mucho. Pero la tía contestó con voz tan calma y suave que no llegué a distinguir lo que decía. El tío no le gritaba a ella. Se gritaba a sí mismo. Y lloraba en el regazo de Julia acariciando y besando sus manos como si fueran las de Flavia.

La tía también lloraba, pero se consolaba sola. Y cuando salía del cuarto ya no quedaba más rastro de la pena que el estoicismo del luto. Eso, y sus ojos, que ya no eran iguales. El mirar de la tía se había vuelto gris y opaco. Sus ojos habían cambiado de color. La tía se consagró, más por la necesidad del hábito que por mandato social, a la persistente tarea de subir cada semana al cementerio para hablar con Flavia y cambiarle las flores.

Y en el cementerio había visto lo que no se podía ver. Lo que se oía todas las noches. En su peregrinaje semanal había visto a los que entraban y salían a mover tierra. Había visto y casi hablado con el guardián del cementerio, que miraba sin mirar con los ojos desgastados. Le faltaban solo algunas pocas noches de insomnio más para terminar de enloquecer. Y cuando la tía anduvo demasiado cerca del ala noreste, le impidieron pasar. Allí no se podía estar.

Era un ruido insoportable, aquel que bajaba del cementerio. Corría por el aire, bajaba serpenteando a la ciudad desde allá arriba, y se colaba por los oídos y quedaba atrapado en la cabeza, rebotando en las paredes del cráneo hasta que conseguía salir por las fosas nasales como una exhalación cuando se dejaba de contener la respiración para escuchar. Era siempre igual: un estruendo brutal y luego un goteo irregular. Estruendo, goteo, estruendo, goteo, estruendo, goteo...

Pero la ciudad no lo escuchaba, o no lo quería escuchar. Y seguía con su rutina diaria, ignorando aquella cadencia perpetua. Tenía cuestiones más terrenas, más acuciantes que atender. A excepción de algunos pocos vuelos que los sublevados habían hecho para bombardear Loja y Guadix y para el transporte de tropas y armas desde Sevilla, la ciudad estaba aislada y necesitaba autoabastecerse. Y se lanzó a producir todo lo que ya no podía traer de fuera, para suplir al ejército primero y a la población civil después.

Metalurgia, carbón, textiles, químicos y alimentación. Harina, dulces y chocolates. También calzado, encurtidos, perfumería y hasta medias. Y, entre todo ello, el cáñamo, que resucitó en la Vega después de más de un siglo de abandono para colonizar temporalmente para sus hilaturas y tejidos algunas de las naves azucareras que habían quedado en desuso con los cierres que se habían ido sucediendo a lo largo de las décadas. El Ayuntamiento arrancó a hacer obras por toda la ciudad que justificasen contrataciones, empezando por el cubrimiento del tramo final del Darro, todavía pendiente, que se retomó a principios de agosto.

La ciudad y la Vega, que se habían ido entumeciendo con la decadencia de su azúcar en favor del de otros focos, y que habían ido derivando hacia el tabaco y otras industrias menos explosivas, parecieron tomar carrerilla de nuevo, aprovechando el tirón de la autarquía.

—Es coyuntural. No durará —decía el tío.

Él no se subió a ese carro. No tenía ánimo o no confiaba en que durase. O ambas cosas. Sea como fuere, se enrocó en el azúcar, los olivos y los marjales de tabaco que había comprado unos años atrás. El tío prefirió no unirse a aquella marea y mantenerse dentro de los límites estables y tranquilos de las industrias que ya eran sólidas y previsibles en la Vega.

El azúcar se mantenía más o menos estable, por primera vez en décadas, desde la regulación de campañas del año anterior, que por fin había acotado las cantidades de remolacha a producir y los precios, la cantidad que admitiría cada fábrica y las condiciones de su compraventa, entre otras cosas. Esa ley de regulación general había puesto fin a casi cuarenta años de vaivenes caprichosos e ineficaces. El azúcar estaba estable. Y, con el comienzo de la guerra, las regiones azucareras habían quedado, en su mayoría, en territorio sublevado. Así quedaron las fincas del tío, que siguieron funcionando como hasta entonces.

La ciudad y la Vega estaban aisladas, y aquel aislamiento y la escasez de oferta generaron una inflación galopante en el cerco que el Ayuntamiento luchaba por controlar. Las quejas de Amparo y Rosita al volver de la compra eran ya habituales.

—¡A peseta y media me quería cobrar el litro, la tía cerda! —clamó Amparo indignada al entrar uno de aquellos días con una botella de leche en la mano.

—Pero ¿se lo has pagado? —le preguntó la Acemilera.

—No, señora. La he amenazado con denunciarla. Esa ya no vuelve a sacar los pies del tiesto.

—Bien hecho. Que no te timen, niña, que al paso que vamos nos van a cobrar diamantes por sal. Menudo disparate. Como esto siga así, yo ya no sé. Nos tendremos que comer los pajaricos del señor. —Los periquitos, decía.

—Poca chicha tiene eso —descartó la otra.

No dio tiempo, porque a los pocos días alguien saltó la verja por la noche y se llevó los pájaros. La ciudad, en algunos de sus rincones, pasaba hambre.

La ayuda que pudiera recibir Granada para romper el cerco había de llegar desde Sevilla por la carretera de Loja. Por ello, desde principios de agosto los sublevados comenzaron a socavar la resistencia de los pueblos de la carretera, avanzando desde Sevilla y Granada simultáneamente. Y día a día y semana a semana, la franja de tierra resistente entre ambas columnas se iba estrechando más y más. Y yo pensaba en Álvaro, en si vivía o no, y en qué estaría haciendo.

Yo seguía, en los ratos que me dejaba el hospital, con las visitas mientras ponía a punto el consultorio de la calle Navas. En una de las idas y venidas, pasé por San José a ver a don Paco. Llevaba sin verlo desde el entierro de Flavia. Él me cogió ambas manos y me dio un leve apretón, con los ojos llenos de compasión.

—Qué terrible desgracia lo de tu prima, hija mía —se lamentó cuando nos hubimos sentado en uno de los bancos—. Pero ya está con Dios. Si los de este barrio no se hubieran rebelado... Con suerte todo esto acabará pronto, cuando terminen de poner orden y las cosas se calmen.

Yo pestañeé tres veces seguidas, incrédula ante las palabras del cura.

—¿Qué está diciendo? —Él me miró sin comprender—. Los rebeldes no son los del barrio, padre. Son los facciosos que se han levantado contra el Gobierno.

Él suspiró, tratando de encontrar las palabras con que convencerme de mi error.

—Me duele que las cosas hayan salido así, pero esto era necesario. Es un corte por lo sano, para limpiar la República, para recuperar el orden. Era necesario —repitió—. En situaciones así es inevitable que se vaya un poco la mano y se cometa algún exceso, pero pronto las cosas volverán a su cauce.

—¿Algún exceso? ¿Vivimos usted y yo en la misma ciudad? —Estaba estupefacta—. ¿No sabe usted de los tiros del cementerio? ¿No está viendo todo lo que se están llevando por delante, las carretadas de gente que sacaron del barrio?

—Hija... —empezó a decir.

—... y todos esos muertos, ¡y lo que no sabremos!

—¿Y qué remedio queda? —me cortó.

Yo abrí la boca y la volví a cerrar, atónita.

—Padre, ¡usted es cristiano!

—¿Ahora me vas a mentar a Dios? ¿Tú? —Lo ignoré.

—Usted cree en Dios, y Dios abomina del asesinato y del sufrimiento humano.

—Y así pienso yo, hija, pero quizás en un momento como este es necesario.

—Siendo así, los mandatos de Dios tienen el valor que la voluntad humana quiera darles. Dios solo gobierna allí donde el hombre le deja.

—¡No seas atea! —Se levantó del banco, exasperado—. ¿Con qué derecho me aleccionas tú a mí? ¡No me cabe en la cabeza cómo es posible que me sueltes estas cosas si ni siquiera tengo claro que tú creas en ellas, tantas veces como te he oído renegar de la religión!

—Padre, al mismísimo diablo citaría si él también respaldara lo que le estoy diciendo. Me importa un bledo. Usted y yo creemos en el valor de la vida y la bondad humanas. «No matarás» —le recordé—. Y lo mismo da si lo manda Dios, Alá o la conciencia de una misma.

—Ya está bien. Las cosas son como son, Bárbara, y quizá sea dura la vuelta al orden, pero peor es el desmadre en que estábamos. —Me señaló con un dedo severo, arponeándome con los ojillos, furiosos como nunca—. Por tú bien, lo digo sinceramente, espero que aceptes la realidad tal como es y aprendas a acallar todos estos pensamientos. Pronto volverá la paz de nuevo.

—¿La paz, padre? —repetí con una mueca amarga—. ¿Usted espera que la reconstruyan a golpes?

—No insistas, hija. —No se dejó enredar—. No pienso discutir más. Cuando todo esto acabe, vendrás a darme la razón.

No volví a pasar más por la iglesia en el trascurso de las visitas y don Paco tampoco volvió a la casa de Romerías a por libros.

* * *

A Federico tampoco lo había visto desde el funeral. Apenas había sabido nada de la familia en aquellas semanas, salvo la detención de Manolo. Seguía en la cárcel.

—Conchi, ya verás como vuelve pronto. —La abracé cuando me lo contó.

—Me lo van a matar, Bárbara... —Negó con la cabeza, con ojos llorosos.

—No digas eso, no lo digas. Ni lo pienses.

Seguían en la Huerta y seguían sin noticias de Isabel y de Paco. Ella en zona roja y él en el extranjero. Habían salido Concha y doña Vicenta a recibirme cuando fui a visitarlos, pero no Federico.

—Federico no está —me explicó su madre, con los ojos huidos. Había salido.

—Bueno, lo espero aquí. No importa.

—No, hija. Que no está —insistió ella. Y añadió, evasiva—: No va a venir.

—¿Cómo que no? Pero ¿dónde está? —No entendía nada. La mujer no quería decirme algo—. ¿Qué pasa, Vicenta?

Ella dudó antes de hablar.

—Está escondido —me explicó bajando la voz a pesar de que estábamos solas—. Está con los Rosales.

—¿Los Rosales? —Hice memoria: la familia Rosales, los de La Esperanza—. ¿Los de los almacenes de Bibarrambla? —Ella asintió—. Pero ¿no son de Falange? ¿Qué hace Federico con ellos?

—Luisillo Rosales es amigo suyo. Se fue hace tres días allí para esconderse. Lo tenían amenazado. Han venido varias veces a registrar la casa, y se nos llevaron también a Gabriel —Señaló la casa de los caseros—. No puedes decirle esto a nadie, hija. Y tampoco puedes verlo. No te acerques a su casa, por favor —suplicó.

Yo asentí, muda. Concha entonces entró a la casa y salió unos minutos después con un sobre en la mano.

—Es mejor que no vengas más, Bárbara —me decía su madre, con la cara inundada de pena—. Ni a vosotros ni a nosotros nos conviene.

Yo asentí.

—Pero mandadme noticias con la Rosita o con Amparo. Que sepamos que estáis bien —le pedí. Ella hizo un gesto afirmativo.

—Mi hermano dejó esto escrito para ti —dijo Concha, entregándome la carta que llevaba en la mano—. Para mandártelo, pero con todo el follón...

—Gracias —musité.

Manolo no volvió. El 16, cuatro días después de mi visita, vino Amparo corriendo con la noticia. Esa madrugada lo habían fusilado. Se había topado por el camino con Angelina, la criada de Concha, que venía de la cárcel hecha un mar de llanto porque allí le habían dicho que ya no hacía falta que fuera más.

Dos días más tarde leeríamos con sorpresa en el periódico que ese día también habían fusilado al general Campins en Sevilla. Ni siquiera sabíamos que estaba detenido. Y tiempo después también nos enteraríamos de que esa madrugada habían matado, junto a Manolo, al director de *El Defensor,* el amigo de Federico. Y unos meses más tarde, también al rector de la universidad, Salvador Vila. Y a tantos otros.

También aquel día 16 el general Varela, que venía de Sevilla, había alcanzado Archidona, a unos treinta kilómetros de Loja. Los sublevados avanzaban, y el frente de allá se contraía cada vez más por ambos lados, asfixiando el foco de resistencia.

Al llegar a la casa, ya en mi habitación, abrí la carta de Federico y dentro del sobre encontré dos hojas manuscritas. La primera en prosa, la segunda en verso. No era una carta. No todo lo era, al menos.

Mi Bárbara dulce, te mando estos versos a ver si te hacen más pasable el dolor que sufres estos días, pobrecita mía. Que te sirvan para fijar un recuerdo que no debiera serlo, porque nuestra Flavia debería seguir corriendo por ahí como una loca, que no era tiempo de que se fuera.

De tu hermanillo chico y grande, que te quiere con locura,

F.

Y la segunda hoja, garabateada con caligrafía fina por ambas caras, rezaba:

No te pido que recuerdes lo que todavía es presente,
amiga de mi alma, tan rota.
Lo que quiero
es que este pequeño compendio de palabras torpes
te valga de arquitecto que edifique un futuro recuerdo.

Digo Flavia y veo un lucero
tan amarillo, tan amarillo, niña, y tan vivo
como su nombre.
Veo la actividad de las mañanas que despiertan azules
y la mansedumbre tibia y blanca de la tarde,
un susurro expreso y convencido para el mundo y para ti

en tus penas de hermana,
en la complicidad que os brindabais.
Amiga mía, cuánto te quería y cuánto la adorabas.
Como dos gemelas de noche y día,
tú con la luna en una mano y ella con el sol en la frente.
Hermana mía que era,
hermanilla de mi hermana.

Tantas cosas pasaban por el compás de sus piernas
imparables, erigidas para no plegarse:
el agua que adelanta a un aceite menos veloz
y corre con un borboteo de burla;
el susto de mil pájaros que perfilan las regiones del cielo,
que pasean las tardes de domingo por el aire de los parques;
coches y caballos en carreras de una vuelta interminable,
un pulso indómito, un aliento inagotable;
el silbido de un tren que dice adiós a las formas concretas
y las cambia por movimiento y colores abstractos,
manchas en el aire,
viento en la cara y la boca abierta en un chillido dorado y loco,
inexplicable y genuinamente tierno;
o un reguero de pólvora que rápido consume un fuego sin quemar.
Velocidad ignífuga, una risa naranja brillante, y tan ausente.

Flavia tuya y mía, echarla de menos es añorar la corriente clara de un río puro y verdadero.

38

—¿Qué estamos haciendo aquí?

Gonzalo había aparcado el coche en la plaza de los Aljibes frente al atrio del Palacio de Carlos V, a cincuenta metros de la entrada a los Palacios. Las vistas que teníamos enfrente, sobre el Albaicín, eran espectaculares, pero seguía sin comprender por qué me había llevado hasta allí aquella tarde, la del día siguiente a aquel en que Angelina había vuelto de la cárcel llorando y el general Varela había llegado a Archidona. Todavía llevaba conmigo el maletín de las consultas.

—Un recado —dijo enigmáticamente.

¿En la Alhambra?

—¿Un recado?

Él asintió, procurando no mirarme. Estaba por jurar que intentaba no reír. Hacía semanas que no lo veía reír. Ninguno de los de la casa, de hecho, reíamos ya.

Gonzalo había parado poco por la casa aquellas semanas. No lo veíamos mucho, y hablaba menos. Sus quehaceres en la casa de Romerías se habían reducido a las pocas horas que los trasiegos de Falange en la ciudad y en el Gobierno Civil le dejaban libres. Las escasas veces que el tío cogía el coche esas semanas solía conducir él mismo o Esteban, y de los caballos se encargaba Vicente casi de continuo. A excepción de Rosita y de mí, Gonzalo hablaba poco con los de la casa. Y yo llevaba casi una semana sin hablar con él. Él no hablaba de lo que hacía cuando salía a la calle y yo tampoco se lo preguntaba. No lo quería saber.

Pero aquella tarde me había abordado con el coche en plena calle, cuando volvía de las consultas, y me pidió que subiera. Que teníamos que ir a un sitio. Y sentados allá, parecía que se reía.

—Para Rosita. —Se encogió de hombros.

¿Rosita? ¿Qué necesitaba Rosita de aquel lugar? No entendía nada. Él miró alrededor del coche en busca de algo o alguien. Yo lo imité, pero allí no había nadie. Abrí la boca para pedir explicaciones, pero entonces él señaló con el mentón a mi espalda, a lo lejos. Allá al fondo, al final de la suave cuesta de tierra, el portón que daba acceso al Patio de Comares se había abierto y tres hombres salían por ella. Dos camisas azules y el tercero, que cerró la puerta tras de sí, de paisano. Este último era moreno, al igual que uno de los falangistas. El otro era rubio.

Abrí la portezuela del coche dispuesta a abalanzarme fuera pero, antes de que sacara el primer pie, la mano de Gonzalo me retuvo.

—Él es Andrés y usted Martina. —Me miró fijamente a los ojos con una advertencia en los suyos y gesto grave, a la espera de una reacción que le indicase que lo había comprendido. Yo asentí, y él prosiguió—: Y no llevan un mes sin verse.

Cautela. Me estaba pidiendo cautela. No terminaba de comprender qué estaba haciendo él allí y vestido así, ni quiénes eran los otros dos hombres, pero Gonzalo me pedía calma. Agarró un pequeño fardo que llevaba en el asiento de atrás y ambos bajamos del coche. Nos acercamos al pequeño grupo en silencio. Yo no aparté la vista de Andrés, y sus ojos de agua tampoco se apartaron de mí. Al llegar frente a ellos, sonrió con la boca muy pequeña. Yo sonreí también.

—Hola.

—Hola.

Andrés se había afeitado la barba, como la Acemilera quería. Los otros tres nos observaban. El otro camisa azul me observaba también.

—¡Ay, Martinita, si yo fuera tu primo, no permitiría estas cosas...! —Se giró hacia Gonzalo, reprendiéndolo con la mirada. Gonzalo era mi primo, al parecer—. Es más, te guardaba para mí solo. No te molestes, hombre, que es un cumplido.

Dio una palmada en el hombro de Andrés, que rio nerviosamente entre dientes estirando la boca. Yo me mordí la lengua.

—Venga, basta de cháchara. —Gonzalo señaló de una cabezada la puerta por la que acababan de salir los otros tres—. Vamos para dentro, que nos van a ver.

—Abre, Ginés —dijo el falangista moreno. El tal Ginés titubeó.

—Creo que no es buena idea. Nos pueden pillar, y entonces se me cae el pelo. ¡Me echan, o algo peor! —gimió angustiado—. Están echando a mucha gente...

Aquello era cierto. También entre el personal de la Alhambra había habido depuraciones. Una semana después de aquel día, de hecho, cesarían incluso al arquitecto conservador, el amigo de la tía y de don Manuel. A Torres Balbás no lo querían en Granada, y también fue considerado afecto al Frente Popular. Pero el golpe lo había pillado fuera.

—¡Deja de quejarte y abre la puerta, cojones, que no va a pasar nada! —lo cortó el moreno—. Estás con nosotros, coño.

—Mi cuñada tiene una pensión en...

—¡Qué pensión ni pensión! —el otro suavizó un poco el tono—. Abre ya, anda, que nos dan aquí las tantas. Venga, que me la debes.

Ginés seguía reticente. No obstante, acabó abriendo.

—La acompaño en el sentimiento, señorita —masculló mientras lo hacía, al percatarse de mi luto. Yo musité un mínimo gracias.

Entramos todos a la salita, y de esta al patio. Lo observé, admirada. A aquella hora de la tarde, ya cayendo la luz, estaba en penumbra y vacío. Hacía rato que había terminado el horario de visitas. Jamás había visto aquel lugar así. Teníamos el monumento para nosotros solos. De pronto, noté una mano que acariciaba sutilmente mi espalda, y al girarme sobresaltada me topé con los ojos azulísimos de Andrés. Aquel primer contacto me electrizó. El moreno nos observaba.

—Menudo pisito os hemos buscado. ¿Eh, par de tórtolos? —Ninguno dijo nada, pero ambos sonreímos. Él le dio un codazo a Gonzalo—. Ya me lo cobraré.

—Desde luego —rio el otro—. Dejadme un momento que hable con estos dos.

El moreno y Ginés se dirigieron a la puerta. Tan pronto como la hubieron cruzado, Álvaro y yo nos abalanzamos el uno sobre el otro y nos abrazamos con ansia, con impaciencia. Gemí de alegría al besarlo de nuevo. Estaba vivo, y bien.

—¿Y esto? —reí, tirando de la camisa azul mahón.

—Mi tapadera. —Se encogió de hombros, irónico—. Por uno más que haya, no se va a notar.

Desde luego. En las últimas semanas, la ciudad se había llenado de camisas azules. Los falangistas habían proliferado como setas. Camisas viejas y novatos que se subieron al carro con el furor de las primeras semanas de la guerra. El azul mahón se había puesto de moda hasta tal punto que se estaban teniendo que regular el comercio de la tela y el uso del uniforme.

—A ver, escuchadme que yo me voy. —Gonzalo alargó a Álvaro el fardo que llevaba, y dijo—: Ahí lleváis mantas para no moriros de frío, y una luz. Y algo de comida que te manda tu hermana para el viaje —dijo, dirigiéndose a él—. Vendré mañana por la mañana, al salir el sol.

—¿Nos vas a dejar aquí toda la noche? —dije, perpleja.

—Toda la noche. —E hizo un gesto con la mano, abarcando con ella todo el espacio que nos rodeaba—. Para vosotros.

—¡No puede ser! —exclamé maravillada y estupefacta. Teníamos los Palacios para nosotros solos. Como refugio—. Pero ¿cómo...? ¿Por qué...?

—Señorita, es mejor que este pollo —señaló con una cabezada a Álvaro— no ande cerca de la casa. No les conviene a ustedes y, cuanto menos se acerque él a la ciudad, mejor. Que bastante ha arriesgado ya, el cabezote. —Álvaro rio—. Así que, entre un cortijo y esto... supuse que preferiría esto. Que está más cerca, también. Y como Manolo tenía una cuenta con Ginés y se la iba a cobrar subiéndose él una muchacha... Lo tenía ya arreglado, pero al final lo he convencido de que me haga el favor. Y aquí estamos.

Caí en la cuenta.

—Pero ¿y mis tíos? La casa...

—No se preocupe, Rosita se encarga. No notarán que no está.

—Gracias, Gonzalo. —Lo abracé, y le di un beso en la mejilla.

Álvaro lo observaba con una mueca burlona.

—¡Ay, Gonzalillo! Me entran ganas de meterte una hostia cada vez que te veo con eso puesto... —Señaló con un golpe de mentón la camisa de su amigo—. ¡Me cago en la puta Falange, que también ha envenenado a mi hermanillo! —Le golpeó el hombro y él rio.

—Déjalo en paz, Álvaro... —lo reprendí yo.

—¡Pero si tú vas igual, atontado! —contraatacó Gonzalo.

—¡Y me escuece la piel! Mañana la tendré llena de ronchones, verás tú... —Se rascó la barriga y el pecho teatralmente.

Gonzalo y yo nos reímos con la pantomima.

—Maldito rojo amargado... Déjate de tonterías, que al final nos van a pillar.

La risa de Álvaro se había extinguido, y lo miraba con ojos graves. Me pregunté si también en aquel momento Álvaro estaría viendo el rostro de Damián con los ojos abiertos sobre el suelo de la calle.

—Gracias por esto. Por todo —dijo sin rastro de broma ya. Gonzalo le restó importancia con una mueca, y se abrazaron.

—Ya me la devolverás —contestó sonriendo mientras se separaban—. Acuérdate de mí cuando ganéis la guerra —se burló.

—Cabrón, la vamos a ganar. Ve diciéndoselo a tu Pepito y a la Paca.

Los tres reímos.

—Bueno, me voy. No hagáis ruido, y no salgáis. Ginés va a dejar la puerta sin llave por si acaso, pero no salgáis hasta mañana. Llegaré sobre las siete y media —asentimos, obedientes, y él fue a reunirse con los otros dos que esperaban fuera.

Cuando Gonzalo desapareció tras la puerta, volví a abrazar a Álvaro, esta vez con más calma, y nos mantuvimos así durante un rato. Estaba bien, estaba vivo y bien después de tantas semanas. Al separarnos, él reparo en el color de mi vestido, y la cara se le inundó de pena.

—Mi hermana me lo contó. No sabes cuánto lo siento... —Me besó la frente y los ojos, que comenzaban a llenarse de lágrimas por Flavia. No quería pensar en eso.

—¿Cómo has conseguido llegar hasta aquí? —le pregunté, queriendo cambiar de tema.

Él sonrió con los ojos todavía tristes.

—Por mi hermana. Di con ella cuando iba de recados y me ha ayudado a organizar todo este tinglado con Gonzalo.

—¿Y Loja?

—Salimos esta mañana. Decían que Varela había pasado Archidona y estaba a las puertas. Salí con un grupo de camaradas.

Me relató el curso de los acontecimientos allí desde el día del golpe, aquellos que yo había seguido a trompicones en la radio y el *Ideal,* casi día a día. Él había participado desde el principio en todo aquello que yo había escuchado y leído. Había conocido en la obra a varios hombres del PCE a los pocos días de llegar, y con ellos había pasado las horas de radio y espera del 18 y los días siguientes. Se habían organizado y le habían hecho el sitio a la Guardia Civil tras marcharse los de Granada. Había estado en el frente oriental.

Yo le hablé del Albaicín, de las detenciones, de las bombas, del hospital y de Federico, que estaba escondido. Y del tío y los demonios que no lo dejaban dormir, de la tía que ya no tocaba el piano y subía todas las semanas al cementerio, del Gonzalo al que ya apenas veíamos y de todas las cosas que habían ido desapareciendo a lo largo de las pocas semanas que llevábamos de guerra, todo aquello que había arrastrado lejos, muy lejos.

Paseábamos por el patio hasta atravesar la salita que comunicaba con otro más pequeño. Este era distinto a como había sido. Todo el monumento lo era tras el paso del arquitecto conservador que iban a cesar. Ya estábamos prácticamente a oscuras. Álvaro rebuscó en el fardo que Gonzalo le había dado y extrajo un quinqué que me tendió para que lo sostuviera mientras lo prendía. Ya encendido, deambulé con él por entre las columnas.

Torres Balbás había quitado el cupulín del templete oriental, y lo había sustituido por un tejadillo a cuatro aguas, similar al de su gemelo, y también había quitado de la fuente la taza chica y las columnetas que sostenían la taza grande sobre los lomos de los leones. Aquello y otras cosas le habían valido la incomprensión y el odio de la ciudad. Granada tenía los ojos hechos a su cupulín, era para ella genuino, y su eliminación una afrenta de quien había sustituido a don Modesto.

El arquitecto también había restaurado el harén, la galería Machuca y el Partal, que estaban en ruinas y apuntalados, y había repoblado los desmontes de Cendoya. La impresión visual que ofrecía cada espacio, cada rincón por el que había pasado su mano, era distinta. La Alhambra, que había sido una vieja desdentada apuntalada por muletas, descansaba al fin sobre sus propios muros, sobre sus propios cimientos, recuperada poco a poco, o al menos aliviada en su decrepitud. Su piel de yeso ya no estaba roída por el tiempo sino rellena, despejada y sana.

Álvaro decía que había salido de Loja con unos compañeros. ¿Dónde estaban?

—Camino de Guadix. Nos vamos para allá. Dicen que allí se están reorganizando.

Álvaro estaba de paso. Al acabar aquella noche se marcharía de nuevo, a luchar también él.

—No te vayas —le pedí, repitiendo sin querer aquella misma súplica que le había hecho un mes antes.

Pero esta vez no quería que se quedara, en realidad. Si se quedaba, lo matarían. Quería que se marchara lejos, mucho más lejos que Guadix, que se pusiera a salvo y que no luchara. Él, de entre tantos otros, no. Pero sabía lo exiguas que eran las probabilidades de que no se implicara. Ya lo había hecho en Loja, de hecho. Él había sido de los que habían luchado. La marea que estaba arrastrando al país también lo iba a arrastrar a él. Pero yo no quería que luchara. Él no.

—Ven conmigo, Bárbara —me pidió, leyendo en mi rostro solo la preocupación que sentía. Pero no era solo preocupación—. Allí habrá hospitales, y también puedes venir al frente conmigo. He visto a muchas mujeres luchando en las milicias, involucrándose.

—Pero es que yo no quiero involucrarme. —Negué con la cabeza—. Y tampoco quiero que tú te involucres.

Él se detuvo y se apartó unos pasos, observándome con incredulidad, asimilando lo que acababa de decir. Yo también me detuve. La sangre me martilleaba las sienes.

—¿Qué estás diciendo? —dijo al fin.

—Que no voy a ir contigo. Que no quiero luchar.

—¿Cómo que no? ¿Por qué no? Se han levantado contra la República y la están desangrando. Y si ganan esta guerra perderemos todo lo que se ha conseguido en estos años. ¡Tenemos que defendernos! Tú piensas igual que yo. —No esperó a que yo lo confirmara, pero sí, yo pensaba como él y entendía lo que decía—. Tenemos que defender la República.

—Así no. Tengo claro lo que creo y tengo claro quién empezó todo esto pero no así, Álvaro. —Negué con la cabeza—. Yo no quiero matar a nadie.

Yo luchaba por contener la voz y no alzarla, temía que acabáramos gritando. Él tenía los ojos encendidos, atónito y frustrado al escucharme.

—¿Y qué sugieres? ¡Qué cojones hacemos, Bárbara, explícamelo! —me encaró fuera de sí. El quinqué que yo llevaba en la mano se interponía entre ambos y le daba a su rostro un aspecto rojizo. Sus ojos ardían—. ¿Nos quedamos sentados a ver cómo los fascistas destruyen el país? ¡Dime, qué hacemos!

—No lo sé —reconocí, ahogada—, de verdad que no lo sé. Yo no... yo no soy nadie, y no sé nada. Pero no quiero, me niego a formar parte de todo esto.

—Bárbara, te guste o no, ya formas parte de esto y tienes bando: eres roja, y así te van a ver. Eso es lo que eres para ellos. ¿Qué harás cuando te detengan, cuando te pongan delante de un piquete? ¡Dios!

Sacudió la cabeza, disgustado. Él tampoco quería pensar en eso. Se alejó cubriéndose la cara, desesperado al ver que yo no cambiaba de opinión.

Todo lo que Álvaro decía era verdad. Era cierto, y comprendía sus motivos. Pero cuando él pensaba en el frente pensaba en ellos, en sus ideas y en las mías. Y yo solo podía pensar en Flavia y en la bala que la mató, en los monstruos del hospital y en el abrazo entre él y Gonzalo que había presenciado una hora antes. Sentía en el fondo de mi alma que yo tenía razón. Que lo que pensaba tenía más sentido que lo que Álvaro me proponía y sus argumentos. Pero me resultaba muy difícil responder a todas aquellas preguntas tan pertinentes, tan dolorosamente realistas y que tarde o temprano, si no aquella misma noche, demandarían una respuesta.

No era una decisión que hubiera tomado en ningún momento concreto, aquella de no luchar. No lo había pensado, de hecho, hasta el instante en que Álvaro me sugirió que marchara con él. Pero no quería, como no quería contribuir en un solo grano de arena al infierno en que estábamos.

—No puedo hacerlo, Álvaro —le dije, en voz casi baja, con lágrimas en los ojos—. Yo no sirvo para eso, para luchar, pero no es eso —dije, buscando las palabras para expresar lo siguiente—. Esto lo va a arrasar todo. Se lo va a llevar todo. Pararéis a los sublevados, pero por el camino os vais a llevar muchas cosas, y también vosotros vais a contribuir a la destrucción.

Él no abandonó el ímpetu con el que había hablado hasta ese momento.

—Bárbara, en una guerra siempre hay daños colaterales —dijo, encarándome.

—¡No te atrevas a decirme eso, porque mi prima está muerta! —le espeté ferozmente, todavía con lágrimas en los ojos.

Él echó un pie atrás, asustado por mi vehemencia. No se atrevió a replicar. En su lugar, suspiró y su ceño fruncido se suavizó.

—Lo siento. No he debido decir eso. Perdóname —se acercó con cautela y me acarició la mejilla—. No quiero discutir...

Asentí y dejé que me abrazara. Yo tampoco quería discutir. Me enjugué las lágrimas con el dorso de la mano. No quería discutir después de semanas sin saber nada de él y antes de que se marchara de nuevo. Y no quería discutir en aquel lugar que era como un refugio, un limbo ajeno a lo que ocurría fuera.

El patio estaba en silencio, en calma y ya a oscuras más allá de la llama del quinqué. Las sombras que nos rodeaban delimitaban la frontera que nos apartaba de la guerra que seguía existiendo fuera. Al traspasar de nuevo la puerta por la que habíamos entrado, el tiempo volvería a correr de nuevo y esas preguntas que no sabía responder se tornarían reales. Pero no allí dentro, en el corazón de aquel titán que vivía a otro ritmo.

Él se separó con cuidado y me quitó el quinqué para dejarlo con el fardo junto a una de las columnas, y después me cogió de la mano y tiró de mí.

—Ven. —Lo seguí hasta que se detuvo en el centro del patio, junto a la fuente.

—¿Qué haces?

—Vamos a ver si tu tía es buena profesora de tango. —Sonrió retándome con los ojos. Colocó una mano en mi espalda a la altura de mi cintura y con la otra agarró la mía. Me reí, estupefacta—. Voy a comprobar si era un farol. —Volví a reír.

—¡Ni siquiera tenemos música! —Él no contestó—. ¿Es en serio?

—Completamente. —Me estrechó contra él. Y murmuró, tan cerca que su nariz y la mía se tocaban—: No te rías.

Yo no sentía ya ganas de reír. Él echó un pie hacia delante, y luego hacia atrás. Y con cada envite, lo seguí. Una vez más, dos, tres. Y una vuelta. Poco a poco nos movíamos al ritmo de una música indefinida e hipnotizadora. Una música que no existía y que solo sonaba en mi mente. Fuera, silencio. Solo el sonido de la respiración, el murmullo lejano del canto de los grillos en los jardines y los zapatos sobre las baldosas y arrastrándose por la tierra.

Primero fue despacio. Una cadencia lenta y salpicada de bruscas sacudidas que cortaban de pronto una tendencia y trazaban otra, desacompasando la respiración. Nos movíamos sonámbulos, arrastrados por aquel tango irregular en el que yo trataba de recuperar las lecciones de la tía y me esforzaba por dejar a Álvaro dirigir para no acabar pisándonos. Recorrimos el patio de un extremo a otro, evolucionando entre las sombras sin apenas tocar el suelo con la única cobertura del cielo inmenso y negro. Allá arriba, en el centro, la luna vigilaba. Pasábamos junto al quinqué y repentinamente su rostro aparecía frente al mío, muy cerca, teñido de los tonos rojizos de la luz, para desaparecer de nuevo segundos después al alejarnos de ella.

Las columnas, los templetes, los portones, los enyesados y la fuente se habían desvanecido a nuestro alrededor dejando en su lugar un telón de sombras de formas caprichosas e irreconocibles. No había ya columnas ni leones allí. Solo una corte de sombras que nos rodeaban y nos observaban desde los lugares a los que no llegaba la luz del quinqué. Me vinieron a la mente la tía y sus explicaciones sobre los cuadros de Caravaggio, con las sombras llenas de cosas. Cosas de las que no se podía tener la certeza que estuvieran realmente allí.

Seguíamos dando vueltas, confundiendo los segundos con las horas. Mi espalda se curvaba hasta formar un arco al ralentizarse la música y, al momento siguiente, apresaba con mi muslo sus caderas. Y su mano, que sostenía mi pierna por la rodilla, se deslizaba furtivamente muslo arriba, sigilosa. Y lenta, tan lenta. Sentía su aliento ardiente a pocos centímetros de mi boca, después en mi cuello. Pero, de repente, la música traidora daba un quiebro y yo me desprendía de él, lanzándolo lejos.

Jadeábamos por el esfuerzo. El ritmo era cada vez mayor, y la melodía más y más violenta, más brusca, más rápida. Y todo lo demás, un borrón confuso. Aceleraba cada vez más, hasta ser insostenible. Y, repentinamente, aquella música imaginaria cesó de golpe, como un latigazo al aire. Y nosotros quedamos quietos, muy quietos, con el corazón desbocado por la velocidad de unos segundos antes y la respiración suspendida.

Lo vi dudar. Debatirse entre mover un músculo, el que fuera, o quedarse allí quieto mirándome. Y con la duda iba el temor que le enturbiaba los ojos. Pero yo no tenía miedo, así que tiré de la camisa azul mahón y me estrellé contra él.

Cualquiera que nos hubiera visto desde fuera habría sido incapaz de distinguir dónde acababa Álvaro y dónde empezaba yo. Lo besé con toda mi alma, con todo mi ser, con el ímpetu de todas las semanas que habían trascurrido temiendo que lo hubieran matado y con el dolor y la incertidumbre de las que se avecinaban. Lo besé y él me besó, hasta desgastarnos, hasta consumirnos mutuamente y no quedar de nosotros más que un jadeo, un suspiro.

—Ven aquí.

Me seguía por entre las columnas pegado a mi espalda, respirando como un caballo que hubiera corrido diez kilómetros seguidos, y al hacerlo sentí la humedad de su aliento en la mejilla. Y yo, en cada columna, apoyaba la mano para respirar.

En las charlas de madrina con Rosita, la tía decía que las cosas que pasan en la intimidad de una pareja son una cosa muy hermosa y misteriosa. Decía que era como un baile extraño, en que los amantes se abrazan hasta morir de placer. Y Flavia que no, que era más como una lucha imparable, un impulso violento que te empuja contra la otra persona. Y Sybill decía que el deseo no se podía explicar. Que simplemente sucedía. La Cangreja y la Acemilera se habrían santiguado al escuchar cualquiera de aquellas cosas.

A mí siempre se me ha antojado más como un hambre insaciable. Si un lobo hubiera intentado engullir la luna, no habría sentido mayor frustración, mayor ansia. Era un hambre de no acabar. Casi parecía que los brazos, al estirarse con violencia para abarcar con ellos hasta el último rincón del otro cuerpo, trataban más bien de alcanzar algo que estaba más allá de nosotros mismos, mucho más lejos.

Era hambre y era olvido, porque olvidé lo que me rodeaba. Olvidé la habitación de Sybill cuando estaba con ella. Y, acechada por la guerra que esperaba fuera, perdida en el mar de los ojos de Álvaro, a quien no sabía cuándo volvería a ver, no llegué a recordar los dedos como gusanos de Alonso.

Me apreté contra él hasta que mis dedos atravesaron su cuerpo desnudo y salieron por su espalda, caídos como estábamos en el suelo fresco de una galería que no supe identificar. El quinqué estaba lejos y las sombras seguían ahí, observando como testigos silenciosos. Recorrí a tientas con las manos su rostro y su espalda, y creí morir de placer al sentir sus labios húmedos de los míos contra mi cuello, bajo mis orejas, sobre mis hombros y rodeando las lunas de mis pechos.

Me reí enajenada al recordar los besos de flor de Flavia cuando los dedos de Álvaro volvieron a subir pierna arriba. Él gruñó un amago de risa, contagiado de mí. Fue saltando de un muslo a otro con un beso en cada uno y, cuando estos cesaron, cerré los ojos.

No veía sus ojos y quería verlos. Lo sentí entrar y gemí desde la garganta mientras los buscaba. Por fin los vi, y vi que me miraba. Me miraba perdido, con la vista fija y atrapada, encorvado sobre mí, sobre mis caderas, moviéndose con ellas. Primero lentamente para volverse de pronto brusco y violento, y de nuevo ralentizarse. Así sucesivamente, como aquel tango sonámbulo que acabábamos de bailar. Y, progresivamente, el ritmo aumentaba mientras los besos se ahondaban y hollaban la piel. Y como el tango, se cortó en seco, de un latigazo agudo y brutal que me sacudió de pronto, derrumbándome sobre sus hombros.

* * *

Me incorporé hasta quedar sentada, y al salir del refugio de la manta me asaltó de pronto el frío de la madrugada. Recorrí con la vista la galería y el patio transformados en un bosque de columnas grises y fantasmagóricas en la oscuridad. Habíamos apagado el quinqué para dormir algo. Me pregunté cómo iba a justificar mi ausencia en la casa si alguien descubría que no había dormido allí. Alcé la vista y observé el techo sobre nuestras cabezas, convertido en el interior de una gruta llena de estalactitas. Era mi favorita, aquella galería, la galería este. El pedazo de cielo que techaba el patio comenzaba a clarear lentamente.

Comencé a tiritar, y pude notar cómo el frío me ponía la piel de gallina en la espalda. Detrás de mí, Álvaro se removió.

—¿Qué haces? —masculló, tratando de desprenderse del sueño.

—Pienso.

En nada, en realidad. Él se sentó también y se inclinó sobre mi espalda. Sus dedos, helados como los míos, comenzaron a acariciar distraídos mi melena, que caía por mi espalda. La olió, la besó, y me sentí agradecida al notar su aliento cálido.

—Amparo no quiere que me la corte nunca. Dice que es como un torrente de chocolate —sonreí, recordando la última vez que le había sugerido que me la recortara un poco—. Y Federico que tengo melena de gitana. Dice que seré todo lo mora y francesa que quiera, pero que soy más andaluza que la chiquita piconera. —Me reí por lo bajini y un pequeño ramalazo de orgullo me invadió al decir aquello. Y recordé algo más—. Flavia siempre se burlaba. Decía que soy una antigua, que llevo el pelo como las abuelas, y que las trenzas hasta el culo ya no se llevan.

Flavia llevaba su pelo dorado lleno de tirabuzones cortado por debajo de las orejas. A lo *garçon*. A la moda. Me asaltó de nuevo la nostalgia y la tristeza, y cerré los ojos antes de que se me llenaran de lágrimas. Volví a abrirlos al sentir de nuevo los labios de Álvaro sobre mi pelo, sobre mi espalda. Lentamente sembró sobre mi omóplato izquierdo un beso suave y sensual que extendió hasta la base de mi cuello. Entonces, sus manos me apresaron por la cintura desde atrás y tiraron de mí hasta que quedé recostada sobre su pecho. Reí quedamente, y noté cómo su pecho vibraba con otra risa.

—Hablando de trenzas... —susurró en mi oído.

De reojo vi cómo alargaba un brazo hasta alcanzar su pantalón e introdujo la mano en uno de los bolsillos. La sacó cerrada en un puño que abrió frente a mí.

—Te había traído esto. —Sobre su palma abierta había lo que parecía un amasijo desordenado de tela. Lo cogí. Era una cinta de seda blanca bordada en los extremos en azul. Era muy hermosa. Pero no entendía aquello. Él debió de intuir mi confusión, porque añadió—: En México vi mujeres indígenas que llevaban cintas de colores entrelazadas en las trenzas. Llevaban unas trenzas larguísimas como la tuya.

—Es muy bonito. Gracias —musité, observando detenidamente el bordado. Pajarillos y flores. Él me dio un nuevo beso sobre el hombro, y me abrazó.

—Aunque supongo que poco lazo blanco te vas a poner ahora, ¿verdad?

Observé mi vestido, que en aquellos momentos era una pequeña montaña de tela negra sobre el suelo. Él desenredó el lazo y me lo ató a la muñeca.

Y entonces se escuchó, repentinamente y bastante cerca, el estruendo amortiguado por la distancia de una descarga múltiple. Sabía qué era aquello. Era el estruendo de todas las noches, aquel que precedía a un goteo mucho más lento. El cementerio estaba muy cerca de la Alhambra.

—¿Qué es eso? —Álvaro se incorporó de un salto, en guardia.

—El paredón —contesté sin dudar.

Apenas unos segundos después llegó el goteo lento y terrorífico que yo estaba esperando, y que vino a confirmar mis palabras. Los tiros de gracia. Uno, dos, tres, cuatro... Álvaro escuchó los primeros petrificado y con la boca entreabierta. Y después se levantó de un salto.

—¡Hijos de puta! Desgraciados, malnacidos... —rugió al cielo.

Siguió lanzando improperios a la nada, dando vueltas por el patio semidesnudo y sin saber dónde mirar. Estaba fuera de sí. Me asusté. Estaba gritando con todo el aire de los pulmones. Me levanté yo también.

—Shhh, calla, ¡calla! ¡Te van a oír! —Traté de aplacarlo, pero no escuchaba. Entonces me encaró violentamente.

—¿Cómo puedes escuchar eso y decirme que no haga nada? ¡Nos están matando!

—Baja la voz, por Dios... —Estaba aterrada, temiendo que en cualquier momento apareciera alguien en la puerta de la galería de enfrente. Pero el siguió.

—¡... y tú dices que no quieres saber nada de todo esto!

—¡Baja la voz, por lo que más quieras! —repetí, alzándola yo también. Él me ignoró.

—Bárbara, quedarte quieta, quedarte callada, tiene eso como resultado. —Su dedo, como un dardo, señaló el punto del cielo del que procedían los disparos.

Yo ya no insistí, enmudecida por sus palabras. Su rostro estaba de nuevo muy cerca del mío. Cerró los ojos, tratando de aplacar la ira que lo había embargado. Suspiró, y sus hombros descendieron, relajados. Cuando volvió a levantar la vista, había una súplica en su mirada.

—Bárbara, ven conmigo, por favor —me pidió de nuevo, en voz baja—. Aquí no estas segura. No estás segura.

Quise decirle que sí, pero no podía. No iba a luchar, y tampoco podía marcharme con él. Los tíos ya habían perdido a una hija. Negué con la cabeza.

—No puedo dejar a mis tíos.

—A tus tíos no les va a pasar nada. Ellos no están en peligro, pero tú sí.

—No puedo —repetí. Ahora era yo la que suplicaba con los ojos, que se me llenaron de lágrimas. Tenía que comprenderlo.

Él no volvió a insistir. Ambos comenzamos a vestirnos y a recoger las cosas del fardo de Gonzalo en silencio. No osé mirarlo a los ojos. Sin embargo, cuando ambos salimos a la calle, tuve que hacerlo para ver el mar turbio que eran una vez más antes de separarnos. Gonzalo y los demás no tardaron en llegar. Y susurré:

—Te quiero. Sabes que te quiero, ¿verdad? —Lo miré ansiosa, temiendo que mi negativa a marchar con él le hiciera poner en duda mis sentimientos.

Él sonrió con los ojos tristes y me abrazó. Lo besé y él me besó de vuelta, y continuamos así hasta que Gonzalo y los demás comenzaron a protestar.

—No luches —supliqué, sin esperanza—. Mantente a salvo, por favor.

Él no contestó y volvió a besarme. Estaba saliendo el sol.

* * *

—Lo volverá a ver, señorita. Bicho malo nunca muere —bromeó Gonzalo, tratando de animarme.

Yo no contesté. Cruzábamos la Puerta de las Granadas y salíamos del bosque de la Alhambra. Acababa de contarle la discusión que había tenido con Álvaro. Yo seguía dándole vueltas al asunto, y sus palabras y la impresión de su figura que se achicaba conforme Gonzalo y yo nos alejábamos del atrio del Palacio me martilleaban las sienes. Gonzalo interrumpió de nuevo mis pensamientos:

—Álvaro se equivoca, señorita.

Unas horas después, cuando le contara a Vicente que había visto a su hijo, que estaba vivo y bien, que se había marchado a Guadix, y aquella discusión que habíamos tenido, su padre diría exactamente lo mismo.

—Se equivoca —insistiría, tajante—. Yo no he leído tanto como usted y mi hijo, pero la guerra no es buena para nadie, ni sirve para nada. Eso lo sabía hasta mi abuelo, que no sabía ni juntar dos letras. Mi hijo se equivoca.

Vicente ya sabría que su hijo estaba vivo cuando le contase aquello. Se había enterado la misma tarde que yo, cuando Rosita había corrido a contárselo, y casi había llorado de alivio al saberlo.

Ambos, Vicente y Gonzalo, dirían lo mismo al contarles la discusión. Pero Gonzalo, después de decirlo aquella mañana mientras bajábamos de la Alhambra en coche, añadió:

—Tienen que parar. Se obstinan en oponerse al Alzamiento, y están provocando una sangría.

Aquello me distrajo definitivamente de mis cavilaciones y dejé de mirar por la ventana la ciudad, que se estaba despertando.

—Gonzalo, ¿qué haces cuando sales de la casa?

Él me miró por unos instantes, confuso por la pregunta y mi cambio de tono.

—¿Qué quiere decir?

—Exactamente lo que he dicho. ¿Qué haces en las horas en las que no estás trabajando en la casa?

Él apretó los labios, comprendiendo a qué me refería.

—No es de su incumbencia. No tengo por qué decírselo.

—Pues piénsalo —le espeté—. Piensa en lo que estáis haciendo, y piensa cómo empezó todo esto.

—Era necesario. Estábamos en la ruina.

—Aun si eso fuese solo culpa de la izquierda, que no es ni mucho menos el caso —recalqué esas últimas palabras, taladrándolo con los ojos—, ni eso ni nada justifica esto. Si alguien te da una bofetada, te puede cargar de ganas de devolvérsela. Pero siempre existe la opción de no hacerlo. De no hacer lo mismo. La bofetada primera explicaría la segunda, pero no la justifica. De ningún modo.

—El marxismo estaba destruyendo España —replicó, ignorando lo que le había dicho—. La iba a convertir en una colonia de Stalin. La Komintern sirve a sus intereses, y ustedes los socialistas son débiles, se dejan arrastrar. No le digo que la guerra sea buena, pero era necesaria para renovar el país, para limpiarlo.

—Eres un ingenuo. —Negué con la cabeza, sin mirarlo.

—Pues yo creo que lo es usted.

—Puede ser —admití—. Desde luego últimamente estoy viendo cosas que no esperaba ver.

—Ah, ¿sí?, ¿cómo qué?

—A ti así vestido, por ejemplo. —Señalé con el mentón su camisa—. Y defendiendo a quien defiendes.

—Era lo más lógico.

—Es absurdo —lo contradije—. Tú sabes mejor que yo la calaña que hay en Falange. Son una caterva de señoritos arrogantes y violentos a los que les gusta vestir de uniforme y dar voces, y que no le soltarían una peseta a un obrero. Da igual lo que sea Falange en esencia: eso es lo que es en realidad. Y si no, mira con quiénes se han juntado para hacer la revolución nacional-sindicalista: con la derecha rancia, con los caciques y los curas.

—Las circunstancias arriman a la gente —contestó, cortante—. Mañana ya se verá lo que pasa, pero hoy tenemos un interés común.

—Tú eres un currante. Has trabajado toda tu vida. Y les estás bailando el agua a esos.

—En todos los jardines hay mala hierba —sentenció con amargura. Y me miró con una mueca de sarcasmo cuando dijo lo siguiente—: Y en todas partes hay burgueses.

—¿Yo soy mala hierba?

Él suspiró, sin despegar los ojos de la calle.

—Usted es buena persona, señorita. Pero se equivoca. Llegará el día en que se dé cuenta. El marxismo estaba llevando el país al desastre. A perder su identidad y el orgullo nacional.

Yo no contesté inmediatamente.

—Gonzalo, he leído los veintisiete puntos. Los conozco, pero todo eso son sandeces. «España es una unidad de destino en lo universal» —recité—. España como fin en sí mismo, desprovista de contenido, de significado, y de todo aquello que la constituye. España como una zanahoria que se le pone delante al burro para que mueva la muela. —Arqueé las cejas—. Y que no la pille, porque es de cartón. Es de cartón porque esa idea de España es falsa, está vacía. No reconoce los sentimientos regionales y la diversidad de lealtades que la componen. Lo desprecia todo, y sin embargo, se obceca en la identidad nacional. España así, despojada de todo eso, es solo una masa amorfa y mutilada, distorsionada e irreal. Estáis queriendo meter una piedra llena de aristas en una caja chica de cuatro paredes.

Él no contestó. Me escuchaba con el ceño fruncido, sin mirarme.

—Y ese orgullo ciego e irracional por lo patrio, ese nacionalismo que excluye y embota los sentidos... —Negué con la cabeza—. Puedes amar tu casa, tu pueblo o tu país. Ama lo que quieras, pero tienes que verle las goteras al techo.

Me callé, y me mantuve así durante unos minutos. Él no tenía interés en discutir, y yo opté por seguir hablando.

—Lo nacional lo subyuga todo. También lo social. Los españoles, antes de comer, deben ser muy españoles. Y José Antonio desdeña la democracia —añadí.

—Porque es un fracaso. El pueblo no está preparado para elegir. Usted lo sabe. Deben hacerlo aquellos que sean aptos.

—¿Y qué es ser apto? ¿Quién lo decide?

—El pueblo no sabe elegir, elige lo que mejor le venden.

—Ante eso, hay que educar y confiar en lo educado. Falta educación, pedagogía. Y no que se le prive de ese derecho a elegir, que es suyo. Si mañana mi única opción fuera el suicidio, aún querría elegir con qué veneno he de morir. —Fruncí el ceño, pensando—. Hace cinco años se dudó si era oportuno que las mujeres votásemos porque nuestro voto lo dirigirían los curas y condenaría a la República. Esa duda no lo es para mí. Hay que respetar las elecciones ajenas. —Y añadí—: Y en cualquier caso, yo, de las dos veces que he votado, ninguna he ido a pedirle consejo a nadie.

—Sí, pero usted está educada —me recordó, escéptico.

—Me acabas de dar la razón —me burlé.

Él rio entre dientes. Entonces su gesto se suavizó y todo él se relajó. Me miró de reojo con los labios fruncidos, conteniendo una burla y el temor a preguntar.

—Bueno, basta de sermones, señorita. Lo demás, ¿cómo ha ido? —En su tono y en su expresión la cautela disfrazaba la curiosidad y la malicia. Entonces despegó la vista durante unos segundos de la calle para mirarme y dijo, con una incredulidad que casi me creí—: ¿Han estado toda la noche hablando de política y de la guerra?

Me sorprendió su familiaridad, y en aquel instante caí en la cuenta de que, de alguna forma, Gonzalo y yo éramos cuñados.

Sentí cómo enrojecía violentamente y clavé la vista más allá de mi ventanilla, avergonzada. No contesté, por supuesto que no contesté. Por el rabillo del ojo vi como él reprimía la risa y volvía a mirar al frente. Estábamos entrando en Romerías.

—Supongo que no —le dijo a la calle.

* * *

Pasé la mayor parte de aquella mañana, mientras trabajaba en el hospital, dándole vueltas una y otra vez a la discusión con Álvaro y escribiendo en los ratos libres en el cuaderno. Ni los tíos ni nadie de la casa, a excepción de Rosita y Gonzalo, y presumiblemente Vicente, había notado mi ausencia durante la noche, y yo tampoco lo conté.

Al volver a la casa, la encontré desierta. Los tíos no estaban en la biblioteca ni en la salita, y tampoco vi a Rosita y Amparo por los pasillos, yendo de allá para acá en sus tareas. Acabé por bajar a la cocina, extrañada, y allí los encontré a todos. Estaban congregados en torno a Rosita, que estaba empapada en llanto y enroscada en torno al cuello de la Acemilera.

—¿Qué pasa? —dije, empezando a asustarme. La figura de Álvaro con la camisa azul empequeñeciendo con la distancia atravesó mi mente como un rayo.

Ellos se giraron al escucharme, pero nadie contestó inmediatamente. Al girarse, vi que la tía también estaba llorando y se tapaba la boca con una mano.

—Señorita —se atrevió finalmente Rosita—, el señorito Federico... que lo han matado.

Y volvió a llorar al dar aquella noticia que era la que acababa de darle al resto. El señorito Federico.

—¿Qué dices? —balbuceé—. ¿Qué estás diciendo, Rosita?

Ella no lo repitió, pero sí asintió, llorando en silencio. Y explicó con temor:

—Lo ha dicho una mujer en el zapatero. Y ella se lo había escuchado a unos militares que lo estaban comentando en...

—¡Eso es mentira! —rugí, interrumpiéndola. Sentía que me faltaba el aire y la sangre me inundaba las sienes, no me dejaba pensar. Me ardían los ojos—. Eso no es verdad, eso no es...

—Lo sacaron anoche del Gobierno Civil, nena —dijo la tía, llorando.

—Federico no estaba detenido, estaba escondido —ladré, furiosa con la insistencia de ambas—. No estaba en el Gobierno Civil.

—Lo sacaron anoche —insistió la tía, ignorándome.

—Pues estará en algún otro sitio. Lo tendrán encerrado donde sea.

La tía ya no insistió más. Desde el otro lado de la habitación, Consuelo me miraba y lloraba en silencio, apretando contra su boca el puño con el que agarraba un pañuelo. No sé en qué momento, yo también había empezado a llorar.

—Bárbara... —El tío se acercó a mí con intención de abrazarme, pero aparté sus brazos de un manotazo.

—¡No! ¡No está muerto! ¡Que no!

Me aparté de él y atravesé a zancadas los metros que me separaban de la puerta que daba al jardín sin que nadie dijera nada. Salí y eché a correr hasta el portón trasero, lo abrí y seguí corriendo. Corrí por caminos que atravesaban campos que no llegué a identificar, durante no sé cuánto tiempo, sin ver casi a los hombres y mujeres que estaban sacando las remolachas al camino. Corrí y seguí corriendo, llenándome los pies y las piernas del polvo seco del verano, empapada de sudor por el calor del sol y el color negro de mi vestido. El aire caliente rizaba el cielo, allá delante. Se me destrozaron los zapatos, demasiado delicados para correr con ellos por caminos de tierra.

Federico no estaba muerto.

Llegué a la vera del río, más verde y fresca que los campos que acababa de atravesar, sombreada por los chopos. Los pájaros cantaban, escondidos en las ramas. Me detuve allí, frente al río, escuchando e intentando recuperar el aliento que había perdido por el camino, sin saber dónde mirar, dónde buscar. Y al final, levanté la cabeza y grité con todo el aire de mis pulmones, asustando a los pájaros:

—¡Federico!

Pero allí solo había agua y chopos.

39

Habían matado a Federico también. Lo habían matado aquella noche. El tío fue al Gobierno Civil y allí le dijeron que ya no estaba detenido. Después fue a ver a don Federico y al resto de la familia.

Lo habían detenido dos días antes, al mediodía del 16, en la casa de la familia Rosales. Los hermanos Rosales habían intentado mediar, y también don Manuel, que había ido al Gobierno Civil con don Federico. Fue en balde. Ni siquiera la palabra de don Manuel de Falla sirvió. No lo habían soltado, pero ya no estaba en el Gobierno Civil. Y por las calles había tardado poco en correr la voz de los que habían visto cómo lo sacaban del edificio la noche anterior, y la de los que se jactaban de haber sido ellos mismos quienes habían matado al maricón.

Y mientras el tío iba y venía por la ciudad en busca de información, yo me encerré en mi habitación a pensar en las últimas veces que había hablado con él y a leer como una obsesa la carta que me había dado Concha, aquella que él no me había llegado a entregar en persona, y el manuscrito de la obra de Bernarda, que no había llegado a publicar ni estrenar. La carta y el manuscrito eran las dos últimas cosas que había recibido de él. La primera, el día que supe que estaba escondido, la semana anterior, y la segunda, el día que llegó de Madrid, aquel día que se le había descompuesto el rostro y había dicho que veía negro, mucho negro. Y que lo que escribía era suyo y de nadie más. La última vez que lo vi fue en el velatorio de Flavia.

Habían matado a Federico. Lo habían matado. Y no había siquiera un cadáver que velar. Lo habían matado.

Aquel día trajo también otras noticias: Varela había entrado finalmente en Loja y allí se había reunido con el coronel Muñoz Jiménez, que avanzaba desde Granada, rompiendo definitivamente el cerco. Granada ya no estaba aislada. La Acemilera apodó a Varela «el General del Boquerón», porque con él llegaron siete mil kilos de pescado, entre sardinas, almejas y boquerones, que venían de Huelva. Hacía semanas que no probábamos pescado fresco. También trajo con él huevos, café, fruta y otras tantas cosas más que en la ciudad ya escaseaban.

Con Varela, además del pescado, vinieron los indígenas de Regulares. Los moros, los soldados moros que tanto daban que hablar. Álvaro me había contado que en la zona roja se decía que allá por donde pasaban hacían estragos. Que eran sanguinarios, salvajes, y que no tenían piedad.

Yo vi a media docena heridos y enfermos que habían ingresado en el hospital del Clínico de la facultad nueva, que seguía en obras. Habían habilitado ese hospital, y también uno en el Alhambra Palace, el hotel que había construido el Duque y que había cedido la Duquesa viuda, permitiendo incluso que se pintasen cruces en las azoteas para identificarlo como tal y evitar los bombardeos. A don Ramón y a mí nos pasaron allí, y de vez en cuando colaborábamos también en el Clínico con Guirao. Él había servido en África y, al empezar la guerra, lo habían militarizado con el grado de comandante médico.

—Hay varios palúdicos, y un par de sifilíticos —comentó, deteniéndose a mi lado. Asentí, ausente.

Yo no había llegado a entrar en la sala, sino que me quedé en la puerta, observándolos desde allí. Sentía curiosidad, y también algo de prevención, por aquellos hombres de ojos y cabello oscuros, morenos como yo y como Fátima. Era la primera vez que veía a gente procedente del Rif.

Allí dentro, tendidos en las camas y envueltos en vendas y en los pijamas de ingreso, débiles y demacrados, me costaba imaginar los horrores que Álvaro me había descrito. Me costaba imaginar, igual que me había costado con todos los soldados ingresados que había visto hasta entonces, a aquellos hombres matando. Vi que dos acercaban las cabezas desde sus respectivas camas y hablaban entre ellos. Hablaban en árabe. Uno de ellos me había interpelado en ese idioma al llegar a la sala, y se rio entre dientes cuando yo tartamudeé azorada que no lo entendía, que no hablaba su idioma. A otro, un poco más lejos en la fila, le habían amputado una pierna. Ese no tendría más de diecisiete o dieciocho años. Era un crío. ¿Qué puñeta se les había perdido a ellos allí?

—Parece que te fascinan —dijo el médico sonriendo, todavía a mi lado.

—Me intrigan. Se habla tanto de ellos…

En ese momento llegó un muchacho vestido con bata, también muy joven. Debía de ser un estudiante del preparatorio o de los primeros cursos. Su cara me resultó familiar, pero no supe ubicarlo. Venía en busca de Guirao.

—Luisillo, vamos con eso —dijo él, al ver el fajo de papeles que traía consigo. Y se giró hacia mí—. Bárbara, mira, este muchacho es Luisillo Heredia.

—Hola, doctora —me saludó el tal Luisillo, sonriendo. ¿Me conocía?

—Está estudiando anatomía, le interesa la escultura —explicó Guirao—. Nos hace maquetas de yeso para la facultad.

Entonces me vino a la cabeza, como un fogonazo, la imagen de un niño agachado junto a un charco, moldeando barro con las manos. El día que don Ramón y yo habíamos ido a atender a la Faraona.

—¡Luisillo! —exclamé al recordarlo—. ¡Ya decía yo que me sonaba tu cara! —Él se rio—. ¿Y estás estudiando anatomía?

—Aquí estoy —asintió—. Es lo que el doctor me recomendó, ¿no?

—¿Qué doctor? ¿Ramón? —preguntó Guirao. Ambos asentimos—. Conque tiene algo que ver en esto, ¿eh? —dijo Guirao, y se giró hacia mí—. Pues dile que me ha conseguido sin saberlo a un muy buen anatomista.

Cuando volvía del hospital, la tía entraba también a la casa. Venía de ver a doña Vicenta.

—¿Cómo está? —le pregunté cuando nos hubimos sentado en la salita, esperando la hora de comer. Ambas, ella y yo, habíamos ido a la Huerta un día después de saber la noticia.

—Y cómo va a estar... —suspiró apenada—. Le robaron un pedacito bien grande del corazón.

La otra mujer estaba pasando por lo mismo que ella un mes atrás. La abracé y ella me besó la coronilla. Quiso cambiar de tema, y me preguntó por el hospital.

—Hoy he visto a las tropas moras, tía. Tenemos a varios ingresados.

Ella leyó las implicaciones de mi comentario.

—¿Y qué *pensás* de eso?

Me observaba expectante, tratando de discernir mis pensamientos. Yo no sabía bien qué pensaba.

—Ha sido extraño. Muy extraño. Mi madre era como esa gente, pero dicen tantas cosas malas de ellos... Dicen que han hecho cosas horribles, horribles...

—La guerra entera es horrible.

Volvió a abrazarme, y por unos minutos ninguna de las dos dijo nada, hasta que ella volvió a hablar.

—Yo pienso —dijo lentamente, terminando de organizar sus pensamientos—, pienso que los dos bandos de una guerra no son nunca completamente irreconciliables, Bárbara. La guerra rompe muchas cosas, pero las personas a veces se ponen por encima y recuerdan que un día no hubo guerra, que es posible vivir de otra forma. —Arqueó las cejas, y sonrió—. Si no fuese así, *vos* no estarías acá ¿no?

Mi padre era soldado, y mi madre rifeña, me estaba recordando.

—Si fuera tan fácil como emparejarlos a todos... —dije con tristeza. Suspiré—. Si todo el mundo tuviera su corazón, no habría guerras, tía.

Ella arqueó las cejas.

—Si todo el mundo tuviera mi corazón, ¿adónde irían a parar el resto de corazones?

* * *

Rosita y Gonzalo se casaron un sábado de finales de septiembre. Él de uniforme, y ella de negro. Se quiso casar de negro por respeto a la señorita Flavia y el señorito Federico, y porque no estaba la vida para colores en aquel momento. Pero sí usó el velo que le habíamos regalado, el de la sobrina de Paca Raya. Y los casó en San José don Paco, que al verme en la iglesia no rehusó hablar conmigo, pero lo hizo a disgusto, por mero respeto, igual que yo con él. Todavía estaba fresca la discusión que habíamos tenido la última vez que nos habíamos visto.

El mes de agosto había acabado con la adhesión de los internacionales al Acuerdo de No Intervención y con la creación de un comité de supervisión a principios de septiembre, con lo que se confirmaban las premoniciones del tío. Los europeos se mantenían al margen de la guerra de España. Y sin embargo, fue él mismo el que, al saber que más de veinte países se adherían ya, entre ellos Inglaterra, Francia, Alemania, Italia y la Unión Soviética, había dicho, descartándolo con un gesto de la mano:

—Pero eso de que nadie va a intervenir está por ver.

También septiembre acabó con nuevos sucesos. El domingo que siguió al día de la boda, el día 27, la radio casi estalló al anunciar que esa mañana habían terminado de caer las líneas rojas de Toledo y las tropas nacionales habían entrado en la ciudad. El general Franco había renunciado al avance directo sobre Madrid para socorrer a los que resistían dentro del Alcázar y ponía así fin al asedio que duraba ya desde julio. Al día siguiente, el lunes por la mañana, después de entrar esa noche los regulares, el coronel Moscardó se cuadraba y recibía al general Varela con aquello de: «Sin novedad en el Alcázar, mi general».

—No sé decir si ese Franco es un idiota o un ególatra —había comentado don Ramón, leyendo la noticia sentado en el sofá de la biblioteca—. O ambas cosas. Pero bien que nos viene, porque lo de Madrid lo tenía ya hecho.

El comentario no iba dirigido a nadie en particular. El tío fumaba, observando el tablero, y no contestó. Él y yo jugábamos mientras el médico leía, y la tía y doña Pilar tomaban café, sentadas también en el sofá y uno de los sillones.

—Primero cambia la tricolor por la monárquica, y ahora esto —siguió Ramón, hablando más para sí que para el resto de los presentes—. Esto tiene poco que ver ya con lo que empezó siendo.

—Está queriendo ganarse a la gente —observó su mujer.

El tío levantaba la cabeza de vez en cuando, distraído por la conversación, pero no llegó a intervenir.

—Cada día que pasa, más parece que los rebeldes luchan para este señor más que para cualquier otra cosa —terció la tía. El médico asintió, y añadió:

—Quiere apartar a los otros generales. Se los quiere quitar de en medio. Pero esto le va a costar la campaña de Madrid. A los de allí les da ventaja, les da algo más de tiempo. Pero ¿a ellos? Solo los retrasa. Esto lo beneficia a él personalmente, pero es un contrasentido estratégico.

—Yo creo que lo que ha hecho no tiene nada que ver con la estrategia —dijo el tío, hablando por primera vez—. No es una decisión militar, es una decisión política.

Acababa de ganarle la partida, en menos de una docena de movimientos. No estaba concentrado, estaba más pendiente de la conversación.

—Propaganda —dijo la tía, y el resto asintieron.

—Sí, y algo más —insistió él. Dudó unos instantes con el ceño fruncido. Sin dejar de fumar, cogió su rey, que acababa de tumbar sobre el tablero, y lo sostuvo frente a sí, observándolo—. Si quisiera ganar la guerra, sin más, se tiraría a por Madrid, porque la consigue y la guerra se acaba. Tirando por Toledo, esto se alarga. Pero es que yo creo que es eso lo que quiere. Él también quiere tiempo.

—¿Tiempo? —pregunté yo.

Él volvió a vacilar, hasta que, finalmente, apagó lo que le quedaba del cigarro en el cenicero y puso esa mano sobre el tablero, en uno de los laterales. Y con ella extendida comenzó a barrer de un lateral a otro, despacio y con cuidado, las piezas que había en su mitad del tablero. Las de su color, y también las pocas mías que estaban entre las suyas y que me habían servido para hacerle jaque. Las arrastró hasta sacarlas del tablero, y cuando no quedó ninguna en su mitad, colocó de nuevo el rey en pie en el centro. Y volvió a tumbarlo.

Entonces me miró, esperando a ver si lo había comprendido.

—¿Ves lo que te digo? Tiempo.

Yo asentí, mirándolo a los ojos amarillos.

40

Con la llegada del otoño y el frío, los heridos comenzaron a bajar, y subieron los enfermos. Los frentes que rodeaban la ciudad estaban más o menos estabilizados, inactivos salvo excepciones ocasionales, y los heridos que teníamos venían en su mayoría de otros activos y más lejanos, trasladados para terceras curas o para redistribuir la carga de otros hospitales. Los heridos eran pocos en proporción, eran más los enfermos, que constituían muchos de los nuevos ingresos. Enfermos del frente o de la retaguardia, con dolencias que tenían mucho que ver con el frío y las deficiencias nutricionales o con el hacinamiento y la higiene precaria de las trincheras, donde corrían a su gusto los piojos, la sarna, el tifus y las venéreas, entre muchas otras cosas.

Frío y hambre. El frío del invierno que llegaba y que sufrían especialmente los de las sierras, y el hambre o la mala alimentación que daban las condiciones de vida en las trincheras y en los barrios de la ciudad más golpeados por la pobreza y la represión. Los represaliados, hombres y mujeres muertos o encarcelados, ya no estaban para trabajar y alimentar a los suyos.

También en los pueblos sucedía lo mismo. Los hombres que se habían marchado al frente dejaban el campo sin laborear. Los campos se cultivaban menos o no se cultivaban; con menos manos para trabajar, tan solo las de las mujeres y los niños pequeños, las familias de los que se iban quedaban desangeladas, sin otras fuentes de ingresos en muchos casos. Y pasaban hambre, tanto más cuando los soldados no volvían. Y el hambre los debilitaba y los abocaba a la enfermedad.

Faltaban médicos que los atendiesen, también a algunos de ellos los habían depurado, igual que a los maestros y a los funcionarios de los ayuntamientos. El tío me llevó con él a las rondas que hacía por los pueblos en los que tenía las fincas para que me ocupara de algunos de los trabajadores. Los pueblos sin médico morían de cosas que se podían evitar.

Otro caso que afloró con la llegada del frío y que se repitió de vez en cuando con el paso de las semanas de guerra fue el de los *manoschicas*.

—La mano chica —decía don Ramón—. Se le va a quedar la mano como la de un bebé.

Aquellos venían con otro tipo de enfermedad en el cuerpo y en el alma. Era la enfermedad del miedo, el frío y el hambre, todos juntos, mezclados muchas veces con la nostalgia, la decepción o la desafección. El golpe de realidad o el desencanto que rompían el furor de las primeras semanas. La guerra era otra cosa. Aquella era la enfermedad de los que no querían estar en el frente.

Esa enfermedad llegaba en muchos casos en forma de herida de bala en la palma de la mano, un orificio que la atravesaba de lado a lado. El agujero se rodeaba en la palma casi siempre de un tatuaje de pólvora que teñía los bordes, y en el dorso tenía forma de estrella. Era la izquierda, generalmente. La resolución quirúrgica pasaba en la mayoría de los casos por extirpar el dedo corazón con todo su eje de huesos, músculos, vasos y nervios, que de no hacerlo quedaba inútil. Y la mano quedaba con los cuatro dedos restantes, pequeña como la de un niño.

En ocasiones no fue en la mano sino en el pie, y también vimos en una ocasión un absceso en una nalga provocado por una inyección de petróleo de lámpara. Eran autolesiones. Cuando nos topábamos con alguno de aquellos casos, el paciente no quería mirarnos. Temía la denuncia. Don Ramón y yo veíamos la herida, la reconocíamos y les decíamos a los camilleros:

—A quirófano.

Parte del tiempo de trabajo en el hospital se iba en rellenar a máquina las historias clínicas de los pacientes, y en ellas se mezclaban los nombres de las enfermedades del hambre, el frío y el miedo con los de los traumas y las lesiones. Desde el inicio de la guerra tecleé mil veces, o diez mil o cien mil, las siglas «H.a.f». Haf, Haf, Haf, Haf. Herida por arma de fuego. Haf en sedal en el hombro izquierdo, Haf con incrustación de proyectil en fémur derecho y afectación del ciático, Haf con amputación espontánea de meñique mano derecha.

El día en que llegué al millón, o a los dos millones, fue un día de octubre en que don Ramón me despegó de la máquina y me pidió que me pusiera la bata. Estábamos en el Palace.

—Ven conmigo. Quiero que veas una cosa.

Fuimos a ver un paciente que había llegado dos semanas antes con una fractura abierta en el húmero resecada y fijada con una escayola abierta para las curas. Nos llegó ya supurando, infectado, y tuvimos que purgar de nuevo la herida. Don Ramón lo había reconocido antes de venir a por mí.

—Está apirético y no hay signos de infección.

—¿Va a suturar, entonces? —él negó con la cabeza.

—Voy a probar algo, y quiero que lo veas.

Al llegar al quirófano, mientras el médico preparaba lo que quiera que fuese a hacer, me paré a revisar yo también la herida. Le habían quitado la escayola y la habían limpiado. Estaba progresando. No olía mal y estaba granulando bien.

—Qué herida tan magnífica tiene usted, cabo —bromeé con el paciente, que sonrió enmudecido.

—Vamos a ver —dijo Ramón acercándose y atrayéndose una mesilla auxiliar.

De ella cogió un bote de vaselina y comenzó a untar con ella todas las superficies de la herida, hasta embadurnarla por completo, y después la cubrió con una gasa, también vaselinizada. Al terminar, hizo señas al practicante para que trajera el yeso que había preparado, y entre los dos envolvieron totalmente el brazo, sin dejar descubierta la zona de la herida pero marcando sus límites sobre la cubierta. ¿Y las curas?

Cuando acabaron con la escayola, me pidió que lo siguiera a su despacho, y al llegar allí rebuscó entre los manuales de la estantería hasta encontrar un librito pequeño de tapas marrones que me tendió.

—Ten. Estúdiatelo.

Yo lo cogí y leí la portada. *Algunos aspectos clínicos de las heridas por arma de fuego,* del doctor Manuel Bastos.

—Lo que hemos hecho está ahí dentro —explicó—. Bastos propone la inmovilización y el aislamiento total de la herida cuando se comprueba que no hay rasgos septicémicos tras la resección.

—Pero ¿y las curas? —Él negó con la cabeza.

—Las retarda. De uno a varios meses sin curar.

—¡Un mes! ¡O varios!

—Bastos dice que las fermentaciones por la falta de aireación alcalinizan los exudados y así se eliminan los cocos. Y que el beneficio puede deberse también a que la acumulación de exudados estimula la afluencia de leucocitos. Y esto deriva a su vez en la concentración de trefonas para la proliferación celular. —Frunció el ceño, pensando—. Además, la inmovilización ayuda a reducir la circulación de fluidos y estabiliza la herida. Y así baja el riesgo de infección. Prevé también la aparición de erisipelas, pero dice que contribuyen, aunque duda sobre el mecanismo.

Yo no contesté, hojeando el libro y asimilando toda aquella nueva información. Él siguió hablando.

—Dice que es efectivo, y quiero probar a aplicarlo. —Arqueó las cejas—. Veremos.

Poco más de dos semanas después, el aspecto del vendaje era repugnante. Las secreciones de la herida habían ido tiñendo de un rojo feo el apósito, y las marcas que le habían hecho sirvieron para comprobar cómo la mancha crecía con el paso de los días. Desprendía un olor nauseabundo. El cabo se asustaba al ver y oler aquello y nos pedía insistentemente que se lo quitáramos, que se iba a quedar sin brazo. Pero don Ramón insistía en que no. No había ni rastro de fiebre que indicara infección, y Bastos describía también el olor de los exudados.

Pasadas aquellas dos semanas, optamos por levantar la escayola por precaución y por tranquilizar al cabo, y al lavar los exudados comprobamos que la herida progresaba bien. Estaba mucho más rellena, con signos de cicatrización. Los bordes estaban solo un poco irritados por las secreciones.

—¡Magnífico!

El cabo se quedó más tranquilo y le volvimos a poner el mismo tipo de apósito.

Al salir del quirófano, un camillero me avisó de que un niño me estaba esperando en la recepción del hotel, venía de mensajero. Lo mandaba don Paco con el recado de que fuera lo antes posible a San José. Que el cura estaba muy enfermo y pedía que lo atendiese.

Aquello me extrañó. Llevaba muchas semanas sin hablar con don Paco, desde la boda de Rosita y Gonzalo, y ya antes había perdido el contacto con él. Había muchos otros médicos que lo podían atender. Sin embargo, le dije al mensajero que me cambiaba y bajaba con él. No tenía el cabás allí.

—¿Qué tiene don Paco? —le pregunté al niño, pensando en tomar prestado instrumental del hospital.

—No lo sé, doctora, pero dice que está muy malo.

—Pero ¿sabes si le duele la garganta, la barriga...?

—De todo, de todo. Dice que está malísimo.

Yo estaba cada vez más desconcertada, no sabía qué coger. Acabé por meter en una caja de latón el fonendoscopio y un termómetro, instrumental para cura y algunos botes y cajas de distintos medicamentos.

—Rápido, doctora, que está muy malo —me urgió el crío.

Salimos juntos del hospital y bajamos por la cuesta Gomérez para después subir al barrio. El niño me acompañó hasta la puerta de la iglesia y después desapareció. Yo entré y encontré dentro al cura, en perfecto estado de salud, dando vueltas frente al altar, nervioso.

—¿Qué es todo esto? —inquirí, cada vez más mosqueada.

—¡Hija, por fin!

Sin dar explicaciones, el cura cerró la iglesia y me pidió que lo acompañara a la sacristía. Abrió la puerta con prevención y me hizo pasar dentro, atento a mi reacción. Allí, sin la luz de la calle y en penumbra, había cinco personas, cuatro de las cuales, una mujer y un hombre adultos y dos niños, levantaron la cabeza cuando entramos y nos miraron asustados hasta comprobar que era el cura con compañía. El quinto era un niño más pequeño que los otros dos, de unos tres o cuatro años, que dormía en brazos de la que quizás era su madre. Los adultos me evaluaron de arriba abajo, temerosos. Los cinco tenían un aspecto desaliñado y demacrado, con la piel verde y los ojos hundidos por el hambre.

—Estaban en un sótano. Me los traje ayer porque esta noche los vamos a sacar. —Y añadió, señalando con el mentón al que dormía—: El crío necesita atención.

Eran escondidos, y el cura iba a ayudarlos a pasarse a zona roja. Y por la soltura con que lo dijo, dudé que aquella fuera la primera vez. Él me miraba con cautela, esperando que dijera algo, que reaccionase a lo que estaba viendo y a lo que me acababa de decir. Los otros también aguardaban. Yo los miré uno a uno, pensando en las implicaciones de lo que él estaba haciendo, y comprendí porqué me había mandado llamar a mí. Me estaba pidiendo ayuda, que reconociese al niño, tras meses de distancia, tras aquella última discusión sobre lo necesario de la sublevación que él había cortado advirtiéndome que acabaría por darle la razón. Ladeé la cabeza al recordarlo. El cura, que había apoyado el golpe, estaba haciendo aquello.

—¿Le doy la razón ya o quiere reunir algún argumento más a su favor? —le pregunté, con toda la frustración de aquella discusión transformada en sarcasmo. Él comprendió a qué me refería y torció el gesto.

—Pendenciera —me recriminó disgustado.

—Tráigame una luz buena —contesté.

El cura fue a por ella y yo me acuclillé junto a la mujer que sostenía al niño en el regazo, sentada en una silla. Le puse la mano en la frente y comprobé sin necesidad de termómetro que estaba ardiendo.

—Lleva con vómitos y fiebre desde anoche, cada vez más. Le hemos puesto paños para aliviarlo, pero no baja —dijo el cura.

—Pepito estuvo con maltas en primavera —dijo la mujer, ansiosa, señalando con un golpe de mentón al mayor de los otros dos niños—. ¿Puede ser eso?

—¿Ha tenido fiebre más días? —le pregunté. Ella negó con la cabeza.

Yo le quité la mano de la frente y al hacerlo algo me llamó la atención. El cuerpo del niño, que a duras penas había abierto los ojos, se había balanceado ligeramente en los brazos de la mujer. Cogí la cabeza del niño con ambas manos e intenté echarla con cuidado hacia delante y hacia atrás. Al hacerlo levantó las piernas. Tenía el cuello completamente rígido. Aquello me alarmó y le levanté el jersey que le cubría el cuerpo para descubrir con horror lo que suponía. Tenía el pecho y el vientre cubierto de pequeñas manchas rojas, como si lo hubieran rociado con sangre. La mujer se asustó al verlo, sin comprender.

—Ese niño se va a morir —le dije al cura cuando salimos de la habitación—. Tiene meningitis.

Él se santiguó, acongojado.

—Dios mío. Pero ¿no se puede hacer nada?

—Paños para aliviar la fiebre, mantenerlo erguido… pero poco más. No tiene solución —reconocí, también yo consternada—. Y es muy contagiosa. El resto tienen que apartarse de él, y tiene que desinfectar el cuarto.

—Jesús, pobre familia.

—Y tienen que comer. Están todos en los huesos —me puse el abrigo mientras hablaba—. Volveré esta tarde y traeré algo, a ver cómo sigue el niño. Avíseme con lo que sea. Y lo siento mucho.

—Las malas noticias también hay que darlas, hija.

Vi que dudaba si decir o no lo siguiente.

—¿Qué pasa?

—Hay más —se atrevió a decir, con la boca chica. Yo me detuve a escucharlo—. Hay más como estos. Muchos más. Aquí y en los pueblos. Yo ayudo a sacar a los que puedo, pero… —Levantó la vista, ahogado por la preocupación—. ¿Tú… tú estarías dispuesta a ayudarme? —preguntó con cautela, pero no me dio tiempo a contestar—. Hay muchos enfermos, escondidos en sitios infectos y comiendo lo poco que consigo llevarles. Hace falta comida, ropa y médicos. —Me taladró con ojos suplicantes—. ¿Tú estarías dispuesta, hija?

Yo vacilé durante unos segundos, valorando lo que me estaba pidiendo.

—¿Qué tengo que hacer? —dije finalmente, asintiendo.

El cura casi saltó de alivio.

—Ven esta tarde y hablamos de ello.

Me acompañó a la puerta y volvió a abrirla para que saliera. Justo antes de cruzarla, volvió a hablar, reteniéndome por el codo.

—Y gracias, hija. De corazón.

Yo apreté su mano sonriendo y salí fuera. Al hacerlo casi me topé de bruces con Alonso, que iba a entrar. Hacía años que no lo veía. Desde la noche en que Gonzalo lo había echado a golpes de la casa de Romerías.

—Hola —dije con frialdad, saliendo y apartándome de la puerta—. Disculpa.

Él me observó salir sin decir nada, enmudecido por la sorpresa y el disgusto. Tenía el gesto oscuro, mucho más duro que años antes.

—Deja en paz a mi tío —me espetó cuando pasé a su lado—. No le conviene que te mezcles con él.

Yo fui a contestar, pero el cura se me adelantó.

—Déjala tranquila, Alonso. La he llamado yo.

Volví a despedirme de don Paco y fulminé a su sobrino con una mirada de desprecio antes de alejarme por la cuesta. Tenía que subir a devolver las cosas del hospital, pero lo haría después de comer. Era ya mediodía.

* * *

Si iba a ayudar a don Paco, los tíos tenían que saberlo. Quizás ellos podían colaborar también.

Después de comer entré en la biblioteca para contarle al tío lo que el cura me había pedido y lo encontré en pie, apoyado en una de las estanterías, leyendo un libro. A duras penas me oyó entrar. Cerré la puerta tras de mí.

—¿Qué lee?

Levantó la cabeza y me encontró junto a la puerta. Se incorporó y fue hasta su escritorio llevando el libro con él, sin dejar de leer. Yo me senté en una de las sillas.

—Nada, nada... leí esto hace años, y ahora he recordado... —Siguió leyendo hasta que sus ojos saltaron al encontrar lo que estaba buscando—. Escucha esto: «Nuestro temperamento excitado y debilitado por inacabables períodos de lucha no acierta a transformarse, a buscar un medio pacífico, ideal, de expresión y a hablar por signos más humanos que los de las armas. Así vemos que cuantos se enamoran de una idea (si es que se enamoran) la convierten en medio de combate; no luchan realmente porque la idea triunfe: luchan porque la idea exige una forma exterior en que hacerse visible y a falta de formas positivas o creadoras aceptan las negativas o destructoras: el discurso, no como obra de arte, sino como instrumento de demolición, el tumulto, el motín, la revolución, la guerra. De esta suerte, las ideas en vez de servir para crear obras durables que fundando algo nuevo destruyesen indirectamente lo viejo e inútil, sirven para destruirlo todo, para asolarlo todo, para aniquilarlo todo, pereciendo ellas también entre las ruinas». —Cerró el libro y lo dejó sobre la mesa—. Ganivet publicó esto en el 97. ¡Y podría haberlo escrito ayer!

Ambos permanecimos casi un minuto en silencio, pensando en lo que acababa de leer, hasta que él salió de su embobamiento para preguntarme:

—¿A qué venías? ¿Me ibas a decir algo?

—Sí, tío. Quería contarle una cosa. —Vacilé, buscando la forma de exponérselo. Al verme dudar, él achicó los ojos, suspicaz.

—Si te cuesta tanto soltarlo, no sé si me va a gustar.

—Esta mañana he ido a ver a don Paco...

No me dio tiempo a acabar la frase porque en ese momento una Amparo muy agitada llamó a la puerta y entró sin esperar respuesta.

—Señor, lo buscan. Y a usted, señorita. Les he dicho que se esperaran, pero han entrado sin más.

—¿Quiénes?

Antes de que contestara, un hombre uniformado de Falange entró en la habitación seguido de la tía, que nos miró sin comprender, inquieta.

—¿Don Pablo Navarro? —preguntó el hombre. El tío asintió—. Tenemos orden de registrar su casa. No pueden salir hasta que terminemos.

No dio ninguna explicación más, y tampoco esperó a escuchar las preguntas del tío. Nos levantamos y lo seguimos hasta la entrada, donde Rosita, Vicente y Consuelo estaban arrinconados contra una pared, observando asustados cómo cuatro o cinco hombres con la camisa azul iban y venían por las habitaciones, revolviéndolo todo.

Yo recordé la caja de latón con el instrumental del hospital, y el alma se me cayó a los pies. ¿Y si todo aquello era por eso? No lo había robado. Lo iba a devolver esa misma tarde. Y me asusté aún más al recordar para qué había cogido el instrumental. ¿Y si sabían lo de los escondidos de don Paco? Tragué saliva y mi mirada se cruzó con la del tío, que me observaba tratando de asimilar todo lo que estábamos viendo. Y supe que, aun sin saber lo que iba a contarle antes de que entraran, él también estaba pensando que el registro tenía algo que ver con ello. ¿Qué has hecho?, me preguntó con los ojos. Pero no dijo nada.

El hombre que había entrado a la biblioteca se quedó con nosotros, dando vueltas por la entrada y repartiendo órdenes entre el resto. Se asomó al hueco de las escaleras mirando hacia arriba, observando la linterna y la lámpara de cristal.

—Veo que le va bien —comentó, asomándose también al resto de habitaciones de la planta—. ¿Ha contribuido usted a la causa? —El tío negó con la cabeza. Las puñeteras suscripciones.

—Prefiero mantenerme al margen. Me parece más razonable.

El otro arqueó las cejas.

—¿Le parece «más razonable» no colaborar en la defensa de la Patria, en la lucha por Cristo y nuestra civilización?

—Me parece más razonable no luchar, en general. —Y añadió, señalando de una cabezada a los hombres que iban y venían—: ¿Qué es exactamente lo que buscan? ¿Qué motivos tienen para registrar mi casa?

—Sabemos que usted confraternizaba con el marxista Fernando de los Ríos y su familia, así como con la del poeta rojo e invertido Federico García Lorca. Hay testigos.

—¿Eso es un delito?

—Eso es un indicio. Tenemos motivos para pensar que están ustedes en contacto con los rojos, boicoteando y socavando desde dentro la gloriosa empresa que estamos realizando.

Al falangista se le llenó la boca con aquellas palabras que supuraban grandilocuencia. El tío ladeó la cabeza, con pensamientos parecidos a los míos.

—Pues sí que estamos haciendo cosas. No tenía yo conciencia de haber hecho tantas cosas esta mañana. —No se rio al decir aquello. Su tono era ácido—. ¿Y de qué forma estamos haciendo eso, si puede saberse?

—Pablo, por favor —siseó la tía, asustada.

El hombre lo encaró, pero el tío no se movió.

—¿Tiene usted ganas de burla esta tarde?

—No, solo le estoy recalcando lo absurdo de sus suposiciones. Ni yo ni nadie de mi familia estamos colaborando con los rojos.

El otro no contestó. En su lugar, sonrió con los colmillos fuera de un modo que me atemorizó, y me miró a mí directamente.

—Su sobrina está afiliada a la asociación marxista Juventud Universitaria Femenina, era amiga personal de Lorca y se le conocen amistades y hábitos filomarxistas.

—Esa asociación no es marxista —lo contradije yo—. Y no he hecho nada en relación con ella desde el inicio de la guerra.

Él me ignoró.

—¿Ha estado usted en Rusia en los últimos años?

—No —dijimos el tío y yo, al unísono. ¿Qué pregunta absurda era aquella?

—¿Ha contactado en los últimos días o semanas con elementos rojos?

—Claro que no —insistí.

—¿Y qué pasará si encontramos algún documento u objeto que la contradigan?

Me taladró con los ojos, amenazador. Cerré los puños, luchando por disimular cuánto me temblaban las manos. Por mi mente volvió a pasar la imagen de la caja de latón.

—No lo van a encontrar, porque no existe.

Él no insistió, pero no se apartó de mí. Escrutó mi rostro sin decir nada, y pude ver que estaba disfrutando con aquello.

—Creo que tiene usted que acompañarnos al Gobierno Civil.

Sentí que me fallaban las piernas.

—¡De ningún modo! —El tío se adelantó, colérico, y se interpuso entre el falangista y yo—. Mi sobrina no ha hecho nada malo, y esto es absurdo.

—Su sobrina se viene, le guste o no.

—No va a ir a ninguna parte —insistió el tío.

La tía se había deslizado tras el tío hasta llegar a abrazarme, con el rostro desfigurado por el terror. El hombre sacó la pistola que llevaba al cinto y me apuntó directamente a la cara. Consuelo ahogó un grito.

—Su sobrina va a salir de aquí andando o con los pies por delante. Usted elige.

—¡Señor, por lo que más quiera…! —chilló la tía.

El tío vaciló. Él también estaba aterrado. Y acabó por apartarse. El otro me agarró por el brazo y me apartó de ellos.

—Tía…

—Esto no va a quedar así —rugió el tío angustiado—. Hija, tranquila. Te vamos a sacar de allí, te lo prometo. Haz lo que te digan estos mequetrefes, no tengas miedo.

El hombre me empujó hacia la puerta sin soltarme, dándoles voces a los otros para que dejasen lo que estuvieran haciendo. Se marchaban. Ya habían terminado. Me giré para ver a los tíos abrazados junto a la escalera, y a Rosita, Amparo, Vicente y Consuelo unos metros más allá, contra la pared.

* * *

Habían pasado dos horas. O quizá tres. O cuatro. No lo sé. No llevaba el reloj puesto. Iba y venía por el cuarto, me sentaba en una silla y me volvía a levantar, estrujando entre las manos el lazo de Álvaro. Lo llevaba siempre encima desde que me lo había regalado, hacía ya dos meses. Dos meses. No había sabido nada de él en ese tiempo. Tragué saliva. Estaba encerrada en un cuarto del Gobierno Civil, sin saber siquiera por qué, para qué ni hasta cuándo estaría allí. Ni lo que pasaría cuando saliera.

Nadie había venido ni me habían llevado a ningún lugar para interrogarme. Nada. No había venido nadie desde que el falangista que me había sacado de la casa a primera hora de la tarde me tirara dentro de la habitación y cerrara la puerta. Amparo le había contado a la Acemilera que los porteros del edificio oían los gritos de los que estaban torturando, pero en aquel momento no se escuchaba nada. Ni siquiera las agujas de un reloj marcando el paso del tiempo.

Volví a pensar en Álvaro y en la última discusión que habíamos tenido, y sus palabras me martillearon las sienes por enésima vez. «¿Qué harás cuando te detengan, cuando te pongan delante de un piquete?», había dicho. Qué carajo iba a hacer. Sacudí la cabeza, desechando ese pensamiento. Ya no tenía sentido pensar en eso. Había elegido quedarme y no sabía qué iba a hacer ni si podía hacer algo. No sabía qué hacer ni qué pensar, e iba y venía buscándolo en las paredes del cuarto.

Pensé también en don Paco y en el niño meningítico al que iba a visitar de nuevo esa tarde. Me pregunté si él también estaría detenido, si los habrían encontrado. ¿Y Alonso? El encontronazo al salir de la iglesia. No me costaba imaginarlo denunciándome a mí, pero ¿a su tío? Pensé también en la caja de latón, y volví a preguntarme si tendría algo que ver en todo aquello. ¿Cómo era posible que hubieran notado la falta tan rápido?

Repasé los mismos pensamientos cincuenta veces antes de que el falangista reapareciera en la puerta y me sacara del cuarto sin mediar palabra. Agarrándome del brazo, me empujó entre la gente que iba y venía por los pasillos del edificio y subimos al primer piso. Por las ventanas que nos fuimos encontrando por el camino no pude ver la calle ni el verde de los jardines. El cielo de las ventanas estaba ya negro, como lo estaba el pedazo que techaba el patio que acabábamos de cruzar. Ya había anochecido.

En el primer piso, el hombre me hizo detenerme frente a una puerta. Llamó y abrió sin esperar respuesta. La habitación estaba llena de gente.

—¿Das tu permiso, camarada Valdés? —preguntó el falangista desde la puerta.

—Pasa.

Él me empujó dentro y volvió a salir, cerrando la puerta tras de sí.

El hombre que había contestado estaba sentado a un escritorio en el centro de la habitación. Debía de sobrepasar la cuarentena y era moreno, de rasgos finos y ojos saltones, fríos. Iba de uniforme, con cuello de camisa de Falange. Era José Valdés, un camisa vieja del partido y el nuevo gobernador. El apoyo al golpe le había valido el puesto.

—Acércate —me ordenó. Yo obedecí.

El tío Pablo estaba sentado al otro lado de la mesa, y desde ese lado me observaba ansioso, comprobando con alivio que estaba bien, que no me habían hecho nada. Avancé hasta quedar en pie junto a él, y estrechó mi mano cuando se la di. Detrás de su silla estaban Gonzalo, don Paco y don Manuel, que me observaban enmudecidos. El tío debía de haberlos llamado para que mediaran. Valdés abrió la boca de nuevo, saltando con los ojos del tío a mí.

—Voy a ser muy claro. Quiero discreción, ante todo discreción. Quiero no enterarme de que existes. —Hizo una pausa. Tenía acento del norte—. No podrás salir de la ciudad sin autorización, y lo de pajarear por los hospitales se ha acabado. —Me miró expresamente y después se giró hacia el tío—. Búsquele otro entretenimiento. Discreción, repito.

Me estaba prohibiendo volver a los hospitales. Tragué saliva.

—Pero señor, allí soy útil —repliqué con cautela—. Puedo...

—Cállate —me interrumpió. No volví a hablar—. Podemos prescindir de una enfermera.

El tío Pablo había conseguido sacarme del Gobierno Civil, pero no le iba a salir gratis.

Al día siguiente, en el *Ideal* aparecería el nombre del tío perdido entre los de los donantes a la guerra. En uno de aquellos rincones del periódico en que las señoras exigían que aparecieran sus nombres por donar sus perlas a España, el texto recitaba: «El señor don Pablo Navarro, generoso donante de la cantidad de 12.000 pesetas para la causa, así como un automóvil, regalo a disposición expresa del Gobierno Civil». Valdés le había pedido también el coche.

—Alégrese, hombre —le había dicho, antes de que saliéramos de su despacho, con una mueca de sorna—. Está usted sirviendo a la Patria. Ese anuncio es el mejor seguro que su familia puede tener.

Pero el tío solo podía sentir vergüenza. Y lo mismo yo. Al salir del edificio me pegué a él, aliviada por estar fuera, y le pedí que me perdonara por aquello. Él negó con la cabeza.

—No te disculpes, hija. Querían ese dinero.

41

Pasó algo más de una semana antes de que volviera a pisar el Gobierno Civil. Esa vez con Rosita y sin un falangista empujándome por los pasillos. Taconeé impaciente sobre el suelo, sentada en uno de los bancos del pasillo y apretando contra el pecho mi título mientras ella iba y venía también ansiosa. Estábamos esperando audiencia con el Gobernador.

El niño meningítico de don Paco había muerto la tarde de mi detención, como preveía, mientras el cura estaba fuera, dando fe frente al gobernador de que yo era una buena cristiana que jamás había hecho nada malo y que estaba sirviendo bien a Dios en los hospitales del Clínico y el Palace. Que le constaban mis «devaneos rojos», pero que aquello eran solo caprichos de juventud. El niño había muerto, pero el cura había conseguido pasar al resto de la familia al otro lado. Unos días después de la detención, cuando la casa ya se había recuperado más o menos del susto, el cura vino a visitarme, a ver qué tal seguía.

—Lo comprenderé si todo esto te ha hecho cambiar de opinión, hija —dijo con los ojillos sinceros—. Es un trago amargo, un susto grande el que acabas de pasar.

Yo negué con la cabeza. Había dicho que lo iba a ayudar, y lo iba a hacer. El paseo por el Gobierno Civil no cambiaba nada. Pero necesitaba algunas cosas. Permiso para salir de la ciudad, para empezar, y una excusa.

Cuando el cura se marchó, fui a hablar con los tíos. Les hablé del niño meningítico y de los escondidos, y de lo que estaba haciendo don Paco y lo que me había pedido. Y de que yo lo quería ayudar.

—Acabas de salir del Gobierno Civil, Bárbara —me recordó el tío.

—Esa gente necesita ayuda —repliqué—. Necesitan comida y ropa mientras estén escondidos. Y atención médica. Si no puedo operar en el hospital, al menos puedo hacer esto.

—Tienes la clínica de Navas. Ya puedes hacer cosas.

La de Navas, que ya llevaba meses funcionando. Allí atendía, en las horas que hasta entonces me había dejado libres el hospital, a los enfermos que se podían desplazar. Pero los escondidos no se podían desplazar. El tío no quería que lo hiciera. La tía dudaba. Cambié de argumentos.

—Para la comida y la ropa es sencillo. Es lo mismo que la tía lleva haciendo años. Recogemos comida y ropa, la que podamos, y se la dejamos a don Paco en San José. Y él la distribuye, como ha hecho hasta ahora con los del barrio. Tía, por favor —supliqué.

Ella estaba convencida ya, pero temía decir que sí. Miró al tío.

—Yo puedo hacer eso, Pablo.

Él la observó durante unos segundos, dudando, pensando, con el ceño fruncido, preocupado. El tío tenía miedo, pero desde la muerte de Flavia había perdido el ánimo de decir que no. Acabó accediendo con un suspiro y su mujer salió como un vendaval de la biblioteca camino de la cocina, dejando la puerta de servicio entreabierta. Iba a empezar en ese mismo instante. Yo me giré hacia él.

—Y con las consultas, ¿me apoyará usted?

—Te estás metiendo en un fregado gordo, Bárbara —me advirtió reticente.

—Lo sé —asentí, muy seria. Lo sabía—. Pero quiero empezar a compensar esas doce mil pesetas.

Sonrió con media cara, sin que la arruga de su ceño se relajase.

—¿Qué necesitas de mí?

—Su apoyo moral, y un poco más de dinero, probablemente —dije, con la boca chica—. Está por ver.

—¡Ja!

Le expliqué lo que pretendía hacer, y le dije que Rosita iba a ayudarme.

—¿Esa chica no ha tenido bastante con todas las perrerías que le han hecho por su hermano?

—Ha sido ella quien me ha dado la idea. —Me encogí de hombros.

—Jesús. Y Álvaro... —Echó la cabeza hacia atrás, restregándose los ojos con una mano, preocupado—. Dios sabe dónde andará... No quiero ni pensar...

Un mes y medio antes el tío había dicho algo similar al pensar en él en voz alta. Con la muerte de Federico acaparándolo todo, tarde varios días en contarles a los tíos sobre nuestro encuentro.

—Está en Guadix, tío —le había dicho entonces, y él me miró a los ojos durante unos segundos, asimilando lo que le acababa de decir. Yo me expliqué—: Lo vi hace unos días. Vino para despedirse porque se iba con otros a Guadix.

Le había hablado de Loja y de las semanas que había pasado allí hasta que la zona cayó.

—¿Vino aquí? ¿A la casa? ¿Cuándo?

—No, aquí no. Fuera de la ciudad. —Obvié el hecho de que había pasado la noche con él en la Alhambra—. Fue justo antes de que supiéramos lo de Federico.

Él escrutó mi rostro, analizando una a una mis palabras.

—¿Y cómo estaba?

—Bien, estaba bien. —Sonreí al recordar algo—. Con picores, porque para acercarse a la ciudad se puso el mahón. —Él rio entre dientes—. Se disfrazó con una camisa de Falange que le prestó Gonzalo.

—¿Gonzalo? —Yo asentí.

—Él me llevó hasta Álvaro.

—¿Y solo lo visteis vosotros?

—Y su hermana. Con ella contactó primero.

—¿Y su padre?

—No, que yo sepa. A través de mí y de Rosita, en cualquier caso.

—¡No despedirse de su padre, qué juventud! —bromeó con tristeza.

El tío debía de estar pensando también en aquella conversación sobre el paradero de Álvaro, porque preguntó con poca esperanza:

—¿Has vuelto a saber de él?

Yo negué con la cabeza. Él seguía con la cabeza recostada sobre el respaldo, con los ojos entrecerrados, pensando. Entonces recordé una conversación que todavía teníamos pendiente.

—Sé que Álvaro mató a Damián por accidente, tío —dije despacio, atenta a su reacción—. Me contó lo que pasó.

Él no contestó inmediatamente, calibrando mis pensamientos.

—Ya sabes entonces la deuda que tengo con ese hombre. De por vida. —Se levantó y fue a por la licorera—. Imagino que, si le prestó el mahón, Gonzalo sigue sin saber nada de todo esto…

—No, que yo sepa.

—Y que no se entere. Es mejor que no lo sepa nunca, Bárbara —me advirtió, mirándome a los ojos cuando terminó de servirse—. Álvaro es más su hermano que aquel desgraciado. Y lo que Álvaro ha tenido que pasar por aquella pedrada… es mejor dejar las cosas como están. Y que tampoco se entere su hermana.

—¿Y mantener el secreto? —pregunté, escéptica.

—Sin secretos, la vida en sociedad se hundiría. ¡La civilización entera! Todos tenemos secretos y no siempre es mejor sacarlos a la luz. Y más en estos tiempos.

Unos pocos días más tarde, confirmada la ayuda del tío, Rosita y yo estaríamos en los pasillos del Gobierno Civil, esperando para reunirnos con Valdés.

—Hay que tener cuajo, mujer —dijo cuando me vio entrar.

—No le robaremos mucho tiempo, señor.

—¿Qué queréis?

Nos sentamos en las sillas que había frente a su mesa, y yo dejé sobre ella frente a él mi título de medicina enmarcado, para que lo leyera. Él identificó lo que le mostraba con un golpe de vista, y después me observó sin comprender, receloso.

—Nos gustaría que escuche lo que venimos a proponerle.

—Tú dirás.

—Desde el Alzamiento, varios pueblos de la Vega se han quedado sin atención médica o es muy precaria porque algunos de los médicos titulares han tenido que abandonar sus puestos. —Encarcelados o fusilados. El eufemismo que acababa de utilizar me quemaba la boca—. Santa Fe, Asquerosa, Chauchina, Churriana o La Malahá, por ejemplo. Mi tío tiene intereses agrícolas en varios de esos pueblos, y le conviene que los trabajadores guarden buena salud para hacer su trabajo. Creo que eso nos viene bien a todos —recalqué especialmente esas palabras.

—¿Y queréis encargaros vosotras? —Asentimos las dos.

—Mientras no vuelvan los doctores titulares o vengan otros nuevos —dijo Rosita.

—Eso es un disparate. —Descartó la idea con un gesto de la mano.

—Es mejor que nada. Y usted no tendrá que hacer nada. Nosotras nos encargaremos de coordinar las visitas. Yo tengo el título de médico, como ve, y con su ayuda me basta. —Señalé a Rosita—. Pero necesitamos que nos autorice a movernos por los pueblos.

—¿Salvoconductos? —Asentimos.

—No tenéis coche para desplazaros. —No, porque el del tío se lo había quedado él—. Y evidentemente no voy a poneros yo ningún vehículo.

—Iremos a caballo, señor —dijo Rosita.

—¿A caballo?

Asentimos. Él calló, valorando la propuesta, indeciso. Me taladró con los ojos. A Rosita no la conocía, pero de mí no se fiaba. Sin embargo, después de casi un minuto de duda, sacó de uno de los cajones del escritorio una hoja con el membrete de su despacho y comenzó a garabatear palabras en ella. Al otro lado de la mesa y fuera del alcance de su vista, Rosita y yo nos cogimos de la mano, conteniendo el júbilo. El salvoconducto.

—No voy a destinar ni una peseta a esto. —Yo asentí. Lo había supuesto—. Puesto que se beneficia tu tío, que lo costee él. No tendréis sueldo: cobraréis lo que os quieran pagar, si os quisiesen pagar. Y no os podréis alejar más de veinticinco kilómetros de la ciudad.

—Sí, señor —contestamos las dos.

Dejó el salvoconducto firmado sobre el título y arrastró ambos por la mesa en mi dirección. Lo cogí y nos levantamos, dándole las gracias.

—Y una cosa más. —Nos miró con los ojos saltones y fríos desde detrás del parapeto de sus manos entrelazadas—. Llevaréis vigilancia.

Tragué saliva, y casi pude jurar que Rosita hacía lo mismo. No nos convenía.

—Está bien —conseguí decir.

—Y ahora, largo de aquí.

Salimos y cerramos la puerta a nuestro paso. Ya fuera, Rosita pegó su cabeza a la mía.

—¿Cómo vamos a hacerlo? —dijo en voz baja.

No sabía qué contestar.

—Nos apañaremos.

* * *

El plan consistía en camuflar las visitas a los escondidos entre las de los pacientes normales de los pueblos sin médico. Don Paco nos daría las señas de los escondidos a los que debíamos visitar en los pueblos que quedaban a nuestro alcance, y nosotras debíamos repartir los días de la semana entre esos pueblos y los escondidos de la ciudad. Para esos no necesitábamos salvoconducto. Solo tiento.

Empezamos con las expediciones la misma semana en que conseguimos el papel de Valdés, dos días después. La escolta que nos había puesto el gobernador era un falangista joven, casi un crío, que nos seguía a todas partes cargando un fusil a la espalda y una pistola al cinto, hastiado por la misión que le habían encomendado. Aquel era un *pató*, también.

En los pueblos a veces ocupábamos la consulta del titular o nos cedían algún cuarto del ayuntamiento, y alternábamos los horarios de consulta en ellos con las visitas a las casas de los enfermos que no podían salir. Entre ellos, los escondidos. Y el falangista nos seguía como un perro faldero, husmeando todo lo que hacíamos. La primera vez que fuimos a reconocer a un escondido nos abrió la puerta de la casa una mujer que pedía que visitáramos a su hija, que estaba en cama. El falangista nos siguió hasta el mismo borde de la cama y se quedó allí plantado.

—Voy a reconocerla, y para eso tiene que desnudarse —le dije yo, con una mueca de burla—. ¿De verdad va a quedarse aquí?

Él dudó, dividido entre el recelo y la cohibición, pero acabó por salir de la casa. A partir de aquella vez comenzó a esperar fuera, guardando la puerta cerrada, y nosotras tuvimos vía libre para correr muebles y levantar trampillas con sigilo para ver a los enfermos.

Salíamos temprano y echábamos el día entero fuera, repartiendo los días por regiones, para volver a la ciudad ya cerca del ocaso. Destinábamos uno o dos días, dependiendo de la semana y los enfermos que hubiera, a atender a los de la ciudad. Pronto le conté a don Ramón lo que estábamos haciendo, y se ofreció a ayudar en los ratos libres que le dejaban el Palace y el Clínico. Y mi amiga Cuca, cuando le consulté con disimulo uno de los casos que tenía que se escapaba a mi conocimiento, me miró con los ojos chicos y me dijo:

—¿Qué estás haciendo, Bárbara?

Me había propuesto que le pasara el paciente a ella para que lo viera, y yo le había respondido que no podía. Se lo conté, y ella también se unió al plan. A partir de entonces, ella y don Ramón se encargaron de los de la ciudad, y Rosita y yo nos concentramos en los pueblos. Al padre de Cuca lo habían matado al mes y medio de detenerlo. Se había quedado sola y se estaba ganando la vida bordando para un taller que había a dos puertas de su portal.

—Estoy hasta la coronilla de tanto hilo y tanta aguja.

El plan funcionaba y, más allá del primer roce inicial con nuestro perro faldero, no volvimos a tener ningún problema más, y tampoco la tía con los paquetes de comida y ropa que le dejaba al cura cada semana *para la caridad*. Ni con las consultas ni los paquetes ni con nada más, en realidad.

Valdés tenía razón cuando le dijo al tío que aquellas doce mil pesetas en el periódico eran un buen escudo para la familia. Aunque el recelo hacia los de la casa no terminó de extinguirse nunca, desde el anuncio en el periódico Rosita no había vuelto a entrar llorando y con la cara roja o el pelo revuelto y lleno de huevo o de harina como había ocurrido varias veces a lo largo de los meses. Y la Cangreja, aunque no volvió a visitar a Consuelo en su cocina, porque ella no la habría dejado entrar tampoco, comenzó a saludarla con una mueca mínima cuando se la cruzaba por la calle. La casa seguía oliendo a rojo, pero menos.

El único susto que tuvimos, que tuve yo, durante aquellas semanas, sucedió uno de aquellos primeros días en que todavía atendíamos a los de la ciudad, y no creo que tuviera nada que ver con ello. Eran solo un atajo de imbéciles haciendo el imbécil. Pero qué susto, puñeta.

Iba de vuelta a la casa, con el cabás y sola, cayendo ya la tarde. Rosita no siempre me acompañaba en las visitas por la ciudad. A tres calles de la de Romerías, un coche lleno de falangistas y soldados que iban cantando y gritando cruzó la perpendicular que yo acababa de dejar atrás. Devolví la vista al frente y aceleré el paso, pero escuché cómo el coche reculaba y tomaba la calle por la que yo andaba cada vez más rápido, nerviosa.

—¡Gallinita! —gritó uno, y las risas de los otros tronaron.

—¡Gallinita, te has dejado aquí los huevos! —Más risas.

El coche rodaba a unos diez metros de mí, despacio, siguiéndome. Entonces uno de ellos disparó al aire, y yo ahogué un chillido, asustada. Eché a correr con el cabás abrazado contra el pecho, y el coche aceleró la marcha. Los de dentro cacareaban.

—¡Gallinita, gallinita, no corras que te caes!

Tan pronto como lo dijo, me fui de bruces al suelo.

—¡Creo que le he visto el culo! —El resto rieron—. ¡Gallinita!

Yo me levanté como pude llorando de dolor y de miedo. Y de rabia. Me había roto las medias, y me había despellejado las rodillas. Seguí corriendo más rápido que antes y no paré hasta que estuve frente a la puerta principal de la casa. La aporreé como una obsesa hasta que se abrió y frente a mí apareció el rostro desconcertado de Amparo.

* * *

—No sé qué le pasa —dijo Rosita, angustiada y con los ojos llenos de lágrimas—. No me toca y apenas me habla. Y llega tarde, siempre llega tarde. —Se restregó los ojos con el dorso de una mano mientras con la otra sujetaba las riendas —. Yo creo que ya no me quiere. Que ha sido casarnos, ha visto lo que hay y se le ha pasado el gusto. Ya no me quiere.

El caballo del guardia se había rezagado unos metros y Rosita había aprovechado para hacerme la confidencia. Estaba desahogando la preocupación que la había carcomido durante semanas. Gonzalo estaba raro, decía. Sí que era cierto que estaba un poco raro. Hablaba menos y aparecía por la casa también menos, aún menos que antes si cabe. Pero la idea de que hubiese dejado de querer a Rosita era simplemente absurda. Descarté sus palabras con un gesto.

—Claro que te quiere. Te quiere con locura.

—¿Y por qué está así?

—No lo sé, pero seguro que no tiene nada que ver contigo. Seguro que tiene que ver con… su trabajo. —O lo que quiera que hiciese cuando estaba fuera.

—Hable con él, señorita —me suplicó. Yo arqueé las cejas.

—¿Yo? Qué dices, yo ahí no pinto nada.

—Él la quiere bien —me contradijo—. La respeta mucho. Hable con él, por favor. Pregúntele.

—Pero ¿qué le digo?

¿Cómo demonios le podía sacar yo ese tema?

Desde la muerte de Flavia, y sobre todo al empezar con las expediciones, Rosita se había convertido más que nunca en mi confidente, y yo en la suya. Hablaba poco, pero aquella mañana había acabado por soltar toda la frustración y la preocupación que la estaban ahogando.

Gonzalo sabía que su mujer venía a las visitas en los pueblos, pero no le habíamos dicho nada de las visitas a los escondidos.

—Ni hablar, se volvería loco —había dicho Rosita.

Él nos preparaba los caballos por las mañanas y nos despedía desde el portón trasero. Y hasta ahí llegaba su conocimiento de lo que su mujer y yo hacíamos en los pueblos. Y sí que estaba raro. Yo también lo había notado.

Acabé por abordarlo una de aquellas mañanas, antes de que Rosita saliera de la casa, mientras lo ayudaba a ensillar los caballos.

—Gonzalo, ¿estás bien? —deslicé aquella pregunta con cautela, atenta a sus gestos y a la forma en que iba de un lado a otro del caballo como un autómata, sin apenas hablar o mirarme—. Pareces… un poco tenso últimamente.

—Estoy perfectamente, gracias —respondió, cortante.

Aquellas fueron más bruscas que las pocas palabras que me había dirigido hasta entonces. No quería hablar. Pero yo ya tenía la prueba casi definitiva de que efectivamente le pasaba algo. Y no iba a parar ahí.

—Pues yo creo que te pasa algo.

—¿Qué me va a pasar? Estoy trabajando. Déjeme tranquilo.

Me esquivó e hizo el amago de coger uno de los estribos para bajarlo, pero yo lo cogí antes, y lo aparté de su mano. Lo miré expectante. Él no hizo por cogerlo, pero tampoco habló.

—¿Va todo bien con Rosita?

—No se meta en mi vida —me espetó.

—Ella está preocupada. —Y terminé por sincerarme, sin soltar todavía el estribo—: Ha sido ella quien me ha pedido que te pregunte.

Una sombra de duda le cruzó los ojos y por un momento su rostro se descompuso. Y yo aproveché.

—¿Ha pasado algo, Gonzalo? —lo tanteé con cautela, bajando el tono—. ¿Algo del partido… o algo parecido?

—Pasa que no sé cómo tratarla. Ella no tiene nada que ver en todo esto, pero no sé… no sé cómo mirarla, no quiero pagar con ella… —Tragó con dificultad y su ceño se frunció más, sacudiendo la cabeza. Echó un pie atrás, con la vista baja. Se resistía a terminar la frase.

Empecé a intuir lo que estaba pasando dentro de la cabeza de Gonzalo. Rosita estaba entre dos frentes, con su marido en un bando y su hermano en otro. Pero, hasta aquel momento, Gonzalo había dejado su relación con Álvaro al margen de la guerra y las diferencias entre ambos. ¿Qué estaba viendo en las horas fuera de la casa que lo habían hecho cambiar de opinión?

—Álvaro es tu amigo, Gonzalo —le recordé—. No dejes que la guerra rompa eso.

Su gesto se endureció cuando volvió a mirarme, y se irguió de nuevo.

—Álvaro mató a mi hermano —me espetó, clavando en mis ojos los suyos, acusadores.

Yo abrí la boca y volví a cerrarla sin hablar, y la mano se me soltó del estribo. Tragué dos veces seguidas, con los músculos rígidos y el cuerpo paralizado. Aquello no tenía nada que ver con la guerra. Lo sabía. ¿Cómo lo sabía?

—Los escuché a usted y a su tío.

Esa conversación, cuando le había contado al tío que lo sabía, el día que le había pedido que me apoyara con las consultas. Un golpe de temor me asaltó de pronto. ¿Y si también había escuchado el plan? Lo descarté. De haberlo sabido, jamás habría permitido que su mujer se implicara. Vi como un rayo el recuerdo de la tía saliendo de la biblioteca y la puerta de servicio entreabierta.

—Ustedes dos lo sabían. Usted lo sabía, y no me dijo nada. —Aquella última frase fue casi un grito, a escasos centímetros de mi cara, odiándome con los ojos.

—Fue un accidente —tartamudeé.

—Me importa una mierda. Han pasado veinte años, ¡veinte! Y no ha tenido los cojones de decírmelo. —Escupió—. Es un cobarde. Un asesino y un cobarde. Y también lo es usted por encubrirlo.

Los ojos se me llenaron de lágrimas, avergonzada.

—Gonzalo, fue un accidente. Tu hermano atacó a mi tío. Aquel asalto cuando volvía de la azucarera, ¿recuerdas? Fue tu hermano. Y Álvaro solo intentaba pararlo... —Solté todo aquello hablando a trompicones, persiguiéndolo por la cuadra—. Él no quería hacer aquello. No quería.

—Me da igual. Es un asesino y un cobarde, y usted... —Se tragó las palabras que iba a decir—. Y yo ayudándolos como un imbécil, defendiéndola...

—Gonzalo...

Él dejó de dar vueltas por la cuadra y me encaró.

—Desde mañana mismo Rosita y yo nos vamos de esta casa. Dejo mi puesto, y nos buscaremos otro sitio donde vivir. —Yo abrí la boca para contestar, pero no supe qué decir—. No le impediré que siga sirviendo aquí y que la ayude con las consultas, pero yo no quiero tener nada más que ver con esta casa.

—Gonzalo, por favor...

—No insista —me cortó.

Escasos cinco minutos después, entró Rosita y nos subimos a los caballos sin mediar más que unas pocas palabras. El guardia ya estaba esperando fuera.

—La cincha, un punto o dos más —le indiqué a Gonzalo adelantando la pierna izquierda para que levantara el faldón de la silla. Él apretó los latiguillos—. Gracias.

Rosita ya había atravesado el portón y estaba fuera de nuestra vista. Fui a alcanzarla, pero él me cogió las riendas para contener al caballo, y me dijo en voz baja con los ojos podridos de odio:

—Solo le digo que si ese hijo de puta vuelve a pisar Granada, lo mato yo mismo.

Gonzalo cumplió su promesa de abandonar la casa, pero a los pocos días lo llamaron al frente y Rosita volvió a dormir en la buhardilla, en la habitación que habían ocupado ella y Gonzalo desde la boda. No quería dormir sola.

Al fin sabía lo que le ocurría a Gonzalo, pero no podía explicárselo a ella sin contarle lo que había hecho su hermano. Y aquella misma mañana, cuando estuvimos lejos de la casa y avanzábamos al paso unos veinte metros por detrás del guardia, acerqué mi caballo al suyo lo suficiente para que me escuchara.

—Tengo que contarte algo.

42

El practicante terminó de abrir el yeso y dejó las cizallas a un lado para retirar la pasta. Don Ramón y yo nos inclinamos sobre la herida para comprobar su estado.

—Es increíble. No termino de acostumbrarme. —Arqueé las cejas.

La herida estaba completamente rellena, cicatrizando. Prácticamente cicatrizada, de hecho. El médico rio con mi asombro. En los meses que llevaba apartada de los hospitales, él había visto muchos más casos como aquel.

—Diecisiete pacientes, tres ya dados de alta y este que ya no lo voy a escayolar. Solo uno hizo gangrena, pero venía ya tarado, con malnutrición de meses, una patología crónica del riñón, no recuerdo... —Se rascó la sien, haciendo memoria—. Tuvimos que hacer varios desbridamientos y al final hubo que amputar. —Frunció el ceño, pensando—. Es un proceso de meses. Este ingresó a finales de noviembre.

Yo asentí. El primero con el que había probado la cura oclusiva era aquel que habíamos tenido en octubre antes de que me detuvieran. Aunque ya no podía ejercer, don Ramón me llamaba de vez en cuando al Clínico o al Palace cuando había algo interesante para que lo viera. Hacía casi tres meses y medio que me habían echado.

—Acabé por descartar la vaselina y poner solo gasa. Aquello se resbalaba y no había por dónde cogerlo —me comentó mientras salíamos.

Después de ver aquel, fuimos a ver al resto, y al tercer o cuarto paciente, llegó corriendo Martínez, mi antiguo compañero de facultad, para alertar a don Ramón de que venía de camino un contingente de Zafarraya.

—¿Cuántos vienen?

—No lo sé, doctor, todavía están contando. Aquello está siendo una locura.

Tan pronto como dio el aviso, volvió a desaparecer gritando por la sala que había que despejar camas. Don Ramón dudó durante unos segundos, mirándome.

—Ponte la bata, vamos a necesitar manos —dijo al fin.

Desde enero, los sublevados habían ido estrechando los frentes que rodeaban a Málaga, constriñéndola poco a poco. La provincia, con algunas pérdidas, había resistido desde el verano anterior conectada a la zona roja tan solo por una lengua de tierra en la costa, en dirección a Almería pasando por Motril. Pero las tropas españolas e italianas avanzaban desde el norte y el oeste de la provincia y también desde Granada, asfixiando a la ciudad y arrinconándola lentamente contra el mar.

El 22 de enero había caído Alhama y la línea de frente había corrido poco a poco hasta alcanzar la hoya de Zafarraya. En aquella semana de inicios de febrero, el ataque contra Málaga desde todos los frentes había arreciado. Iban a estrangularla.

Las arengas de Queipo en la radio a las tropas y sus amenazas a los de Málaga ponían a la tía enferma. No quería escucharlas.

—¡*Apagá* eso, por Dios! —le pedía al tío, disgustada—. Qué angustia...

Llevábamos unos meses relativamente tranquilos en la ciudad, en los que las noticias del curso de la guerra llegaban desde puntos más o menos lejanos del mapa. La campaña directa contra Madrid, a la que los sublevados habían terminado por renunciar después de semanas de tira y afloja infructuoso. El traslado del Gobierno de Madrid a Valencia a principios de noviembre. Y el fusilamiento de José Antonio en Alicante a finales de ese mes.

—Uno menos para Franco —había dicho don Ramón con sorna.

Pero en Granada, calma. Hasta entrar en el segundo año de contienda, en que las noticias de movimiento en el sur de la provincia y Málaga habían llegado para recordarnos que la guerra continuaba.

Aquel viernes por la tarde estábamos en el Clínico. Yo me puse una bata, como me había ordenado don Ramón, y juntos con el resto de cirujanos comenzamos a preparar los quirófanos para recibir a los que venían en camino.

Los heridos comenzaron a llegar tres cuartos de hora después, a rachas, conforme los traían los camiones ambulancia. Un par de estudiantes iban de allá para acá entre los camilleros y los soldados que entraban las camillas, tomando los datos de cada herido y clasificándolos, inventariándolos.

—Hay dos conmocionados, uno amputado de una mano y otro politraumático y eventrado —nos dijo uno de ellos, recitando lo que acababa de escribir en una libreta, andando apresuradamente detrás de nosotros—. Estos son los más graves.

—Bien. Que pasen primero —dijo don Ramón. Pasó Martínez, y él alzó la voz para llamar su atención—: Martínez, póngase con las trasfusiones.

—Ahora mismo.

Pasamos junto a las camillas, que ocupaban casi todo el lugar, evaluando nosotros también a los heridos. Las enfermeras, monjas y chicas de la Sección Femenina revoloteaban entre las camillas colocando en la frente a los heridos un esparadrapo con el número de orden en que debían ser operados, de acuerdo con nuestras órdenes y las de los otros cirujanos. El estudiante seguía con la retahíla.

—Más: hay uno con cortes leves en cara y hombro, y nueve traumatismos, algunos múltiples, varios aplastamientos. De todos, son abiertos los shockados y cuatro de aquellos. Señaló un punto en el otro extremo de la sala—. Hay tres rojos.

—¿Bala y metralla?

—Están por clasificar. Me pongo con ello. Los shockados son esos dos de ahí. —Señaló a dos hombres pálidos e inconscientes al pasar con nosotros detrás a pocos metros de sus camillas—. Uno de ellos es rojo. Vienen de camino diecisiete fracturas en extremidades, un torácico en sedal, dos eventraciones más…

Yo miré donde señalaba y ya no presté atención al resto de la enumeración, porque el corazón me dio un vuelco al reconocer al hombre inconsciente que el estudiante había señalado como prisionero rojo. Ahogué un grito.

—¡Marcos…!

Él, el marido de Carmen, era el shockado politraumático. Ramón me retuvo por el codo antes de que me acercara a la camilla, y la mirada de advertencia con la que me taladró me ahogó la voz. Afortunadamente, solo él me había oído llamar al rojo por su nombre.

El estudiante se había alejado y en su lugar aparecieron un par de camilleros que, siguiendo sus indicaciones, levantaron del suelo la camilla de Marcos y se encaminaron con él a cuestas en la dirección que nosotros les señalamos, echando a andar delante de ellos. Al quirófano. Pero no habíamos dado ni dos pasos cuando un alférez apareció frente a nosotros con la mano en alto y nos cortó el paso.

—Este no, primero los nuestros —nos ordenó.

—Este debe entrar primero, está más grave —replicó Ramón.

—He dicho que no.

—Señor, así no funciona un hospital. —Negué con la cabeza.

—¿Me vas a decir tú a mí cómo funcionan las cosas? —Señaló con un golpe de mentón la camilla, mirándome con suspicacia—. ¿Qué tienes tú con este?

—Nada, señor. Pero entran primero los que están más graves —insistí.

A su espalda apareció en ese momento Guirao.

—¡Alférez! ¿Qué está pasando aquí? —El otro se cuadró y evaluó con un torbellino en los ojos sus divisas.

—Nada, mi comandante. Estos, que quieren meter al rojo primero.

Guirao observó a Marcos de la cabeza a los pies durante unos segundos.

—Este paciente tiene que entrar primero porque está más grave —convino.

—Pero mi comandante...

—Es una orden —lo cortó el médico.

—Sí, mi comandante.

El alférez chocó los talones y se alejó sin mirarnos, resentido. Guirao lo observó alejarse y se giró hacia nosotros, con una mirada de reprobación.

—Y vosotros dos... Tiento, Ramón, que te la buscas. Y tú, Bárbara, no sé qué haces aquí, pero lo mismo te digo.

Sin replicar, continuamos el trayecto hacia los quirófanos seguidos por los camilleros.

* * *

Pasamos la noche entera del viernes al sábado operando. Los heridos dieron cierta tregua a media mañana y pudimos descansar unas horas. Yo me senté junto a la cama de Marcos a esperar que despertara. Lo habíamos transfundido y operado y estaba respondiendo bien.

Abrió los ojos una media hora después y miró alrededor confuso. Al verme junto a la cama y reconocerme, su confusión creció aún más. Estaba en Granada, le dije en voz baja. En un hospital. Lo habían apresado y lo habían llevado hasta allí.

—Joder —gimió.

Intenté tranquilizarlo y le pregunté qué había pasado. Había sido horrible, una masacre. Habían atacado a primera hora del día anterior y ellos habían resistido durante todo el día, pero era imposible. Tenían a los italianos encima, y no les llegaban refuerzos ni munición.

—Es que no nos quedaban balas, ¡me cago en Dios! —se quejó en voz baja.

Le dije que aquella mañana habían terminado de ocupar la zona y él cerró los ojos, vencido. Decidí cambiar de tema y le conté cómo habían sido allí los meses que llevábamos de guerra, desde el asedio al Albaicín y la muerte de Flavia. Tragué al recordarlo nuevamente, y él me dijo que lo sentía. Le dije que Álvaro estaba en zona roja y le pregunté si por casualidad sabía algo de él, pero negó con la cabeza. No sabía nada.

¿Y Carmen y el niño? Estaban bien, estaban todos bien. Carmen estaba de nuevo embarazada. Me pidió que le reacomodase la almohada para incorporarse un poco, y al hacerlo sofocó un gruñido de dolor, apretando los dientes.

—Estuvo conmigo en la milicia las primeras semanas, pero cuando vimos que estaba preñada la mandé para abajo. Allí no podía estar. —Negó con la cabeza—. La vi hace semana y media, que me dieron permiso. Estaba gordísima, redonda como un botijo... y qué guapa. Y mi Tianín hecho un torito. Si lo vieras... Cómo crecen.

Sonrió al techo con lágrimas en los ojos. Yo sonreí también, apenada.

—Ella está en Málaga, entonces —él asintió.

—Con el avance de los fascistas tenía miedo y quería irse a Almuñécar. Tiene al hermano y su cuñada allí. Pero yo le dije que se esperara. Ha salido de cuentas esta semana y no está para viajes. Le dije que se esperara a parir, y en cuanto lo hiciera, que se fueran para Almuñécar.

—Sí, mejor esperar —convine yo.

Él guardó silencio, pensando y mirando al techo.

—A ese crío y al que viene no los voy a ver crecer yo —murmuró, y una lágrima se le desprendió de uno de los ojos.

Marcos estaba prisionero, lejos de Carmen y de su hijo. Sí, las probabilidades de que volviera a verlos eran muy escasas. Sacudí la cabeza, descartando la idea. Intentando sonreír para infundirle coraje, le cogí la mano y le di un leve apretón.

—No digas eso. Los volverás a ver.

43

Terminé de abotonarme el pantalón sin dejar de mirar la portada del periódico que tenía frente a mí, sobre la cama. A Marcos no le iba a gustar. Lo iba a destrozar, de hecho. Dudaba si contárselo o no. Pero quizá sería peor si se enteraba de otra forma. No sabía qué hacer.

Habían pasado cuatro días desde que llegara prisionero al hospital del Clínico. Estábamos a martes, día 9. Unos nudillos llamaron a la puerta y la cabeza de Amparo apareció al abrirse esta.

—Señorita, ya está el palomo en la puerta.

El guardia nos esperaba a Rosita y a mí para marcharnos.

—Salgo ya.

Ella no salió, observando cómo terminaba de abotonarme la camisa y me enfundaba en un jersey.

—Hoy toca La Malahá, ¿no?

—Sí.

Amparo no se iba. Seguía plantada junto a la puerta, dudando si decirme o no lo que quiera que le estuviera rondando la mente. Finalmente, se decidió a hablar.

—Señorita, usted hace... usted, además de pasar las consultas, pasa *otras* consultas, ¿verdad?

Yo no contesté inmediatamente. Escruté su rostro, tratado de percibir la dirección de sus pensamientos y cuánto sabía. Y cómo. Los tíos y Vicente sabían lo que hacíamos Rosita y yo cuando salíamos a los pueblos, pero no le habíamos dicho nada a Consuelo ni a Amparo. Cuanta menos gente lo supiera, mejor.

—¿Qué pasa, Amparo?

—Mi madre tiene una prima allá en La Malahá —dijo muy despacio—. Yo no la conozco, pero mi madre dice que tiene… a un *guardao.* Usted sabe.

Me miró a los ojos con el significado de aquella palabra en los suyos, esperando que entendiera.

Amparo tenía familia en Chauchina, y ese era uno de los pueblos donde estábamos atendiendo Rosita y yo. Me pregunté si la información de las visitas a los escondidos no le habría llegado por ese medio. No habría sido la primera vez. Además de las personas con las que don Paco nos ponía en contacto, las familias de los escondidos que visitábamos también nos hablaban de otros en la misma situación, y también las familias de estos venían a pedirnos ayuda espontáneamente al enterarse de lo que estábamos haciendo. La información de las visitas a los escondidos circulaba por las calles de los pueblos a susurros, de casa en casa, corriendo por las canales que desaguaban los tejados.

—Entiendo. ¿Cómo se llama la mujer?

—Luz. Luz Moreno.

—¿Y las señas? —Las garabateó en una hoja del cuaderno que todavía no había metido en el cabás.

—Aquí tiene. —Y preguntó con ansiedad—: ¿La ayudará usted?

—Lo intentaré.

—Gracias, señorita. Dios se lo pague.

Yo sonreí con los labios apretados mientras terminaba de llenar el cabás. De nada. Terminé de recoger y agarré el periódico, metiéndolo también en el maletín. Bajé a la cuadra a por el caballo y me reuní fuera con los otros dos. Antes de salir, tenía que subir al Clínico, les dije. No nos retrasaríamos mucho.

Subimos y ellos se quedaron en la puerta, esperándome mientras yo subía con el periódico en la mano hasta la sala donde Marcos dormía apaciblemente. Era muy temprano, todavía. Dudé por enésima vez, pero antes de que pudiera darme la vuelta y salir por donde había entrado, él abrió los ojos, despertando.

—¿Bárbara?

Le di los buenos días, maldiciendo el momento en que había decidido contárselo yo, y le tendí el periódico con las manos agarrotadas.

—Lo siento mucho, Marcos —me adelanté.

En la portada del *Ideal*, una foto de Queipo saludando sonriente ocupaba gran parte de la hoja. Y sobre la imagen, un titular de dos palabras fulminante y descorazonador. «Málaga, liberada».

Málaga había caído. Los italianos habían entrado en la ciudad el día anterior, el lunes. Marcos no llegó a leer más que ese titular, porque el pánico y la desesperación le hicieron soltar el periódico sobre la cama y los ojos casi se le salieron de las cuencas, sin aire en los pulmones. Me tiré sobre él y le tapé la boca para evitar que gritara. El resto de pacientes dormían.

—Me la van a matar, ¡me los van a matar a todos! —gimió histérico, llorando con los dientes apretados.

—Calla, ¡calla! —le rogué, luchando por contener la voz—. No lo sabemos. No podemos saberlo. Dicen que ha salido gente por la carretera de la costa, en dirección a Granada. Seguro que ella ha salido. Seguro que salió mucho antes de que llegaran.

—Entonces se me muere en el camino. —Respiraba con dificultad, convulso, pero las vendas y férulas que le cubrían el cuerpo le impedían moverse—. ¡Está muerta, están muertos todos!

—Carmen es fuerte. Y es inteligente. Estará bien, te lo prometo. —Le acaricié el cabello tratando de tranquilizarlo, también yo con lágrimas en los ojos—. Estará ya en Almuñécar.

Él lloraba con los ojos cerrados y yo me quedé junto a la cama unos minutos más, repitiendo en voz baja una y otra vez todo lo que le acababa de decir.

* * *

Llegamos a La Malahá una hora más tarde, pasadas las ocho y media, dejando a un lado del camino el Montevive y al otro las salinas, a las afueras del pueblo. El cerro se levantaba entre las colinas como un dedo en el horizonte que tapaba la ciudad. Y detrás de él, un poco más al este, la sierra, de un azul difuso a través del aire coloreado por el sol de la mañana.

Primero hicimos dos visitas a domicilio, y después le llegó el turno a Luz Moreno. Su casa estaba cerca del límite este del pueblo. Las dos hileras de casas bajas que flanqueaban la calle acababan en el campo, con el cerro y la sierra de fondo. Llamamos a la puerta de la casa cuyas señas me había dado Amparo y nos abrió una mujer que rondaba la cuarentena, corpulenta y de gesto gris, que se cubría el pecho con una toquilla. Nos miró con desconfianza.

—¿Es usted Luz Moreno? —Ella asintió—. Soy la doctora Navarro. Venimos por encargo de una pariente suya. Nos ha dicho que tiene problemas del corazón, y que quería que la reconociésemos, para ver qué tal estaba todo.

Ella nos observó a los tres de arriba abajo mientras yo hablaba, deteniéndose especialmente en el fusil y la pistola de nuestro guardia.

—Sí, le pedí que la avisara. Pasen —dijo finalmente. Entramos a la casa, y ella se giró hacia el guardia, señalándole una mesa y unas sillas que había en un rincón de la habitación—. Siéntese ahí si quiere mientras la doctora me atiende.

Él masculló un leve «gracias», y se sentó mientras nosotras entrábamos a la habitación contigua. Esta tenía una ventana con los visillos echados en la pared enfrentada a la puerta, una cama en el centro y una cómoda alta y estrecha, pegada a una de las paredes laterales junto a una de las esquinas. Nada más. El suelo desnudo, sin alfombras ni jarapas.

Dejé el maletín sobre la cama, y Rosita y yo nos quitamos los abrigos mientras la mujer entraba y cerraba la puerta tras ella. Tan pronto como estuvo cerrada, se fue directa a la cómoda y se colocó a un lado, dispuesta a levantarla en peso.

—¿Qué tiene? —le pregunté en voz baja.

—Tos, mucha tos. Con sangre. Lleva semanas tosiendo. Y también calentura y diarrea, y tiene la piel muy fea desde hace días. Ayúdeme —me pidió en un susurro, agarrando con fuerza las esquinas del mueble.

Corrí a colocarme al otro lado, entre el mueble y la pared, mientras Rosita pegaba la oreja a la puerta, vigilante. Juntas lo levantamos a pulso y, muy despacio y con cuidado de no golpear la pared ni el suelo, lo apartamos a un lado. Era muy pesado. Al hacerlo, un horrible hedor inundó la habitación.

—Por Dios, ¿cómo mueve esto cuando está sola? —Lentamente, lo apoyamos de nuevo en el suelo.

—No lo muevo. Saco el penúltimo cajón para darle la comida y saca sus necesidades en un cubo por ese agujero. —Señaló la parte de atrás de la cómoda, que tenía un boquete de un par de palmos de ancho por otros tantos de alto. Poco más que una gatera—. Tengo un patio trasero que no se ve desde la calle. Hasta hace una semana, mi cuñada y yo lo sacábamos dos veces a la semana, pero el martes pasado me la mataron, y desde entonces no lo saco. Lo sacábamos para que le diera el sol porque pensábamos que podía ser tisis. Estuvo tísico hace casi un año, pero ya se curó.

La cómoda, que me llegaba más o menos por la cintura, ocultaba un agujero en la pared de sesenta o setenta centímetros de ancho por algo menos de un metro de alto. Había un pequeño escalón que separaba el hueco del suelo de la habitación. Me agaché para asomarme. Dentro, el techo subía a unos dos metros. El hueco no era mucho más ancho que la abertura, y se extendía cerca de tres metros hacia dentro.

—Es un pasillo ciego —explicó Luz mientras se arrodillaba—. Daba a la cocina.

En ese pasillo tapiado en el que no se podían extender los brazos, tumbado de lado sobre el suelo y envuelto en una manta, había un hombre hecho un ovillo. Temblaba ostensiblemente. Tenía el pelo grasiento y enmarañado, y los labios agrietados manchados de sangre seca.

El olor allí dentro era insoportable. Los ojos, hundidos y ojerosos, eran dos breves rendijas que abría con esfuerzo, y la piel del rostro, grisácea y traslúcida, contenía a duras penas los huesos que luchaban por salir a la superficie. Tenía las manos, la base del cuello y las mejillas marcadas por una dermatitis galopante que le había dejado la piel oscura, agrietada y escamosa. Había visto esas marcas varias veces a lo largo de los últimos meses.

—¿Come?

—Lleva tres días que no quiere probar nada. Esta mañana he intentado darle gachas, pero las ha echado. No le entra nada. Y se va de vientre cada dos por tres. Ya ve usted cómo huele ahí dentro. —El gesto de ella mientras hablaba era duro, pero su voz sonaba ansiosa, angustiada—. Ha pasado muy mala noche, delirando y con alucinaciones. No duerme mucho últimamente.

Tenía apenas una sombra de barba, fina y dispersa. Observé más detenidamente su rostro, y al hacerlo me horroricé. El encierro y la enfermedad lo habían reducido a poco más que una sombra, consumido, con los dedos de las manos llenos de sabañones, y con el cabello lleno de prematuras canas, pero, bajo todo ello, veía unas líneas redondeadas, una mandíbula casi imberbe... Hasta entonces había pensado que el emparedado al que debíamos visitar era el marido de Luz. Pero aquel hombre era un crío. Tendría quince o dieciséis años. No más de veinte. Tosió en el pañuelo que apretaba contra su boca, y al hacerlo se estremeció de dolor. Era muy probable que en aquellas condiciones hubiese recaído en la tuberculosis. Puse mi mano sobre su frente, que tenía perlada de sudor, y él abrió un poco más los ojos, sobresaltado por el contacto. Estaba hirviendo.

—¿Qué le ha dado de comer estos meses? —pregunté a la que supuse que sería su madre.

—Lo que he podido, doctora. Pan, arroz y a veces garbanzos y lentejas. Verdura del campo, gachas de harina...

—¿Carne, fruta...?

—Muy poca.

Aquella dermatitis era pelagroide. Había visto varios casos de pelagra en los escondidos y la gente de los pueblos por falta de vitaminas. Una de las patologías del hambre. Y estaba probablemente tísico, además.

—Tenemos que sacarlo para que pueda auscultarlo.

—Ven, hijo.

Rosita se apartó de la puerta para abrir el maletín y sacó el fonendo mientras la mujer y yo ayudábamos al chico a incorporarse y arrastrarse hasta la entrada del hueco. Lo dejamos apoyado contra la cómoda, sentado en el suelo. Estaba muy débil. Yo estiré el brazo para coger el aparato que Rosita me alargaba, y me coloqué la diadema mientras la mujer le levantaba el jersey y le desabotonaba la camisa que llevaba debajo. Entonces, sin previo aviso, la puerta de la habitación se abrió de par en par.

El guardia, detenido en el umbral todavía con la mano en el pomo de la puerta, nos miró sucesivamente a las tres mujeres, que habíamos quedado petrificadas en el sitio, y al chico, que a duras penas era consciente de lo que estaba ocurriendo. Y detrás de nosotras, la cómoda con el boquete y el agujero en la pared.

Se descolgó el fusil que llevaba a la espalda antes de que ninguna de nosotras pudiera decir nada, y nos apuntó a las tres alternativamente, señalando con una sacudida de cabeza la pared de la ventana.

—Las tres contra la pared —dijo simplemente, con la voz helada y los ojos desbordando cólera—. ¡Arriba, venga!

Tragué saliva, y me levanté lentamente.

—El chico está enfermo, por favor, déjenos que...

—Por piedad, señor... —le suplicó la madre, todavía de rodillas junto a su hijo.

Sucedió muy rápido. El cañón del fusil, que en aquel momento apuntaba a Rosita, se desvió. Las tres mujeres gritamos a la vez, y la cabeza del chico golpeó la cómoda que tenía detrás con los ojos entreabiertos y el orificio de la bala sobre uno de ellos, en la frente. Su cuerpo quedó completamente desmadejado, recostado entre el suelo y la cómoda. Luz soltó un alarido y se echó sobre el cuerpo de su hijo, llorando a gritos.

—¡Contra la pared, he dicho! ¡Las tres, venga!

Yo todavía miraba al muchacho, embobada y tratando de asimilar lo que acababa de ocurrir. Su boca, con los labios todavía manchados de sangre de la última tos, había quedado ligeramente abierta, y en su mano izquierda seguía sosteniendo el pañuelo. Había muerto sentado sobre el suelo, sucio y enfermo. Ni siquiera había llegado a escucharlo hablar. Su madre lloraba sobre su cuello y lo zarandeaba inútilmente.

—¡Venga, coño!

El guardia me agarró del codo y tiró de mí, empujándome hacia Rosita, que ya estaba contra la pared con los ojos desorbitados por el terror y llorando en silencio. Miraba al suelo, no se atrevía a levantar la vista. No quería ver al muchacho. Estaba muerta de miedo. Me pegué a ella cuando la alcancé.

Yo no podía llorar. Apenas podía respirar, y temblaba violentamente. Las manos, en las que todavía llevaba el fonendo, y las piernas me temblaban tanto que temí que se me fueran a quebrar.

Nos iba a matar. Nos iba a fusilar. Y, si no él, quien fuera. Estábamos muertas. Muertas, nosotras también. Estábamos ayudando a un emparedado. A un rojo. Y, si lo habíamos hecho con este, probablemente no fuera el único. Éramos todas rojas, como él. Lo de las consultas y las visitas era una patraña, una tapadera. Estábamos ayudando a los escondidos, estábamos colaborando con los rojos. Nos iba a matar. O quizás algo peor. Si sabíamos dónde estaba ese desgraciado, también sabríamos dónde se escondían otros. Teníamos información, mucha información. Me sacudió un escalofrío cuando cruzó mi mente la imagen de los pasillos del Gobierno Civil. Y los gritos que oían los porteros día sí, día también. Y el aeroplano. La mujer se resistía a apartarse del cuerpo de su hijo, a pesar de los gritos y las amenazas del otro, que la apuntaba con el fusil.

Finalmente, apartó el arma y la agarró también a ella del brazo, y tiró para levantarla. Sin embargo, ella se revolvió y, todavía con la cara congestionada por el llanto, le mordió la muñeca con todas sus fuerzas. Él soltó un alarido de dolor y un improperio, pero ella no lo soltó. Lo mordió hasta hacerlo sangrar y, cuando por fin él pudo apartarla de un empellón, se lanzó contra su otro brazo, en el que todavía sostenía el fusil, dispuesta a quitárselo. No había dejado de llorar, pero los ojos se le habían encendido de furia. Él volvió a empujarla, y ella volvió a la carga y forcejearon de nuevo. A él se le cayó el fusil a sus pies, y lo pisó para que la otra no lo cogiera. Ella le arañó la cara, y volvió a morderlo, ya sin ningún fin más que descargar contra él su rabia por haberle matado al hijo.

Rosita y yo nos despegamos de la pared para ayudarla, y yo le rodeé el cuello a él con la goma del estetoscopio desde atrás, ahogándolo, en el preciso instante en que él levantaba la pistola que llevaba al cinto y apuntaba con ella a la frente de Luz. Él se llevó las manos al cuello, le faltaba el aire, pero ya había disparado y Luz se desplomó de espaldas, muerta. Y casi en el mismo instante, Rosita le golpeó la cabeza con una jofaina que había sacado de no sé dónde. Él cayó de lado sobre la cama, aturdido pero no inconsciente, con el estetoscopio enroscado todavía en torno al cuello y la pistola todavía en la mano.

—¡Vámonos!

Ambas salimos corriendo de la habitación y después a la calle mientras él se levantaba con dificultad. Fuera, el disparo y el griterío habían atraído algunos curiosos que se asomaban a las ventanas y a la puerta de la casa, y nos observaron con recelo al salir a la calle. Ignorándolos, corrimos hacia los caballos. Yo solté el del guardia y Rosita le palmeó el anca con fuerza, azuzándolo, y el caballo se alejó por la calle dando trancos.

—¡Eh! —nos llegó el grito del guardia desde dentro de la casa, y unos pocos segundos después apareció por la puerta.

Rosita y yo ya estábamos sobre los caballos. Él levantó el fusil y nos apuntó con él. Entre el gentío que se había congregado a la puerta de la casa, algunos comenzaron a insultarnos a gritos e hicieron el amago de acercarse a los caballos. Rosita azuzó a su caballo y se alejó por la calle hacia el límite del pueblo. Yo metí el pie que me faltaba en el estribo y la seguí. El guardia disparó y falló, y lo intentó de nuevo. Volvió a fallar. Algunos hombres nos siguieron, intentando parar a mi caballo agarrándolo por las crines. Hinqué los talones, e Indiano respondió, dejándolos atrás.

Ellos siguieron corriendo y el guardia disparando, y no cejaron hasta que cruzamos el cauce del arroyo que rodeaba el pueblo y nos metimos en los campos de olivos, ya con mucha distancia de por medio.

* * *

Íbamos en dirección este, con el único referente del Montevive que habíamos dejado atrás y a la izquierda, y la Sierra Nevada frente a nosotras. No conocíamos aquella zona. Llevábamos casi una hora sobre los caballos. La primera media la hicimos al galope, queriendo poner toda la distancia posible entre el guardia y nosotras, y después aflojamos el ritmo. Debíamos de estar cerca de Otura. Rosita me miraba de vez en cuando de reojo, y yo no sabía qué hacer. Ninguna lo sabía.

No podíamos volver a la ciudad. No podíamos, y tampoco debíamos acercarnos a ningún pueblo. Nuestros abrigos, mi maletín y nuestra documentación habían quedado abandonados sobre la cama de Luz. No teníamos salvoconducto. Y no sabía cuánto tiempo tardaría el guardia en dar la voz de alarma, pero desde el momento en que habíamos salido del pueblo éramos fugitivas, y no podíamos regresar. Volver significaba el paredón, o el Gobierno Civil y el aeroplano, o todo ello junto. Tampoco teníamos adónde ir, ni dinero, ni comida, ni agua. Tan solo llevaba encima mi cuaderno y un lápiz, atados con el lazo de Álvaro, en un bolsillo del pantalón. Tanteé el pequeño rectángulo rígido a través de la tela para comprobar que efectivamente seguía ahí, y resoplé. Solo llevaba eso encima. Nada más.

Si nos quedábamos en zona sublevada acabarían por encontrarnos y detenernos. A nuestra derecha, hacia el sur, estaba la costa. Motril, que era republicano. Y junto a Motril, Salobreña, y un poco más allá Almuñécar, donde vivía la familia de Carmen. Y donde quizás estuviera ya ella misma, si había salido a tiempo de Málaga. ¿Y si no estaba allí? ¿Y si no habían salido? Era lo único que se me ocurría. Podíamos bajar bordeando la sierra, por El Puntal y el Valle de Lecrín, siguiendo el curso del Ízbor y luego el del Guadalfeo.

Miré de nuevo hacia delante y arrugué el ceño, haciendo memoria para intentar recordar por dónde pasaba la línea de frente. En Órgiva había tropas, creía. Y el frente quedaba a la altura del túnel de Ízbor. Sí, en Ízbor. Aquello era boscoso, y escarpado al entrar al valle. El pueblo estaba colgado de la ladera de la montaña. Era muy arriesgado. No sabíamos dónde estaban las tropas. Pero no podíamos retroceder, ni volver a la ciudad, ni atravesar la sierra. Solo quedaba el sur.

Rosita aceptó el plan a falta de otro mejor y nos fuimos desviando para dirigirnos hacia el valle. Avanzábamos en silencio, a poca distancia la una de la otra, rumiando cada una sus propios pensamientos.

Rosita no me había reprochado mi silencio cuando le contara, meses atrás, lo que su hermano había hecho. Le pedí perdón y ella comprendió mis motivos. Disculpó a su hermano, porque él no había querido hacerlo, pero comprendió también el dolor y la decepción de su marido. Yo no le conté que había prometido matarlo si lo volvía a ver. Y Rosita quedó allí encajada, entre dos frentes, entonces más que nunca.

—Rosita, creo que nunca te he preguntado qué piensas tú de todo esto. —De la guerra, de todo lo que estábamos viviendo.

Los caballos andaban casi a la par. Ella no respondió inmediatamente.

—A mí no me interesa la política —dijo al fin—. Para mí, los buenos no son los que empezaron todo esto, diga lo que diga mi Gonzalo. Pero aparte de eso, no sé más. Yo solo quiero que se termine y que mi hermano se deje el fusil y vuelva.

Su hermano y el fusil.

—No sabemos qué está haciendo tu hermano —le recordé, resistiéndome a la idea. Ella me miró con compasión.

—Señorita, claro que lo sabemos. Todos los que se van, se van a hacer lo mismo —dijo con amargura—. En Guadix o donde haya ido a parar, no está recogiendo flores. Claro que no. Se van todos a lo mismo: a matar o a dejarse matar.

Acabó aquella frase con la voz ahogada de angustia. Yo estiré el brazo para apretarle el suyo, tratando de reconfortarla.

—No digas eso, no lo pienses. Todo esto acabará algún día, y él volverá.

Cerré los ojos y vi a Álvaro. Lo vi fumar distraído y dar un pequeño golpe con el pulgar al cigarro para que se desprendiera la ceniza. Lo vi leer con el ceño fruncido y las gafas de carey sobre el puente de la nariz. Lo vi alzar el puño cantando tras el discurso de don Fernando en el estadio. Lo vi discutir con otros camaradas durante horas, lo vi pasar hambre y frío, y lo vi corriendo por una trinchera. Lo vi morir desangrado. Lo vi destrozado, mutilado, como aquellos que había atendido en el hospital a lo largo de los meses. Lo escuché llamarme a gritos aterrado desde cualquier rincón del mapa, y yo estaba allí. Yo estaba allí, le gritaba, pero no me oía. Y seguía gritando.

Lo vi muy cerca, a pocos centímetros, jugueteando con un mechón que se me había escapado del moño. Lo vi haciendo cualquier tontería para que me riera. Lo vi mirar lejos, haciéndose visera con una mano para protegerse los ojos claros del sol cegador. Lo vi llorar abrazado a mi cintura con el rostro hundido en mi vientre, humillado y avergonzado por haber matado por accidente al hermano de su amigo. Y en aquel momento, Álvaro probablemente estaba en una trinchera.

Lo vi mirarme a través de las sombras de la Alhambra, y traté de recordar cómo sabían todos aquellos besos. Pero los seis meses de guerra que llevábamos vividos habían reducido cosas tan sutiles, tan grandiosas y efímeras a cenizas que barría el viento cada cierto tiempo, hasta no quedar nada. Cada uno de esos besos había desaparecido y en su lugar solo quedaba una llaga, una cicatriz que testimoniaba un vacío. Lo mismo sucedía con las voces. Ya no recordaba cómo era la voz de Federico, ni la de Flavia. Había leído decenas de veces la carta de él, el manuscrito de Bernarda y todo lo demás, pero la mitad de Federico se había ido con él y ya solo quedaban sus palabras, sus ideas. Ya no estaba él para recitarlas. Ni Flavia para leer las mías, que me sonaban huecas, opacas. Ya no enseñaba nunca lo que escribía. Ya no recordaba cómo hablaban. Y solo habían pasado seis meses.

Pero sí recordaba el sonido del llanto del tío que salía por la puerta abierta de la biblioteca el día que murió Flavia. Y que la tía había estado subiéndole rosas blancas al cementerio cada semana hasta Todos los Santos, y desde entonces cada mes. Y yo subía con ella. Todavía llevábamos el luto.

Ellos habían perdido a una hija, y Vicente no sabía dónde estaba el suyo, ni si estaba vivo. Y ahora nosotras habíamos desaparecido también. Nos habíamos marchado sin despedirnos siquiera.

Pero sabrían que estábamos bien. Probablemente, el primer lugar donde nos buscarían cuando el guardia volviera a la ciudad para dar parte sería la casa. Si preguntaban allí por nosotras, los tíos y los demás sabrían que no nos tenían, que habíamos escapado y estábamos bien. O, al menos, tendrían esa esperanza. Pero irían a por ellos. Pensarían que nos estaban escondiendo, los acosarían hasta que nos encontrasen.

No, no. No les hacíamos ningún favor volviendo. Tragué saliva.

44

—Eso es Vélez —dijo Rosita, señalándolo con un índice en alto, a través de un espacio que dejaban libre los árboles. Vélez de Benaudalla.

Caminábamos entre los árboles de la ladera de la montaña de enfrente, al otro lado del río. Allá abajo estaba el pueblo, sí.

Eran casi las tres de la tarde. Llevábamos toda la mañana sobre los caballos, al trote en las zonas más llanas y al paso cuando la ladera de las montañas se escarpaba y se abocaba al valle. Acabábamos de dejar atrás el punto en que el Ízbor se reunía con el Guadalfeo y fluían juntos hacia la costa, pasando junto al pueblo que Rosita acababa de divisar, allá abajo, en el fondo del valle. Allí la pendiente de las laderas se suavizaba y el valle se abría.

Habíamos recorrido la zona de Ízbor y el túnel con el corazón encogido, en silencio y pisando sobre blando, temiendo toparnos con cualquier cosa o persona que nos cortara el paso. Que descubriera que tratábamos de cruzar la línea. Habíamos avanzado por la margen derecha del río, subiendo o bajando por la ladera en busca del abrigo de los árboles y acercándonos más o menos al agua, pero siempre sin perder de vista su curso. Y siempre a cubierto. Pero no habíamos encontrado nada ni a nadie.

Sin embargo allá arriba, un poco antes o un poco después de pasar el punto de confluencia de ambos ríos, unos minutos antes de que Rosita levantara el dedo para señalar Vélez, nos llegó serpenteando y rebotando a intervalos irregulares en las paredes del valle el sonido de un paqueo lejano. Nos detuvimos para escuchar con atención. Desde donde estábamos no percibíamos el origen exacto de los tiros.

—¿Oye eso?

—Es el frente —murmuré yo, asintiendo.

Escuchamos durante unos minutos en un silencio que solo rompieron los caballos golpeando los cascos contra el suelo, impacientes. ¿Qué estaría sucediendo? Escuchaba aquel eco lejano dividida entre el miedo y la inquietud, por un lado, y un cierto sentido de intriga. Aquello era el frente. Debíamos de estar muy cerca, tan solo a unos pocos kilómetros. Demasiado cerca.

—Vámonos.

Azuzamos los caballos y aceleramos el paso. Fuera lo que fuera lo que estuviera sucediendo, debíamos alejarnos de ello.

Si lo que habíamos oído era el frente, y la memoria no me fallaba, estábamos ya en zona roja. Pasamos el pueblo y, una media hora después, el valle volvió a cerrarse. Las laderas del valle se convirtieron en paredes verticales altísimas, que tapaban la luz del sol. Eran lisas, como cortadas de un tajo. Y el cauce del río, llano y encajonado entre aquellos gigantes, describía una ese tras otra, impidiendo la vista unos cientos de metros más adelante.

El río iba bastante crecido. Marchábamos junto a la orilla, por la margen derecha siempre que era posible, y nos detuvimos a beber como habíamos hecho un rato antes más arriba. Finalmente, las montañas cayeron y el cañón se abrió, y ante nosotras comenzó a aparecer poco a poco la llanura de la costa, con el mar oculto allá abajo tras varios kilómetros de campos de caña y otros cultivos. Nos apartamos poco a poco del río y nos alejamos al trote en dirección suroeste campo a través, en busca de la carretera hacia Salobreña.

Poco antes de alcanzar la carretera comenzamos a encontrarnos con algunos grupos más o menos grandes de personas sentadas o tumbadas en los campos. Algunos estaban solos o en parejas. Hombres, mujeres y niños, y también algunos animales, congregados en torno a pequeños fuegos en los que cocinaban con algún cacillo, comiendo o simplemente descansando. Al principio eran tan solo grupos dispersos, congregados aquí y allá, diseminados por el terreno, pero conforme nos acercábamos a la carretera fueron creciendo más y más.

—¿Qué está pasando aquí? —Rosita se hizo eco de mis pensamientos.

Lo más desconcertante estaba por venir. Al llegar a la carretera nos detuvimos en seco, estupefactas: cientos y cientos de personas, miles, venían por ella desde Salobreña, conformando una densa marea que no tenía fin. Estiré el cuello. Apenas se veía la carretera, recta y llana en aquel tramo, y no alcanzaba a divisar la cola de aquella procesión interminable. Allá lejos, sobre la gente, se alzaba el peñón con las casas encaladas del pueblo y el castillo. Giré la cabeza para observar en la dirección contraria, hacia Motril. El puente que cruzaba el Guadalfeo debía de estar a unos pocos cientos de metros, pero era igualmente imposible divisarlo desde allí.

¿De dónde venía toda aquella gente? ¿Y hacia dónde iba?

—¡Son los de Málaga! —exclamó Rosita, al caer en la cuenta.

No puede ser, pensé. Recordé la conversación con Marcos aquella misma mañana. Los que habían salido de Málaga. No podía ser. Y, sin embargo, no podían venir de otro sitio. Málaga era la ciudad más cercana en esa trayectoria, y había caído el día anterior. Pero ¿cómo habían llegado tan lejos? ¿Y por qué? Málaga estaba a unos cien kilómetros de allí, a un día o más de camino a pie. Los sublevados no podían haber avanzado tanto. Los habrían detenido las tropas de la República en retirada mucho antes de salir de la provincia, cubriendo la evacuación de los civiles. No podían haber llegado tan lejos. ¡Y tanta gente! ¡Si parecía que estuviera Málaga entera en aquella carretera!

Anonadadas por lo que estábamos viendo, comenzamos a recorrer la carretera hacia el pueblo despacio y pegadas al borde para no entorpecer la marcha de los que venían en dirección contraria. Porque la marabunta seguía y seguía. Cientos, miles de personas de todas las edades venían a caballo o en mulos y otras bestias de carga, en carros, e incluso empujando carretillas. Lo que fuera que llevara ruedas. Había también algunos coches y camiones, cargados hasta los topes.

Pero la mayoría venía a pie. Andando lentamente, arrastrando los pies con zapatos polvorientos y destrozados por la caminata, o descalzos y con los pies ensangrentados. Venían exhaustos, con los ojos hundidos y los labios resecos y ennegrecidos por la sed y el hambre, con el rostro desencajado por el cansancio. Probablemente llevaban andando todo el día, e incluso varios días seguidos. Algunos venían heridos y con la ropa ensangrentada, con cabestrillos improvisados, torniquetes e incluso miembros amputados, apoyándose en muletas y bastones o en otros compañeros de caminata. Muchos llevaban los pies desollados por andar descalzos sobre el asfalto envueltos en vendas y trapos. Algunos se habían echado en las cunetas y los campos circundantes, entre las cañas. Se habían detenido a descansar igual que los que habíamos visto en los campos de más arriba.

Hombres y mujeres, en su mayoría civiles, y también algunos milicianos y soldados dispersos, la mayoría desarmados, caminando junto al resto. ¿No debían ir a la cola de la procesión, con el resto del ejército que debía de ir detrás? Parejas, tríos y pequeños grupos, familias enteras que llevaban a cuestas o sobre bestias y carros fardos enormes de ropa, comida y otros enseres. Colchones, mantas, sábanas, baúles, maletas, sacos, sartenes y cazos, muebles, animales vivos como gallinas o conejos, e incluso máquinas de coser y gramolas. A mi lado pasó un hombre que llevaba a la espalda un cuadro enorme. Muchos de esos fardos y bártulos, los más voluminosos o superfluos, habían quedado abandonados en medio del camino, dificultando el paso de los caminantes y los vehículos que venían detrás. Llevaban también a los niños sobre las mulas o andando de sus manos, o incluso atados con sogas, sábanas y lo que fuera para que no se perdieran entre el gentío. A los más pequeños los llevaban a hombros o cargados a la espalda, al igual que a los ancianos a los que el agotamiento o la enfermedad les impedían caminar.

Vi varias embarazadas y también algunas mujeres que llevaban bebés de pocos meses en brazos o en cestas. Conté decenas de niños que vagaban sin compañía de ningún adulto, solos o en pequeños grupos. Algunos llevaban de la mano o a cuestas a otros más pequeños. Eran niños huérfanos o perdidos de sus mayores entre la multitud. Los mayores, algunos ridículamente jóvenes, ejercían la función de cabezas de familia. De vez en cuando escuchábamos voces aquí o allá de alguien llamando a algún familiar extraviado.

Muchos iban comiendo cañadú que habían cortado de los cañaverales del borde de la carretera. Al verlos me rugió el estómago. Llevábamos sin comer nada desde primera hora de aquella mañana, desde el desayuno. Nos acercamos a un hombre que estaba cortando caña en ese momento y le pedimos un poco. Aquello era lo único que había para comer, y estábamos muertas de hambre.

Cerca de veinte minutos después de tomar la carretera alcanzamos el pueblo. El panorama no distaba mucho del de la carretera. Además de los que andaban, muchos habían parado a descansar en medio de las calles.

Al pasar el pueblo, la carretera se acercaba a la costa, y comenzamos a ver el mar. El terreno ya no era tan llano, y la carretera seguía a cierta distancia la línea de costa respetando la orografía. Con cada curva, el mar desaparecía para reaparecer por un pequeño resquicio entre los árboles y las casas en la siguiente, según viráramos hacia el interior o hacia la costa de nuevo. Ascendíamos, y el propio monte y la gente de la carretera nos ocultaban el mar. Una vez arriba, al girarnos, este quedaba al fondo, junto con el manto verde de los campos de caña que rodeaban al peñón. La ladera sur era un cortado brutal, y el pueblo y el castillo, recostados sobre la ladera interior, parecían asomarse a ese balcón para mirar el mar por encima de los campos.

La procesión seguía. Empecé a plantearme si podríamos llegar hasta Almuñécar, y si realmente tenía sentido. ¿Y si Carmen o sus parientes ya no estaban allí? ¿Y si también habían abandonado su casa? Aquella muchedumbre no podía haber salido solo de Málaga. Seguía sin comprender el porqué de aquello, qué había sucedido.

—¡Vais en sentido contrario! —gritó un hombre frente a nosotros.

La gente a nuestro alrededor protestaba por tener que apartarse a nuestro paso. La carretera se había estrechado y avanzábamos con dificultad, pegadas a la cuneta. Hicimos caso omiso y seguimos. Tras la siguiente curva, a la derecha, el mar se abrió frente a nosotras, amplio y despejado, separado de la carretera, que estaba alta y retranqueada hacia atrás, por una pendiente relativamente suave salpicada aquí y allí por pequeñas casas encastradas en las colinas. Hacía una media hora que habíamos dejado atrás el pueblo. Un poco más adelante, la carretera giraba bruscamente a la derecha y se adentraba de nuevo en la montaña. Esa vez perdimos por completo de vista el mar salvo por un pequeño triángulo azul. Miré el reloj. Pasábamos de las cinco y media. No debía quedar mucho para Almuñécar.

Entonces comenzamos a escuchar el ruido amortiguado de unos fuertes golpes. O estallidos. Me vino a la memoria el bombardeo del Albaicín casi un año atrás, y los que vinieron después sobre la ciudad. Levanté la cabeza. El sonido parecía proceder de allá arriba, de las montañas que teníamos sobre nuestras cabezas.

—¿Eso son cañonazos? —pregunté, a nadie en particular.

Rosita también había levantado la vista hacia las montañas y escuchaba en busca de la fuente de aquel ruido inquietante. También se escuchaba sonido de motores, y jaleo amortiguado de gritos. ¿Estarían luchando allá arriba? La gente andaba más deprisa. Algunos casi corrían. Aceleraban el paso para alejarse de lo que quiera que estuviera pasando.

La carretera volvió a girar, esta vez hacia la izquierda en dirección al mar, trazando una especie de U amplísima. Y allá delante, donde la carretera volvía a desaparecer en una nueva curva, vimos algo extraño. Había allí más gente si cabe que en todo el tramo que nos separaba de aquel punto. El gentío se arremolinaba en torno a algo o a alguien, y escuchábamos cierto barullo ininteligible desde donde estábamos que contrastaba con el silencio denso y tedioso que nos rodeaba. Allá delante gritaban, y la gente se giraba para mirar.

—¿Qué pasa allá?

Hincamos los talones y aceleramos el paso para averiguar qué estaba ocurriendo. Conforme nos acercábamos, la algarabía crecía y se hacía más clara.

—¡Que vienen los barcos! ¡Los barcos!

La gente corría.

—¡Ya vienen!

—¡Los italianos, que llegan los italianos!

La gente chillaba aterrada y corría. Nosotras intentábamos avanzar a contracorriente mientras tratábamos de comprender qué estaba sucediendo. Entonces comencé a entender qué era aquel sonido que veníamos escuchando.

—¡Daos media vuelta! —nos gritó una mujer—. ¡No vayáis más adelante, que van los fascistas detrás! ¡Daos la vuelta!

—¡Bárbara, tenemos que volver! —me gritó Rosita, que trataba de mantener su caballo junto al mío. Era más difícil que nunca avanzar.

Los fascistas venían detrás. Los estaban persiguiendo.

—¿Por dónde? ¿Por dónde van? —grité yo, intentando alzar la voz por encima de la chillería. Nadie respondía—. ¿Por dónde van?

—¡Han pasado Almuñécar, vienen detrás! —dijo alguien a nuestra espalda.

Al tiempo que escuchábamos aquello, terminamos de girar la curva y el mar terminó de aparecer de nuevo. Fue entonces cuando los vimos.

Dos barcos grises y siniestros que avanzan pegados a la costa lentamente, sin prisa. Estaban tan cerca que se podía distinguir a los tripulantes hormigueando sobre la cubierta. La carretera estaba alta y separada del mar por una pendiente estrecha y escarpada, y los barcos se mantenían a la distancia mínima necesaria para procurarse un buen ángulo de tiro sobre aquella. El mar y la montaña, y en medio, la carretera. Fácil y sencillo. Como el tiro al blanco. Como un juego.

Con cada estallido, los tubos de los cañones desaparecían tras el humo y el fuego. Y la gente allá delante, desesperada por salir de allí, chillaba y corría despavorida hacia nosotras, que nos habíamos quedado plantadas intentando asimilar lo que estábamos viendo. Algunos trataban de esconderse en cualquier rincón, bajo los árboles y tras las rocas, o se echaban bocabajo en las cunetas. Corrían llevados por el pánico, abandonando equipaje, carros y bestias, perdiéndose unos a otros, gritando y llorando de miedo, empujándose, cayendo y pisoteando a quienes habían caído delante de ellos. Sin ver, sin escuchar. Solo huían.

Y sobre ellos, los aviones. Se acercaban zumbando sobre sus cabezas y bajaban hasta casi tocar el suelo, ametrallando lo que encontraban a su paso. Conté uno, dos, tres... Perdí la cuenta.

Los cañonazos que venían del mar levantaban tierra y rocas de la montaña que teníamos detrás que caían también sobre la gente, y hacia nosotras corrían y se arrastraban seres destrozados por la metralla, por los impactos de rocas y escombros. Seres mutilados o con las tripas fuera que corrían para salvar lo que quedaba de ellos, tirando agónicamente de los seres queridos que no podían caminar y dejando atrás a los muertos que no podrían enterrar.

Y allá, en medio de aquel horror, divisé algo que me heló el corazón.

Una mujer, sentada en una cuneta con las piernas cruzadas y recostada contra el tronco de un pino, dando de mamar al niño que sostenía en brazos. La mujer debía de haberse parado a descansar antes de que todo aquello comenzase. Pero ya había comenzado, y la mujer no se movía. El niño mamaba, y la mujer miraba a la nada. Estaba muerta, con un trozo de metralla incrustado en la cabeza. Y el niño mamaba, ajeno al infierno que lo rodeaba.

Sentí el impulso de correr, de salvar la distancia que me separaba de aquella escena horrible y sacar a la criatura de entre aquellos brazos. La gente también lo miraba al pasar, horrorizada. Un miliciano se detuvo y cogió al niño, y siguió corriendo con él en brazos.

Las bombas caían preferentemente sobre aquellos lugares donde se amontonaba la gente, sobre los carros, los camiones y demás vehículos. A algo menos de cincuenta metros de nosotras, un coche trataba de avanzar entre la multitud, abriéndose paso lentamente. Iba lleno. Vimos el cañón virar y apuntar, y contuvimos la respiración. El coche salto por los aires, en llamas.

Con aquella explosión, la más cercana, los caballos se revolvieron asustados y el de Rosita se encabritó, levantándose sobre los cuartos traseros. Ella cayó al suelo.

—¡Rosita!

Alguien que no alcancé a ver agarró las riendas del caballo y huyó montado en él antes de que Rosita pudiera siquiera levantarse. La había perdido de vista entre la gente. Tensé las riendas para evitar que el caballo echara a andar arrastrado por la corriente de gente que empujaba lo que encontraba a su paso.

—¡Rosita! —volví a gritar, desesperada. No la veía ni oía su voz entre el caos.

—¡Bárbara! ¡Señorita, aquí!

Rosita estiraba la mano hacia mí desde la multitud, luchando por acercarse, por no verse arrastrada. Estiré yo también el brazo al tiempo que dirigía el caballo hacía donde ella estaba.

Por fin conseguí agarrar su mano y tiré de ella con todas mis fuerzas para ayudarla a subir al caballo. Liberé el estribo derecho, para que apoyara el pie en él y así pudiera impulsarse para subir. Ella metió el pie y, apretando los dientes, consiguió subir y pasar la otra pierna por encima de la grupa. Tan pronto como lo hizo y me rodeó la cintura con los brazos, metí de nuevo el pie en el estribo e hinqué los talones. Dimos media vuelta y nos unimos a la marea que huía. Recé porque Carmen y los demás hubieran salido de Málaga y de Almuñécar con tiempo suficiente para encontrarse ya lejos de allí.

Rehicimos al galope aquella U sinuosa sorteando con dificultad a la gente que corría y nos alejamos del mar. Algunos aprovecharon aquella curva para adentrarse en las montañas. A unos diez metros por delante de nosotras, una pareja de ancianos, un hombre y una mujer, avanzaban con andar renqueante pegados al borde interior de la carretera observando con pavor en los ojos lo que venía detrás de ellos. La mujer se apoyaba en un bastón. No podían correr y se iban quedando poco a poco atrás. Súbitamente, el hombre sacó una pistola que llevaba en un bolsillo del pantalón y, con los ojos anegados por el llanto, le disparó primero a ella y después a sí mismo. Ambos se desplomaron.

Rosita ahogó un chillido. Oí un zumbido de motor sobre nosotros y levanté la cabeza. Llevábamos a los aviones encima. Y éramos un blanco goloso. Escuché el ametrallamiento sin girarme, concentrada en dirigir al caballo esquivando los obstáculos que nos salían al paso. Lo azucé y aceleró aún más. Ya casi volábamos.

Al acercarnos de nuevo a la costa, observamos con horror que aquel rodeo había dado ventaja a los barcos, que avanzaban en línea recta. Ahora se encontraban mucho más cerca. Delante y detrás de nosotras, la gente caía bajo las bombas y las balas, los carros saltaban por los aires y las bestias se desplomaban, alcanzadas también por aquellas. Estábamos en medio del infierno, atrapados entre las montañas y el mar.

Cada curva que doblábamos deseé que fuera la última, que fuera aquella en la que la carretera descendía hacia Salobreña y se alejaba definitivamente del mar y de los barcos. Los aviones iban y venían, hacia detrás y hacia delante, realizando vertiginosas piruetas que los lanzaban sobre la gente que corría. Poco a poco fuimos dejando atrás el foco donde se concentraban el grueso de los cañonazos y la acción de los aviones, aunque por pocos metros, y por fin alcanzamos la dichosa curva, tras lo que había parecido una eternidad. Comenzamos a descender, dejando cada vez más atrás el campo de acción de los aviones y apartándonos de los barcos. El sol se estaba yendo y la luz empezaba a caer.

La gente seguía corriendo a nuestro alrededor, alertada por los que venían detrás. Pasamos el pueblo escuchando todavía a lo lejos el zumbido de los aviones. Aquel trayecto que antes habíamos recorrido en algo menos de una hora, ahora lo habíamos cubierto en poco más de media. Los caminantes con que nos habíamos cruzado a la ida ahora corrían, y los que habían parado a descansar en las cunetas y los campos se escondían en las cañas o corrían también. Seguimos cabalgando sin detenernos hasta alcanzar el río, y al llegar allí, tiré de las riendas para no estamparnos contra la muchedumbre que se agolpaba junto a la rivera.

El puente había desaparecido. No había puente, tan solo un montón de escombros. Lo habían volado quién sabe cuándo. Y el río iba muy crecido, como ya habíamos comprobado aguas arriba unas horas antes. La gente se adentraba en las aguas turbulentas y fangosas a lomos de las bestias y siguiendo a los carros y los camiones, que marcaban las zonas aparentemente más seguras para cruzar. Algunos se quedaban encallados, y sus ocupantes debían seguir a pie. Los que sabían nadaban, y los que no luchaban con todas sus fuerzas para que no se los llevara la corriente. Y muchos no lo conseguían. Vimos con horror cómo el agua arrastraba a heridos, niños y ancianos, los más débiles. Muy cerca de nosotras, un hombre que llevaba una niña sobre los hombros perdió pie y cayó, y la corriente se los llevó a ambos. Tragué saliva.

—No sé nadar —gimió Rosita a mi espalda, atemorizada. Yo tampoco. Pero teníamos que cruzar. Estábamos atrapadas.

Estábamos más arriba del puente. Al otro lado del río divisé algunos grupos de milicianos y soldados que iban de allá para acá organizándose, preparándose para defender esa orilla y hacer frente a lo que venía detrás de nosotros. De repente, alguien o algo empujó al caballo por un lado, y yo caí por el otro. Me levanté de un salto, ignorando el dolor del antebrazo sobre el que había caído. No parecía estar roto.

Interponiéndose entre el caballo y yo, y sujetando con fuerza las riendas, había un muchacho de unos trece o catorce años, que me miraba con fiereza, en silencio. Llevaba a una niña de no más de cinco años enroscada al cuello, y junto a él había también otro niño de unos seis o siete, al que llevaba atado a su cintura con una soga. Los tres estaban profundamente demacrados y ojerosos, sobre todo el mayor. Cojeaba ligeramente y llevaba la pernera derecha del pantalón ensangrentada.

No estaba dispuesto a ceder. No parecía agresivo, sino simplemente desesperado. Quería que subiéramos a los niños al caballo.

—Está bien —accedí.

Desaté la cuerda que lo unía al que supuse que era su hermano mientras él subía a la niña delante de Rosita, y al niño a su espalda. Rodeé a los tres con la soga con su ayuda, e hice un nudo.

—Llévatelos. Sácalos de aquí, yo voy con él —le dije a Rosita—. Esperadnos al otro lado. ¡Venga!

—Pero... —comenzó a decir ella al comprender cuáles eran mis intenciones.

—¡Largo! —Palmeé con fuerza el anca del caballo, y este salió despedido hacia delante antes de que Rosita pudiera protestar de nuevo y antes de que yo fuera completamente consciente de las consecuencias que podía tener aquella decisión.

Un escalofrío me recorrió la espalda de arriba abajo. Los niños, al ver que su hermano no iba con ellos, comenzaron a chillar y a llorar. Tan pronto como se dieron la vuelta, el chico se desplomó. Estaba lívido.

—Déjame ver. Soy médico.

Me arrodillé junto a él. Le levanté con cuidado el pantalón hasta la rodilla, y al hacerlo quedó al descubierto una herida muy fea en el lateral de la pantorrilla, con varios fragmentos de metralla de diversos tamaños incrustados en ella. Se estaba desangrando. Había que hacer un torniquete.

Me eché mano a las trabillas del pantalón, pero no llevaba cinturón ni tampoco tirantes, y él tampoco. Rebusqué frenéticamente en mis bolsillos y alrededor nuestro algo que hiciera las veces de lazo para el torniquete, y entonces palpé algo a través de la tela del pantalón. Algo pequeño y rectangular. El cuaderno y el lápiz, atados con un lazo de seda blanca bordada en azul. El lazo de Álvaro.

El lazo de Álvaro no. No.

Me obligué a sacarlo de mi bolsillo con lágrimas en los ojos, destrozada por sacrificar aquel regalo, aquella nimiedad que era lo único que tenía conmigo de él. Me tragué las lágrimas antes de que estas salieran.

—¿Dónde están vuestros padres? —le pregunté mientras le enrollaba la cinta en torno a la pantorrilla por debajo de la rodilla, tratando de pensar en otra cosa.

—En el camino —murmuró sin mirarme.

Perdidos o muertos. Apreté la cinta y él ahogó un aullido de dolor.

Lo ayudé a levantarse, y me pasé su brazo por encima de los hombros para ayudarle a caminar. A nuestro alrededor, la gente continuaba llegando y arremolinándose en torno a la rivera.

—Gracias.

Yo sacudí la cabeza, restándole importancia.

—Vamos. —Nos acercamos a la orilla en busca de un lugar medianamente seguro para entrar—. ¿Sabes nadar?

Él negó con la cabeza. Estábamos apañados.

Un poco más arriba, un carro había quedado varado a ese lado del río. Aquel carro hacía las veces de barrera, frenando ligeramente la corriente. Vi a un pequeño grupo que lo utilizaba como apoyo para cruzar.

—Por ahí. —Señalé el carro con un golpe de mentón.

Nos dirigimos hacia allí andando torpemente, sorteando a la multitud. Nos colocamos por el lado de arriba del carro. Al meter los pies en el agua, sentí una sacudida de frío que me trepó piernas arriba. Estaba helada. Entramos despacio, midiendo cada paso y asegurando los pies en el fondo antes de descargar el peso sobre ellos. Poco a poco el agua fue subiendo hasta llegarme a la cintura y luego al pecho, y con ello también aumentó la fuerza de la corriente. El carro hacía bien su función, disminuyendo la presión y sirviéndonos de apoyo, pero aun así podíamos notar claramente la fuerza del agua empujándonos contra él.

Avanzamos lentamente, acercándonos con temor a la viga del carro, y con ella, al final de la barrera que nos protegía. Nos agarramos con fuerza a la viga. Allí la corriente era mucho mayor. Los pies se nos resbalaban en los cantos del fondo y la fuerza del agua nos hacía andar aún más despacio que antes. Antes de que pudiera darme cuenta, el muchacho, que iba detrás de mí, resbaló y la corriente lo arrastró por debajo de la viga. Chillé, estirando los dedos para agarrarlo de la chaqueta, pero ya era tarde. Vi con impotencia cómo sacudía los brazos agónicamente por encima de la superficie, gritando desesperado cada vez que conseguía sacar la cabeza del agua hasta que, al llegar a la altura del puente se golpeó la cabeza con los escombros, y dejó de moverse. Su cuerpo inerte se detuvo durante unos segundos en aquel punto, atrapado entre los pedazos de puente, y poco después el agua lo arrastró de nuevo, flotando boca abajo como una balsa.

Me quedé quieta, ajena a la voz de Rosita, que me llamaba a gritos desde la otra orilla, a la gente que cruzaba, a los gritos y los llantos, y al zumbido de los aviones que se escuchaban cada vez más cerca. Me quedé allí, aferrada con ambos brazos a la viga, mirando fijamente el lugar en que el cuerpo del chico había quedado encallado durante unos segundos antes de desaparecer.

Y entonces el carro se movió inesperadamente y caí yo también al agua.

Agité los brazos, luchando desesperadamente por mantenerme en el sitio, por salir a la superficie, por respirar. Tragué agua, conseguí sacar la cabeza, y el agua la volvió a sepultar. No conseguía ver nada, no conseguía escuchar nada más allá de mis propios gritos y toses. Me golpeé contra cosas que no supe identificar. El jersey se me enganchó por la espalda en algo que me retuvo, y sentí que ese algo tiraba de mí hacia arriba, hacia la superficie.

—¡Patalea, muchacha, patalea! ¡Aparta el agua con las manos!

El que me gritaba aquello era un miliciano en mulo que me había agarrado por el jersey y me mantenía a flote. Hice lo que me decía, intentando colaborar.

—¡Ya casi estamos! —me animó—. ¡Sigue pataleando!

Por fin llegamos a la otra orilla y el miliciano me soltó. Me arrastré por el fango para apartarme del agua, tosiendo violentamente y vomitando toda el agua que había tragado. Me quedé allí tirada bocarriba con los ojos cerrados durante unos minutos, descansando, hasta que la voz de Rosita se acercó a mí.

—¡Bárbara!

Abrí los ojos. Los tres seguían encima del caballo, prácticamente secos y atados todavía. Rosita no podía bajar del caballo. Estaba terminando de anochecer, y los aviones se acercaban más y más. Me puse en pie como pude, encogiéndome de dolor con cada movimiento. Me acerqué a ellos arrastrando los pies, y me di cuenta de que había perdido una bota. Me agarré al estribo que Rosita había liberado y me ofrecía, y continuamos la marcha.

* * *

Era ya noche cerrada. Llevábamos un día entero, desde la tarde del día anterior, en la carretera.

Me arrastré entre los fardos que había desperdigados por el camino, buscando a tientas algo que poder comer. Pero nada. Maletas, sacos, baúles, cazuelas, sartenes... pero de comida, nada. Gateé hasta el siguiente bulto más cercano. Más de lo mismo. ¿Qué era aquello? Tela, tela gruesa. Una manta. Dos. Y un mantel. O sábanas. Sí, sábanas. Para el pie. ¿Y esto? Un botijo. Vacío. Refunfuñé para mí, frustrada. Nada.

Estaba a punto de desfallecer. Estaba agotada, magullada de los pies a la cabeza, muerta de hambre y de sed, y aterida de frío. Tiritaba. Todavía llevaba algo húmeda la ropa. La gente se apiñaba en torno a pequeños fuegos a ambos lados de la carretera, preparándose para pasar la noche al raso. Había pocas hogueras. La mayoría había preferido, a pesar del frío, no encender ninguna, por temor a que los sublevados las divisaran en la oscuridad de la noche y volvieran los barcos y las ametralladoras una vez más. No había casi luz.

Pero los sublevados habían quedado atrás, al menos por el momento. Los que venían detrás decían que los italianos se habían detenido frente al río, y habían tardado varias horas en poder pasar la maquinaria al otro lado. También nos enteramos de que los de Órgiva habían conseguido romper la resistencia de los republicanos y estaban bajando hacia la costa. Aquello eran los tiros que Rosita y yo habíamos escuchado en la distancia un poco más arriba de Vélez de Benaudalla el día anterior, probablemente. Habían entrado en Motril ya por la tarde, y los gubernamentales los estaban reteniendo un poco más al este. Habíamos cruzado la frontera, si se podía decir así. Pero la gente seguía temiendo la reaparición de aquellos. Estábamos todavía muy cerca. Continuaban, continuábamos nosotras también, hasta Almería, lo más lejos posible.

Habíamos corrido hasta pasar Motril y después continuamos andando a paso ligero durante el resto de la noche. Y seguimos al día siguiente, cada vez más despacio a medida que nos iba venciendo el agotamiento, haciendo algunas paradas cortas cuando sentíamos que íbamos a desfallecer. No habíamos querido parar a dormir, porque todavía estábamos demasiado cerca.

Habíamos llegado, ya casi al anochecer, a Castell de Ferro. Llevábamos un día entero caminando, turnándonos Rosita y yo sobre el caballo junto a los niños, y a veces andábamos las dos. Dejamos el pueblo atrás, pero media hora después tuvimos que parar. Los niños se tambaleaban de sueño, y en varias ocasiones estuvieron a punto de caerse del caballo. Ya no aguantaban más. Y Rosita y yo también estábamos extenuadas. Llevábamos un día y medio sin dormir, sin descansar más que algunos ratos cuando nos apartábamos del camino por unos minutos, y a excepción de la cañadú que nos había dado aquel hombre a las puertas de Salobreña, no habíamos comido nada desde el desayuno del día anterior.

Y yo seguía sin encontrar comida. Seguí gateando en la oscuridad. Además de los acampados, muchos seguían caminando. De vez en cuando me llegaba el sonido de voces aisladas que llamaban desesperadas y llorosas en la oscuridad. Papá, mamá, abuelo, Periquillo, Martín, Rocío, María… gente, niños y mayores, perdida de los suyos o buscando a sus perdidos en la confusión del camino. Desde antes de detenernos habíamos venido escuchando un llanto apagado que ahora resonaba a cierta distancia.

—A esa mujer se le llevó el niño el río —me había explicado Rosita.

Las dos nos habíamos puesto a buscar comida y agua en los alrededores, y habíamos encendido una fogatilla. Pero de comida y agua, nada. Yo había puesto a secar junto al fuego mi cuadernillo, que se había salvado milagrosamente de las aguas del río. El lápiz no había corrido tanta suerte, lo mismo que mi reloj.

Había bastantes heridos de las bombas y las ametralladoras, y también de otras eventualidades del camino. Muchos, la mayoría, con o sin zapatos, llevaban los pies destrozados y las piernas amoratadas e inflamadas, y los ojos hinchados y enrojecidos por el polvo y el cansancio. A eso había que añadir heridas más o menos graves, contusiones, torceduras, fracturas abiertas y cerradas, y también algunas amputaciones. Los más graves se habían quedado en el camino, y los que habían conseguido seguir llevaban improvisados torniquetes y cabestrillos, y llevaban también las heridas vendadas con retales de su propia ropa, sucia del sudor y el polvo del camino.

Y había muchos enfermos. A la falta de sueño, el agotamiento y la tensión por la situación se unían el hambre crónica de los meses de guerra, acentuada en el camino, y una miríada de patologías que ya acarreaban antes de comenzar a andar. Tisis, difteria, catarros comunes, cardiopatías... Yo observaba todos aquellos rostros abatidos abrumada por la impotencia. Me acerqué a algunos de ellos, a aquellos a los que podía servir de ayuda con algún vendaje o con lo que fuera. Soy médico, decía. Pero, ¿de qué les servía eso? Lo que aquella gente necesitaba era descansar y comer en condiciones. Y un hospital como Dios manda.

Abandoné la búsqueda. Me eché las mantas y una sábana al hombro y me levanté del suelo, y al hacerlo sentí una punzada de dolor en el pie izquierdo, aquel del que había perdido la bota en el río. Lo llevaba lleno de heridas y ampollas, y el calcetín estaba hecho jirones.

—¡Dios! —gemí.

Me acerqué cojeando a donde estaban Rosita y los niños, y comprobé con sorpresa que estaban comiendo. La familia de al lado les había dado amablemente una botella de agua que habían llenado en algún pozo y un cazo con un par de muslos de los dos pollos que estaban friendo.

—¡Benditos sean! —exclamó Rosita casi llorando de gratitud, mientras se chupaba los dedos con avidez.

Dejé las mantas y la sábana a un lado y tomé el cazo que el niño me ofrecía. Indiano resopló a pocos pasos de nosotros, pastando en la oscuridad. Devoré ansiosamente el pedazo que me habían dejado y repelé con los dedos el cazo para aprovechar hasta la última gota de grasa. Los niños pulieron los huesos. Bebí a gallete un trago inmenso de la botella. Al levantarla, el niño se fijó en la cicatriz que tenía en la mano izquierda. El trazo de la línea y los puntos de sutura brillaron sutilmente a la luz del fuego.

—¿Qué es eso? —preguntó tímidamente, señalándome la mano.

Era la primera vez que lo oía hablar en muchas horas. Ninguno de los dos había dicho prácticamente nada desde que dejamos el río, desde que vieron morir a su hermano mayor. Ni siquiera sabíamos cómo se llamaban. Antes de responder, se lo pregunté. Encarnita y Andrés.

—Es una herida que me hice hace mucho tiempo —contesté yo.

—¿En la guerra?

—No, hace muchos años. Cuando era pequeña.

—Yo tengo una herida de la guerra. —El niño había perdido el interés en mi herida, y estaba más interesado en mostrarme la suya. Se levantó la manga hasta el codo y me enseñó una pequeña herida casi curada, una raspadura. Su hermana nos miraba a ambos en silencio—. Me lo hice con una piedra que salió volando en los bombardeos.

Esa costra tenía al menos una semana o dos.

—Vaya.

—Toma, póntelo. —Rosita me alargó una chaqueta de lana y otra de pana. Ella misma llevaba puesto un abrigo de paño—. Estaban por ahí.

Me quité el jersey y la camisa, que seguían húmedos y acartonados por el barro del río, y en su lugar me puse la chaqueta de lana abotonándomela hasta el cuello. Y encima la de pana.

Bajé a la playa para lavar el cazo antes de devolvérselo junto con la botella a sus dueños y les di las gracias. Nos dieron la botella. Cuando me acerqué de nuevo a nuestro rincón, Rosita estaba arropando a los niños con una de las mantas que yo había traído. Cogí la sábana para liarme el pie, todavía con la botella en la mano, y al agacharme para dejarla en el suelo vi que llevaba el labio partido y estaba luchando por no llorar. Tapaba a los niños con movimientos frenéticos, nerviosa.

—¿Que llevas ahí? —le pregunté.

—Se han llevado el caballo —me explicó, con lágrimas en los ojos—. Nos lo han robado.

No teníamos caballo. Se habían llevado a Indiano. A mi caballo. Levanté la cabeza y escruté inútilmente las sombras donde, hasta hacía unos pocos minutos, estaba pastando. Pero allí no había nada. Lo habían robado mientras lavaba el cazo.

Me alejé con la sábana en una mano mientras Rosita se tapaba con la otra manta y se tumbaba junto a los niños, llorando en silencio. Bajé cojeando a la playa y me senté en la arena, a pocos metros del agua. Me saqué el calcetín con cuidado, apretando los dientes cada vez que este rozaba aquellas zonas en carne viva o con ampollas. Tenía el pie hinchado. Me acerqué a la orilla y me lo lavé con el agua, restregándolo con las manos para quitar los restos de piedrecillas, hierbajos y tierra. El frío del agua me alivió un poco el dolor. Me senté de nuevo donde había dejado la sábana, me sequé el pie con un extremo de la tela y empecé a desgarrar el otro en tiras para vendármelo.

Y comencé a llorar. Primero a lágrimas sueltas, en silencio. Y, poco a poco, los gemidos ahogados se convirtieron en exhalaciones agónicas, y los sollozos en violentos espasmos que me sacudían el pecho. Lloré y lloré todo el dolor, la tristeza, el miedo, la rabia, la desesperación, la frustración, la angustia y el cansancio que había acumulado a lo largo de las últimas horas, de los últimos días, de los últimos meses. Estaba cansada. Estaba muy cansada.

Lloré hasta quedar empapada, gritándole al mar y a las nubes que se cernían fantasmales sobre mi cabeza en un cielo negrísimo y sin estrellas. Les grité cobardes, por ser testigo de todo aquello y no hacer nada. Grité hasta desgañitarme, furiosa contra ellos, contra la playa en la que me hallaba, contra la luna que no encontraba en el cielo, contra la carretera, contra los puentes volados, los barcos, los aviones, y contra la madre que los parió.

Maldije a los sublevados, a Franco y a Queipo, y maldije también al Gobierno de Valencia, a los rojos, a los blancos y a los negros. Maldije a los curas a los que había escuchado en Granada alabar la Santa Cruzada de España, y maldije mil veces cada una de las heridas que había tenido que atender a lo largo de aquella guerra que duraba ya más de seis meses, seis meses malditos.

Maldije a Dios por permitir aquello, aquella masacre que no tenía nombre, y todas las desgracias que había presenciado. Pero culpar al dios o los dioses que pudieran existir era cerrar los ojos al libre albedrío que movía el mundo, que nos movía a todos. No había dios en todo aquello, solo la locura, el fanatismo y la barbarie del ser humano que daba rienda suelta con mano despiadada a toda su sangrienta e indiferente crueldad. No existía ningún dios. Tan solo la voluntad del ser humano, y sus consecuencias.

Era de cobardes buscar a un dios y llorarle por los platos rotos por nuestra furia. Era de cobardes e inconscientes buscar la causa o la culpa de todo aquello en un lugar que no fuera nosotros mismos y nuestra ceguera. Las riendas de la muerte las llevaba la propia muerte, y nosotros mismos nos habíamos lanzado como un caballo desbocado a una carrera que nos había precipitado al abismo.

45

Me despertó un grito ahogado, de madrugada, procedente de algún lugar a nuestro alrededor no muy lejos.

Me incorporé de un salto, asustada, y escruté el mar y el cielo que empezaba a clarear en busca de barcos y aviones. Pero allí no había nada. Tampoco se escuchaba el zumbido de los motores ni ninguna detonación. La carretera estaba en calma salvo por el ruido amortiguado de las pisadas de los sigilosos caminantes que seguían pasando por nuestro lado. Y algo más. Allá, unos metros más adelante, un pequeño tumulto, un grupo de gente que hormigueaba en torno a una tenue luz. Escuché el murmullo de voces aguzando el oído. Rosita también se había despertado.

—Voy a ver qué pasa —murmuré. Los niños seguían durmiendo.

Me acerqué tímidamente, observando con detenimiento los movimientos del grupo, tratando de averiguar qué sucedía. Examiné los rostros iluminados por una pequeña linterna, y me dio un vuelco el corazón al reconocer uno de ellos.

—¿Carmen? —Era ella, sí—. ¡Ay, Dios, Carmen! ¡No puede ser!

—¡Bárbara, señorita! —dijo al reconocerme—. ¿Qué hace usted aquí?

La abracé, llorando ambas de alegría. Cuando nos separamos, la observé mejor y encontré en su rostro lo mismo que había encontrado en los del resto de caminantes: los ojos hundidos, las mejillas desprovistas de color y consumidas, y los labios resecos y ennegrecidos. Estaba sentada en el suelo, sobre una manta, recostada sobre el pecho de una mujer menuda y anciana que la sostenía con los brazos, y tenía las piernas flexionadas en torno a una enorme panza de embarazada. Estaba más delgada que la última vez que la vi, a pesar del embarazo. Junto a ellas había de rodillas un hombre no mucho mayor que yo y un niño, Tianín.

—¡Tianín, pero qué grande estás! —Lo abracé también.

Carmen se encogió de dolor sobre la barriga, lanzando un grito al cielo. Jadeaba. Una contracción.

—Está de parto —dijo la mujer.

—Ella es doctora, madre. Déjela hacer.

En ese momento llegó Rosita también.

—¿Qué pasa? ¡Carmen! —exclamó al verla, y se abrazaron.

La parturienta se contrajo de nuevo.

—¿Cada cuánto van? —pregunté a quién supiera responder, esforzándome por recordar y repasar mentalmente lo que había estudiado de partos en la carrera.

—Viene ya. Ha roto las aguas hace un rato, y van muy seguidas —contestó la madre, ansiosa.

Le palpé la barriga con las manos. Estaba muy baja ya. El niño estaba descendiendo. Tuvo una nueva contracción.

—Tengo sed, me muero de sed —farfulló ella, sin aliento.

—No puedes beber ahora, mi niña.

La madre le acarició la frente, perlada de sudor. Yo también necesitaba agua.

—Rosita, trae la botella y lo que me sobró de sábana. Y busca un cuchillo.

Ella se alejó y volvió a los pocos minutos con la botella y la sábana. Se las dio al hombre y se alejó de nuevo, en busca del cuchillo.

—Mójale los labios —le ordené a él, ofreciéndole un retal de la sábana empapado. Él hizo lo que le pedía.

—Venga, Carmenchi, ya queda menos —la animó cuando esta sufrió una nueva contracción.

Me arremangué y me lavé las manos rápidamente. Tianín miraba a su madre y gimoteaba confuso y preocupado. No comprendía bien qué estaba pasando.

—Paco, llévate al niño de aquí —dijo la madre de Carmen.

Él le dio el paño a ella y se levantó con el niño en brazos. Levanté la cabeza.

—Tenemos a otros dos más allá —le señalé el lugar donde habíamos acampado—. Quédate con ellos también, por favor.

Desnudé a Carmen hasta la cintura y tanteé con los dedos el orificio de la vagina. La mujer me acercó la lámpara. Unos siete u ocho centímetros. Estaba ya para parir. Seguí tanteando. Y venía bien, comprobé aliviada.

—Este va a ser rápido —la animé—. Los segundos siempre son más rápidos.

Rosita llegó en ese momento con el cuchillo en la mano y lo lavó también con el agua de la botella. La madre, pasándole el paño por la frente a su hija, le dijo:

—Niña, trae esa bolsa para acá. Dentro hay mantones y ropilla.

—Rosita, haz también dos tiras finas de sábana —añadí yo.

Rosita hizo lo que le decíamos. Vino una nueva contracción, y aproveché:

—Empuja, Carmen. ¡Empuja fuerte!

Ella lo hizo apretando los dientes, y su madre ayudó desde atrás. Ya casi veía la cabeza. Hice palanca entre ella y las paredes. Carmen abrió la boca y gritó.

—No grites, cierra la boca. —Si no, se le iría por ahí la fuerza.

Rosita estaba a mi lado con el cuchillo en ristre en una mano y un revoltijo de ropa y las tiras de sábana en la otra. Carmen cerraba los ojos y empujaba una y otra vez. Ya casi estaba. Ya casi estaba. La cabeza estaba saliendo, y comencé a ver un remolino de pelo pegajoso y su frentecita minúscula. Metí los dedos y tiré de ella con delicadeza. Después de la frente vinieron las líneas de los ojos cerrados, y dos mofletes enrojecidos por la sangre de su madre.

—¡Ya está aquí, ya está aquí! ¡Un último empujón!

La cabeza terminó de salir, y todo el cuerpo vino detrás. Lo agarré con firmeza. Estaba resbaladizo por la sangre y el vermix. Lo dejé con cuidado sobre la toquilla que Rosita me tendía.

—Sécalo rápido, que se enfría —le pedí, agarrando el cuchillo. Ella titubeó.

—¿No lo lavamos? —dijo contrariada. La grasa y la sangre.

—No, eso protege.

Ella asintió y envolvió al bebé con la toquilla, secándolo con cuidado. Era una niña con el pelo negro de su madre.

—¡Es una niña! ¡Qué niña más bonita! —exclamó Rosita, emocionada.

Carmen jadeaba y lloraba, mirando a la niña anhelante. Mientras Rosita la secaba, cogí las dos tiras de tela y las anudé en torno al cordón umbilical a un palmo de distancia la una de la otra. Apreté con fuerza los nudos, cortando la circulación. Después, corté con el cuchillo el cordón en el tramo que separaba los nudos.

La niña todavía no lloraba. La cogí de brazos de Rosita y le froté con fuerza la espalda, sobre la columna, y las plantas de los pies. Finalmente abrió la boca y comenzó a llorar.

—¡Ay, Carmen, hija, que amapolilla te ha nacido! Ay, qué cosa más preciosa... —la abuela de la criatura lloraba.

Estaba empezando a amanecer, y la luz grisácea y rosada del alba me permitió ver en el borde del camino y en el terreno circundante pequeños puntos de color rojo. Aquí y allá, pequeñas amapolas mecidas por la brisa de la mañana.

Y la niña lloraba a pleno pulmón.

* * *

—¿Agarra o no agarra?

Carmen iba andando con la niña enganchada al pecho. Iba un poco rezagada, caminando más despacio que los demás. Habíamos retomado la marcha apenas tres horas después del parto, ella misma había insistido. De vez en cuando se le escapaba alguna mueca de dolor que disimulaba apresuradamente, antes de que la viéramos. Pero las veíamos. Su madre y yo no le quitábamos el ojo de encima. Era ya casi mediodía y a Carmen, aunque intentara ocultarlo, le faltaba poco para desfallecer.

—¿Agarra? —repitió su madre.

—Sí que agarra, sí —sonrió, satisfecha—. Me va a dejar seca.

—Esa niña va fuerte.

Le había puesto Anita, como la abuela. Anita León. Tianín, al que yo llevaba atado a mi espalda con una de las mantas, estiraba el cuello y se asomaba por encima de mi hombro para observar a su nueva hermana, lleno de curiosidad. Los otros dos niños, la una de la mano de Rosita y el otro a los hombros de Paco, el hombre que acompañaba a Carmen y su madre, también observaban embelesados al bebé.

Me hice visera con la mano. La carretera continuaba pegada a la costa. Unos metros por delante divisé a un hombre vestido con un mono azul y con el cabello plateado que estaba agrupando a algunos de los niños que iban solos. Debía de ser de alguna milicia. Gesticulaba con ambas manos para pedirles que se dieran la mano para mantenerse unidos los unos a los otros. Algunos adultos colaboraban con él, juntando a los niños y atando a algunos de ellos. Había muchos perdidos y solos.

—Cuando la vea su padre… —comentó Carmen, sin apartar la vista de la niña.

Ojalá la viera. Carmen ya sabía que su marido estaba en un hospital de Granada, y también le habíamos contado la peripecia que nos había llevado hasta allí. Paco era su hermano, el que vivía en Almuñécar. Su mujer había muerto en el camino, antes de llegar a Salobreña. Carmen, Anita y el niño habían salido de Málaga el siete por la noche, justo antes de que entraran los sublevados.

No había habido ninguna evacuación. Habían salido todos, sin más, civiles y no civiles mezclados. Soldados y milicianos también habían salido, solos o con sus familias. Los mandos habían volado y aquello había quedado al aire de cada cual. No se había quedado nadie a resistir a guardar la cola de los refugiados. Un vecino de ellas que era miliciano había ido a la sede de su sindicato a preguntar qué estaba pasando y qué había que hacer, y lo dejaron igual. Él cogió a su familia y se fue la tarde del siete. Y ellas, lo mismo.

Habían estado bombardeando Málaga desde el verano anterior. Pero no había habido evacuaciones. Lo único que habían hecho fue sacar un convoy de niños para Francia pasando por Valencia el 30 de enero. A Tianín no se lo habían llevado porque era muy chico. Pero aparte de eso, nada. Desde el principio de la guerra mucha gente se había ido a los pueblos, y también había llegado gente que huía de Sevilla y del resto de zonas de Queipo. Pero fue ya después de Navidad, al comenzar la ofensiva directa, cuando la ciudad se llenó de veras de refugiados de la provincia, de los lugares que iban cayendo a medida que se contraía el frente. Aquello era como un embudo. Venía gente de todas partes. La ciudad era un hervidero, no cabía un alfiler, y había hambre. Y los que llegaban decían que los moros venían degollando y violando a las mujeres.

Y con el miedo se habían ido todos, los rojos y los que no lo eran.

—Valiente el que se quedara, con ese panorama —sentenció Anita, que en ese momento tenía a la niña en brazos.

A Carmen se le fueron los ojos de pronto y se vino abajo, desmayada.

—¡Carmen! —Rosita llegó primero.

Anita se acercó y yo me arrodillé junto a Rosita, que abanicaba a Carmen con una mano y le echaba en la frente el culillo de agua que quedaba en la botella para refrescarla. Carmen poco a poco volvió en sí, mirándonos confundida. Aquello le había costado el sobreesfuerzo.

—¡Si es que no puede ser! —se quejó su madre, frustrada—. ¡Teníamos que habernos esperado un rato más, aunque fuera...!

—Madre... —intentó contradecirla, todavía aturdida. Hizo por incorporarse.

—Espera un poco, Carmen —la detuvo Rosita.

Anita levantó la cabeza hacia su hijo.

—Tienes que cargarla tú, Paco. Ella no está para andar.

Él asintió y se bajó al niño de los hombros. Ayudamos a Carmen a incorporarse hasta quedar sentada, apoyada en su madre, y entonces algo llamó mi atención.

Por la carretera se acercaba lentamente un furgón. El vehículo avanzaba a contracorriente con dificultad, retenido por los que caminaban arrastrando los pies en sentido contrario, que se apartaban para dejarle paso asustados al oír el claxon. El hombre de cabello plateado, al divisarlo, abandonó lo que estaba haciendo e hizo señas con los brazos extendidos al furgón, que se detuvo a su altura y comenzó a dar la vuelta. En el lateral del vehículo pude leer: «Servicio Canadiense de Transfusión de Sangre». Era un equipo médico. Tan pronto como se detuvo, de él saltaron otro par de hombres que abrieron las puertas traseras. Pero no había ni rastro de material médico en el interior. Entre los tres hombres comenzaron a subir al vehículo algunos ancianos y los niños que el del pelo gris había reunido.

—Se los llevan a Almería —me aclaró una mujer que caminaba junto a mí—. Los he visto cargar ya un par de veces.

La gente se apelotonaba en torno a ellos, pidiendo a gritos que se llevaran a este o aquel niño. Me giré hacia Carmen y el resto, que observaban aquello también. Anita y yo pensamos lo mismo.

—Carmen, esos te pueden llevar.

Ella no sabía qué decir. No lo pensamos dos veces. La ayudamos a levantarse, y su madre le devolvió a la niña. Nos acercamos a la multitud, y las dos nos abrimos paso hasta llegar frente al hombre del pelo gris. Visto de cerca, era bastante corpulento e imponente. Debía encontrarse en la cincuentena. Nos miró con ojos inquisitivos, apartándonos del vehículo con un brazo extendido.

—Llévesela a ella también. Acaba de parir y está agotada. —El hombre bizqueó y frunció el ceño, sin comprender. No hablaba castellano. Hice otra intentona, señalando a la bebé—: *Elle vient de naître. Just born. Cannot walk anymore. Please.*

Esta vez sí me entendió. Dudó, pero acabó aceptando. Entre los dos aupamos a Carmen y la niña al furgón. No cabía ya ni un alfiler. Había allí dentro unos treinta niños y tres o cuatro ancianos, además de Carmen. Ella me agarró del antebrazo.

—Pero Bárbara...

—No te preocupes, estaremos bien. —Me giré hacia el hombre, que aguardaba para cerrar la puerta—. ¿Dónde va esto? *Where do they go?*

—Almería, Socorro Rojo. Hospital —dijo en castellano.

—Estaremos allí en un periquete. Tú descansa, y come —la tranquilicé—. Yo me encargo del niño.

Le di un apretón de despedida y el hombre cerró la puerta.

—Mamá... —balbuceó Tianín a mi espalda al perder de vista a su madre.

Los tres observamos alejarse el furgón haciéndonos visera con la mano. Cuando desapareció en la siguiente curva, me giré hacia el hombre canoso de nuevo.

—¿Médico? —le pregunté, señalándolo con el índice. Él asintió. Me señalé a mí misma y asentí a mi vez—. Yo también.

Él me ofreció con una sonrisa cansada la derecha para que se la estrechara.

—Bethune —dijo simplemente, mientras lo hacía.

Aquello era un apellido.

* * *

Bethune era brigadista canadiense y se llamaba Norman. Qué nombre tan extraño. Tianín y Encarnita lo llamaban con lengua vacilante «Señor Betún».

Él y sus ayudantes habían llegado a Almería la tarde del día anterior con el furgón, y allí se habían enterado de la caída de Málaga y de la salida de los refugiados que iban hacía Almería. Salieron de la ciudad por la carretera en busca de la caravana, con el furgón todavía lleno con la sangre y el material para las transfusiones. Lo habían sacado todo y se habían dedicado a hacer viajes llevando niños, heridos, embarazadas, ancianos... Él se quedaba en el camino, reuniendo a la gente y ayudando en lo que podía, y sus ayudantes hacían los viajes.

—Sise y Worsley llevan desde ayer yendo y viniendo de Almería —dijo en su idioma—. Se turnan para conducir y dormir.

—¿Y las transfusiones? —pregunté, recordando el rótulo del lateral del furgón.

Estaban llevando sangre a primera línea para combatir el *shock* hipovolémico. Los heridos se desangraban antes de llegar al hospital desde el frente, y ellos habían puesto en marcha el servicio para hacer las transfusiones *in situ*. La transportaban citratada y refrigerada para conservarla desde centros de recepción y almacén de sangre de la retaguardia. La sangre que habían traído a Almería venía de Barcelona, y la mecánica del sistema la habían tomado de uno análogo que había puesto en marcha un médico catalán, el doctor Durán.

Aquello era un gran logro. Hasta entonces, al menos en los hospitales donde yo había trabajado, las transfusiones se hacían brazo a brazo y siempre cuando los heridos eran trasladados a la retaguardia. Muchos perecían por el camino. Demasiado tiempo, y demasiados pocos donantes compatibles. Pero aquel sistema que el médico me describía sistematizaba y aceleraba la recolección, la conservación y la distribución de la sangre. Esta llegaba antes, decía, y el sistema funcionaba. Llevaba ya varios meses en marcha.

Bethune resultó ser un compañero de caminata interesante, y fue agradable poder aparcar por un rato la incertidumbre y las penalidades del camino, aunque solo fuera en parte, para conversar con él. Fue un respiro. Hablaba inglés, su lengua materna, y en ese idioma me esforcé en hablarle. Era cirujano, como yo, y ya había estado en otra guerra antes de la española.

Se había alistado voluntario como camillero en la guerra de Europa, y estuvo en Bélgica hasta que lo hirieron en Ypres al año de empezar la guerra. Lo mandaron a Inglaterra, y de allí de vuelta a su país.

Aquello fue antes de terminar siquiera la carrera, que había dejado aparcada para alistarse, al igual que había hecho para colaborar en unas misiones de alfabetización en Toronto unos años antes. La terminó y volvió a la carga, enrolándose como teniente cirujano para la marina británica. Y allí había acabado la guerra.

Me preguntó por mis inicios en la medicina, y le hablé de las visitas con don Ramón, mi mentor. Aquello despertó su interés. Él había hecho lo mismo durante algún tiempo allá en Canadá. Bethune frunció el ceño y comenzó a reflexionar en voz alta. La salud y el estrato social iban de la mano. Era difícil no ver los lazos entre lo uno y lo otro. La dieta, el esfuerzo físico, la ropa, la salubridad del entorno... Todo aquello incidía en la aparición y el desarrollo de la enfermedad. Y, del mismo modo, la recuperación del enfermo dependía de los medios de que se disponía para tratarla. Tuve la sensación de haber tocado sin saberlo un tema clave para él. Era evidente que había dedicado muchas horas de reflexión a aquello.

Fue entonces él el que captó mi atención. ¿No era aquello lo que don Ramón y yo habíamos visto en cada una de aquellas visitas? ¿Aquello que habíamos discutido y repetido hasta la saciedad? La miseria y la marginación engendraban enfermedad. Eran todavía tareas pendientes, y se cumplían a paso exasperantemente lento: la alfabetización sanitaria, la difusión de información práctica y la mejora de las condiciones de salubridad e higiene en que todavía vivía mucha gente. La atención social también era precaria. ¿No era aquello lo que habíamos concluido?

Le conté que en España ni siquiera teníamos un ministerio de sanidad diferenciado, y que las competencias sanitarias habían pendulado históricamente entre Fomento y Gobernación hasta que durante la República habían sido transferidas a Trabajo.

—En eso se equivoca —me contradijo, sonriendo—. En la zona roja existe desde el noviembre pasado el Ministerio de Sanidad y Asistencia Social.

—¡Qué dice! ¿Y a quién han puesto de ministro?

—A una de las cenetistas de Largo Caballero. Federica Montseny.

—¡Una ministro! —exclamé, estupefacta. La primera, de hecho.

El Gobierno de Largo Caballero había sustituido al de Giral el septiembre anterior, y en ese nuevo Gobierno habían entrado cuatro ministros anarquistas en noviembre. Entre ellos aquella mujer de la que yo tenía referencias vagas. Duraría poco en el cargo, y el mismo ministerio desaparecería unos meses después con otro cambio de gobierno y sus competencias volverían a Trabajo. Qué efímero fue.

Bethune criticó con dureza la poca disposición de Canadá para socializar la sanidad, y me habló con entusiasmo del sistema soviético de salud. Había estado en la Unión y lo había visto con sus propios ojos. Quería aquello para su país.

—¿Es socialista?

—Comunista —matizó, asintiendo con la cabeza—. ¿Es usted del PCE?

—No, no soy comunista, aunque mi novio sí lo es.

—¿No le interesa la política?

Arqueé las cejas. Había anochecido un par de horas atrás, y habíamos parado a descansar. En aquel momento nos encontrábamos sentados bajo un árbol, a un lado de la carretera, con la presencia abstracta y velada por la oscuridad del mar frente a nosotros. Me estaba cambiando la venda del pie, alumbrado por la linterna de Carmen, que colgaba de una de las ramas del árbol a pocos centímetros sobre nosotros. El resto del grupo dormía unos metros más allá.

No habíamos vuelto a ver aviones ni barcos. Algunos de los que nos cruzamos por el camino, incluido el propio Bethune, decían que sí habían visto algunos. Pero aquello había sucedido en otros puntos de la marcha.

—Le diría que cada vez menos —confesé con amargura. Él rio entre dientes. No levantó la vista. Tenía que explicar aquello—. En realidad yo también soy socialista, pero creo que no de los suyos.

—¿Y de qué tipo es usted? —preguntó sonriendo, intrigado.

Había terminado con mi pie. Se levantó con algo de esfuerzo y fue a dejar la tela sobrante junto con el resto de nuestro escueto equipaje. Andaba con los hombros hundidos. En él también estaba causando estragos la caminata. Se sentó sobre una roca, a pocos metros de mí, sacando un cigarro y colocándoselo en la boca.

—De los que le darían una patada en el culo a Stalin, al Partido y a su madre.

Él rio entre dientes de nuevo. Me ofreció tabaco y yo negué con la cabeza. Sacó un pequeño mechero dorado. Se oyó un chasquido y el cigarro comenzó a humear.

—Tiene usted la sangre caliente —comentó, divertido—. Ustedes los del sur siempre la tienen. ¿De dónde es?

—De Granada. Capital.

—Eso está al otro lado —dijo, perplejo—. ¿Y cómo ha acabado en este infierno?

Le hablé de las visitas en la ciudad y por los pueblos para atender a los escondidos, remontándome a don Paco y la familia de San José. Le conté el incidente de La Malahá y nuestra huida hacia el sur. Y lo que nos habíamos encontrado al llegar a la carretera. Rememoré la miseria y el cansancio, las heridas y el miedo con que nos habíamos topado, y del que ahora formábamos parte.

Él me escuchaba con atención, absorbiendo con avidez cada nuevo dato, cada nuevo horror o desgracia, mientras fumaba en silencio. Tragué saliva al recordar la noche anterior, el momento en que me había venido abajo en la playa. Rehusé contarle aquello, pero no pude evitar que me invadiera de nuevo aquella angustia, aquella frustración. Esa noche habíamos podido dormir algunas horas, pero el cansancio no remitía. Habíamos pasado todo el día andando hasta después de anochecer, y sentía un nudo en el estómago que no sabía si atribuir al hambre o a todo lo que habíamos vivido en los últimos tres días. Sobre nosotros seguía flotando el temor a que reaparecieran los barcos o los aviones. Y todavía quedaba camino.

¿Y después? La gente hablaba de Almería como la tierra prometida, el lugar donde podrían descansar por fin, donde estarían a salvo. Pero yo solo veía un vacío al final de aquella carretera. Una sombra gris e inquietante de contornos desdibujados. Acabara donde acabara aquel camino, la guerra seguiría. Y yo estaba cansada. El cansancio no acabaría con el camino.

En cambio Bethune, que había vivido una guerra mucho peor que la española, aún había encontrado el ánimo de adentrarse en ella.

—¿Cómo lo aguanta? —le pregunté con lágrimas en los ojos, esforzándome por poner en palabras la angustia que sentía—. ¿Cómo soporta toda esta miseria, este sufrimiento…? ¿Cómo puede vivir rodeado de tanta injusticia y tanto dolor?

Él no contestó de inmediato. Me observó fijamente durante unos segundos con los labios entreabiertos y el cigarro en una mano mientras yo luchaba por no llorar. Apartó la vista y miró al mar, fumando pensativo. Buscaba las palabras con que responder a aquella pregunta tan difícil, con que aplacar mi zozobra.

—Bárbara, mire hacia atrás en el camino —me pidió tranquilamente, sin apartar la vista del mar. Jugueteaba con el mechero, deslizándolo entre sus dedos.

Yo, confusa, hice lo que me pedía. Me perdí en la oscuridad de la noche, teñida de distintos tonos de gris y de negro, salpicada aquí y allá de algunas, muy pocas, tímidas luces, las de los fuegos y las lámparas, dispersas en la oscuridad. Envuelto en ella se intuía el hormigueo incesante de los que continuaban caminando. Se oía el ruido amortiguado de sus pasos y sus voces, y el de las olas rompiendo abajo, en la playa. ¿Qué quería que viera?

—Ahora mire hacia delante.

Más de lo mismo. Él apartó la vista del mar y me miró a los ojos.

—Y ahora, dígame: ¿cuántas luces ve usted a lo largo del camino? —No supe qué contestar. Pocas, muy pocas. No veía dónde quería llegar a parar—. Pocas. La gente teme encenderlas —respondió por mí, alzando la mano en que sostenía el mechero. Golpeó suavemente con él la lámpara que pendía sobre nuestras cabezas—. Esta es casi la única. No aparecerá hasta que lleguemos y se irá con nosotros cuando nos marchemos, y si la apagamos… —Lo hizo—. La oscuridad.

Volvió a encenderla y su rostro reapareció frente a mí, mirándome fijamente. Un pensamiento pasajero le hizo fruncir el ceño un instante. Y volvió a hablar.

—Olvide toda la oscuridad que ha recorrido hasta ahora y no piense en la que previsiblemente va a recorrer de aquí en adelante. Lo que usted hace, lo que hacemos, es importante. Es necesario. No piense en nada más.

46

—Tengo hambre, tita —gimoteó Tianín a mi espalda por enésima vez.

Teníamos hambre.

Escruté las ventanas en busca de luces o cualquier indicio de movimiento en el interior, pero la casa estaba en calma. Estaba vacía, o seguían durmiendo. Debían de ser cerca de las siete. Faltaba poco para que amaneciera. Ojalá siguieran durmiendo.

Era día 12. Llevábamos algo más de dos días en la carretera. El día anterior habíamos acabado con un pedazo de bacalao seco que Anita llevaba en su fardo, lo último que le quedaba de comida. Pero aquello fue antes de mediodía, antes de que Carmen y la niña se marcharan, y aquel pedazo se había dividido entre ocho.

Habíamos pasado las horas siguientes engañando al estómago con hierbabuena silvestre que encontramos por el camino, masticándola con desgana. También la hierbabuena se acabó, y volvió el hambre. Había que buscar comida. Y allí estaba yo, buscando la manera de entrar en aquella casa que parecía dormida para rapiñar algo que llevarnos a la boca.

—¡Chist! Enseguida comemos, ya verás —susurré—. No hables que nos pillan.

Dentro de la manta, Tianín sostenía con sus bracitos la botella que yo había llenado en el aljibe que había en el patio. Debí haber dejado al niño con los demás, me lamenté. Me deslicé entre las sombras, acercándome tan sigilosamente como pude a una de las ventanas de la casa.

Me acerqué a ella, andando pegada a la pared y me asomé. Parecía una especie de pasillo. No había nadie.

Me apoyé en el alféizar y me pegué al cristal para observar mejor el final del corredor. Al hacerlo, la hoja cedió y estuve a punto de caer de bruces al suelo del pasillo. Ahogué un gritito, asustada. La ventana estaba mal cerrada, comprobé con júbilo contenido. Abrí la otra hoja con sigilo y me senté en el alféizar con cuidado de no golpear al niño contra el marco. Pasé ambas piernas y salté dentro.

Recorrí de puntillas aquel pasillo y pasé de una habitación a otra hasta dar con la cocina y una pequeña despensa aneja. La casa parecía estar vacía y la cocina me lo confirmó. Nada de comida en los armarios, los cajones, ni colgando del techo o las paredes. Ni un triste mendrugo. Ni leche, ni huevos, ni frescos ni conservas. Ni sal encontré. Nada.

Puñeta. Rebusqué entre los cacharros y la vajilla, rogando porque apareciera algo, lo que fuera. Metí la mano en el leñero y rebusqué a tientas entre los troncos, más por desesperación que con la expectativa de encontrar nada, y casi di un salto de alegría al palpar con los dedos los contornos de un bote de cristal. Dos. Los saqué de uno en uno, arañándome de arriba abajo el antebrazo con la corteza reseca de la madera. Dos botes, uno de mermelada de pera y el otro de miel, escondidos bajo la leña. Probablemente aquel no era el único escondrijo donde guardaban comida los dueños de aquella casa. En cualquier caso, mejor no tentar a la suerte. Me levanté y agarré los dos botes que había dejado en el suelo.

—Ya tenemos desayuno, Tianín —murmuré. Él asintió con fervor.

Rehíce el camino hasta la ventana por la que habíamos entrado, pero a un par de metros de alcanzarla, me detuve en seco.

—¡Quieta! ¡Ni un paso más o disparo!

Era una voz de hombre. Al final del pasillo, a unos seis o siete metros, distinguí el cañón de una escopeta que emergía de entre las sombras y me apuntaba. Levanté los brazos, petrificada en el sitio. En cada uno llevaba uno de los botes. El cañón se adelantó un palmo y a través de la penumbra percibí la figura que sostenía el arma.

—Deja eso donde estaba.

Yo no me moví. Necesitábamos aquellos botes.

Todavía con las manos en alto, hice con cautela un cuarto de giro a un lado para que el hombre viera lo que llevaba a la espalda.

—Es para él —aclaré, con la voz lo más calma que pude—. Por favor.

Él no contestó inmediatamente. Escruté la oscuridad, pero no pude percibir el efecto que mis palabras hubieran podido tener en él. Las sombras me impedían ver bien su rostro.

—Por favor —repetí. Esta vez fue una súplica.

—Solo uno —concedió él, con dureza—. Deja el otro en el suelo.

Yo obedecí, dándole atropelladamente las gracias. Él bajó el arma, y señaló con ella la ventana por la que yo había entrado. Largo. No me hice de rogar.

Tan pronto como estuvimos fuera, abrí el bote y me alejé a paso ligero de la casa. Lo alcé sobre mi hombro para que el niño lo alcanzara y él metió un dedo minúsculo que volvió a sacar recubierto de miel, y se lo llevó a la boca. Yo lo imité, y casi lloré de gusto al notar el sabor dulce sobre la lengua.

—¡Qué bueno! —exclamó el niño, extendiendo de nuevo su dedito. Quería más.

Se lo volví a acercar. Cuando hubo sacado el dedo de nuevo, cerré el bote y aceleré el paso hasta echar a correr monte abajo. Estaba saliendo el sol. No paré hasta llegar a la carretera.

Al alcanzarla, encontré a Rosita y a Paco ayudando a Bethune a juntar a los niños para la siguiente tanda. Divisé al médico unos metros más adelante, hablando con un hombre que llevaba una carretilla. A Andrés y Encarnita se los habían llevado con Anita en el viaje anterior. La mujer tenía las piernas hinchadas y amoratadas y a duras penas podía andar ya.

—Aquí todos juntitos, ¿eh? Sin separarse. Todos de la mano, venga.

Los niños, soñolientos todavía los que habían podido dormir algo durante la noche, y aturdidos los que la habían pasado andando, obedecían a aquellos desconocidos sin comprender muy bien para qué.

Rosita estiraba el cuello en busca de más candidatos para el viaje. Niños solos, embarazadas, ancianos, enfermos, heridos... Había dónde elegir.

Me acerqué al grupo y saqué el bote. Al verlo, los ojos de los niños se agrandaron por el hambre y la sorpresa y el dedo de Tianín reapareció en mi hombro.

—¡A desayunar!

El bote fue pasando de mano en mano, y cuando hubo quedado vacío, Bethune regresó junto a nosotros acompañado del hombre de la carretilla. Iba repleta de naranjas que vendía. Bethune se las había comprado todas.

—¡Naranjas, naranjas para comer! —anunció en castellano masticado alargándoselas a los niños y a todos aquellos que tenía cerca. Me lanzó un par. El hombre y Rosita le ayudaban.

Miel y naranjas. Menudo desayuno.

El vendedor también traía noticias: estábamos ya cerca de Almería. Habíamos pasado Adra durante la noche. Nos quedaba tan solo menos de medio día de camino.

Al escuchar aquello, la gente que pasaba a nuestro lado casi parecía levantar la cabeza y acelerar el paso, alentados por la esperanza de llegar pronto al final de aquel camino interminable. Ya faltaba menos. Solo el último esfuerzo, solo un poco más. Me encontré también a mí misma caminando erguida y mirando al frente, escrutando impaciente la lejanía en busca de aquel final. Almería estaba cerca. Aparecería en cualquier momento. Estábamos cerca. El cansancio, el hambre mitigada solo en parte y el dolor en ambos pies habían quedado momentáneamente a un lado, ensordecidos por la expectativa de ver por fin la ciudad. Ya quedaba poco.

Unas dos horas y media después del episodio de las naranjas, vimos cómo un par de camiones se acercaban lentamente a contracorriente. Ninguno de ellos era del Servicio de Transfusiones. Me giré hacia Bethune, que también los observaba en busca de alguna respuesta. Él tampoco parecía saber quiénes eran.

A escasos veinte metros de nosotros, los dos vehículos comenzaron a frenar y dar la vuelta, y antes de detenerse por completo, media docena de personas saltaron de las cajas. Todos hombres, menos una mujer de cabello castaño oscuro recogido en la nuca y ataviada con un mono de trabajo. Debía rondar la treintena. Aquella mujer de paso y gestos enérgicos gesticulaba y daba consignas que no llegué a discernir a sus compañeros, que hormigueaban con celeridad en torno a los camiones. Estaban ayudando a subir a la gente a ellos.

—¡Matilde, *here*! ¡Matilde!

Bethune la conocía. Hizo señas con el brazo por encima de su cabeza, tratando de llamar su atención mientras se acercaba a los camiones. Yo lo seguí, intrigada. La mujer por fin lo vio y se acercó a nosotros sonriendo.

—¡Norman!

Él sonrió también a modo de saludo y, señalándonos alternativamente a ambas, nos presentó. Camarada Matilde, del Socorro Rojo. Bárbara, médico.

—Un gusto, camarada. —Ella estrechó la mano que yo le ofrecía. Asentí.

La seguimos hasta los camiones y comenzamos también nosotros a agrupar a la gente y a ayudarlos a subir. Almería se estaba llenando de refugiados. Casi parecía que había dos ciudades en una. Estaban evacuándolos a otros lugares, pero cada vez había más. Rosita y Paco con Tianín a la espalda habían terminado por acercarse a ver qué ocurría y se unieron a la tarea, reagrupando a los niños que habían conseguido reunir hasta entonces y aupándolos a las cajas.

—Os quedan algo menos de quince kilómetros. ¿Queréis subir al crío? —le preguntó a Paco, señalando con una sacudida de cabeza el camión que tenía a su espalda. Ambos estaban ya casi llenos, y la gente seguía subiendo.

Él dudó.

—Paco, vete tú con el niño —dijo Rosita. Se giró hacia Matilde—. Su hermana y su madre están ya en Almería. Creo que las tenéis vosotros allí. —Ella asintió.

—Vete, Paco —insistí yo—. No pasa nada. Llegaremos pronto.

—Está bien. Nos vemos allí.

—Bueno, nos vamos.

Dicho y hecho. Ambos subieron a la plataforma con el niño y los compañeros de Matilde levantaron la portezuela. Uno de ellos golpeó la carrocería y el camión se puso en marcha. Nosotros tres arrancamos a andar detrás de ellos, y poco a poco nos fueron dejando atrás.

* * *

Llegamos a Almería a primera hora de la tarde.

Al rebasar el abrigo montañoso que la apartaba de nuestra vista, la ciudad apareció allá delante, pegada al mar y con los edificios bajos a duras penas sobresaliendo de la superficie de la tierra, sin siquiera soñar alcanzar a las torres de la Alcazaba. Vivía aparentemente en calma, ajena al vendaval que le llegaba desde el otro lado de la montaña.

Matilde no exageraba. Al entrar en la ciudad pudimos comprobar por nosotros mismos que la ciudad estaba abarrotada, desbordada de refugiados llegados de la carretera y de todas partes que se amontonaban en el puerto y las calles, descansando sentados en las aceras y cobijados en los portales. La miseria, el hambre y el cansancio que arrastraban en el camino habían quedado ancorados en aquellos espacios, y ellos se aferraban a las farolas, a las puertas y a las piedras de la ciudad como un náufrago a un madero que flota. Ya estábamos en Almería, pensaban, pensábamos. Ya podíamos dejar de bracear, y descansar.

Bethune nos escoltó hasta la sede del Socorro Rojo y después se apartó a descansar. Estaba a punto de derrumbarse. Ya allí, buscamos a Matilde para que nos llevara hasta Carmen y el resto.

Carmen y la niña estaban bien. La niña mamaba de nuevo cuando las encontramos. Anita se había reunido con ellas en el hospital, y también Paco y el niño tras llegar aquella mañana. Estaban todos bien. A Encarnita y Andrés se los habían llevado a otro edificio donde estaban alojando a otros huérfanos. Yo ya no aguantaba más. Estaba a punto de desfallecer. Necesitaba desesperadamente dormir.

Me alejé de ellos y busqué en aquel edificio abarrotado un rincón donde poder sentarme o acostarme. Por fin podría descansar. Un poco, aunque fuera, antes de que Matilde trajera noticias, antes de decidir cualquier otra cosa. Antes de pensar qué íbamos a hacer Rosita y yo de allí en adelante. Ya no había que andar. Descansaría solo un poco. Estaba cayendo la luz. Me senté en el suelo de uno de los corredores, en la esquina que formaban un pequeño armario y la pared. Me acurruqué, apoyando la cabeza contra el lateral del armario, y, cerrando los ojos, caí dormida.

Y entonces empezó todo de nuevo. Aquel enjambre confuso de gritos, llantos, zumbidos de aviones y estallidos de bombas que perseguían a seres con el rostro desfigurado por el terror y la desesperación, que corrían sin rumbo fijo, solo hacia delante, como ciegos que desesperados buscan a tientas la salida del infierno, de aquella pesadilla asfixiante e interminable. Aquellos que corrían por la carretera.

Pero ya no había carretera. Aquella pesadilla era real. No estaba durmiendo. No era un mal sueño. Los aviones realmente volaban sobre mi cabeza, sobre los tejados del hospital y los edificios colindantes. Y con cada nueva bomba que caía, la ciudad entera se estremecía y el suelo temblaba bajo los pies que corrían por los pasillos en un ajetreo que no llegaba a comprender.

¿Dónde estaba Rosita? ¿Y Carmen y los demás?

Me levanté torpemente y recorrí el pasillo dando tumbos, chocando con los que corrían en uno y otro sentido, hasta que alcancé la puerta y me asomé al exterior.

El cielo, prácticamente ennegrecido, relampagueaba momentáneamente allí donde había caído una bomba, y se teñía aquí y allá del rojo de los fuegos que venían después. A través de la penumbra del anochecer se distinguían los cientos y miles de seres que corrían despavoridos por las calles, alejándose de aquellos lugares iluminados por los fuegos y buscando refugio en los portales, bajo los árboles y los bancos o cualquier otra cosa que los ocultara. Huían como los de la carretera. Y morían de nuevo. Morían tirados en las calles, allí donde se habían sentado a descansar. Morían con el fuego de las bombas, bajo el peso de los edificios que se derrumbaban o alcanzados por la metralla.

¿Dónde estaban Rosita y el resto? Salí fuera en su busca sin ser consciente de que estaban en el mismo edificio del cual acababa de salir. ¿Dónde estaban?

—¡Tita, tita!

Volví a sentir el peso del niño a la espalda, ocultando su frente contra mi nuca, apretándose contra mí con todo su miedo. Andaba con él a cuestas a trompicones, hacia delante, hacia Almería. ¿Dónde estaba Almería? El niño pesaba más que en la carretera, tiraba de mí hacia el suelo. Había engordado, su cuerpecillo había crecido en las últimas horas hasta pesar como un yunque. ¿Por qué pesaba tanto? Y de repente, ya no estaba. ¿Tianín? Él también había desaparecido.

La gente me empujaba gritándome cosas que no entendía y gesticulando para que me apartase. Y corrían. ¿Por qué corrían? Yo también corría. Corría sin rumbo fijo y deambulaba de un lado a otro, buscando a tientas la salida de aquella pesadilla.

Como una autómata, sin pensar, me tiraba junto a los heridos que me encontraba a mi paso. Torniquetes, vendajes. Taponar heridas. Aprieta fuerte aquí. Venga, arriba. ¡Arriba! Al hospital. ¡Fuera de aquí, llévatelo! No oía sus gritos, no oía nada. Solo veía, a duras penas, los rostros deformados por el polvo, la sangre y el dolor.

—¡Camarada, aquí! ¡Este de aquí!

Un socavón, y al borde de él un hombre junto a otro cuyo brazo izquierdo había desaparecido, y junto a ambos un niño con los ojos abiertos, muerto. El herido se ahogaba con su propia sangre. Le até lo que quedaba de brazo con su cinturón y lo levantamos. Se volvió a derrumbar, y nosotros dos con él. Llegó otro hombre y entre dos se lo llevaron. Probablemente moriría antes de llegar al hospital. Me incorporé hasta ponerme en pie y me quedé así unos segundos todavía, aturdida, observando lo que me rodeaba. Las bombas habían cesado, pero el horror seguía. Me aparté un mechón de la cara y, al hacerlo, me percaté de que estaba llorando.

¿Por qué lloraba?

Frente a mí, a unos diez metros, el mismo hombre que me acababa de pedir ayuda estaba arrodillado junto a otro, ambos socorrían a una mujer que se estaba desangrando. El primero me llamó a gritos y el otro levantó la cabeza en mi dirección. Era rubio y alto, como Álvaro. Se parecían mucho, de hecho. Pero no, no era él. Me había confundido.

Y, sin embargo, aquel hombre que no era Álvaro también me miraba. Me miraba como se mira a alguien a quien se conoce.

Exhalé violentamente todo el aire que tenía en los pulmones y sentí que me desinflaba de alivio, de un alivio insólito e incomprensible en medio de aquel infierno. Y aquellas lágrimas que antes había llorado sin ser consciente de ello se convirtieron en estertores que me sacudían incontroladamente e hicieron que me temblaran las rodillas. Álvaro venía hacia mí. Estaba realmente allí. Y estaba bien.

Y entonces vi la guerrera. Con las divisas nuevas, las estrellas cambiadas por las barras del Ejército Popular, de un rango que a aquella distancia no supe identificar. Él siguió la trayectoria de mi mirada y comprendió lo que estaba viendo. Un uniforme. Por un instante, recordé aquel momento en la estación un año atrás, y a Álvaro con las gafas de carey, vestido de civil. Aquel no era Álvaro, era un oficial del Ejército. No podía ser él, porque Álvaro era arquitecto y usaba gafas de carey para leer. No era soldado.

Me descubrí a mí misma corriendo en dirección contraria, sorteando a la gente y los escombros. A mi espalda, alguien llamaba a gritos a alguien que se llamaba igual que yo. Tropecé con algo que la oscuridad me impidió identificar y caí al suelo de bruces. Me volví a levantar tambaleándome y retomé la carrera. Ni siquiera sabía de qué huía. Pero tenía que alejarme de aquel soldado. De todos. Ellos sí eran soldados. Y milicianos. Pero Álvaro no. Él era arquitecto. Él no tenía nada que ver con todo aquello. Una voz impertinente en el fondo de mi mente me recordó los cientos de veces que, en sueños, había visto a Álvaro corriendo por una trinchera.

Súbitamente, unos brazos me apresaron por la espalda y me retuvieron. Yo chillé y forcejeé inútilmente para liberarme. Él me hizo girarme y entonces comencé a golpearle el pecho llorando y gritando palabras ininteligibles hasta para mí.

—¡Bárbara, para! ¡Mírame! —Esquivando los golpes como pudo, me sostuvo la cara con ambas manos y me obligó a mirarlo—. ¡Mírame, mi amor, soy yo!

Los ojos azulísimos de Álvaro me estaban mirando. Me miraban llenos de dolor y de preocupación. Los golpes cada vez eran más débiles, hasta que finalmente me di por vencida y ya solo pude llorar.

—Te odio, te odio…

47

En un mar, en un mar… inmenso… y puro de…

Tenía el cuaderno muy abandonado. Desde que en febrero saliéramos de Granada a duras penas lo había tocado, y se me acumulaban las ideas y los temas sobre los que escribir. Aprovechaba las guardias y los ratos libres en el hospital para ponerme al día, para escribir las nuevas ideas que me rondaban la cabeza.

Miré la hora en el reloj de la pared que tenía enfrente. Eran las cinco y cuarto. Los pacientes dormían mientras yo escribía en el adjunto con una luz mínima. Aquel día no me tocaba guardia, pero no podía dormir y me había acercado al hospital antes de hora. Le había dicho a Inma que se marchara a descansar si quería, que me quedaba yo. Inma, mi jefa en el Provincial.

Había empezado a trabajar en el Hospital Provincial al poco de llegar, después de varios meses apartada de los hospitales en Granada. Volví a operar, aquello fue muy gratificante, y puse a mis compañeros al corriente de aquella nueva técnica oclusiva que don Ramón había probado en Granada y que era efectiva. No la conocían allá todavía, y valoraron la aportación.

En aquel hospital pude comprobar cómo se ponían en práctica las transfusiones de sangre citratada con la técnica del doctor Durán de las que Bethune me había hablado. Las trasfusiones directas se estaban convirtiendo casi en una anécdota, y la sangre que se transfundía venía de puntos tan remotos y escondidos en el mapa como Valencia o Barcelona. Qué cosa tan magnífica e increíble.

Algunos médicos, al enterarse de que yo venía del otro lado, me preguntaban con curiosidad cómo se operaba en la zona sublevada.

—Pues con el bisturí y el Ombrédanne, ¿cómo va a ser? —replicaba yo, riendo.

Se operaba igual y se atendía también igual, salvando algunas diferencias circunstanciales que daban los tipos de casos que recibíamos. E innovaciones como las de la cura oclusiva de don Ramón y la hemoterapia. Dejando esos aspectos aparte, la experiencia era muy similar. Aunque sí vi allá cosas que me sorprendieron para mal. Los tiempos, por ejemplo.

—¡Treinta y seis horas! —repetí estupefacta lo que Inma acababa de decir.

La fractura que iba a operar tenía treinta y seis horas.

—Y más pueden tardar —replicó ella.

—Es una locura —me quejé.

—Es lo que hay —suspiró ella, encogiéndose de hombros.

Yo venía de un lugar con los frentes muy cercanos y relativamente tranquilos, y con medios efectivos de traslado. Almería estaba retranqueada contra la última esquina de la Península antes de saltar al Mediterráneo, en la retaguardia de la retaguardia, lejos de todo. Los heridos y enfermos que recibía procedían en su mayoría del frente sur de Granada, que se había fijado casi en el límite de la provincia desde el avance de febrero, y también los recibía para terceras curas y convalecencias desde otros puntos de la zona gubernamental. Los heridos venían desde más lejos, atendidos y transportados con medios más precarios, y el resultado eran un estado y un pronóstico peores.

Llevábamos cuatro meses en Almería, y el mal sueño de la carretera se había ido disipando poco a poco con el paso de las semanas sin llegar a esfumarse por completo. La primera noche en la ciudad la pasamos en la Escuela de Artes y Oficios, y después el Comité de Refugiados nos metió a vivir con dos familias de la ciudad que nos miraban con recelo.

Era evidente que aquello lo hacían a disgusto. De aquella marea de gente que llegó como nosotros en febrero, a muchos los metieron también en pisos, los mandaron a los pueblos o los evacuaron a otras regiones. Y a los que no colocaron, pasaban el día en la calle y se refugiaban en los portales por la noche. Había dos ciudades en una, decía Matilde.

Matilde y otros compañeros del Socorro colaboraban en las evacuaciones que se empezaron a hacer hacia Levante para desahogar la ciudad. Se llevaron, entre otros muchos huérfanos y niños perdidos del camino, a Andrés y Encarnita. Los embarcaron para Alicante una semana después de nuestra llegada. Y Bethune también se marchó para seguir con el servicio de transfusiones.

La ciudad fue recobrando una cierta normalidad con el paso de las semanas. Nosotros estuvimos con aquellas dos familias siete días, y después nos mudamos a un piso que nos encontró Álvaro, en el primero de un edificio de dos plantas con bajo. Aquel piso de dos habitaciones, una pequeña sala, cocina y baño lo compartíamos los cinco adultos, el niño y la bebé. Y Álvaro, las noches que pasaba allí. Puri, la vecina del mismo rellano, era también comunista y amiga suya. Ella le había sugerido que alquiláramos allí.

Puri era una mujer corpulenta que debía de andar cerca de los sesenta, resuelta y de ojos redondos, que lo miraba todo a su alrededor y hablaba sin tapujos. Nos contó que éramos con ella los únicos del edificio, porque en la segunda planta no había nadie. En el piso que había sobre el suyo no había habido nunca nadie, y en el que había sobre el nuestro vivía antes un fascista con su familia que se había fugado al principio de la guerra.

Álvaro le preguntó si sabía de algún puesto para su hermana y para el resto, que buscaban ocupación. Algo, lo que fuera. Puri la miró de arriba abajo, evaluando su potencial, y Rosita enrojeció, cohibida. Mientras tanto, Álvaro se la vendía. Que cosía y bordaba, y lo que hiciera falta. Que era seria y trabajadora, y estaba educada.

—¿Sabe leer y escribir bien? —Rosita asintió, y la mujer se dirigió directamente a ella—. ¿Escribes bien? ¿Y tienes buena letra?

—Sí, señora. Creo que sí.

Empezó por encontrarle trabajo de escribiente, copiando cartas y cualquier cosa que le dictasen, y también le consiguió algunos encargos de costura que se repartía con Anita y Carmen. Yo la ayudaba con las cartas en los ratos libres del hospital. Carmen empezó también a trabajar en las cocinas del hospital y a colaborar en una guardería de la CNT, y su hermano de cargador en el puerto y luego de mozo en el Provincial. Y después lo reclutaron, en abril, y se marchó al campamento de Viator.

A los hombres que llegaron de la carretera en edad y condiciones de luchar no los evacuaron, sino que los reclutaron para mandarlos al frente. Se estaban reorganizando las tropas del sur después de la debacle de Málaga, para agruparlas en las nuevas brigadas del Ejército Popular que el Gobierno de Largo Caballero había formado el octubre anterior. Aquellas eran las brigadas mixtas de las que hablaban, las unidades autónomas que incorporaban a los batallones de infantería efectivos sanitarios, zapadores, de transmisiones, de artillería y de otras tantas cosas que desconozco. Eran unidades preparadas para actuar sin necesidad de coordinarse con los cuerpos a los que aquellos pertenecían.

Y pretendían también integrar las milicias de los partidos y los sindicatos en la estructura del Ejército, mezclarlas con las fuerzas regulares, y heterogeneizar la composición de las unidades y disolver las lealtades partidistas que no se enfocasen al esfuerzo de la guerra. Primero ganar la guerra, después todo lo demás. Socialistas y comunistas estaban por aquello, por el control del Gobierno y el «la guerra primero y después ya se verá», pero no así los trotskistas del POUM y los anarquistas, que posponían la lucha antifascista a la revolución social, que veían la guerra misma como una revolución.

Aquellos días de mayo las discusiones entre Carmen y Álvaro eran casi diarias.

—¡Es que tenemos la cabeza en las nubes, coño! —la increpaba él, una y otra vez—. ¡Las putas colectivizaciones! ¡Nos estáis jodiendo con eso pero bien!

—¿De qué sirve todo esto si no es para eso? —replicaba ella una y otra vez.

—¡Es que eso ahora es secundario! Que estamos en medio de una guerra, joder, que no os entra en la cabeza. Y a los cabrones del POUM, igual.

No le gustaban los cabrones del POUM. Los trotskistas-fascistas del POUM.

Aquel tira y afloja por el poder entre unos y otros acabó por costarle el puesto a Largo Caballero, después de que acabaran a tiros en las calles de Barcelona los de la CNT y el POUM por un lado, y los del PSUC por otro. El Gobierno de concentración de fuerzas que había nacido en septiembre del año anterior se derrumbó a mediados de mayo, y tras él vino el Gobierno fuerte del doctor Negrín, que era médico y socialista. Era socialista, pero con él los comunistas del PCE hicieron el agosto. Los comunistas tenían el respaldo de los soviéticos y acceso privilegiado al material que llegaba de allá. Y en Moscú ponían como condición a los tanques un Gobierno sólido y un Ejército organizado. Y fuera el ruido de los traidores conspiradores trotskistas. Si no, que se apañaran solos. Con Negrín se ilegalizó el POUM, a lo que se había negado Largo, y se persiguió a los suyos y a los cenetistas que no se avinieron al cambio.

Esa primavera trajo más sucesos. Un mes antes de que Largo Caballero cayera, nos llegó desde el otro lado la noticia del Decreto de Unificación, el 19 de abril. Falange y los carlistas se unían, y nacía aquella amalgama imposible y absurda de Falange Española Tradicionalista y de las JONS. Teoría y práctica, supongo.

—Qué hubiera pensado Pepito —se burló Álvaro cuando lo supo.

Y qué pensaría Gonzalo, donde quiera que anduviese.

Aquel era el partido de Franco, con las camisas azules de Falange y las boinas rojas de los carlistas, con el significado que pudieran tener unas y otras deformado y amoldado a la efigie del Caudillo. Franco era, desde primeros de octubre del año anterior, Generalísimo y Jefe del Gobierno del Estado para el bando sublevado.

Álvaro sabía que Gonzalo se había enterado de cómo había muerto su hermano. Se lo conté al poco de llegar, y también le conté que su hermana lo sabía. No discutíamos mucho él y yo aquellas semanas. En algún momento de aquellos primeros días firmamos una tregua, un descanso necesario. Pero más que por ningún pacto tácito ni por una voluntad consciente de no discutir, fue porque cualquier discusión posible quedó en suspenso ya desde aquel primer día en que me había topado con él vestido de uniforme.

Yo estaba en *shock* aquel día, creo, pero aún tardé varios más en terminar de asimilar la imagen de él con aquello puesto. Era lo menos inaudito en aquellas circunstancias, en realidad. Él me hablaba y me contestaba cuando le preguntaba, y me observaba ir y venir, esperando. Esperándome.

Y un día de aquellos primeros, un día entre semana en un rato en que estábamos solos en el piso, le dije que se sentara, que le iba a coser un botón de la camisa que llevaba flojo. Él obedeció y yo cerré la puerta del cuarto pequeño. Y me senté sobre él porque ya no aguantaba más. No aguantaba ya más. Se me comió, y yo a él. Y después de esa, una, dos y tres veces más.

No discutíamos, aquellos días. Hacíamos el amor, una y otra vez, pero no discutíamos. Las discusiones vinieron todas a una a finales de aquel mes de mayo, el día en que yo no podía dormir y me fui pronto al hospital. El 31 de mayo, era.

Aquellos primeros meses fueron movidos. Los sublevados habían desistido temporalmente en Madrid y ahora apuntaban con los cañones hacia la franja norte. El 31 de marzo bombardearon Durango y el 26 de abril Guernica, y el 29 de mayo dos aviones gubernamentales bombardearon un acorazado alemán que estaba fondeado en la rada de Ibiza, el *Deutschland*. Como venganza por la destrucción de Guernica, por error, porque el fondeo alemán allí era ilegal o por cualquier otro motivo que nunca llegamos a saber. Pero la República se ató las tripas a la espera de ver qué hacía Hitler al respecto. No había hecho nada en el día y medio que había trascurrido desde entonces, y en Valencia contenían la respiración, y también en Madrid y Barcelona, a la espera de ver aparecer en el cielo aviones alemanes como los que habían reducido a polvo las casas de Guernica. Pero las horas pasaban y no había respuesta.

—Parece que no le duele tanto el barquito —comentó Inma en algún momento.

En Almería, aunque menos, también caían bombas, y a los niños de Carmen les cosimos en la ropa a cada uno una etiqueta con su nombre y la dirección del piso, por si se perdían durante el follón de los bombardeos. Mucha gente pasaba la noche fuera de la ciudad, por temor a que le pillaran las bombas durmiendo. Se estaba construyendo, también a causa de las bombas, una red de túneles para refugio en el centro de la ciudad, y Álvaro estaba trabajando en ello.

Había llegado el agosto anterior a Guadix, y de allí se había marchado un mes después a Almería. Se había alistado y estaba destinado desde antes de Navidad en la Comandancia, organizando la implicación del Ejército en la construcción de los refugios. Había intervenido en el diseño de los planos, ayudando al arquitecto en jefe y los dos ingenieros, uno de minas y otro de caminos, que los habían proyectado, y se encargaba de coordinar el contingente de tropas que se habían destinado para reforzar las cuadrillas de obreros civiles. Los estaban construyendo con mano de obra contratada, militar, y también voluntaria.

Miré el reloj de nuevo. Pasaban de las cinco y media. Retomé el verso que había dejado a medias, esforzándome por poner una palabra tras otra en el papel. A duras penas me podía concentrar.

...una angustia a que te aboca...

—Doctora.

Aquel susurro débil me sacó de mis pensamientos. Me levanté y me asomé a la sala, en busca de su origen. En la hilera izquierda de camas, el paciente de la segunda, un hombre de cabello castaño un par de años mayor que yo, se había incorporado ligeramente sobre un codo y me hacía señas para que me acercara. Aquel paciente había llegado consciente, a pesar de la tremenda fractura que le había levantado la calota, y traía además el brazo derecho y la mano izquierda rotos.

Llevaba doce días ingresado y no había hecho absceso ni desarrollado meningitis o encefalitis. La herida evolucionaba bien y no parecían haber quedado secuelas. Era una de las pocas cirugías craneoencefálicas que había hecho. En Granada no habíamos tenido muchas. Me acerqué.

—¿Qué ocurre? —le pregunté en voz baja. El resto de pacientes dormían.

—¿Puede usted ayudarme a beber un poco?

—Sí, claro.

Rodeé la cama y me acerqué a la mesilla donde descansaban una jarra de agua y un vaso. Lo llené casi hasta el borde.

—Gracias. Me muero de sed.

Lo ayudé a sentarse y le acerqué el vaso a los labios. Él se lo bebió a grandes tragos hasta apurarlo. Aparté el vaso y lo dejé de nuevo sobre la mesilla.

—Gracias, doctora. —Se palpó con cuidado con la mano enyesada la venda que le cubría gran parte de la cabeza—. Y gracias por esto. Sé que usted me operó.

Sonrió, y yo lo imité. Me senté al borde de la cama. Aquel paciente tenía los ojos claros al decir aquello y no arqueaba las cejas. Las cejas arqueadas cuando los pacientes veían que el doctor era doctora, y más cuando no iba acompañada de don Ramón en los hospitales de Granada, durante las visitas, y entonces en Almería, eran una constante. Siempre lo habían sido, a veces mezcladas con gestos de escepticismo o de recelo. Estaba ya acostumbrada. También los que levantaban las cejas, con el tiempo, acababan por acostumbrarse.

—No hay por qué darlas —señalé la venda—. ¿Cómo lo lleva?

—Se soporta. Me ha salvado. ¿Cómo se llama? Soy Pedro.

—Bárbara.

Él sonrió.

—Pues vaya nombre más mal puesto, doctora. Debería usted llamarse Remedios, o Amparo… ¡o Ángeles! —me reí quedamente—.

Pero no «Bárbara». ¡Bárbaros son los que van con los fascistas, los moros!

Me mordí la lengua, pero finalmente no me pude contener.

—Bueno, yo soy medio mora. Mi madre era una morilla del Rif.

Su sonrisa se esfumó y la mueca de burla con que me miraba desapareció.

—Discúlpeme, no quería ofenderla —farfulló avergonzado.

—No importa.

Sonreí de nuevo, y él volvió a hacerlo también, aliviado. Volvió a la carga.

—¿Y qué hace usted aquí? No será usted una espía de Franco... —Achicó los ojos con una suspicacia falsísima.

Yo me reí entre dientes. Su sonrisa se ensanchó al verme reír de nuevo.

—No, claro que no.

—Pues menos mal. ¿Y novio tiene?

No la había visto venir.

—Sí, novio sí tengo.

—Vaya por Dios. —Parecía ligeramente decepcionado, pero no desistió—. ¿Y es para mucho rato?

—¿Qué pregunta es esa?

—No ha contestado.

—Sí lo es —tartamudeé, turbada—. Para mucho mucho rato.

—Bueno.

—Duérmase, Pedro —le ordené, entre molesta y divertida—. Aún queda para que sea de día.

No había acabado aquella frase cuando un par de soldados jóvenes entraron en tromba por la puerta del otro extremo de la sala. Yo me levanté.

—¡Marquina! ¡Martos! —llamó con vehemencia el primero de ellos, plantándose en medio de la sala.

Los pacientes que no se habían despertado con el estruendo de su entrada lo hicieron con aquellos gritos.

—¿Qué pasa? —preguntaron algunos con voz soñolienta.

—¡Marquina y Martos! —repitió el otro. Nadie contestó. Los pacientes se miraban unos a otros—. ¡Pedro Marquina! ¡Marcelino Martos! ¿Quiénes de vosotros son? ¡Hablad, coño!

A mi espalda, Pedro se removió bajo las sábanas. Lo miré de reojo. Estaba pálido y con los ojos desorbitados por el miedo. ¿Qué estaba pasando?

—¿Qué ocurre?

Los soldados se giraron en mi dirección, pero no contestaron. El que había estado llamando a gritos a los dos hombres comenzó a revisar furiosamente una a una las fichas que colgaban de los pies de cada cama. Finalmente se detuvo dos camas más allá en la hilera en que yo me encontraba, a escasos metros de mí. Levantó la cabeza y miró al paciente, que a su vez lo observaba con nerviosismo.

—¿Martos?

Él asintió, enmudecido por el temor. En un instante, el otro sacó la pistola que llevaba al cinto y apuntó a la cabeza de Martos.

—¡No!

Pero la bala ya había salido y la sangre tiñó la pared de detrás, los barrotes del cabecero y las sábanas. Marcelino Martos quedó recostado con los ojos abiertos, mirando sin ver al suelo.

—¡Animal! —rugí yo—. ¿Qué coño crees que estás haciendo?

Él me encaró, separados tan solo por la cama que había entre nosotros. Señaló con un dedo acusatorio al hombre que acababa de matar.

—¡Ese hijo de puta es un quinta, igual que el otro! ¡Un traidor! ¡Ha estado pasando información y robando para los fascistas! —Yo fui a replicar, pero él me ignoró y retomó la búsqueda—. ¡Que salga Marquina ya o lo saco por los cojones!

Disimuladamente, me coloqué delante de Pedro, que miraba fijamente el cadáver de dos camas más allá, aterrado. El soldado percibió mis movimientos y se acercó. Levantó de nuevo la pistola que llevaba en la mano y me apuntó con ella. Yo no me moví. El otro hombre, que había observado en silencio toda la escena, se acercó a su compañero y le advirtió al oído:

—Benito, es la mujer de Álvaro. —Aquel me conocía. El otro hizo caso omiso.

—Apártate, mujer. —Seguía apuntándome.

En ese preciso momento entraron casi corriendo en la habitación Álvaro e Inma. Ambos hicieron un barrido a la habitación y vieron al paciente con el tiro en la cabeza, a los dos soldados y a mí.

—¡Albaladejo! —tronó Álvaro nada más entrar.

El tal Albaladejo, el que me apuntaba, no se movió. El otro se cuadró con el puño en alto.

—¡Mi teniente!

—¡Es este, el cabrón! —exclamó Albaladejo, sin mirarlo—. Marquina. ¡Y a Martos ahí lo tienes!

Miré de reojo a Álvaro, que en aquel momento me fulminaba con la mirada.

—Bárbara, quítate de en medio —me ordenó—. Nos lo llevamos.

—Ni hablar, es mi paciente.

—Bárbara —insistió, con los dientes apretados.

—Bárbara —repitió Inma.

Yo no me moví, tozuda.

—Es mi paciente, y de aquí no se mueve. Cuando le dé el alta, veremos.

Esta vez miré directamente a Álvaro con firmeza. Él casi me mordió con los ojos. Estaba furioso.

—¡Albaladejo, baja eso, me cago en Dios, que es mi mujer! —ordenó finalmente con fiereza—. Baja eso, te he dicho.

—A mí no me manda un uniforme —replicó el otro.

—¡Baja el arma ahora mismo, o te juro que duermes hoy en el calabozo y mañana crías malvas!

El otro se resistió durante unos segundos, pero finalmente se rindió y la bajó.

—Cuádrate y sal de aquí —le ordenó su superior.

Albaladejo obedeció de mala gana y salió rezongando de la sala.

—Márquez, ata a este a la cama —le ordenó al otro, señalando a Marquina.

—Sí, mi teniente.

Hizo lo que le decía. Álvaro me lanzó una última mirada de furia y salió.

—Doctora Navarro, venga conmigo —me ordenó Inma con dureza, dirigiéndose también ella hacia la salida. Antes, ordenó a las enfermeras que habían observado el altercado desde la puerta que se encargaran del cadáver.

El resto de pacientes, que habían asistido a toda la escena sin decir una palabra, comenzaron a insultar a Marquina y a tirarle todo aquello que tenían a mano.

—¡Hijo de puta!

—¡Rata!

—¡Traidor!

—¡A callar todo el mundo! —ordenó ella—. A quien le toque un pelo al quinta lo tiro a la calle. ¿Estamos?

—Gracias —murmuró una voz a mi espalda.

Marquina me miraba avergonzado. Yo no contesté. Me di la vuelta, tragándome todo el desprecio que sentía, y salí detrás de mi jefa.

* * *

Inma Bravo era la jefa del servicio de Cirugía del Hospital Provincial de Almería. Era mi jefa, y era también cirujano. Rondaba los cuarenta y llevaba los rubísimos cabellos cortados con regla por debajo de la oreja.

Había luchado en Madrid durante el verano y el otoño anteriores, y sus compañeros de la milicia la llamaban «la Brava», porque decían que tenía tanto coraje como un hombre. Y qué valiente era la Brava. Había luchado y también había hecho torniquetes y parado hemorragias en su unidad en pleno frente, porque además de miliciana era médico. Lo había sido hasta el inicio de la guerra, y con el golpe de julio se había puesto el mono y había cogido el fusil, y había salido con el resto de camaradas a defender la ciudad.

Pero llegando diciembre, después de todos aquellos meses haciendo torniquetes y luchando *tan bien como un hombre,* muchos de sus compañeros empezaron a dejar de llamarla «la Brava». La acusaron de sifilítica y de puta, de distraer y entorpecer la lucha, y le dijeron que aquello no era un carnaval y que a florear a su casa. Que se quitara el mono y se pusiera a hacer cosas útiles.

Y su comandante le dijo que ella y las otras de la unidad ya habían cumplido su deber allí y podía seguir colaborando en la retaguardia. Que podía estar orgullosa, porque habían conseguido elevar la moral y animar a los combatientes a la lucha. Pero es que ella no había ido allí animar a nadie. Ella había ido a luchar.

A su unidad la integraron en una de las nuevas mixtas y a ella y las otras mujeres simplemente las echaron. E Inma pasó las semanas siguientes de allá para acá, haciendo esto y aquello, hasta que recaló a principios de aquel año en Almería, en el Provincial.

—Hasta repartí cartas, ¿sabes? —decía con una mueca—. Hay que joderse.

Inma agujereaba en aquel momento el suelo de detrás de su escritorio con los talones, yendo de un lado a otro mientras me increpaba por mi comportamiento en la sala. No gritaba porque todavía no eran las seis de la mañana y los pacientes, los que no se habían despertado con el tiro y los gritos, todavía dormían.

—¡Venga Inma, no me jodas! —acabé por cortarla—. ¡Somos médicos! ¡Son nuestros pacientes! ¿Vamos a dejar que nos los maten en sus camas?

—Son traidores. Esta guerra no se gana si no nos quitamos de en medio a los que nos están jodiendo desde dentro. Te guste o no. Hay que acabar con esa carroña.

—Pero no así.

—Es lo que hay. ¿O prefieres que nos ganen la guerra?

—No. Yo no quiero guerra, simplemente.

Ella resopló, sarcástica.

—Ya, claro. A ti no te va la vida en ello, ¿no?

—¿Qué quieres decir?

—Que apestas a burguesa, te calé en cuanto te vi. No has tenido que luchar en tu vida.

Ya estábamos con la cantinela de siempre. Que no padeciera no significaba que no viera. Pero esa no era la cuestión.

—Eso no tiene nada que ver. ¡No podemos consentir estos disparates, por Dios!

—No mientes tanto a Dios que te descubres —dijo con desdén.

Cerré la boca antes de llegar a contestar. Calibré lo que acababa de decir.

—Inma, no estoy con los golpistas —dije lentamente, recalcando cada palabra y mirándola fijamente a los ojos—. Por supuesto que no, y no dudes de mí. Pero si ser leal a la República es eso... —Señalé la puerta por la que habíamos entrado unos minutos antes, cerrada. Lo que habíamos presenciado. Negué con la cabeza. Tragué, intentando aparcar toda mi indignación, y bajé el tono—. Inma, han matado a un herido indefenso a sangre fría. Me da absolutamente igual lo que hayan hecho. Si ellos...

—Estás a un paso de la traición, Bárbara —me interrumpió, inflexible. Su voz y sus ojos estaban cargados de frialdad.

Aquello era un punto final y una amenaza. No aceptaría ni un argumento más y ahí se acababa la discusión. Y si seguía, habría consecuencias. A callar. Apreté los dientes y sentí que las mejillas se me encendían de rabia. Y, como un niño al que le dicen que no toque la vajilla y la toca, di un paso hacia delante sin dejar de mirarla con ojos desafiantes, muda y orgullosa. Un paso.

Qué gesto tan estúpido. Y qué pueril.

Instantáneamente lamenté haberlo hecho, y temí las consecuencias. Pero no moví ni un músculo. Había sido un gesto estúpido y teatral, pero no estaba dispuesta a claudicar. Que fuera lo que tuviera que ser.

Ella captó la provocación que implicaba aquello y su gesto se endureció aún más. Durante casi un minuto que se hizo eterno, ninguna de las dos dijo nada, retándonos mutuamente.

—Anda, largo. Vete al trabajo —suspiró finalmente, señalando la puerta con el ceño fruncido—. No ha salido el sol y ya me estás dando la mañana...

Debían pasar ya de las seis. Salí del despacho y bajé las escaleras camino de la calle, todavía malhumorada. Al salir al patio encontré a Álvaro fumando y dando vueltas, distraído. Y enfadado. Me estaba esperando. En cuanto me vio tiró el cigarro y se acercó a grandes zancadas. Yo no dejé de caminar en dirección al exterior. No tenía ganas de hablar con él. Ni con él ni con nadie. Él me alcanzó y me agarró por el codo para retenerme y hacer que lo mirara.

—Bárbara, ¿en qué cojones estabas pensando? —Otro sermón más. Estaba harta—. ¿Cómo se te ocurre?

—¡Déjame! —Me solté y continué caminando. Él me siguió.

—¡Ese hombre al que estabas defendiendo lleva meses robando y pasando información! ¡Es un traidor! ¡Ha estado ayudando a los fascistas, y muchos de los nuestros han muerto por culpa de gente como él! ¡Bárbara, mírame, joder!

Yo me detuve y lo encaré.

—¿A ti qué te pasa? ¡Hace un año me contaste llorando que habías matado por accidente al hermano de Gonzalo! —le espeté a gritos, furiosa—. ¡Y ahora ves que a un hombre indefenso le levantan la tapa de los sesos de un tiro y están a punto de matar a otro a sangre fría y ni te inmutas!

—Es diferente.

—¿En qué? —Por Dios, que me lo explicara.

—¡Son soplones! ¡Son fascistas!

—¡Son personas!

—¡Estamos en guerra, Bárbara!

—¡No! ¡Estamos en un maldito hospital!

Su rostro y el mío estaban tan solo a unos pocos centímetros y el mar de sus ojos se me antojaba turbio y gris. Como en una tormenta. ¿Cómo no veía lo que yo?

—Tú no los has visto. —Los ojos se me llenaron de lágrimas al recordar—. No los viste correr con las tripas fuera, esconderse donde podían o tirarse a las cunetas porque ya no aguantaban más...

Los de la carretera.

—Yo también he vivido esta guerra, Bárbara —replicó, interrumpiéndome.

—¿Y cómo no lo ves? La guerra es esto. ¡Esto! —Alcé los brazos, abarcando todo el patio, todo el edificio—. El país entero es un hospital. Lleno de gente enferma y destrozada que agoniza de hambre y de odio.

—Nosotros luchamos precisamente para acabar con eso. Para que la gente no se muera de hambre ni de frío, por la justicia y la igualdad. Por nuestros derechos, por el pueblo. Para que no se pudra el espíritu de tu bendita República.

La República.

—¿Sabes que les veíamos la cara? Les veíamos la cara a los de los barcos. Y ellos a nosotros. Veían que había civiles, que no íbamos armados, y aun así disparaban. Malnacidos. —Lloraba de rabia. Apreté los dientes—. ¿Y dónde estaba la República? Dónde estaba el puñetero Gobierno de Valencia, el ejército, o... ¡o las putas milicias que nos tenían que defender!

—No seas ingenua.

—No, no seas ingenuo tú. Estábamos solos. Esa gente estaba sola. ¿Te digo dónde estaba el ejército, las milicias? Huyendo. Corriendo con nosotros, porque también ellos estaban muertos de miedo. ¿No iban a tenerlo si también se exponían a morir? Pobres infelices. Los abandonaron a ellos y a los civiles. Los de Valencia renunciaron a Málaga y con ella a todos los de la carretera. Desde un despacho es fácil, supongo. En los despachos se hacen números y en el frente, o lo que no es frente, mueren seres humanos. —Él fue a replicar—. Seguro que era lo más conveniente, que no había otro remedio. En la guerra a veces hay que renunciar, ¿no? Pero yo no quiero renunciar, porque para mí la República es eso. Todos ellos, y todos los demás. Desde el momento en que lo olvidas, en que piensas que es una cosa diferente, la República y todo lo que representa están muertos. Muertos.

Él ya no volvió a replicar. Yo me restregué los ojos, llevándome las lágrimas.

—Así que me da igual que queráis conseguir… ¡la luna! Yo solo quiero que esta maldita guerra acabe. A mí solo me importa esto. —Volví a alzar los brazos—. Esto, nada más.

Necesitaba salir a despejarme. Quería silencio. Lo dejé allí plantando, enmudecido, y salí al exterior. Él no me siguió.

Rodeé el edificio, caminando distraída hasta llegar al paseo. Aún quedaba más de una hora para que terminara de amanecer. Los más madrugadores ya comenzaban a transitar las calles, todavía a oscuras y punteadas aquí y allá por las farolas. Caminaban arrebujados en sus chaquetas y con los ojos empequeñecidos por el sueño. Pronto empezarían a llegar los que pasaban la noche fuera y volvían a la ciudad por la mañana. Me apoyé contra la fachada del edificio. La sombra confusa que conformaban las palmeras y los árboles del paseo me impedía ver el mar.

Un estruendo que parecía venir desde el centro mismo de la tierra me sacó repentinamente de mis cavilaciones. El alma se me vino a los pies. Al estallido le sucedió otro, y casi instantáneamente otro. Y con cada uno, el resquicio de cielo que quedaba entre los edificios se iluminaba fugazmente.

—¡El bollero, el bollero! —gritó una mujer que corría hacia mí.

Levanté la cabeza, tratando de adivinar la silueta de los aviones en el cielo oscuro, pero no fui capaz de verlos. Tampoco escuché el zumbido de los motores. Las bombas arreciaron, llenando una vez más la ciudad de estallidos y gritos, y los que antes andaban ahora corrían. Eché a correr de vuelta a la puerta del hospital.

Justo antes de doblar la última esquina y alcanzar la fachada principal, oí el silbido de la muerte sobre mi cabeza.

48

Flavia me miraba.

Me estaba mirando, de pie a escasos metros de mí. Y sonreía. Llevaba un capullo de rosa blanca en una mano. Estaba jugueteando con él mientras me miraba sonriendo pacíficamente. Era la sonrisa del cuadro.

De pronto, sin saber de dónde procedía, me envolvió un tumulto incomprensible, un enjambre de sonidos confusos. Había mucho ruido. La sonrisa plácida de Flavia se transformó en un gesto horrendo, en aquella mueca grotesca de ojos entrecerrados con que la había visto morir. Y del puño de su mano salía la sangre que le habían arrancado las espinas de la rosa. El ruido era ensordecedor.

—¡Bárbara! —gritó la voz de Álvaro desde algún punto detrás de mí. Estaba lejos—. ¡Bárbara, Dios! ¡Bárbara, Bárbara!

—¡Llévala dentro! —dijo otra voz.

Me ardía el pecho. No, eso no era el pecho. ¿Dónde estaban mis manos? No las encontraba. Los ojos, los ojos. Los abrí, y durante unos segundos Flavia desapareció. Vi algo azul, y volví a cerrarlos.

Flavia estaba de nuevo frente a mí. El jaleo poco a poco se fue extinguiendo hasta desaparecer. No oía nada. Miré la mano de mi prima. Todavía sangraba.

—Suelta eso, que pincha.

Ella no me hizo caso. Sonreía de nuevo mientras la sangre goteaba sobre el suelo. Entonces, una tímida amapola brotó junto a sus pies y comenzó a crecer vertiginosamente hasta formarse el capullo, y finalmente este desplegó los pétalos. ¿De dónde había salido aquella amapola? Observé detenidamente el suelo en busca de otros brotes, y al hacerlo descubrí que de cada uno de los goterones de sangre estaban naciendo amapolas. Diez, cien por cada gota. Y pronto ambas estuvimos rodeadas por un campo de amapolas mecido por una suave brisa.

Flavia soltó por fin la rosa y echó a correr por aquel campo, riendo. Se había vuelto loca. Corría de aquí para allá con los brazos al aire, saltando y dando volteretas, cantando y riendo sin cesar. Porque Flavia era movimiento.

—¡Prima, ven, prima!

Yo quise seguirla, pero de pronto el cielo se tornó rojo y todo a mi alrededor comenzó a brillar. Había demasiada luz. Me dolía la cabeza. Me ardía. No veía nada. Todo era rojo, y oía un murmullo apagado a mi alrededor. Abrí a duras penas los ojos y volví a cerrarlos, molesta por la luz. Volví a intentarlo, me forcé a mantenerlos abiertos.

Estaba tumbada bocarriba en una cama del hospital. Enfrente y a ambos lados había otras camas, llenas todas. Era de día, aunque no sabía qué hora era. Álvaro deambulaba en torno a la cama distraído, fumando y leyendo un libro. Estaba en mangas de camisa. Había dejado la guerrera a los pies de mi cama. No se percató de que estaba despierta.

—¿Qué lees? —gruñí débilmente con voz ronca, todavía medio grogui.

Él se giró, sorprendido.

—Eh, hola —susurró, observándome con avidez mientras se sentaba en la cama junto a mí. Apagó el cigarro en el cenicero que había sobre mi mesilla y dejó el libro a su lado. Me cogió la mano y la acarició, sonriendo—. ¿Cómo te encuentras?

—Bien, bien. Bueno, me arde la cabeza y siento dolor al respirar. Y tengo algo aquí que me molesta. —Me palpé el lado izquierdo del vientre y al hacerlo ahogué un aullido de dolor.

—Cuidado, cuidado.

Me palpé precavida y descubrí que bajo el camisón llevaba una venda.

—¿Qué es esto?

—Tranquila —dijo en voz baja—. Te han dado puntos. Te alcanzaron un pedazo de una bicicleta y varios trozos de metralla.

—¿Metralla?

—En el bombardeo. ¿Te acuerdas de algo?

Fruncí el ceño, tratando de recordar. Inma apareció junto a los pies de la cama.

—Recuerdo las bombas, lo del bollero... y correr hacia la puerta.

—Te cayó una a pocos metros. Te lanzó contra el muro.

—Bárbara, ¿cómo estás? —intervino entonces Inma.

—Atontada. Estoy hecha un trapo. —Cerré los ojos. Me molestaba la luz.

—Me imagino. Tienes una contusión en la cabeza, nada grave, y dos costillas del lado izquierdo fisuradas.

—¿Y lo de la metralla?

—Te hemos hecho una laparotomía. Tenías tres tramos de desgarro en el intestino, los tres cosidos.

—¿Me habéis remendado? —murmuré patéticamente, abriendo algo los ojos.

Ellos rieron en voz baja.

—No ha afectado a nada más.

—Suerte para mí.

—Suerte que estuvieras en la puerta del hospital —matizó ella—. Si no, no lo cuentas.

—Si hubiera estado en el frente, ya estaría muerta —apostillé, recordando la discusión permanente sobre los desplazamientos.

—No me lo recuerdes. En fin, descansa y no te muevas mucho.

—No tengo intención —le aseguré, con los ojos casi cerrados.

—Gracias, Inma —añadió Álvaro antes de que se alejara. Yo lo observé con detenimiento por primera vez.

—Estás hecho un desastre.

—Anda que tú. Estás hecha una piltrafilla. —Hice el amago de reír y sentí una punzada en el costado. Él se rio, y cuando se le acabó la risa, tragó saliva y los ojos se le llenaron de lágrimas—. Pensé que te me morías.

Le acaricié la mejilla sonriendo, y él me besó la palma de la mano.

—Aún me queda mucho que discutir.

Él rio entre lágrimas.

—Te quiero. Lo sabes, ¿verdad? —yo asentí.

—Yo también te quiero.

Se inclinó sobre mí para besarme suavemente los labios.

—¿Qué hora es?

—Las cinco. Llevas durmiendo toda la mañana. Rosita y Anita han venido hace un rato. Están todos bien, no te preocupes. Y el piso y todo, todo bien. El edificio se ha salvado, aunque el de al lado tiene un agujero tremendo en la fachada.

Todavía se estaban inventariando los destrozos y las víctimas, heridos y muertos, que ya subían a cerca de veinte. Por suerte, el bombardeo había sido antes de que comenzasen las procesiones de los que pernoctaban a las afueras y en los pueblos. Y Marquina había escapado, aprovechando la confusión.

No había sido el bollero. No eran aviones. Habían sido cinco barcos alemanes. Habían sido los alemanes.

—¿Los alemanes? —repetí, confundida.

—Un escarmiento de Hitler por lo de los Katiuskas de Ibiza. —El bombardeo del *Deutschland*, dos días atrás—. Franco se ha quedado con el culo al aire, y los europeos han condenado el ataque.

—Eso no sirve de nada. ¿No van a hacer nada más? —Negó con la cabeza.

—No creo. Están acojonados con una nueva guerra en Europa. No se atreven.

—¿Y en Valencia qué dicen?

—Lo han condenado también y parece que están muy nerviosos. Hay mucho movimiento de despachos. Pero no creo que vayan muy lejos. Lo último que necesitamos es meternos en una guerra directa contra Alemania.

Lo que faltaba ya. Estaba jugueteando con un mechón de mi pelo. Recordé algo.

—Perdí el lazo, ¿sabes? Lo siento.

A él le daba igual.

—Te compraré los que quieras.

Estaba un poco mareada y me dolía mucho la cabeza. Necesitaba dormir.

* * *

Llevaba un costurón de unos doce o quince centímetros.

Estuve casi una semana en cama, ingresada, y después me mandaron al piso. Me habían dado un permiso en el hospital. Empecé a andar poco a poco, paseando por la casa arrastrando los pies, y con el paso de los días trasladé los paseos a la calle, sola o acompañada de Anita o Puri cuando iba con ellas a hacer la compra o a cualquier recado.

—Tajo bueno te han hecho, chiquilla —dijo la vecina cuando le expliqué de dónde a dónde me llegaba la herida—. Los cirujanos sois unos carniceros.

—Es lo que hay —repuse yo, encogiéndome de hombros y riendo entre dientes.

—Niña, ¿cogemos berzas de estas, o prefieres otra cosa? —Anita evaluaba la verdura, indecisa.

—Lo que usted vea, Anita. A mí todo me viene bien.

Al salir del mercado a veces me desgajaba para pasear un rato más sola o para acercarme a la biblioteca. Los ojos se me llenaron de lágrimas el día que me topé, deambulando entre las estanterías, con los libros de Federico. Saqué el *Romancero* de la estantería y lo sostuve sin abrirlo durante unos minutos. Tapé con el pulgar derecho los apellidos para solo ver el nombre. Federico. Al levantar el dedo reaparecieron los apellidos, convirtiéndolo en un autor abstracto. Lo volví a colocar en su sitio sin abrirlo, y me aparté de allí. Se iba a cumplir un año de su desaparición.

Durante aquellos paseos también pude comprobar por mí misma los efectos del bombardeo alemán. Había cráteres en varias calles en los lugares en los que las bombas habían impactado, y también habían hecho destrozos en la catedral, en la estación y en la sede de la Cruz Roja Internacional, entre otros muchos edificios. Al salir del mercado uno de aquellos días, eché a andar hacia la Puerta Purchena, paseando, y al llegar allí divisé una iglesia unos cientos de metros más adelante, en una plazoleta a la que llegaba la calle que arrancaba a mi derecha. Seguí andando en esa dirección, hasta plantarme frente a la portada.

No había puerta. Había desaparecido, sencillamente. Estaba volada, y la piedra del arco que le daba forma ennegrecida por el humo y las llamas que en algún momento habían escapado del interior. La fachada entera estaba ruinosa, y también lo que se alcanzaba a ver del tejado. Rodeé el edificio y desde otros ángulos pude ver los boquetes que las bombas habían hecho en él.

Aquello era San Sebastián, me dijo el cura cuando entré y me vio merodear por allí. Sentí una punzada de nostalgia al verlo y recordar a don Paco, y me pregunté por enésima vez qué habría sucedido con las visitas a los escondidos de los pueblos a nuestra marcha. Descarté el pensamiento con una sacudida de cabeza.

El interior estaba entero arrasado, negro del incendio que se lo había tragado todo, hasta la pintura de las paredes. No se habían salvado más que algunas imágenes y algunas dependencias. El resto de imágenes se habían destruido, y también el archivo. Solo quedaba lo que veía: el esqueleto ennegrecido del edificio y las baldosas levantadas. ¿Por qué las habían quitado?

—Es terrible —comenté, observando todavía los muros y los techos negros—. Qué cantidad de cosas se han llevado por delante las bombas de los alemanes.

El cura no contestó de inmediato, pero acabó por decir, reticente:

—Esto no fueron los alemanes. El daño del tejado sí, pero el resto es de antes.

—¿De otro bombardeo? ¿El del 12 de febrero? —El día que habíamos llegado.

—No, antes. Mucho antes.

El cura se resistía a hablar. Me detuve y escruté su rostro, intentando vislumbrar qué no me decía. Él me observaba receloso, valorando si podía ser sincero.

—Esto fueron los otros, los de aquí, el verano pasado —dijo finalmente, retándome con los ojos, esperando mi reacción—. Fueron los rojos.

Yo abrí la boca y volví a cerrarla. Miré de nuevo el techo y las paredes desprovistos de color, los restos del portón principal arrumbados contra la pared a ambos lados de la puerta, los bancos calcinados y apartados a los lados, y de nuevo al cura. No dije nada, ¿qué iba a decir?

Había leído muchas veces en los periódicos de Granada las noticias inflamadas de los destrozos y las profanaciones, la destrucción de piezas de arte sacro y los asaltos a los religiosos. Los asesinatos, las vejaciones. Don Ramón decía que la mitad eran bulos. Sea como fuere, cada nuevo desmán, real o ficticio, acrecentaba el odio y el temor de los creyentes y no creyentes hacia las turbas que atentaban contra la hacienda y los siervos de Dios, y añadía un nuevo argumento a la ya larga lista que esgrimían los defensores de la Santa Cruzada contra la barbarie roja.

Aquella barbarie que el Gobierno de la República no había sabido controlar le había acarreado el descrédito internacional y la ambivalencia o incluso la preferencia de las facciones moderadas y conservadoras, que no necesariamente ultras, por el bando Nacional. Y le había costado, añadiéndose a otras muchas circunstancias, ese apoyo de las democracias.

Aquello no era liberación, ni romper cadenas, ni romper tampoco el cristal de las ampollas que contenían el veneno que había adormecido por siglos la mente del pueblo. Era el grito de un fanático a otro.

Era simplemente barbarie. Barbarie bruta e impensada, autodestructiva y deslegitimadora. ¿Con qué argumentos le exige un bárbaro a otro que deje de pisarle el cuello?

Era muy distinto, mucho más impactante, verlo que leerlo en los periódicos.

—Fue una locura, una masacre, los primeros días —soltó el cura cuando lo que quiera que hubiese visto en mi rostro le hizo coger confianza y arrancarse a despotricar contra los que habían hecho aquello—. Luego, en octubre o noviembre, cuando llegó Morón, las cosas se calmaron un poco. —Gabriel Morón, el gobernador—. Los metió en cintura. Pero no te lo imaginas, hija.

Y venga a sacar gente, y palizas, y profanaciones como aquella. Día sí, día también. Habían pasado el verano con el olor a humo pegado a la ropa.

—Y a mi Adelina, mi sobrina, que era monja en las Puras... malparidos, hijos de mala madre. La violaron entre cinco, ¡cinco! Echa una pena la dejaron. Pobrecilla mía... —Se cubrió la cara con una mano, sin querer recordarlo, llorando de rabia.

—Lo siento mucho.

—Rojos desgraciados, malparidos... y que Dios me perdone —siguió él—. Ojalá no tarde el día en que entren los nacionales a poner orden, y que paguen los que tienen que pagar. —Me miró con recelo, consciente de las implicaciones de lo que había dicho—. ¿Va usted a denunciarme por lo que acabo de decir? Ya soy viejo. Me da igual que me denuncie.

—No voy a denunciarlo —le aseguré.

El cura escrutó mis ojos unos segundos más con recelo, sin verdadero temor a que lo hiciera.

49

Empezando el verano, Álvaro me acompañó a ver las obras en los refugios. Allí abajo hacía fresco, más que en la superficie. Estaban proyectados cuatro kilómetros de galerías, a una profundidad de entre diez y quince metros bajo el nivel de la calle.

—Y tendrá despensa y un quirófano —comentó—. Y Langle quiere también su parcelilla.

Guillermo Langle, el arquitecto en jefe.

—¿Y estos muros? —Señalé el medio muro que nos cortaba el paso, en perpendicular a las paredes del túnel y obstruyendo la circulación—. ¿No interrumpen el paso?

—Precisamente. Son para canalizar el flujo de gente, para evitar avalanchas. Y por la onda expansiva.

Aquel lugar estrecho y de techo bajo con un cableado de luz pobrísima era asfixiante. No me gustaba estar allí abajo. Salimos pronto.

Desde el bombardeo, Álvaro no se atrevía a discutir conmigo. No quería discutir, creo, por temor a que una nueva bomba me hiciera saltar por los aires y esa vez no me despertara. En lo más profundo de su alma se había encastrado la idea de que las discusiones antecedían a las bombas. Sea como fuere, no quería discutir. No evitaba hablar ni eludía los temas espinosos, como habíamos hecho desde mi llegada hasta el día del bombardeo. Simplemente, abordaba cualquier cuestión con más calma, y no se implicaba hasta la médula del meñique como hacía yo y como había hecho él siempre.

Tenía el gesto distinto y el ánimo apagado. Casi habría jurado que miraba cansado. No fue, en realidad, algo que sucediera de repente. Fue cuestión de semanas y meses, los que se sucedieron lentos y tediosos tras aquel bombardeo. Cada semana que pasaba le restaba una hora de sueño a los ojos, y cada día tenía menos interés en discutir. No discutía mucho, en general. Ni conmigo, ni con nadie. Tampoco con Carmen. Discutían, pero con mucha menos frecuencia que antes. Y yo me había ido convirtiendo poco a poco, de forma desconcertante, en su refugio de la no discusión.

Una de aquellas disputas infrecuentes la tuvieron cuando nos sentamos a cenar una noche cualquiera de finales de octubre, poco después de que los sublevados entraran en Gijón y la franja norte terminara de caer. La República perdía la industria y las minas del Cantábrico.

Al terminar de comer, me levanté de la mesa y la palmeé dos veces seguidas frente a Álvaro, que seguía discutiendo.

—Camarada, a los platos. —Él se levantó sin dejar de discutir con Carmen, que hizo lo propio, y ambos comenzaron a recoger la mesa.

—Qué sargenta eres tú con tu hombre, chiquilla —me dijo Anita por lo bajo, cuando estuvimos ambas y Rosita junto a la encimera de la cocina, poniendo orden.

—Aquí somos camaradas todos, Anita —repuse yo—. Y si estamos a comer, estamos también a recoger.

—¡Ja! Eso quiero verlo yo.

—Va a poner a mi hermano derecho, verá usted. —Rosita rio entre dientes.

—*Chita*, qué genio.

Yo aparté el perol con los restos de la cena.

—Ahora le llevaré a la Puri un poco de asado —comenté, a nadie en particular.

—Bien. Tráete el perol luego —me recordó Anita.

—Ayer cuando veníamos del mercado llevábamos detrás un par de soldados moscones que no paraban de soltarnos guarrerías. Y cuando Bárbara se cansó de oírlos berrear, los encaró y le dijo al más bruto:

«¿Te traigo a mi novio y a su hermano y se lo explicas, pedazo de bruto?» —contó entonces Rosita.

—Pues sí que está bien eso —aprobó Anita—. ¿Y le dijeron algo?

—La llamaron frígida. Y ella ni se giró y les gritó: «¡Tus muertos!».

—Estate, con la señorita. —Arqueó las cejas, riendo sorprendida—. No le conocía yo a tu casta esa lengua.

—Es que eran muy pesados, Anita —rezongué yo—. Pero mucho.

—Hija, los fanfarroneos del hombre —dijo, suspirando—. Que no tienen fin.

Desde la habitación de al lado llegó entonces el sonido del llanto de la niña. Se había despertado. Carmen y su madre levantaron la cabeza, alertadas. Dejé sobre la encimera los platos que acababa de coger.

—Voy yo.

Entré en la habitación y la cogí en brazos, meciéndola suavemente hasta que dejó de llorar. Tarareé cuatro notas indefinidas, que después se transformaron en la nana que le habíamos estado cantando a lo largo de los meses.

Ay, luna lunera
que se peina en la ventana.
Ay, la luna triste
que baja cuando la llaman.

Y baja del aire, volando.

Cuando la niña llora
ella mece su cuna
con manos de viento
y voz de plumas.

Y la sube al aire, volando.

Ay, la luna, por campos yermos
ella errante va vagando,

porque no encuentra a la niña
que la está llamando.

Y va llorando, llorando.

Al levantar la vista vi que Álvaro me observaba en silencio, apoyado contra el marco de la puerta. Se acercó adonde yo estaba con sigilo y sonriendo. Escruté su rostro sin dejar de cantar. A pesar de la sonrisa, se le veía cansado. Me pregunté qué habría estado haciendo ese día. No habíamos estado a solas desde la mañana, antes de irnos cada uno a lo suyo.

—¿Habéis acabado ya de discutir? —dije, sin verdaderas ganas de discutir también yo con él.

Me abrazó por la espalda, rodeándome la cintura con los brazos y apoyando la barbilla sobre mi hombro. Su barba me hizo cosquillas en la mejilla. Dejé de cantar y continué tarareando la nana.

—Yo quiero uno de estos —dijo en voz baja, junto a mi oído. Lo miré de reojo y comprobé que observaba con ternura a la niña, ya dormida. Sonreí—. Un Lenincito o Lenincita...

—¡Un hijo mío no se va a llamar Lenin! —protesté también en voz baja, indignada. Él se rio entre dientes—. ¡Ni se te ocurra!

—Bueno, pues el nombre que quieras. —Sus manos se deslizaron hacia abajo disimuladamente y me dieron un suave apretón en las caderas—. Estoy deseando ponerme a ello...

Yo titubeé. Y en aquel instante supe que no quería tener hijos. Adoraba a Anita, pero no quería tener hijos, no en aquellas circunstancias. No quería traer a un niño a un mundo que era un infierno. Ni hablar. Opté por irme por la tangente.

—Ni hablar. Ni siquiera estamos casados. ¿Cómo sé yo que no me vas a abandonar con la criatura? —Achiqué los ojos fingiendo desconfianza—. Los comunistas sois todos unos sinvergüenzas, ¡no tenéis ley! —Apreté los labios para no reírme con mi propia parodia. Por un momento sentí una punzada de nostalgia al recordar a la Acemilera. Aquellas palabras podrían haber salido de su boca.

Él rio de nuevo, quedamente.

—Eso duele, camarada —me reprochó.

—Es completamente cierto. No me fío. —Me reí entre dientes.

—¿Y por qué no nos casamos? Nos casamos.

—Qué dices, hombre, qué dices... no está el horno para bollos.

Me deshice de su abrazo y me acerqué a la cuna. Álvaro estaba llevando la broma demasiado lejos. Pero él no parecía darse cuenta.

—¿Y por qué no?

—¿Cómo que por qué? ¿Tú has visto el panorama? —Me incliné sobre la cuna, acomodé a la bebé en ella y me dispuse a ordenarle las sábanas—. Estamos en medio de una guerra, en una ciudad que no es la nuestra, lejos de mi familia y de tu padre, apurando lo que ganamos y sin saber qué va a pasar mañana. Tener hijos ahora, en medio de todo esto... —Me incorporé negando con la cabeza, distraída.

Aquel no era el momento de casarse ni de tener hijos. Quizá más adelante, cuando todo aquello acabara. ¿Y cuándo acabaría? No sabía siquiera si algún día acabaría. Pero debía acabar, debía tener un fin.

De pronto fui consciente de que vivía esperando ese fin. A pesar del año que llevábamos de guerra todavía vivía sumida en la provisionalidad, sin terminar de acostumbrarme a aquella permanente contingencia, a aquella normalidad que no lo era, y Almería se me antojaba temporal y ajena. Aquella no era mi casa, y la vida allí algún día acabaría. Anhelaba inconscientemente volver, vivía con la esperanza de regresar a lo que era mío, a mi vida y a mi normalidad.

¿Pero qué quedaba ya de ella? ¿Qué quedaría cuando la guerra terminara, si es que acababa algún día y vivíamos para verlo? Se me hizo un nudo en la garganta. No sabía nada de los tíos desde hacía más de ocho meses. No sabía siquiera si seguían vivos ni si los volvería a ver. Y yo descartaba aquella vida, aquella hipotética boda e hijos, postergándolos a un futuro que no sabía si llegaría.

Pero no. Aquel no era el momento. Que no, hombre, que no.

Álvaro me observaba trajinar en silencio, sumido en sus propios pensamientos. Su sonrisa se había esfumado. No le di tiempo a comenzar de nuevo.

—Me voy a llevarle a Puri el asado, que se va a ir a dormir antes de que llegue. —Y di por terminada la conversación.

***

Una de aquellas noches en que fui a llevarle sobras a Puri o que salí de nuevo un rato después porque me había dejado el perol o el plato en su casa, o quizás una de aquellas otras veces en que fui a recoger los restos que ella nos había dejado, me quedé plantada en el umbral de nuestra puerta nada más abrirla.

Me quedé allí de pie, quieta y con la boca entreabierta porque casi me di de bruces al salir con las cuatro personas que bajaban en ese momento del piso superior, en el que no vivía nadie porque el único de los dos pisos que estaba ocupado se había quedado vacío cuando sus inquilinos habían huido por temor a los rojos. Allí arriba no había vivido nadie desde entonces, había dicho Puri, pero de allí bajaban esa noche una mujer y un hombre, este último con una niña pequeñísima en brazos y abrazada a su cuello. Y detrás de todos ellos, un hombre que conocía. Era el cura de San Sebastián.

Los tres adultos se detuvieron en seco antes de pisar el rellano, con los ojos desorbitados y enmudecidos al verse descubiertos. Yo me interponía entre ellos y el siguiente tramo de escaleras.

Observé uno a uno sus rostros, tratando de discernir sus pensamientos, sus intenciones. Al mirar de nuevo al hombre que cargaba a la niña me asaltó un recuerdo vago, como un destello. A él también lo conocía. Lo conocía, sí. No sabía ni su nombre ni sus circunstancias, pero sabía que lo había visto antes, en Granada, antes de la guerra. Y que era falangista, un camisa vieja de los de primera hora. Amigo de los Rosales, quizá. No estaba segura. Lo recordaba gritando en algún sitio, en un contexto que no conseguía ubicar. Él era el fascista del que había hablado Puri.

Él no me reconoció, pero sí el cura, que me suplicó con los ojos que no gritara, que no los delatase, que me apartara y los dejara pasar. Lo suplicaban los tres, y la niña me miraba sin comprender quién era ni qué estaba pasando.

—Bárbara, ¿traes eso? —dijo alguien desde dentro de la casa.

—Voy —alcé la voz al decirlo, sin apartar la vista de los otros.

El falangista no llevaba la camisa azul sino ropa de viaje, al igual que la mujer y la niña. Estaba huyendo con la que presumiblemente era su familia. Estaban saliendo del piso en el que llevaban encerrados quién sabe cuánto tiempo. Desde el principio, quizá. ¿Y el cura? El cura estaba escapando quizá también, o quizá solo los estaba ayudando, como hacía don Paco con los escondidos de Granada.

Con cautela y sin proferir palabra, eché un pie atrás y me aparté de su camino, y ellos siguieron corriendo escaleras abajo.

Al día siguiente a primera hora fui a aporrear la puerta de la sacristía de San Sebastián, y lo hice durante varios minutos a pesar de no obtener respuesta. No me iba a marchar de allí hasta que hablara con el cura.

—¡Sé que está ahí! ¡Abra! —le grité a la puerta, después de llamarlo a gritos media docena de veces—. ¡Abra, puñeta, que solo quiero hablar!

Tuve que insistir durante unos minutos más, pero el cura acabó por abrir la puerta. Me llamó ordinaria y me dijo que me marchara, que no hacía nada allí. Que olvidara lo que había visto la noche anterior, y que no era lo que pensaba.

—Entonces, ¿por qué me pide que lo olvide?

Él enmudeció. Acabó por arrastrarme dentro y cerró después, temiendo que el griterío hubiese atraído a alguien desde la calle. Una vez dentro, comenzó a hablar atropelladamente y en voz baja. Que me olvidara, y por Dios bajara la voz, que aquello no iba conmigo. Y que no se lo contara a nadie, por favor.

—¿Hay más como esos? —le pregunté, ignorándolo. Y bajé la voz, yo también—. ¿Hay más escondidos?

Él no quería contestar. Yo bajé el tono, intentando hacerme entender.

—Mire, no quiero denunciarlo ni hacer nada contra ellos. Soy médico, trabajo en el Provincial, pregunte si quiere. Puedo ayudarlos. ¿Necesitan atención médica?

Él me observó con los ojos entrecerrados, calibrando lo que le estaba diciendo. Dudaba, pero acabó descartando lo que quiera que estuviera pensando con una sacudida de la cabeza. No se fiaba.

—Sé quién es —escupió—. La conozco. Usted es la mujer de un oficial.

—Soy médico —insistí.

—Sigue siendo la mujer de un rojo. Eso va por delante.

Me hizo salir de nuevo y cerró la puerta, y ya no la volvió a abrir más.

* * *

Álvaro se iba al frente.

En diciembre, con las obras de los túneles ya muy avanzadas, consideraron que ya era innecesaria su intervención en ellas y lo integraron en una de las nuevas brigadas y lo destinaron al frente sur de Granada, a la costa.

—Es una zona tranquila —intentó calmarnos él, en balde—. Voy a estar bien.

Se iba con «la 55». La 55ª Brigada Mixta, 71ª División del XXIII Cuerpo del Ejército. Repetí aquel enjambre de nomenclatura que a duras penas entendía más de mil veces, hasta memorizarlo. Brigada 55, División 71, XXIII Cuerpo del Ejército. Brigada 55, División 71, XXIII Cuerpo del Ejército.

—Como no vuelvas, te mato —le dije su hermana, antes de marcharse. Él se rio entre dientes y le besó la frente.

—Y luego te remato yo —le dije al oído cuando lo abracé con todas mis fuerzas después.

50

Tiempo bueno, tiempo bueno,
¿quién te me apartó de mí,
que en acordarme de ti
todo placer me es ajeno?

Rosita leyó el poema entero, sentada sobre un taburete en el centro de la sala.

Habíamos adoptado la costumbre ella y yo, con el beneplácito de Inma, de llevar al hospital libros de la biblioteca para leérselos a los pacientes de rato en rato en voz alta. Llevábamos de todo un poco, pero sobre todo poesía y teatro, lo que más llamaba la atención. El primer día que llegamos cargadas de libros, Inma se apostó en la puerta delante de nosotras y exclamó con un puño en alto y el otro en jarras:

—¡Miliciano, instrúyete! ¡Soldado, busca la cultura! ¡La ignorancia es el caldo de cultivo del fascismo!

Y con aquella perorata se iniciaron los ratos de lectura en nuestro servicio. Esa otra tarde tiempo después, cuando las lecturas ya se habían convertido en una costumbre, Rosita acabó aquel poema y nos pasamos al teatro, y leímos uno tras otro varios de los pasos de Lope de Rueda.

—«¡Señora mujer!», dice Martín, «no te cumple hablar más como enferma, que el doctor me ha dicho que a mí me ha de curar, que tú, bendito Dios, ya vas mejorando». —Rosita había retorcido su voz hasta convertirla en la del personaje.

—«Quedad en buena hora, hermano Martín de Villalba», dice el estudiante. —Yo engolé también la mía.

—«Ve con Dios», responde Martín —siguió Rosita—. «Mira, primo de mi mujer: no dejes de aconsejarle que si se halla bien con las novenas, que las haga decenas, aunque yo sepa ayunar un día más por su salud».

Los pacientes, sentados a los pies de la cama los que podían incorporarse, soltaron una carcajada casi a una.

—Contesta el estudiante: «Yo me ocupo» —deformé las palabras de Lope, exacerbando la malicia del estudiante, y ellos volvieron a reír—. «Queda con Dios».

—«Y vaya con Él», se despide Martín —terminó Rosita—. ¡Y fin!

Los pacientes aplaudieron por enésima vez. Les habíamos leído ya cuatro pasos.

—¡Qué tío más tonto, el Martín! ¡A ese le están dando por culo pero bien!

—Periquillo, eres más bruto que el esparto —se quejó Inma, aplaudiendo.

—¡Y qué golfa, la mujer!

Las risas volvieron a tronar.

—Doctora, ¡lean otro, otro más!

Rosita me miró, riendo. ¿Otro más?

—No, ahora un poema.

—¡Otro poema, sí! Lea usted, doctora, que usted no ha leído ninguno.

—No, yo prefiero no leer poesía. No sé hacerlo.

—¿Qué tontada es esa? El verso se lee lo mismo que la prosa —me discutió el mismo paciente—. Si sabe leer teatro, sabe leer poesía.

—No, de verdad —supliqué—. Que lea Rosita, que recita muy bien.

—Ella ya ha leído, ahora le toca a usted, doctora.

—¡Que lea, que lea! —empezaron a corear.

Me giré hacia Inma y Rosita, en busca de socorro, pero ellas levantaron las manos con las palmas extendidas y riendo, haciéndose las locas. «A mí no me mires». decían las palmas.

—Está bien —concedí, sentándome en el banco que había ocupado Rosita y cogiendo un libro de la pila que habíamos traído aquella vez.

—¡Venga, el verso!

Hojeé el libro rápidamente, buscando qué leer, di con uno de Lope de Vega y empecé a recitar uno de los muy pocos, poquísimos, poemas que he leído en voz alta en toda mi vida:

Pobre barquilla mía,
entre peñascos rota,
sin velas desvelada,
y entre las olas sola:

¿Adónde vas perdida?
¿Adónde, di, te engolfas?
Que no hay deseos cuerdos
con esperanzas locas.

Como las altas naves
te apartas animosa
de la vecina tierra,
y al fiero mar te arrojas.

Nunca me ha gustado leer en voz alta poesía. No me gustaba entonces y sigue sin gustarme. Ni la mía misma. Cuando había que leer, leían Flavia o Federico. Ellos recitaban muy bien. Y también Álvaro.

Advierte que te llevan
a dar entre las rocas...

Él comenzó a recitar mis poemas y otros ya antes de la guerra, y siguió haciéndolo cuando se extinguieron las voces de Flavia y Federico. Él leyó mucha poesía en voz alta a lo largo de los años. Mucha, muchísima.

Cuando por las riberas
andabas costa a costa,
nunca del mar temiste
las iras procelosas.

Segura navegabas;
que por la tierra propia
nunca el peligro es mucho
adonde el agua es poca.

Tenía una voz suave, serena, cadenciosa. Armónica. Y repartía bien las respiraciones y la entonación. Recitaba muy bien. Yo no. No me gustaba recitar.

No mires los ejemplos
de las que van y tornan,
que a muchas ha perdido
la dicha de las otras.

Para los altos mares
no llevas cautelosa
ni velas de mentiras,
ni remos de lisonjas.

¿Quién te engañó, barquilla?
Vuelve, vuelve la proa,
que presumir de nave
fortunas ocasiona.

La República se había cansado de perder cosas, y para aquel diciembre del 37 en que Álvaro se marchó al frente de la costa, el Gobierno de Negrín lanzó a las tropas a recuperar Teruel, que consiguieron ya al entrar el nuevo año. Sin embargo, la tuvo para sí algo menos de dos meses, y si los gubernamentales fueron la ola que estira el agua para alcanzar la arena, la resaca que fueron los sublevados vino después para arrastrar de nuevo a la ciudad tras su línea. Y la resaca fue mucho mayor que la ola, porque entre marzo y abril, después de recuperarla en febrero, siguieron avanzando más y más, obligando a la ola de la República a retroceder de vuelta al Mediterráneo. Y hasta allí llegaron: hasta Levante, hasta tocar el mar.

La República había quedado partida en dos por la franja sublevada que había cortado el mapa: de Madrid hacia abajo, lo que quedaba, y Cataluña, con el Gobierno en el corazón, en Barcelona, adonde se había pasado el otoño anterior.

El Gobierno se gritaba a sí mismo. Todos gritaban y se repartían culpas y previsiones negras, entre colores políticos, entre cargos y enfoques de la guerra y, sobre todo ello, entre los que no claudicaban y veían en el logro primero de Teruel las potencialidades del nuevo Ejército y los que veían en aquel hachazo el momento en que la República había empezado a perder. Yo creo que había plantado la semilla de su derrota y había empezado lentamente a perder mucho antes. Militarmente, desde el inicio de la contienda. Moralmente, quizá mucho antes.

Ya fieros huracanes
tan arrogantes soplan,
que, salpicando estrellas,
del sol la frente mojan.

La República miraba hacia atrás recordando los días en que no hubo guerra, repasaba los meses trascurridos y se preguntaba rota de desamparo qué había sucedido. Adónde habían ido a parar el impulso y la certeza del principio. Y dónde iban a acabar.

Contenta con tus redes,
a la playa arenosa

mojado me sacabas;
pero vivo, ¿qué importa?

Las horas de aquellos días se iban en un juego continuo y extenuante de resistencia a distintas escalas. Resistir y sobrevivir, poniéndole un dique diario al hambre, a las bombas y al cansancio. Qué cansancio. La guerra, a esas alturas, se había convertido en un mirar el goteo lento y arrítmico de un grifo mal cerrado, esperando a que el primero que se cansara de escuchar aquel martilleo innecesario terminara de cerrar la manija. Era esperar.

... ¡Ay de la pobre barca
que en lágrimas se ahoga!

Esperar a Paco y a Álvaro, por ejemplo. Sus cartas llegaban, nunca dejaban de llegar. Pero los meses de guerra pasaban lentísimos y todavía no volvían. Álvaro me mandaba con cada carta algún poema y una o dos flores secas. Yo las guardaba con obcecación, las cartas en una caja y las flores en otra. Y, cuando por fin volvió a Almería, ya tenía para un ramo considerable.

Mas ¡ay, que no me escuchas!
Pero la vida es corta:
viviendo, todo falta;
muriendo, todo sobra.

51

El 23 de mayo del nuevo año, Almería estalló cuando del frente de Granada le llegó la noticia de la liberación de trescientos prisioneros asturianos en Carchuna, en la retaguardia sublevada de la costa.

Llevaban dos meses encerrados en un fuerte que había junto al mar. Los gubernamentales habían roto la línea, habían asaltado el fuerte y los habían liberado, trayéndolos a la zona roja. El eco del logro rebasó Almería y llegó lejos, hasta Madrid y el último rincón de la zona gubernamental, y saltó también las fronteras del país, escrito en los periódicos que sacaban las noticias sobre el curso de la guerra de España en aquella primavera de 1938.

En Almería se vitoreaba a la 55, a los valientes de la 55, porque habían sido ellos los que los habían liberado. Un grupo de héroes, treinta o cuarenta escogidos que habían propinado a los fascistas una bofetada que no habían visto venir. La 55 era la brigada de Álvaro, y nosotras esperábamos con un nudo en el estómago la carta que nos confirmase que seguía vivo, que estaba bien, y que nos diese su propia versión del suceso. No sabíamos, siquiera, si él era uno de los treinta.

Antes de que llegara la carta, algo menos de una semana después de la liberación, fue el propio Álvaro el que llegó a Almería, con un brazo en cabestrillo pero ileso. Sí, había estado entre los treinta.

—Nos llegaron cuatro tenientes evadidos y nos dieron el soplo de que los tenían allí —explicó—. Había que actuar rápido, antes de que los echaran en falta.

—¿Quieres más? —le dijo su hermana con el cucharón suspendido sobre su plato, ya lleno hasta casi el borde.

—No, sobra. —Fue a seguir con la explicación, pero Rosita decidió por él.

—Te echo más, que tienes que engordar. Estás en los huesos.

Lo estaba. Se veía más delgado, con los ángulos de la cara mucho más pronunciados.

—Nos dividimos en dos grupos, el de vanguardia y el nuestro —siguió él, sin contradecirla—. Nosotros íbamos de comando, para picar por retaguardia, y ellos tenían que romper la línea para que pasaran los asturianos. A nosotros nos dirigía un teniente americano, un *raider* de las brigadas. Bill, se llama.

—¿Qué es un *raider?* —preguntó Anita. Ninguna lo sabíamos.

—Guerrilleros. Son los que pasan las líneas, sabotean, se infiltran y cosas así. —Álvaro hablaba entre bocado y bocado, con la cuchara en la mano buena, engullendo como un pavo—. Él y otro camarada americano que también estaba en el grupo, otro *raider,* tenían interés personal en el asalto. Pensaban que tenían a otro camarada prisionero en el fuerte, pero cuando llegamos no estaba allí.

—Llegasteis por el mar, ¿no? —dijo Carmen, que tenía al niño en las rodillas.

—Teníamos que pasar las líneas en lancha y desembarcar más allá —asintió Álvaro—. Entramos en el fuerte, los sacamos y ellos tiraron para el este, por tierra. Nosotros teníamos que volver en las lanchas, pero los americanos, otro camarada y yo nos retrasamos y las perdimos. Tuvimos que volver a nado. El camarada español se ahogó.

—¿Y el brazo? —pregunté yo.

—Nos estaban disparando cuando nos tiramos al agua. Un tiro, sin fractura —sonrió—. Poca cosa, pero me dan tres semanas de permiso.

—Que se jodan los fascistas —rezongó Carmen.

—Nos bombardearon el puesto luego, en venganza. Nosotros llegamos un día después que el resto.

Además de las tres semanas de permiso, a él y al teniente americano los iban a ascender a capitanes por la hazaña.

—Me cayó bien Bill. Le gustaba la poesía, ¿sabes? —me dijo luego cuando se tumbó a descansar en la cama del cuarto pequeño. Yo le acomodé los cojines de la espalda y me senté a los pies de la cama, escuchándolo. Él sonrió—. Yo le dije que mi novia escribe poesía y le recité unos cuantos versos del poema de mi padre. Los que recordaba. Y también otro, ese del viento dentro tuyo. —Asentí. Recordaba vagamente ese poema que en algún momento le había enseñado—. Le encantaron. Y otro camarada que sabía cantar cogió el del viento, le cambió unos cuantos versos, le metió un estribillo y le puso música. Lo cogimos de himno luego cuando celebramos la liberación, los del comando. —Rió entre dientes. Yo también reí, tapándome los ojos, avergonzada. Él me observó reír.

—Estás más guapa que cuando me fui, camarada.

—Lo dudo mucho, la verdad.

Cada día tenía más ojeras, y más oscuras; estaba también más delgada, y el cabello, estropajoso y sin gracia, lo llevaba siempre recogido en un moño feo en la nuca. Empezaba a no ser oscurísimo, porque habían comenzado a salirme algunas canas furtivas. Me giré para cerciorarme de que la puerta estaba cerrada. Me acerqué a él a gatas por la cama hasta sentarme sobre sus muslos, y lo besé en la boca. Me saqué el vestido por la cabeza, y también me quité el sostén.

—¿Y esto? —murmuró, riendo entre dientes.

—La recompensa por volver, compañero.

Él posó la mano buena sobre la base de mi cuello y la deslizó extendida por el centro, entre los pechos, hasta llegar a la cintura. Sonrió con la boca cerrada, sin alegrar los ojos.

—De esto no teníamos allá —comentó, con un hilo de voz.

Me rodeó la cintura y me atrajo hacia sí, y yo volví a besarlo.

* * *

Álvaro pasó aquellas tres semanas conmigo en el hospital la mayor parte del tiempo, y me sustituyó muchas veces en los ratos de lectura con su hermana.

Paco ya no volvió. La noticia de su muerte nos la trajo un compañero de batallón, que vino a traerle el pésame y su reloj a su madre y a su hermana.

Las dos mujeres le lloraban a él, y Rosita, que hacía más de un año que no sabía nada de su Gonzalo ni tampoco de su padre, se guardaba las penas en los bolsillos y las lloraba cuando no la veíamos. Para ello quedaban los ratos en los que no tenía nada que hacer, y en los que sí, la rutina ahogaba la zozobra.

Ella seguía escribiendo cartas y poniendo en palabras las ideas de sus clientes, y el piso no dejó de ver, en todos los meses que vivimos allí, el trasiego más o menos constante de gente que venía a que les escribiera cosas. No había cartel en la puerta, solo boca a boca, con Puri como su principal embajadora en la ciudad.

—Perdone, ¿la escribidora? —preguntaron desde el dintel un millón de desconocidos.

—Pase. ¡Rosi, atiende!

Y Rosita atendía. También a los pacientes en el hospital, entre lectura y lectura.

Álvaro vio en aquellas semanas los refugios ya terminados, y aguardó en ellos con nosotras a que arriba cesaran las bombas el día que las sirenas sonaron al poco de salir los tres del hospital. Allí abajo la oscuridad y la angustia aplastaban cualquier intento de conversación. Nadie hablaba, solo se escuchaban, de vez en cuando, los llantos de los niños, los lamentos ahogados de los mayores y los gritos que se contenían cuando alguna bomba caía cerca y sacudía el suelo con especial fuerza. Yo me abrazaba a él, de pie los dos sin apenas espacio para movernos, y con la pierna sentía la de Rosita, sentada en la bancada a mi lado.

—Cásate conmigo.

Había sido apenas un susurro, pero un murmullo se extendió en la oscuridad como la pólvora. Me separé un poco y levanté la cabeza, escrutando la oscuridad en busca de su rostro. No conseguía verlo. Pero en el tono de su voz no había un ápice de duda o de broma. Antes de que llegara a abrir la boca, la voz de un hombre bisbiseó a pocos metros de nosotros:

—Mariquilla, enciende eso.

A los pocos segundos se hizo la luz con un chasquido, y el rostro de Álvaro apareció frente al mío, enrojecido por la luz del candil. Una luz débil y algo alejada pero suficiente para confirmar que hablaba en serio. Me miraba directamente a los ojos, aguardando mi reacción. Pude ver como su nuez subía y bajaba al tragar saliva. Una voz fuera del radio de luz de la lámpara protestó por ella y el hombre que antes había hablado la amonestó, distrayéndome:

—Espérate, hombre, que esto es importante. —Se giró de nuevo hacia nosotros, expectante. Estaba sentado en la bancada con la espalda contra la pared, y a sus pies se acurrucaba una niña que supuse que sería su nieta. Mariquilla llevaba un muñeco apretado entre uno de sus brazos y el pecho, y en la otra mano sostenía el quinqué. Su abuelo se impacientaba—. Dile algo, muchacha.

—Diga que sí, señorita —suplicó la niña, ansiosa.

Yo devolví mi atención a Álvaro, que continuaba mirándome. Todos aquellos que lo habían escuchado nos observaban con avidez. Arriba, las bombas continuaban retumbando a intervalos irregulares.

—¡Pero muchacha, contesta! —me apremió alguien de más allá.

—¿Qu-qué dices? —tartamudeé, cohibida.

—Que quiero que nos casemos —insistió él con firmeza. Yo sentí que enrojecía.

—Pero ¿a qué viene eso ahora? ¿Por qué...?

—¡Porque sí! —me interrumpió él, sonriendo exasperado. No quería empezar otra discusión. Y, antes de que yo replicara, comenzó a hablar atropelladamente—: Mira, ya sé... Sé que no es el momento ni el lugar de hablar de esto, y me gustaría hacer las cosas bien y que tuvieras a tus tíos y yo a mi padre, pero, Dios, te quiero. Creo que te quiero desde que abriste aquella ventana, ¿te acuerdas? Y quiero que tengamos hijos, ahora o cuando sea, me da…

Álvaro no acabó aquella frase, porque lo callé con un beso. Sí, era que sí.

—¡Viva, viva! —exclamó Mariquilla, emocionada al igual que Rosita, que me tiraba de la falda. La gente aplaudía y nos daba la enhorabuena.

Álvaro y yo nos separamos por fin y yo me giré para abrazar a Rosita. Álvaro estaba sonrojado y sonreía de oreja a oreja, exultante.

—¡Míralo, al tío, que lleva coloradas hasta las orejas…! ¡Enhorabuena, hombre! —El abuelo de Mariquilla estrechó su mano, riendo—. Niña, ¡un segundo más y se te echa para atrás!

Yo me reí avergonzada.

—No diga tonterías, Anselmo —lo reprendió la mujer sentada a su lado—. Ay, qué bruto es…

—Calla, mujer. —Se giró hacia Álvaro—. Y tú: casaos pronto, no vaya a cambiar de opinión… —le advirtió, señalándome con un golpe de mentón. Ambos reímos.

—No se preocupe, en cuanto salgamos de aquí vamos para el Ayuntamiento —aseguró él, y yo asentí.

—Nanay, no hace falta esperar… —El impacto amortiguado de una bomba lo interrumpió—. ¡Ahora mismo, criatura!

—Pero qué dice… —Yo reí, incrédula.

—Que sí, que os casa el Venancio, que es concejal, y ya arregláreis papeles luego. ¡Pst, Venancio! ¡Al lío!

De allí no salíamos si no era casados. El tal Venancio, a un par de metros de Anselmo y sentado también en la bancada, había observado toda la escena sin mucho interés. Se incorporó y se acercó a nosotros rezongando y serpenteando entre los que permanecían de pie.

—Venga, no refunfuñes, que tienes que casar a los chiquillos.

Sentí un tímido tirón de mi falda y me giré. La mujer que sentada junto a Rosita me miraba con ojos anhelantes y me hacía gestos con la mano para que me acercara. Era una mujer muy anciana, de cabello blanco recogido en un mínimo moño bajo y el rostro moreno recubierto de arrugas. Yo me incliné, intrigada.

—Toma, hija —murmuró discretamente. Se sacó con cuidado las dos alianzas que portaba en su anular derecho. Las que supuse que eran la suya y la de su difunto—. Yo ya no las necesito.

Por un momento pensé en rechazar aquel regalo, pero ella colocó los dos anillos en la palma de mi mano y la cerró en un puño antes de que acertara a hablar. Sonrió con tristeza.

—Gracias —musité, sonriendo también.

—¡Apagad eso, coño! —volvió a protestar la voz de la oscuridad.

—¡Cállate, hombre, que se están casando! —insistió Anselmo, incombustible.

Y nos casamos. Sin los tíos, ni Vicente, ni los de la casa, lejos de todo aquello que consideraba mío, sin saber si algún día volvería a serlo. A la luz de un quinqué, en un túnel lúgubre y asfixiante cuyos muros temblaban con cada bomba, desprendiéndose polvo del suelo que teníamos sobre nuestras cabezas. El amor, que es imprescindible. Probablemente Anselmo habría estado de acuerdo con Federico.

Nos casamos con los anillos de una viuda de rostro consumido, y bajo la atenta mirada de Mariquilla, la niña que sujetaba el candil. Allí abajo, rodeados de gente desconocida que cantaba y hacía palmas como si fuera la primera boda que veían, la más emocionante, la más luminosa. Con cada sacudida de los muros conteníamos la respiración durante unos segundos, mirándonos unos a otros con ansiedad, y volvíamos a cantar.

52

El último enero de la guerra acabó con la caída de Barcelona. Cayó Barcelona, y tras ella fueron cayendo, uno tras otro, todos los pueblos y ciudades que los sublevados encontraron a su paso hasta alcanzar la frontera con Francia. El reducto catalán de la República simplemente dejó de existir.

Atrás quedaban semanas de avance y retroceso imparables y bombardeos diarios sobre la ciudad, insomnio, tristeza y pavor y, antes de todo ello, el desastre del Ebro que había acabado de extenuar a la República, que había terminado de hundirla en la desesperación. ¿Quién quedaba para defender Barcelona? El Ejército Popular estaba agotado. No tenía ya moral para resistir, para aguantar, para intentar por última vez que aquella fuera la buena, para afrontar las penurias y el sufrimiento que sabían de antemano que serían en balde. Barcelona iba a caer, como habían caído antes que ella todas las demás. No había nada que hacer. No quedaba nada, salvo el camino de la frontera.

Y de nuevo civiles y soldados empaquetaron su vida y echaron a andar a paso rápido, echando la cabeza atrás cada cierto tiempo para comprobar a qué distancia quedaban los que venían detrás, como dos años antes hicieran los malagueños en la carretera de las bombas.

Se encontró la gente en las carreteras, en los caminos y perdida campo a través, corriendo o arrastrando los pies, con lo puesto o con los hombros vencidos por el peso de los bultos, la última herencia que dejaba la guerra. Al final, después de las bombas, la sangre, el hambre, la miseria, la enfermedad y el cansancio que minaban el ánimo y las fuerzas, un camino que no iba a ninguna parte, que no tenía final. Un país entero de espíritus errantes girando aturdidos, almas perdidas andando en círculos sin encontrarse en medio de aquella vorágine, extenuadas y derrotadas, sin saber hacia dónde caminar. La guerra había talado todos los árboles de la tierra, habían ardido, y un millón de pájaros se habían quedado sin rama.

—Los ingleses y los franceses han reconocido a Franco —comentó en aquellos días Álvaro con los ojos apagados, tumbado en la cama y con la pierna en alto.

Azaña había marchado al exilio y había renunciado a la presidencia de la República. La guerra estaba perdida, aunque Negrín se resistiera a la idea de renunciar. El fin tardaría en llegar lo que los sublevados dispusiesen.

Álvaro había vuelto al frente tras sus tres semanas de permiso por la hazaña de Carchuna, y había estado fuera hasta que a finales de noviembre había llegado al hospital con medio cuerpo roto. La mitad derecha, brazo, pierna, y también varias costillas y la clavícula, rotos en una explosión accidental. Pasó desde noviembre hasta finales de febrero en cama, primero en el hospital y después en el cuarto chico del piso, leyendo los libros y periódicos que nosotras le llevábamos y pegado al aparato de radio que Puri nos había prestado para llenarle las horas. Acabando enero le levantamos el yeso del brazo, pero el de la pierna lo llevaría un mes más. Con el aparato de Puri había seguido día a día la debacle de Cataluña.

Marzo trajo de Madrid la noticia de que el coronel Casado, el jefe del Ejército del Centro, se había levantado contra el Gobierno de Negrín y había formado un Consejo Nacional de Defensa para negociar la paz con los sublevados. Lo apoyaban todas las fuerzas del Frente Popular con la excepción del PCE: anarquistas, republicanos de izquierda y los socialistas contrarios a Negrín. Este y los comunistas preconizaban, seguían preconizando la resistencia a toda costa, a la espera de que comenzase la nueva guerra que no tardaría en estallar en Europa. Pero aquellos no querían postergar por más tiempo el fin de la guerra, y querían también el fin de los comunistas en el poder.

El golpe había triunfado en todo lo que quedaba de zona roja y Negrín marchaba al exilio, pero Madrid vio, exhausta y desconcertada, cómo durante una semana en sus calles se desataba una nueva guerra que enfrentó a los casadistas con los comunistas y los socialistas de Negrín que se resistieron al golpe. Un enfrentamiento con ecos de los tiros de dos años antes en las calles de Barcelona entre trotskistas y anarquistas y los comunistas del PSUC. Sin embargo, aquel nuevo enfrentamiento, aunque efímero, fue mayor. Fue una guerra dentro de otra, en medio de un país que ya no tenía fuerzas para luchar contra los que se habían levantado tres años antes.

La historia del país se escribía a golpe de golpes, que decía Vicente, e incluso quienes querían el fin de la guerra lo trajeron a golpes, a costa de quebrantar, una vez más, el orden constitucional y el traspaso pacífico de poderes. Y si dos años antes, con la caída de Largo Caballero, fueron perseguidos y depurados los sectores anarquistas y trotskistas contrarios al poder gubernamental y la hegemonía comunista, con Casado giraron las tornas y fueron los comunistas los perseguidos.

La resistencia comunista de Madrid acabó por derrumbarse y allí y en toda la zona roja comenzaron las detenciones y las depuraciones. En Almería, la Comandancia y los poderes civiles se adhirieron a Casado, y comenzaron igualmente las persecuciones de quienes no se adherían.

Álvaro se encerró en sí mismo. Yo lo observaba aquellos días ir y venir con la pierna ya libre, moviéndose como un espectro por el piso y fumando sin hablar apenas. Intentaba comprender qué estaba sucediendo en el interior de su cabeza, qué pensaba de todo aquello. Pero él callaba, aguardando el día en que también viniesen a por él. Vivíamos esos días partidos en horas y minutos, esperando aquel momento, sabiendo que acabaría por llegar. Y llegó. Mandaron recado de la Comandancia para que se presentase inmediatamente a dar explicaciones, y el recado no vino en una nota, sino de boca de dos soldados para escoltarlo.

—Por lo que más quieras... —comencé a suplicarle antes de que saliera. Él me besó en la boca, pero no dijo nada.

Rosita y yo salimos tras ellos y esperamos cerca de una hora en la puerta del edificio antes de que lo viéramos salir solo. Quedaba libre. Aceptaba el nuevo orden.

—Casado es un iluso —dijo sin embargo, sereno y con la vista fija en el suelo mientras andábamos de vuelta—. No van a conseguir nada. Franco no cederá.

Pero Álvaro también estaba cansado de la guerra, agotado. Rosita se marchó al piso y nosotros bajamos paseando a la playa, sin hablar apenas. Acabamos por sentarnos frente al agua. Él todavía se resentía de la pierna.

—¿Qué vamos a hacer, Bárbara?

Preguntó aquello mirando al frente y con un hilo de voz, ahogado de desamparo. Qué íbamos a hacer de allí en adelante, qué haríamos y adónde iríamos, viendo que la guerra llegaba a su fin. Era cuestión de días, de horas. Yo le estreché el brazo y le giré la cara en mi dirección para besarlo, sin saber qué decir.

—Veremos —susurré, acariciándole la cara mientras él me miraba, pensativo.

—Estás muy guapa. Más que nunca —comentó, sonriendo con los ojos llenos de melancolía.

Yo sonreí también, escrutando maravillada sus ojos por enésima vez.

—¿Sabes que tienes el mar encerrado en los ojos?

Y era un mar calmo, tan calmo, cuando me miraba. Él sonrió pacíficamente con los ojos todavía tristes, y apoyó su frente contra la mía.

—Estoy convencido de que piensas en verso. —Casi se rio al decir aquello, mirando detrás de mis ojos, intentando comprobar si lo que decía era cierto.

Aquella noche hicimos el amor con tristeza, exprimiendo hasta el límite cada beso y cada caricia con el ímpetu que da la desesperación, anticipando el fin que se acercaba y las funestas consecuencias que traería para todos nosotros.

* * *

La Puri no estaba afiliada a nada ni estaba tampoco en ninguna lista de nada.

—Yo qué va, chiquilla —negó con la cabeza sin mirarme, trajinando por su cocina—. Eso mi Benito, que ya me lo mataron en el frente. La política para los hombres, aunque una sea rojilla. Yo creo en la revolución, ¿entiendes? Pero para mis adentros.

—¿Sabe alguien de ti? —le pregunté.

—Saber, alguien sabrá. —Se encogió de hombros, sin soltar el pollo que estaba desplumando—. Esto no es un pueblo, pero casi. Y lo de mi Benito se sabe, claro... Pero no te angusties hija, que la Puri se las busca. —Levantó una mano llena de plumas y me señaló, con una mirada de advertencia—. Preocúpate por ti, que también eres carne de denuncia.

—Yo aquí no conozco a casi nadie. Los del hospital, y poco más. —Ella asintió.

—Suerte que tienes. Pues a callar como una puta y a rezar como una monja. Y que te vean.

—Qué bruta eres... —me reí entre dientes.

—Bruta, bruta, pero lo que yo te diga.

Los días pasaban y la perspectiva del fin se iba materializando rápidamente, y con ella lo que acarrearía para cada uno de nosotros. En voz baja y encerrados en las casas se hablaba de lo que vendría, de lo que se decía que había sucedido en los lugares donde *ya había acabado la guerra*.

—En Granada fue así al principio —comenté—. Todos los días. Ya no se podían contar los tiros.

—Verás tú. —Cerró los ojos negando con la cabeza al escucharme.

Las negociaciones de Casado habían fracasado. Franco no aceptaba condiciones. Y los días que siguieron al fin del intento vieron caer los pocos escombros de la República que todavía quedaban en pie. Álvaro no volvió al frente cuando estuvo recuperado. Sencillamente, no había ya frente al que volver.

La mitad del país se arracimó en los puertos y en las carreteras, buscando angustiados la salida del infierno en el que habían quedado atrapados y abandonados a su suerte. Las tropas de Franco avanzaron en todos los frentes y no encontraron ya una triste resistencia en ninguna parte. Y dentro de las ciudades que todavía eran republicanas, la quinta columna esperaba impaciente para salir de la madriguera. O no esperaban y anticipaban la llegada de los que estaban de camino.

En algún momento de aquellos días, Puri llamó a nuestra puerta. Venía a decir algo que le enturbiaba los ojos, pero en su lugar dijo:

—Déjame dos huevos que me faltan para una coca. Luego te traigo un trozo.

—Pasa.

Y ya dentro, pegó su cabeza a la mía y dijo en voz baja, a pesar de que estábamos solas:

—Van a por tu marido. Lo sé de tinta. No tardarán.

Pasábamos el tiempo temiendo que vinieran. La misma noche del día en que Puri vino a pedirme los huevos, de madrugada, la mujer volvió a llamar a la puerta. Ambos, Álvaro y yo y también las otras, nos levantamos de la cama de un salto. Abrí yo.

—¡Niña, que están ahí abajo, a la puerta! —siseó frenética la mujer, en camisón y despeinada.

Álvaro, que estaba detrás de mí a unos pasos, volvió corriendo al cuarto a vestirse. Puri volvió a entrar en su casa y yo cerré la puerta y me fui detrás de Álvaro. Carmen pegó la oreja a la puerta. Él se enfundó los pantalones y una camisa a medio abotonar.

—¡Vete ya! —murmuré, histérica—. ¡Vete!

Él agarró una chaqueta y abrió la ventana de la habitación, que daba a la otra calle. Carmen entró entonces en la habitación.

—Se han ido. Han pasado de largo.

Ambos nos detuvimos en seco, mirándola sin aire todavía en los pulmones. Él se sentó en la cama y enterró la cara en las manos, con los codos apoyados sobre las rodillas. Yo me senté junto a él.

—No podemos seguir así —concluí yo, hablando por los dos.

* * *

Nos marchamos aquella misma noche. Era mejor que durante el día. Nos fuimos los tres, Álvaro, Rosita y yo, una hora y media después del incidente, el tiempo justo para recoger algunas cosas y decidir qué hacer. Adónde ir.

Volvíamos a Granada. Teníamos que salir hacia Francia o hacia América, pero no podíamos irnos sin ver a los tíos, a Vicente y a Gonzalo, sin saber qué era de ellos y del resto, y que ellos supieran de nosotros. Que estábamos vivos, y que nos marchábamos. No podíamos irnos sin verlos. Y el tío nos podría ayudar. Él conocía a mucha gente. Como fuera, nos podría ayudar. Y Gonzalo, al menos a Rosita, también. Los puertos estaban colapsados, la frontera con Francia bloqueada y Portugal era de Salazar, que le bailaba el agua a Franco. Álvaro vería una vez más a su padre y le contaría que se había casado y que estaba bien, y lo mismo Rosita, que vería a su marido tras dos años de separación. Y yo quería volver a Granada y ver a los tíos, aunque fuera por unas horas, una última vez.

Le prometimos noticias a Carmen de Marcos, y que le diríamos dónde estaban ella y el resto. Que se despidieran de Inma y de los del hospital de mi parte, les pedí. Que se cuidaran mucho, y que Tianín y Anita hiciesen caso a su madre y a su abuela, y se lo comiesen todo. Y que Puri se cuidara, también. Y que ojalá algún día, cuando aquella pesadilla acabase y llegaran tiempos mejores, más luminosos, nos volviéramos a ver.

53

El tío estaba sentado en uno de los sillones de la biblioteca con la cara cubierta por una mano, pensando o dormitando en la penumbra de la habitación. Me arrodillé junto al sillón y le toqué levemente el brazo con los ojos anegados de lágrimas.

—Tío —murmuré.

Él se descubrió la cara y abrió los ojos, sobresaltado por la voz que había escuchado tan cerca, y sus ojos amarillos casi se le salieron de las cuencas al verme, sin poder creer que realmente estuviera arrodillada junto a él.

—Bárbara... —jadeó—. ¡Bárbara, hija! ¡Hija mía!

—Tío...

Cayó de rodillas junto a mí y me abrazó con toda la fuerza que le quedaba, los dos llorando y farfullando cosas sin sentido.

—Hija mía, hija...

La puerta noble se abrió de repente y en ella apareció la tía vestida negrísima y con el rostro también desencajado de incredulidad por lo que le acababa de contar Amparo. Detrás de ella venía la criada, que no había dejado de llorar desde que la dejara en la puerta con el suelo a sus pies cubierto por el revoltijo de las sábanas recién planchadas que se le habían caído de las manos al verme entrar en la casa. La tía lanzó un alarido al verme y corrió a tirarse al suelo junto a nosotros, llorando.

—Nena, nenita mía...

Estaba viva y estaba bien, y ellos también, después de tantos meses, de los más de dos años que habían pasado sin saber nada de mí ni yo de ellos, desde aquella mañana de febrero del 37 en que había salido con Rosita y los caballos y no habíamos vuelto. Simplemente, no habíamos vuelto, y tampoco llegó nadie a la casa a dar explicaciones de nuestra ausencia ni a preguntar por nosotras. ¿Nadie? ¿Y el falangista que nos vigilaba? Nadie.

Me contaron que el tío y Vicente habían ido al Gobierno Civil a preguntar por nosotras, pero nadie supo ni tenía interés en responder. Y tampoco sabían nada del guardia. Nada. ¿Qué le habría pasado? ¿Por qué no habría vuelto? Nadie nos había denunciado. Se enteraron del incidente de La Malahá por Amparo y su madre, y de que habíamos huido, pero nada más. En el pueblo tampoco sabían nada del guardia.

—Y Vicente... —La voz de la tía se extinguió momentáneamente cuando sus ojos se volvieron a llenar de lágrimas—. Se lo quedaron allí aquel día, y ya no lo volvimos a ver más.

—¿Qué? Pero ¿por qué? —dije yo, llorando también. Ella negó. No lo sabían.

Vicente estaba muerto. Pobres Álvaro y Rosita. Pero ellos estaban bien. Los dos venían conmigo. ¿Y dónde estaban? En Guadix. Habíamos vuelto andando desde Almería, allí habíamos pasado el tiempo que llevábamos fuera. Habíamos vuelto para saber de ellos, para despedirnos, y para pedirles ayuda para salir del país. A Álvaro hacía pocas semanas que le habíamos levantado el yeso de la pierna que se había roto, y todavía estaba débil. Había llegado agotado a Guadix, y él y su hermana se habían quedado allí en casa de un camarada de él, a la espera de que yo bajara a la ciudad a por ayuda. Habíamos llegado a Guadix en la madrugada siguiente a la de nuestra marcha, y yo había llegado a la ciudad a media tarde de ese día. El tío mandó a Esteban inmediatamente a recogerlos con el nuevo coche que había comprado, un Citroën completamente negro.

Les conté que después del incidente de La Malahá, Rosita y yo habíamos huido hacia el sur. Les hablé del éxodo de los malagueños, de las bombas, de Carmen y los suyos, y de los años que habíamos pasado en Almería. Allí nos habíamos reencontrado con Álvaro. Les dije que nos habíamos casado y les enseñé la alianza, y también que allí habíamos estado viviendo con Carmen y su familia. ¿Y Marcos? ¿Sabían algo de él?

Los tíos bajaron la vista, y Amparo se tapó media cara. Seguía llorando.

—Está muerto. Él y Ramón, los dos —dijo el tío.

Los habían matado a los dos. El médico había intentado ayudar a Marcos a fugarse, pero los habían pillado y los habían fusilado a los dos, en el verano que siguió a nuestra marcha. Don Ramón estaba muerto, y también Germán. Y doña Pilar se había ido con su otro hijo a Francia después de que sucediera todo aquello. Don Ramón estaba muerto.

La tía me abrazó de nuevo, llorando también ella en silencio, y yo miré al tío.

El tío Pablo había envejecido en dos años lo que en diez. Sus entradas eran mayores que antes y su cabello había perdido el color. Las hebras plateadas de sus sienes se habían retirado como el mar que descubre la arena con la resaca. Estaba terriblemente viejo, y los zorros de sus ojos eran ya solo animales asustados.

La preocupación le había arrugado la cara, que ya no había vuelto a su ser, y se le habían caído las hojas del pelo de tanto esperar. Había pasado más de dos años esperando. Y el tiempo y el cansancio lo habían doblegado poco a poco hasta convertirlo en un anciano tranquilo y eternamente expectante, que había cambiado las zancadas con que siempre había andado por pasos cortos que casi nunca cruzaban el umbral de la puerta principal. Casi no salía, decía. Ni él ni la tía. Tenía la piel azul de no ver el sol. Se había enterrado en vida en su biblioteca, sepultado bajo libros y más libros, que habían dejado de caber en las estanterías que cubrían las paredes y ahora formaban inestables columnas en el suelo que Amparo había renunciado a ordenar.

Los años y las desgracias también habían pasado por la tía. Entre sus cabellos rubios se camuflaban ya muchas hebras blancas, tenía la cabeza descolorida y peinada sin gracia. Estaba mucho más delgada y pequeña bajo el vestido negro que la cubría desde el cuello hasta casi los pies, y tenía el rostro surcado de arrugas y azul como el tío. Sus ojos ya no eran violetas dos años atrás, cuando me marché.

—Señorita, suba a ver a Consuelo —me pidió Amparo—. Le va a dar la vida.

Consuelo estaba en cama, en su cuarto. Enferma. Llevaba varias semanas allí arriba, con pulmonía. Subí a la buhardilla pasando por escaleras y pasillos en penumbra, con puertas y ventanas cerradas, también las contraventanas. La casa entera estaba en penumbra.

Consuelo dormía cuando yo entré llamando quedamente. Al verme se echó a llorar y me pidió que me acercara a la cama. Su cabello, limpio y recogido en una trenza medio deshecha, era blanco. No había rastro en él de carbón. Abría los ojos poco, lo justo para verme sentada en la cama frente a ella, llorando también. Tenía la piel gris y los ojos hundidos.

—Criatura mía... te veía muerta en sueños, te he visto tantas veces, tantas...

—Ya me ves —sonreí sin dejar de llorar, y ella me dijo que era como un gato, que caía de pie—. La Rositilla también está bien, y Álvaro. —Levanté la mano de la alianza para que la viera. Ella me la cogió, admirándola como un tesoro.

—Era natural. ¿Dónde están? ¿Por qué no han subido?

—Los tendrás aquí pronto. Vienen de camino. Nos vamos, Consuelo. Hemos venido a despedirnos.

Ella me miró, comprendiendo. Asintió.

—A vosotros no os van a dejar vivir en paz aquí. A estos demonios no les importa que uno tenga el alma limpia. —Me acarició la mejilla sonriendo con pena—. Pero al menos te he visto viva antes de morirme. Y los voy a ver a ellos.

Hablaba en voz baja, débil y flemática.

—No digas eso.

—Yo ya no tengo nada más que hacer, chiquilla. No tengo ninguna prisa, pero si Dios dice que aquí me acabo, yo no me opongo. Ya he vivido lo que me tocaba, y he visto más de lo que tenía que ver. —Un arranque de tos feísima le dio la razón—. Tengo los pulmones y el corazón viejos. Eso es así.

Yo no contesté y me abracé a ella, sin querer pensar en la idea.

Después de la visita a la Acemilera, bajé a bañarme y a cambiar los pantalones y el jersey sucios del camino por uno de mis antiguos vestidos. Me venía grande. Había adelgazado mucho en los últimos tiempos. Me trencé el pelo y bajé de nuevo a la biblioteca, a esperar con los tíos la llegada de Esteban con los otros, mientras pensábamos qué hacer. No llegué siquiera a terminar de bajar las escaleras, porque en aquel momento entraron un par de guardias civiles que Amparo escoltaba a la biblioteca. No obstante, al verme a mí se detuvieron.

—¿Es usted Bárbara Navarro? —Yo asentí, enmudecida. ¿Qué hacían ellos allí?—. ¿Amante del capitán marxista Álvaro Marvá?

Es mi marido, corregí. Pero no llegué a decirlo. Tragué saliva.

—Sí, pero hace tiempo que no lo veo.

—¿No conoce usted su paradero?

—No.

No se lo creyó. En aquel momento, los tíos salieron a la carrera de la biblioteca, alertados por las voces que habían escuchado desde dentro de ella.

—Tiene usted que acompañarnos al cuartel para hacerle unas preguntas.

—¿Sobre qué? —saltó el tío.

—Sobre el paradero de Marvá.

—Le he dicho que no sé dónde está —insistí.

—Es para que nos lo explique mejor. Se viene con nosotros.

—¡No! —chilló la tía.

—Bárbara... —gimió el tío intentando agarrarme la mano, desesperado.

Los otros dos lo apartaron de un empujón que lo derribó y me agarraron de ambos brazos, arrastrándome hacia la puerta.

* * *

El hombre se detuvo frente a mí, observándome. Yo miré al suelo.

—Pues no es fea del todo, la puta del rojo. —Los otros dos rieron. Eran tres guardias civiles en mangas de camisa, y yo estaba sentada en una silla con las manos atadas a la espalda—. A ver las tetas…

Me metió la mano por el escote, agarrándome uno de los pechos con brusquedad. Yo me revolví, aterrada, y él me soltó una bofetada que me hizo volver la cara.

—¡Vaya mierda! Esto no son melones, son mandarinas. Lo de mi Sagrario sí son melones buenos. —Los otros volvieron a reír—. ¡Estate quieta!

—Vamos con esto —lo apremió uno de los otros, el que llevaba un fajo de papeles en la mano.

—¡Un momento, joder! Quiero saber cómo tiene el coño.

Me metió la mano entre las piernas, y yo las cerré, ahogando un chillido de pavor. Volvió a abofetearme con la otra mano.

—Te has puesto cachondo ahora, ¿o qué?

—Me pone un poco burro, la zorra esta —asintió el otro. Se acuclilló frente a mí—. Yo te pongo también burra a ti, ¿verdad? —Yo bajé la vista al suelo, y él me agarró la barbilla para obligarme a mirarlo—. Putita, te juro que tengo la polla más grande que tu novio, y sé usarla mejor que él.

—Esta te pega algo, Asensio. Vamos con esto, joder, que no avanzamos —insistió el de los papeles. El tal Asensio se apartó—. Menudo historial tienes tú. Has tenido cuentas con todos los rojos que hay en esta ciudad. Que había —se corrigió—. No sé cómo coño te dejó suelta Valdés. ¿Qué apaño le hiciste?

—¿Se lo hiciste gratis, como al rojo?

—Cuántos se habrán follado a esta…

—Qué asco.

—En peores sitios la has metido tú, Parres.

—También es verdad. —Rieron.

—¿Dónde está tu novio?

—No lo sé —murmuré.

—Sí que lo sabes.

—No lo sé —repetí.

Nueva bofetada. En la boca sentí sabor a sangre.

—Vamos a ver. Te vamos a decir lo que sabemos nosotros, y tú nos cuentas lo que sabes. Y así nos ponemos todos al día, ¿te parece? —No esperó a que yo contestara—. Bien. Ayer tempranito os picamos a la puerta de vuestro piso en Almería, y resulta que la parejita y la cuñada se han ido. Esta mañana nos avisan que se ha visto a Marvá por Guadix, y lo último que sabemos de él es que se tira por una ventana y sale corriendo para el monte cuando vamos a hablar con él. Y de la cuñadita, ni rastro tampoco. Y unas horas después nos enteramos de que la novia del rojo ha aparecido en Granada. Ahora, sin mentiras: ¿dónde está?

Yo no contesté, asimilando todo aquello. No sabían dónde estaba Álvaro, y yo tampoco. No estaba en Guadix. Había huido. Aquello me alivió momentáneamente. ¿Y Rosita? ¿Dónde estaba? Tampoco lo sabía, ni ellos. ¿Y Carmen y los demás? Podían haberse ensañado con ellas y los críos al no encontrarnos a nosotros. Tragué saliva. Álvaro estaba débil.

—No lo sé. —Esta vez no vino una bofetada, sino un puñetazo en el estómago que me dejó sin respiración. Me encogí de dolor.

—Trae las pinzas —le dijo al tal Parres, que salió de la habitación.

—A ver esas tetas… —el tal Asensio me rompió de un tirón la pechera del vestido y el sostén.

Parres volvió a entrar cargando con algo que no llegué a ver, y el de las preguntas me tiró de la trenza para obligarme a levantar la cabeza. Parres sostenía frente a mí dos pinzas con cables.

—¿Dónde está?

—Que no lo sé —gemí, aterrada y sin aire.

El otro me prendió las pinzas en los pezones, y yo solté un alarido cuando el cuerpo se me tensó de un latigazo.

No quiero recordar eso.

—¿Te acuerdas ya?

—¡Habla, zorra, o la siguiente va al coño!

—Que no lo sé, no sé dónde está... —balbuceé, llorando aterrada—. Por favor...

Un nuevo latigazo, y un nuevo alarido.

—Por favor... por favor... —seguí suplicando. Alguien me estaba tirando de la trenza para mantenerme erguida la cabeza. Otro latigazo, y otro alarido.

—Llévatela, ya seguiremos luego.

Me quitaron las pinzas y uno de ellos me levantó en peso. A duras penas me mantenía en pie. Me arrastraron entre dos por lugares que no llegué a identificar, hasta detenerse en algún sitio. Oí ruido de llaves y cerraduras.

—¡Bestias! ¡Animales! —ladró una voz de mujer—. Cómo la traen, pobrecita...

—¡Cállate, vieja! Échate para atrás.

—Espérate, Roque. —Era la voz de Asensio.

—Joder, ¿ahora? —se quejó el otro—. ¿Aquí?

—Voy rápido.

—Pues entonces yo me follo a la otra. Paloma, ven para acá.

Ese dejó de sostenerme y el otro me empujó contra la pared. Oí un chillido a unos pocos metros y los gritos de la mujer que había hablado antes, protestando.

—¡Tira para atrás, vieja!

Asensio me levantó la falda y yo cerré las piernas, forcejeando y chillando despavorida.

—Abre, coño. Abre, que te va a gustar —me agarró del cuello, ahogándome. Me ahogaba.

Dejé de forcejear y me llevé las manos al cuello, y él entonces me penetró. Me liberó la garganta, sosteniéndome con el antebrazo los hombros contra la pared, y chillé de dolor y miedo. Abrí los ojos y vi junto a mí a la otra chica, Paloma, con el otro hombre arrinconándola contra la pared.

El cuerpo de Paloma se estiró y tensó cuando él la penetró, y ella ahogó un gemido de dolor. Pero no dijo nada. Ni gritó, ni lloró.

Y después quedó flácida, mustia como una planta sin agua y con la mirada perdida mientras él la empujaba una y otra vez contra la pared, y con cada sacudida su respiración se entrecortaba. Casi tuve la sensación de que era él quien con su cuerpo la mantenía de pie y erguida. De otro modo, se habría venido abajo. La miré a la cara, buscándole los ojos. Pero Paloma no lloraba, ni suplicaba, ni pataleaba, ni berreaba como yo. Tenía los ojos vacíos, inexpresivos. Ver aquello me horrorizó. ¿Cuántas veces le habrían hecho aquello?

—¿Qué coño hacéis?

El tercero, el tal Parres, acababa de llegar.

—¿Tú que crees? —le espetó Asensio, jadeando y moviéndose cada vez más rápido.

—Ahora me la dejas, que tengo curiosidad.

—Mira, el que le hacía ascos antes —se burló el otro, jadeando también.

—Termino ya...

Me empujó una última vez, más violenta que las anteriores, con un gemido brutal, y se quedó quieto durante unos minutos. Acabó por apartarse. Parres se acercó a mí.

—¿Qué hacéis? Pensáis nada más que con la polla, cabrones —se burló un cuarto recién llegado, riendo.

Aquella voz la conocía. Levanté la cabeza y vi atónita, un poco más lejos en el pasillo en que estábamos, a Pedro Marquina, vestido de uniforme. De soldado. La última vez que lo había visto había sido en otra ciudad, postrado en una cama de hospital y con la cabeza llena de vendas. Se había fugado y allí había recalado, al parecer. Él también me reconoció y dejó de reírse. Salvó en dos zancadas la distancia que lo separaba de Parres y de mí, y lo apartó a él de un tirón.

—Esta no. Fóllate a esa cuando Roque termine, o a la vieja.

—¿Esa que es, para ti? —lo retó el otro, desafiante.

—Tócala y te corto los cojones. —El otro se apartó, amedrentado.

El que estaba violando a Paloma terminó y se apartó de ella, y Parres lo sustituyó.

—Dejadla, por favor, ¡dejadla en paz! —chillé yo, viendo cómo empezaba todo de nuevo.

—Tú calla y tira para dentro.

Marquina me agarró del brazo y me tiró dentro de la celda que habían dejado abierta. En el interior estaba la mujer viejísima que había protestado antes. Me ayudó a levantarme y me abrazó, llorando las dos. Él cerró la reja y me fulminó con una mirada de advertencia.

Parres acabó finalmente y empujó a Paloma dentro de la celda también. Los hombres se alejaron por el pasillo y nosotras nos acercamos a ella, que se sentó en el suelo contra la pared sin mirarnos. Al rozarle el brazo se apartó y empezó poco a poco a llorar.

—Niña…

La anciana se tapó la boca, llorando. Yo conseguí acercarme a Paloma sin que me rehuyera, y la abracé, también llorando. Ella se dejó abrazar.

* * *

Paloma tenía diecisiete años. No sabía ni de política ni de partidos. A ella no le interesaban esas cosas, pero a su novio sí. Él era un ugetista que se echó al monte como muchos otros cuando cayó el Albaicín.

Paloma y su novio se habían visto dos veces en toda la guerra. La última de las dos fue un par de semanas después de que los sublevados alcanzaran el Levante; su novio bajó a verla una noche y a la noche siguiente salió de la casa para volver al monte. El último beso que le dio el ugetista a su novia en la puerta lo vieron desde lejos un puñado de falangistas y guardias civiles que pasaban por allí. Él no llegó a alcanzar el monte de nuevo, porque lo mataron en la punta de la calle, y a ella la violaron los siete que iban en la misma puerta de su casa. Y se la llevaron a Las Palmas, al cuartel, y allí la habían tenido desde entonces para limpiar y para todo lo demás. Para todo.

Paloma llevaba un año encerrada allí. ¿Tanto ya? Tanto. Estábamos a primeros de abril. Allí dentro no pasaba el tiempo, no había forma de medirlo. Era aquel un limbo en el que los acontecimientos no sucedían y la guerra no acababa. Allí dentro la guerra no se había acabado.

Paloma había tenido muchas compañeras de celda en aquel lapso de tiempo. Iban pasando una a una, o a veces varias a la vez, y a los pocos días se marchaban. Había tenido muchas compañeras. Visitación era la última, la anciana que estaba con ella cuando yo llegué y que había llegado cuatro días antes. Visitación me dejó un imperdible para cerrarme más o menos el desgarrón de la pechera del vestido. Visitación, Visi, tenía un nieto en el monte, como el novio de Paloma, y ella se había pasado la guerra dejándole una cesta de comida escondida debajo de un pino, hasta que su vecina se pispó de que compraba comida como para dos, o incluso más, y la denunció. Y allí estaba ella. Pero antes se moría que decir dónde estaba su nieto.

Otra de las compañeras anteriores de Paloma, Agustina, también tenía a uno en el monte. Tenía a dos, de hecho: a su hijo y a su sobrino, en Huétor. Y un día se bajaron los dos a recoger la media docena de fusiles y pistolas que habían acumulado en la primavera del 36 y que se habían dejado al marcharse. ¡Malditas pistolas, qué falta les harían allá arriba!, se quejaba ella. Otra vecina los vio y le dijo a su hijo, que era cabo, que los de la Agustina estaban de vuelta. A uno se lo mataron en la puerta de la casa y el otro salió corriendo, y a ella se la llevaron allí para saber dónde estaba.

También habían pasado por la celda una señora muy rica y su criada. La señora llevaba un vestido muy bueno, decía Paloma, con un montón de puntillas y bordados en todas partes. Muy rica. Se llamaba Enriqueta. Doña Enriqueta tenía mucho dinero. Tenía tanto que no sabía qué hacer con él. Así que cuando empezó la guerra montó en su casa un comedor y un pequeño hospicio donde acogía a los niños huérfanos de la guerra, a las viudas y a las mujeres e hijos de los que se habían ido a luchar. Por quien fuera. A doña Enriqueta le daba igual el color de quien entrase, pero la política y las armas no entraban a su casa. Allí no se hablaba de política. Tenía genio, doña Enriqueta.

Cada mañana se ponía un delantal e iba de allá para acá dando de comer a unos, lavando a otros, limpiando, cocinando, cosiendo y escuchando las penas de los que habían perdido a mi marido que lo mataron en el Albaicín, a mi hermana que se la llevaron los rojos, a mi hijo que se había ido a Huétor y allí lo habían matado, o a mi hijo que le cayó una bomba encima. Demasiado rojo pululando por esa casa, pensó alguien. Y se llevaron a doña Enriqueta y su criada, que seguro que sabían algo de este o de aquel que estaban buscando.

También pasó por la celda una mujer que no llegó a hablar en todo el tiempo que estuvo con ella. Ni siquiera llegó a saber su nombre. La mujer se sentó en un rincón y pasó los días y las noches que estuvo allí mirando con los ojos podridos de odio la pared de enfrente. Y después de aquella mujer pasaron dos cuñadas, Marcelina y Candela. Las dos viudas, porque a las dos les habían matado a los maridos en el frente. Candela no hablaba ni comía, ni casi respiraba, y su cuñada decía que no estaba bien de la cabeza. Le habían matado también al hijo, y a la hija se la llevaron una noche unos falangistas y no la había vuelto a ver. Ni siquiera sabían por qué estaban ellas allí.

Tampoco lo sabía otra, Lupe, que se enteró cuando la torturaron de que buscaban a un primo con el que había hablado cuatro o cinco veces en toda su vida. Lupe tenía dieciséis años, los mismos que Paloma cuando la llevaron allí. Y tres más tenía Concha, que trabajaba en una mercería y la dueña la acusó de sisar para los rojos. Era mentira, decía. Ni había robado una peseta en su vida, ni estaba colaborando con nadie. Pero se la llevaron igual.

—La primera que tuve fue una beata. Fíjate tú. —Paloma casi se rio con su propia burla. Visi y yo sonreímos con la boca chica—. Martirio, la beata. Ya estaba aquí cuando yo llegué.

Martirio no era roja ni jamás había querido la República, porque era una cristiana de orden y don Alfredo, su confesor, decía que la República y los rojos eran el demonio. Martirio era de las que en julio del 36 pensó que por fin se empezaba a poner orden. Pero cuando vio que mataban a tiros a su vecina y a sus dos críos pequeños porque ella era de la CNT, se convenció de que Dios no podía querer aquello. Se pasó toda la guerra hasta que la detuvieron escondiendo a tres familias enteras en su sótano, pero un día uno de los críos lloró demasiado fuerte. A los hombres los mataron allí mismo y los tiros alcanzaron a una de las mujeres también. Al resto se las llevaron a San Gregorio Bajo, a la cárcel de mujeres, a los críos a la inclusa y a ella al cuartel, porque a alguno más tendría escondido.

Estando yo en la celda, a los dos o tres días llegaron dos hermanas que habían sido milicianas en Loja y luego en Guadix, y después, cuando las apartaron de las trincheras como a Inma, mi jefa, se dedicaron a hacer trasportes una y a coser uniformes la otra. Las habían cogido en el monte cuando huían con tres compañeros más que sí habían conseguido escapar. Nica y Teresa, se llamaban. Las dos se pegaban a las rejas de la celda y les gritaban «hijos de perra» y «malnacidos» a los guardias civiles cuando nos oían gritar a los demás desde el cuarto en que nos interrogaban. Había más detenidos en otras celdas que también gritaban.

A las dos las torturaron, juntas y por separado, mientras yo estuve allí, y también a mí de nuevo, a Visi, e incluso a Paloma.

—Pero si es una cría, por Dios bendito… —Visi lloraba y se tapaba los oídos para no escuchar los gritos de Paloma—. Si no sabe nada, ¿qué va a saber?

Paloma no sabía nada ni estaba escondiendo a nadie. ¿A quién iba a esconder si llevaba un año encerrada allí? Pero del cuarto a las celdas llegaba alto y claro el sonido de los gritos.

—¡Hijos de puta! ¡Fascistas de mierda!

De las otras celdas del pasillo salían los gritos de otros detenidos que se unían a los de las hermanas. En algún momento de aquellos días pasó por el pasillo de las celdas un cura acompañado de uno de los civiles, y el corazón me dio un vuelco al reconocer los ojos fríos y el aura de cuervo de don Jaime, el cura de San Miguel Alto, más oscuro y amargo de lo que recordaba.

—¡Hombre! —él también me había reconocido—. Parece que al final Dios pone a cada uno en su sitio…

—Eso espero —le espeté, llena de asco. Él sonrió con los colmillos y se acercó a la reja para decir en voz baja:

—Te van a fusilar, mala puta. Te van a meter un tiro en la nuca y te van a matar.

Sentí que un escalofrío me sacudía la espalda. No contesté. Teresa, que estaba junto a mí pegada a la reja, fue muy rápida. Agarró al cura de la sotana y tiró de ella hasta estamparlo contra los barrotes. El cura se apartó, aturdido y palpándose la boca. Se había mordido el labio con el golpe, y se había hecho sangre. Las hermanas rieron, y yo también. Hasta el guardia civil.

—Si es que padre… si se acerca usted mucho a la jaula de las gallinas, lo pican —se burló.

El cura salió de allí mandándonos veinte veces al infierno.

—¡Que le den por culo al cura! —gritaron desde otra celda—. ¡Bravo, compañeras!

—¡A callar, coño! —el civil golpeó la reja de aquellos con la culata del fusil.

El tiempo pasaba sin que lo percibiésemos, y las horas, duraran lo que durasen, pasaban una tras otra. Yo pensaba en Álvaro y en Rosita y rogaba para que, donde quiera que estuviesen, estuviesen bien. Si yo estaba allí era porque todavía los buscaban, ¿no? Pensaba también en los tíos, con la imagen del tío en el suelo cuando me sacaron de la casa grabada en la retina. No había pasado ni dos horas allí. Pensaba en ellos y en el corazón que a aquellas alturas debían de tener roto. Pensaba en la Acemilera enferma, en Vicente, en Marcos y Carmen, y en don Ramón, que estaba muerto. ¿Cómo podía estar muerto?

⋆⋆⋆

Paloma era la más joven de la celda. Y, sin embargo, fue la primera en morir.

Su corazón se paró porque ya no aguantaba más. No aguantó ya más el dolor de las descargas o de lo que le estuvieran haciendo y sus gritos cesaron de pronto. El silencio que vino después fue más terrible que los gritos. Nadie gritó «asesinos» porque solo quedaba yo en la celda y no podía ya gritar.

—Asesinos… —me abracé llorando las rodillas en el suelo, sola en la celda.

Después de Paloma vinieron a por mí, y entré en el cuarto a tiempo de ver cómo sacaban de él su cuerpo medio desnudo y lleno de laceraciones. Estaban allí Parres y Asensio. Y Marquina, en una esquina.

Después del primer día me habían vuelto a violar dos veces más, las dos que Marquina no estuvo allí para echársele al cuello a los otros, y también a las hermanas, a las dos, y a Paloma varias veces antes de matarla a descargas y golpes.

—Bueno, Barbarita, ¿nos vas a decir ya dónde coño se ha metido tu novio?

—No lo sé —repetí una vez más. No lo sabía. Una nueva bofetada. Tenía la cara llena de magulladuras y sangre seca.

Aquel día había una novedad. La chimenea del cuarto estaba encendida y Parres acuclillado delante de ella. Al levantarse, me mostró lo que llevaba en la mano. Un hierro de marcar al rojo.

—Última oportunidad —me advirtió.

Comencé a llorar y a suplicar aterrada. Que no lo sabía, que de verdad no lo sabía. Que por piedad. Y el hierro fue a parar al lateral interno de mi rodilla derecha, y allí quedó pegado. Estiré la pierna, aullando de dolor.

No quiero recordar eso. No quiero recordarlo. Intenté apartarme, pero él siguió presionando hasta que caí al suelo.

—¡Habla, joder!

Yo a duras penas veía lo que me rodeaba. No podía pensar, no sabía siquiera qué me estaban preguntando. A mi alrededor veía formas y colores oscuros que se movían y voces que decían cosas que apenas entendía. Vi unos pies nuevos que se acercaban a Marquina, y escuché su voz que decía:

—Déjala, ya lo tienen.

54

El día que don Ramón me explicó lo que eran la asepsia y la antisepsia me explicó también que existían tres tipos de quemaduras. La que yo tenía en la cara interna de la rodilla derecha era del tercer tipo, el peor. El guardia civil había clavado el hierro hasta casi alcanzar el hueso, destruyendo piel y músculo a su paso.

—¿Voy a quedarme coja?

Estaba tumbada de lado en la cama, con la tía a la cabecera, y Miguel Guirao evolucionaba a nuestro alrededor. Él me había limpiado la herida, retirando la suciedad y los restos de media chamuscada, me había quitado los secuestros y me la había vendado. Seguía vistiendo el uniforme. Él arqueó las cejas, dudando.

—Todavía es pronto para saberlo —dijo con cautela. Y reconoció—: Pero es muy probable que pierdas algo de movilidad. Tienes afectados los músculos de la pata de ganso.

—¿Y con ejercicio?

—Debes ejercitarla, por su puesto, pero… —apretó los labios, disculpándose con los ojos—. No quiero mentirte, Bárbara.

Yo asentí. Me dolía todo el cuerpo y me moría de sueño. A duras penas había dormido en el cuartel.

—Gracias, doctor —dijo la tía.

—Gracias, sí —repetí yo.

Él comenzó a guardar el instrumental en el maletín y la tía salió a decirle al tío y al resto que ya había acabado.

—Hacía tiempo que no te veía por el hospital. Ni por ningún sitio —me observó, suspicaz.

—Estaba fuera. De viaje.

—Ya. —Casi sonrió, con cansancio. No se lo había creído. Me señaló la rodilla—. Y ahora eso. Y todo lo demás.

Los hematomas por todo el cuerpo y las quemaduras en los pechos. Y la apariencia general de no haber dormido en una semana.

—Son unos animales —se lamentó.

Yo no quería pensar en aquello, rememorarlo. Opté por cambiar de tema.

—¿Qué tal todo en el Clínico?

—Bien. Están subiendo los tíficos. —Frunció levemente el ceño—. Y las tropas siguen ocupándonos algunos pabellones. En fin.

Casi sonreí, compadeciéndolo. La nueva facultad y el hospital estaban ocupados. Las obras estaban detenidas desde el inicio de la guerra y, al ritmo que iban, Guirao fruncía el ceño y temía no verla acabada nunca. Su nueva facultad.

—Hace un par de años abrimos un hospital específico para los moros. Y una rauda para ellos, al lado del cementerio —comentó, y me miró—. Creo que eso te pilló... de viaje.

—Sí, creo que sí.

Su gesto se ensombreció y los ojos se le llenaron de pena.

—Y Ramón... —Yo asentí, y bajé la vista. Lo sabía. Él negó con la cabeza, suspirando—. Debió hacerme caso. Debió marcharse. Deberías marcharte de aquí tú también, Bárbara.

—Eso pretendía —dije, con lágrimas en los ojos.

Eso pretendíamos. Pero habíamos tomado una decisión estúpida. Y fatal.

Tenían a Álvaro. No sabía ni dónde ni en qué condiciones, pero lo tenían. Lo habían encontrado mientras yo estaba en el cuartel y por eso me habían soltado. Y yo me ahogaba pensando en lo que le podían estar haciendo. Y maldecía una y mil veces el momento en que decidimos volver.

Rosita estaba bien, afortunadamente. Se había escondido cuando fueron a por su hermano. Los dos se habían escondido y a ella no la habían encontrado, pero a él sí. Habían matado a su camarada, y cuando Esteban llegó a por ellos dos la encontró a ella llorando sola en la casa. Rosita se había reencontrado con su marido, que estaba de vuelta desde hacía unos pocos días. Él la había dado por muerta. Gonzalo había caído de rodillas al ver andar hacia él a su mujer, que estaba muerta.

Rosita se había escondido en su propia casa para que no la detuvieran también a ella, y le había pedido a Gonzalo que intercediera por mí. Y él lo había hecho con don Paco, pero no había servido de nada. Querían a Álvaro, y mientras no lo tuvieran, me tendrían a mí. Ellos dos y el tío habían pasado la semana y media que había estado allí dentro frente a la puerta del cuartel. El tío sin dormir y roto de los nervios, desquiciado.

—Hija mía, pero qué te han hecho... qué te han hecho... —Creo que fue él el que dijo aquello, llorando de horror y de alivio al verme, y me sacó del cuartel en brazos aquella mañana.

Gonzalo vino a verme al día siguiente a aquel primero en que por fin dormí en mi antigua cama. Lo recibí allí mismo, acostada de lado, y le di las gracias por intentar ayudarme. Él negó con la cabeza.

—Gracias a usted por cuidarme a Rosita. —No sonrió, pero era sincero.

—Nos hemos cuidado la una a la otra, creo yo.

—Pues gracias por la parte que le toca —insistió.

Los años que había pasado sin su mujer le habían cambiado el gesto y la forma de mirar. Gonzalo era risueño, siempre lo había sido. Pero en aquella visita se movía como un autómata. No se llegó a sentar. Tenía las manos a la espalda y el gesto impávido, sereno y respetuoso, pero distante. Me moví bajo las sábanas, intentando incorporarme y apreté los dientes por el dolor.

—¿Está usted bien? —Y, sin embargo, en aquella pregunta y la mano que había adelantado para ayudarme, había un pálpito de preocupación sincera. Un vestigio del Gonzalo que había sido, el de siempre. Asentí, moviéndome con más cuidado.

—¿Te ha contado Rosita por qué nos marchamos? —pregunté con cautela. Él asintió.

—Sé lo de los emparedados. —Le escruté los ojos, intentando discernir qué pensaba.

—¿Qué piensas?

Qué pensaba de lo que su mujer y yo habíamos hecho. Del Decreto de Unificación por el que no había podido preguntarle en su momento, de la detención de Álvaro, del curso de los acontecimientos y de todo en general. Qué pensaba.

—Prefiero no pensar, señora. No puedo pensar, porque si pienso, creo que me muero. Así, de un soplo. —Tragó, poniendo sus pensamientos en orden—. Prefiero no pensar en quién es mi cuñado, ni en lo que hemos vivido, ni en que hasta hace una semana era viudo, ni en quiénes son unos y otros. —Volvió a detenerse, sin mirarme—. Yo me levanto todas las mañanas, me visto y me desayuno, y desde ahí hasta que me acuesto no pienso, solo me muevo. Comer, dormir y trabajar. Y ya está. Y ahora que la Rositilla está de vuelta conmigo, un beso por las mañanas y hacerle el amor por las noches hasta que me muera, dando gracias porque me hayan devuelto lo mejor que me ha pasado en esta vida. Y no pensar, porque el día que piense, será el día en que me muera.

Miraba al suelo, inexpresivo. No habló más por unos segundos. Acabó por medio sonreír, recordando algo.

—¿Sabe usted qué me dijo el otro día? Rosita, digo. Que le gusta servir, pero que más le gusta escribir. Quiere hacerse escribidora.

Yo sonreí y asentí.

—Le hacían encargos en Almería.

—Eso me contó.

Tenía la boca amarga y los ojos desvaídos, cruzados por el cansancio de las ideas. Estaba cansado. Sentí un arranque de compasión y el deseo de poder hablar con él como antes, con franqueza.

—No me mire con pena —me pidió, mirándome con una mueca.

—No es pena. Es nostalgia. Pensaba en el día en que le pediste matrimonio.

Él sonrió abiertamente entonces, con los ojos todavía tristes.

—La nostalgia es cosa de las viejas —me advirtió—. Usted es una vieja, y perdóneme. Creo que lleva usted siéndolo desde que nació. Desde siempre lo pienso.

Reí entre dientes, sorprendida. Él sonrió y luego frunció el ceño.

—Era mejor pensar antes, cuando las ideas no tenían consecuencias —reflexionó—. ¿Se acuerda de cuando la acompañaba a aquellas reuniones?

—Creo que más bien te acompañaba yo.

—Tanto da. Cuando usted y yo pensábamos igual.

Yo arqueé las cejas, fruncí los labios y asentí.

—Es cierto —reconocí.

Él se giró hacia la ventana, sin mirarme, y tardó casi un minuto entero en hablar.

—Prefiero no pensarlo, señora.

* * *

El tío se sentaba junto a la ventana y me hablaba de lo que le preguntara. ¿El azúcar? Él arrugaba el morro.

—Sobreviviendo, que no es poco —decía, suspirando con cansancio—. Estamos bajo mínimos. La producción ha bajado un tercio estos años, y nos podemos dar con un canto en los dientes. Nos ocuparon parte de las naves para la coyuntura. Para cáñamo. —Hizo una pausa, pensando—. Estos locos nos van a ahogar con tanta tasa absurda y tanto cambio de arancel. Se nos va a comer la inflación. Estamos atados de pies y manos —se quejó—. Un desastre, en resumen.

—Le doy mi apoyo moral, tío —dije irónica, desde la cama.

—¡Ja!

—Quien lo viera, Indiano... —me burlé—. Ha perdido su ímpetu de capitalista.

Él rio entre dientes.

—El absurdo esperpéntico en que vivimos le machacaría los nervios a cualquiera. No hay por dónde cogerlo.

—Sí que es verdad —convine.

Ninguno de los dos dijo nada por unos minutos, él mirando por la ventana y yo con los ojos cerrados, casi durmiendo. Acabé por abrirlos ligeramente.

—¿Sabe dónde está?

Dónde estaba Álvaro. Dónde lo tenían. Dudó, y acabó negando con la cabeza.

—Todavía no. Pero me voy a enterar, no te preocupes —me aseguró, y yo asentí.

—¿Qué saben de los de la Huerta? ¿Cómo están?

—Bien, están bien. También Paquito e Isabel. —Yo asentí. No sabía nada de ellos desde antes de la guerra—. Y Fernando y su familia están en América. Están todos bien.

De París había pasado a Washington como embajador, pero había abandonado el cargo al acabar la guerra. La guerra había acabado mientras yo estaba encerrada. Al parecer, le habían puesto un punto y final en algún momento de aquellos días sin horas que yo había pasado en el cuartel.

Los tíos no se atrevían a preguntarme por lo que había sucedido en aquel lugar, y yo tampoco se lo conté. No quería, ni recordarlo ni contarlo. Mejor no. Aquellos días pensaba en Carmen y en el resto, en si estarían bien y qué había pasado cuando fueron a por nosotros y no nos encontraron en el piso. Y en la mala noticia que debía darle a Carmen. Le escribí para preguntarle y para contarle que Marcos estaba muerto, y unos días después recibí contestación. Ellos estaban bien, no les habían hecho nada. Al menos.

—El libro, señora —me dijo Amparo un día que subió a cambiar las sábanas. Yo estaba sentada en un sillón junto a la ventana, y ella me tendió el libro de la biblioteca que le había pedido. *El Príncipe*, de Maquiavelo.

—Gracias, Amparo. Y siento mucho lo de tus parientes —añadí. La muerte de Luz Moreno y su hijo, dos años atrás. Ella asintió con la vista baja y me dio las gracias.

Después de unos días en el sillón, comencé a andar por la habitación con la pierna todavía vendada y la ayuda de un bastón, y de la habitación pasé al resto de la casa, agarrándome a la balaustrada de la escalera, a los pomos de las puertas, a los muebles y a los salientes de los zócalos.

La casa estaba intacta, pero diferente. La mitad de las habitaciones estaban cerradas y los muebles cubiertos. Y sobre las sábanas y los lienzos, polvo. El piano, que la tía ya no tocaba desde la muerte de Flavia, estaba cerrado y cubierto también. Aquella era una de las habitaciones cerradas. Casi solo estaban en uso las imprescindibles. Los tíos hacían su vida en la biblioteca y, más allá de aquella, solo pisaban el comedor a las horas de las comidas y su dormitorio. Todo lo demás, cerrado. Y del servicio, solo las habitaciones de Amparo y Consuelo, la cocina y los anejos. De todo ello se había hecho cargo Amparo hasta nuestra vuelta, y desde entonces se lo repartió con Rosita. El tío cuidaba él mismo los caballos, y a la tía algunos días le daba por cocinar. No lo hacía mal. También se ocupaba del jardín de vez en cuando.

El jardín estaba semiabandonado desde que se llevaran a Vicente. Salí algunos días acompañada de la tía y me sentaba con ella bajo las glicinas a verla podar las rosas o el emparrado, o a pasar el rato sentadas las dos en los muebles blancos.

Tardamos casi dos semanas en enterarnos de que habían llevado a Álvaro a la cárcel. Estaba allá arriba, en la cárcel. Estaba preso allí, a la espera de un juicio que, casi sin atisbo de duda, lo iba a condenar. Para entonces yo me apañaba bastante bien con el bastón y el tío nos acompañó a Rosita y a mí a verlo. Casi lo toqué con una mano y los ojos llenos de lágrimas a través del enrejado, antes de que me llamaran la atención. Estaba vivo y estaba bien, dentro de lo que cabía. Llevaba como yo la cara llena de marcas, aunque más recientes. Él se pegó a la reja con los ojos desorbitados de incredulidad cuando nos vio. Reparó en las marcas de mi rostro y después en el bastón y la pierna vendada, y cerró las manos en puños tensos alrededor de los barrotes con los dientes apretados, comprendiendo. Le supliqué con los ojos que no se le desbordara la ira y la impotencia. Silencio.

Le contamos que su padre estaba muerto y él se derrumbó con los labios apretados, también en silencio, y yo lamenté no poder acercarme más para abrazarlo, para reconfortarlo.

Qué corta fue aquella visita.

Algunos de los días de paseo por la casa subí a la buhardilla a ver a Consuelo y a pasar el rato hablando con ella. La encontraba a menudo leyendo, con una pila de tres o cuatro libros que había terminado ya o que todavía no había empezado sobre la mesilla. Se los subían de vez en cuando Amparo y la tía para que se entretuviera mientras estaba en cama. La Acemilera, una vez hubo hecho todo lo que tenía que hacer en su vida, se puso a leer.

—Que me he caído, Consuelo —le expliqué cuando me vio la pierna y las marcas la primera vez que subí.

Pero ella ya sabía que había pasado una semana y media en el cuartel. Y que tenían a Álvaro. Los maldijo a todos y a sus muertos.

—Niña, qué mal mientes.

Uno de aquellos días la encontré leyendo, a la poca luz de uno de los ventanucos, *La catedral*, aquel libro de hojas amarilleadas por el tiempo que Álvaro me había regalado tantos años atrás. Su nota seguía pillada entre las páginas. Acerqué una silla a la cama, apoyé el bastón en el respaldo y me senté en ella.

—Este hombre describe la catedral piedra a piedra, ¡qué barbaridad! Es como si la viera… —Arqueó las cejas con incredulidad—. Y esto del compañero Luna… Ya veo de dónde te viene la rojura, chiquilla. —Se rio entre dientes y suspiró—. Los libros le ordenan a uno el pensamiento de una forma o de otra, ya lo creo…

Yo sonreí con la boca cerrada. Arqueé las cejas. Aquel libro me lo había regalado Álvaro, le comenté.

—Pues más me cargas de razones. Ese es otro que tal.

Sonreí con el ceño fruncido. El seminarista que salía del cascarón y se convertía en revolucionario, en proselitista, que volvía después a la cáscara para morir en ella, para contarles a los de dentro lo que había visto fuera. Álvaro me había regalado aquel libro. ¿Cuánto habría en él, en su pensamiento y en su alma, de aquel librito?

Cuánto habría, de hecho, en mí misma.

En aquel libro, España era una catedral. Era la Primada de España, la catedral de Toledo. Y en el interior de aquella mole de piedra que había resistido el paso de los siglos, un enjambre de personas malvivía de la infinidad de oficios arcaizantes que hacía necesarios el fasto de la catedral. Malvivían en el regazo del arzobispo y el cabildo, que hacían de las disputas y las intrigas un entretenimiento continuo.

En qué mundo rancio se movía Gabriel Luna. La comunidad de la catedral vivía embebida en el orgullo de pertenecer a ella, a la Primada, ajenos los de arriba a la miseria de los de abajo, y los de abajo a la causa real de su miseria, unos y otros ciegos en el autoengaño, la ignorancia, el miedo y el recelo hacia el exterior, temerosos todos a salir del mundo pequeño y oscuro contenido entre sus muros. Tampoco Gabriel había ido nunca más allá de su sombra.

Y Gabriel se marcha con otros a la guerra por don Carlos, a defender la fe, porque los modernos estaban atacando la fe. Y después de mucha guerra, Gabriel se marcha a Francia, y allí conoce otra forma de creer en Dios que no se opone a la ciencia y al progreso de los modernos sino que se adapta a ellos. Y en algún lugar de aquellas páginas amarillas, Gabriel se preguntaba qué tendría la manzana. «¿Qué tenía dentro la fatal manzana del Paraíso, que después de seis mil años de maldición la misma Iglesia comenzaba a venerarla, esforzándose por hacerle olvidar las antiguas persecuciones?».

¿Qué tendría la manzana?, se preguntaba Gabriel, ¿qué tendría, que hasta la misma Iglesia francesa se había atrevido a morderla para descubrirlo? Aquella manzana que sacó a Eva y Adán del Paraíso, la del árbol de la ciencia, la que cambiaba la ignorancia por conocimiento, la misma que la Iglesia española se abstenía de morder, recelosa. Y aquello le había vuelto a Gabriel la cabeza del revés. El atreverse a leer, a investigar y a comprender. A cambiar la resignación paralizante de «los caminos de Dios son inescrutables» y el «Dios sabe lo que hace» por el «quiero saber yo».

Y Gabriel había vuelto a la catedral. Era el mundo nuevo que entraba en ella para sacudirle los cimientos, el viento fresco que llegaba para levantarle el polvo.

La catedral era en aquel libro la España que Blasco Ibáñez criticaba, pero era también, creo yo, el emblema de todos recipientes estancos de pensamiento. De las ideas. Del color que fueran.

Un arranque de tos de la Acemilera interrumpió mis cavilaciones.

—Este Luna tiene mucho conocimiento, sí señor. Menudo repaso le está dando a don Antolín. —Arqueó las cejas—. Figúrate, morenilla, que yo nunca he sabido nada de ninguna cosa. Qué iba a saber yo de nada, si me he pasado la vida encerrada en una cocina. Pero esto que estoy leyendo yo ya lo sabía, porque mi madre, que en paz descanse, ya me lo decía a mí cuando todavía no me ponía las horquillas yo sola. ¡Mi madre, que tampoco supo nunca nada de nada! Y la buena mujer me decía: «Tú siempre sensata, limpia y franca, niña. Con la verdad de una espiga de trigo, que es lo que es y no puede ser otra cosa. Que quisieras ser granada, roja y hermosa, bueno. Pero eres espiga, blanca y sencilla. Y a mucha honra. Las cosas como son, y donde no hay, no hay. Tú siempre con la verdad por delante». —Dejó de gesticular para imitarla—. Hay que aceptar las cosas como son. Y fíjate tú cómo son las cosas, que ahora cojo el libro de este señor don Vicente y leo lo que dice *el compañero* y se me antoja que estoy escuchando a mi madre con aquella cantinela. —Levantó la vista al frente, desconcertada y absorta en su propio discurso—. Lo que uno es, de dónde viene… la historia, la historia hay que mirarla de frente. Ni desde arriba, ni desde abajo: de frente.

Yo no contesté inmediatamente. Recordé al escucharla las mil veces que el tío había criticado la idea del Imperio, la obcecación española con el pasado, la nostalgia y el estatismo moral, y el hecho de que, en definitiva, España se midiese más a sí misma por lo que había sido que por lo que podía ser.

Creo que la desafección del tío por los Austrias no era tal. Reconocía las contribuciones de aquellos siglos. El tío desdeñaba, más bien, a aquellos que ponían el grito en el cielo por la honra del país, que se obcecaban en un culto fanático a la España heroica, pero no se enclaustraba tampoco en una visión de la historia autoflagelante y masoquista. La veía, simplemente, con desapego. Sin aquella nostalgia quimérica de la que hablaba. Como creía que había que verla. Y la Acemilera, por sus propios derroteros, había llegado a la misma conclusión.

La historia, antigua, moderna y presente, sin héroes ni mitos. Sin odios ni adoraciones. Sin blancos y negros, y con muchos grises. Han pasado muchos años y muchas cosas desde aquellas conversaciones, y hoy dudo que esa historia objetiva, serena, sea totalmente posible. Cada cual pone sus propios acentos cuando recuerda. Cada cual recuerda las cosas según las interpreta.

Y sin embargo, el esfuerzo por ver el mundo y el pasado en escala de grises merece la pena. Lo pensaba entonces, y lo sigo pensando.

—Pues sí que es verdad, Consuelo —reconocí.

55

Consuelo murió unos pocos días después de aquel, a finales de abril, una noche que le faltó aire y dejó de respirar. Murió en silencio, con el silencio que desde hacía años reinaba en la casa. Y murió sin volver a ver a Alvarito vivo, como nos había visto a Rosita y a mí.

Cinco días antes de su muerte, Franco visitó Granada. Fue el 20 de abril, y vino con Queipo. No recuerdo muy bien ese día, la verdad. Recuerdo un borrón de colores, las rojigualdas en los balcones, música y riadas de gente empujándose en las aceras para ver pasar al caudillo. Lo vi, a aquel hombrecillo que no era nadie al principio de la guerra, con la boina roja y la camisa de Falange debajo del uniforme, varias cabezas más bajo que Queipo, aquella voz de palabras repugnantes e inhumanas. Los vi a los dos saludando sonrientes al bajar del coche en la puerta del Ayuntamiento. Yo estaba sentada, esperando entre los de la acera, y me hube de levantar para poder verlos por encima de la multitud. No llegué a distinguir sus voces entre la algarabía.

—Mil veces te mueras, hijo de puta, y mil veces más te maten en el infierno.

Quien había dicho aquello con los dientes apretados era una mujer viejísima que estaba de pie a mi lado.

Yo me giré, sorprendida por su osadía, y los ojos de ella se descompusieron momentáneamente al comprobar que alguien la había escuchado. Un ramalazo de miedo que casi al instante se tornó en desafío. La mujer había dicho aquello en voz nada baja en el momento en que los dos hombres pasaban frente a nosotros, a escasos metros. Me giré en todas direcciones, observando las caras que me rodeaban para comprobar que nadie había llegado a escucharla. Ni siquiera el tío, a mi otro flanco, que me había acompañado a presenciar aquel espectáculo obsceno.

La gente estaba de espaldas, mirando embelesada a su caudillo, y los gritos y vivas de aquella muralla de personas taparon el sonido de la voz de la mujer, alargando la distancia entre ella y Franco. La muchedumbre que lo aclamaba hacía de los pocos metros que los separaban varios kilómetros. No llegaron a escucharla. Creo que sonreí a la mujer con la boca pequeña y sin achicar los ojos. No me acuerdo, pero ojalá lo hiciera.

Unos días después de la muerte de la Acemilera, fuimos Rosita y yo a llevarle la noticia a Álvaro y él nos pagó con otra.

—Gonzalo vino el otro día —dijo con los ojos turbios, y no dijo nada más.

Gonzalo sabía que él estaba en la cárcel, y Rosita le había rogado que intercediera. Que hiciera algo, que hablara con alguien. Él conocía gente. Pero se había negado, una y otra vez. Está donde tiene que estar, y ahí se pudra. Gonzalo no iba a intentar siquiera ayudarlo.

—No quiere oír hablar de él —me decía ella después de cada discusión.

A Rosita se le partía el corazón y se le dividía la mente entre su hermano y Gonzalo, entre el amor y el resentimiento hacia este, y se acostaba la mitad de las noches llorando. Yo estaba segura de que, al otro lado de la cama, Gonzalo también lloraba al menos alguna vez, arrepentido de hacerle daño.

—¿Y qué te dijo? —le preguntamos nosotras aquel día a Álvaro. Pero él se encogió de hombros y bajó la vista. Nada.

A mediados de mayo yo ya salía con relativa frecuencia a andar a la calle, con Rosita o con la tía. En alguno de aquellos paseos, Rosita pegó su cabeza a la mía una vez y dijo señalando con un golpe de mentón a un hombre que pasó andando frente a nosotras:

—Ese corrió —lo dijo en voz baja, solo para nosotras—. Lo vi en la carretera.

La carretera de las bombas. Yo lo miré, incrédula ante su memoria. Estaba segura, de verdad. Tenía la cara del hombre grabada en las paredes del cráneo.

La herida marchaba bien, cicatrizando, pero la pierna no tanto. La quemadura me había dejado atrofiado el músculo y la pierna me estaba quedando ligeramente flexionada. No podía extenderla por completo. Apoyaba solo la punta y cojeaba, aunque poco. Me cansaba bastante, y solía andar por llano y con bancos cerca.

—Eres una cabezota —se quejaba el tío—. Te harás daño.

Con aquellas salidas retomé poco a poco y hasta cierto punto las visitas médicas. El consultorio de la calle Navas estaba cerrado desde mi marcha dos años antes. No estaba yo para pagar el alquiler, y al volver ya estaba alquilado de nuevo. Volví a subir al Albaicín y a visitar también a don Paco. Había bajado un par de veces a verme cuando todavía estaba en cama. La primera vez que fue a la casa, me besó las manos y me dijo que conmigo y Rosita Dios había hecho un milagro.

—Empieza a creer en las resurrecciones, hija, porque vosotras dos habéis vuelto de entre los muertos —sonrió con tristeza al decir aquello. Yo me reí entre dientes y le prometí que lo pensaría.

Le pregunté qué había sido de las visitas a los escondidos tras nuestra marcha y la pena en su rostro se acrecentó. Cuca había seguido con las de la ciudad y también don Ramón hasta su muerte, y después había seguido ella sola. Y seguía. Muchos se habían pasado a la zona roja durante la guerra, pero aquellos de los pueblos que no habían podido... Unos habían salido adelante solos, pero otros no. Lo lamenté, y le dije que, si me volvía a necesitar, me lo dijera. Él me dio las gracias, pero me dijo que era mejor que no. Yo estaba manchada.

La guerra seguía también en aquellos escondrijos ocultos en las paredes y los suelos de las casas. Al día siguiente de aquella primera visita, mandé recado a Cuca y ella vino ese mismo día, sin poder creer que estuviera de vuelta. Aquel primer día con don Paco y los que le sucedieron en la casa o cuando yo subí al Albaicín hablamos de todo un poco, como antes. Pero ya no eran las cosas como antes.

—La fe ha perdido la guerra, y la ha ganado la religión —se lamentó varias veces el cura.

Al salir de la iglesia una de esas veces, me detuve en la puerta unos instantes, dudando. Me costó decidirme, pero acabé echando a andar calle arriba y callejeé hasta desembocar en la Alhacaba. Aún dudé un poco más antes de llamar a la puerta de Reme, y cuando lo hice no obtuve respuesta. Los vecinos me dijeron que se había mudado, que ahora vivía en las cuevas.

Seguí las indicaciones que me dieron y llegué frente a una puerta baja con un ventanuco en una fachada encalada de un par de metros de alto por otros tantos de ancho, encastrada en la roca del monte. Llamé de nuevo, y esta vez la puerta se abrió.

Me costó reconocerla, con el cabello gris, sin rastro de color, y más menuda que nunca, con los huesos de la cara a ras de piel, y los ojos distintos. Reme miraba distinto. Ella sí me reconoció al instante, y no supo qué decir. Hacía tres años que no la veía, ni ella a mí. Me miró de arriba abajo, sin poder creer todavía lo que estaba viendo, y reparó en el bastón, pero no dijo nada.

—Hola, Reme —dije yo, finalmente—. Vengo a verla.

—Pase.

Se echó a un lado y yo entré agachando la cabeza. Tardé unos segundos en acostumbrar la vista a la penumbra del interior. Una mesa con sillas, una cama, una cocina, y el techo lleno de secos. Poco más. Ella me ofreció asiento en una de las sillas e hizo el amago de sentarse en la de enfrente, pero se detuvo.

—¿Quiere usted tomar algo? No sé qué ofrecerle…

—Tranquila, no se moleste.

Ella se sentó entonces, y retomó las pleitas que había dejado a medias cuando fue a abrir.

—Veo que se ha casado. —Señaló la alianza—. ¿Con el comunista? —Yo asentí—. Enhorabuena.

—Gracias. —Bajé la vista—. Él está preso ahora.

Ella estiró los labios, no sabiendo qué decir. Señaló el bastón.

—¿Eso es de una bomba o de otra cosa?

—De otra cosa.

—Ya.

¿Dónde estaban los demás? ¿Qué era de ellos? Trini no estaba, simplemente. No me quiso decir más, y no le pregunté. A Basilio lo habían apaleado hasta dejarlo parapléjico un día que lo escucharon hablar el caló. Lo dejaron inútil y ella lo había estado cuidando hasta que murió dos diciembres atrás. A ella también la habían apaleado bien, muchas veces, y le habían arrancado el pelo a tirones. Por eso se había mudado. Allí estaba más tranquila, la dejaban en paz. ¿Y Miguel? Su gesto se ensombreció aún más y contestó sin mirarme. Su hijo estaba muerto. Miguel había muerto. Al principio, en el verano del 36, unas pocas semanas después que Flavia. Y su hermana también, el invierno anterior, de una mala fiebre. Reme estaba sola.

Hablaba con cautela, con dureza y un punto de orgullo, y miraba distinto. Había aprendido a fuerza de palos y desgracias a mirar con el mirar de aquellos tiempos, aquel mirar de la guerra en que los ojos huían perseguidos por el miedo o la culpa.

Siguió trenzando el esparto sin hablar durante unos minutos, sumida en sus pensamientos, y yo tampoco hablé.

—Yo pensaba que aquello no duraría, ¿sabe usted? —dijo finalmente, sin mirarme y sin parar de trenzar—. Lo de mi hijo con su prima. Yo pensaba que eso era una tontuna de mozo. Camelarse a una paya no es raro tampoco… Disculpe usted. —Yo le resté importancia con un gesto—. Pero después de tontear lo suyo, se cansan y a otra cosa. Si te he visto no me acuerdo.

Arqueó las cejas. Hizo una pausa, pensando y sin dejar de trenzar.

—Pero pasándose los años la gachí seguía llamándome a la puerta, y este detrás de ella todo el día. Y cuando su señor tío se las llevó a ustedes a Madrid, este me pidió que le comprara papel, ¡papel!, para escribirle… Ay, qué alma de cántaro —suspiró—. Yo me enfadaba mucho, ¿sabe? Negra me tenía el chiquillo, porque yo veía que aquello no iba a ninguna parte y estaba gastando el tiempo, sin casarse ni nada. Y lo de casarse, entre que no pisaba la iglesia, y que de *entreveraillo* salió más payo que gitano, no supe yo hacerle ver que se tenía que casar bien. Y mi gente tampoco hizo mucho por meterle los pies en el tiesto, porque veían que su padre mandaba más que ellos... A la hermana sí que la tenía yo más enseñada, esa sí. Pero ese... ay, señor. —Volvió a suspirar—. Para arriba y para abajo con la rubia.

Entonces sí se detuvo y me miró directamente a los ojos, con los suyos llenos de orgullo, desafiantes.

—Señora, mi hijo no era de su clase, pero quería a su prima hasta reventar. Yo creo que se dejó matar, fíjese usted, creo que se murió para irse con ella. —La voz se le quebró y los ojos se le llenaron de lágrimas—. Y lo que usted hizo... —Las lágrimas le ahogaron la voz y me arponeó con los ojos llenos de resentimiento, recordando que yo no le había dejado despedirse de ella—. Mi hijo no se lo merecía. Eso no se lo merecía, señora.

Lloraba ya abiertamente, con la cara tapada por una mano. Yo también lloraba, arrepentida mil veces de aquello. Me levanté y rodeé la mesa hasta estar junto a ella. Me arrodillé a sus pies con cuidado y le cogí la mano que tenía libre.

—Lo sé y lo siento. Con toda mi alma —le aseguré—. Yo no quería... Yo no despreciaba a Miguel por nada de eso. Pero veía que mi prima sufría y no sabía qué hacer. Fui una estúpida. Perdóneme —supliqué.

Ella aceptó la disculpa con una cabezada. Poco a poco dejó de llorar, y yo con ella. Me levanté con algo de esfuerzo y volví a sentarme en la silla. Ella me observó moverme cojeando.

—Lo que le han hecho no tiene nombre. Son unos demonios.

Yo hice un intento de sonrisa triste. Otros habían acabado peor. Ella retomó la pleita, y yo la observé trabajar durante unos minutos en silencio.

—¿Está bien aquí?

Estaba bien físicamente, aunque pasaba algo de hambre. No la querían contratar en ningún sitio. Antes bordaba para un taller, pero la habían echado, y desde entonces se apañaba con las pleitas y vendiendo alguna minucia. ¿Y no había nadie que la pudiera apoyar? Ella negó con la cabeza. Los suyos estaban muertos o perseguidos. Los que vivían estaban dispersos, vivían lejos, y no estaban mejor.

—Tengo un primo en Santa Fe... —Puso gesto de asco y frunció el ceño—. Ha luchado con los fascistas. No por pensamiento, ese no sabe nada... Sino por falta de sangre. —Escupió a un lado—. Ese para mí está muerto. Me ha venido queriendo ayudarme con esto o con lo otro, se ve que le pican las tripas. Pero ni hablar. ¡Ja! El pan que me dé es veneno.

Yo fruncí el ceño, pensando.

—Reme, en mi casa buscamos cocinera. —Tragué, no queriendo pensar en la Acemilera—. ¿Usted querría venir?

Ella levantó la vista y me miró, valorando lo que le acababa de proponer. Acabó negando con la cabeza.

—A usted no le viene bien que yo me ande por su casa. —Señaló el bastón, apoyado en la mesa—. A usted también se la tienen jurada.

Yo negué con la cabeza, e insistí.

—Venga a la casa. Allí estará mejor, más protegida. Y comerá bien.

—Sus tíos no me querrán allí. Yo soy la madre de quien soy.

—Yo hablo con ellos. Aceptarán. Hágame caso.

Dudó un poco más, pero acabó aceptando. Bajó conmigo a la casa ese mismo día, una vez hubo recogido un par de mudas y otras pocas cosas. Entramos por la cocina, y le pedí que esperara allí. Subí a la planta baja y les expliqué a los tíos quién esperaba en la cocina. El tío se tensó al conocer quién era, y yo le dije que su hijo estaba muerto. Que ella se moría de hambre. Y que ya había habido bastantes peleas. La piedad y el remordimiento le hicieron dudar. El tío no podía ni quería discutir. Y me pidió que la hiciese subir. Reme se cerró la toquilla sobre el pecho con una mano cuando se acercó al tío tendiéndole la otra, temerosa.

—Hola, don Pablo.

Él extendió su mano despacio y estrechó la que ella le ofrecía, huesuda, mínima.

—Hola, Remedios.

Le tendió su mano también a la tía, y esta dijo en voz baja, apiadada:

—Lamentamos su pérdida, Remedios.

—La lamentamos —asintió el tío.

—Y yo la suya —dijo ella, con la vista baja.

Reme se quedaba.

* * *

Empezando el verano, abandoné el bastón. La herida estaba completamente curada y tenía la piel de la rodilla plateada, tensa. Seguía cojeando ligeramente, pero no necesitaba apoyarme en el bastón. Tanto era así que un día de julio le pedí al tío que me ayudase a ensillar uno de los caballos. Quería volver a montar. Llevaba sin hacerlo desde que nos robaran a Indiano en la carretera dos años y medio atrás. El caballo que preparamos era nuevo, no lo conocía. Manzanillo, le habían puesto.

—Este es más cabrito que Indiano. Ten cuidado.

Me acercó una banqueta para auparme al lomo del animal y me ajustó los estribos. Ya en el portón, me dijo:

—Tómatelo con calma.

Se lo prometí, e hinqué los talones para que el caballo arrancara a andar. Salí al paso y así continué durante media hora más. Después alterné con el trote, hasta que el caballo dio un tranco que casi me hizo caer. No me conocía. Me agarré al cuello, a las crines, y el caballo siguió andando, al paso. Me incorporé, todavía con el corazón golpeándome las paredes del pecho.

—Qué susto me has dado, puñeta —me quejé.

Nos acercamos al río y seguimos su curso a la sombra de los árboles. Chopos, en su mayoría. Y pensé en Federico, y también en Flavia, y en que hacía tres años ya que habían muerto. Cerré los ojos y escuché el sonido del agua, allá abajo, en el cauce del río, pensando.

El juicio de Álvaro salió a mediados de agosto, y el resultado fue su condena a muerte. Lo iban a fusilar. Ni siquiera lloré al enterarme. Me encerré en mi cuarto y al salir de él más tarde le pregunté a Amparo si se atrevía a subir al cuartel a enterarse de dónde podíamos localizar a Pedro Marquina. A ella no la conocían allí. Era criada y podría preguntar para un recado. Ella dijo que sí, y para allá se fue.

—En su cuartel, mujer —le habían dicho con sorna. Y después, en voz más baja—: Pero ahora mismo, donde las putas. Si vas ahora, lo encuentras allí.

Le dieron la dirección de la casa a la que solía ir y ella vino corriendo con el dato. Inmediatamente salimos Rosita y yo hacia la Manigua, camino de aquella dirección, y al llegar nos dijeron que acababa de salir, que si corríamos lo pillábamos. Lo alcanzamos ya en la plaza de la Mariana. Sus ojos se agrandaron al reconocerme, incómodo. Miró a ambos lados con temor, pero estábamos solos.

—¿Qué quiere?

—Que nos ayude —dije sin aliento cuando lo alcanzamos.

—¿Con qué? —dijo receloso.

—Con mi marido.

Él intuyó adónde se encaminaba mi petición. Debía de estar al tanto de la condena.

—Olvídese. —Negó con la cabeza.

—¡Pedro, ayúdenos! —rogó Rosita.

—¿Y por qué iba a hacerlo? —nos espetó, desafiante—. Su marido ni siquiera me defendió. ¡Habría dejado que ese hijo de puta me matara!

Albaladejo, en el hospital. Pero yo lo había ayudado.

—Me lo debe —repuse—. A mí.

Él comprendió a qué me refería, y vaciló. Pero acabó negando de nuevo con la cabeza.

—Ya la ayudé allí dentro, ¿no se acuerda? Impedí que la...

—Y también vio, día tras día, cómo me electrocutaban y me apaleaban. Sin mover un dedo.

—Eso es rutinario —me espetó, desmarcándose.

Yo abrí la boca para contestar y la cerré sin hacerlo, estupefacta. Él mismo pareció avergonzarse de haber dicho aquello, y desvió la vista.

—Pedro, ayúdeme a convencerme de que hice bien ayudándolo —acabé por decir, con dureza—. Ayúdeme. Me lo debe.

—Ya la ayudé —insistió—. Estamos en paz.

Hizo el amago de apartarse para seguir caminando, pero yo lo retuve agarrándolo por el brazo.

—Yo lo ayudé dos veces —le recordé, señalándole la cabeza.

Todavía se distinguía entre su cabello el trazo de la tremenda cicatriz. Él quedó mudo, azorado e indeciso, sin querer ceder pero sin atreverse a continuar su camino sin más. Yo no me moví, tampoco Rosita.

—¿Qué quiere exactamente? —acabó por decir, todavía receloso.

—Díganos cuándo lo sacarán, y ayúdenos a sacarlo de allí antes.

Él negó con la cabeza.

—No sé cuándo lo sacarán. Eso no se puede saber. Y eso que me pide es una locura. Es imposible.

—Pedro, por favor. Usted puede enterarse —dijo Rosita.

—No, no puedo.

—Entérese —le pedí yo—. Pregunte a quien lo sepa. Pida que lo avisen cuando lo pongan en lista. Diga que tiene una cuenta pendiente con él, lo que sea.

Él no dijo que no, pero insistió en su otro argumento.

—Es imposible sacarlo de la cárcel. No lo van a dejar moverse. Allí lo conocen, ¿entiende? Es uno de los cabrones de Carchuna.

Carchuna. Sabían que él había participado. Era conocido. Levanté la vista al cielo, pensando. Fui a dar con la vista en las palomas que se posaban en los hombros de la estatua ennegrecida de la heroína, en el centro de la plaza. Qué ironía, chiquilla, habría dicho Federico.

—Pues no lo sacaremos —acabé por decir—. Esperaremos a que lo saquen ellos. ¿Cree posible meterse usted en el pelotón?

Él dudó y asintió, mirándome sin comprender igual que Rosita.

—¿Se le ocurre alguna forma de sacarlo del grupo antes de que llegue al cementerio?

Él volvió a vacilar, pero acabó asintiendo.

—Creo que sí.

—Bien.

Acordamos un plan, y que él averiguaría cuándo lo iban a sacar y nos avisaría. Rosita y yo volvimos a la casa y pusimos al tanto a los tíos de lo que pretendíamos hacer.

—Es muy arriesgado —dijo el tío con el ceño fruncido. No le convencía. Pero no había más opciones.

—No hay más. —Él no replicó—. ¿Usted podría conseguirnos documentación para salir de aquí? Pasaportes, billetes y demás.

Él dudó, pero asintió. Tenía que ser rápido. No sabíamos cuánto podía tardar en llegar la ejecución.

Al final fue cinco días después cuando, a media tarde, recibí recado de Marquina para que fuésemos a verlo urgentemente a una casa de la Manigua.

—Esta noche —dijo cuando cerró la puerta tras entrar Rosita y yo. Nos dio los detalles del proceso y repasamos de nuevo el plan. Acabó diciendo—: Después de esto no quiero volver a verlas más.

56

Al salir de la Manigua cruzamos el embovedado casi corriendo y entramos en San Antón camino de la casa. Estaba cayendo la luz. Callejeando, nos topamos con un hombre que salía de un portal. Era Alonso.

—¡Hombre, la coja! —se burló, interrumpiéndonos el paso—. Ya había oído que habías vuelto de tu viajecito. Y tu novio, todavía en el hotel, ¿no?

Él sabía que estaba preso.

—Es mi marido. No te metas en mi vida —le espeté y lo esquivé, dispuesta a seguir andando. Pero él me retuvo por un brazo—. ¿Qué quieres?

—Nada, hablar contigo. Hija, qué *saboría*.

—¿De qué? —pregunté hastiada.

—Señor, la señora y yo llevamos un poco de prisa —le rogó Rosita. Él la ignoró.

—De tu maridito. Que digo yo que le vendrá bien un abogado en estas circunstancias, ¿no?

Aquello sí que no me lo esperaba.

—¿Tú? —dije, sarcástica. Él asintió. ¿A qué carajo venía aquello?—. Ya tenemos abogado. —Aunque de poco le hubiese servido a Álvaro en aquella farsa de juicio. Eso a él no le interesaba—. ¿Por qué ibas a ayudarnos tú?

—Por caridad cristiana —se burló.

—¡Ja! Déjame en paz, Alonso. —Y me aparté, pero él volvió a retenerme.

—Que no me escuchas, cabezota. Yo conozco a mucha gente interesante, ¿sabes? A mucha. —Y bajó la voz y se acercó más cuando dijo—: Si tú te portases bien conmigo… yo podría hablarle bien a esos de tu maridito. Piénsalo.

—¡Señor Alonso! —siseó Rosita indignada.

—Eres despreciable —escupí yo apartándome. Él sonrió.

—Puede, pero porque puedo. Y tú no estás para hacer ascos a lo que te ofrezcan. Ya no te vale ir de digna, Barbarita —me advirtió. Yo casi sentía náuseas de desprecio—. Eso a las rojas se os ha acabado. Piensa bien lo que te estoy ofreciendo. Si me das lo que quiero, en un par de días tienes a tu marido contigo. No se va a enterar de esto nuestro. Y, en cualquier caso, tú ya estabas estropeada, ¿no?

—Hasta en el infierno resultarías despreciable —sentencié, dando por acabada la discusión.

Él no contestó, pero apretó las mandíbulas y se le tensaron las aletas de la nariz. Y antes de que pudiera hacerme a un lado de nuevo para continuar andando, me soltó una bofetada que me dobló.

—¡Bestia! ¡Déjela en paz! —dijo Rosita interponiéndose.

Él la apartó de un empujón que la hizo caer al suelo y me agarró del pelo obligándome a incorporarme y mirarlo.

—Tú te vienes conmigo —dijo, con los dientes apretados.

Me arrastró del pelo escaleras arriba, con Rosita siguiéndonos e intentando retenerlo, las dos gritándole improperios e insultos. Se detuvo en el primer piso y entró por la única puerta que había. Siguió andando sin soltarme hasta entrar en un dormitorio, y cerró la puerta con llave antes de que Rosita pudiera siquiera alcanzarla. Yo forcejeé, no dejé de forcejear, y él volvió a golpearme y me tiró sobre la cama, echándose encima de mí. Del otro lado de la puerta llegaban los golpes, los gritos y las súplicas de Rosita. Yo también suplicaba, y lloraba y pataleaba. Pero, igual que con los guardias civiles del cuartel, no sirvió de nada.

Nadie vino al escuchar los gritos y los llantos de Rosita y míos. Nadie quería saber lo que estaba sucediendo al otro lado de los tabiques que separaban las casas. Me penetró brutalmente y yo lancé un aullido de dolor, y poco a poco fui dejando el cuerpo muerto, impotente y derrotada, y dejé de gritar para solo llorar, rogando que acabara rápido.

Él embestía con furia, con rabia, con la rabia del rechazo que le había hecho durante años. Ya tenía lo que quería, después de tanto tiempo. Se movió cada vez más rápido, más violento, y yo apretaba los dientes. Finalmente se estiró, jadeando, y se quedó quieto. Al otro lado de la puerta, los golpes de Rosita habían cesado, y solo se oía el rumor amortiguado de su llanto.

Él se apartó y se subió los pantalones, y aún dijo:

—No le vayas a contar esto a nadie, zorra, que te recuerdo que tengo amigos importantes. Te hago la vida imposible —me amenazó. Yo no contesté. Me hice un ovillo en la cama, llorando en silencio.

Él abrió la puerta y salió, y entonces escuché los pasos tímidos de Rosita, que se acercaban con cautela.

—¿Bárbara? —preguntó con voz llorosa—. Dios mío, Bárbara…

Me tocó levemente la pierna y yo me encogí. No quería que me tocara nadie. Ella ahogó el llanto y se apartó. Desapareció momentáneamente. Durante unos minutos me quedé allí, encogida sobre la cama, quieta y con los ojos cerrados. Escuché los pasos de Rosita que volvía a entrar en la habitación y se acercaba de nuevo.

—Bárbara, tenemos que irnos —susurró agitada—. Mi hermano, por favor…

Su hermano. Álvaro. El plan. Teníamos que volver a la casa. Me incorporé poco a poco, rabiando de dolor con cada movimiento, y al ponerme en pie me fallaron las piernas. Rosita me ayudó a levantarme y juntas deshicimos el camino fuera de la casa, por las escaleras y hasta llegar al portal. Antes de salir a la calle, me detuve y retuve a Rosita, mirándola fijamente a los ojos.

—De esto ni una palabra a nadie.

—Pero Bárbara… —gimoteó.

—¡Ni pero! Chitón. Ni se te ocurra decirle nada a nadie. ¿Estamos?

—Pero tus tíos tendrán que saber… mi hermano…

—No tienen que saber nada —la corté—. Si conseguimos sacar a tu hermano y se lo cuentas, ¿qué crees que pasará? ¡Se puede ir todo al carajo! Entonces sí que lo matan.

—Bárbara, yo… —comenzó a decir, llorando.

—Chist, a callar te digo —insistí inflexible—. Esto no ha pasado, ¿me oyes? —Ella asintió—. No ha pasado. Y límpiate la cara, que nadie vea que has llorado. —Yo hice lo propio y me arreglé la ropa y el cabello—. Nosotras a lo nuestro, que tenemos cosas que hacer.

Ella volvió a asentir y ya no protestó. Hizo lo mismo que yo, luchando por dejar de llorar, y yo lamenté haber sido tan brusca. La abracé unos segundos antes de salir. En la calle se había ido la luz por completo.

* * *

—Tú no vas a ir, Bárbara —dijo el tío, tajante—. Irá Esteban. —Él asintió, conforme.

—Es mi marido —repliqué.

No quería quedarme en la casa quieta y esperando. Y pensando.

—Bárbara, no se preocupe —dijo Esteban—. A mí no me importa. Cuidaré de él, se lo prometo.

—Gracias, pero no es necesario. Puedo ir yo, es mi marido. No tiene por qué implicarse nadie más.

—Irá Esteban, Bárbara —repitió el tío—. Fin de la discusión.

—Nena, no *podés* ir *vos*.

—Claro que puedo.

—¡Bárbara, estás coja! —estalló el tío, exasperado. Lamentó haber gritado, y bajó el tono, suplicando casi—. Estás coja, hija mía. No sé en qué condiciones vendrá Álvaro, pero esto es mejor que lo haga Esteban. Haznos caso, por favor.

Yo ya no repliqué, pero me resistía a ceder. No quería quedarme quieta en la casa. Rosita debió entender la dirección de mis pensamientos, e intervino:

—Bárbara, creo que es mejor que no vayas. No es necesario. Tus tíos tienen razón, es mejor que vaya Esteban. Y creo que eres más útil aquí. Tenemos que preparar tu equipaje y el de mi hermano, y quizá querrás… darte un baño.

Aguardó mi respuesta con una súplica en los ojos. Tragué saliva y asentí. Me quedaba, e iba Esteban. Le dieron una linterna y el revólver del tío. Se marcharía en un rato. Más tarde, alrededor de una hora después de que nosotras llegáramos a la casa tras el incidente con Alonso. Yo subí al piso de arriba.

Me bañé como me había sugerido Rosita, me restregué la piel hasta enrojecer. Me lavé hasta el último centímetro del cuerpo, sin querer pensar. Había conseguido no pensar hasta entonces. Cuando el recuerdo volvía, restregaba con más fuerza. Llevaba semanas, meses sin pensar. Pero la memoria se empeñaba en traerme a la mente el recuerdo, los recuerdos. De todo. De Alonso arrastrándome del pelo y tirándome sobre la cama, gritándome, insultándome, golpeándome y haciendo con mi cuerpo lo que quería, igual que los del cuartel. Los recordé arrinconándome contra la pared junto a la celda, y también las palizas y las torturas. Y aquel dolor agudo, brutal y lacerante, en el alma y en el cuerpo. Y el asco y la impotencia, y el odio. Muchísimo odio.

Los odiaba mucho, a él y a todos. Le deseé a cada uno que muriera mil veces. Malnacidos, cabrones, animales, demonios, desgraciados, un millón de veces malditos. Merecían morir despacio, que los empalaran poco a poco, que los frieran a descargas y a palos como habían hecho con la pobre Paloma, que era eso, un pájaro inocente y ajeno a toda aquella oscuridad. Que no sabía más de la guerra y sus crímenes que aquellos que ella misma había padecido. Malnacidos, canallas, desgraciados. Aquellos que hacían del sufrimiento ajeno su rutina y también aquellos otros que les daban su beneplácito. Los que participaban de la violencia y los que la justificaban o la consentían.

Canallas, malnacidos. Que muriesen despacio todos ellos, Alonso y todos los demás.

Me restregué la piel hasta enrojecer, y lloré allí dentro lo que no había podido llorar hasta entonces y lo que no podría llorar al salir. Los tíos no sabían nada y no debían saberlo, porque los dos tenían ya el corazón roto, muerto a golpes también y yo tenía que estar concentrada, preparada para cuando Álvaro y Esteban llegasen. Tenía que hacer las maletas con Rosita.

Salí de la bañera, me vestí e hice rápidamente mi equipaje y el de Álvaro con Rosita, la tía y Amparo, y cuando terminé bajé a la biblioteca a esperar. Todavía faltaban varias horas.

No había nadie en la biblioteca cuando entré. No sabía dónde andaba el tío. Recorrí la habitación deambulando entre los muebles y junto a las estanterías, acariciando los libros y pensando que, si todo salía bien aquella noche, abandonaría la habitación para quizá no volver a entrar nunca más. Pasé junto a la mesa de ajedrez y en ella encontré los restos de una partida que alguien había dejado a medias en algún momento. Las piezas estaban desordenadas, caídas algunas, dentro y fuera del tablero. Recogí la reina blanca, que estaba tumbada en una esquina, y me senté en el sofá jugueteando con la pieza entre los dedos. Ahogué un gemido de dolor al hacerlo. Levanté la vista, barriendo distraída la habitación con ella, y fui a dar con el rostro de Flavia que me miraba desde la pared de enfrente.

Me miraba desde el cuadro de Sybill colgado sobre la chimenea con los ojos verdeamarillos llenos de calma, casi sonriendo, con mi cuaderno en una mano y la otra sobre mi pecho, con las glicinas sobre ambas. Así era Flavia en el 28, cuando Sybill la pintó mirando al frente, a quien quiera que pasara frente al cuadro. La paz de aquel cuadro, sus colores claros, contrastaban con el gris de la habitación y de la casa. Flavia miraba al frente con los ojos llenos de paz.

Tragué saliva, perturbada. De haberse atrevido, la Acemilera habría dicho de ella que era de esos espíritus que llevan la desgracia escrita en el dentro de los párpados; que estaba ahí desde siempre pero nadie, ni siquiera ella misma, podía verlo. Le miré los ojos de pintura. Eso habría dicho Consuelo. Y sin embargo, la muerte de Flavia había sido fortuita.

Dónde estarías ahora, nena. Dónde estarías y qué estarías haciendo si hubieses corrido en otra dirección.

Y dónde estaría yo. Ladeé la cabeza. Quizá me habría marchado con Álvaro a luchar por la República. Quizás habría pensado que bien se podía sacrificar la sangre, que bien valía la pena si esa sangre que se perdió no hubiera sido la tuya. Los ojos se me llenaron de lágrimas.

Pero ojalá no te hubieses ido, prima. Tú no debiste irte.

El tío entró entonces en la habitación y yo me enjugué rápidamente las lágrimas que se me habían desprendido de los ojos al pensar aquello. Estiré los dedos para dejar sobre el tablero la reina que todavía llevaba en la mano. Él se fue a su escritorio y sacó de uno de los cajones un fajo de papeles de distintos tamaños que me entregó.

—Los pasaportes y el resto de documentación —me explicó—. Saldréis de Cádiz. He llamado, tenéis los billetes apalabrados allí para mañana por la tarde. Os vais para Argentina, allí os ayudará mi cuñado.

—Gracias. —Él no contestó. Se sentó junto a mí en el sofá mientras yo revisaba la documentación. Me giré y lo miré—. ¿Qué harán usted y la tía? ¿No vienen?

—Nos quedamos.

Claro que se quedaban. No podían marcharse. No podían porque la tía necesitaba seguir llevando rosas blancas a la tumba de Flavia, y el tío acariciar su rostro de óleo en el retrato que teníamos enfrente.

Él percibió que había llorado, y lo malinterpretó.

—Sé lo de Alonso —dijo en voz baja, con cautela. Lo miré, confusa, y él se explicó—: Rosita nos lo ha contado a tu tía y a mí.

Yo bajé la vista y negué con la cabeza.

—Eso no importa ahora.

—Claro que importa.

—Ahora no —insistí, y fue casi una súplica.

Él aceptó mis palabras y no dijo más. Me acarició la mejilla, pensativo. Y entonces dijo, con lágrimas en los viejísimos ojos amarillos:

—Sea lo que sea lo que Rosita le haya hecho a ese desgraciado, no me parece suficiente castigo.

—¿Qué dice?

—Tu tía se la ha encontrado en la cocina medio desnuda, llorando y quemando la ropa que llevaba.

Intenté recordar el vestido que llevaba Rosita esa tarde. De qué color era. Llevaba el uniforme, sin la cofia y el delantal porque había salido a la calle. Era negro. En el negro no se veía la sangre. Repasé mentalmente lo que había sucedido en el piso de Alonso desde que lo viera por última vez, cuando salió de la habitación. Ya no lo había vuelto a ver cuando salimos corriendo de la casa. Rosita había entrado a buscarme. Había entrado dos veces.

¿Qué había hecho Rosita?

Mis propios pensamientos de hacía menos de media hora, cuando le había deseado a él y los demás la muerte, me golpearon brutalmente las sienes. Un escalofrío me recorrió el espinazo al intuir la materialización de mis pensamientos. Alonso estaba muerto. Rosita lo había matado. Lo había asesinado. Sacudí la cabeza. Pero no quería pensar eso. No podía. En aquel momento no podía ver en Rosita a una asesina por hacer aquello. No podía ver en ella más que a una hermana. Y, en Alonso, a un monstruo que se merecía lo que le hubiese hecho.

Tendría tiempo de pensar diferente. Más adelante, cuando todo aquello quedara lejano, y el dolor no me impidiera ver con claridad. Cuando ese momento llegara, sería capaz de plantearme si todo el odio y la repulsión que sentía hacia Alonso y lo que me había hecho realmente justificaban aquello. Solo entonces. Pero no en aquel momento, con el recuerdo todavía vivo de su aliento en mi cuello y todo lo demás.

—Esa muchacha te tiene verdadera devoción —dijo el tío en voz baja.

Yo apreté los labios sin sonreír y sin mirarlo. Levanté la vista al techo y la fijé en un punto sobre mi cabeza, pensando. El techo era alto.

—Creo que nunca le he dado las gracias por sacarme de aquella cueva.

Del monasterio. Sonrió un poco, pero tardó en contestar.

—Si quieres agradecérmelo, no te metas en otra. —Lo miré—. Márchate. Tanto si Álvaro sale de esta como si no.

—Si lo matan, no tengo motivo para marcharme. Me quedo con ustedes.

—Hija, tú no perteneces ya a este lugar —me contradijo con tristeza.

Entonces abrió una mano y me mostró la pieza que llevaba en ella, antes de colocarla en equilibrio sobre mi rodilla. Era el alfil defectuoso.

Reí entre dientes, comprendiendo. No lo había visto cogerlo.

—Usted tampoco —le recordé cuando se me extinguió la poca risa. El Indiano no encajaba tampoco en la nueva España.

—Sí, pero yo ya soy viejo —sonrió, y yo con él. E insistió—: Márchate, pase lo que pase. Nosotros estaremos bien.

Yo no quise contestar. Me enrosqué en torno a su brazo y él me besó la frente.

* * *

Las horas de aquella noche larguísima pasaban una tras otra lentas y tortuosas. Marquina había dicho que sería de madrugada. Había que esperar.

Yo estaba muy cansada y me dolía todo el cuerpo, pero no fui de capaz de dormir ni unos pocos minutos cuando me tumbé a descansar un rato, como habían hecho la tía, Amparo y Reme, mientras Rosita y el tío montaban guardia, esperando. Estaba muy nerviosa. Rosita había llamado a su casa para avisar a su marido de que pasaba la noche en Romerías, que la necesitábamos allí, pero no le había dicho el verdadero porqué. Que yo estaba mala, le había dicho.

Después de la conversación con el tío me topé en los pasillos con la tía camino de mi habitación. Me abrazó, y también ella me dio a entender que sabía lo de Alonso. Después, ya en el cuarto encontré a Rosita poniendo orden en mi armario, después de haberlo desordenado todo para hacer el equipaje.

—Para ti todo —le dije, riendo en voz baja—. Quédate los que quieras, cuñadita. Si esto sale bien, yo ya no los voy a necesitar.

Ella me dio las gracias y me besó las manos, sentándose junto a mí en la cama.

—Va a salir todo bien, Bárbara —me aseguró—. No te preocupes. Ya más desgracias no caben en esta casa.

Hablaba con los ojos fijos, decididos. Sin rastro de la candidez que siempre le había hecho hablar en voz baja y taparse la boca al reír. ¿Qué fuego tenía dentro aquella chica, que no lo había sabido ver? Le dije que sabía lo de la ropa y lo de Alonso, y ella bajó la vista avergonzada, temerosa y con los ojos llenos de lágrimas. Yo la abracé cuando ella rompió a llorar, asustada.

—Pero ¿qué has hecho, criatura? —susurré yo, con los ojos húmedos.

Las horas pasaban lentas y no había otro entretenimiento más que observar el movimiento de las agujas del reloj. Repasé más de cincuenta veces seguidas el plan para separar a Álvaro del grupo antes de llegar al cementerio.

Los sacarían sobre las cuatro, decía Marquina. El camión con los condenados bajaría de la cárcel y subiría por la cuesta Gomérez camino del cementerio. Eran cinco, aquella vez. En un camión con la caja baja y cuatro soldados en ella, uno en cada esquina. Marquina sería uno de ellos.

Esteban debía esperar entre los árboles, escondido cerca del punto donde tendría que recoger a Álvaro. El camión subiría por la cuesta y, al llegar al punto que Marquina nos había señalado a Rosita y a mí y después a Álvaro, ya arriba y cerca del Palace, este saltaría a tierra y se metería en el bosque. Debía ser rápido. Llevaría las cuerdas flojas, y golpearía a uno de los dos soldados de la parte de atrás del camión antes de bajar. Marquina sería el otro, y saltaría detrás. Estaría oscuro. Dispararía, y Álvaro caería.

—Está muerto, vámonos. Está allá abajo. Luego lo recogemos —le diría Marquina al resto al volver. Y el camión seguiría hacia el cementerio.

Ese era el plan. Fingir una fuga frustrada. El tiempo que los del camión tardasen en ir al cementerio y volver a por él cuando terminasen era el que Esteban y Álvaro tenían para huir antes de que los otros notaran su falta. Volverían a la casa y, tan pronto como llegasen, nos marcharíamos.

Pero Esteban aquella madrugada no oyó un disparo, sino dos.

57

Eran ya cerca de las cinco cuando Esteban aporreó la puerta de la cocina y Reme la abrió para que él y Álvaro entrasen dando tumbos, sin aliento y cubiertos de barro. Esteban casi arrastraba a Álvaro, con su brazo pasado por el arco de sus hombros, y este tenía el otro hombro, el izquierdo, empapado en sangre.

—¡Arriba, súbelo arriba! Ay, pobrecito mío…

Lo subieron entre los dos a la biblioteca, donde estábamos el resto dando vueltas en torno al reloj, lo sentaron en el sofá y yo me lancé sobre Álvaro, que estaba vivo. Estaba vivo. Pero se estaba desangrando. Estaba muy pálido y débil, enfermo, y a duras penas me vio cuando me puse delante de él.

—¿Bárbara? —gimió.

Marquina había disparado en falso, pero antes había disparado el otro soldado, que había tenido tiempo de saltar al suelo, y le había dado en el hombro.

—¿Y este barro?

—Del río. Del Darro. No podíamos casi correr y no me atrevía a cruzar la ciudad con él así. Hay soldados y guardias por todas partes. Al llegar a la Plaza Nueva subimos hasta el primer puente y bajamos al río.

—¿Habéis bajado por el embovedado? —preguntó el tío con incredulidad.

Esteban asintió. Todo el tramo del embovedado, que ya llegaba hasta la desembocadura del Darro en el otro río.

—No recordaba lo del tramo nuevo, joder. —El que habían cubierto durante la guerra—. Hemos llegado hasta el Genil. Y de allí, callejeando hasta aquí.

—Tenemos que subirlo para que lo cure —dije yo.

Lo ayudé a levantarse, apoyándose en mí como había hecho antes con Esteban y el resto nos franquearon el paso hasta la puerta noble, pero antes de que pudiésemos cruzarla, la otra puerta, la de servicio, se abrió de pronto y en ella apareció Gonzalo. Recorrió con la vista el interior de la habitación en busca de algo y tardó dos segundos en localizar a Álvaro, apoyado en mí. Salvó en dos zancadas la distancia que lo separaba de nosotros con los ojos llenos de ira y lo derribó de un puñetazo. Ambos caímos al suelo, a sus pies.

—¡Hijo de puta! ¡No me lo quería creer! —rugió, ignorando las súplicas de Rosita y mías. Le dio una patada en el estómago, y Álvaro se encogió de dolor, aturdido y sin aire. Me tiré delante de él, y Esteban y el tío lo agarraron por detrás apartándolo de nosotros—. ¡No te vas a escapar del paredón, te lo juro por mi vida, asesino de mierda! ¡Y si puedo, el tiro te lo doy yo!

—Gonzalo, por favor… —supliqué yo.

—Gonzalo, cálmate —le pidió el tío a su espalda.

—¡Déjeme en paz! ¡Usted no es nadie! ¡No es nadie para darme órdenes! ¡Suélteme!

—Estás queriendo matar a quien acusas de asesino —le espetó, ignorándolo.

Gonzalo acabó por soltarse, y lo encaró entonces a él.

—¿Usted quién es para darme lecciones de nada? ¡Usted es tan miserable como él! Me ha mentido toda mi vida. —Lo empujó.

—Gonzalo, perdóname, por favor —suplicó Álvaro detrás de mí, con voz ronca y llorosa.

—Vete a la mierda.

—Lo siento. Lo siento de verdad —dijo el tío con cautela, con gesto apenado. Estaba siendo sincero—. Pero lo que sucedió fue un accidente. Tu hermano me atacó y Álvaro me defendió. Lo que hizo, lo hizo sin querer.

Gonzalo daba vueltas, fuera de sí. No contestó, y el tío siguió.

—Damián era tu hermano, pero Álvaro también lo es. Como si lo fuera.

—Ese rojo malnacido no es nada mío.

—Entiendo tu dolor, pero…

—¿Que «lo entiende»? Usted qué coño va a entender. ¿Usted sabe lo que es quedarse sin familia de pronto? ¿Que le maten a un hermano, que lo mate su amigo y que todo el mundo le mienta durante veinte cochinos años? —Gonzalo lloraba de rabia—. ¿Usted lo entiende?

El tío no contestó de inmediato. Cerró la boca, pensando, hasta que volvió a hablar en voz casi baja y calma.

—Gonzalo, mira a tu mujer —le pidió.

—¡Respóndame!

—Que mires a tu mujer, te digo.

Él se giró y la miró. Rosita lloraba en silencio con la boca tapada, abrazada a la tía y a Amparo en una esquina. Lo miraba con ojos suplicantes. Él enmudeció y no apartó la vista de ella.

—Yo me pasé más de cuarenta años odiando a mi hermano —dijo el tío muy despacio—. Toda su vida, y más. Nunca nos entendimos, y solo cuando ya estaba muerto encontré algo que teníamos en común. —Al decir aquello me miró. Gonzalo siguió la trayectoria de su mirada y me miró también—. Mira a Rosa, y después haz lo que tengas que hacer.

Gonzalo seguía llorando en silencio, mirándonos a ella y a mí alternativamente. Acabó por acercarse al teléfono que había sobre el escritorio y marcó. Lo observamos moverse en tensión, asustados. Carraspeó para aclararse la voz y se restregó los ojos para eliminar el llanto. Desde el otro lado contestaron.

—Chist, escucha. Soy yo. He venido a la casa y aquí no está. —Miró a Álvaro mientras decía aquello—. Debe de haber tirado para la sierra. Yo me quedo aquí por si acaso, pero diles que vayan para Huétor y que avisen en Guadix. —De uno de los ojos se le desprendió una última lágrima de rabia—. Ese cabrón tiene gente allí.

Colgó el teléfono y salió sin decir nada más, y Rosita fue tras él.

* * *

No había bala, pero Álvaro tenía un desgarrón muy feo en la base del cuello. Era bastante superficial, al menos. Cuando se lo hube limpiado, comencé a suturarlo. Él apretaba los dientes con cada punzada, pero no se quejaba. Estaba recostado de lado en mi cama, y estábamos solos en la habitación. Empecé desde atrás. Rosita entró entonces a por la ropa sucia y ensangrentada de su hermano.

—Esto va directamente para quemarlo —dijo para sí con una mueca de asco.

—¿Cómo está? —le preguntó su hermano. Ella levantó la vista.

Gonzalo estaba fuera, en el jardín. Fumando y dando vueltas, ya más sereno.

—Se le pasará —lo tranquilizó ella, y le dio un beso en la frente.

—Perdóname tú también —le pidió él, y ella le acarició la cara sonriendo con pena.

Su hermana salió con el revoltijo de ropa y cerró tras de sí. Yo seguí cosiendo y le pedí que se girara para seguir por delante. Él apoyó la espalda en el cabecero y yo me senté frente a él, a un lado.

—Gonzalo tiene todo el derecho a odiarme. Me merezco los palos que me ha dado, y más. Habría tenido todo el derecho si me hubiese pegado un tiro —se lamentó en voz alta, compungido.

—Te perdonará —contesté yo concentrada—. Lo hará.

Él calló, pero no lo había convencido. Seguí con los puntos, en silencio, y él tampoco habló durante un rato, inmerso en sus propios pensamientos y mirando al frente con el ceño fruncido y los ojos entrecerrados.

—¿Sabes que un día cuando llegué al puesto, en el frente digo, me encontré a la tropa comiendo arroz?

—¿Y qué con eso? —dije, sin prestarle mucha atención.

—Que los del otro lado también estaban comiendo arroz. Alguien había matado un conejo en el medio, en tierra de nadie, y habían hecho arroz con él. Y se lo habían repartido entre los dos lados.

—Vaya. —Arqueé las cejas, sorprendida de verdad.

Terminé de coser y corté el hilo. Me estiré para alcanzar el bote de yodo, las gasas y el esparadrapo. Unté de yodo la herida, ya cerrada, y comencé a cubrirla cortando primero los trozos de esparadrapo y pegándoselos en el hombro. Percibí entonces que casi sonreía, ensimismado.

—¿En qué piensas?

—En Toñito. Un camarada de La Chanca. No llegaste a conocerlo. Se le hundió un techo encima en enero del 37, antes de que tú llegaras a Almería. En el bombardeo de Reyes. —Yo fruncí los labios, lamentando la pérdida. Él, sin embargo, casi reía con nostalgia—. Era muy bueno contando chistes, el cabrón. Y a la Paca... era el mejor imitándolo. La misma voz de pito, se pintaba el bigotillo así como él... —Se señaló el hueco entre la nariz y la boca, y rio entre dientes al recordar—. Tendrías que haberlo visto. Todo el mundo se meaba de risa con él. Todo el mundo, carajo. Qué bueno era.

Calló y apoyó la cabeza en el cabecero, mirando al frente y recordando. La sonrisa acabó por extinguírsele. Yo terminé con la gasa y me levanté. Él siguió hablando, más para sí que para mí.

—Nos meábamos todos de risa porque todos pensábamos igual, simplemente. A ver quién se atreve a soltar aquello preso o rodeado de fascistas. —Negó con la cabeza—. Hablar entre iguales es fácil, porque nadie te lleva la contraria. Pero con el enemigo... Ponerte a decir eso o cualquier otra cosa cuando estás solo delante de ellos, eso sí es de ser un valiente. O un loco, según se mire.

Su gesto era una mueca de burla. No me miraba, ni siquiera parecía estar hablando conmigo. Tenía la vista baja. No entendía adónde quería ir a parar.

—Pero ¿sabes quiénes son los verdaderos locos? Los que en medio de una guerra se atreven a gritar una verdad que no le va a gustar a nadie. Ni a los unos, ni a los otros. —Entonces sí me miró—. Esos son los locos de remate. O locas.

Me detuve y lo miré, desgranando mentalmente una a una las palabras que acababa de decir, asimilándolas. Él también me miraba fijamente, a la espera de mi reacción. Aquello había salido de su boca de puntillas, tratando de sonar ligero y casi irónico, a sabiendas del impacto que iba a provocar.

Y eran tan tristes aquellas palabras, tan tremendamente tristes en los labios y los ojos de Álvaro. Me embargó una pena infinita al escrutar su rostro y no hallar en él nada del fuego de los primeros días. La guerra se lo había llevado todo. Ya solo era la máscara de un hombre aturdido, desorientado. Tenía en el gesto y el mirar el cansancio de las ideas, ese que estaba por todas partes aquellos días. Cansancio. Aquellos años habían destruido también el alma de Álvaro. La llama había ardido hasta acabar por apagarse y reducirse a tristes cenizas.

Y el agua de sus ojos, turbia y gris, se desbordaba. Estaba llorando. A mí también se me llenaron los ojos de lágrimas. Me senté de nuevo frente a él, me incliné sobre su rostro con cuidado de no lastimarlo y le besé las dos lágrimas que en ese momento caían de sus ojos. Y despacio, muy despacio, le besé también los dos ojos, la frente y, finalmente, los labios.

Era un beso que sabía a sal.

* * *

Nos despedimos de todos en el cobertizo. El coche estaba allí, cargado y listo para salir. Álvaro iría en el maletero hasta que nos hubiésemos alejado lo suficiente. Conduciría Gonzalo. La camisa de Falange seguía siendo un buen salvoconducto.

Nos despedimos uno a uno, y los abracé a todos con todas mis fuerzas antes de sentarme en el asiento del copiloto y cerrar la portezuela.

—Gracias por esto, Gonzalo —dije en voz baja cuando aún no había arrancado. Él hizo una mueca seria como respuesta. No había por qué—. Ojalá algún día puedas perdonarnos.

—Yo también lo espero, señora. —Sonrió con los labios apretados, con media cara y con los ojos serios. Yo sonreí también, entristecida.

Cuando abandonamos Granada hacía más de veinte años que Gonzalo había pintado el busto de aquel caballo, Pasito, para la niña llorosa que luego sería su mujer. El busto seguía allí, ajeno al paso del tiempo, en la pared del cubil por el que habían pasado otros caballos después.

Los tíos, Rosita, Amparo, Reme y Esteban nos vieron salir de la puerta del jardín y yo me despedí con la mano, luchando por no llorar. El coche rodeó la casa y enfiló la calle Romerías camino del borde de la ciudad y yo giré la cabeza para ver por última vez la casa amarilla de las dos palmeras. Todavía no había amanecido y la fachada tenía un color gris extraño.

Un rato después, ya lejos de la ciudad, cuando Álvaro estuvo sentado junto a mí en el asiento trasero, caí en la cuenta de algo. Abrí mi bolso y me tanteé los bolsillos, intentando recordar también lo que las demás y yo habíamos metido en la maleta. Álvaro me miró con ojos interrogantes.

—He olvidado mi cuaderno —me lamenté. Me estrechó con el brazo bueno y yo me acurruqué contra él.

Y acabó de salir el primer rayo de sol de la mañana.

* * *

El día que salimos de España, el 24 de agosto de 1939, los periódicos anunciaban el pacto que Joachim von Ribbentrop, por Alemania, y Viacheslav Mólotov, por la Unión Soviética, habían firmado en Moscú el día anterior. Hitler y Stalin comenzaban juntos la segunda gran guerra que iba a destrozar Europa y el resto del mundo. Empezaron juntos, los dos dictadores, pero no la acabarían juntos. La ganaría un dictador y la perdería otro.

En aquel enjambre de intereses cruzados, de retóricas y de circunstancias vi, entre tantos otros que aceptaron las nuevas consignas de la Komintern, a la Pasionaria, aquel mito enorme de la lucha contra el fascismo en la guerra de España, tachar la nueva guerra de imperialista y al mismo tiempo justificar la invasión de Polonia que arrancaría al mes siguiente. La fascista Polonia, la llamarían.

Y como aquello, vi también a las democracias levantarse contra aquella invasión primero y aliarse con los soviéticos después, cuando las tornas cambiaron y Hitler decidió expandirse hacia el este, hacia la Unión. Y vi también, al acabar la guerra, cómo las esperanzas que muchos, yo incluida, habíamos puesto en que los aliados echasen a Franco se truncaban finalmente cuando los europeos vieron en él a un aliado contra el comunismo en la nueva guerra, esa latente que empezó con el fin de la que acababa de terminar. Vi llamar democracia a cosas que no lo eran. Y vi también a un presidente americano estrecharle la mano al dictador. Y tantas otras cosas descabelladas.

Las guerras tienen poco de ideales, de bien y mal, y de justicia. Esas son nociones para tiempos de paz, y esos ideales ingenuos el alimento precario de quien lucha en ellas. La guerra es circunstancias e intereses.

Y, para quienes la viven, estruendo y silencio. Mucho silencio.

El 8 de septiembre de 1943, un día cualquiera, miércoles, la tía descubrió el piano, se sentó en la banqueta y volvió a tocar. Así, de repente. Sin pensar. El tío se asomó sorprendido a la salita cuando oyó el sonido del instrumento que tanto tiempo llevaba en silencio, y se sentó junto a ella a escucharla.

La azucarera de San Cristóbal siguió funcionando mucho tiempo después de que nos marcháramos Álvaro y yo. Siguió funcionando hasta 1984, cuando en la Vega ya casi nadie recordaba por qué se llamaba de Los Indianos, y cerró después de más de ochenta años de funcionamiento ininterrumpido, adaptándose a las circunstancias, impertérrito y resistente a la adversidad, ese gigante de ladrillos que era testigo y vestigio de aquella Granada que se fue diluyendo poco a poco en el tiempo.

Y como la azucarera, la glicina siguió viviendo y creciendo en el jardín trasero sobre las guías que Vicente había proyectado. Seguía creciendo, contaba la tía en sus cartas, crecía y se expandía sin que nadie pudiera pararla. Ya estaba allí cuando el Indiano llegó con su familia a la casa de Romerías, y mucho más duraría. Decía Vicente que aquella glicina viviría mucho después de que todos nos hubiéramos marchado. Si no, qué tristeza. La glicina seguiría viviendo allí, en el jardín trasero, silenciosa y perenne. Las ramas que murieran dejarían espacio a otras nuevas que empezaran a vivir. Y estas se entrelazarían unas sobre otras, perdidas en el enredo de la pérgola, o se apartarían creciendo en otras direcciones, solitarias. A algunas las asfixiaría poco a poco el abrazo de una argolla contraproducente y a otras el jardinero las podaría en seco.

Pero que el jardinero haga lo que quiera, que la glicina seguirá creciendo.

La guerra y lo que vino después fueron un jardinero homicida que destruyó el legado de una época, que cercenó de pronto los vínculos entre ella y su futuro. Fue una tijera sangrienta que detuvo vidas en seco como las de Flavia, Federico y tantos otros, un lazo que fue también asfixiando poco a poco otras que se consumieron de pena y otras cosas, atrapadas en un país enfermo o lejos de él. Ese jardinero loco mutiló, quemó y envenenó a una generación y a las que la siguieron. Y, sin embargo, a pesar de todos esos abusos, la glicina seguía viviendo y creciendo, decía la tía.

Ha pasado mucho tiempo desde que la vi por última vez, a través de la ventanilla del coche que nos sacó a Álvaro y a mí de la ciudad. Tantos años, Dios mío. Y desde entonces he visto muchas cosas que no comprendo. He visto a unos y a otros olvidar lo que fue aquella guerra, olvidar la guerra misma. No querer recordarla, o recordarla convertida en cosas que no fue. Para mi jamás estará justificada la sublevación de julio del 36. Nunca. Ese fue el primer crimen de la guerra y el padre de todos los que vinieron después. Y por ello pienso que, sin eximir ni un ápice a cada cual de sus culpas, todas ellas guardan para los golpistas un porcentaje de subsidiariedad. Así pienso.

Pero tampoco puedo olvidar que lo que los sublevados condenaron con ese golpe de Estado, lo que murió poco a poco a lo largo de la guerra y en los años posteriores, no era ya la República en la que yo creía.

No puedo olvidar sus faltas, imbricadas entre sus muchos, muchísimos logros. Y no puedo olvidar lo que hace la guerra de la democracia.

Y, aun así, me moriré diciendo esto: nada puede justificar aquel golpe y lo que trajo consigo.

He discutido mucho sobre todo esto, sobre la guerra y la dictadura, a lo largo de los años con amigos nuevos y viejos. Y algunos de ellos algunas veces me reprochan que empaño el recuerdo de nuestra República, que traiciono la lucha por lo que significó, que desprecio la memoria de los que lucharon o que me he rendido y he dejado de creer en lo que creía.

Creo que nunca he dejado de ser socialista. Nunca he dejado de creer, ni antes, ni durante ni después de la guerra, en la igualdad, la justicia social, la libertad individual y los derechos inalienables de cada persona, en la educación de todos y en esa atención médica socializada que, como pudimos comprobar don Ramón y yo, tan necesaria era. Y sigo creyendo que el socialismo, el socialismo ético de don Fernando, es el medio para conseguir todas esas cosas. Esas que Álvaro esperaba conquistar con una revolución y para las que yo creía que era mejor, más factible y con más garantías, la reforma. Sigo pensando así, pero no me atrevo a descartar que puedan existir las revoluciones pacíficas y efectivas, aunque tengan otro nombre. Los años me han hecho ver cosas que no sé cómo clasificar.

Con el paso del tiempo, muchas de nuestras ideas siguieron siendo diferentes. Álvaro y yo continuamos discutiendo durante horas y con frecuencia año tras año. Pero después de cada discusión, de agotarnos el uno al otro, siempre vino un roce en una mejilla o en el dorso de una mano. O un abrazo por detrás.

Sigo creyendo en todo aquello en lo que creí. Pero no quiero escuchar hablar de paraísos si el precio es la sangre, esa sangre que tanto costó mantener en el cuerpo de los heridos, de los miles de seres que destrozó la guerra, y también aquella otra, la que quedó mustia y sin sustancia en el cuerpo de los enfermos. Esa sangre que también fue la de los que lucharon por contenerla, almas buenas como don Ramón y quién sabe cuántos más, que estuvieron para dar la sangre y no para quitarla. Y también la de tantos, tantísimos, a los que se la robaron en una guerra que no era suya. Como a mi Flavia.

No quiero escuchar hablar de conseguir paraísos así. No puedo. No puedo cuando he tocado el barro y la ceniza, cuando he hundido los dedos en la carne putrefacta y corrompida por el fuego, cuando he visto morir a niños de teta bajo las balas y las bombas y he escuchado el llanto enloquecido de sus madres. Todavía lo escucho, al igual que todavía escucho el goteo de los tiros de gracia y el zumbido de aviones invisibles sobre mi cabeza.

La gente muere en las guerras, pero las guerras nunca mueren en la mente de quien las sobrevive. Aun hoy me despierto de vez en cuando asustada por el sonido de sirenas y estallidos imaginarios. Y lloro. Lloro cuando mis hijos y mis nietos me preguntan por la tía Flavia que no conocieron, por Federico y por el resto de personas que ven en fotografías y que ya no están porque se fueron antes de tiempo. Lloro cuando me preguntan por la guerra, aquel oscuro pedazo de historia que me tocó vivir. Mis hijos me dicen que lloro mucho.

—¿Y qué quieres que haga, criatura? —respondo siempre.

Llorar es lo más razonable que se puede hacer al recordar todo aquello.

Hace años ya que volví a España, a la nueva en la que Franco ya no estaba. Pero no he vuelto a pisar mi ciudad. No he vuelto a Granada, a la casa de Romerías, la de las glicinas. ¿Cómo estará? Me duelen las tripas al pensar en ella. Mis huesos ya son viejos. Estoy cansada, muy cansada.

Epílogo
Algunos rayos de luz

El coche se detiene delante de una de las cancelas y de él sale, en primer lugar, un hombre rubio. Abandona el asiento del conductor y se acerca a la casa hasta detenerse frente a la cancela. Mira hacia arriba haciéndose visera para protegerse los ojos azulísimos del sol que está detrás de la enorme casa amarilla, allá arriba en el cielo. En el asiento trasero quedan sentadas dos mujeres que todavía no se apean. Una castaña y joven, cercana a los treinta, como el hombre rubio. La otra viejísima y con el pelo de plata.

—Esto me va a hacer daño, Dulcecilla —dice la vieja sin querer mirar siquiera por la ventanilla, acobardada.

Dulcecilla le coge la mano y le da un leve apretón, sonriendo para darle ánimos.

—Haremos lo que tú quieras —dice sin embargo.

La vieja duda, pero quiere salir del coche y ver la casa. Hace un gesto de asentimiento y abre su portezuela ella misma, sin levantar todavía la cabeza para ver el edificio.

—Alberto, ayúdala —le pide Dulcecilla al hombre mientras se apea por la otra puerta.

La vieja saca un pie y después otro, y también el bastón en que se apoya con la mano derecha. Y después de todo ese ritual, extiende la mano izquierda para agarrar la que el hombre le ofrece, y al hacerlo brilla en ella, entre el dorso y la palma pasando por la base del pulgar, una cicatriz plateada casi desdibujada por el tiempo y escondida entre las manchas de edad. Una media luna casi perfecta.

¡Amiga mía, mi hermanilla chica y grande! Sigues teniendo la luna en una mano. Levanta la cabeza para que vea tus ojos negrísimos, para que los reconozca en esa cara tuya arrugada y morena bajo el tejado de ese cabello de plata que sigues llevando en una trenza. ¿Dónde se fue el castaño oscuro? Sales del coche y levantas la cabeza para ver la casa, y se te viene el mundo encima. Tus ojos ya no miran como antes, con ese mirar como desde dentro de una cueva, como una fiera que lo mira todo, que lo observa todo. Miras la casa y se te empañan de recuerdos, de memoria, y casi se te desborda la nostalgia por entre las pestañas. Te puede esa *moía* tuya que embarga el alma y que no se cura, solo se escribe. Qué vieja estás, sultana. Qué vieja has llegado a ser.

Te quedas ahí de pie, apoyada en tu bastón, con Dulcecilla a un lado, atenta al torbellino de pensamientos que hacen que te tiemblen los labios, y con Alberto al otro, con su brazo sobre tus hombros. Con ojos de agua, rubísimo y altísimo, varias cabezas más alto que tú. Has menguado, o él es más alto de lo que era Álvaro.

—¿Está como la recordabas, nana? —pregunta ansioso.

Y tú no contestas, porque no sabes qué contestar. Y porque estás luchando por no llorar.

Alberto se adelanta a abrir la cancela y tú echas a andar tras él, arrastrando tu figura mínima detrás del bastón. Y cojeas ligeramente con tu pierna derecha. Mantienes la cabeza en alto, observando lo que te rodea, absorbiendo cada detalle y ahogándote con cada cosa que encuentras distinta. No está, no está tu jardín en esa maraña verde y descuidada y sin podar, sin controlar. La cancela chirría al abrirse porque hace más de dos décadas que no se abre, y entras poniendo un pie delante de otro con temor. No te atreves a entrar todavía a la casa y prefieres ver primero el jardín.

No mires las dos palmeras sin palmas, descabezadas, ni las tejas caídas, ni las telarañas y el polvo que lo colonizan todo. No mires las malas hierbas y los gatos que pululan por los rincones, apartándose a vuestro paso. No mires ese cristal roto y la contraventana vencida, sujeta por un solo gozne y con la madera despintada y carcomida, ni tampoco las puertas abombadas y selladas que antes estuvieron abiertas. No mires todo eso que está muerto, silencioso, vacío, abandonado. Y no mires ese palo de higuera.

—Ay…

Te acercas con una mano extendida delante de ti hasta tocar con dedos temblorosos ese tronco seco y pelado, esa higuera muerta para el tiempo, y miras a veinte pasos de ti la puerta de la cocina que tantas miles de veces cruzaste. Y acariciando esa higuera que un día estuvo viva, lloras finalmente. Llora, por Dios, chiquilla, que es natural. Y yo, donde quiera que esté, lloro contigo y levanto la cabeza como tú para mirar la ventana de allá arriba, la que estuvo una vez abierta para dejar salir la música y que ahora está cerrada y con el cristal partido. Llora echando de menos la música y las tertulias de la Acemilera y su corte.

—Ay… ay…

—Nana, ¿qué pasa? —te pregunta Alberto, ansioso.

—¿Te encuentras bien? —te pregunta Dulcecilla, temiendo que te esté ocurriendo algo.

Pero solo te pasa que no puedes con la pena, con el peso del paso del tiempo. Quieres apartarte de ese lugar y sigues andando hacia el fondo del jardín, y los otros dos te siguen a tres pasos de distancia, preocupados. Rodeas la casa y te detienes en seco, porque lo que ves te para el corazón.

Un cielo verde, de un verde exuberante, violento, salvaje, brutal e indomable. Omnipresente e inabarcable, que a duras penas deja pasar la luz del sol. Y del cielo caen lianas, un millón de ellas que se mecen suavemente con la brisa saludándote, recibiéndote de nuevo. Y entre las lianas, los racimos de flores moradas como la uva de una parra. Pero son glicinas. Otro millón que se desprenden poco a poco para ir a morir al suelo cubierto de despojos viejos. Esa glicina tuya invencible y eterna, desbordando el emparrado, vencido en algunos puntos. La guía ha acabado por ceder al peso en esos lugares, y la planta vive y sigue creciendo, ama absoluta del jardín.

Ahora lloras, pero de alivio y te paseas con calma bajo la techumbre, acariciando las lianas sin dar crédito y agarrando las flores que caen a tu paso. Tu glicina está viva. Vivísima.

Y bajo esta glicina tuya estamos todos nosotros, los que fuimos y nos aferramos a tu memoria para no desvanecernos. Mírame a tu lado, amiga del alma, mira cómo acaricio tu mejilla y siente mi mano. No llores si me ves, no llores, chiquilla, que aquí estamos todos en buena compañía. Mira a tu Consuelo, a Vicente, al médico Ramón y a tantos otros conocidos o que desconozco, que te están mirando, que te reconocen, que te ven los ojos negros y saben que eres tú. Y mírala a ella, sultana. Tú tienes la luna en una mano y ella el sol en la frente. Mírala que te mira y ella también llora, tu Flavia del alma. Tu hermanilla que te besa la cara y te pide llorando que no llores, que no llores ya más, mi Bárbara de mi alma.

Cuaderno-poemario

Este cuaderno pertenece a Bárbara Navarro.

A su extravío, se ruega sea devuelto al n.º 5 de Romerías.

(Flavia, si te atreves a leerlo sin permiso, te esconderé la peinetilla que te gusta, la de la libélula. Avisada quedas).

Cancioncilla de Federico
(Noviembre de 1917)

¡Ay, dulce sultana
de la antigua noche!

Se pone todas sus joyas
descolgadas del cielo,
con perfumes del Oriente
y una luna al cuello.

¡Ay, esa sultana
de aquel mediodía!

Canta la morica, canta,
con lluvia prendida al pelo,
canta y clama en su jardín:
¡esto es de mis herederos!

¡Ay, triste sultana,
si supiera dónde fueron!

Tres guardianes
(Febrero de 1924)

Una joya duerme en Granada
por tres guardianes custodiada:
Gentil sobre el sur su mirada,
Bello al norte la tiene cercada.

¿Quién guarda ese rubí preciado
de sus más cercanos atacantes?
¿Quién lo rodea en abrazo enamorado
unidos sus dos corazones palpitantes?

A sus dos hermanos Bizarro galán
de su precioso tesoro ha despojado.
Discurre la sangre clara hacia el mar
de los dos hermanos traicionados.

Terror en los ojos del Bizarro caballero
al ver en sus manos la ira clara de su alma.
Deshace su corazón en lágrimas de duelo,
tendido a los pies de su dueña, sobre su falda.

El llanto del moro
(Septiembre de 1924)

Lloraba el emir de Granada,
que no lograba ahogar su pena.
¿Qué le aflige al sultán en retirada,
que lleva de lágrimas la cara llena?

Es nuestra roja señora
por lo que el moro llora.

Yo preguntaba a las gentes
de qué hermoso rubí hablaban.
De qué gracioso rostro era el emir cautivo
que ni en la noche su llanto cesaba.

Es nuestra digna señora
por lo que el moro llora.

¿Qué virtudes tiene la dueña,
que apresan el corazón del desterrado?
¿Quién colma esos sus ojos tristes
de amor enamorado?

Es nuestra pétrea señora
por lo que el moro llora.

Duro corazón acompaña a la bella,
que no cede al llanto de quien llora por ella,
que no escucha sus claros lamentos,
que no oye al que a sus pies está muriendo.

Es nuestra altiva señora
por lo que el moro llora.

Paseo por los Palacios
(Enero de 1925)

Son los aires que renuevan tus estancias
el susurro de un espíritu ya lejano,
son murmullos de recuerdos ya olvidados
que retumban todavía en la distancia.

Es la eterna luz dorada
como gotas de rocío en celosías
que cubren de secreto y armonía
los pregones de tus puertas y ventanas.

Son los misterios adheridos a tus muros
lo que el candor de tus estanques guarda,
y la calma risa de tus fuentes narra
en cadencia vertiginosa de susurros.

En la noche lucero
(Marzo de 1925)

En la noche lucero,
mi llama, mi calma.

Un suspiro ligero
que me guía el alma,
tú que cortas mi aliento
y me dejas en nada.
Te lleva mis versos el viento
y te ríes ufana, Alhambra.

Mi Granada
(Abril de 1925)

¡Oh, Granada, Granada!
Suspiro de los poetas,
ciudad enamorada.
Guarda bajo ese cielo azul,
tus alas de paloma blanca.
Tierno secreto pueril,
cerezos floridos te alaban.
Volará mi pensar hacia ti,
oh Granada, mi Granada.

En Granada no vuela el viento
(Junio de 1925)

En Granada no vuela el viento
sino los versos de los poetas.

Son las risas granadinas rimas
y los bailes de sus palabras letras.

Son sus avenidas, calles y callejas
estrofas de una alegre vida añeja.

Son sus palacios, villas y fortalezas,
poemas como símbolos de grandeza.

Vuela alto, paloma, vuela.
Por tu vida, no te detengas.
Bate lejos esas tus alas blancas
de nuestros versos por siempre llenas.

La tía Julia es
(Diciembre de 1925)

A la tía Julia, en su cumpleaños

Blanco y negro
en los dedos,
en la risa acento
de pájaros que vuelan
allá en el firmamento.
Sol tostado de la tarde,
rocío gris y rosado,
perlas y dientes irisados.
Vientecillo fresco en los pasos,
música de rosas
y dos lagunas de aurora,
dos gemas secretas
de color violáceo.

Eres beso de infancia,
eres juego, eres canto.
Eres sueño claro,
eres ángel de la mañana
y lucero al ocaso.

Caballo de viento
(Marzo de 1926)

Espuma que parten los dientes,
que muerden el aire que tiembla.
Es fuego, es furia de sangre
que hierve en los pulmones antes.

Vibra en la boca el aliento
se tensa la cruz, embiste al viento.
Grita el pájaro un grito sediento
sobre la cabeza, risa y lamento.

Haz del sol corona, amigo,
aplasta con los cascos los ladridos,
respira el azul del cielo entero
y rompe la tierra en polvo, compañero.

Vuela alto, caballo de viento,
deja atrás tu resuello de fuego,
siente la lluvia reír en el lomo
hasta desaparecer el mundo y el tiempo.

Verde verdísimo, qué verde
(Mayo de 1926)

Verde todo, todísimo,
verde arriba y abajo,
verde mi glicina,
verdes los campos.

Ya gritará el verano seco,
que hoy responden verde.
Verde verdísimo, todo verde,
el cielo, la tierra, las fuentes.

Corren las hormigas
(Octubre de 1926)

Corren las hormigas
sobre mis dedos.
Corren deprisa,
corren con miedo.

Andan de un lugar a otro
enfrascadas en sus trabajos,
ajenas al aire y al tiempo.
¿Qué importa allá abajo?

No hay momento
para descanso.
Correr, correr, correr,
vivir a buen paso.

Qué pequeño mundo
ambiguo y extraño.
¿Qué habrá más allá?
Tanto da, si no hace daño.

La partida
(Enero de 1927)

Al tío Pablo

Ya vienen los caballos,
ya vienen, ya vienen,
ya se acercan.

Trocotró, trocotró.

Ya se ven por el tablero
equívocos, traicioneros,
atravesando las puertas.

Trocotró, trocotró.

Así pasa en verano
(Julio de 1927)

Baila aquí en la sombra fresca,
baila el agua, baila y canta,
y allá fuera en la calima
cantan juntas las cigarras.

¡Baila, fuentecilla, en mis manos!
¡Llévate este calor de verano!

Cantan juntas y se quejan
del calor que las aplasta,
de este suelo que se agrieta,
del polvo y la falta de agua.

¡Baila, fuentecilla, en mis manos!
¡Llévate este calor de verano!

Consumidas las espigas,
secas por la sed amarga
y bajo el peso del calor
se tumban, están cansadas.

¡Baila, fuentecilla, en mis manos!
¡Llévate este calor de verano!

La sandía
(Agosto de 1927)

Come una niña
sandía, por la cara
y por los brazos.
Su boca mínima ese
rojo refresco
va engullendo en la sombra.

Y a su lado pasan niños trotando
sobre caballos imaginarios.

Las pepiticas
de poco en poco escupe,
y así las siembra a
su paso por las calles
blancas del barrio,
bajo sus pies descalzos.

Y a su lado pasan niños trotando
sobre caballos imaginarios.

El lavadero
(Septiembre de 1927)

El sol se asoma a un costado
y por el otro se marcha,
viendo correr por la piedra
el ritmo de agua sin pausa.
Por estos caños discurren
todos los circuitos de agua
de la ciudad, de sus tripas,
que en su vivir pone en marcha.

En ese balcón de imperio,
universal mentidero,
casa de conversación,
casa de suceso y cuento,
de canción y letanía,
de esto, de lo otro y de aquello,
de mujer *palula* y fresca,
de hombre golfo o maricón.

En piedra y agua se citan
las aristócratas finas
que llegan con su cortejo
de sábanas y camisas,
extienden lenguas y paños,
y enmudece quien se arrima
a esa industria del jabón
y no oye el agua si mira.

¡Magnífica lavandera,
doctora del chisme,
sabia y *entendía*
de las venas del mundo!

Tirana del chopo
(Octubre de 1927)

Columna amarillísima,
a morir que va tu piel,
tú que apuntalas el cielo
sobre la tierra a tus pies.

Subirás como humareda
gris y desnuda, impúdica

como alambre tenso y solo,
enmudecido a la brisa.

Así hibernas en ti mismo,
árbol social, congregado
a la vera del asunto
del camino y el regato.

A una madre
(Noviembre de 1927)

Hoy oí que Flavia te llamaba
y escuché bajar tus pasos,
pero no eras tú la que llegaba.

Fátima
(Noviembre de 1927)

No sé qué ojos tienes
tú, para mirarte.
Busco en cualquier parte
tu frente y tus sienes.

No sé si eres luna
blanca o negro sol,
de un sur español
torrado entre dunas.

Saltas al presente
desde mi memoria
con golpe de noria,
olvido latente.

Eres un fantasma
que ofrece viviente
un abrazo ausente
que a cada hora pasma.

Y no sé quién eres, Fátima.

En medio de la calle
(Diciembre de 1927)

Ve un niño pasar
los coches y carros
perdido de la mano de sus padres
que se le han soltado.

Empujando van,
que no oyen ni ven
su pequeño bulto que llora y llama a
la gente a sus pies.

Tiene dos aceras
con ciento un portales.
Él tenía una casa, ¿dónde estaba?
Dónde. No lo sabe.

Y da torpes vueltas
por los adoquines.
En el campo no había calles ni puertas,
mira al cielo y pide.

~~Las manos~~ Poema insignificante
(Diciembre de 1927)

A la Acemilera

Son dos manos dos palomas
que vuelan por la cabeza,
jaleo de mimbre y destreza,
nido de trenzas que domas.

Un millón de surcos tienen,
todos cauce doble dan
a un río de agua que va
y a otro de aceite que viene.

Parras torcidas en nudos,
extendidas en sus dedos
brindan uvas con denuedo,
ramos fuertes y desnudos.

Negra carbonilla pones
a mármol embastecido,
picado a golpes, molido
cambiando piel por jabones.

Dulce, áspera, tibia piel,
curtida, vieja y ajada,
por cien años castigada,
honda grieta, suave miel.

Romance de Alelí
(Diciembre de 1927 - enero de 1928)

A la Acemilera

Por la fuente adormecida
gritos y esquirlas de plata,
cantos mojados por agua,
ríe la niña y se baña.
Ramas de olivo en las trenzas,
sonsí de rosa y de jaras,
secreto dulce en los ojos
y lazos en puño y falda.
Va por sendero de tierra
atado con brida parca
jumento a paso cansado
que se detiene y se aparta.

⋆ ⋆ ⋆

Allá en la mata cobarde
prendida el alma en espino,
robado el ojo curioso,
la mira el niño escondido.
¡Alelí!, cantan las aves,
¡Alelí!, desde sus nidos,
y levanta la mejilla
pura y tostada de trigo.
¡Alelí!, le grita el niño,
¡Alelí, vente conmigo!
Le lleva el viento la risa
al retomar su camino.

⋆ ⋆ ⋆

Sol tras sol, año tras año,
andando cruzan sus pasos,
ella camino a la fuente
y él mandando a sus rebaños.
Jugando se les va el tiempo,
mezclan sus risas y llantos
delirio de gozo y mieles
y así amor se van llamando.
Júrame cielo y lucero,
júralo sobre tu manto.
Te juro el día y la noche
sobre tu piel y tus manos.

* * *

Triste promesa volátil,
tiernos gorriones que vuelan
por cielos que no son suyos
bajo garra traicionera.
Niños que jugaron pares
de pronto apartan fronteras
cuando uno es payo vedado
y la otra de raza morena.
No me los robes, tus ojos,
no las desoigas, mis penas,
que me atan prieto tus trenzas
y me envuelven tus caderas.

* * *

Quiero bailarte, mi vida,
la cintura, por dos partes,
la cintura de palomas

que otro día me entregaste.
Ya no puede ser, mi esposo
de luna, ya no como antes,
que yo digo sí, mi vida,
pero a ti no he de entregarme.
Matu, que mi alma lo adora,
Matu, que muero, que es mi aire.
¿Que no ves que él nació jambo
y tú eres calé de sangre?

⋆ ⋆ ⋆

Matu, que a mí no me importa
que me baile la cintura.
¡Por Dios, que no te la baile,
no te robe tu dulzura!
Ya campana suena fría,
ya retumba amarga y dura.
Sentencia sepulta y hiere
a los amantes de luna.
La casaron con compadre,
la ataron a sus costuras
y en la punta de la calle
niño payo se tortura.

⋆ ⋆ ⋆

Alelí llora a la luna y
saben bocas estridentes
que sábanas de otra cama
moja lágrima caliente.
Te amaré desde la ventana,
desde aquí cantaré siempre

y tan solo por tus ojos
viviré hasta la muerte.
Te querré mil lunas grises,
y mil soles relucientes
lloraré dolor de ausencia
insoportable en la frente.

⋆ ⋆ ⋆

Con la luz de primavera
Alelí no mancha *arate*.
Dicen lenguas pendencieras
que el marido no es el padre.
Vengo oyendo, esposa mía,
lavanderas y cantares,
y al golpear paños la piedra
su rumor de agua me trae
que llega cruzao el que viene,
que trae turbia y sucia sangre.
Mal rayo te quiebre el vientre,
su mala esencia lo mate.

⋆ ⋆ ⋆

No llores, mala pécora,
con veneno de serpiente,
que tus acáis dicen verdá
cuando tu boca me miente.
Gritan cien mujeres rotas
temiendo poema de muerte
cuando oyen golpes castigar
traición de sangre y simiente.
Llora el amante los golpes,

parten su carne sus dientes.
Lleva peso de achares y
llena de cortes la frente.

⋆ ⋆ ⋆

Marcha el esposo a la calle,
deja a Alelí deshojada,
buscando sombra de payo
lleva de acero venganza.
Ladran perros enrabiados,
muerden cólera y desgarran,
rayo brillante de muerte
contra el pecho se descarga.
Rocío de Alelí cae,
por la fuente se derrama,
pero cesa su llanto al ver
que es su sol quien se levanta.

⋆ ⋆ ⋆

Pone camino la luna
a los amantes de aurora,
que no ven que llevan muerte
enganchada a las alforjas.
Pon, amor, piedra al camino,
a la jaca ponle soga,
que mi muerte ya no espera
y allá en frente aguarda sola.
Sangre y llanto corren juntos
y le llenan a él la boca,
beso amargo en manos blancas
y ojos negros de alma rota.

* * *

Muere flor martirizada
por entrañas desgarrarse
y a él lo asfixia llanto y soga
al deshojarse su amante.

Soleares con Federico
(Abril de 1928)

Va por el filo del tiempo
volando una garza vieja,
desesperá, buscando el suelo.

* * *

Con una tarta de fresa
va por un túnel sin luces
un monillo en bicicleta.

El cuadro
(Julio de 1928)

A Sybill

Tú pintas, amiga,
qué bonitas cosas,
con tu pintura por las telas trazas
contorno de sombra.

Raya extraña haces,
un surco secreto
en la boca y los dedos, y la piel,
y se vuelven nuevos.

Qué bonito, digo,
cómo coloreas
un rayo de piel y un afecto loco
entre sombra y tela.

The poets / Poema de los _pajaricos_ de Sybill
(Julio de 1928)

Birds, the poets
dying to fly.
May the wind sing in your souls,
vibrating get the wings
shaking those fingers of yours,
you crazy people.
May they fly,
may they write
so that extended get their lives
beyond the twilight of today,
till tomorrow's night.

(Pájaros, los poetas / muriendo por volar. / Que el viento cante en vuestras almas, / haga vibrar las alas / que agitan esos dedos vuestros, / gente loca. / Que vuelen, / que escriban / para que así extiendan sus vidas / más allá del anochecer de hoy, / hasta la noche de mañana.)

Adiós Granada

(Septiembre de 1928)

Adiós, casa mía
de mis años buenos.
A ti vuelva siempre aunque marche lejos,
a ti vuelva luego.

La gente de la remolacha

(Enero de 1929)

A Vicente, y a todos los demás.
Y al pesado de Álvaro,
que me obligó a dedicarle este poema

Boira fría de mañana
envuelve al sol y lo ahoga,
confunde la tierra gris
en esas primeras horas
el trazo de los caminos,
las acequias y las sombras
del día que aún no comienza,
del gañán y la legona.

Andando llevan el sueño
en bolsillos y zapatos,
andando las gentes nuevas
con pies húmedos de barro.
Caminan la superficie,
por el camino van dando
cien golpes secos al frío
para a golpes espantarlo.

Van cantando entre los dientes
el recuento de su esfuerzo

con lenguas grises mordidas,
con ojos y boca huecos.
Andando van a parar,
van camino del entierro
de sus pies hechos raíces
bajo el negro del terreno.

Van durmiendo, van sonámbulos
girando sobre la tierra,
en la niebla van buscando
surco último, faena
primera de la mañana,
el trabajo que ya hicieran,
lo que ya dejaron hecho
lo que todavía queda.

Moles de piedra que emergen
encorvadas sobre el tajo
móviles por las hileras,
esculpidas las dos manos
a callos gruesos y grietas,
a frío, aire y arado,
y así rompe hollado el suelo
la piel y dedos hollados.

De sudor amargo riegan
el azúcar, que es amargo,
peones remolacheros
de ojos fijos y embarrados,
sembrando ponen en él
el jugo que va nadando
como un torrente de fuerza
por las venas de sus brazos.

Poema del agua estancada
(Junio de 1929)

~~A mi Granada anticuada~~.
A Federico, a su muerte

Granada, embrujo y agua
que corre por la hoja de una faca.
Su brillo de luna engaña
y tan pronto se te clava,
ahí queda, estancada.

Eres veneno por licor suave de Lope;
eres casa para poetas,
pero jaula para sus letras.
Granada doble, ~~nueva y vieja~~, cobarde,
que vives de puro ~~chisme~~ odio
en tu mínima charca quieta,
~~en tu orgullo rancio espantas~~ que matas al mejor de tus poetas
~~a quien trae aguas nuevas~~. y eres toda entera culpable.

Arquetipo de *rebomborio*

(Enero de 1930)

De Flavia, Cuca, Agustina, María Pilar, Mercé y Vitorinita. Mercé nos enseñó el significado de la palabra «rebombori», a María Pilar se le ocurrió la estructura y a la loca de Cuca que lo mandáramos a la *Revista de Occidente,* a ver si había suerte. Fracasamos.

¡El follón hecho poema! María Pilar propone para el «rebomborio»:

— Métrica y rima irregulares.

— Tema indefinido y lo mismo el número de versos. Vínculo temático entre versos es innecesario. Cada una propone uno, los mostramos y apuntamos (ajustando en la medida de lo posible la coherencia y la puntuación).

— Condiciones: sucesión en versos consecutivos de ideas de *persona* - *verbo* - *animal* - *verbo* - *planta* - *verbo* - *abstracto*. Y todos deben contener los sonidos de RR o BL (o PL, por explosiva), por el *ra ra ra* y el *bla bla bla*.

Nos salió esto:

Atenea victoriosa con un corazón blando
Navegar veloces junto a delfines blancos
Un burro de pelo gris cansado
Comer un helado de turrón y menta
Un ciprés partido por un rayo
Robar un beso por limosna
La paciencia implacable

Y así lo arreglamos:

Atenea victoriosa con un corazón blando
navega veloz junto a delfines blancos
con un burro de pelo gris cansado,
y se comen un helado de turrón y menta
al ver a un ciprés partido por un rayo
robarle un beso por limosna
a la paciencia implacable.

¡Queda oficialmente establecido el *rebomborio*!

14 de abril
(Abril de 1931)

Un catorce de abril salieron
hombres y mujeres locos
a la calle
a gritar y a correr sin freno.

Hasta los bordes de la ciudad
rodó la muchedumbre
y allí se paró a llamar
a la gente de los pueblos.
¡Venid a la fiesta,
venid al jaleo!
Venid que hoy las calles tienen
tres colores nuevos.

Mujeres y hombres nuevos,
levantad la mano abierta
y agarrad con ella el cielo,
agarradlo con derecho
porque no hay ya techo sobre vosotros,
no hay ningún impedimento.

¡Tenemos República, cuaderno!

Crear, decíamos, es una manera de limitarse; pero, además, toda fuerza creadora, una vez que crea, ama lo creado y se limita por ese amor a su creación. Señores diputados, henos ante una de las razones más decisivas y poderosas para que rindamos acatamiento y proclamemos públicamente nuestro respeto a la Constitución que va a ser forjada. Esa Constitución es algo creado por el esfuerzo de la comunidad española, y así como hay el deber de crear, hay el deber de respetar lo creado.

(Fragmento del discurso de don Fernando en las Cortes Constituyentes por la opción socialista, en septiembre de 1931)

Saludo a Clara
(Octubre de 1931)

Por esos pasillos va una mujer
latina y consciente,
valiente, brava y enorme
por enorme su hazaña.
Voz de todas
las que quisieron,
las que están
y las que nazcan,
de todas y por todas hablas
y por mil vidas te daremos gracias.

Valiente tú eres, entre todas las mujeres,
y vivo el fruto de tu esfuerzo, el voto,
que por ti y por tus palabras
nacerán libres y dignas las que vengan.

Recojo aquí, por insólito e histórico, este fragmento de una carta del tío que recibo a pocos días de quedar aprobada la nueva Constitución:

«...así es, hija, que quisiera morderme la lengua antes que escribir lo que pongo a continuación, pero al César lo que es del César. Y la verdad es que ese

Cordero y los suyos se han portado como correspondía, no así ese sector de la bancada rancio e hipócrita que ha preferido anteponer sus intereses circunstanciales a un derecho que os es inalienable y cuyo reconocimiento ha de resonar más allá del futuro inmediato.

Todo esto me reafirma tristemente en mi creencia de que los cambios, y en concreto aquellos por vuestra libertad, no habían de venir por sí solos de la mano de la República, sino que hay que traerlos: se ha de tirar de ellos, a veces con fuerza.

Brava la Campoamor, abandonada de los suyos, que ha demostrado con sus actos el contenido de sus palabras. Pero casi más bravos se me antojan los socialistas, que aun desde el estatus de privilegio de hombres que tenían, se han mantenido firmes en el ideal que defendían a pesar de las deserciones, del acoso de Prieto y de los de Lerroux y de las negras consecuencias que pintaban. Bravo por ellos y por su disciplina, sin que la amenaza al bien propio les haya hecho dudar. Amenaza que, por cierto, está por ver si es fundada. Yo, por mi parte, me mantengo optimista sobre el poder de la República para sacar a la Iglesia de las mentes. Las de ambos sexos.

La próxima vez que vea a Fernando se lo habré de reconocer. Te imagino riéndote con mis palabras, pero no me importa porque lo creo justo. Si el socialismo había de traer algo bueno, es esto.

Imagino que estarás pletórica, quizá más por estas líneas que por lo del Congreso. Sal con tu prima a celebrar. Pero cuidaos, siempre.»

¡El primer reconocimiento genuino del tío al socialismo español! Flavia ha marcado las líneas con lápiz rojo y ha pegado la carta a la pared de nuestra habitación de la Residencia.

La Manigua
(Abril de 1932)

Galana de noche,
parra seca de día.

Querida de un abrazo sin nombre,
desconocida al pasar las puertas.
Desterrada de la mañana para el ocaso,
giras en tu mundo ajeno
entre manchas de colores abstractas
y pasillos acodados, estrechos.

Eres la intriga de un umbral,
un ídolo de labios rojos, ojos negros y piel,
piel por todas partes,
roja y azul, amarilla, violeta.
Y vas de una sombra a otra,
apartándote de las lámparas,
procurando que la penumbra
tape todas tus llagas.

¿Qué piedad guarda para ti la vida?
No sale, no se escucha tu voz
fuera de ti, Manigua.

Hay un viento dentro mío (y modificaciones de Álvaro y la 55)
(Diciembre de 1933)

Hay un viento dentro mío
que me sube por los brazos
y me aclara las ideas,
ventolera de quebrantos.

Seguro va un miliciano,
que es su idea su herramienta
y pa fuerza sus dos manos,
¡al fusil y a la trinchera!

Al andar pongo los pasos / A enfrentar a los fascistas
firmes todos y ordenados,
que es seguro el pensamiento / que es segura la victoria
que los anda controlando. / por la que estamos luchando.

Por las palabras
(Septiembre de 1934)

Por las palabras anda el papel
y va corriendo, corriendo,
un gusto pálido de árbol seco
encadenado de trazos negros y azules
de una frase que lo apresa,
que lo detiene y lo subyuga.
Por las palabras anda el papel
y se le pegan a las plantas de los pies.

Vislumbre
(Junio de 1935)

Asisten al banquete
de la muerte de Dios
los despiadados que se comen
los despojos de sus hijos
que dormían bajo sus alas.

¿Quién le dio el tiro funesto?
¿Quién los dejó huérfanos?
¡Sanguinarios!
¿Es que necesitáis la sombra de vuestro padre
para reconocer a vuestros hermanos?

¿Solo os detiene su brazo
en no devorar sus pobres y frías gargantas?
¿No sabéis vivir morales
sin una moral que manda?
¡Animales!

Que hacéis querer volver
a aquella sombra tan larga.

Coplillas del americano, de la Acemilera
(Marzo de 1936)

Ya está aquí el americano,
ya más alto que la Vela.
Con sus zapaticos nuevos
a las niñas encandela.

Con esa cabeza roja
más pareciera germano,
y la sonrisa de gato
las *tié* bailando en sus manos.

Ya detrás le van llorando
porque no les hace caso:
que el gato está enamorado
desde los primeros pasos.

Y la gata no se entera
que lo lleva mareado.
¡Quién juntara a los gaticos,
que me los han separado!

Prosa de Álvaro

(Abril de 1936)

Recorren tu cuerpo mis días, morena, y tu boca invade mi sueño, engulle mi vida. Sueño unos muslos redondos, morenos, con las yemas de los dedos ateridas, queriendo despertar. Sueño perderme en un cielo inasequible y llevo el aliento inflamado, muerto de amor, a un mirar de estallar. Estoy loco, morena, perdido y encontrado, ciego, sediento y ahogado. Estoy en tu mano.

El cielo en la tierra

(Mayo de 1936)

Ingenuos torpes que dais
con los huesos en la idea,
lluvia ácida que os golpea
si cielo en tierra buscáis.

Ya hacia la luna miráis,
y así os tiráis a por ella,
que por luna veis estrellas
cuando en caída tornáis.

Fijo tenéis objetivo
y para él un medio absurdo,
tenéis por empeño burdo
el seso loco y cautivo.

Matar a golpes miseria
es vuestra errónea ambición,
y veis palos solución
pero solo engendra histeria.

Vuestra mano un mal imputa,
y si una la queja eleva,

la otra el garrote lleva
presto a salvaje disputa.

Pronto así acusáis traición,
y la injusticia que os dan,
darla igual queréis, y van
juntos fin y perdición.

¿Con qué razón condenáis
cómo la justicia os niegan,
si es un crimen cuando os pegan
y justo el palo que dais?

Esa conciencia haragana
perpetúa el mal que acusa,
al darse necia y obtusa
al mismo vicio si gana.

Desterrad medio tan malo
que poco fruto está dando,
llamad al cambio cambiando
primero por voz el palo.

Y ved la luna en el cielo,
tan lejana y tan sin dueño,
y asumid para ese empeño
que no basta ingenuo vuelo.

Comprended más bien que es este
y será un esfuerzo eterno
de mirar siempre sus cuernos
y hacia allá estirar los dedos.

Y hacia allá seguir creciendo.

(Variación del poema de Sor Juana para un presente atemporal)

Poema de pedida de Gonzalo
(Mayo de 1936)

Si me dices que sí,
alma mía,
me voy andando a la luna
y la traigo cargada a la espalda
para hacernos la cama.

Si me dices que sí,
vida mía,
pongo el sol en cada lámpara
y un cielo azul de cortina en las ventanas
y olas de mar para sábanas.

Si me dices que sí,
luz mía,
me hago yo mismo un fuego
de amor para cocina y cámara,
y arderé para entibiar tu casa.

Dime que sí,
amor mío,
Rosita mía de mi alma.

Fue chispa
(Julio de 1936)

Fue chispa y llama,
y del fuego al incendio.
Tres pasos quedan
para el infierno.

Silencio
(Julio de 1936)

A Flavia

El niño mira en la ventana,
el niño llora lágrimas mudas
que me roban los postigos.
No ladran los canes,
han perdido su ladrido
en alguna de estas calles.
Se callan los perros,
no vuelan las aves.
Se ha detenido el tiempo
a medio camino
entre la tierra y el aire.
Ya no caen las balas, ya no caen,
ya no muerde dardo de hielo,
que hasta este se detiene.
Solo vuela el silencio,
el silencio.
Y solo corre la sangre.

Mil pétalos de rosa
por la calle se desparraman
hasta el fondo de la cuesta,
hasta allá se van rodando
movidos por el viento,
robados de tu cuerpo,
robados de mi alma.
Mil pétalos rojos
sobre cal blanca,
mil pétalos manchan mis manos
con perfume de desgracia.

Maldigo al sol testigo,
maldigo a esta luz falsa,
a esta calma envenenada,
a esta vida en calma.
Y te odio, odio tu frente
que ya no me mira,
odio tus dientes
que ya no me hablan.
No puede esta pena loca,
no puede soportar mirarte
y no ver reír tu boca,
no tolera mirar tu rostro
y no encontrarte.

Quiero llorarte,
quiero besarte y abrazarte,
pero no me queda alma.
Con tu risa y tus carreras
se la han llevado
y solo silencio queda.
La casa no respira,
las teclas ya no bailan,
los grifos están cerrados
y ya no corre el agua.
Han sumergido las manos
el alma en tinta amarga
y exhibe su luto el silencio
que no puede hablar
si tú eres la palabra.

Que marche tu alma,
que marche de este valle
de lágrimas estancadas.

Cuidadla bien, los pájaros,
llevadla lejos, las estrellas,
apartadla de todo esto,
apartadla.

Saeta negra

(Agosto de 1936)

A mi Flavia

Sobre estas piedras de mi alma
cae tu muerte tibia y rueda,
lloran mudos los cristales
la saeta
que nadie te va a cantar.
Que alguien tire al cielo flecha,
que alguien la tire,
¡ay, tiradla!,
que esta va a volver igual.

La sequía

(Agosto de 1936)

Tierra en polvo se levanta
con el sol de mediodía,
que somete y sometía
tomando cielo por manta.

Duele la tierra y se espanta
con la piel llena de estrías
y no encuentra todavía
el agua que la amamanta.

Grita el suelo ardiente y canta
que esa agua que antes bebía,
que le falta y que tenía
es ya gota sacrosanta.

Cantan las cigarras, cantan,
cantan triste letanía,
rasga dedo en lejanía,
guitarra de luto canta.

Una grieta en la garganta
yerma y dura de sequía
calla débil su agonía
bajo el sol que la quebranta.

El dolor se le atraganta
y si ayer la piel le ardía
ahora tiene el alma fría.
Tanta pena tiene, tanta.

Ya no sabe de agua cuánta
esa sed le calmaría,
anda perdiendo los días
desde que el sol se levanta.

Asfixiada la garganta
consumida la alegría
como está esta alma mía
que a duras penas aguanta.

De Federico por Flavia
(Agosto de 1936)

No te pido que recuerdes lo que todavía es presente,
amiga de mi alma, tan rota.
Lo que quiero
es que este pequeño compendio de palabras torpes
te valga de arquitecto que edifique un futuro recuerdo.

Digo Flavia y veo un lucero
tan amarillo, tan amarillo, niña, y tan vivo
como su nombre.
Veo la actividad de las mañanas que despiertan azules
y la mansedumbre tibia y blanca de la tarde,
un susurro expreso y convencido para el mundo y para ti
en tus penas de hermana,
en la complicidad que os brindabais.
Amiga mía, cuánto te quería y cuánto la adorabas.
Como dos gemelas de noche y día,
tú con la luna en una mano y ella con el sol en la frente.
Hermana mía que era,
hermanilla de mi hermana.

Tantas cosas pasaban por el compás de sus piernas
imparables, erigidas para no plegarse:
el agua que adelanta a un aceite menos veloz
y corre con un borboteo de burla;
el susto de mil pájaros que perfilan las regiones del cielo,
que pasean las tardes de domingo por el aire de los parques;
coches y caballos en carreras de una vuelta interminable,
un pulso indómito, un aliento inagotable;
el silbido de un tren que dice adiós a las formas concretas
y las cambia por movimiento y colores abstractos,

manchas en el aire,
viento en la cara y la boca abierta en un chillido dorado y loco,
inexplicable y genuinamente tierno;
o un reguero de pólvora que rápido consume un fuego sin quemar.
Velocidad ignífuga, una risa naranja brillante, y tan ausente.

Flavia tuya y mía, echarla de menos es añorar la corriente clara de un río puro y verdadero.

Nocturna

(Agosto de 1936)

No mires luna,
no mires,
date la vuelta y vigila
que no venga nadie,
no veas los besos cruzarse
de una sombra a otra
por entre los amantes
como dardos calientes y húmedos
como aires de asfixiarse.
No mires que se derrumban
y se deshacen,
desparramados por el mármol,
incontenibles,
incontrolables.
Como una marea que arrastrase
las columnas lejos de sus bases,
no mires que has de guardar
el sexo de los amantes
hasta que tu guardia acabe.

No mires luna,
no mires.
No mires, que te distraes.
No mires
curiosa y excitada,
viejísima y furtiva,
y tan nostálgica de tus penas,
y anhelando penar más.
Este juego nuestro
de bocas y cuerpos,
de golpes y dientes,
de hambre y resuello
que ves a tus pies
es nuestro.
Nuestro, nada más.

El mar
(Agosto de 1936)

Desde la Alhambra he visto el mar,
lo he visto lamerle los tobillos a la playa
y trepar por sus muslos de arena hasta el cielo.

Mienten los pájaros
(Agosto de 1936)

A Federico

Mienten los pájaros,
lanzan cantos descabellados,
desorientados, infames,
no saben lo que hacen.

¿Qué dicen?
Pajarracos locos,
mentiras despreciables,
son todo falsedades.
Falso, falso, falso,
no puede ser verdad,
con el cuento a otra parte.
Que sí, que no, que sí,
espantadlos, que se callen.

Cobardes traidores
mienten, todos mienten,
mienten verdades,
porque se saben culpables.
Graznan estridentes culpas
porque lo vieron,
lo vieron morir sin boca y solo,
vendido por las aves,
y no pararse el aire.
Hermanos que eran
son cómplices,
delatores repugnantes,
pero ni picos abrieron
en esa hora turbia
para decir adiós
a un hermano de su clase,
pájaro sin plumas,
poeta del aire.
Cobardes de corazones marrones y muertos,
cobardes.

¿Dónde estás, Federico,
dónde estás?

No es cierto que te has ido,
sal de donde estés.
Sal de las grutas de la montaña,
del agua del río,
de la corteza de los árboles.
Sal, que no te veo.
Sal, que la tierra ha detenido sus edades
y te espera descreída,
exhausta de injusticia,
y yo te busco.
Sal, que no me gusta este juego.

¿Dónde están tus ojos, Federico?
¿Dónde está tu voz?
Dónde está,
que no la encuentro.
Déjate de trampas,
tráemela ahora mismo,
tráemela,
que aquí tengo tus palabras.
Palabras muertas
sin tu voz que las revive
ni tu risa que las narra.
Palabras, solo palabras.

Paradoja

(Noviembre de 1936)

Matan para
matar la muerte
y muertas
sus almas quedan.

Pensamiento
(Febrero de 1937)

Matadme ayer,
para que no vea lo que he visto hoy
y no espere la muerte hasta mañana.

En el camino
(Febrero de 1937)

Calla, madre, el llanto de tu hijo
en esta hora aciaga,
cállalo, por Dios, que vienen
los que matan, los que hieren.
Cállalo con tu pecho
hasta dejar atrás la muerte
y entonces duerma
al arrullo de una noche que no es esta.
Cállalo, te lo pido, que llegan.

A este lado del cañón
(Marzo de 1937)

A este lado del cañón,
a este lado,
sobre mis brazos,
llueven días y noches
mares que se ven tintos
en este lado de espanto.

A ese lado del cañón
cargan vino en cedazos.

Que no sea nuestra lluvia
lo que están cargando.
Y será, será
lo que están cargando.

A este lado del cañón
un niño hecho pedazos
introduce los dedos
de pies y manos
en los agujeros quemados
que están cavando.
Cavando, cavando.

A ese lado del cañón
toman brasas por perlas
y siembran todo con ellas.
Todo, todo,
brazos y piernas.
A los niños, a las viejas.

A este lado llora
sin lágrimas un sediento.
A ese lado mientras
derraman agua en un desierto.
Un beduino loco es,
el mismo que la está pidiendo.

Desde ese lado se ve
el sendero hacia el ocaso,
y en este se tropieza
con todos los escombros
que de él van apartando.

Este he elegido,
este lado.
Y mientras tú,
agarrando el cañón
con ambas manos,
en ese otro, compañero,
te has sentado.
A ese, ese lado.

Compañero, qué distintas se ven las cosas desde uno y otro lado.

Nana para Anita
(Marzo de 1937)

Ay, luna lunera
que se peina en la ventana.
Ay, la luna triste
que baja cuando la llaman.

Y baja del aire, volando.

Cuando la niña llora
ella mece su cuna
con manos de viento
y voz de plumas.

Y la sube al aire, volando.

Ay, la luna, por campos yermos
ella errante va vagando,
porque no encuentra a la niña
que la está llamando.

Y va llorando, llorando.

~~Carmen~~ Romancerillo de la amapola
(Abril - junio de 1937)

A Anita, pequeño lucero en la tiniebla

I

A una orilla del camino
grito frío llama al alba.
Tráeme paño, niña aurora,
tráeme agua, tráeme manta.
Trae ya a este impulso de carne
que me sacude las entrañas.

Madre, que noto que suben
por cada pierna cien rayos.
Hija, que no pases pena
que contigo, mis dos manos.
Cierra boca y mira al cielo,
piensa los ojos y labios.

Carmen, tu cuerpo se rompe
y los pechos se desbordan
en un mar inmenso y puro
de una angustia a que te aboca
tu vientre, herida abierta
coronada de amapolas.

Flor y brisa de mañana
te tocan las sienes frías
surcadas de sudor; por ti
va a despertar este día
y se derraman las horas
por tu parto, por tu vida.

Ay, Carmen, que pares en campos andaluces,
ay, niña tibia de sangre y lágrima dulce.

Pares para el sol que nace
llama clara de esperanza,
pares hundida en el polvo
henchida de orgullo y raza,
que del polvo de la tierra
nace el sol que se levanta.

Nace tu hija para el mundo,
que la espera, que la pide,
que se ahoga de ceniza.
Esta tierra que no vive
viene tu hija a mirarla
y todo este frío olvide.

Trae tu hija dos capullos
de puñitos que no aflojan,
luceros negros por ojos
y las mejillas van rojas
de la sangre de tu entraña
donde enraíza amapola.

Carmen, esta hija que pares
con la frente alta hasta el cielo,
flor de sangre mecida y no
postrada por ningún viento,
creadora del mundo, será
río imparable de tiempo.

Y será tu hija una amapola
roja de sangre, roja de esfuerzo.

II

Con el tallo cortado al raso,
amarilla hoja mellada,
en trizas cada pétalo
y cubierta de picadas
va por la noche del mundo,
dormida, la *rosablanca*.

Golpeada y domada, muere
cien veces vencida al viento,
pura y pálida, ingenua,
y se asfixia sin saberlo,
arrancada y aplastada,
bajo el hierro, bajo el fuego.

Rosablanca que mueres,
eres sangre para amapola.

Rosablanca de mi sueño,
yo te grito y te deshaces,
robada de tus sentidos,
en tormento intolerable,
destripada y deshojada
en mil pétalos de sangre.

Levanta tu muerte al mundo
en un clamor, una ola
que arrasa la tierra herida,
que la empapa y estercola
de tu despojo y la siembra
tu sangre para la aurora.

Y de tu muerte nace una amapola.

III

Para un mismo obsceno arado,
una orgía de cuchillas
arrastra a paso de guerra
su diente gris, homicida.
Parca sin rostro lo empuja,
rompe, desgarra, destripa
esta tierra que no es de nadie
hecha jirones, vencida.

Tierra de nadie, maldita,
contenida entre dos trincheras,
oprimida por cerco estrecho,
miserable y vil parcela
de infierno y cenizas frías
de espino y escombro, piedras,
plomo y astillas, y fango,
carne y gusanos, y venas.

En un deambular eterno
mártires grotescos llevan
enroscadas por el cuello
flores blancas que cercenan
las cuchillas de la muerte.
Sonámbulas vagan ellas,
ajenas y tristes pasan
y a su paso las desuellan.

Tierra mía desollada y desolladas almas,
para amapola estáis aradas.

Amapola que aquí naces
de una matriz ya quebrada
como un insulto a las bombas,

una burla a la metralla;
como un milagro insólito,
tributo a la rosablanca.
Naces en tiempo de morir
y vives contra las balas.

Esta flor nace invencible
e indemne vive cada hora,
roja de sangre que bebe
de los campos en la aurora.
Flor que es más pobre que el aire,
franca flor, resiste sola,
chilla el viento y embiste, y
responde al viento con onda.

Y volverá a arar la muerte,
frustrada, la tierra entera,
y mil de las tuyas saldrán,
cada mañana una nueva.
Y loca se irá la muerte
para buscar otra tierra,
y quedarás en silencio
siempre serena, eterna.

Adelina
(Junio de 1937)

A Adelina,
sobrina del cura de San Sebastián

No te he visto los ojos,
Adelina,
y si no te he visto llorar
lloro yo con los míos

por el juego que han hecho
de tu carne para ti guardada.
No te he visto abrazarte las rodillas
para que no se te descompongan,
ni huir fuera del cerco
de la disputa perversa
de botines y templos.
No te he visto y lloro,
Adelina,
maldiciendo al perrero infame
que soltó a la canalla
y le dio campo abierto.

El *morenico* al sol
(Septiembre de 1937)

Juega el *morenico* al sol,
a pleno sol,
acompañado de nadie.
Juega tirado en la calle,
juega a cuidar *pajaricos* de barro
con alas de eucalipto,
patas de esparto y colas de arce.
Juega y se le mete en la nariz
toda la luz de la tarde.
Por las costuras abiertas
se le escapa el calor de su madre,
que ya no hay madre que las recosa.
Lleva la camisica manchada de guerra
y no hay ya quien le regañe.

El rellano
(Octubre de 1937)

La hija del falangista agarra sombras por muñeca,
la enmudece el susto que presiente
y, en dos saltos de luz, llora toda su inocencia.

La noche ausente
(Enero de 1938)

Fría.
La noche es fría
y fría es la muerte.
Frías las manos de una mujer loca
y sus parpados transparentes,
frío su vientre.
Frío es el silencio
que viaja con la muerte.
Ordenan vigilia desde el frente:
hay que no dormir,
no dormir en la noche fría,
la noche ausente.

Poema de Álvaro por carta
(Febrero de 1938)

Así me deje los golpes y las balas
quiero ir a parar a tu regazo,
morena,
a dormir un sueño eterno
y no despertar jamás.

Quiero quedar allá atrapado,
prendido a ti,
a tu calor,
y a la humedad de tus labios.
Quiero no poder salir
del cerco de tus brazos,
del refugio de tus pechos,
de tu olor y de tus manos.
Así me deje la guerra
correré a buscarlos.
Morena, te quiero tanto.

En la orilla
(Agosto de 1938)

Hay en la orilla del mar un hombre viejo
con los pies mojados y sin lengua
porque se la han robado.
Yo lo he visto sentado
contando chinos y conchas,
y a pena por chino cuenta,
y a concha por día pasa.
El hombre viejo mira las olas
y no habla
porque tiene la boca vacía,
tan mustia y reseca,
tan muerta.
Y como no tiene lengua y está loco
va cerrando con poemas
la boca de sus muertos
y los ojos vacíos,
y el mar que se los lleva.
Y chino a chino va contando.

Ensoñación y quimera
(Septiembre de 1938)

Hoy he despertado
con una idea escrita
en el reverso de los labios:
quiero correr al campo,
quiero salir ahora,
quiero ir al campo
a acariciar las olas.

Voladura
(Noviembre de 1938)

El espacio que guarda
plegado un pensamiento
contiene un infierno
de fuego, de cuerpos
palpitantes, tullidos, verdinegros.
Tremendo encierro,
tremendos chinos de muerte
luchando por saltar,
vibrantes buscan el aire,
desesperados van buscando
con qué chocar.
Rugiendo por salir,
tiranos, por matar.
Y estallan, y salen.
Salen de una jaula mínima por entre los barrotes,
salen en todas direcciones
veinte brazos dobles, ardiendo
con los dedos retorcidos, ávidos, impacientes,

arañando pieles y cuellos.
Luchando por respirar,
lanzando las manos al cielo,
apartando carbón y desperdicio de rubíes,
separando los pies de este suelo.
Buscando quitar de la frente
angustia y acero.
Recojo los pedazos del cuerpo, apresado.
Solo sale hoy el alma,
esquiva y dormida, pero entera,
viajando con el impulso de una *moía* maltrecha,
tirando del cuerpo hacia fuera.
Dinamita y llama luchando por salir,
por volar.
A la espera.

Soy poeta
(Noviembre de 1938)

Llenadme de plumas el alma,
pues soy poeta
y he de volar.

Intemperie
(Febrero de 1939)

Me duele en el costado la masa
atrapada
a la intemperie de la sinrazón,
dando tumbos en una huida ciega
lejos de su incertidumbre,

de un crimen de hambre y miedo
sin un camino cierto.
Me duele la masa que huye,
en las tripas y las sienes.

Azul azul
(Marzo de 1939)

A Álvaro

Azul azul,
azul de mar.

Agua en un mirar,
un mirar salado y de espuma,
van olas tímidas hacia las sienes,
con arena en los labios y la frente.
Algarabía infame de gaviotas
que gritan y el mar las espanta.
Una balsa calma, llanura de agua
quebrada en torbellino,
marejada de ocaso
con el sol ausente.

Azul azul,
dos azules.

Dos ventanas a un mismo cielo,
cristales que contienen tormenta
o que se abren a un azul puro y fresco,
un mundo sin límite,
un balconcillo al viento.

Quiero lanzarme de lleno
a ese inconcebible vuelo
entre los pájaros que vuelan libres
con las alas sin teñir
por el hollín del infierno.

Azul azul,
color de paz,
color del sueño.

Canción de Paloma
(Abril de 1939)

A Paloma

Ay, palomilla
que vuelas sola.

Cuídate,
cuídate, cuídate,
que no te corten las alas,
que no te roben las horas.

Ay, palomilla
de la aurora.

Cuídate,
cuídate, cuídate,
que no te maten las balas,
que no te arrastren las olas.

Ay, palomilla,
paloma.

La mujer que grita
(Mayo de 1939)

La mujer que matan
no deja de gritar.
Le tapan la boca y muerde,
y a golpes la mandan callar
y grita como una loca
y no la callan.
¡Que oigan que me matan
si me van a matar!
Aún no le han dado el tiro
y ya lleva la cara muerta.
Con una mueca perenne
pone un grito a su muerte
y el silencio que le van a dar
se lo quiere cobrar.
Y se llama Dolores, Candela, María del Carmen, Trinidad,
se llama de tantas formas, tantas,
se llama tantas más.

Vosotras, compañeras,
que sois tablero para un sanguinario juego
que os buscan por vosotras,
por vuestro nombre,
y vuestras entrañas,
allá fueron vuestros hombres
y vosotras quedáis atrás
para un mundo misógino y desigual,
con desigual fortuna.
Sois tablero y sois piezas,
sois batalla y tempestad,
vuestro cuerpo, el de la idea,
y su expolio, el de todo lo demás.

Gritad que no es justicia,
gritad que no es verdad,
gritad por lo que os matan,
gritad que os van a matar.
Gritad que sois políticas,
gritad, gritad, gritad.
Gritad que os roban las almas
desde las sombras,
desde las celdas,
desde las tapias.

Sastipén talí
(Mayo de 1939)

A Reme

Salud guarde mi vida
al ímpetu de mi alma,
en pie por muchos años,
y resuello encuentre en el camino
que recorra para hallar
cada día mi libertad.

Mudada
(Junio de 1939)

No veo las aceras
ni las plazas ni las fuentes.
Las han cambiado de sitio,
las han desordenado,
se las han llevado a otro lugar.

El viento ha levantado los adoquines
y las farolas, todas tuertas,
y el agua de los ríos
ha mordido las piedras
y se las ha llevado a cachitos.
¿Dónde está el juego del niño?
¿Dónde el viejo tranquilo?
El viento, se los ha llevado el viento.
No veo, no veo nada.

La enfermedad

Maquiavelo, *El Príncipe* (cap. 3):

Sucede entonces en estos casos algo parecido a lo que dicen los médicos de lo que compete a su profesión, que en el principio de la enfermedad esta es fácil de curar y difícil de diagnosticar, pero si pasa el tiempo, no habiéndola ni diagnosticado ni medicado, aparece como fácil de diagnosticar, pero difícil de curar.

(Escribir algo sobre esto)

Carta de la autora

> En una autocracia,
> la desobediencia es un deber;
> en una democracia,
> la obediencia es una necesidad.
>
> Fernando de los Ríos

Cuando pienso en la guerra, pienso una multitud con los ojos vendados, ciega, vociferante y desbocada, enferma de odio, que avanza en masa y a toda velocidad hacia un precipicio. Quien quiere corre, y a quien no, lo arrastran. Y a pocos metros del borde, presintiendo el vacío, algunos se descubren los ojos y ven con pavor hacia dónde se dirigen. Y tratan de gritar por encima de la algarabía, de detener la estampida que los acaba arrollando. Ya es tarde, muy tarde, demasiado tarde. Y la masa cae al abismo.

La guerra es un abismo al que precede un camino en pendiente muy largo en el que los tropiezos, los atropellos y los gritos al borde del precipicio son solo el colofón de una carrera mucho más larga. La multitud comenzó andando, y con la pendiente ganó velocidad. Y los demonios que ya la atormentaban al principio —porque son eternos, tan eternos como la tierra y el cielo—, pasaron de silbar en los oídos a jalear y exacerbar los ánimos a medida que se alargaban las zancadas, apartando las piedras del camino a puntapiés. Y esos espumarajos de rabia, esos ojos rojos bajo la venda... La venda que nadie había anudado y, sin embargo, desde algún momento impreciso, estaba ahí.

Casi cuarenta años antes del golpe de julio de 1936, Ángel Ganivet escribió: «vivimos en perpetua guerra civil». ¿Por cuántas décadas más, por cuántos siglos más tendrá esa frase vigencia?

La guerra que estalló en 1936 fue la conflagración última de un conflicto —o amalgama de ellos— que no nació en el 36 ni tampoco en el 31, y que a día de hoy todavía no hemos sabido dirimir. Vivimos en constante y latente guerra civil, en una sucesión interminable de ellas. Y así será mientras no aceptemos que, al margen de legitimidades, de justicias e injusticias, de futuro y pasado, de buenos, malos y regulares, y de otras ideas concretas, la guerra del 36 fue fruto del tira y afloja fanático entre la intransigencia de quienes se negaban a abrir la puerta al futuro y la de los que se arrogaron el derecho de abrir dicha puerta a empellones. A hachazos, si se prefiere.

Y, de fondo, esta incapacidad nuestra tan recalcitrante de discutir sin pelear, de ver guapo al malo y verrugoso al bueno, de conceder patente de humanidad al adversario, de demarcar límites sin necesidad de cavar zanjas profundísimas con alambre de espino, de ceder, de no contestar a un improperio con otro y de guardar paciencia, aun cuando esta sea un lujo que a duras penas nos podamos permitir. Así fue aquella guerra y así son cada una de las que vivimos diariamente.

Necesitamos paz en la mente y aceptar con serenidad que jamás nos pondremos de acuerdo. Necesitamos paciencia porque hace falta para convivir. Y necesitamos recordar cada día al levantarnos, como recuerda el enfermo crónico que debe tomarse sus medicamentos, que el *respeto* no equivale a la *cobardía* ni a la *pleitesía,* ni siquiera a una mínima conformidad, y que se ha de ser muy miope para no saber diferenciarlos. ¿Hasta cuándo necesitaremos gafas?

Necesitamos también ciertos consensos sobre el pasado. La historia de Bárbara y su familia es solo eso: una historia. Una más entre las miles que ya existen, ficticias o reales, y que continuarán aflorando desde perspectivas dispares, sobre aquellos años tan llenos de facetas, de claroscuros, de ideas, de imágenes y de argumentos. Esos años que son el tramo de tiempo en que acaba la historia y comienza esa primera fase del presente que llamamos *pasado*. El pasado.

Es solo una historia más, una visión más, una versión más. Una impresión más, la mía, contada por boca de una persona con ideas y circunstancias vitales concretas. ¿Cómo contarían esta misma historia el tío Pablo, don Paco, Flavia, la Acemilera, Gonzalo o Álvaro? Todas serían versiones legítimas. Y la guerra sería todas ellas.

La objetividad en relación con este tema es un espejismo, y esta guerra es en sí misma un campo de batalla. Es terreno constantemente abonado para disputas historiográficas irresueltas. La historia olvida unas cosas y recuerda otras dependiendo de quién haga memoria, y qué olvidamos y qué recordamos, y cómo lo recordamos, dice mucho de cómo pensamos. Lo que está fuera de toda duda es la relevancia del tema, el papel que desempeña en relación con nuestra identidad colectiva. Si esa época, la de la República y la guerra, nos da para decir tanto, y tanto recelo mostramos hacia lo que se dice sobre ella, es porque todavía no acabamos de comprenderla por completo y porque tiene una importancia trascendental para el presente. Nos duele todavía, aunque no sepamos o no queramos saber por qué.

Si las versiones no coinciden, que al menos sí lo hagan las conclusiones: la guerra nunca debió suceder y no debe volver a suceder. Y si no es posible una visión precisa y completamente veraz de lo que fue, sí podemos aventurarla amalgamando el mayor número posible de versiones. Cuantas más, mejor. La mezcla resultante, aunque imperfecta, siempre será más próxima a la realidad, más verdadera que cualquier verdad sectaria aislada. Hay que leer, y hay que leerlo todo.

Y debemos buscar —porque existen, y no en número pequeño— a los inclasificables. Personajes e historias que den al traste con clasificaciones pueriles, que desacrediten argumentos manoseados y que desafíen los esquemas simplistas y tan profundamente erróneos del blanco y el negro y de los dos demonios. Que den humanidad, que reflejen la escala de grises y que muestren, más allá de mareas generales, casos particulares. Que den cuenta, en definitiva, de la enorme complejidad de un conflicto como este. Y también que pongan rostro a la luz dentro de la oscuridad, que den esperanza. Porque incluso las guerras están llenas de esperanza.

Al recordar la guerra es necesario recordar a las personas anónimas que trazaron las interminables caravanas que salvaron el arte de Goya y Velázquez, y de todos los demás, de las bombas. O el de los también anónimos obreros alemanes, italianos y portugueses que sabotearon el armamento que de sus fábricas salía en dirección a los arsenales del ejército sublevado. O el de los sanitarios que operaron y atendieron sin distinciones ideológicas, que se mantuvieron en primera línea de sangre y que fueron testigos privilegiados del horror.

Y no está de más también recordar nombres propios como el de Norman Bethune, que vino «a dar la sangre, no a quitarla», o el de Anselmo Vilar, el farero de Torre del Mar que apagó las luces al paso de los refugiados de Málaga para ocultarlos de los atacantes, lo que le costó la vida. O las historias de Manuel Calderón y Melchor Rodríguez, el *Ángel Rojo:* Calderón, militar franquista, salvó a diecinueve marinos del bando contrario, consiguió para ellos el indulto de Franco y los apadrinó durante el resto de su vida, y el Ángel Rojo, al otro lado de la línea de fuego, fue el delegado de prisiones anarquista que consiguió detener las sacas de Paracuellos.

George Orwell, con su retrato inmortal de las entrañas del bando republicano, y del mismo modo la filósofa anarquista Simone Weil, que rechazó la brutalidad de la columna Durruti. Archibald Dickson, el marino mercante británico que, arriesgando su puesto y su vida, sacó del puerto de Alicante rumbo a Orán a casi tres mil personas. Porfirio Smerdou, el cónsul mexicano en Málaga que ocultó en su Villa Maya a unos y a otros antes y después de la caída de la ciudad, y con él, Eugenio Entrambasaguas, el alcalde republicano de esa ciudad al que los sublevados asesinaron más tarde, aun habiendo colaborado con Smerdou. O representantes en España de la War-Resisters International, pacifistas como el profesor José Brocca o la doctora Amparo Poch y Gascón, uno de los nombres indispensables de mujer de los que bebe el personaje de Bárbara.

La lista podría alargarse mucho más.

Debemos recordar, necesitamos recordar. Desesperadamente. Y reivindicar esos puntos de luz en las tinieblas que acallan el ruido de las retóricas incendiarias, del veneno hecho poesía que entra por los oídos y sale por los brazos y los dientes transformado en ánimo para matar a otro ser humano.

La memoria perdida de la guerra y la dictadura es imprescindible. Es tan evidente, tan insultantemente obvia esa necesidad, que resulta desconcertante el hecho de que, a día de hoy, sigamos preguntándonos si es una necesidad real. Si no lo habremos superado ya.

Mi generación y las que vienen detrás, como también las precedentes, necesitan recordar para no repetir. Para distinguir paz y victoria, justicia y venganza. Y para valorar y defender el pacto que es indispensable para la vida en sociedad: el compromiso con la democracia, con sus formas y sus tiempos, con la disciplina del voto. Se trata de un esfuerzo colectivo que debe implicar al conjunto del *nosotros* como sociedad, y no un empeño y patrimonio privativos de la izquierda. Este es un planteamiento de futuro, más que una enfermiza obcecación con el pasado. Si quizá ya resulta manido aquello de «quien olvida su historia…», vale la pena no perder de vista que un presente construido sobre los cimientos inestables de un pasado inconcluso corre el riesgo casi ineludible de llegar al futuro tambaleándose.

La dictadura puso esta necesidad en cuarentena, homenajeó a los muertos según le convino, y la tierra siguió cubriendo durante décadas las voces y los cuerpos de aquellos a los que no se les concedió el fin de la guerra. Si queremos justicia e igualdad, debemos corregir ese trato desigual. Necesitamos reconocer crímenes, comprender causas, recuperar voces perdidas y pedir perdón. Y aceptar ese perdón. Y, con el pensamiento puesto en el presente y los años que lo sucedan, convertir todo esto no en un argumento sino en una lección, que es lo que debe ser la historia.

De otro modo, nos condenamos. Y dejamos de ver, como de hecho no vemos, que si hoy las barcas llegan a Europa cargando la tragedia y el sufrimiento procedentes del otro lado del mar, hace menos de cien años era Europa la que huía de la guerra. La que corría bajo las bombas, la que se ahogaba en un río como en un mar, y la que después seguía andando descalza, hambrienta, enferma, herida, huérfana, sola y sin esperanza por un camino que no tenía fin. No lo vemos, no lo comprendemos. Y nosotros mismos lo hemos vivido.

«Malditas sean las guerras y los canallas que las hacen», dijo un padre al conocer la muerte de su hijo en una de ellas. Esa maldición desgarrada se hace máxima. Y bajo esa máxima y de acuerdo con lo que aquí expongo he tratado de escribir esto que leen. Ahora deben ustedes decidir cómo leerlo.

Quiero recordar
(Agradecimientos)

Ya es tarde para saber qué habría opinado Julio Anguita de la aparición de sus palabras entre las líneas finales de este intento literario. Quiero pensar que la habría refrendado, pero también habría respetado su rechazo.

Sea como fuere, desearía que la mención a sus palabras, así como a las del resto de personas y fuentes que he citado, no sean interpretadas como una tergiversación o una manipulación de su significado y la voluntad de sus autores. Su inclusión y lo que escribo al respecto responden solo a la interpretación que yo les he dado y lo que he aprendido de ellas.

Ruego por ello que los lectores tengan presente la independencia de dichos autores así como la de quienes me han ayudado a escribir esto, que no necesariamente suscriben las percepciones y las reflexiones que aquí vierto. Y que, del mismo modo, no los culpen de mis errores. Mis errores son míos y de nadie más. Así, pido que me perdonen quienes vean heridas sus sensibilidades, sean estas del tipo que fueren, y se me disculpen las licencias, las imprecisiones, las carencias y los fallos que haya podido cometer. Ojalá estos no obsten para que se entienda lo que pretendo expresar.

La Guerra Civil es dolorosamente actual, y lo mismo ocurre con la dictadura que vino después. Así nos lo hizo ver a mis compañeros y a mí uno de los mejores profesores de Historia, si no el mejor, que he tenido, y también uno de los primeros que nos incitó a pensar por nosotros mismos y a no creer una palabra de lo que él mismo nos contaba. De ese buen profesor me acuerdo en estos momentos, y a él le dedico estas líneas anónimas, esperando que se reconozca en ellas.

Quiero acordarme aquí especialmente de los profesores Miguel Ángel del Arco y Miguel Guirao, nieto del Miguel Guirao que Bárbara conoció, así como del resto de profesores anónimos que me han ayudado a recabar la información que he necesitado para reconstruir el mundo de Bárbara, y también a pulir el resultado final. Sirva esta historia al menos un poco, Miguel, para homenajear al que fue uno de los principales valedores de la que ahora es ya la vieja Facultad de Medicina, y que fue también, estoy segura, un magnífico profesor de Anatomía.

Quiero recordar también a Lucía y el resto de archiveras, por rescatar para mí cosas que ya no existen. E igualmente, a la Babel de San Juan de Dios, a la Agapea de Puentezuelas, a la Búho de la esquinita de la Almona con Santa Bárbara y a los libreros de viejo escondidos en cualquier rincón de Granada, por ayudarme a encontrar libros imposibles. Y como a ellos, también a los guardianes de los rincones lorquianos, quienes con su trabajo anónimo mantienen vivo el espíritu del poeta. A quienes dentro y fuera de la Vega lo hacen suyo y lo guardan, como yo, en lo más profundo de su alma.

Del mismo modo, no quiero olvidarme de Marina Mena, la editora que al decir que sí me ha dado la oportunidad más maravillosa de mi vida; ni tampoco de Mercedes Castro, mi primera madrina. A ambas, que me han acompañado en el largo camino del punto por punto, los binomios y las repeticiones: gracias con todo el corazón. Y como ellas no puede faltar aquí Fernando Paz, omnipresente en la trastienda de la editorial.

Quiero recordar a Anna, Zaida y Ángel, entre quienes leyeron esto antes de tiempo, e igualmente a Pilar, precursora sin saberlo del *rebomborio*. También a Paolilla, que se exasperó porque veía que no acababa nunca y no salía a la calle. E igual que a ella, a las amigas y amigos —no digo ningún nombre porque no puedo decirlos todos, y perdonadme— que mil veces me preguntaron cuánto le quedaba al libro. A todos vosotros: aquí está, por fin.

Y quiero recordar, finalmente, a mi familia. A toda ella, de uno y otro lado, presente y ya desaparecida, porque ella entera es una fuente inagotable de personajes e historias encalladas entre las redes de la memoria de los más viejos y los no tanto. Y todo ello lo quiero recordar.

Quiero acordarme aquí de mi madre, que mil veces ha resuelto mis dudas de médicos y me ha ayudado a hablar como una, y que, hasta que aprendimos a leer por nosotras mismas, se sentaba en el sofá entre mi hermana y yo con un libro abierto sobre las rodillas para leernos lo que veíamos en las ilustraciones. Quiero recordar a mi padre, que me ha grabado a fuego en el alma el valor de la memoria, que me habla con amor de la tierra y que sigue ganando día tras día casi todas las partidas de ajedrez. Y quiero también recordar para no olvidarlo jamás a mi abuelo Jesús, ese personaje mítico e intrigante que no llegué a conocer. Por las estanterías llenas de libros en que dejó para siempre grabada su presencia, por las conversaciones que no he podido tener con él y por las partidas que no podremos jugar.

Y por último, a mi pajarito, la verdadera Flavia, que preparó la comida durante treinta días críticos, que escucha con paciencia hasta la última de mis palabras, y que obliga a mi mente a mantenerse siempre despierta, siempre en guardia.

Nota

* Licencia de la autora. El poema «Palpar» está incluido en realidad en el poemario *Salamandra,* de Octavio Paz, publicado en 1962.

Índice